Brent Weeks

Nachtengel
Nemesis

BRENT WEEKS

NACHTENGEL
NEMESIS

ROMAN

Deutsch von Clemens Brunn

blanvalet

Die Originalausgabe erschien 2023 unter dem Titel
»Night Angel Nemesis (The Kylar Chronicles 1) S.1- 420« bei Orbit, New York

FSC www.fsc.org
MIX
Papier | Fördert gute Waldnutzung
FSC® C014496

Penguin Random House Verlagsgruppe FSC® N001967

1. Auflage 2024

Published by Arrangement with Brent Weeks
Dieses Werk wurde vermittelt durch die
Literarische Agentur Thomas Schlück GmbH, 30827

Redaktion: Alexander Groß
Umschlaggestaltung: www.buerosued.de nach einer Originalvorlage von
Orbit USA © 2023 Hachette Book Group. Inc.
Umschlagdesign: Unusual Co.
Umschlagmotive: Shutterstock.com (STILLFX; MeSamong)
HK · Herstellung: sam
Satz: Satzwerk Huber, Germering
Druck und Bindung: GGP Media GmbH, Pößneck
Printed in Germany
ISBN 978-3-7341-6391-3

www.blanvalet.de

Für die, die dem Ruf folgen –
und dennoch den Preis zahlen.

Und
für Kristi, die mich mit ihrem Mut und
ihrem Charme noch immer überrascht.

Kapitel I

Einen Unschuldigen töten

Er ist jung und vermutlich unschuldig, und ich wünschte, es würde einen Unterschied machen. Wenn er sich in den nächsten drei Minuten nicht von der Stelle rührt, muss der Junge sterben.

Die meisten Leute verstehen meine Arbeit nicht: Sie glauben, der Mord wäre das Schwere.

Am Anfang vielleicht – wenn man vierzehn ist, sich unter einem Bett versteckt, laut keuchend, die Knöchel weiß auf dem Stahl, die Augen heiß von den Tränen von morgen, und Schritte sich nähern.

Aber selbst dann war nicht der vorbestimmte Tod das Schwere; das Schwere waren die Lebenden. Sie halten sich nie an den Plan. Die Lebenden drängen sich immer in den Vordergrund, folgen den Todgeweihten auf dem Fuß, als wollten sie, wenn nun *sie* dem Tod begegnen, nur mal mit einem Nicken grüßen und dann weitergehen.

Bei meinem ersten Mal ist es die Dienstbotin in einer Burg gewesen, die nach ihrem nichtsnutzigen Geliebten schauen wollte, den zu töten ich ausgesandt worden war. Er wollte sie verlassen, nun ging stattdessen sie mit ihm in die Ewigkeit. Mein erster Mord an einem unschuldigen Menschen.

Jetzt ist es dieser Junge.

Was macht ein Kind um diese Zeit draußen beim Ballspielen? Was hat er ausgerechnet hier zu suchen?

Von meinem Beobachtungsplatz aus kommt es mir vor, als sei er tausend Schritt entfernt, winzig klein auf der anderen Seite eines Abgrunds an Erfahrung, und ich allein oben auf einem Felsvorsprung – obwohl er einfach nur unten auf dem Boden ist und ich oben auf dem Dach auf der anderen Seite der Gasse bin.

Der Junge hat sich ein paar Steine hingelegt, die die Breite des Tores anzeigen sollen. Während ich ihn beobachte, wirbelt er um einen imaginären Verteidiger herum, lässt den Ball einmal aufspringen und tritt ihn dann gegen die Mauer des gesicherten Anwesens.

Ka-tunk, ka-tunk, ker-tschunk.

Immer wieder und wieder. Er reckt die Hände und macht ein Geräusch wie eine Beifall grölende Menge. Ein kleiner Junge, vielleicht zwölf, voller Dummheiten und großer Träume. Vielleicht glaubt er, seinen einzig möglichen Ausweg aus diesen Elendsvierteln gefunden zu haben.

~Erinnert dich das an jemanden?~

Ich ignoriere die Stimme des Ka'kari in meinem Kopf. Wäre das verdammte Ding nicht so hilfreich – wenn es Lust dazu hat –, würde ich es so weit von mir wegschleudern, wie ich kann.

Die Dämmerung ist eine brennende Lunte, und bald wird die Sonne erbarmungslos am Horizont explodieren und alles enthüllen, was ich getan oder zu tun versäumt habe. Doch noch warte ich, in der Hoffnung, irgendeine dritte Möglichkeit zu finden.

Ka-tunk, ka-tunk, ker-tschunk.

Er ist nur ein Kind.

Aber er gibt seine Ballübungen einfach nicht auf.

Ich weiß, was das bedeuten könnte. Doch werde ich es auch wirklich tun?

Ja. Ja, das werde ich. Sie ist es wert. Sie verdienen Gerechtigkeit.

Gut, das war's. Der Morgen bricht an. Die Zeit ist um. Für uns beide.

Ich setze mich in Bewegung, lasse mich lautlos vom Dach in die tieferen Schatten der Gasse fallen.

Ka-tunk, ka-tunk, ker…

Ich komme aus dem Nichts angeschossen und schnappe mir den Ball aus der Luft. Sogar mit der linken Hand, einfach so. Vielleicht habe ich meine Berufung verfehlt. Ich hätte im Straßenballspiel ganz groß rauskommen können.

Dem Jungen klappt die Kinnlade herunter, und seine Augen werden bei meinem Anblick lächerlich groß. Es ist für mich durchaus ein wenig befriedigend, nach dem Motto: »Ich bin ja so stolz, dass ich kleine Kinder erschrecken kann.« Ist das etwa eine der dunklen Freuden der Macht, vor denen mich Graf Drake zu warnen versucht hat? Ich habe mich nicht eigens in Schale geworfen, um Eindruck zu schinden. Heute Nacht – genau genommen heute Morgen – trage ich meine grau-schwarz gemusterte Arbeitskleidung mit Kapuze und Gesichtsmaske und bin mit einem gut verstauten, unbespannten Bogen und einem schwarzen Kurzschwert in einer spannungsfreien Rückenscheide bewaffnet.

~Der Ball hat irgendwie etwas Interessantes an sich.~

Ich nehme das Ding in Augenschein. Der Ball besteht aus einem mit Leder überzogenen, luftgefüllten Ziegenmagen, zu einer fast perfekten Kugelform genäht. Die Kinder in diesem Viertel müssen sich normalerweise mit einem Bündel aus Lappen und Schnur begnügen.

»Ich möchte dich um einen Gefallen bitten, Junge«, knurre ich. »Ich habe mit dir nichts zu schaffen. Also möchte ich, dass du von hier verschwindest. Ganz leise. Bitte. Hast du verstanden? Heute Nacht ist hier ein Mann unterwegs, der ein Kind umbringen würde.«

Ich halte lange genug inne, dass er sich fragen kann, ob ich damit mich selbst oder den Drecksack von Adligem meine, der in dem Anwesen hinter dieser Mauer lebt.

Ja, *lebt,* aber vielleicht werde ich das ja noch ändern.

»Hat er dir den da gegeben?«, will ich wissen und lasse den Ball auf einem meiner Finger herumwirbeln. »Lord Repha'im?«

Der Junge kann nicht einmal zustimmend nicken, er ist wie erstarrt, doch ich weiß, dass meine Vermutung stimmt. In einem Elendsviertel wie diesem sind solche Geschenke eine billige Methode, um sich treue Ergebenheit zu erkaufen.

»Ihr seid der Nachtengel«, würgt der Junge hervor. »Ihr seid Kylar Stern.«

Der Ball dreht sich langsamer, bleibt stehen, aber er balanciert weiterhin auf meiner Fingerspitze.

Sie wissen, dass ich wieder in der Stadt bin. Lord Repha'im weiß, dass ich komme. Das erklärt die verschlungenen magischen Fallen, die die Luft über seinen Mauern versperren und mich daran hindern, einfach hinüberzuklettern. Und wenn dieser Junge über mich Bescheid weiß …

»Du arbeitest für ihn«, sage ich und nehme den Ball in die Hand. »Deshalb bist du um diese Zeit hier draußen. Du sollst Ausschau halten.«

~Aha. Das macht die Sache komplizierter.~

Ich bin bisher davon ausgegangen, ihn verscheuchen zu können, wenn ich mich ihm zeige, wollte mir einen Vorwand geben, ihn zu verschonen. Aber als Spähposten ist er dafür zu gefährlich, oder?

Er schluckt erneut, doch dann huscht sein Blick gierig zurück zu seinem Ball. Er sollte jetzt eigentlich auf der Stelle davonlaufen, aber ich habe seinen Schatz, und er erträgt es nicht, ihn zurückzulassen. Sein Leben für einen albernen Ball.

»Junge, wie nennt man einen Unschuldigen, der bösen Menschen hilft, und sei es auch nur ein bisschen? Wie nennt man einen Unschuldigen, der anderen Unschuldigen den Tod bringt?«

Er antwortet nicht. Und läuft noch immer nicht weg.

~Ich habe da eine bessere Frage. Wie nennst *du* diesen Unschuldigen hier, Kylar?~

Heute? Heute nenne ich ihn einen hinnehmbaren Verlust.

Die Grenzen werden zunehmend fließend. Aber so ist es bei meiner Arbeit eben. Deshalb hasse ich sie fast so sehr, wie ich sie liebe.

»Sie haben dir irgendeine Art von Signal gegeben«, fahre ich fort. »Eine Leuchtkugel oder so was, nicht wahr? Für den Fall, dass du mich siehst? Ich sage es dir offen und ehrlich: Wenn du ihnen dieses Signal gibst, stirbst du.«

Er wird blass, doch sein Blick geht sofort wieder zu seinem Ball. Seinem Schatz.

Wenn ich ihn töten muss, wird die Welt nicht gerade einen ihrer hellsten Köpfe verlieren.

»Junge, ich habe so viel Macht, dass es mir selbst Angst macht. Eine so große Macht, dass sie Grenzen braucht. Ich könnte ein noch schlimmerer Mensch werden als diejenigen, die ich getötet habe. Vielleicht bin ich das schon. Aber ich gebe mir hier Mühe. Versuche, gut zu sein, verstehst du? Also habe ich für mich ein paar Regeln aufgestellt. Zumindest arbeite ich an ihnen. Und eine davon lautet: Lass nie jemanden dein Gesicht sehen, sonst muss er sterben.«

Wenn ich ihn gehen lasse, wird er glauben, dass meine Aufmerksamkeit nun nicht mehr so sehr ihm gilt, sondern hauptsächlich meinem Versuch, heimlich ins Anwesen einzudringen. Dann könnte er zurückkommen und sie warnen. Aber wenn er wegrennt, kann ich meine Klinge ziehen und ihn verfolgen. Er wird nicht wissen können, wie lange ich hinter ihm her bin. Wahrscheinlich wird er mindestens bis Mittag weiterlaufen.

Ich ziehe meine Maske ab. »Na, was hältst du davon?«, frage ich.

Er quiekt, aber er rührt sich nicht vom Fleck. Zäher Bursche. Oder vielleicht wirklich nur unglaublich dämlich.

»Ich weiß, wie es ist, für solche Leute zu arbeiten, mein Junge. Ich kenne so was aus eigener Erfahrung. Sogar genau das hier. Ich bin nicht weit von hier aufgewachsen, in einem Teil des Labyrinths, der diese Gegend freundlich aussehen lässt. Die Straßen geben den meisten jungen Leuten keine Chance. Ich weiß das. Und finde es schrecklich. Deshalb bekommt bei mir jeder eine Chance. Eine. Eine einzige. Dann ist mein Urteil endgültig. Erst gewähre ich Gnade, wenn ich kann, dann bringe ich Gerechtigkeit, unbarmherzig und blutig.«

Er rennt nicht davon, nimmt den rettenden Ausweg nicht an, den ich ihm zu bieten versuche. Was bedeutet, dass ich einen weiteren weißen, leblosen Körper den übel riechenden, schlammbraunen Fluss hinuntertreiben lassen muss.

Es sei denn …

Mir kommt eine vage Idee. Meine dritte Möglichkeit. Vielleicht.

Ich drehe mich um und schieße den Ball auf das Tor. Ich verfehle es knapp. Verdammt! Ich bin noch nicht so gut wie mein Meister. Immerhin, der Ball hüpft zu dem Jungen zurück, der seinen kleinen Schatz hastig aufhebt.

Das Gesicht zur Mauer und zum heller werdenden Himmel gewandt, während ich meine Maske wieder aufsetze, um mich vor dem Gestank des Flusses und der Elendsquartiere zu schützen, frage ich leise: »Und jetzt sag mir, wofür hast du dich entschieden?«

Da ist keine Antwort, nur das leise Tappen von fliehenden Füßen auf dem Kopfsteinpflaster. Der Junge ist auf und davon. Endlich.

Ich ziehe meine Klingen, knurre und renne ihm hinterher. Er wirft einen Blick zurück, als er um die Ecke biegt, sein Gesicht bleich, die Augen weit aufgerissen, stolpert über Abfälle, die aus einer Gasse hervorquellen. Während er Hals über Kopf davonrennt, verstaue ich meine Waffen wieder, ziehe die Schatten um mich herum und verfolge ihn auf den leisen Füßen eines Albtraums.

Ich habe ein Gift bei mir. Setzt einen Erwachsenen außer Gefecht. Ich könnte es bei dem Jungen anwenden, die Dosis seinem Gewicht entsprechend verringern. Aber es besteht die Möglichkeit, dass es ihn umbringt. Das lässt sich einfach nicht genau sagen.

Im Blutgeschäft kann ein Fehler ein totes Kind bedeuten. Wer damit nicht umgehen kann, ist im falschen Berufsfeld tätig.

Nach ein paar raschen Abzweigungen hintereinander biegt der Junge in eine Straße ein, die parallel zu dem Anwesen verläuft, und ich denke schon, er hat endlich Vernunft angenommen und rennt nach Hause. Dann schlüpft er in eine Öffnung zwischen einer verwahrlosten Werkstatt und der makellosen Mauer des Anwesens und verschwindet zwischen verrottendem Holz und bröckelndem Mörtel.

Meine Brust zieht sich zusammen.

Ich finde das Loch nur über das Geräusch seiner Hose, die im Kriechen über den Boden wetzt. Ich folge ihm.

Der Tunnel stinkt nach Dreck und Katzenpisse. So unangenehm das auch ist, es ist ein gutes Zeichen. Wäre er sauber und aufgeräumt, wüsste ich, dass Erwachsene ihn gebaut und gewartet haben. Dennoch gehe ich die Sache langsam an. Nicht aus Platzangst. Beengte Räume machen nur Angst, wenn man sich darin zugleich machtlos fühlt, und als ich klein war, haben mich solche Räume immer vor den älteren Kindern geschützt. Auch die Angst vor der bedrückenden Dunkelheit bremst mich nicht. Seit ich den schwarzen Ka'kari gebunden habe, ist die Dunkelheit meinen Augen willkommen.

Nein, die Sache ist vielmehr die: Wenn *ich* mich jagen würde, würde ich genau hier die wahre Falle aufstellen.

Die große Falle, der ich gerade ausweiche, indem ich auf diese Weise in das Anwesen eindringe, befindet sich direkt in und über den Mauern des Geländes. Unsichtbar in der Luft hängt eine Art magische Schlinge, die das Werk von mindestens drei verschiedenen Magi sein dürfte. Zwei von ihnen sind raffiniert unauffällig vorgegangen. Der dritte ist ein Feuermagier.

Feuermagier haben es in der Regel nicht so sehr damit, unauffällig zu sein.

Ich weiß nicht, was die unsichtbaren Fangvorrichtungen, Riegel und Auslöser über den Wänden bewirken – ich bin selbst kein Magier –, doch ich weiß, dass man eine Bärenfalle nicht dadurch testet, dass man den Fuß hineinsteckt.

Der Ball, wird mir klar.

Der Ball war mit Magie belegt, nicht wahr?, frage ich den Ka'kari. *Warum hast du mir das nicht gesagt?*

~Du bist jetzt ein großer Junge, Kylar. Ich habe nicht vor, dir alles haarklein auseinanderzusetzen.~

Das also war das Seltsame an dem Ball, nicht nur, dass er für einen Straßenjungen zu teuer war – der Ball selbst war die warnende Leuchtkugel des Spähpostens. Wahrscheinlich hätte er ihn über die Mauer werfen sollen, sobald er mich bemerkte.

Ich schiebe mich durch den engen Tunnel, so schnell ich es wage. Dann verharre ich an seinem Ausgang im Schutz eines großen Felsblocks, der sich gegen ein Wirtschaftsgebäude lehnt. Das Loch selbst ist von hohem Gras überwachsen. Der Ausgang ist zu eng, als dass ein Erwachsener hindurchpassen könnte. Selbst der Junge hat es nur mit Mühe hinausgeschafft.

Das ist die gute Neuigkeit. Es bedeutet, dass das hier nicht der Notausgang des Anwesens ist. Es bedeutet, dass Lord Repha'im vielleicht gar nicht weiß, dass es diesen Gang gibt. Also wird er auch nicht bewacht.

Die schlechte Neuigkeit ist, dass die Hunde des Anwesens dieses Loch durchaus kennen, und jeder einzelne von ihnen scheint diesen Winkel genutzt zu haben, um sein Revier zu markieren und seinen Darm zu entleeren.

Ich höre ein entferntes Klopfen an einer Tür und die erhobene Stimme des Jungen, der laut etwas schreit.

Ich muss mich beeilen.

Ich scharre mit bloßen Händen in der harten Erde, um den Ausstieg zu verbreitern. Der Ka'kari *könnte* mir dabei behilflich sein, was jedoch nicht der Fall ist, und ich bitte ihn auch nicht darum. Die Magie des Ka'kari könnte auch den Geruch der frischen Hundescheiße abschwächen, in die der Junge getreten ist und die er überall verschmiert hat, als er aus dem Tunnel gekrochen ist – aber auch darauf verzichtet er.

Warum nur bekommt man es in dieser Branche immer mit Abwasserkanälen und glatten Felswänden zu tun, an denen es dreihundert Meter senkrecht bergab geht? Warum führen mich meine Aufträge nicht auf Vergnügungsreisen mit schönen Frauen, teurem Alkohol und Kammermusik?

Ich arbeite mich nach draußen und steige behutsam über all den Hundekot hinweg. Es spielt keine Rolle mehr, dass dein eigener Körper keinen Geruch hat – so wie es bei mir der Fall ist –, sobald du nach dem stinkst, in das du hineingetreten bist. Mein Meister hat mir immer eingeschärft, dass es die kleinen Dinge sind, die dich am Ende umbringen.

Aber er hat sich auch um die großen Dinge gesorgt. Und um die mittleren Dinge. Und die meiste Zeit auch um einen Haufen Dinge, bei denen ich mir ziemlich sicher bin, dass sie nur eingebildet waren.

Das bittere Geschäft ist die Hölle, wenn man zum Verfolgungswahn neigt.

Ich husche von Schatten zu Schatten, entferne mich vom Tunneleingang. Ich überlege, ob ich auf das Dach eines niedrigen Nebengebäudes klettern soll, bleibe aber lieber unten am Boden, um zu vermeiden, dass meine Umrisse sich sichtbar abheben könnten, und ziehe schnell den unbespannten Bogen aus dem Rucksack. Ich stütze das untere Ende des Bogens auf dem Boden ab, lege die Sehne in die unten dafür vorgesehene Kerbe, biege den Bogen, während ich ihn mit dem Fuß festhalte, und befestige die Sehne auch am oberen Ende. Ich überprüfe tastend meine Pfeile, dann lege ich einen Pfeil mit breiter, wie ein Schwalbenschwanz geflügelter Spitze ein.

Der Junge ist kein schwieriges Ziel. Er ist zwanzig Schritt entfernt und hat sein Klopfen an der Tür eingestellt, als schreiende Söldner mit gezogenen Waffen auf ihn zustürmen. Seinen kostbaren Ball linkisch unter den Ellbogen geklemmt, hebt er kapitulierend die Hände.

Ich habe nur einen kurzen Moment, bis sie ihn umringt haben. Ich habe eine breit zulaufende, geflügelte Pfeilspitze gewählt, weil ein Pfeil immer zurück in die eigene Richtung zeigt, wenn man jemanden in den Oberkörper trifft.

Daher habe ich einen bei Weitem schwierigeren Schuss im Sinn. Wenn ich seinen schmächtigen Hals gekonnt mit der dicken Schwalbenschwanzspitze streife, wird der Pfeil weiterfliegen und in der Dunkelheit verschwinden. Es wird das leise Surren eines fliegenden Pfeils zu hören sein, gefolgt vom beängstigenden Spritzen von arteriellem Blut, und der Junge wird zu Boden sinken, zum Schweigen gebracht, bevor er mir die Arbeit allzu schwer machen kann, ohne einen klaren Hinweis darauf, aus welcher Richtung sein Tod gekommen ist.

Ich habe ihm den Preis genannt, den er zu zahlen hat. Ich habe ihm die Wahl gelassen. Er hat selbst den Tod gewählt, nicht ich.

Ich ziehe die Sehne an meine Lippen. Es ist windstill. Vor Angst vor den herannahenden Söldnern erstarrt, rührt sich der Junge nicht vom Fleck. Leichtes Spiel für mich.

Wer noch nie mit einen Reflexbogen geschossen hat, sollte wissen, sie sind nicht dafür gemacht, voll gespannt gehalten zu werden. Dennoch halte ich ihn.

Er ist ein Kind.

Ein Kind, das ein Ungeheuer schützt. Ein hinnehmbarer Verlust.

Ich denke an Graf Drake. Ich zeichne das hier für ihn auf, erstatte dem Ka'kari über alles Bericht. Graf Drake hätte mich nie gebeten, diese Aufgabe zu übernehmen. Er würde mir vorhalten, dass ich dadurch meine Seele gefährde. Er würde fragen, ob ich mir auch sicher bin, dass ich es im Namen der Gerechtigkeit tue.

Ich bin mir sicher.

Aber wie kann ich ihm in die Augen sehen und ihn wissen lassen, dass ich ein Kind ermordet habe?

Ich kann sagen, dass Kinder in Kriegen sterben, dass unser Krieg noch nicht wirklich vorbei ist, dass er gar nicht vorbei sein kann, bis der Gerechtigkeit Genüge getan ist.

Ein riesiger Schlägertyp von Wachmann kommt auf den Jungen zugestürzt. Er wird meine Schusslinie in etwa zwei Sekunden verdecken.

In einer.

Ich löse langsam die auf dem Pfeil lastende Spannung. Senke den Bogen ohne einen Schuss. Leise fluchend, spanne ich ihn ab und verstaue ihn wieder.

Die Tür öffnet sich, und ein Mann in edler Kleidung kommt heraus. Ich verliere ihn aus dem Blick, während ich mich wieder in Bewegung setze. Ich höre nur Gesprächsfetzen, Fragen gehen hin und her. Aus dem Augenwinkel bemerke ich wildes Gestikulieren, als der Mann, der das Kommando hat, die anderen ins Verhör nimmt.

Nein, die Wachen haben nichts von dem vereinbarten Alarm zu sehen bekommen, wo also ist das Problem?

Nein, sie kennen den Jungen nicht, aber sie sind neu, sie kennen viele der Leute hier noch nicht.

Dann, als ich nah genug herangekommen bin, um seine Worte deutlich zu verstehen, nimmt die Stimme des Anführers einen anderen Tonfall an. Mit der einen Hand hält er den Jungen vorn an seinem Kittel fest, in der anderen Hand hat er den Ball. »Willst du mir erzählen, der Nachtengel habe mit dir *gesprochen*? Und du hast uns das Signal nicht gegeben?!«

Die Wachen wechseln Blicke, einige voller Unglauben, andere von plötzlicher Angst erfüllt.

Als der Mann das Kind loslässt, sehe ich rote Symbole auf der kahlen Kopfhaut des Mannes aufleuchten.

Aha, ein roter Magier. Wahrscheinlich derselbe, dessen Werk ich oben über den Mauern des Gebäudekomplexes gesehen habe.

»Ich habe meinen Ball nicht verlieren wollen«, erklärt der Junge im Jammerton.

Mit lautem Gebrüll schleudert der Magier den Ball des Jungen über die Mauer und hinein in die Elendsquartiere dahinter.

Als der Ball durch das magische Gespinst über den Mauern fliegt, pulsiert tiefrotes Licht über das gesamte Areal. Ranken aus rotem Licht flammen auf, als habe jemand eine Spur aus vergossenem Öl angezündet, zu jedem Fenster und jeder Tür des Herrenhauses hin, die dann in dem gleichen Rot zu pulsieren beginnen. Zum Summen der aktivierten Magie gesellt sich das Klacken von zuschnappenden mechanischen Schlössern, sodass das gesamte Anwesen abgeriegelt wird.

»Mein Ball!«, schreit der Junge.

Oben in der Luft leuchtet ein verschwommener Klecks blauer Magie auf, und ein laut schmatzendes Knirschen ist zu vernehmen. Die Wachen in der Nähe zucken zusammen, im Glauben, es sei ein Angriff. Alle fahren herum und sehen, wie eine Fledermaus, in mehrere blutige Stücke zerteilt, zu Boden klatscht, ihre Jagd im schwachen Licht der beginnenden Morgendämmerung jäh abgebrochen.

Der rote Magier knurrt den Jungen an: »*Du* bist nicht über die Mauer gekommen. Und du bist auch nicht durch das Tor gekommen. Wie bist du dann hereingekommen?«

»Ich, ich …«

»Egal.« Der rote Magier fährt ruckartig herum und lässt den Blick suchend durch die Dunkelheit schweifen. »Du kleiner Schwachkopf, du hast ihn direkt hereingeführt. Der Nachtengel ist bereits hier.«

Kapitel 2

Das Totenbuch

Vi hob den Blick von der Seite, lehnte sich in ihrem Stuhl zurück und bemühte sich, ihre Atmung unter Kontrolle zu bringen, um sich nicht anmerken zu lassen, welch manischer Schmiedehammer da in ihrer Brust arbeitete. Die Handschrift sah ohne Frage wie die von Kylar aus, aber als eine Frau, die unter der Sa'kagé von Cenaria aufgewachsen war, wusste Vi, dass eine Fälschung jederzeit möglich war. Sie war keine Expertin. Sie konnte getäuscht werden. Und je wichtiger das Dokument, desto größere Skepsis war geboten.

Und die Schwestern behandelten dieses Buch, als sei es sehr, sehr wichtig.

Sie hatten sie aus ihrem Unterricht herausgerufen. Das hatte sie erwartet. Ihre Freundin Gwaen hatte ihr mit einem angespannten Lächeln viel Glück gewünscht. Vi hatte gewusst, dass sie früher oder später bestraft werden würde, aber die ernste, schweigende Schwester hatte sie nicht vor irgendein Tribunal geführt. Stattdessen hatte sie sie in diese heimelige Bibliothek hoch oben im Weißen Seraph mit einem halben Dutzend ramponierten Studiertischen aus schwarzem Walnussholz und einigen Hundert dicken Wälzern und Schriftrollen in den Regalen gebracht. Sie hatte sich geweigert, irgendeine von Vis Fragen zu beantworten, und Viridiana an einen Tisch gesetzt, auf dem ein einziges, wenig beeindruckendes Buch lag. Der Einband sah nach ganz gewöhnlichem Ziegenleder aus, war abgenutzt und schwarz eingefärbt. Statt Goldprägungen waren da nur einige wenige armselige geometrische Muster im Blinddruck auf dem Einband, und die Kanten waren weder ziseliert noch mit Goldschnitt versehen. Und doch lag das Buch hier auf einer Platte mit goldenen Kontaktpunkten unter einem Glasbehälter mit Goldrand.

Während sie einen für Vi unhörbaren Zauberspruch deklamierte, hatte die Schwester einen Hebel an der Seite des Glasbehälters umgelegt. Luft zischte, und ein violetter Puls schimmerte im Inneren auf. Die Schwester hob den Behälter vorsichtig ab.

»Das Buch verbleibt in dieser Bibliothek. Und Ihr ebenfalls. Ihr dürft es nicht mit Magie berühren. Ihr sollt es einfach nur lesen, sonst nichts.« Dann war die Schwester verschwunden.

Das Buch sah nicht so aus, als mache es irgendwelche Sicherheitsvorkehrungen nötig. Es wirkte wie das Rechnungs- oder Tagebuch eines herumreisenden Kaufmanns, im Format so gewählt, dass es in eine große Tasche passte, und schlicht gehalten, damit es keine Diebe in Versuchung führte. Vi hatte es mit banger Erwartung aufgeschlagen, aber es hatte keine magischen Explosionen gegeben.

Genauso wenig war da irgendeine Inschrift, die verraten hätte, wem das Buch gehörte oder worum es sich dabei handelte. Vi hatte erst ein paar Absätze lesen müssen, bis sie begriffen hatte, warum ihr die Handschrift vertraut vorgekommen war. Dann war sie sofort skeptisch geworden. Ein Tagebuch? Kylar?

Doch im Weiterlesen waren ihre Zweifel verflogen. Es war ganz ohne Frage Kylars Stimme, die da durch den Text zu ihr drang. Sie erkannte seine Sprechweise so deutlich, als würde sie sein Gesicht sehen. Aber was war das für ein Buch? Wie war die Schwesternschaft an es herangekommen?

Vi gab sich alle Mühe, das unbeteiligte Interesse ihrer Lehrmeisterinnen zu imitieren, als sie den Blick auf einen der von ihr meistgehassten Menschen der Welt richtete: Schwester Ayayah Meganah, die Anführerin des Kommandos für Sonderprobleme und Spezialtaktiken. »Was hat es damit auf sich?«

»Du kannst es also lesen?«, fragte die Schwester, das Kinn hochgereckt und in einem Tonfall, als sei Vi irgendetwas Widerwärtiges.

»Natürlich kann ich das!«, blaffte Vi. »Glaubt Ihr etwa, ich könnte nicht lesen? Glaubt Ihr, ich hätte all die vielen Stunden in der Bibliothek, seit wir zurückgekehrt sind, nur damit zugebracht, herauszubekommen, wie lange es dauert, bis mir die Stühle den A… – den Hintern platt drücken?« So viel zum Thema ruhige Gefasstheit.

Sie schloss die Augen. In ihrem alten Leben hätte sie von noch wesentlich mehr Kraftausdrücken und mindestens ein paar Beleidigungen Gebrauch gemacht, doch Schwester Ayayah schien nicht gerade geneigt, sie für ihre Zurückhaltung zu loben.

Ihre ehemalige Gruppenleiterin ließ ihre weißen Zähne blitzen, und Herablassung troff aus ihrer Stimme wie das Gift der Blutwurzel, als sie antwortete: »Ich habe nicht gefragt, *ob* du lesen kannst, *kleine Schwester* …«

Bevor sie in die Chantry gekommen war, hatte Viridiana nie darauf geachtet, auf wie viele unterschiedliche Arten eine Frau »kleine Schwester« genannt werden kann. Ihre Lehrerinnen hatten erklärt, dass diese Benennung als freundliche Mahnung an die ausgelernten Schwestern gedacht sei, nachsichtig mit den Unzulänglichkeiten der hier in Ausbildung befindlichen, weniger erfahrenen Schwestern zu sein.

Von der sehnigen älteren Frau war schon lange nichts Freundliches mehr zu hören gewesen. Nicht für Vi. Nicht seit den Ereignissen auf Burg Sturmfest und noch weniger, seit sie von dem Debakel auf dem Sturmschiff zurückgekommen waren. Langsam, als sei Vi dumm, erklärte die Schwester: »Ich habe gefragt: ›Kannst du *es* lesen?‹ Aufpassen!«

Schwester Ayayah trug ihr dunkles Haar dicht am Schädel geschoren und hatte große Ringe in den Ohren, aber sie bewegte sich mit so viel majestätischer Gelassenheit, dass ihre Ohrringe nicht hüpften und schwangen, wenn sie sich bewegte. Sie hätte genauso gut ein aus Ebenholz geschnitztes Götzenbild der hungrigen Oyuna sein können.

Mit aufreizender Anmut glitt die Schwester auf Viridiana zu, vor der das kompakte kleine Buch aufgeschlagen auf einem Tisch der winzigen Bibliothek hoch oben in der Chantry lag.

Vi hatte sich gewundert, warum die Schwester so weit von ihr entfernt gestanden hatte, als Vi die ersten Seiten gelesen hatte. Jetzt sah sie den Grund. Als die Schwester näher kam, gerieten die Wörter auf der Seite durcheinander.

Vi konnte nicht einmal erkennen, ob sich die Buchstaben überhaupt noch zu richtigen Wörtern zusammensetzten. Aber Schwester Ayayahs verkniffene Lippen ließen sie vermuten, dass dem nicht so war. »Was … was ist das?«, fragte Vi leise. Ihr Groll war vergessen.

»Ich nehme mal an, dass selbst du nicht so dumm bist, zu fragen, ob es sich hierbei um ein magisches Buch handelt. Ich gehe also davon aus, *kleine Schwester*, dass du vielmehr fragst: ›Was ist das für ein magisches Buch, das ich da lese? Warum lässt es zu, dass ich es lesen kann, aber nicht meine Respektspersonen?‹ Und im Gegensatz zu deiner ersten Frage ist das in der Tat eine sehr gute Frage.«

Vi klappte den Mund zu. In ihrem früheren Leben hatte sie viel schlimmere Beschimpfungen ertragen müssen, aber Schwester Ayayah hatte rasch herausgefunden, dass »dumm« genannt zu werden, Vi tiefer verletzte als andere Beleidigungen. Die Schwester stach gerne in diese Wunde und behauptete immer, dass das zu Viridianas eigenem Wohl geschehe, dass sie Vi damit helfe, an einem wunden Punkt eine Art seelisches Narbengewebe zu entwickeln.

»Dieses Buch«, erklärte Schwester Ayayah mit schneidender Stimme, »ist Müll. Es ist Schund. Es hat wahrscheinlich überhaupt nichts mit Kylar zu tun. Er hätte ohne Frage gar nicht über den Sachverstand verfügt, eine derartige Magie zu erschaffen. Aber jetzt bin ich froh, sagen zu können, dass dieses Buch deine Laufbahn zerstören wird, so wie es fast meine eigene zerstört hätte.«

»Wie bitte?«

Schwester Ayayah fuhr fort, als hätte Vi gar nichts gesagt. »Denn aus irgendeinem Grund, trotz oder gerade wegen deiner Dämlichkeit und mangelnden Kultiviertheit, erlaubt dieses Buch dir, es zu lesen, und, soweit wir wissen, niemandem sonst. Daher habe ich den Auftrag, dich wissen zu lassen, dass der Friedensrat dir drei Tage Zeit gibt, alles zu lesen und sämtliche Hinweise aufzuspüren, die du finden kannst, um dann darüber Bericht zu erstatten.«

Es war wie in den schlechten alten Zeiten, als das manipulative Scheusal, das ihr Meister gewesen war, eine Übungseinheit gerne einmal damit angefangen hatte, Vi erst auf die Nase zu schlagen und sie dann mit brutaler Gewalt zu attackieren, sodass sie sich in benommenem Zustand verteidigen musste, während ihr Tränen aus den Augen strömten, die ihr die Sicht nahmen, und ihr das Blut aus der Nase schoss.

»Warum tagt der Kriegsrat denn?«, brachte Vi heraus. »Und welche Hinweise? Worauf?«

»Wir müssen … entschuldige bitte. *Du* …« Schwester Ayayah lächelte grausam, als würde sie, an einer undankbaren Aufgabe gescheitert, nun entdecken, welche Freuden es mit sich bringt, sie jemand anderem zu übertragen. »Du musst herausfinden, wo sich Kylars Leichnam befindet.«

»Mit diesem Buch? Aber Ihr habt doch gesagt, Ihr wüsstet nicht einmal, was drinsteht, woher sollen wir also wissen, dass es uns …«

»Mit diesem Buch. Ja. Zwing mich nicht, mich zu wiederholen. Du klingst dann noch dümmer als sonst.«

Ganz. Langsam. Atmen.

Blinzelnd, den Blick abgewandt, brauchte Vi nur einen tiefen Atemzug, bis sie sich wieder im Griff hatte.

»Aber … warum? Warum interessiert uns das? Kylar hat sich hier nicht gerade viele Freunde gemacht. Dem Rat kann unmöglich so viel an ihm liegen, dass er extra noch mal eine Expedition nach Alitaera ausschicken würde, nur um ihm ein ordentliches Begräbnis zu bereiten. Jedenfalls nicht nach dem, wie wir die Lage dort hinterlassen haben.«

Der Mund der Schwester wurde zu einem dünnen Strich. »Du bist früher eine Meuchelmörderin gewesen. Ist es denn nicht offensichtlich? Wenn man hört, dass jemand so Mächtiges wie Kylar Stern tot ist, zahlt es sich immer aus, selbst einen Blick auf die Leiche zu werfen.«

»Es wird aber keine Leiche geben! Das habe ich Euch doch schon gesagt. Es ist unmöglich, dass er es geschafft hat, sich bis nach …«

»Wir haben Grund zu der Annahme, dass es ihm gelungen ist. Zumindest ein Stück weit.«

»Aber ich habe gedacht, die Magie des Sehers hätte bereits bestätigt, dass er tot war. Tot ist.«

Im Fall von Kylar lagen Welten zwischen diesen beiden Sätzen, aber Vi hoffte, dass es Schwester Ayayah nicht weiter aufgefallen war.

Unvermittelt löste Ayayah Meganah den Blickkontakt. »Also gut. Er hat etwas bei sich gehabt, angeblich ein Artefakt von überaus mächtigen magischen Fähigkeiten. Wir haben Grund zu der Annahme, dass er es heimlich stets am Leib getragen hat. Wusstest du davon?«

»Nein. Ihr wollt also das Artefakt haben. Sein Leichnam ist Euch eigentlich egal.«

Vi konnte sehen, dass sie mit ihren Worten ins Schwarze getroffen hatte, doch Schwester Ayayah hatte nicht die Absicht, ihr die Genugtuung zu geben, es einzuräumen. »Aber dir ist er nicht egal, nicht wahr?«, gab die Schwester prompt zurück. »Du kannst den anderen erzählen, was du willst, und vielleicht glauben sie dir ja. Aber ich habe gesehen, wie du ihn angeschaut hast.«

Dieses Mal war es für Vi eine Leichtigkeit, die gleichgültige, ausdruckslose Miene des schwesterlichen Hasses aufzusetzen. »Wenn ich ihn finde, darf ich ihn dann begraben?«

»Ach, kleine Viridiana. Du hast gesehen, wie hier die Schwestern aus allen Teilen der Welt eingetroffen sind. Wir haben eine Vollversammlung einberufen, um das Desaster von Alitaera zu besprechen. Wir werden in drei Tagen darüber abstimmen, was zu tun ist. Als deine Vorgesetzte werde ich die dringende Empfehlung aussprechen, dich weder an dieser noch an irgendeiner anderen Expedition teilnehmen zu lassen, und zwar auf Jahre hinaus. Deine Aufgabe beginnt und endet also mit deinem *Arsch* auf diesem Stuhl. In Anbetracht deines katastrophalen Versagens auf dem Sturmschiff wird es Folgen für deine Stellung in dieser

Schwesternschaft haben, solltest du uns in dieser Angelegenheit im Stich lassen. Du hast drei Tage Zeit, Viridiana«, sagte Schwester Ayayah mit einem unangenehmen Lächeln. »Und heute zählt als Tag eins.«

ERSTER TAG

Kapitel 3

Einer Amnestie zuvorkommen

Ich hänge oben an Lord Repha'ims höchstem Turm unter einer Reihe von vergitterten Fenstern und warte darauf, dass ein Wachmann sich in Bewegung setzt.

Ich habe die Sache jetzt schon vermasselt. Ich hätte das Ganze in dem Moment bleiben lassen sollen, als das Wort »Nachtengel« aus dem Mund des Jungen kam. Und erst recht, sobald er mich Kylar Stern nannte. Es gibt keinen guten Grund, warum ich nicht warten und die Angelegenheit in einem Monat zu Ende bringen kann. Oder in sechs Monaten oder in zwei Jahren.

Nun ja, keinen anderen guten Grund als den Erlass des Hochkönigs.

Der schwarze Ka'kari bedeckt meine Haut, sodass ich für alle unsichtbar bin, die sich magischer Mittel bedienen. Der Ka'kari hat mich wissen lassen, dass ich zwischen Unsichtbarkeit für magische Sicht und Unsichtbarkeit für die profane Alltagssicht wählen kann, aber nicht beides zugleich. Andererseits könnte der Ka'kari auch gelogen haben, um mir das Leben schwerer zu machen.

~Ich? Lügen?~

In Anbetracht all der hier befindlichen Magier habe ich meine Wahl getroffen. Also drücke ich mich jetzt in dunkle Ecken und werfe in regelmäßigen Abständen Blicke auf den Wachmann hinter dem Fenster sowie in den Himmel hinauf.

Die rosigen Finger der Morgenröte kratzen bereits jetzt am Horizont.

Würde ich sagen, ich bin hier, um jemanden für meinen Freund, den Hochkönig, zu töten, würde man gleich wissen, worum es geht. Aber die Sache ist komplizierter. Schwerer zu bewerkstelligen. Ich hoffe, hier jemanden ohne seinen Befehl töten zu können, vielleicht sogar seinem Befehl entgegen, und trotzdem der Freund des Königs zu bleiben.

Gelingt es mir, nur dieses eine Ungeheuer im Inneren dieses Gebäudes tot zurückzulassen, könnte Logan mir womöglich vergeben. Wenn ich ein Dutzend Männer abschlachte – ganz egal, wie sehr sie es verdient haben mögen –, habe ich es mir mit ihm verscherzt. Wahrscheinlich würde er sogar seine Leute schicken, um mich zu verhaften, und dann würde er mich hinrichten lassen.

Würde er wirklich die Hinrichtung seines besten Freundes anordnen?

Sagen wir einfach, ich habe guten Grund zu glauben, dass er es tun würde.

Ich kann die ganze Unternehmung immer noch abbrechen. In mehrfacher Hinsicht habe ich alle Zeit der Welt.

Schreckliche Menschen haben stets viele Feinde, und niemand kann für immer in höchster Alarmbereitschaft leben. Die zu Tötenden, unsere »Leichen«, werden ungeduldig. Sie verkriechen sich eine Zeit lang, aber irgendwann wird ihnen langweilig, sie entscheiden, dass die Gefahr vorüber ist, und kommen wieder heraus.

Und genau in dem Moment bringt mein Meister sie um. Das ist die schlaue Herangehensweise. So sollte auch ich es halten.

Aber wenn ich die Sache noch heute Nacht zu Ende bringe, könnte mir der Hochkönig vielleicht doch noch verzeihen. Wenn ich es heute Nacht erledige, wäre es immer noch glaubhaft, dass ich noch nichts von seiner großen Amnestie gehört habe. Ich habe die Boten überholt, um ihnen zuvorzukommen und als Erster hier zu sein. Aber die Herolde werden die Amnestie als Erstes am Morgen verkünden.

Das ist jedoch nicht der wahre Grund, warum ich jetzt hier bin, und das wissen wir beide, nicht wahr, Graf Drake?

Die Wahrheit ist, dass ich es einfach nicht dabei bewenden lassen kann. Es ist zu spät, meine Ziehschwestern zu retten. Aber es ist nicht zu spät für Rache.

Gerechtigkeit, meine ich.

Ich reibe mir mit der einen Hand die Augen. Ich habe in den Monaten seit der letzten Schlacht am Schwarzen Hügel nicht gut geschlafen und seit etwa ein oder zwei Tagen überhaupt nicht mehr. Das ist nicht gut. Mein magisches Talent kann schlechte Reflexe und ein getrübtes Urteilsvermögen nicht wettmachen.

Schließlich geht der Wachmann weg. Ich begutachte die Gitterstäbe vor dem Fenster. Der Ka'kari kann kleine Stahlscheiben verschlingen, um auf diese Weise die Gitterstäbe zu durchtrennen, aber er ist bereits bis oben hin mit Kraft angefüllt. Es wäre, als würde man versuchen, Öl in eine bereits randvoll befüllte Lampe zu gießen. Das zusätzliche Öl würde nur aus der Lampe tropfen, was nicht ratsam ist, wenn man es mit Feuer zu tun hat. Auf ähnliche Weise wäre das Durchschneiden der Stäbe mit dem Ka'kari hier oben wie das Entfachen eines Leuchtsignals sowohl im magischen als auch im allgemein sichtbaren Spektralbereich.

Ich werfe einen Blick in den Innenhof hinunter. Ein Magier, diesmal hilfreicherweise in blaue Gewänder gekleidet, patrouilliert dort. Ich kann, ohne gesehen zu werden, Magie für innerliche Dinge einsetzen, wie die Kräftigung meiner Muskeln für einen Sprung, aber alles, was ich äußerlich an Magischem mache, wäre, wie in der Dunkelheit eine Fackel zu schwenken. Möglich, dass er es nicht sieht, wenn ich nur schnell genug bin. Wenn ich genau in dem Moment handle, in dem er sich abwendet …

Nein, es ist das Risiko nicht wert. Irgendein anderes Augenpaar könnte mich sehen.

Ich ziehe mich hinauf und spähe durch das Fenster. Der Wachmann bewegt sich immer noch von mir weg, steuert das gegenüberliegende Fenster an, um sich dort zu einem anderen Mann zu gesellen. Wenn sich der andere umdreht, um ihn zu begrüßen, während ich gerade am Fenster vorbei hinaufklettere, sitze ich in der Patsche.

Es gibt hier einfach zu viele Augen, die auf mich gerichtet sein könnten, und zu viele Möglichkeiten, mich durch schlichtes Pech zu verraten.

Ich muss es riskieren. Also los.

Ich spüre das Kribbeln des Ka'kari an meinen Fingerspitzen, als er Feuchtigkeit und Fett aufsaugt, damit ich besseren Halt habe. Wie gesagt, wenn er will, kann er sehr hilfreich sein.

Verzierte Kragsteine stützen das überhängende Flachdach des Turms über mir. Die Tatsache, dass ich keinen Gebrauch von Magie machen darf, dazu die Fenster und das überhängende Dach, all das bedeutet, dass meine größte Aussicht auf Erfolg in einer schnellen Abfolge dynamischer Bewegungen besteht. Nicht zum ersten Mal bin ich froh über die Jahre, die ich ohne magisches Talent zugebracht habe. Um mit meinem Meister mithalten zu können, habe ich mir eine gute Klettertechnik aneignen müssen.

Allerdings bin ich in jenen Jahren auch oft genug ins Seil gefallen – und ich habe nie etwas derart Dummes versucht wie jetzt. Und dieses Mal verfüge ich über kein Sicherungsseil, das mich auffangen kann.

Ich führe mir die Bewegungsabfolge rasch noch einmal vor Augen: ein schneller Lauf die Wand hoch, ein Sprung von der Wand weg mit einer halben Drehung, die Gesimsfigur unter dem Überhang umklammern, einmal um sie herumwirbeln und dann ein Rückwärtssalto auf das Dach hinauf.

Kein Problem, oder? Ich schaffe das.

Ich werde sterben.

Ich werfe einen Blick ins Innere und sehe, wie einer der Wachleute mit dem Daumen auf mein Fenster zeigt. Der andere blickt herüber, nickt. Einer von ihnen wird jeden Moment in diese Richtung kommen.

Jetzt!

Ich stemme mich unter Zuhilfenahme meines magischen Talents nach oben, klettere auf die Fensterbank und hangele mich die Gitterstäbe vor den Fenstern hinauf, als wären sie eine Leiter. Meine Füße folgen und rasen die Stäbe empor. Ich drehe mich von der Wand weg und springe nach oben in den leeren Raum hinaus.

Für einen kurzen Moment wirbele ich verbindungslos im Nichts, berühre nur Luft. Dann klatschen meine Hände auf die kugelig hervorgewölbten Steinaugen der Gesimsfigur, die in die Kragsteine über mir hineingemeißelt ist. Ich drehe mich um die Figur herum, wie ein Akrobat um eine Reckstange wirbelt, um mich dann zurück in Richtung Gebäude zu werfen.

Doch während ich mich mit aller Kraft emporziehe, bricht eines der Steinaugen in meiner Hand heraus, was mich aus der vorgesehenen Flugbahn wirft.

Ich fliege nach oben, aber nicht hoch und auch nicht weit genug.

Als ich meinen Salto vollende, treffen statt meiner Füße meine Knie auf Stein, gerade noch auf der Kante des Daches. Zu schnell verliere ich den Schwung, und ich erreiche diesen unangenehmen Moment am höchsten Punkt eines Sprungs, wenn man aufhört zu steigen.

Mein Körperschwerpunkt liegt immer noch außerhalb der Dachkante.

Ich werfe meine Hände zur Seite, um die Zinnen rechts und links des Zwischenraums zu fassen zu bekommen, doch sie sind zu weit auseinander. Es ist unmöglich, dass ich nicht falle.

Aber ich strecke auch meine Beine nach beiden Seiten aus, mache einen Spagat und erwische eine der Zinnen mit dem Fuß – und verlagere einen Großteil meines Gewichts schmerzhaft direkt auf die Leistengegend.

Dann rutsche ich ab, weil ich mich nirgendwo festhalten kann.

Ich rette mich nur vor dem freien Fall, indem ich mit einer Hand nach der Dachkante greife und meinen ausgestreckten Fuß ins offene Maul der Gesimsfigur stemme, dort, wo sie ein winziges Stück unter dem überhängenden Dach hervorlugt.

Über mehrere lange Augenblicke hinweg kann ich mich kaum bewegen und habe sogar Mühe zu atmen. Hodenschmerzen haben etwas Mystisches an sich. Aber man kann sich antrainieren, sie auszuhalten und immer noch zu tun, was man tun muss.

Möchtest du raten, auf welche Weise mein Meister mich darin trainiert hat, diese Art Schmerz zu ignorieren?

Gerne, tu dir keinen Zwang an, denn ich werde nicht darüber reden.

Mein magisches Talent macht es nicht gerade einfach, sich mit einem einzigen unsicheren Haltegriff und auf den Zehenspitzen eines Fußes an eine kalte, grobkörnige Wand zu klammern – aber es macht es immerhin möglich. Ich nehme alle Kraft zusammen, dann springe ich von meinem einen Fuß auf der Gesimsfigur aus in die Höhe, um meine andere Hand über die Dachkante zu schwingen. Von da an ist es nur noch ein einfaches Hinaufziehen, solange mich die Kante des Turms aushält.

Was der Fall ist. Ich klatsche auf das Dach und rolle von der Kante weg, endlich in Sicherheit. Dann erst wälze ich mich auf die Seite und kauere mich in Embryonalstellung zusammen, wie es sich für einen erwachsenen Mann gehört.

~Was für ein Glück!~

»Glück?«, krächze ich.

~Das Auge, das du der Gesimsfigur abgerissen hast, ist in die Büsche gefallen, und die Wache war zufällig zu weit weg, um es zu hören.~

Ich kann nur stöhnen. *Ich Glückspilz.*

Kaum bin ich aufgestanden und habe mir den Staub von Händen und Kittel gewischt, höre ich eine Stimme von unten heraufrufen: »Stern! Kylar Stern, ich weiß, dass du hier bist!«

Im Bewusstsein, dass mich ein Armbrustbolzen oder eine magische Attacke erwarten könnte, sobald ich unten meinen Kopf sehen lasse, nähere ich mich vorsichtig der Kante, doch der Mann, der da spricht, erhebt seine Stimme nicht aus dem Hinterhalt. Er steht auf einer überdachten Terrasse fast direkt unter mir. Es kann nur Lord Repha'im persönlich sein. Er muss von Leibwächtern umringt sein, die gar nicht froh sein dürften, dass er herausgekommen ist – und von Magiern noch dazu, denn ich kann sehen, wie sich kleine Kugeln aus verschiedenfarbigem Licht wirbelnd von der Terrasse erheben und in die Schatten eintauchen, um mich zu jagen.

Als Nächstes wird er mich auffordern, herauszukommen und gegen ihn zu kämpfen wie ein Mann.

»Stern!«, ruft er erneut. Dann wird seine Stimme leiser, aber ich kann sie immer noch hören, ohne mich anzustrengen. Er hat eine dieser weithin vernehmlichen Stimmen. »Du glaubst zu wissen, wie die Sache enden wird. Du irrst dich.«

Die leuchtenden Kugeln sausen noch ein letztes Mal herum und verschwinden dann. Ich höre, wie die Tür zugeknallt wird, und dann das laute Klappern von vorgelegten Riegeln magischer und mechanischer Natur.

Ich irre mich also, hm?, denke ich und lasse den schwarzen Ka'kari sich in meiner Hand zusammenziehen. *Das werden wir schon noch sehen.*

Ich stehe auf, und da nun der gesamte Turm allen Menschen unten den Blick auf die Magie des Ka'kari versperrt, schneide ich einfach durch das Schloss der Tür hindurch.

Ich nehme mir einen Moment Zeit, um meinen Willen zu stählen und mich auf das Hässliche vorzubereiten, das da meiner harrt.

Die Verantwortung liegt allein bei mir. Meine Schuld ist unermesslich, unentrinnbar, unaussprechlich – aber es ist nicht ganz allein meine Schuld. Ihr und Eure Familie habt mich als Sohn in Euer Haus aufgenommen, Graf Drake. Es ist meine Schuld, dass meine Schwester tot ist. Doch nicht ich habe sie von jenem Balkon geworfen. Nicht ich habe ihren Leichnam verunstaltet. Ich kann nicht mich selbst dafür bezahlen lassen, was passiert ist, doch jemand wird heute Nacht zahlen müssen.

Ich wickle ein dämpfendes Luftgewebe um die Scharniere, um ihr Quietschen zu überdecken, und schlüpfe hinein, um meine blutige Arbeit zu tun.

Kapitel 4

Ein hilfreiches Ungeheuer

Scheint eine ziemliche Verschwendung, an einem Ort bis hinauf zur Spitze des höchsten Turms zu klettern, nur um dann den ganzen Weg in den schwer bewachten Keller hinabzusteigen, nicht wahr? Besonders wenn es in diesem Turm zahlreiche enge Nadelöhre gibt, die von disziplinierten Wachleuten leicht gehalten werden können, von Magiern gar nicht erst zu reden.

In diesem Turm hat Lord Repha'im alle paar Stockwerke Gruppen von Wachleuten stationiert. Und solche Wachmannschaften bewachen ausnahmslos jeden Zugang zu seinem Allerheiligsten. Mindestens fünf dieser Gruppen bestehen aus einem Wächter mit einem Magier an seiner Seite.

Das sind eine Menge Magier für irgendeinen neuen Lord, der aus dem Nichts kommt. Und alle von ihnen, Wachleute und Magier gleichermaßen, befinden sich jetzt in höchster Alarmbereitschaft. Es ist fast so, als sei der Mann nicht nur reich, sondern daneben auch noch klug und vorsichtig und nicht willens zu sterben.

Aber das geht schon in Ordnung. Lord Repha'ims Verteidigungsvorkehrungen werden für mich kein Problem darstellen. Ich wurde zum Blutjungen ausgebildet. Das heißt, ich bin ein Super-Meuchelmörder, der durch Wände gehen kann, tötet, wen immer er will, und wieder verschwunden ist, bevor die Leiche auch nur den Boden berührt, verstanden?

Ach ja, richtig. Ihr habt ja selbst Blutjungen beauftragt, damals, bevor Ihr mich bei Euch aufgenommen habt, nicht wahr, Graf Drake? Damals, bevor Ihr ein anderer Mensch geworden seid.

Von der schmalen zentralen Treppe, die zu den Zimmern im obersten Stockwerk des Turms führt, gehen zwei Türen ab: ein Dienstboteneingang und eine vornehmere Tür für den Herrn des Hauses oder seine Gäste. Ich zögere hier oben in der Dunkelheit und überlege, wie laut der Schall wohl die steinerne Wendeltreppe hinabdringt.

Ich weiß nicht viel über Lord Repha'im, aber ich weiß eine Menge über Cenaria. Ich bin hier in den Elendsquartieren aufgewachsen, und die Höfe der Stadt sind nicht minder voller Gemeinheit und auch nicht viel sauberer. Niemand kommt nach Cenaria, wenn er nicht willens ist, sich schmutzig zu machen. Mit Sicherheit kommt niemand hierher und wird plötzlich wohlhabend, wenn er nicht sehr gut darin ist, sehr schlecht zu sein.

Nenn mich also meinetwegen einen Zyniker, doch ich wette, Lord Repha'im hat allen Grund, ein schlechtes Gewissen zu haben.

Nicht, dass er überhaupt ein Gewissen *hätte,* aber ihr wisst schon, was ich meine.

Eine Art Empfangszimmer füllt das Stockwerk unter mir aus, durch hohe Bücherregale zweigeteilt, mit großen Fenstern auf jeder Seite, von denen man die Aussicht auf die Stadt genießen kann. Bereits beim Hinaufklettern habe ich gesehen, dass sich dort eine Wache und ein Magier im Inneren befinden, aber was ich nicht gesehen habe, ist, dass die Wendeltreppe nicht durchgehend durch diesen Stock verläuft. Sie führt vermutlich auf der einen Seite hinauf, und dann beginnt eine neue Treppe auf der anderen Seite des Raums.

Darin bekundet sich ein wahrhaft ärgerliches Maß an Verfolgungswahn. Wenn deine Feinde deine ganze Burg bis auf den höchsten Raum deines Turms eingenommen haben, hast du ohnehin schon verloren. Von den damit verbundenen Unannehmlichkeiten einmal abgesehen, bedeutet es allerdings, dass ich wahrscheinlich richtigliege.

Der Grund, warum ich den Jungen nicht sofort getötet habe, nachdem er mir den Weg ins Innere gezeigt hat, besteht nicht etwa darin, dass ich ein netter Mensch wäre. Sondern vielmehr darin, dass ich ein Zyniker bin. Ich hatte nicht die Zeit, meine Unternehmung mit gebührender Sorgfalt auszukundschaften, und so habe ich das eine oder andere raten müssen: verderbter Mann von Adel, schlechtes Gewissen, ängstlich, vorsichtig, Egoist?

Zählt man das alles zusammen, lässt sich darauf schließen, dass dieser Adlige über einen fast uneinnehmbaren Schutzraum allein für sich selbst verfügt.

Aber weißt du, was? Das ist kein Problem. Es ist die Lösung.

Ein Meuchelmörder bricht in ein stark befestigtes Anwesen ein? Alle versammeln sich um den Herrn des Hauses, weil alle davon ausgehen, dass der Meuchelmörder gekommen ist, um ihn zu töten.

In diesem Fall liegen sie alle daneben.

Der Alarm hat fast sämtliche Wachen zu Stellungen gerufen, von wo aus sie einen Mann verteidigen können, an dem mir nichts liegt.

Lord Repha'im verdient es vermutlich, getötet zu werden. Ich weiß es nicht. Ich bin nicht seinetwegen hier. Ich bin hier, um jemanden aus dem Kreis seiner Gäste zu töten. Jemanden, von dem ich glaube, dass er sich in dem Raum hier oben befindet.

Wenn Repha'im ein guter Mensch ist, dürfte er seine Gäste mit in seinen Schutzraum genommen haben. Wenn er ein schlechter Mensch ist, hat er sie sich selbst überlassen. Vielleicht von einem oder zwei Wächtern beschützt – wie den beiden Männern im Empfangsraum.

In diesem Entweder-oder besteht das eigentliche Risiko, denn ich kenne Repha'im nicht. Mein Meister hätte nie auf eine solche Art und Weise gezockt. Aber ich? Jetzt? Ich habe keine andere Wahl.

Die Tatsache, dass es hier oben immer noch Wachen gibt, verrät mir, dass ich wahrscheinlich recht habe. Dass sie noch nicht weggerufen worden sind, deutet darauf hin, dass sich etwas Wertvolles in den Zimmern am oberen Ende der Treppe befindet. Oder, wie ich hoffe, jemand Wertvolles.

In das Zimmer einzubrechen, könnte laut werden. Was ich drinnen vorhabe, wird es definitiv, deshalb muss ich mich zuerst um diese beiden Männer kümmern.

Ohne sie umzubringen. Keine Massaker, Logan zuliebe. Mein Arm zittert. So plötzlich an meine Erschöpfung erinnert, kneife ich blinzelnd die Augen zusammen.

Ich höre die Männer reden, aber ich kann keine einzelnen Wörter verstehen. Es bedeutet, dass sie gleich ihre Plätze wechseln werden, auch wenn ich nicht mehr weiß, wie lange es jetzt her ist, dass ich hier am Fenster vorbei nach oben geklettert bin. Mein Meister Durzo würde genau wissen, wen der beiden er gleich vor sich sehen würde. Er würde auch genau wissen, über welche Art Auslöser sie verfügten, um ihrerseits Alarm zu schlagen – das könnte ein einfaches profanes Pfeifen sein oder so komplex wie magische Leuchtsignale, die auf Dutzenden von

Wegen ausgelöst werden können und zum Teil sehr schwer aufzuhalten sind.

Mein Vorhaben sieht immer mehr nach einem gewaltigen Fehler aus.

Selbst jetzt noch kann ich die Sache abblasen.

Aber Trudana Jadwin befindet sich genau hier. Ihr Hochverrat bekümmert mich nicht so sehr wie die Tatsache, dass sie den Leuten geholfen hat, die meine Ziehschwester Magdalyn ermordet haben, und dass sie ihren Leib dann für das verwendet hat, was sie *Kunst* nennt: Sie hat ihn in eine völlig lebensechte Statue aus unverderblichem Fleisch verwandelt und zur Schau gestellt, damit sich andere wie die Geier wohlig daran erregen konnten.

Wenn ich jetzt wieder gehe, kommt die Herzogin mit alldem davon. Sie wird im Rahmen der Nachkriegsamnestie von Hochkönig Logan begnadigt werden, und ihre Verbrechen bleiben ungesühnt. Sie hat sich seit der letzten Schlacht versteckt gehalten, aber nach dem heutigen Tag wird sie diesen Turm verlassen können, um wieder ins gesellschaftliche Leben zurückzukehren. Und das nicht irgendwo ganz unten, sondern wie gehabt direkt in den obersten Kreisen.

Ich werde das nicht zulassen. Ihr versteht mich doch, oder, Graf Drake? Die Vorstellung, dass Ihr Euch an den Hof begebt und sie dort lachen und mit ihren Freunden Wein trinken seht? Sie ist genau der Typ, der sich voller hämischer Freude auch Euch vorknöpfen würde, im Wissen, dass Ihr Euch einem Leben der Gewaltlosigkeit verschrieben habt.

Ich verstehe, warum Ihr das alles hinter Euch gelassen habt, aber die Welt braucht Männer, die des Nachts den Weg des Werwolfs gehen, die durch Blut waten, um dem Unrecht Einhalt zu gebieten. Männer wie mich.

Ich lege meinen Waffengürtel und meinen Rucksack ab und verstaue beides außer Sichtweite oben an der Treppe. Ich öffne zwei kleine Behälter; zuerst streiche ich mir eine schützende Fettschicht auf die Finger, dann trage ich zwei Tupfer meines Betäubungsgifts darauf auf. Ich lasse den Ka'kari wieder unter meine Haut sinken, sodass ich splitternackt bin.

Dann stehe ich zögernd im Schatten der Treppe. Gestern Abend schien mir das alles noch eine viel bessere Idee zu sein.

Ich stelle fest, dass der Mann auf meiner Seite des Empfangsraums der Magier ist, und ich befehle dem Ka'kari, mein Talent vor seinen Augen verborgen zu halten, nur sicherheitshalber.

»Psst«, mache ich.

Er steht am Fenster und blickt auf die Stadt und den beginnenden Sonnenaufgang. Er ist viel größer, als es mir bewusst gewesen ist. Ich werde ihm beide Dosen verpassen müssen.

Wie habe ich so etwas nur übersehen können?

»Psst«, sage ich noch einmal, lauter. Meine Schultern sind hochgezogen, und ich verberge meine Nacktheit unter meinen übereinandergeschlagenen Händen. Alles an mir drückt Verletzlichkeit aus.

Er dreht sich um. »Was zum ...?«

Verlegen winke ich ihn mit der einen Hand heran.

»Dannil?«, sagt er, allerdings im Flüsterton. Das muss der Name der anderen Wache sein.

Ich schüttle den Kopf, als würde ich mich schämen, nackt und als flehender Bittsteller gesehen zu werden.

Er kommt auf mich zu. »Was machst du hier?«, fragt er nicht gerade leise.

»Schhh, bitte«, wispere ich. »Ich verliere meine Anstellung, wenn mein Meister das hier erfährt. Seit der Alarm ausgelöst worden ist, versuche ich, von hier wegzukommen.«

»Was machst du hier?«, wiederholt er seine Frage und kneift die Augen zusammen. Er hält eine zerbrechliche Glaskugel in der rechten Hand, seinen dicken Daumen darauf gelegt.

»Ich war … bei … du weißt schon, gestern Abend.« Ich mache eine Kopfbewegung in Richtung Treppe. Trudana Jadwin ist bekannt für die Unersättlichkeit ihrer geschlechtlichen Bedürfnisse und ihre Vorliebe für Männer, die etwa halb so alt sind wie sie – also in etwa so alt wie ich. Ich sage: »Als der Alarm losging, hat sie mich aus ihren Gemächern geworfen! Und sie will mich nicht wieder reinlassen. Meine Kleider sind da drin!«

Er prustet amüsiert. Ich sehe, wie sich seine Anspannung löst. Er kann sich das Lachen kaum verkneifen.

»Bitte!«, flüstere ich. Er hat Handschuhe an. Es gibt da nur sehr wenig entblößte Haut, wo ich das Kontaktgift anbringen kann. »Du musst mir helfen. Du kannst dir nicht vorstellen, welch erniedrigende Dinge sie mich letzte Nacht hat tun lassen – und was sie alles ihrerseits mit mir gemacht hat! Ich werde den Rest der Woche in der Badewanne zubringen und versuchen wegzuschrubben, wo sie auf mich … igitt. Und wenn ich zu allem Überfluss dann auch noch meine Anstellung verliere? Bitte, alter Junge.« Ich falle vor ihm auf die Knie und umklammere seine Hand mit beiden Händen. Ich schmiere ihm das Kontaktgift oben und unten ums Handgelenk, dann halte ich seine Hand in einer flehentlichen Geste mit beiden Händen umfasst, um die erste Berührung zu überspielen.

Es ist ein alter Taschendiebtrick. Eine einzelne Berührung lässt sich gut spüren, aber eine kurze, leichte Berührung kann in der Sinneswahrnehmung durch eine festere, großflächigere Berührung unmittelbar davor oder danach verdrängt werden.

»Dannil!«, sagt der Wachmann lauter und mit belustigter Stimme. »Komm und sieh dir das an!«

»Ach, komm schon!«, jammere ich, immer noch auf den Knien. »Muss das sein?«

Er zieht seine Hand angewidert von mir weg und steckt den gläsernen Alarmauslöser wieder ein. »Du solltest eigentlich wissen, dass man besser nicht mit Leuten verkehrt, die über einem stehen, Junge.«

Dann blinzelt er.

»Was ist denn?«, höre ich den Wachmann auf der anderen Seite der Bücherwand fragen.

Der massige Magier blinzelt noch einmal, dann gerät er ins Wanken.

Ich bin hinter ihm, bevor er es merkt, und schlage ihm die Fäuste in beide Kniekehlen.

Er kippt in meine wartenden Arme, und ich setze ihn mit einem Würgegriff außer Gefecht, um sicherzustellen, dass er still ist. Er wird schlaff, und ich lasse ihn sofort los. Ich möchte die Blutzufuhr in seinen Kopf nicht zu lange unterbrechen; da könnte er mir sterben, und außerdem will ich das Betäubungsgift in seinem Gehirn haben.

Ich springe über ein niedriges Bücherregal, als der Wachmann um die Ecke kommt.

Ich glaube, das Letzte, was er erwartet hat, war ein nackter Mann, der in die Luft springt und seine Arme weit ausbreitet. Mein rechtes Bein geht über seine Schulter, das linke sticht irgendwo unter seine rechte Achselhöhle, und ich verfehle mein Ziel. Aber ich drücke seinen Kopf nach unten, mein ganzes Gewicht lastet auf ihm, und wir fallen beide um. Ich klatsche auf den Boden, fange meinen Sturz ab, und er schlägt auf allen vieren über mir auf. Als sich meine Beine um ihn schlingen, schafft er es aufzuspringen, in der Hoffnung, mich hochheben und dann auf den Boden schleudern zu können. Doch ich packe ihn an der Ferse und hindere ihn daran, einen Schritt zurück zu machen, während er versucht, irgendwie das Gewicht von uns beiden abzufangen.

Er stolpert und fällt auf den Hintern, während sich meine Beine nun vollends zum Dreieck um seinen Kopf schnüren. Und das war's dann auch schon.

Von dem Moment an, als er mich entdeckt hat, über unseren Kampf bis zu dem Augenblick, wo er bewusstlos daliegt, ist nicht einmal genug Zeit vergangen, um bis zehn zu zählen. Es ist ihm gar nicht erst in den Sinn gekommen, seine gefährlichste Waffe einzusetzen: seine Stimme.

Ich lasse ihn schnell wieder los. Erneut könnte ich allzu leicht einen Menschen töten, ohne es zu wollen. Ich schnappe mir seine Waffen und finde seinen Alarmauslöser in einer Tasche verstaut. Dann streife ich mir den Ka'kari über die Haut, damit er mich wieder als der Nachtengel umkleidet. Es lässt sich nie genau sagen, wie lange ein Mann, der bewusstlos gewürgt wurde, auch bewusstlos bleibt.

In diesem Fall ist es nicht annähernd lange genug. Statt dass erst ein Flattern seiner Augenlider anzeigen würde, dass er bald wieder zu Sinnen kommt, öffnen sich seine Augen unvermittelt ganz.

Ich mache es nicht mit Absicht, will es auch gar nicht, aber vielleicht liegt es an der Nähe unserer Gesichter, vielleicht an der Angst in seinem Blick, jedenfalls ruft etwas meine Kräfte wach: Der Nachtengel – was zum Teufel er auch immer ist, was zum Teufel *ich* jetzt bin – kann manchmal die Verbrechen eines Menschen in seinen Augen sehen, wie ein unauslöschlicher Fleck direkt in seine Seele eingeschrieben, für alle anderen unmöglich zu bemerken, für mich unmöglich zu übersehen.

So schnell ich kann, breche ich den Blickkontakt ab. Ohne es beabsichtigt zu haben, bin ich bereits zu ihm gesprungen, halte ihn jetzt mit dem Knie fest zu Boden gedrückt, habe seinen Kopf mit der einen Hand zurückgerissen und mit der anderen eine Klinge gezogen – bereit für den Todesstoß, die Kiefer fest zusammengebissen, die Zähne gefletscht, während die Nachtengelmaske mein Gesicht verhüllt, Rauch von Augen aus blauer Flamme aufsteigt, brennende Verdammung.

Der Blick meiner von seinem Gesicht abgewandten Augen fällt auf seine Uniform. Irgendwie habe ich eine wichtige Sache bis jetzt übersehen.

Die beiden Männer tragen nicht das Wappen der Repha'im, sondern die Livree der Jadwin. Dieser Mann war an der Entführung von Mags beteiligt und … und ich weiß nicht, woran sonst noch. Ich habe sofort weggeschaut, als ich in seinen Augen gesehen habe, wie er sie geschlagen hat.

Ich kann diesen Mann unmöglich töten.

Ich kann es unmöglich *nicht* tun.

»Magdalyn Drake«, knurre ich den Mann unter mir an. Meine Nachtengelmaske besteht aus der gleichen schwarzen Ka'kari-Haut wie auch meine übrige Aufmachung, aber statt meine Züge präzise nachzuformen wie bei meinem übrigen Körper, ist da anstelle eines Gesichts nur die finstere Leere des Verdammungsurteils. Der Mund zur Andeutung einer düsteren Miene verkleinert, die Augen verdeckt, manchmal für neugierige Blicke mit einem vorgetäuschten blauen Schimmer funkelnd … Jetzt aber lodern sie reflexartig zu roten Flammen auf, während kräuselnder illusorischer Rauch emporsteigt, als stamme er vom Höllenfeuer dahinter, das die Verdammten erwartet.

»Ich habe sie nie angerührt!«, beteuert er.

Es ist eine Lüge, doch ich merke, dass er selbst sich dessen bei seinen Worten gar nicht bewusst ist. Hat er vergessen, dass er sie geschlagen hat?

Meine magischen Fähigkeiten machen so etwas manchmal mit mir, versorgen mich mit scheinbar widersprüchlichen Informationen. Ich vermute, dass er mit »Ich habe sie nie angerührt« meint, dass er sie nicht vergewaltigt hat. Aber im selben Moment habe ich in seinen Augen auch ein Bild davon aufblitzen sehen, wie er ihre Brust gepackt und verdreht und dabei über ihren Schmerz und ihr Entsetzen gelacht hat, während sie verängstigt aufschrie, von Panik vor dem erfüllt, was er wohl als Nächstes tun würde. Aber er hat sie nie vergewaltigt. Er hatte nicht diese Art von Verlangen …

Ich kann es nicht tun. Ich kann nicht das Urteil über ihn sprechen. Nicht hier. Nicht jetzt. Ich kann nicht riskieren, zu tief zu bohren. Ich weiß, dass ich ihn trotzdem töten werde, sobald ich eine bestimmte Art von Schuld wahrnehme, ohne Rücksicht auf die Folgen.

»Verdammt, was stimmt mit deinen Augen nicht?«, fragt er, während er sich unter mir windet.

Ich sehe auf und begegne seinem Blick.

Er liebt es einzuschüchtern, liebt es, anderen wehzutun. Die einzige Musik, die ihn bewegt, ist der Trommelschlag auf Fleisch, sind die sich schrill überschlagenden Klänge des Schmerzes; die abgewandten Augen der gedemütigten Kreatur erregen ihn wie verschämte Neckereien, und Tränen sind ihm lieber als …

Ich zwinge mich, auf seine Kehle statt in seine Augen zu starren. Ein Schauder überläuft mich, meine Glieder verspannen sich, während mein Wunsch, diesem *Ding* ein Ende zu setzen, immer größer wird.

Er fürchtet sich nicht im Geringsten vor mir; trotzdem wäre es falsch, ihn für mutig zu halten. Ich sehe genügend Angst bei meiner Arbeit, kenne sie gut. So wie alles auf dieser Welt zerstört werden oder sich in die falsche Richtung entwickeln kann, so ist es auch hier. Manche Menschen verstehen die Angst nicht, fühlen sie nicht. Man könnte meinen, so etwas sei ein Geschenk. Ist es aber nicht. Am rechten Ort ist die Angst ein Geschenk. In der Angst zeigt sich die Seele, sie ist ein Hinweis darauf, dass ein Mensch etwas wertschätzt. Ein Mann wie dieser hier lügt dir ins Gesicht, nicht weil er gerissen ist, sondern weil er keine Angst hat, dass du die Lüge durchschauen könntest. Er versteht entweder die Folgen nicht oder ist unfähig, sich um sie zu scheren.

Jetzt, da ich weiß, mit wem ich es zu tun habe, werde ich eiskalt. »Kannst du schreiben?«, frage ich. Mit meiner dünnen, scharfen Klinge schneide ich ihm vom Handgelenk bis zur Schulter den Ärmel auf.

»Ob ich was kann?«, fragt er und schaut verwirrt zu, wie ich ihm den Ärmel abschneide.

»Schreiben. Buchstaben, Mann. Beherrschst du die Buchstaben?«

»Nein, ich schreibe nicht. Sehe ich für dich etwa wie so ein siebengescheiter Bücherschnüffler aus?«

»Gut«, sage ich. »Dann kannst du am Leben bleiben.« Ich knülle den Ärmel zusammen.

»Ich kann was?«

»Du wirst ihnen nicht mehr über mich verraten können, als sie bereits wissen.«

»Was?«

Ich stecke mein graziles Messer in die Scheide und ziehe seins. Es hat eine breite, schwere Klinge.

»Du hast nicht den Mumm, mich zu töten«, meint er. »Sonst hättest du es bereits getan. Glaubst du, du kannst mir solche Angst einjagen, dass ich den Mund halte?«

Ich schüttle den Kopf und wende erneut den Blick ab. Vielleicht wertet er es als Zeichen, dass ich den Mut verloren habe.

»Was soll mich schon davon abhalten, ihnen alles zu sagen?«, begehrt er auf.

»Das hier jedenfalls nicht«, entgegne ich.

Mit einer Schnelligkeit, mit der er nicht gerechnet hat, packe ich eine seiner Hände, ziehe daran, um die Sehnen zu weiten, und säbele ihm mit der schweren Klinge die Hand vom Handgelenk ab.

Bis er keuchend nach Luft schnappt, halte ich schon seinen zusammengeknüllten Ärmel bereit, um ihn zu knebeln und seinen Schrei zu dämpfen – und dann auch das nun folgende Gebrüll, als der Ka'kari vor magischer Macht rot aufglüht und seinen Stumpf ausbrennt, damit der Mann nicht verblutet. Es riecht wie – nun ja, es ist nicht nötig, dass dir dieses Detail verstörend im Kopf herumschwirrt.

»Du bist ein Mensch gewesen, der die Schwachen ausnutzt«, verkünde ich. »Deshalb verurteile ich dich zur Schwäche. Du wirst nun allein dank des Mitgefühls anderer überleben – oder eben nicht. Aber mitfühlende Menschen sind verwundbare Menschen, und ich will nicht, dass du mir zum Wolf unter Schafen wirst, also nehme ich dir jetzt die Möglichkeit, noch einmal jemanden zu verletzen.«

Gut, ich habe mir diese Stelle im Nachhinein noch mal vorgenommen. Mir ist klar geworden, dass wir, bevor ich fortfahre, wohl besser erst einmal unsere Abmachung besprechen sollten.

Ja, deine und meine, Zuhörer oder Leser oder was auch immer du bist. Es scheint, dass das, was ich hier aufzeichne, nicht, wie ursprünglich geplant, nur die vertrauliche Geschichte für Graf Drakes Ohren allein wird, also möchte ich sicherstellen, dass du da ein paar Punkte verstanden hast.

Bei den wenigen Gelegenheiten, als ich jemandem angeboten habe, irgendeinen Teil meiner Geschichte zu erzählen, haben mir die Leute immer gesagt, dass sie alles hören wollen.

Doch das wollen sie nie. Nicht in Wirklichkeit. Und du willst es auch nicht.

Hey, schon klar: Wenn du einem gedungenen Mörder beim Geschichtenerzählen zuhörst, dann erwartest du auch, Gedungene-Mörder-Geschichten zu hören, nicht wahr? Vielleicht fängst du ja damit an, dass du die Frage stellst, die jeder, der je getötet hat, so über alles liebt: »Was ist das für ein Gefühl, einen Menschen zu töten?«

Als ob sich das Töten eines Menschen immer gleich anfühlen würde. Als ob das Töten eines Menschen überhaupt immer irgendwelche Gefühle hervorrufen würde.

Aber ich verstehe, vielleicht glaubst du ja wirklich, dass du anders bist, dass du damit umgehen kannst, dass du wirklich ausnahmslos alles hören willst.

Wie auch immer, ich vertraue dir nicht. Du willst bestimmt ein extragroßes Blutvergießen, wenn meine Leichen besonders schlechte Menschen sind. Aber wenn ich einen armen Tropf umbringen muss, der nur seine Arbeit macht und versucht, die Bäuche seiner Kinder einmal pro Woche mit Fleisch zu füllen, indem er einem guten Mann dient, der einem anderen guten Mann dient, der wiederum einem bösen Mann dient, den ich töten muss, dann willst du einen unblutigen, einfachen Tod für ihn. Oder etwa nicht?

Als ob die Welt so funktionieren würde.

Wenn du dich mit dem, was ich tue, wohlfühlen willst, dann zieh verdammt noch mal Leine. Wenn du hierhergekommen bist, um deine Mordlust stellvertretend in den Morden anderer auszuleben, dann mach, dass du wegkommst, und wirf mal einen prüfenden Blick in den Spiegel, mein Freund.

Aber wenn du neugierig bist, zu erfahren, was ich mache? Das kann ich verstehen. Ich habe diese Neugier einst auch selbst empfunden. Da war ich jedoch noch ein Kind. Ich wusste es nicht besser.

Das alles einmal beiseite … wenn du allerhand verkraften kannst und einigermaßen starke Nerven hast, kannst du mir in dieser Sache vertrauen. Ich werde dir alles berichten, was du wissen musst, um zu verstehen, wie ich hierhergekommen bin, an den Rand dieses Abgrunds, im Begriff … zu tun, was ich tun werde.

Aber welche Details darüber hinaus nötig sind, um für Deutlichkeit zu sorgen? Ich entscheide selbst, wie viel du über das ganze schreckliche Zeug hören musst. Wenn du das nicht magst, mein Herr – oder meine Dame –, oder wer zum Teufel du auch immer bist, kannst du jederzeit aufhören zuzuhören. Oder du legst deine Lektüre zur Seite und liest nicht mehr weiter, sollten meine Worte eines Tages den Weg auf die Seiten eines Buches finden. Glaube mir, ich werde dir genug berichten, um deine Neugier zu befriedigen, und noch ein bisschen darüber hinaus, und wenn es mit der Gewalt zu viel wird – und das wird es –, dann gebe ich dir Bescheid, wann du wegschauen musst.

Genug der Unterbrechung. Zurück zu Dannil und dem unvermeidlichen Gemetzel.

Alles Weitere darüber, wie ich ihn nicht getötet habe, ist nicht sonderlich erwähnenswert. Es reicht festzuhalten, dass er schnell das Bewusstsein verloren hat.

Jetzt starre ich einen Moment lang auf die Körperteile, die ich zur Seite geworfen habe wie ein Jugendlicher, der seine Kleidung in seinem Schlafzimmer verstreut.

Es scheint mir nicht in Ordnung, hier zurückzulassen, was wie eine Art Fleischerauslage aussieht, also sammle ich seine Augen, Hände und die vordere Hälfte beider Füße ein. (Ich habe entschieden, er soll stehen können, aber nie wieder rennen oder jemanden treten.) Doch ich kann beim besten Willen seine Zunge nicht finden.

Wo um alles auf der Welt ist seine verdammte Zunge?

Ich gebe es auf – sein Freund, der Magier, wird nicht ewig bewusstlos bleiben, und wenn er aufwacht, solange ich hier bin, wird es für mich viel schwieriger, mit ihm fertigzuwerden. Ich beschließe, mich lieber meinem Hauptziel zu widmen.

Mein Blick fällt auf den Stapel mit den Körperteilen des Mannes. Dass ich sie alle so schön aufgeräumt habe, war von mir als ein Akt der gewissenhaften Sorgfalt gedacht: so wie ein Schreiner nach der Arbeit die Sägespäne auffegt oder ein Koch die Küche sauber macht.

Leider vermittelt der ordentliche Stapel einen etwas anderen Eindruck. Ich habe zwar seine Wunden ausgebrannt, nicht aber die an den abgetrennten Gliedern. Also ist es ein Häufchen aus kleinen blutigen Körperteilen. Und, ganz ehrlich, ich gebe mir ja Mühe, dass es nicht krank klingt, aber was *macht* man denn auch mit herausgelösten Augäpfeln?

Sie voneinander weg nach außen drehen, sodass der Eindruck eines schiefen Blicks entsteht? Das scheint mir wenig passend. Beide nach innen blicken lassen, damit sie schielen? Noch schlimmer. Sie so anordnen, dass beide nach links zeigen, in die Richtung seines eigenen bewusstlosen Körpers, als würde er sich selbst anstarren? Von ihm weg, als würde er sich schämen? *Hoppla, ich habe meine Augäpfel verlegt! Wie peinlich!*

Ich tue mein Bestes und breite dann sein Taschentuch über das Ganze.

Ich schmiere noch den letzten Rest meines Betäubungsgifts auf Dannil und verschwinde.

Ach … verflixt. Ich hätte seinen Namen nie erwähnen sollen. Du brauchst ihn dir übrigens nicht zu merken. Er taucht nicht wieder auf – zumindest ist das bis jetzt nicht der Fall gewesen, und ich kann mir nur schwer einen Krüppel vorstellen, der diesen Berg hier heraufgehüpft kommt –, aber indem ich dir seinen Namen genannt habe, habe ich dem Dreckskerl eine Art Persönlichkeit gegeben, nicht wahr?

Doch wenn du jetzt Mitleid mit ihm hast, lass es lieber. Ich habe dir nicht mal die Hälfte all der kranken Geschichten verraten, die ich in seinen Augen gesehen habe.

Wie auch immer, nächstes Mal lasse ich die unwichtigen Details weg. Hab ein wenig Nachsicht mit mir, dieses ganze spontane Drauflos-Erzählen ist neu für mich. Mit etwas mehr Übung wird es besser.

Hoffe ich zumindest.

Ich trete an die vornehme Tür und klopfe. »Lady Jadwin?«, frage ich und klinge für alle Welt wie ein feiner Herr, der einer Dame einen Besuch abstattet.

»Wer da?«, ruft eine Frauenstimme. Obwohl das dicke Holz das Geräusch dämpft, höre ich ein Zittern in ihrer nasalen Stimme.

»Nur ich, Kylar Stern. Ich bin hier, um Euch zu töten. Dauert nur eine Minute.«

Kapitel 5

Der Tod und die Künstlerin

Wenn man darauf achtet, überraschen einen die Menschen jeden Tag mit ihrer grenzenlosen Dummheit. Aber leider öffnet mir Trudana Jadwin nicht die Tür.

Ich seufze, als ich die Tür mit dem Schlüssel des Wachpostens aufschließe. Oft sind Edelleute wie sie derart abgehoben, dass sie glauben, Leute zu haben, die alles für sie erledigen, sei ein Zeichen ihrer eigenen Bedeutung, und Trudana Jadwin hat sich in vielerlei Hinsicht als eine Edelfrau der schlimmsten Sorte erwiesen – trotzdem muss ich davon ausgehen, dass auch sie über eine dieser Glaskugeln zum Alarmschlagen verfügt.

Als das Schloss mit einem Klicken aufspringt, höre ich sie schreien. Sie muss begriffen haben, dass es nur wenige Möglichkeiten gibt, wie ich an den Schlüssel gekommen sein kann, und keine davon ist eine gute Neuigkeit für sie.

Für den Fall, dass sie eine Armbrust oder einen schweigenden bewaffneten Begleiter bei sich im Raum hat, halte ich mich außerhalb der direkten Schusslinie, als ich die Verriegelung auf Schulterhöhe öffne und gegen die Tür drücke.

Sie ist von innen verriegelt.

Ich höre ihr höhnisches Lachen. »Stern?«, fragt sie, jetzt direkt auf der anderen Seite der Tür. »Logan Gyres armer Verwandter vom Lande? Der mit den scheußlichen Kleidern?«

Aha. Mit dem Schrei hat sie mich nur foppen wollen. Ein abgekartetes Spiel, damit sie sich über mich lustig machen kann.

»Kein Verwandter«, berichtige ich. »Nur ein Freund. Ein Freund mit einem minimalen Sinn für Mode und erfüllt von einem maximalen …«

Der Ka'kari sammelt sich wie schwarzes Öl in meiner Hand und schlüpft dann durch den Spalt in der Tür, verwandelt sich in eine Art dünne Brechstange. Ich hebele sie ein paarmal auf und ab und werde damit belohnt, dass das Brett zu Boden kracht, das die Tür auf der anderen Seite verriegelt gehalten hat. »… Groll«, beende ich den Satz gereizt. Eigentlich hätte ich gedacht, meine Worte würden noch viel bedrohlicher klingen.

Hm, vielleicht korrigiere ich das später noch.

Ich stoße die Tür mit dem Fuß auf.

Das *Plong* einer Armbrust ertönt, fast zeitgleich mit dem dumpfen Aufschlag eines Bolzens auf Holz – und nicht das hellere Geräusch von Eisen, das auf den Stein des Treppenhauses hinter mir trifft, wie ich es erwartet hatte.

Trudana hat nicht einmal ein Ziel von der Größe einer offenen Tür treffen können und das aus einer Entfernung von – ich strecke ungläubig den Kopf am Türrahmen vorbei – sieben Schritt?

Lady Jadwin weicht zurück, die Armbrust nun schlaff in ihren Händen. Ihre Augen sind vor Entsetzen weit aufgerissen. Sie versucht nicht, nachzuladen. Wahrscheinlich weiß sie gar nicht, wie es geht. Sie stolpert über einen Hocker und kracht in eine der vielen Staffeleien, die um die Zimmerwände herum verteilt sind. Ihre Kunst verstopft selbst diesen großen Raum: Über und über mit Zeichnungen gefüllte Bögen bedecken jeden Tisch und jeden Hocker, Leinwände lehnen, vier übereinander, an jeder Wand, eine Ecke ist mit Marmorstaub überzogen, und daneben stapelt sich Steinmetzwerkzeug.

Niemand sonst in Sicht.

Es könnte allerdings auch eine Falle sein. Ich verbringe wertvolle Sekunden damit, mich zu vergewissern, dass dem nicht so ist.

»Schaut nur, was ich wegen Euch angerichtet habe«, schimpft sie. Da ist frisch entfachtes Feuer in ihrer Stimme. Im Fallen hat sie eines ihrer Gemälde zerstört. Ich blicke mich im Raum um und vermute, dass alle Bilder hier drinnen ihr Werk sind. »Wie könnt Ihr es wagen?«, herrscht sie mich an und steht auf.

Sie hat einen regelrechten Habichtsschnabel im Gesicht – das Ding ist wirklich um so viel größer als eine Nase, da würde Logan sagen, das ist ein … *Wie sagt er noch gerne?*

~Rüssel?~

Gesichtserker … glaube ich. Jedenfalls hat sie die riesige Nase, das lange Pferdegesicht und die nässenden Triefaugen, wie man sie nur bei einer bestimmten Subspezies des Adels nach Generationen enger Inzucht findet – leider fehlen ihr jedoch all deren bessere Eigenschaften.

Sie verfügt indes über ein herausragendes ästhetisches Empfinden. Sogar der Morgenmantel, den sie zu dieser frühen Stunde trägt, in perfekt komplementären Farbtönen von Lavendel und Meerschaumgrün gehalten und von seiner Beschaffenheit her der ideale Kontrast zu den Schichten von Unterwäsche darunter, kündet von einem seltenen Zusammentreffen von Geld und gutem Geschmack.

Auch ihre Kunst ist schön. Ich hasse sie dafür.

Ich muss gestehen, in meinen dunkleren Stunden habe ich in Fantasien geschwelgt, wie ich sie auf angemessene Weise für das, was sie getan hat, bestrafen könnte. Ich wollte sie entführen, sie irgendwo verstecken und ihr nur dann zu essen geben, wenn sie Bilder oder Skulpturen für mich schuf – oder wonach immer mir gerade der Sinn stand. Ich wollte sie dazu zwingen zu schaffen, was sie hasst, immer und immer wieder. Oder vielleicht auch, was sie liebt. Ich habe davon geträumt, sie dazu zu beflügeln, die höchsten ihr möglichen Höhen der Kunst zu erklimmen, und ihr Werk dann vor ihren Augen zu zerstören, um ihr unmissverständlich deutlich zu machen, dass niemand je sehen würde, was sie da geschaffen hatte.

Ich hatte vor zu experimentieren: Sollte ich ihre Kunst jeden Tag vor ihren Augen vernichten? Oder vielleicht an einem Tag im Jahr alles zerstören, was sie im vergangenen Jahr geschaffen hatte? Was wäre niederschmetternder für sie?

Ich weiß, dass solche Fantasien eines Profis unwürdig sind.

»Ich bin wegen Mags Drake hier«, verkünde ich.

Sie blinzelt mit den Lidern ihrer Schweinsäuglein. »Wer?«

»Magdalyn Drake. Ihr habt sie in eine Eurer Leichenstatuen verwandelt.«

»Das zerschmetterte Mädchen? Ihr könnt doch wohl nicht *deshalb* aufgebracht sein! In Anbetracht dessen, was ich zur Verfügung hatte, habe ich da erstaunliche Arbeit geleistet. Sie ist in den Tod gesprungen! Ich habe sie wieder zusammengeflickt. Ich habe der Welt ihre Schönheit wiedergegeben.«

Ich blinzle. Ich sollte eigentlich nicht überrascht sein. Es muss an den vielen schlaflosen Nächten liegen. Sie holen mich nun ein. Leugnen des eigenen Fehlverhaltens? Was kommt als Nächstes? Schuldzuweisungen?

Endlich bemerkt sie meinen Gesichtsausdruck und heult auf: »Es war nicht meine Idee! Ich musste es tun. Er hat mich dazu gezwungen! Hat gemeint, es sei Forschungsarbeit. Er sagte …«

Ich reibe mir die Schläfen. Was hatte ich geglaubt, hier zu finden? Ein Bedauern ihrer Verbrechen? Beginnende Selbsterkenntnis? Reumütigkeit?

~Frieden?~

Halt die Klappe, herrsche ich den Ka'kari an.

Diese Frau hat einen Prinzen ermordet. Kaltblütig. Nachdem sie eine Zeit lang seine Geliebte war. Sie hat dazu beigetragen, das Königshaus von Cenaria auszulöschen, und dafür gesorgt, dass die brutale Invasion des Gottkönigs in Cenaria nur auf vereinzelten Widerstand stoßen würde. Die Fäden von Millionen Übeln in diesem Land laufen durch die mörderischen Hände dieser Frau; Hände, die ohne Frage von jeder einzelnen dieser Untaten besudelt sind.

Ich könnte ihr in die Seele blicken und es herausfinden. Mein Zorn würde mich vielleicht blind machen. Es würde mir helfen zu tun, wofür ich hergekommen bin. Was rechtzeitig zu bewerkstelligen ich mich so sehr ins Zeug gelegt habe.

Doch plötzlich habe ich nicht mehr den Mut dazu.

»Nachdem ich Euch umgebracht habe«, sage ich ganz leise, »werde ich diesen Raum in Brand setzen. Und wann immer ich für den Rest meines Lebens irgendwo auf eine Eurer Arbeiten stoße, werde ich sie zerstören, egal was es mich kostet, ohne Rücksicht auf die Folgen. Es wäre besser für die Welt, wenn Ihr nie geboren worden wärt. Ihr hättet in der Wiege erstickt werden sollen. Aber so wie die Dinge jetzt nun mal liegen? Niemand soll wissen, dass Eure Hand je etwas Schönes geschaffen hat. Und ich werde dafür sorgen. Euer Werk wird Euch überleben, aber nicht lange. Stattdessen werdet Ihr einzig und allein für Eure Verbrechen in Erinnerung bleiben.«

Es ist grausam von mir, ihr das zu sagen, aber sie ist eine grausame Frau. Das nennt man ausgleichende Gerechtigkeit.

Es dauert allerdings eine geraume Weile, bis sie verarbeitet hat, was ich ihr da eröffnet habe, und noch länger, bis sie es auch glaubt.

Ich begebe mich in die Ecke mit ihren Bildhauerarbeiten. Ich kann noch nicht recht erkennen, was ihr jüngstes Werk darstellen soll, aber etwas steht da im Begriff, aus dem schwarzen Marmor grobe Gestalt anzunehmen, wie ein Kind, das in der Gebärmutter heranwächst. Ich hoffe, dass sie sieht, dass ihr nun der Weg zur Tür offen steht, und wegrennt. Eine Beute flüchten zu sehen, hat etwas an sich, das den urtümlichen Raubtierinstinkt auslöst. Ich möchte, dass sie mir hilft zu tun, was ich tun muss.

Aber sie rennt nicht weg.

»Ich habe mächtige Freunde«, sagt sie. »Ihr werdet mir nichts antun.«

Siehst du? Ich hatte also doch recht: Wenn man darauf achtet, überraschen einen die Menschen jeden Tag mit ihrer grenzenlosen Dummheit.

Als Nächstes wird sie mir einschärfen, warum ich damit nicht durchkommen werde.

Ich blase den Marmorstaub von ihrem Werkzeug zur Steinbearbeitung.

Dann nehme ich mir einen Meißel und einen Hammer.

Kapitel 6

Was man bei der Arbeit unbedingt beachten muss

Die Sache wird brenzlig, denn irgendwie scheine ich die wesentlichen Grundlagen vergessen zu haben.

Ich hätte den Jungen töten sollen. Ich habe ihm gesagt, dass ich es tun würde, sollte er die anderen warnen. Ich hätte ihm diesen Pfeil durch den Hals jagen sollen. Sie hätten immer noch den Alarm ausgelöst. Sie wären immer noch wie von mir geplant abgelenkt gewesen, und ich hätte immer noch meine Arbeit machen können. Der Unterschied ist, dass mir jetzt nicht mit zunehmender Wahrscheinlichkeit ein Schlamassel drohen würde, das mich Kopf und Arsch kosten dürfte.

Wie viele Missionen habe ich eigentlich schon durchgeführt? Wie gut bin ich wirklich? Ich bin da reingegangen, habe meine Leiche erledigt, und dann … Wer war dieser Kerl noch mal? Der Nachtengel höchstpersönlich? Ja, genau der. *Er* hat die Sache ohne einen Fluchtplan durchgezogen.

Das ist so, als würde ein erfahrener Perlentaucher vergessen, vor dem Tauchen erst einmal tief Luft zu holen.

Ich wage es nicht, den Tunnel zu nehmen, über den ich reingekommen bin – ich habe den Jungen nicht getötet, und ich habe gehört, wie sie ihn gefragt haben, wie er hereingekommen ist, also muss ich davon ausgehen, dass sie den Tunnel inzwischen mit magischen Fallen versehen haben. Da bin ich nun also und überprüfe jeden Raum, jedes Nebengebäude und versuche, eine Schwachstelle zu finden. Tja, das stimmt. Ich suche mir meinen Weg hinaus nicht *vor* der Arbeit. Ich mache es *danach,* wenn das Gelände ringsum komplett abgeriegelt ist und es überall nur so von Söldnern und Magi wimmelt, die nach mir suchen. Wie ein Anfänger.

Ich meine, soll ich dir sagen, was meine Tätigkeit ausmacht?

Reingehen. Töten. Rausgehen.

Und das war's auch schon. Mehr mache ich nicht.

Wenn du ein Profi bist, kannst du bei deinen Versuchen, in fremde Häuser einzudringen, wiederholt scheitern und trotzdem eine Karriere haben. Du kannst die Arbeit fast immer zu irgendeinem anderen Zeitpunkt zu Ende bringen, an irgendeinem anderen Ort.

Du kannst es dir auch leisten, zu deiner Leiche vorzudringen und dann ab und an dabei zu versagen, ihr wirklich den Garaus zu machen. Du wirst trotzdem noch Arbeit finden.

Aber eines ist auf keinen Fall verhandelbar: Es darf niemals passieren, dass man sich nach einem Mord nicht wieder davonmachen kann. Wer sein Leben für das seines Opfers eintauscht, ist kein Profi; das sind Verrückte, Eiferer, Narren, *Meuchelmörder.*

Von allen Leuten im Blutgeschäft, die ich kenne, wie kann da ausgerechnet ich versagen – mit meiner Erfahrung, mit meinen magischen Fähigkeiten, meiner Ausbildung bei dem Besten von uns, der je gelebt hat?

~Vielleicht mit Absicht?~

Ha. Nicht lustig. So bin ich nicht, und das weißt du. Du weißt, welchen Preis es zu zahlen gilt, wenn ich getötet werde.

~Ja, ich weiß das. Hast *du* es vielleicht vergessen?~

Doch das käme für mich überhaupt nicht infrage. Ein Scheitern ist für mich noch nie in Betracht gekommen, und seit ich gelernt habe, welchen Preis meine Unsterblichkeit hat, ist die Sache noch tausendmal schlimmer. Wenn ich sterbe, komme ich wieder zurück – doch an meiner Stelle stirbt jemand, den ich liebe. Jemand wie meine Ziehschwestern.

Ihr Tod geht auf mein Konto, auch wenn ich es damals noch nicht gewusst habe. Nicht ich habe sie gefangen gesetzt. Nicht ich habe Mags zum Springen veranlasst, hätte es aber genauso gut tun können. Einer meiner eigenen Tode ist der Auslöser für ihren gewesen. Ich gebe nicht vor, das zu verstehen, aber es ist eine tiefe Magie, ein Ausgleichen der Waage: Damit ich wieder leben kann, muss jemand anders sterben.

Deshalb musste ich sie rächen, deshalb musste ich Trudana Jadwin töten. Was auch immer ich tue, einer der Menschen, die für den Tod meiner Schwestern verantwortlich sind – ich –, wird straflos davonkommen. Ich würde nie zulassen, dass es zwei sind. Das ist mein Problem. Es ging hier nicht um die Erfüllung eines Mordauftrags. Es war etwas Persönliches, und wenn man die Dinge persönlich werden lässt, macht man auch dort noch unbeirrt weiter, wo ein Profi wissen würde, dass er sich zurücknehmen muss. Man macht Fehler.

Ich kann von Glück sagen, wenn es mich diesmal nicht umbringt.

Die Wachen sind in heller Aufregung, alle arbeiten sie paarweise oder in größeren Gruppen zusammen und halten sich so weit wie möglich mit dem Rücken zur Wand. Inzwischen geht die Sonne auf, und sie haben keine Spur von mir. Lord Repha'im ist zweifellos sowohl wohlhabend als auch paranoid, aber selbst er kann es sich nicht leisten, Dutzende von Magi zu beschäftigen, also schaffe ich es schließlich bis hinein in den Küchentrakt, trotz der Wachen davor.

Auch wenn sich der Küchenbereich im Keller befindet, fällt eine der Wände doch zugleich auch mit der Außenmauer des gesamten Komplexes zusammen, und so wie ich es gehofft, aber dummerweise nicht im Voraus in Erfahrung gebracht habe, gibt es hier zwei Versorgungsschächte, einen für Holz und einen für Kohle. Die Schächte verlaufen von der Küche schräg nach oben bis hinauf zur Straße, um die Brennstoffanlieferung einfacher und sauberer zu machen. Hohe Herren mögen es nicht, wenn Kohleschlepper durch ihre großen Hallen und Säle schlurfen. Beide Schächte sind abgeschlossen, was kein Problem darstellen sollte, aber der Holzschacht ist mit einigen Klaftern Holz gefüllt, vielleicht auch noch mehr.

Die Wachen kontrollieren den Küchenbereich alle paar Minuten. Es gibt keine Möglichkeit, das Holz aus dem Schacht zu schaffen, ohne einen furchtbaren Krach zu machen, sodass die Wächter Alarm schlagen werden und ich mehrere von ihnen umbringen muss.

Aber mit jeder verstreichenden Minute steigt die Wahrscheinlichkeit, dass der Mord an Trudana Jadwin entdeckt wird. Wenn sie sie tot auffinden, dürfte ihnen womöglich klar werden, dass ich es überhaupt nicht auf Lord Repha'im abgesehen hatte, und viele seiner Bewacher werden dann in die übrigen Bereiche des Herrenhauses strömen, um Jagd auf mich zu machen.

Der Kohlenschacht ist etwa so breit wie mein ausgestreckter Unterarm, und es ist eben ein Kohlenschacht: pechschwarz sogar für meine Sehfähigkeiten und voller schwarzem Staub, der das Atmen zur Qual macht. Aber er ist heute noch nicht voller Kohle. Ein Anwesen dieser Größe muss jedoch täglich beliefert werden, sodass ich nicht darauf zählen kann, dass er noch lange leer bleibt.

Ich untersuche das Schloss, muss aber innehalten, als sich die Schritte der Wachen nähern. Das Gute daran, dass ich den Alarm ausgelöst habe, ist, dass sich hier kein Küchenpersonal befindet. Zweifellos hocken sie alle entweder ängstlich in ihren Zimmern oder sind draußen vor dem Eingangstor ausgesperrt. Was ich jetzt mache, wäre nicht möglich, wenn es in der Küche so geschäftig zuginge wie normalerweise am frühen Morgen.

Die Wachen überprüfen die Küche, schimpfen über nervöse Magier und machen Witze darüber, dass sich der Junge wegen des falschen Alarms sicher eine Tracht Prügel einfangen werde.

Dilettanten. Sie sollten *mehr* Angst haben, weil sie noch nichts haben entdecken können, nicht weniger.

Mit dem Ka'kari öffne ich schnell das Schloss des Kohlenschachts, verstecke, was an aufgehäufter Kohle noch darin verblieben ist, in einem der großen schwarzen Kessel in der Nähe und ziehe den unbespannten Bogen aus meinem Rucksack. Ich bin hinreichend elastisch, um in einen so schmalen Raum hineinzupassen, aber ich habe nicht vor, zusätzlich noch irgendetwas mitzunehmen. Ich verstaue den Bogen hinter einem der ordentlich aufgestapelten Holzstöße an einer der Wände, binde das eine Ende meiner Bogensehne um den Riegel der Tür zum Kohlenschacht und das andere an meinen Fuß, damit ich die Tür hinter mir zuziehen kann.

Ich höre die Wachen wieder in die Küche kommen. Sie sind früh dran.

Irgendwie zwänge ich mich in den Kohlenschacht und fange an, mich tiefer hinein und nach oben zu winden. Aber noch habe ich meine Füße nicht ganz in den dunklen Tunnel gezogen, geschweige denn die Tür des Schachts hinter mir geschlossen, als ich einen von ihnen sagen höre: »Was ist denn das da?«

In meinem erschöpften Zustand erstarre ich tatsächlich für einen Moment, statt sofort in Aktion zu treten. Soll ich mich zurück in den Raum werfen und mit dem Töten loslegen, oder soll ich fliehen?

»Alarm!«, ruft eine andere Stimme. »Mord! Irgendwo oben! Los, kommt schon!«

Ich warte, bis ich sie rennen höre, dann schlängele ich mich vorwärts und ziehe mittels der Bogensehne an meinem Fuß die Schachttür hinter mir zu, sodass ich in der Dunkelheit eingeschlossen bin.

Der Schacht ist so unangenehm, wie man es sich nur vorstellen kann: Dick hängt überall der Staub, er stinkt ein wenig nach faulen Eiern und ist alles andere als glatt geschliffen. Ich brauche ein paar Minuten, um es an das Gitter oben zu schaffen. Es ist verschlossen. Ganz im Ernst, warum kann das Stammpersonal hier nicht auch so unfähig sein wie die Söldner?

Ich wäre in echten Schwierigkeiten gewesen, hätte ich nicht den Ka'kari gehabt, um für mich die Scharniere durchzuschneiden.

~Ist das etwa Anerkennung? Endlich.~

Ich gehe, wie so oft, nicht darauf ein und purzele auf die Straße hinaus, huste und spucke Kohlenstaub, froh über die Lieblichkeit der vergleichsweise sauberen Luft.

Aber ich kann es mir nicht erlauben, dort auf der Gasse zu liegen. Der Rest der Stadt weiß nichts von dem, was gerade passiert ist, und ringsum ist die morgendliche Betriebsamkeit in vollem Gange. Das Einzige, was heute anders ist, ist die große Traube aus Händlern und Handwerkern, die sich vor der verschlossenen Tür des Herrenhauses stauen und zu wissen begehren, warum sie nicht eingelassen werden.

Ich klettere gerade zu einem Aussichtspunkt an der nächsten Ecke, als schrille Pfiffe die Morgenluft durchschneiden. Geschafft. Das habe ich ja sauber hinbekommen.

Nun ja, nicht *sauber*. Ich muss einen sicheren Ort finden, wo ich mich waschen kann – und schlafen. Den Ka'kari und mein magisches Talent so sehr in Anspruch zu nehmen, schlaucht ganz schön, und ich habe nicht mehr geschlafen, seit … keine Ahnung, wie lange es schon her ist.

Aber vielleicht kann ich ja jetzt, da Trudana tot ist, wieder schlafen.

Ich gebe mich gerade diesem Gedanken hin, als ich hinter den Mauern des Anwesens hin und her eilende Männer bemerke, die Pferde satteln. Ich sehe, wie der magische rote Schutzschild heruntergenommen wird.

Nein. Wahrscheinlich nicht. Guter Schlaf ist für jemanden wie mich einfach nicht vorgesehen. Aber ich kann mich für ein paar Stunden bewusstlos in irgendein Bett fallen lassen, bevor mich die Albträume erneut heimsuchen werden. Das ist, nach allem, was ich durchgemacht habe, wahrscheinlich das Maximum, das ich mir erhoffen kann. Nach allem, was ich getan habe.

Der Tag ist keine Zeit für ein lebendes Stück Nacht, und so bin ich schon dabei, mich heil und wohlbehalten vor dem Morgenlicht zurückzuziehen, als mir in einer Seitengasse weiter unten etwas ins Auge fällt. Es ist ein zerlumpter Straßenstrolch, so jung, dass ich zuerst nicht erkennen kann, ob es sich um einen Jungen oder ein Mädchen handelt, das Haar zum Schutz vor Läusen und Flöhen kurz geschoren. Mit Bedacht drückt er sich um eine Ecke, weg von den größeren Kindern, damit sie ihm seine Beute nicht wegnehmen können, und holt einen Ball hervor.

Nicht einen Ball. *Den* Ball. Das erkenne ich an der Freude des Kindes über seinen neuen Schatz. Er muss ihn gefunden haben, wo immer er gelandet ist, nachdem ihn der Magier vor einer Stunde aus dem Anwesen geschleudert hat.

Die Menschenmenge am Eingangstor teilt sich, Händler und Reiter schreien sich gegenseitig an, und plötzlich weiß ich, was gleich passieren wird.

Ich weiß nicht genau, was die Reiter zu unternehmen vorhaben. Sicherlich können sie nicht glauben, mich finden zu können, aber ich sehe, wie sie sich aufteilen; es sind vielleicht dreißig, und sie schlagen gruppenweise verschiedene Wege ein. Vielleicht überbringen sie Nachrichten an Freunde oder Vorgesetzte, vielleicht hegen sie die Hoffnung, sich mir irgendwie in den Weg stellen zu können.

Sie bleiben im morgendlichen Menschengedränge stecken und kommen nur langsam voran.

Der Junge befindet sich ein Stück weiter unten in einer menschenleeren Seitenstraße, aber genau das wird ihn in Gefahr bringen. Ich weiß es einfach. Einer der Reitertrupps wird genau diese leere Straße hinunterpreschen, fünf dicht gedrängte Berittene nebeneinander, ohne Platz zum Ausweichen. Sie werden um die unübersichtliche Kurve dort biegen und …

Und es ist nicht mein Problem.

Ich bin glatt und sauber davongekommen; ich habe keinerlei zwingende Beweise dafür hinterlassen, dass ich Trudana Jadwins Mörder bin. Wenn ich jetzt dort hinübergehe, könnte ich alles ruinieren.

Außerdem könnte der Junge jederzeit von dort verschwinden. Es ist seine eigene Schuld.

~Wen versuchst du hier eigentlich zu überzeugen?~

Ich bin bereits in Bewegung. Nicht um den Jungen zu retten. Nur um näher heranzukommen.

Ich sehe, wie sich die Pferde aus dem Gedränge lösen, und alles passiert genau so, wie ich es vorhergesehen habe. Die Pferde rennen den dummen Jungen nieder, schleudern ihn durch die Luft, ein Huf trifft den Kopf des dummen Jungen und zertrümmert ihm den Schädel.

~Das soll ich so festhalten? Willst du wirklich das Stück überspringen, wo du wie ein saphirblau flammender Meteorit auf die Erde herniedergegangen bist, sodass zwei der Pferde ihre Reiter abgeworfen haben, und wie du den Jungen hochgerissen und ihn ein paar Straßen weiter wohlbehalten wieder abgesetzt hast, um dann zu verschwinden?~

Ich hatte vor, das zu überspringen, ja.

~Gut, dann … Soll ich die Stelle etwas weiter vorn streichen, wo davon die Rede war, wie ehrlich du doch bist?~

Würdest du mir denn gehorchen, wenn ich dir auftragen würde, es so zu lassen, wie ich es will?

Der Ka'kari antwortet nicht, und jetzt ist nicht der richtige Zeitpunkt, um herauszufinden, was passiert, wenn es hart auf hart kommt.

Na gut. Lass es, wie immer du es verdammt noch mal willst. Aber diesen Jungen zu retten, war ein Fehler. Es hat mich verraten, hat Repha'ims Verdacht bestätigt und könnte nun Momma K Kopf und Kragen kosten. Ich hätte es nie tun dürfen. Der ganze Rest wäre nicht passiert, hätte ich den dummen Jungen einfach sterben lassen.

Kapitel 7

Kein Auftrag, kein Lohn

Das Dach meines Hauses in Elenea ist so hoch oben, dass das geschäftige Treiben der Stadt darunter weit entfernt scheint, und zudem ist es so windig, dass es dort nicht ungefährlich ist. Die Nachtluft ist so kalt, dass sie belebend wirkt, und so rein, dass sie erfrischt, und doch hilft all das nicht, um meinen Kopf freizubekommen.

Ich habe noch nicht erzählt, wie mein Gespräch mit Graf Drake gelaufen ist. Ich habe die Sache im Vorfeld nicht gründlich genug durchdacht. Irgendwie typisch für mich, hm? Ich hatte vor, ihm einfach meinen Bericht vorzulegen. Wollte alles in meinem kleinen schwarzen Büchlein notieren und es dann vielleicht bei seinem Pförtner abgeben. Aber so ist es nicht gekommen. Ich bin direkt bei ihm aufgekreuzt.

Er war überglücklich, mich zu sehen, bis ich ihm den Grund meines Kommens mitgeteilt habe. Da hat er gemeint, er wolle nicht, dass jemand für ihn töte, hat betont, dass er schon lange aus dem ganzen Metier ausgestiegen sei – dass es nichts gäbe, was seine Seele in stärkerem Maße gefährden könne.

Jawohl, er spricht immer noch sehr gern über seine Seele. Und auch über meine, wenn ich das Gespräch nicht schnell genug in eine andere Richtung lenken kann.

Ich hatte gedacht, das bedeute, dass er irgendwie froh darüber sei, dass ich die Sache durchgezogen habe, ohne dass er mich darum gebeten hätte. Dummerweise habe ich ihm das auch gesagt. Das hätte ich nicht tun sollen. Ich war in keiner guten Gemütsverfassung, aber andererseits bin ich das schon seit Langem nicht mehr gewesen.

Er sagte ein paar Dinge, die alle richtig und wahr waren und höllisch wehtaten.

Ich habe Dinge gesagt, die ich bereue.

Ehrlich gesagt, weiß ich nicht recht, warum ich geglaubt habe, dass er überhaupt etwas über meinen Mord an Trudana Jadwin wissen wollte. Ich, der ihn mit Geschichten zu unterhalten versucht wie ein betrunkener Veteran, der einen neuen Rekruten beeindrucken will? In Anbetracht von Drakes Vergangenheit bin ich mehr wie ein junger Kerl gewesen, der gerade frisch aus seiner ersten Schlacht kommt und vor einem alten Oberfeldwebel mit seiner Kampferfahrung prahlt. Was zum Teufel habe ich mir nur dabei gedacht?

Dass er in Tränen ausbrechen würde, weil ich seinen Töchtern Gerechtigkeit habe widerfahren lassen, sodass er nun mit der Sache abschließen kann? Dass er weinend beteuern würde, ich hätte für alles, was aus mir geworden ist, Wiedergutmachung geleistet, weil ich meine Fähigkeiten für ihn eingesetzt habe?

Dass er beeindruckt sein würde?

Götter, ich wollte, dass er mir sagt, ich hätte es gut gemacht, nicht wahr? Ich habe gedacht, ich könnte einfach stolzen Schrittes in das Leben der Drakes zurückkehren und alles würde irgendwie wieder gut werden, normal. Dass wir einfach reden könnten.

Ich habe niemanden, mit dem ich reden kann.

Wie hat Durzo das eigentlich geschafft – all die Jahre allein zu sein?

Teufel auch, ich habe es sogar geschafft, die Sache mit *ihm* zu vermasseln, indem ich mich mit ihm gestritten und den einzigen Menschen in ganz Midcyru verprellt habe, der mich wirklich hätte verstehen und mir vielleicht sogar hätte helfen können.

Vielleicht muss ich einfach nur reden. Ich meine, ich bin nicht schwach. Es ist gut, alles in Worte zu fassen, so wie jetzt, an die Adresse des Ka'kari gerichtet. Es ist gut, sich selbst zu hören, und gut, später auf das zurückblicken zu können, was man gesagt hat, damit man nicht im eigenen Kopf stecken bleibt, die Gedanken in den immer selben Kreisen gefangen. Ich habe nicht die Geduld, ein Tagebuch zu führen, und der Ka'kari kann alles in Echtzeit aufzeichnen, und so habe ich beschlossen, die Sache noch ein Weilchen so durchzuziehen. So ein Redeschwall hat etwas Tröstliches, selbst wenn es nur dein eigener ist.

Dort unten in der mondbeschienenen Stadt gibt es Leute, die sich freuen würden, wenn sie vor dem Kriegshelden Kylar Stern katzbuckeln könnten. Leute, die alles Mögliche von mir wollen. Schon komisch: Alle, die mich wirklich kennen, sind entweder sauer auf mich, oder sie haben sich davongemacht, weil sie Besseres vorhaben. Oder sie sind tot.

Ich meine, versteh mich nicht falsch. Ich brauche eigentlich gar nicht mehr als das hier. Dieses Leben ist gut genug. Sogar wirklich gut! Ich habe alles, was ich brauche. Ich muss nicht hungern. Habe ein warmes Bett zum Schlafen. Dinge, die ich mein Eigen nennen kann. Was immer ich als Kind auf der Straße gewollt habe – ich habe es jetzt.

Doch irgendwas geistert da in meiner Brust herum und nagt an mir, eine hohle Unzufriedenheit, aber die wird vielleicht keiner je los; vielleicht ist das einfach nur der Schmerz, der dir sagt, dass du am Leben bist. Wie könnte ich auch mehr wollen als das hier? Es geht mir gut.

Kapitel 8

Ein Besuch von Mom

Die Tulpe ist tot. Und das schon seit einer geraumen Weile.

Ich glaube, sie ist eingegangen, als ich in Cenaria war, um Lady Jadwin zu töten. Ich habe alles versucht, doch nichts hat sie wiederzubeleben vermocht. Wahrscheinlich wäre sie inzwischen sowieso abgestorben. Ich sollte sie wegwerfen. Jeden Tag, wenn ich die Träume nicht mehr ertragen kann, krieche ich aus meinen verknäulten Decken auf dem Boden, und da ist sie, fröhlich vertrocknet, die einzige Zierde in meiner gnadenlos kahlen Wohnung.

Logan wollte mir ein herrschaftliches Haus in seiner neuen Hauptstadt schenken, wollte mich nach der Schlacht am Schwarzen Hügel auf Dutzende Weisen ehren. Er ist ein guter Mensch. Ich glaube, er ist sogar ein guter König, trotz seines schlechten Geschmacks in Sachen Freunde. Ich wollte keine Ehrungen. Wollte kein großes Haus, weil ich kein Personal haben will. Ich möchte an nichts gebunden sein. Jeder um mich herum wäre nur ein Hindernis. Ich würde diese Leute in Gefahr bringen. *Ich* wäre eine Gefahr für sie.

Als ich also ablehnte, hat er mir stattdessen dieses Gebäude zugewiesen, sieben Stockwerke hoch, voller Luxuswohnungen für Diplomaten, wohlhabende Kaufleute und Männer von Adel, die sich alle darum reißen, sich in der neuen Hauptstadt des Hochkönigs geschäftlich niederzulassen. Logan hat für das nötige Personal und die Sicherheit des Gebäudes gesorgt und einen vertrauenswürdigen Hausverwalter eingestellt – dieser Laden ist zu nobel für eine simple Hauswirtin –, der die Mieten eintreibt und sich darum kümmert, dass … na ja, worum sich solche Leute eben so kümmern. Offenbar fließt, was ich verdiene, auf Konten bei zahlreichen Bankiersfamilien der Stadt. Keine Ahnung. Ich habe das noch nie überprüft.

Ich selbst wohne im höhlenartigen obersten Stock. Habe meinen eigenen Eingang. Habe sichere Ausgänge vom Dach aus, wenn ich sie brauche. Da ist niemand mehr, der mich stören würde.

In den ersten Monaten hat es ein paar Anschläge auf mein Leben gegeben. Nichts Ernstes.

Aber irgendetwas kommt mir heute Morgen nicht ganz richtig vor. Eine ungute Vorahnung von Gefahr regt sich in mir.

Doch ich lasse mir davon nichts anmerken, lockere seelenruhig meine verspannten Muskeln und reibe mir den Schlaf aus den Augen, suche den leeren Raum mit eiligen Blicken ab.

Nichts.

Bevor ich mich von der Stelle bewege, überprüfe ich mögliche Visierlinien durch die Fenster, für den Fall, dass irgendwo dort draußen ein Scharfschütze lauert und seine Waffe auf mich richtet. Dann mache ich, was ich immer mache: Ich kontrolliere meine Fallen und stopfe mir mechanisch Zwieback und Trockenfleisch in den Mund. Vielleicht nur ein falscher Alarm. Das kommt vor. Einmal hat eine Taube einen meiner Stolperdrähte berührt und einen Alarm ausgelöst, und ich habe die halbe Nacht auf der Lauer liegend verbracht, bereit, Angreifer aus dem Hinterhalt zu überfallen, die nie gekommen sind.

Ich lasse meine Bettdecken auf einen Haufen getürmt liegen und verzichte darauf, mich umzuziehen oder meine Sachen zu waschen. Was hätte das auch für einen Sinn? Ich werde später in ihnen trainieren. Auch meine stachligen dunklen Bartstoppeln rasiere ich nicht. Als ich versuche, mir mit der Hand das widerspenstige Haar aus den Augen zu kämmen, bleiben meine Finger darin stecken. Es ist nicht nur in alle Richtungen verklebt, es verfilzt auch zunehmend. Wenn ich es nicht bald wasche, werde ich es abschneiden müssen. Schon komisch – obwohl ich jetzt reich bin, habe ich wahrscheinlich besser ausgesehen, als ich noch auf der Straße gelebt habe.

Mit der linken Hand schnappe ich mir meine abgestorbene Tulpe in ihrem weißen Topf und bringe sie auf den Balkon hinaus, damit sie ein wenig Sonne abbekommt. Die Blüte ist verwelkt und hässlich, die Blätter sind gelb und braun. Ich sollte meine Bemühungen um sie aufgeben. Das ist mir nur zu bewusst. Ich weiß, wie man Dutzende der gängigsten Pflanzen zur Giftgewinnung pflegt und erntet, aber nichts, was ich versucht habe, hat mir meine Tulpe zurückgebracht.

Wenn es eine ganz gewöhnliche Pflanze wäre, würde ich es aufgeben. Aber das ist sie nicht. Und das Einzige, was mir einfällt, das sie mir vielleicht zurückbringen könnte, ist Magie.

Doch jemanden ausfindig zu machen, der diese Art von Magie wirken kann, bedeutet leider, dass ich meine Wohnung verlassen müsste. Es bedeutet, dass ich mit jemandem sprechen müsste. Es bedeutet, jemanden damit zu betrauen und mich darauf zu verlassen, dass er das Letzte, was mir von ihr verblieben ist, nicht zerstört.

Ich habe mich gerade an mein Morgentraining gemacht und mit den Seilen angefangen, als es an der Tür klopft. Mir bleibt das Herz stehen, und ich lasse mich lautlos zu Boden fallen, lande auf meinen Zehen.

Es sollte sich eigentlich niemand Zugang zu meinem privaten Treppenhaus verschaffen können.

»Kylar?«, ertönt eine Frauenstimme.

Ich trete an die Tür. Es gibt einen Türspion, doch ich schaue nicht hindurch.

»Ihr?«, sage ich, als ich die Tür aufziehe. Es kommt unhöflicher rüber als beabsichtigt, also versuche ich Wiedergutmachung zu leisten, indem ich hinzufüge: »Wie kommt es nur, dass Ihr jedes Mal jünger ausseht, wenn ich Euch sehe?«

»Halt die Klappe und geh mir aus dem Weg«, blafft Momma K und schiebt sich an mir vorbei, als wäre ich ein störrisches Kind. Sie bedeutet ihren Leibwächtern mit einem Winkzeichen, draußen zu bleiben. Sie gehorchen, ohne nachzuhaken.

Ich schließe die Tür hinter ihr wie ein Portier, und ihr Parfüm erfüllt meine Nase – Kopfnoten von Neroli, Mate und Moschusmalve, Herznoten von Jasmin, Orangenblüten und vielleicht einem Hauch Tiare-Blüten und darunter eine Basisnote von Zedernholz, schwarzem Ootai und … womöglich Marone? Es ist ein neues Parfüm, genauso teuer wie ihr altes, aber hoheitsvoller, vornehmer.

»Bitte kommt herein, Euer Gnaden«, antworte ich in sarkastischem Tonfall an ihren Rücken gerichtet.

Sie schaut sich mit offensichtlichem Missfallen in meiner Wohnung um, und als ihr Blick dann zu mir wandert, weicht Abscheu der Enttäuschung.

Die Frau, die als Gwinvere Kirena Thorne oder Herzogin Thorne bekannt ist – für uns alte Gilderatten und Gossenkinder jedoch einfach Momma K –, sieht immer wie aus dem Ei gepellt aus, aber heute ist sie der Inbegriff eines distanziert-kühlen Kleidungsstils und trägt ein legeres weites Kleid aus himmelblauer Seide, das wahrscheinlich mehr kostet, als alle meine

Hausbewohner zusammengenommen an Miete zahlen. Schlank und elegant, wie sie ist, der Blick ihrer Augen so scharf wie die Messer, deren blutige Wege sie so lange gelenkt hat, sieht sie aus wie vierzig, obwohl sie mindestens zehn Jahre älter ist.

»Man hat mich bereits vorgewarnt«, erklärt sie, und meine Verwahrlosung lässt sie schnuppernd die Nase rümpfen. »Aber ich hätte nie geglaubt, dass du so tief sinken würdest.«

»Mit Verlaub, Euer Gnaden«, erwidere ich und mache eine kunstvolle höfische Verbeugung, »ich habe noch gar nicht zu sinken angefangen.« Alles, was mir an höfischen Manieren noch verblieben ist, hat Momma K mir beigebracht, und die Sache klappt auch erwartungsgemäß gut.

Sie starrt mich mit kaltem Blick an, aber ich bin nicht mehr das Straßenkind, das in ihrem Salon zittert. Sie sagt: »Ich habe dir etwas mitgebracht. Ein Geschenk. Aber deshalb bin ich nicht gekommen. Ich habe versucht, es um unser beider willen zu vermeiden, aber der eigentliche Grund meines Kommens ist, dass ich deine Dienste benötige.«

»Gut! Ich hatte bereits darauf gehofft, unser Gespräch kurz halten zu können.«

»Du schuldest mir etwas, Kylar.«

Ich ziehe einen Flunsch. »Besorgt Euch jemand anderen.«

»Ich habe es versucht. Es ist eine unmögliche Aufgabe.«

»Es gibt keine unmöglichen Aufgaben, nur unmögliche Preise«, erwidere ich automatisch.

»Genau das hat Durzo auch immer gesagt, um mich dann gleich wieder übers Ohr zu hauen.« Sie lächelt belustigt, und die Kühle des Raums wird lau und lind, aber meine innere Taubheit schirmt mich sogar vor ihr ab.

»Warum lasst Ihr dann nicht ihn die Sache übernehmen?«, erkundige ich mich.

Sie wendet den Blick ab, und ich sehe, wie sie mit dem Daumen den Ring an einem ihrer Finger dreht. Er ist nur mit einem kleinen weißen Opal besetzt. Die Rubine, die sie heute trägt, lassen ihn fast schon lächerlich winzig und bescheiden erscheinen. Ein Ehering vielleicht?

»Er … steht nicht zur Verfügung«, antwortet sie und zwingt sich zu einem Lächeln.

Die Tatsache, dass mein Leben seinen Anfang auf der Straße genommen hat, hat mir zwar ein feines Gespür dafür verliehen, wann jemand gewalttätig werden könnte, aber dafür bin ich umgekehrt umso schlechter befähigt, andere Gefühlszustände zu unterscheiden, und Momma K ist eine so geschickte Lügnerin, dass ich eigentlich gar nicht in der Lage sein sollte zu bemerken, dass ihr Lächeln gezwungen ist. Also will sie entweder, dass ich die Täuschung als solche erkenne, oder ihr Schmerz ist so heftig, dass sie ihn nicht zu verbergen vermag.

Ich vermute, dass sie mich in ihrem Sinn beeinflussen und lenken will. Sie möchte, dass ich mich nach Durzo erkundige. Sollte ihr Schmerz jedoch echt sein, will sie ihn wahrscheinlich einsetzen, um mich dazu zu bewegen, diesen Auftrag zu übernehmen, worin auch immer er besteht.

»Das ist jammerschade«, sage ich. »Danke fürs Vorbeikommen.«

Ich gehe zur Tür, um sie hinauszubegleiten.

Stattdessen tritt sie auf meinen Balkon hinaus.

Ich komme mir vor wie ein bockiges Kind, aber ich folge ihr nicht. Ich kehre zu meinen Seilen zurück und will gerade meine Übungen fortsetzen, als ich sehe, dass sie sich draußen auf dem Balkon mit etwas beschäftigt.

Im nächsten Moment bin ich bei ihr.

»Stellt das weg!«, fordere ich.

Sie dreht mir den Rücken zu. Ein Messer blitzt in ihrer Hand auf, und ein braunes Blatt fällt zu Boden. Dann ein zweites. Und noch eins.

Meine Tulpe. Aber ich bin nicht einmal in der Lage, sie aufzuhalten.

»Es ist kein Mord«, erklärt sie.

»Was? Das mit der Blume? Hört auf!«

Sie seufzt, als hätte sie mehr von mir erwartet. »Der Auftrag. Jeder andere müsste Menschen töten, um die Sache zu bewerkstelligen. Unschuldige Menschen. Und wenn wir zögern, werden in jedem Fall Unschuldige sterben. Du bist der Einzige, der es sauber zu Ende bringen kann. Ein kleiner Raub, Kylar. Er könnte Logans Leben retten. Vielleicht auch noch andere. Vielleicht noch viele Menschenleben mehr.«

»Ein Raub? Raubüberfälle funktionieren nie. Und warum gerade ich? Ich bin ein Blutjunge, kein Dieb.« Sie weiß, was ich Logan gegenüber empfinde. Ich will nicht, dass sie mich in diesem Punkt unter Druck setzt. »Verdammt, inzwischen bin ich nicht mal mehr das.«

»Ein Raubüberfall ist einem Meuchelmord gar nicht so unähnlich, findest du nicht? Und dergleichen kann klappen, wenn du die Sache einfach hältst. Mach es wie deine Aktion in Lord Repha'ims Anwesen – nur ohne Folter und Mord und ohne wie ein Anfänger entdeckt zu werden.«

Ich mache mir gar nicht erst die Mühe, es zu leugnen. Ich habe nicht vor, mich auf ein Gespräch über diese Sache einzulassen. »Zum letzten Mal …«

Sie deutet auf die Stadt hinaus. »Hast du dir jemals über die möglichen Auswirkungen der Tatsache Gedanken gemacht, dass diese Stadt auf einem mittels Magie erhalten gebliebenen alten Schlachtfeld erbaut ist?«

Der Themenwechsel verwirrt mich. »Habe ich nicht, nein«, bekenne ich.

»Ich schon. Die Kuppel und die Magie, die die Menschen jahrhundertelang von diesem Gebiet fernhielten, haben auch das eine oder andere geschützt, was sich darin befindet. Das meiste von dem, was die Leute zu jener letzten Schlacht vor langer Zeit mitgebracht haben, ist natürlich längst zerfallen, vor allem die magischen Gegenstände. Aber einige haben die Zeiten überdauert. Von diesen wurden ein paar sofort gestohlen, bevor ich bemerkt habe, dass niemand sonst dort draußen Wachen aufstellt, sodass ich beschlossen habe, es selbst zu tun. Weißt du, ich betrachte alles, was am Schwarzen Hügel geborgen wird, als den Besitz unseres neuen Hochkönigs. Ich will diese Gegenstände zurück. Ausnahmslos alle.«

»Schön für Euch«, sage ich. Sie kann es nicht ausstehen, wenn ich in diesem Ton mit ihr spreche.

»Das Problem ist nur, dass die Leute, die ich aussenden könnte, um machtvolle oder sonst wie verlockende magische Gegenstände zu finden, alle …«

Sie lässt den Satz unvollendet in der Luft hängen, wie um mich auf die Probe zu stellen. »… selbst Magier sind«, ergänze ich und spiele widerwillig ihr Spiel mit. Ich weiß, was jetzt als Nächstes kommt, also sage ich: »Und Magier sind nun mal genau die Leute, die den größten Nutzen davon haben, wenn sie behalten, was sie finden.«

»Siehst du? Da haben wir den Verstand, den ich so an dir mag, Kylar. Scharf wie ein Spalthammer.«

»Sind Spalthammer denn eigentlich nicht eher …?«

»Genau. Und jetzt denk mal mit. Während ich vollauf damit beschäftigt gewesen bin, alles Notwendige zu erledigen, um den Aufbau von nicht nur einem, sondern ganzen vier Könmatchreichen zu betreuen, habe ich allerlei Leuten vertrauen müssen, und dann musste ich auch noch den Leuten vertrauen, die ich mit der Überwachung dieser Leute betraut hatte. Das Problem: Nicht alle von ihnen sind vertrauenswürdig.«

»Das muss für die langjährige Anführerin eines Verbrecherrings eine schockierende Entdeckung gewesen sein«, sage ich. »Aber mir gefällt die Richtung nicht, die das Ganze einschlägt. Es klingt, als wäre dieser Auftrag ohne ein wenig Meucheln doch nicht zu haben.«

Momma K hat Verrat noch nie auf die leichte Schulter genommen. Bevor sie die Seite des Gesetzes gewechselt hat, auf der sie arbeitet, hatte sie Durzo in ihren Diensten, und er hat wahrlich eine ganze Menge an Arbeit für sie erledigt.

»Niemandem gefällt die Richtung, die das Ganze einschlägt«, erwidert sie mit freundlicher Stimme. »Wir sollten einfach alle versuchen, miteinander auszukommen. Uns darauf einigen, dass Logan der beste König ist, den wir alle vermutlich für die nächsten hundert Jahre bekommen können. Wir sollten ihm ohne Vorbehalt dienen. Ist es nicht schön, dass die Menschen, sobald ihnen bewusst wird, was sie tun sollen, das dann auch ohne weitere Aufforderung tun?« Ihr Tonfall ist entgegenkommend, aber ungeduldig.

»Damit braucht Ihr mir nicht zu kommen«, entgegne ich. Ich fühle mich verdrießlich. Schlimmer noch, ich klinge auch so.

»Wir möchten beide dasselbe, Kylar«, betont sie.

»Ich möchte, dass Ihr mich in Ruhe lasst.«

»Gerne. Aber wir wollen beide, dass Logan in Sicherheit ist.«

»Ich will das, weil ich an ihn glaube«, unterstreiche ich. »Ihr wollt es nicht nur, weil er der einzige Edelmann gewesen ist, der je ein Risiko für Euch eingegangen ist, sondern auch, weil er das heute immer noch tun würde. Ihr sorgt für Logans Sicherheit, weil Ihr dadurch selbst in Sicherheit und an der Macht bleibt. Wenn Logan abtritt, tretet auch Ihr ab.«

Sie seufzt. »Du hast immer noch diesen sturen Hang zu einem rechtschaffenen Idealismus, hm? Selbst nach allem, was passiert ist. Die Frage ist: Na und, Kylar? Was soll's, wenn ich in dieser Angelegenheit rein egoistisch handele?«

Das trifft mich unvorbereitet, weil ich in Wirklichkeit nur zu gut weiß, was für ein Idiot ich bin. An den meisten Tagen würde ich steif und fest behaupten, dass Momma K so hart ist, wie es ihre Lebensumstände immer erfordert haben. Momma K tut so, als geschehe alles, was sie macht, nur aus nacktem Eigeninteresse. Die Wahrheit ist jedoch, dass sie ihre gute, mitfühlende Seite immer zugleich auch in den Dienst ihrer eigenen Interessen stellt: Straßenkinder durchfüttern, sie beherbergen und ihnen das Leben retten? Sie könnte niemals zugeben, dass sie es nicht ertragen kann, hungernde, missbrauchte Kinder zu sehen. Nein, sie verkündet, das sei einfach nur eine Investition, schließlich seien die Straßenkinder von heute die Verbrecher von morgen. Sorge jetzt dafür, dass sie dir treu ergeben sind, würde sie sagen, und die besten von ihnen werden für immer fest an deiner Seite stehen.

Sie stöbert in einer ihrer Taschen und wirft mir ein silbern glänzendes Armband zu. Ich fange es auf. Vom Gewicht her schätze ich, dass es sich um Weißgold handelt, nicht Silber; ein Armband, das ein tief eingravierter Endlosknoten in einem antiken Stil ziert, den ich nicht zuordnen kann. »Das also ist mein Geschenk?«, erkundige ich mich. »Schmuck? Das wäre wirklich nicht nötig gewesen. Und das meine ich ernst.«

»Das ist nicht mein Geschenk. Es ist im Prinzip billiger Plunder. Zumindest hat mir Durzo das gesagt, als er mich bat, es an dich weiterzuleiten. Hält den Ka'kari für dich, wenn du ihn in deiner Nähe haben willst, er jedoch nicht deine Haut berühren soll. Er hat gemeint, du würdest schon herausfinden, wann das angebracht ist – in ein oder zwei Jahrzehnten vielleicht.«

Autsch! Das klingt wirklich nach Durzo. »Magisch?«, will ich wissen.

Sie schnaubt. »Das habe ich ihn auch gefragt. Er meinte nein, aber Platin widersteht dem Verschlungenwerden. Nachfolgende Untersuchungen haben bestätigt, dass es nichts Magisches ist.«

»Aha.« Platin. Nicht Weißgold. Und natürlich hat sie es ihren Tests unterzogen.

»Da wir schon beim Thema Ka'kari sind ...«, setzt sie an.

»Haben wir denn vom Ka'kari gesprochen?«, sage ich fragend. »Ich habe gedacht, wir wollten uns über Euer Geschenk für mich unterhalten.«

»Nein. Die Ka'kari. Kylar, du bist im Besitz des mächtigsten aller Ka'kari. Wir wissen, dass sich einige der anderen sicher bewacht in Ezras Wald befinden, aber ... Ah, ich sehe, jetzt schenkst du mir endlich deine Aufmerksamkeit.«

Ich habe es gar nicht bemerkt, doch ich habe tief Luft geholt und mich gespannt auf das Kommende vorbereitet, sobald sie die *anderen* erwähnt hat. »Ihr habt von einem anderen Ka'kari gehört? Der hier versteckt ist?«, hake ich nach.

»Ich weiß von Gerüchten. Kalten Spuren. Geschichten über Magie, die aus dem Ruder gelaufen ist. Dass der Berg Tenji noch hundert Tage nach der Schlacht Feuer und Asche gespuckt haben soll. Dass der Tlaxini-Strudel zum Stillstand gekommen sei. In den Schwarzen Wassern vor Friaku sollen Seeschlangen gesichtet worden sein. Flutwellen, die Gandu und die Seidenküste überschwemmt haben. Fehlschläge beim Einsatz von Magie. Schlimme Vorzeichen. Verängstigte Priester. Der ganze übliche Lärm. Aber die größte Gefahr, die ich mir für Logan – und mit ihm für uns alle – vorstellen kann, geht von den Ka'kari aus.

Die Magier deuten an, dass uns schlimme Tage bevorstehen. Es ist ein langwieriges Spiel, wofür ich dich brauche, Kylar, aber es ist ein großes. Ein Scharmützel in einem langen Krieg mit hundert Fronten. Es ist meine Aufgabe, Bedrohungen des Mannes, den du so sehr zu mögen behauptest, vorherzusehen.«

Der Mann, den ich so sehr zu mögen *behaupte*? Das ärgert mich, aber ich verstehe, es ist ein Trick, eine Falle, ein Manipulationsversuch. Sie will mich dazu bringen, über Logan zu reden, um dann darauf zu sprechen zu kommen, was ich ihm schulde und wie ich ihm dienen kann – nämlich indem ich Momma K diene. Also schlucke ich meinen Ärger hinunter und ignoriere ihren Köder. »Ihr wollt, dass ich Gerüchten nachjage? Das ist kein Raub, das ist Spionage.«

»Bei dem gestohlenen Gegenstand handelt es sich um ein Artefakt. Übersetzt nennt man es den Kompass des Zwielichts.«

»Den was noch mal?«

Momma K seufzt. »Meinetwegen auch den Dämmerungskompass, also entweder bezogen auf die Zeit zwischen Nacht und Morgen oder die Zeit zwischen Abend und Nacht. Vielleicht funktioniert er nur zu diesen Zeiten. Vielleicht hat er auch nur irgendetwas besonders Dämmrig-Düsteres an sich. Ich weiß es nicht. Was zählt, ist, dass wir ihn brauchen. Er kann uns helfen herauszufinden, wer die Ka'kari in seinem Besitz hat. Oder zumindest, wer sie zuletzt besessen hat.«

»Und wie macht er das?«

»Er hat noch einen anderen Namen. Einen, den du höchst interessant finden solltest. Seine einzige Macht besteht darin, dass er hilft, Menschen zu finden. Es heißt, nachdem man die nötigen Vorkehrungen getroffen hat, um seine Magie wirksam zu machen, sagt man den Namen, der einem bestimmten Menschen bei seiner Geburt gegeben wurde, und dann zeigt er auf die entsprechende Person. Er verrät einem nicht, wie weit sie entfernt ist oder ob sie noch lebt oder schon tot ist. Er weist lediglich in ihre Richtung. Insofern also ein Artefakt mit sehr begrenzten Möglichkeiten, aber …«

Ich runzle die Stirn. »Begrenzt? Ich kann mir tausend Verwendungen für so etwas vorstellen. Ganz besonders im Blutgeschäft.«

In ihrem Lächeln liegt echte Zuneigung und, wenn ich nicht falschliege, auch eine gewisse Freude darüber, verstanden worden zu sein. »Ich auch«, pflichtet sie mir bei. »Dadurch ist das Artefakt, wie ich vermute, auch zu seinem anderen Namen gekommen: eine Halbgöttin, eine Tochter von Mutter Nacht persönlich, sie war eine frühe Verkörperung der vergeltenden Gerechtigkeit. Diejenige, die verfolgt; unerbittlich, gnadenlos, unbarmherzig, unermüdlich in ihrer Jagd nach den Schuldigen. Erinnert dich das an etwas?«

Sie fragt nicht danach, ob ich den Namen der Göttin kenne. Sie will vielmehr sagen, dass diese Göttin stark nach einem Nachtengel klingt. Manchen Überlieferungen zufolge ist sie die Erste von uns gewesen. Es läuft mir kalt über den Rücken, doch ich beachte es nicht. »Das erinnert mich an einen Aberglauben, über den Durzo einst gelacht hat.«

»Durzo kann es sich leisten, über alle möglichen Dinge zu lachen, die wir Übrigen fürchten sollten. Aber das ist jetzt nicht das Thema. Selbst für den Fall, dass Nemesis nie existiert haben sollte, selbst wenn dieses Artefakt in keinerlei Verbindung zu ihr steht, bin ich doch davon überzeugt, dass dieser Nemesis-Kompass echt ist. Zumindest können wir es uns nicht leisten, so zu handeln, als ob es ihn *nicht* geben würde. Allein schon die Möglichkeit, dass es ihn gibt, verrät mir, dass es große Anstrengungen lohnt, um sicherzustellen, dass niemand anders ihn in die Hände bekommt. Verstehst du mich?«

Durchaus. Besser, als ihr lieb sein dürfte. Ich sehe jetzt, wie sorgfältig sie ihr Vorhaben, mich für ihre Sache zu gewinnen, eingefädelt hat. Die Verbindung zum Nachtengel, all die magischen Möglichkeiten, die Angst, etwas Mächtiges an einen Feind zu verlieren. »Klingt nach einer wirklich wichtigen Arbeit«, räume ich ein. »Aber ich habe schon eine wichtige Arbeit. Ich bin jetzt Hausbesitzer und Vermieter.«

Sie schnaubt amüsiert. »Kylar, wenn du dich zur Ruhe hättest setzen wollen, dann hättest du das auch getan. Du hättest deine Aktion im Repha'im-Anwesen nicht durchgezogen. Einige meiner besten Leute haben über zwanzig Jahren hinweg immer mal wieder ›einen letzten Auftrag‹ für mich erledigt, Kylar. Die Wahrheit ist doch, dass Menschen wie wir keine neue Arbeit bekommen. Wir können von Glück sagen, wenn wir neue Meister bekommen – und wenn unser neuer Herr ein Mann wie Logan ist, haben wir tausendmal mehr Glück als die meisten anderen. Ganz egal, wie viel du dir vormachst, dein bisheriges Leben wird dich einholen, und je länger du damit wartest zu tun, was du zu tun hast, desto mehr Kummer und Schmerz wirst du allen um dich herum bereiten.«

Ich schneide ihr das Wort ab. »Ich freue mich für Euch, dass Ihr eine Arbeit gefunden habt, die Euch nachts Schlaf finden lässt. Gut für Euch.« Nach einer kurzen Pause füge ich hinzu: »Aber andererseits hattet Ihr ohnehin noch nie ein schlechtes Gewissen, oder? Egal, was auch immer geschehen sein mag. Liegt wohl einfach nur an mir und meiner Schwäche.«

Für einen kurzen Moment blitzt echte Verärgerung in ihren Augen auf, doch dann blickt sie hinauf zur Sonne und schiebt ihr kleines Gürtelmesser wieder in die Scheide. »Du musst mich jetzt bitte entschuldigen. Ich habe eine Vorladung, heute vor dem Hochkönig zu erscheinen. Ich wusste, dass der Adel irgendwann gegen mich vorgehen würde – eine alte Hure soll über sie das Sagen haben? Ich wusste, dass sie das unerträglich finden würden –, aber ich hätte nicht erwartet, dass es so schnell geht. Ich werde wegen groben Machtmissbrauchs vor Gericht gestellt. Und wegen Mord. Entweder ist Lord Repha'im also ein Idiot oder … nun ja, wir werden sehen, nicht wahr?«

»Mord?«, hake ich nach. »Ihr? Was für ein Mord denn?«

»Ja, Kylar. Du hast doch nicht etwa geglaubt, mit deiner kleinen Einlage Probleme zu *lösen*, oder?« Jetzt endlich dreht sie sich zu mir um und sieht mich an. »Lord Repha'im behauptet, dass Trudana Jadwin auf meinen Befehl hin ermordet wurde. Cenaria ist meine Stadt. Mein Revier, mein Verantwortungsbereich.«

Sie reicht mir den Blumentopf, den ich stumm entgegennehme. Ein nackter brauner Stiel, der aus nackter brauner Erde hervorragt, ist alles, was übrig geblieben ist.

»Möglich, dass ich die Zwiebel noch vor der einsetzenden Fäulnis habe retten können. Aber das wirst du erst nächstes Jahr erfahren«, erklärt sie, als hätte sie mir nicht eben erst eröffnet, dass sie sich bald wegen eines von mir begangenen Mordes vor Gericht verantworten muss. »Bei der Gartenarbeit erfordert der Tod ein umsichtiges Wirtschaften, Kylar. Man darf die Sache weder überstürzen noch zu lange hinauszögern. Du hast beides gemacht, aber vielleicht blüht dieses Pflänzchen ja doch noch einmal.«

»Die Antwort lautet immer noch nein«, betone ich.

Sie zieht ein Taschentuch hervor und wischt sich die Hände ab. Es hat ihr noch nie etwas ausgemacht, sich die Finger schmutzig zu machen, doch man kann schließlich nicht mit sichtlich verdreckten Händen vor Gericht erscheinen.

»Kylar, du hast keine Ahnung, wie viel es Logan kostet, dich zu beschützen, während du hier hockst und schmollst wie ein kleines Kind, und er kann sich das alles nicht leisten. Schneide den Stiel in ein paar Wochen ab«, lässt sie mich wissen und tätschelt mir die Wange. Ihr versteinerter Blick straft die mütterliche Freundlichkeit dieser Geste Lügen. »Wie auch immer es kommt, ich werde nicht da sein, um es für dich zu erledigen.«

»He«, erwidere ich. »Habt Ihr nicht gesagt, Ihr hättet ein Geschenk für mich? Wo ist es?«

»Nicht es. Er. Er wartet auf dem Flur. Eigentlich ist er ein gutes Beispiel für das Letzte, was ich dir noch sagen wollte.« Sie schaut mir ins Gesicht und kneift angewidert die Augen zusammen. »Man sollte etwas entweder gut machen oder es gleich bleiben lassen.«

»Warum sagt Ihr es nicht einfach?«, begehre ich auf.

»Was soll ich denn sagen?«, fragt sie, als wüsste sie es nicht selbst. Mich zu behandeln, als sei ich dumm, war schon immer eine einfache Methode, mich wütend zu machen.

»Los, sagt es! ›Sie ist tot, Kylar.‹ ›Komm drüber hinweg, Kylar. Lass es hinter dir.‹ ›Du hast deine Zeit zum Trauern gehabt, Kylar.‹«

Sie sieht mich an, als sei ich ein Rätsel, das es zu lösen gälte. »Ich werde nichts dergleichen sagen, weil ich keine idiotischen Sachen sage, Kylar. Du wirst nie über Elene hinwegkommen. Entweder deine Charakterstärke oder deine äußeren Umstände werden dich zwingen, wieder nach vorn zu blicken und deinen Weg fortzusetzen. Punkt. Und sie wird nicht mit dir kommen, weil sie nicht mehr da ist. Und das wird wehtun. Und irgendwann fängst du dann an, sie von Zeit zu Zeit zu vergessen. Und auch das wird wehtun. Und dann wirst du sie immer länger und länger vergessen, und das wird noch mehr wehtun. Du wirst dich nicht mehr genau an ihr Gesicht erinnern können, und das wird dir wie ein Verrat vorkommen. Und so weiter und so fort. Niemand behauptet, das Ganze sei nicht mit Schmerz verbunden, Kylar. Schmerz ist nun mal ein nicht verhandelbarer Teil der Abmachung. Vielleicht ja die ganze Abmachung.«

»Wäre eine schlechte Abmachung«, sage ich, auch wenn mich dieses Gespräch auf unbehagliche Weise allzu sehr an ein anderes erinnert, das wir vor langer Zeit miteinander geführt haben.

»Es ist die Einzige, die es gibt«, antwortet sie leise. »Also werde verdammt noch mal erwachsen.«

Sie geht – und es ärgert mich, dass sie noch nicht einmal den Anstand hat, die Tür zuzuschlagen.

Kapitel 9

Die Bürde der Schatten

Die Gelehrten der Chantry gehen davon aus, dass es drei Arten von Unsterblichkeit gibt. Nur der eine Gott selbst – wenn es ein derart dämonisches Wesen denn überhaupt gibt – könnte über eine Unsterblichkeit der höchsten Stufe verfügen: die völlige Unverwundbarkeit gegenüber der Zeit und dem Schwert. Darunter sind die Elshaddim angesiedelt. Sie altern nie, doch wenn sie leibliche Gestalt angenommen haben, sind sie bis zu einem gewissen Grad durch das Schwert verwundbar: Auch wenn ihre Wesensessenz unsterblich ist, können ihre Körper getötet werden, und ein solcher Tod versperrt ihnen die Möglichkeit, wieder zu Fleisch und Blut zu werden. Die höchste Form der Unsterblichkeit, die sich ein Mensch, selbst mithilfe der mächtigsten Magie, erhoffen kann, ist die niedrigste Art. »Nennen wir es nicht ewiges Leben«, sagen die Gelehrten in ihrer wohldurchdachten Sprache. »Nennen wir es ein auf unbestimmte Zeit verlängertes Leben, sodass die Alterung womöglich bis zum Stillstand verlangsamt wird, aber ansonsten bleibt alles beim Alten.«

Sie sagen das alles mit dem großen Selbstbewusstsein von Frauen, die völlig danebenliegen.

Ich weiß es, denn ich bin das, von dem sie sagen, dass es unmöglich sei. Nicht nur, dass ich gegenüber den geduldigen Messern der

Zeit unverwundbar bin – wenn nur genügend Zeit dazu vorhanden ist, kann mich mein Körper zudem von allem Erdenklichen heilen, selbst noch vom Tod.

Natürlich gibt es einen Haken. Sogar mehrere. Niemand hat mir je erklärt, wie die Sache funktioniert, und ich habe mehrere Leben gebraucht, um den schlimmsten Nachteil herauszufinden: Jedes Mal, wenn ich sterbe, stirbt an meiner Stelle unweigerlich jemand, den ich liebe.

Ich habe einen Durst nach Gerechtigkeit, den ich nicht unterdrücken kann. Alle meine Fähigkeiten sind Fähigkeiten der Gewalt. Ich bin auf der Straße aufgewachsen, wo ich von einer Legende ausgebildet wurde. Alles, was ich bin, wurde für schnelles, tödliches Handeln geformt.

Überall, wo ich hinkomme, sehe ich Leid, das nach meinen Fertigkeiten ruft – aber ist irgendetwas von dem, was ich verändern kann, es wert, dafür nach und nach den Tod von allen zu verursachen, die mir etwas bedeuten? Wenn ich einen tödlichen Fehler mache, sterben die Unschuldigen für mich. Mein Versagen hat mich bereits das einzige helle Licht in meiner Welt der Dunkelheit gekostet.

Deshalb muss ich vollkommen sein. Deshalb muss ich herausfinden, was den Fluch verursacht hat, der auf mir lastet, und ihn aufheben.

Mein Name ist Kylar Stern. Ich bin der Nachtengel, und das ist die Bürde der Schatten.

Die Seite war zuerst mit bedächtiger, sorgfältiger Hand beschrieben worden. Doch dann hatte Kylar über die gesamte Seite ein großes, ergrimmtes X gegraben. Darunter hatte er in schneller, nachlässiger Schrift hinzugekritzelt:

Ich weiß nicht, wie ich diese verdammte Geschichte erzählen soll. Wie auch immer ich es versuche, ist es eine Lüge. Eine Geschichte ist ein Versprechen, nicht wahr? Das hier ist nicht die Geschichte, wie ich versucht habe, meinen Fluch aufzuheben. Vielleicht sollte sie es sein. Erinnere mich daran, noch einmal darauf zurückzukommen und einen neuen Anlauf zu machen. So ist es alles falsch.

Viridiana atmete tief und langsam aus. Und erneut blinzelte sie gegen eine Flut von Gefühlsregungen an, die sie unmöglich hätte benennen können.

Kylar war nicht darauf zurückgekommen. Hatte seinen Text nicht korrigiert und auch später nichts dergleichen versucht.

Sie wusste, warum.

Kapitel 10

Ein Gottkönig am Ende

»Du kommst zu spät«, sagt der Mann beim Eintreten, und die Wörter rasseln rau aus eingerosteter Kehle. Die Züge seines kantigen Gesichts werden durch einen sauber gestutzten, prächtigen schwarzen Bart abgemildert. Im Moment sieht er gar nicht aus wie ein Verrückter.

Er sieht aber auch nicht wie ein ehemaliger König aus. Momma Ks »Geschenk« ist kein anderer als Dorian Ursuul, ehemals ein berühmter Heiler und Magier und später, mittlerweile gleichfalls ehemals, Gottkönig Wahnhoff, König von Khalidor und Lodricar. Ein Mann, der mein Leben nicht nur einmal durcheinandergebracht hat.

Seine Kleidung ist vornehm, aber unordentlich, als würde er in seinen Sachen schlafen. Doch er wirkt weniger wie ein entthronter König oder ein Verrückter und mehr wie ein Kind, das ungestraft mit etwas davongekommen ist und sich darüber freut. Sein schwarzes Haar ist zerzaust, aber nicht schmutzig, und er hat nicht das verhärmte Aussehen eines Hungernden, was mir verrät, dass er seinen Betreuern erst vor Kurzem entschlüpft ist.

Nach allem, was ich weiß, verbringt Dorian die meiste Zeit in einem katatonischen Zustand in dem einen oder anderen Winkel des Schlosses und ist nicht ansprechbar. Er kaut und schluckt, was man ihm zu essen gibt, macht durch Zeichen darauf aufmerksam, wenn er auf die Latrine muss, und folgt, wohin man ihn führt, aber damit hat sich's auch schon.

Logan hat ihn von sämtlichen magischen und medizinischen Experten untersuchen lassen, die er auftreiben konnte, und sie sind einstimmig zu dem Schluss gekommen, dass Dorian seinen Zustand, worum immer es sich handeln mag, nicht vortäuscht. Auch versucht er nicht, sich der Verantwortung für seine Missherrschaft zu entziehen, wenn er hin und wieder trotz allem seine kurzen hellen Momente hat.

Ein strengerer König oder vielleicht auch ein weiserer hätte ihn hinrichten lassen.

Dorian ist ein Prophet, auch wenn keinerlei Einigkeit darüber besteht, was genau das bedeutet.

Er trägt jetzt einen langen Bart, und seine eisblauen Augen werden glasig, sein auf mich gerichteter Blick droht zunehmend zu verschwimmen.

»Schön zu sehen, wie gut du aussiehst, Dorian«, sage ich.

Er kehrt schlagartig in die Gegenwart zurück. »Bei Verstand, meinst du?«

»Ja«, räume ich ein. »Zu spät wofür?«

Er verschränkt seine Finger und dreht sie ruckartig ineinander. »Du wirkst in bester Form«, meint er. »Alles an dir scheint sogar noch besser als zuvor …«

»Berufskrankheit. Ich trainiere beständig all meine …«

»… außer deine Augen.«

Ich beiße die Zähne zusammen.

»Du bist so ein Kriegsopfer mit einem langsamen Verlauf, nicht wahr?«, fährt er unbeeindruckt fort. »Und das kannst du dir nicht leisten. Wie sollen wir dich je wieder auf Trab bringen?«

»Du bist der Prophet; ich bin sicher, du kennst genau den richtigen Kniff.«

Kurz blitzt Verärgerung über seine Züge. »Weißt du, daran kann ich mich irgendwie nicht gewöhnen. So behandelt zu werden, als hätte ich außer dieser einen Sache nichts zu bieten. Als wäre ich, Dorian, nicht mehr als die lästigste Gabe, über die ich verfüge. Ich, der ich ein Heiler, ein König sowie Schüler und Meister vieler der schwierigsten magischen Künste der Welt gewesen bin, werde in den Augen aller auf den verrückten Propheten reduziert.«

»Zu spät wofür, Dorian?«, frage ich erneut.

»Erzähl mir von dem Jungen.«

»Von welchem Jungen?«, hake ich nach.

»Von dem, den du nicht getötet hast.«

»Glaubst du etwa, ich töte so oft Kinder, dass das die Sache einschränkt?«

Er blickt mich starr an. »Ich habe nicht den ganzen Tag Zeit, Kylar.«

»Wenn du so viel darüber weißt, um mich danach zu fragen, weißt du alles darüber.«

»Nein«, sagt er. »Der schwarze Ka'kari stört meine Sicht. Ich bekomme so manches im Zusammenhang mit dir nicht mit. Es gibt da Dinge, die mir entgehen.«

»Aha. Endlich mal eine gute Nachricht. Du sagst mir also, ich kann die eine Nervensäge dafür einsetzen, der anderen den Zugang zu versperren? Auch wenn ich zugeben muss, dass es irgendwie so ist, als würde man sich in einen Mantel aus Mücken hüllen, um einen Bienenschwarm abzuwehren.«

»Warum hast du den Jungen nicht umgebracht?«

»Ich habe Muffensausen bekommen«, antworte ich.

Er mustert mich, als würde er sich fragen, ob ich lüge.

»Ich weiß, dass ich Mist gebaut habe. Wie viel wird mich das kosten?«, erkundige ich mich.

Er schaut in weite Ferne. Ich kann nicht sagen, ob er wieder weggetreten ist, und will ihn gerade fragen, als er antwortet: »Vielleicht ist es besser, ein einziges Kind zu retten als die ganze Welt.«

»Die ganze Welt? Mehr nicht?«, frage ich. »Mann! Und dann auch nur irgendein Kind von der Straße! Was für eine beachtliche Leistung!«

»Wenn ich mich recht erinnere, bist auch du nur ein Kind von der Straße gewesen.«

»Weißt du, was das Problem mit Prophezeiungen ist, Dorian?«, frage ich ihn, während ich zunehmend ungehalten werde.

»Ein bisschen«, erwidert er. Er zeigt keinerlei Gemütsregung. »Aber, bitte, belehre mich.«

»Das Problem mit Prophezeiungen sind die Propheten.«

»Ach komm, jetzt lass uns nicht abstrakt werden. Du meinst, das Problem mit *meinen* Prophezeiungen bin ich. Und ja, ich bin unzulänglich, kein Zweifel«, räumt Dorian ein. Aber jetzt ist da nichts Schwaches oder Entschuldigendes mehr in seinem Auftreten.

»Nein, nein, nein«, erwidere ich. »Ich meine, die Leute gehen davon aus, dass der Prophet nur eine Art Gefäß für eine Botschaft ist, dass er die Botschaft nicht verändert, um die Dinge nach seinem Willen zu lenken. Aber ich habe gesehen, was du tust, wenn du über ein Wissen verfügst, das andere nicht haben, Dorian. Du hast gewusst, dass Logan am Leben ist, als du Jenine verführt hast. Du hast eine trauernde Braut in dem Glauben gelassen, ihr Mann sei tot, damit du sie selbst heiraten konntest. Ich leugne nicht, dass du auch Gutes zu tun versuchst, trotzdem bist du der letzte Mensch, dem ich ein ›Geheimwissen‹ anvertrauen würde.«

Dorian wirft mir einen umwölkten Blick zu. »Meine Schwächen verdunkeln meine Botschaft. Ja, wie schon gesagt. Du machst mir etwas zum Vorwurf, was ich bereits eingeräumt habe.«

Ach. »Warum bist du dann hier? Hilfst du Momma K? Du hast doch offensichtlich einen Plan, mich irgendwie dazu zu bringen, etwas zu tun, was ich nicht tun will.«

Eine Melancholie so tief, dass sie nicht in Worte zu fassen ist, legt sich über den Mann, der einst als ein Gott betrachtet wurde. Er sagt: »Nein, Kylar. All meine Macht spielt keine Rolle mehr. Mein Sohn braucht mich.«

Etwas an der Art und Weise, wie er das sagt, ist seltsam. »Sohn? Nur einer von ihnen braucht dich?«

»Es gibt nur den einen. Frag Vi, wenn du es immer noch nicht verstehst. Ich habe nicht die Zeit für Erklärungen. Zumindest in diesem Punkt sind sich Jenine und ich einig. Unser Sohn braucht uns, und wir können ihn nicht retten. Ich weiß, dass alle unsere Bemühungen vergeblich sein werden, aber dennoch müssen wir es versuchen.«

»Du willst mich also dazu überlisten, dass ich das für dich tue«, sage ich.

Seine Augen blitzen auf, und er redet mit langsamer Stimme, als würde er mit einem kompletten Vollidioten sprechen. »Nein, denn das würde bedeuten, dass meine Fähigkeiten die Dinge verändern könnten. Was, wie bereits gesagt, nicht funktioniert. Du willst mir gar nicht erst zuhören, oder?« Ich mache Anstalten, etwas zu erwidern, doch er geht dazwischen und sagt: »Lass es mich einmal so versuchen: Hast du schon mal Einlochen gespielt?«

»Na klar.« Eine glatte Tischoberfläche, Elfenbeinkugeln, ein Stock und, wenig überraschend, die Taschen zum Einlochen der Kugeln. »Soweit ich weiß, bietet es den Edelleuten, wie so vieles, einen Vorwand, damit sie um Geld spielen können.«

»Stell dir nun ein solches Spiel vor, bei dem jedoch nicht alles bekannt und einheitlich geregelt ist, sondern die Kugeln sind alle unterschiedlich groß, du kennst nicht die Anzahl der Spieler, ja weißt nicht einmal, wo sich all die Taschen zum Einlochen der Kugeln befinden. Stell dir einen Tisch vor, der sich unentwegt verändert und bei dem hier und da kleine Mulden und Erhöhungen unter dem Filz versteckt sind, und dass alle Spieler gleichzeitig und fortwährend ihre Kugeln spielen. Ach ja, und die Kugeln verfügen über eine gewisse Fähigkeit, ihre Bahn von selbst zu verändern. Manche ändern sogar mitten im Rollen auch ihre Größe. Das ist das Spiel, zu dem ich verdammt bin, Kylar, wie wir alle. In einem riesigen, ungebunden freien Universum besteht eine Prophezeiung lediglich in der Gabe, ein wenig mehr vom Tisch zu sehen als die meisten anderen.«

»Aha. Nun gut. Ich würde trotzdem nicht gegen dich wetten.«

»All meine Fähigkeiten sind nur ein Lufthauch in einem Sturm, Kylar.«

»Du kannst mir vormachen, was immer du willst.« Ich hebe abwiegelnd die Handflächen nach oben. »Du bist trotzdem jetzt hier. Versuchst, mich an den Eiern zu packen.«

»Kylar, weißt du, was mit einem Menschen geschieht, der zu lange isoliert ist?«

»Was mit einem geschieht, wenn man …?«

»Schau mich an. Ich …«

Ich blinzle. »Du … du weißt das?«

Dorian presst enttäuscht die Lippen zusammen. Dann atmet er tief aus. Dann hält er inne. Plötzlich neigt er den Kopf zur Seite, als sei da ein Geräusch, das nur er hören kann. »Keine Zeit mehr für weitere Ausführungen, fürchte ich. Wahrscheinlich ist es um meinen letzten Rest an klarem Verstand geschehen, ehe du bis zehn zählen kannst.«

Ich will ihn nicht unterbrechen, ihn nicht einmal drängen fortzufahren. Ich will nicht den Eindruck erwecken, als liege mir etwas an der Sache. Das ist alles nur ein Manipulationsversuch. Es geht nur um Macht. Wie immer bei diesen Leuten.

Aber selbst wenn ich nicht vorhabe, auch nur ein einziges Wort aus seinem Mund zu glauben, bin ich doch unweigerlich neugierig, was jetzt passieren wird.

Während Moment um Moment die Zeit vergeht, sieht er mich einfach nur herausfordernd an, als sollte ich ihn ruhig anschreien und damit seine verbliebene Zeit vergeuden.

Schließlich sagt er: »Der Nachtengel richtet, doch wer richtet den Nachtengel? Die Wahrheit ist, ich bin nicht hier, um deinen eingeschlagenen Weg zu ändern, Kylar. Ich bin hier, damit du dich, wenn du ihn nicht selbst änderst, später daran erinnerst, dass es deine eigene Entscheidung war. Meine Rache ist, dass du dich selbst richtest und verurteilst.«

Seine Augen werden glasig. Der verrückte Prophet ist wieder verrückt, in die Isolationshaft seines Schädels eingesperrt, und in dem, was mich jetzt durch die Gitterstäbe all seiner vergangenen Entscheidungen anstarrt, ist nichts mehr von dem göttlichen Funken verblieben. Er ist ein leeres Gefäß in einer leeren Zelle.

Kapitel 11

Der falsche Mann, um ihm einen Hinterhalt zu legen

Nachdem Momma Ks Leute den jetzt abwesend starrenden Dorian weggebracht haben, brauche ich nur ein paar Minuten, um mich mit dem Schwamm zu waschen, mein Haar notdürftig in Ordnung zu bringen, mich anzuziehen und mich – nachdem ich Riegel um Riegel zurückgeschoben habe – schließlich meinem Waffenschrank zu stellen.

»Unterschiedliche Schlachten erfordern unterschiedliche Waffen, hm, Meister?«, sage ich.

In letzter Zeit führe ich regelmäßig Selbstgespräche. Nicht weil ich einsam wäre, sondern weil ich dadurch die Verriegelungsmechanismen in den Schlössern meines Gehirns neu in Bewegung bringe. In den widerhallenden Schluchten deines Schädels kannst du einen Gedanken tausendmal wiederholen, ohne ihn dir je wirklich bewusst zu machen, ohne ihm je zu entkommen. Wenn man damit anfängt, das Gleiche laut zu tun, merkt man ziemlich schnell, dass man sich anhört wie ein Verrückter.

Ich hoffe, alles dem Ka'kari zu berichten, so wie ich es jetzt praktiziere, hilft mir, diese Gewohnheit abzulegen.

Ich schnappe mir ein Gürtelmesser und ein Kurzschwert, dessen größter Vorzug darin besteht, dass seine juwelenbesetzte Scheide zu der affigen Adelskluft passt, die ich tragen muss. Wenn du irgendwo hingehst, wo du dich entwaffnen lassen musst, nimm keine Waffe mit, die du auf keinen Fall verlieren möchtest.

Zwei Minuten später, unten an der Straße, frage ich den Pförtner des Gebäudes: »Kutsche?«

»Während der letzten Stunde war keine verfügbar, mein Herr, bei alldem, was auf dem Schloss gerade los ist. Ich könnte Euch das Pferd meines Bruders besorgen. Zehn Minuten?«

Ich renne los.

Man sollte meinen, ich würde ein Pferd mein Eigen nennen. Aber das wäre wieder etwas, worum ich mich entweder selbst kümmern oder wofür ich jemanden bezahlen müsste. So oder so wäre es ein Anhaltspunkt für jemanden, der mich aufspüren will. Eine Gefahr. Heimlich Unterschlupfmöglichkeiten, Transportmittel und sogar Waffen bereitzuhalten, erfordert ein gewisses Maß an Raffinesse und beständiger Sorgfalt.

Über die nötige Raffinesse verfüge ich.

Mein alter Lehrmeister würde jetzt darauf hinweisen, dass ich ganz offen an einer bestimmten Adresse lebe, unter meinem eigenen idiotischen Namen. Welche zusätzliche Gefahr würde da der Besitz eines Pferdes schon mit sich bringen?

Nicht die geringste. Also bin ich sogar beim Brechen meiner eigenen Regeln inkonsequent. Großartig!

Ich komme natürlich sofort an einem Überfall auf offener Straße vorbei.

Dergleichen gibt es so nah am Schloss für gewöhnlich kaum je einmal, nicht in dieser Stadt. Nicht, dass ich in letzter Zeit sonderlich viel unterwegs gewesen wäre, aber der Abschaum, der den Überfall verübt, macht irgendwie einen sonderbaren Eindruck auf mich.

Arme Menschen können es sich nicht leisten, mit der ersten Welle von Bewohnern in eine neu gegründete Stadt zu ziehen. Sie treffen erst nach und nach ein. Was wäre eine Stadt ohne die Armen? Aber vorerst haben wir hier einen Abschaum der besseren Art. Vielleicht steckt ja auch wirklich nicht mehr dahinter. Drei Männer, die einen Ladenbesitzer bedrängen. Erpressung? Allerdings tragen sie alle die gleichen Mäntel und Stiefel. Sieht eher nach einer Söldnertruppe aus als nach den üblichen Schlägern.

Andererseits müssen wohl auch Söldnertruppen etwas essen. Vielleicht sind sie auf der Suche nach Arbeit in die Stadt gekommen und haben nichts gefunden.

Als ich ein paar Straßenzüge weiter eine Abkürzung durch eine von hohen Mauern umgebene Gasse zwischen zwei Anwesen nehme, stoße ich auf drei Frauen, die einen Mann verprügeln.

Ich bin in Cenaria aufgewachsen. Ich habe jede Menge gewalttätige Frauen gesehen; doch diese Frauen sind auf unheimliche Weise ruhig. Nur eine sagt etwas, und alle drei bemerken mich sofort. Es ist seltsam. Bei Männern mag es vorkommen, dass sie in ein primitives Schweigen verfallen, wenn sie zur Gewalt greifen, bei Frauen jedoch ist dergleichen nur selten der Fall. Und unabhängig vom Geschlecht ist gemeinsam begangene Gewalt niemals stumm.

Alles an dieser Angelegenheit fleht förmlich darum, dass ich einen genaueren Blick darauf werfe.

»Bitte, Hilfe!«, schreit der Mann und schlägt die Hände vor sein blutverschmiertes Gesicht.

Doch mein Blick ist nicht auf sein Gesicht gerichtet. Seine Stiefel sind von der gleichen Art wie die der Söldner von vorhin, und auch die drei Frauen tragen solche Stiefel.

Die hintere hebt die Finger an die Lippen und pfeift.

Ein Hinterhalt.

Die Antwort auf jeden erdenklichen Hinterhalt lautet: Nein.

Bevor eine Falle zuschnappt, gibt es einen winzigen Moment, in dem die lauernden Jäger wie gebannt auf den Augenblick warten, dass ihre Beute zu weit gegangen ist. Unter Jägern geht die Geschichte, dass Angst und Überraschung bei der Beute in diesem Moment alles rationale Denken aussetzen lassen, sodass sie sich in die größere Gefahr stürzt, die sie für sie vorbereitet haben.

Nein.

Ich stürme vorwärts, erreiche mit ein paar magisch unterstützten Schritten maximale Geschwindigkeit und tauche beim Rennen meine Hand in den zweiten Beutel, den ich bei mir trage, einen Beutel voller Stahlschrot.

Ihre Augen weiten sich bei meinem Angriff. Sie weichen vor mir zurück und greifen nach den Waffen, die sie bereitgehalten, aber versteckt haben.

Ich schleudere ihnen eine Handvoll Schrot entgegen.

Mitten im Ziehen ihrer Waffen von etwas getroffen, das durch die Luft auf sie zufliegt – sie wissen nicht, worum es sich handelt –, zucken sie unweigerlich zusammen.

Im nächsten Moment bin ich über ihnen, das Kurzschwert erst im letzten Moment in der Hand. Ich hole aus und schlage zu, schlitze tief durch den Oberschenkel der ersten Frau. Ich tauche durch die sich auftuende Öffnung zwischen ihren nach oben gehenden Klingen hindurch, rolle mich hinter der zweiten Frau ab und springe auf, stoße ihr das kurze Schwert von der Seite durch das Fleisch ihrer beiden Gesäßbacken.

Ich pariere den Speer der letzten Frau mit dem linken Arm und nagele sie mit der Klinge durch ihr Gedärm an das Gebäude hinter ihr, nur knapp an ihrer Wirbelsäule vorbei.

Sie starrt mich mit geweiteten Augen an, als ich das Kurzschwert wieder herausziehe und die anderen Frauen inmitten ihrer Waffen klirrend auf den Boden der Gasse stürzen.

Aber sie stürzt nicht und versucht auch nicht, mir den Speer aus der Hand zu reißen, als ich mich seiner bemächtige. Stattdessen führt sie tapfer ihre Finger an die Lippen und pfeift.

Oder hätte es jedenfalls getan, hätte das Kurzschwert sie nicht ihrer Finger entledigt, um dann jeden Schrei, der ihr aus der Kehle dringen will, zu verstöpseln, ein blutiger Korken aus Metall in ihrer Luftröhre.

Die anderen liegen wimmernd am Boden, die Erste tut vermutlich bereits ihre letzten Atemzüge. Die Zweite könnte ebenfalls bald sterben. Keine von beiden besitzt die Geistesgegenwart zu schreien.

Die anderen Wegelagerer müssen sich außer Sichtweite befinden, was den Pfiff erforderlich macht.

Erst jetzt richtet sich der Mann auf, den zusammenzuschlagen sie vorgegeben haben. In seinen Augen kämpfen Angst und Zorn miteinander.

Ich kann spüren, wie sich die Macht in ihm sammelt. Ein Magus.

Nein. Ich stürze mich mit dem gestohlenen Speer in der linken Hand auf ihn.

Die Speerspitze senkt sich in seinen Oberkörper, tritt an der Seite wieder heraus. Er verdreht sich, und dabei reißt sein Leib den Speer aus meinem einhändigen Griff.

Ich eile um die Ecke. Keine Zeit, um sicherzustellen, dass ich ihn getötet habe. Die übrigen Wegelagerer können jeden Moment auftauchen.

Dann springe ich von einer Türklinke über ein Regenabflussrohr auf die Mauer eines Anwesens empor.

An der Hauptstraße warten zehn gesattelte Pferde, bewacht von zwei Männern. Das durchkreuzt meine Hoffnung, ein Pferd stehlen zu können, das mich zum Schloss bringt.

Ich kann nicht noch zwei Männer töten.

Na ja, ich *könnte* schon.

Aber ich sollte es nicht tun. Nicht auf der Hauptstraße, wo es für jedermann sichtbar ist und völlig grundlos wirkt.

Ich mache einen Satz über eine Gasse hinweg und lande auf der Mauer eines anderen Anwesens, lasse mich in das Grundstück fallen, durchquere einen schönen Garten, wasche in einem plätschernden Brunnen das Blut von meiner Klinge, reiße einen ziemlich großen Hund aus seinem Schlummer und springe auf die nächste Straße hinaus, bevor das Vieh nach meinen Waden schnappen kann.

Als ich atemlos am Haupttor von Schloss Gyre ankomme, habe ich gerade erst damit angefangen zu versuchen, mir über all die anliegenden offensichtlichen Fragen Klarheit zu verschaffen.

War das eben eine allgemeine Falle für jeden Mann von Adel auf dem Weg zum Schloss, oder ist sie nur für mich im Besonderen gedacht gewesen? Die meisten Söldnerbanden können sich die Dienste eines Magus nicht leisten. Von Magi wird erwartet, dass sie nichts tun, was ihre jeweilige Schule in Verruf bringen könnte, und die Edelleute des neuen Hochkönigs zu überfallen, zählt da zweifellos als »etwas, mit dem wir wirklich nicht in Verbindung gebracht werden wollen«.

Aber noch einmal: Menschen müssen etwas zu essen zwischen die Zähne bekommen. Sogar Söldner. Und nur weil ich etwas ach so Besonderes bin, heißt das noch lange nicht, dass alles Ungewöhnliche, was in dieser Stadt passiert, etwas mit mir zu tun haben muss.

Wäre der Hinterhalt ein weiterer versuchter Mordanschlag auf mich gewesen – Nummer sechs, wenn ich richtig mitgezählt habe –, wären sie vorsichtiger gewesen.

Scheint jedenfalls noch ein Grund mehr für mich, diese Stadt verdammt noch mal schleunigst für immer zu verlassen. Was habe ich davon, in Elenea zu bleiben?

Dafür sind Nachtengel nicht da. Einfach nur mit einer dick auf den Rücken gemalten Zielmarkierung hier herumhocken? Wem ist damit geholfen?

Ich bin schon seit Monaten völlig passiv – viel zu lange. So kann ich nicht weitermachen.

Bald darauf betrete ich den riesigen Schlosshof.

Orte wie dieser beunruhigen mich ein wenig. Durzo hat mich gelehrt, derlei Örtlichkeiten zu meiden. Hunderte von Menschen, Dutzende und Aberdutzende von möglichen Angriffswinkeln, keine Möglichkeit, sie alle im Blick zu haben – und hier bin ich, komme einfach als ich selbst herein. Das Gefühl von Verwundbarkeit – des schutzlos Ausgeliefertseins – ist so stark, dass sich mir der Magen umdreht.

Ich weiß, dass es Adlige gibt, die mich tot sehen wollen. Sogar ziemlich viele. Manche von ihnen haben sogar einen guten Grund dafür. Noch mehr sind allerdings einfach nur eifersüchtig und verbergen ihren Hass unter aufgesetzt freundlichen Mienen. Für sie ist jeder, der dem Hochkönig nähersteht als sie selbst, jemand, der sie weiter von ihm wegdrängt. Sie spielen Spielchen, die mich nicht einmal interessieren, die ich nicht im Geringsten beeinflussen will – die aber dennoch meinen Tod bedeuten könnten.

Was mache ich überhaupt hier?

Was sagt es über mich aus, dass ich gekommen bin? Was für eine Art von Narr bin ich eigentlich?

Das kann ich nicht beantworten. Aber wenn es einen Preis für den Mord an Lady Trudana Jadwin zu zahlen gilt, werde ich auf keinen Fall jemand anderen die Zeche für mich übernehmen lassen.

Trotz all ihrer hintergründig gesponnenen Intrigen und honigsüßen Worte, die sie wie Dolche einzusetzen weiß, sind es letztlich nicht Momma Ks Künste gewesen, die mich haben herkommen lassen, auch wenn sie das glauben mag. Sie hätte auch einfach nur sagen können: *Sie wollen mir deinen Mord anhängen. Wenn du ihnen nicht die Wahrheit sagst, ende ich am Galgen.*

Es macht mir nichts aus, Menschen zu töten, die es verdient haben. Ich sage es dir ganz ehrlich: Bei einer bestimmten Sorte von Bösewichten macht es mir manchmal sogar Spaß, wirklich.

Aber die Möglichkeit, dass Unschuldige sterben, damit ich am Leben bleiben kann?

Verdammt, auf keinen Fall. Davon habe ich genug für viele, viele Leben. Nicht noch einmal. Niemals wieder. Egal, was es mich kostet.

Kapitel 12

Ein Schurke am Hof – oder zwei

Wenn du dir das hier anhörst, darf ich wohl davon ausgehen, dass du mit Schloss Gyre vertraut bist, und so werde ich nicht jede glitzernde Kuppel und jeden Strebebogen einzeln beschreiben. Wenn die Führer des Zwei-Groschen-Besichtigungsrundgangs anfangen, von Söllern, Lichtgaden und Säulengebälken zu sprechen, habe ich ehrlich gesagt nicht den geringsten Schimmer, wovon sie da schwafeln. Ich meine, ich habe Augen im Kopf. Ich kann es sehen, wenn an einer Ecke irgendwelches ausgefallene Zeug über irgendwelchem anderen Zeug aufragt, und ich kann erkennen, wenn das Ganze kunstvoll gemacht ist, aber meistens ist mir derlei völlig egal, solange ich nicht daran hochklettern muss.

~Ich kann dir gerne beim Vokabular aushelfen, wenn du magst.~

Ich habe mitnichten vor, die kleine schwarze Ausgeburt der Finsternis darum zu bitten, Begriffe für mich zu definieren.

~Es besteht nicht der geringste Grund, gereizt zu sein.~

Doch davon einmal abgesehen: Diejenigen, die Schloss Gyre als ein wahres Weltwunder bezeichnen, haben nicht gelogen. Und auch wenn ich mir durchaus bewusst bin, dass ich hier womöglich gerade in meinen Tod gehe – wie ich Logan kenne, ist die Verbannung allerdings wahrscheinlicher –, empfinde ich doch, obschon es mir widerstrebt, eine gewisse bewundernde Ehrfurcht.

Alles besteht aus rot geädertem weißem Marmor, riesigen Fenstern, Buntglas, farbenfrohen Mosaiken und gewaltigen Wandteppichen. Allein die Eingangshalle fasst im Moment bequem ungefähr tausend Menschen, von denen die Hälfte damit beschäftigt ist, hierhin und dorthin zu eilen, schon nach wenigen kurzen Monaten an ihre neue Umgebung gewöhnt. Die andere Hälfte blickt sich von Zeit zu Zeit in alle Richtungen um, als könnten sie es immer noch nicht glauben, dass sie jetzt hier sind und dass es dieses Schloss überhaupt gibt.

Ich bin selbst ein Teil der Entstehung des Ganzen gewesen. Nur ein kleiner Teil, um ehrlich zu sein. Mein magisches Talent und die Talente von etwa einem Dutzend der mächtigsten Magier der Welt haben sich zusammengetan, um das alles zu erschaffen – unterstützt von Curoch, dem Schwert der Macht, und Iures, dem Stab des Gesetzes. Und mit »das alles« meine ich nicht nur das Schloss, sondern die gesamte Stadt. Dorian hat all die Magie gesteuert. Jedenfalls im Wesentlichen, wie er sagt. Das Ganze hat ihn um den Verstand gebracht.

Ich bin mir nicht sicher, ob es uns Übrigen da so viel besser geht. Als ich Durzo das letzte Mal gesehen habe, schien er keinen Schaden davongetragen zu haben. Auch Vi scheint es gut zu gehen. Aber einige der anderen Magier sind ziemlich mitgenommen, was ihre magischen oder ihre geistigen Fähigkeiten angeht oder auch beides zugleich. Meine eigene Geistesverfassung scheint irgendwie – nun ja, reden wir jetzt nicht darüber.

Dorian hat versichert, dass dieses Schloss und ein Großteil der auf den Ruinen des Schwarzen Hügels neu errichteten Stadt nicht allein seiner Fantasie entsprungen seien. Er hat gesagt, er habe einfach wiederhergestellt, was seinem Empfinden nach schon hier gewesen ist, so als läge da eine Art Echo aus uralten Zeiten in der Luft. Zusätzlich zu diesem unvorstellbar alten Element habe die Magie auch Teile von jedem Einzelnen von uns eingewoben, Bewusstes und Unbewusstes, Dinge aus unserer Vorstellungskraft, Hoffnungen oder jeweils in unserer Psyche verborgen Liegendes.

Ich hoffe, dass nichts von diesen Hinzufügungen von mir stammt. Mit Sicherheit habe ich nicht versucht, irgendetwas beizusteuern außer meine magischen Kräfte, und die habe ich von den Stärkeren und Weiseren leiten lassen. Ich will mir gar nicht ausmalen, welche Schrecken diese Stadt bereithalten könnte, hätte sich die Magie auf irgendeine Weise von den dunklen Sackgassen meines Gehirns inspirieren lassen.

Wie auch immer, dieses neue Schloss und die neue Stadt haben unserem neuen Hochkönig einen Neuanfang ermöglicht, ihm einen Ort gegeben, der weit entfernt ist von der Korruption und dem Versagen Cenarias, den mörderischen Intrigen von Khalidor und Lodricar und den unablässigen Clankriegen Ceuras.

Die großen Türen des Audienzsaals sind heute geschlossen, und den pingeligen, Lanzen schwingenden Wachen biete ich keinen Anblick, der ihnen vom Sehen her vertraut wäre. Ich habe mich wahrlich allzu lange aus dem Verkehr gezogen.

»Ich muss da rein. Jetzt auf der Stelle«, dränge ich. »Ist Momma K schon drinnen? Für wann ist ihr Fall angesetzt?«

Sie wirken bemerkenswert unbeeindruckt.

»Wer, sagtet Ihr, seid Ihr noch mal?«, will der eine wissen.

»Hört mal«, richtet der andere das Wort an mich, »hütet Eure Zunge. Ihr werdet gleich in doppelt so vielen Schwierigkeiten stecken wie gerade die Herzogin, wenn Ihr für sie nicht den gebührenden Titel wählt. Sie hat eine Menge furchterregender

Freunde, die es nicht mögen, wenn jemand diesen alten Namen für sie benutzt.«

»Ah! Richtig. Herzogin Thorne, meinte ich natürlich. Ich bin – ähm, wie soll ich es ausdrücken? – einer dieser furchterregenden Freunde. Ich bin Kylar Stern. Darf ich?«

Einer der beiden schnaubt verächtlich.

»Nein, seid Ihr nicht«, erklärt der andere. »Ich habe Lord Stern mit eigenen Augen gesehen, und er war mir so nah, dass ich ihn hätte berühren können. Er ist sogar noch größer als der Hochkönig selbst und verströmt eine solche Aura der Macht, dass man froh sein kann, überhaupt noch zu Atem zu kommen, wenn man sich mit ihm im selben Raum befindet. Eine Macht, wie er sie besitzt? Man spürt sie in der Brust, wenn man noch fünfzig Schritt von ihm entfernt ist.«

Diese Männer rufen mir mal wieder ins Gedächtnis, warum ich keine Menschen mag. »Wirklich? Es fällt einem schwer, in seiner Gegenwart überhaupt nur zu *atmen*?«, hake ich nach. »Nur weil er im Raum ist? Klingt nicht sehr unauffällig. Sollte er nicht so ein raffiniert heimlichtuerischer Schleicher sein?«

Ich werfe meine Hände hoch, eine ausladende Bewegung, um ihre Augen abzulenken, sodass ich ganz *unauffällig* unsichtbare magische Hände auf das Zwerchfell eines jeden der beiden legen kann. Und dann drücke ich, zunächst ganz sanft.

»Nun ja, ich nehme an, er kann …« – der Wächter, der behauptet hat, mich schon einmal gesehen zu haben, holt hechelnd Luft – »… es ablegen, wenn er will. Ihr wisst schon, schließlich ist er der Nachtengel und so weiter. Das ist … mmmg.« Er verzieht das Gesicht.

Der andere Mann reibt sich den Bauch.

Dann, nach dem nächsten Ausatmen, merkt er, dass er nicht mehr einatmen kann.

Als seine Verwirrung in Angst umschlägt, sage ich: »Holt einfach den Admittarius oder den Cubicularius hier raus, oder wie auch immer Logan entschieden haben mag, diese Leute zu nennen, ja?«

Einer der beiden öffnet den Mund, und seine Augen weiten sich, während er immer noch nicht atmet.

Ich lasse die beiden los, bevor Panik einsetzt. Die Männer keuchen ein paarmal, dann sehen sie einander an.

Ich stehe mit Unschuldsmiene da und versuche, nicht bedrohlich zu wirken.

»Ihr seid … Ihr seid …«

»Ja. Der Punkt ist abgehakt. Würdet Ihr jetzt bitte jemanden holen, der Euch befehlen kann, diese Tür zu öffnen?«

Sie blicken einander an, der eine wird weiß im Gesicht, der andere eher grün.

Zwei Minuten später führt mich eine rundliche Frau mit eisengrauem Haar nicht durch die Haupttür, sondern in einen seitlichen Warteraum. Ein riesiger Schlüssel baumelt von einer Amtskette um ihren Hals.

»Ich bitte nochmals um Entschuldigung, Lord Stern«, sagt sie. »Wir haben jetzt so viele neue Gesichter im Personal. Die Hälfte von ihnen hält Euch für eine Art Geist. Die andere Hälfte für einen Riesen. So etwas wird nicht wieder vorkommen.«

»Nein, davon gehe ich aus«, erwidere ich. Allerdings aus einem anderen Grund, als sie glaubt. Schließlich werde ich in etwa zehn Minuten in die Verbannung geschickt, oder mir droht gar noch Schlimmeres. »Wurde der Fall der Herzogin Thorne schon verhandelt?«

»Wo seid Ihr denn gewesen?«, fragt sie verwundert. »Das hat bereits gestern angefangen. Sie sind gerade bei den letzten zusammenfassenden Erklärungen und Apologien.«

»Apologien?«, frage ich. Eine von Logans vielen Aufgaben war es, darüber zu entscheiden, in welche Rechtstradition sich sein neues Land stellen soll. Es sind alles übernommene Traditionen, übernommene Rechtsansprüche und übernommene Wurzeln. Wie stark und wie sorgfältig konstruiert ein aus dem Nichts geschaffenes neues Reich auch sein mag – kann es als Staatswesen überhaupt funktionieren, oder ist das Ganze von vornherein zum Scheitern verurteilt?

Sie erwidert: »Nachdem der Kläger seine Sicht vorgetragen hat, bekommt die Verteidigung mit ihren Apologien eine letzte Gelegenheit, die Anklage zu entkräften oder, wenn die Lage aussichtslos erscheint, um Gnade zu flehen.«

Ich versuche mir Momma K flehend und bettelnd vorzustellen. Ich habe ihr einmal ein tödliches Gift verabreicht, und sie hat nicht einmal nach dem Gegenmittel gefragt. Sie wird nicht betteln. Niemals. Sie hat mir nicht einmal gesagt, dass der Prozess bereits läuft. Und womöglich spricht sie ja gerade jetzt?

»Könnt Ihr ihr mitteilen, dass ich hier bin?«, frage ich.

»Nein. Der Hochkönig hat angeordnet, dass es keine Überraschungen geben darf. Er möchte, dass der erste königliche Prozess dieser Größenordnung ordentlich und gerecht abläuft. Kein falsches Getue oder irgendein Mummenschanz, hat er gesagt.«

»Könnt Ihr dem König mitteilen, dass ich hier bin?«

»Natürlich. Nachdem das Gericht zusammengekommen ist. Sonst hätte ich Euch nicht hierhergebracht.«

»Ich meine jetzt.«

Sie bleibt abrupt auf dem Gang stehen und fährt herum, um mich zu mustern. Der Blick ihrer Augen ist so scharf, wie ihre Figur rund ist.

»Ich bin auf seinen Befehl hier«, lasse ich sie wissen.

Ihre Augenbrauen ziehen sich dicht zusammen, ihre Lippen sind verkniffen. »Wenn das stimmt, wird er nach Euch schicken.«

»Er wird nach mir schicken, wenn Ihr ihm mitteilt, dass ich hier bin.«

Da ist Traurigkeit in ihr, doch sie verwandelt sich in Stein. »Ihr beide seid doch Freunde gewesen, nicht wahr?«

»Wir *sind* Freunde. Beste Freunde.«

Sie schüttelt bedächtig den Kopf. »Ein Freund wäre während der letzten schrecklichen Monate für ihn da gewesen.«

Was zum Kuckuck soll das denn heißen?

Sie führt mich zu einer bewachten Tür. Die königlichen Wachen öffnen sie ihr ohne Nachfrage.

Es sind einige hohe Herren und Damen im Raum, die meisten von ihnen besprechen sich mit gedämpfter Stimme mit ihren Beratern oder untereinander, oder sie blättern in Papieren, um sich schnell noch ein paar letzte Details zu ihren Fällen einzuprägen, oder sie versuchen, heimlich der Verhandlung im Nebenraum zu lauschen. Da ist niemand, den ich kennen würde.

Gar nicht gut.

Die Admittaria eilt durch die Tür, die zum königlichen Gerichtssaal führt, um nachzusehen, was sie verpasst haben könnte, während sie mich holen gegangen ist.

»Oh, du hast es hergeschafft. Wie misslich«, werde ich von einem gut aussehenden großen Edelmann mit elegantem schwarzem Bart und blassblauen Augen angesprochen. Ich weiß nicht, wer er ist. Er sitzt vor mir da, die Beine auf einen Tisch gelegt, die Knöchel gekreuzt, ein kleines aufgeschlagenes Notizbuch in der einen Hand, der Inbegriff arrogant-herrschaftlicher jugendlicher Trägheit, aber seine Augen sind wach und schnell. Er sieht aus wie ein Khalidori, aber wer könnte das heutzutage noch mit Sicherheit sagen? Sogar ich selbst habe dunkles Haar und hellblaue Augen.

»Kennen wir uns etwa?«, erkundige ich mich. Irgendwie kommt er mir vage bekannt vor.

»Das Gute an der Sache: Du kommst zu spät, und damit dürfte ich mir wohl einiges an Geld gespart haben.«

Seine Worte lassen mich aufhorchen, und ich nehme ihn noch einmal genauer in Augenschein. Er ist ein großer Mann, nicht mehr so jung, wie ich zuerst angenommen habe, jedoch mit dem alterslosen Äußeren, das manchen Barden und Athleten eigen ist, sodass sie sich ewig in der Blüte ihrer Jahre zu befinden scheinen. Ich kenne ihn nicht, und ich weiß schon jetzt, dass ich ihn nicht mag. »Wie bitte?«, hake ich nach.

»Die Söldner, die ich angeworben habe, um dich aufzuhalten. Ihre Aufgabe bestand eigentlich darin, dich gar nicht erst hier eintreffen zu lassen. Da sie offensichtlich versagt haben, hoffe ich doch, sie haben alle den Anstand bewiesen, bei dem Versuch zu sterben? Das spart mir die zweite Hälfte ihrer Bezahlung.«

Die Tür zum königlichen Hof öffnet sich. Ein feister Herold mit dröhnender Stimme ruft: »In der Angelegenheit des Vorwurfs, Herzogin Thorne habe einen Mord beauftragt, will Seine Königliche Majestät die Klagesteller persönlich ins Verhör nehmen, bevor er ein Urteil fällt. Lord Repha'im, tretet vor!«

»Entschuldige mich bitte«, sagt der Edelmann und steht auf. Er ist viel größer, als ich den Eindruck gehabt habe, solange er sich noch in seinen Stuhl gefläzt hat. »Das bin ich.« Und jetzt, zu spät, erkenne ich die Stimme, die ich in seinem Anwesen gehört habe. Er wirft sein Buch zur Seite. »Aber wir werden das hier bald fortsetzen.«

Kapitel 13

Über die tödliche Kunst der Diplomatie

Die Gerichtsverhandlung war wohl das erste Mal, dass ich mich gelangweilt habe, während mein Leben in unmittelbarer Gefahr schwebte.

Hinterher ist mir klar geworden, dass meine Unwissenheit der Grund meiner Langeweile war.

Ich würde dir ja gerne ausführlich schildern, wie Logan innerhalb von fünf Minuten mein Leben, das Leben von Momma K sowie sein ganzes Reich gerettet hat, aber ich kann es leider nicht. Ich habe auf all die falschen Dinge geachtet und die richtigen völlig außer Acht gelassen.

Wenn ich Kampfkünstlern beim Kämpfen zusehe, kann ich bereits nach wenigen Sekunden grob einschätzen, wie gut sie ihre Kunst beherrschen, selbst wenn es sich um Künste handelt, in denen ich nicht bewandert bin. Das ungeschulte Auge dagegen braucht Vergleichsmaßstäbe, es muss sehen, wie ein Meister andere Kämpfer fertigmacht, um ihn auch als Meister seines Fachs zu erkennen. Und selbst da neigt es zu Fehlern: Ein geübter Kämpfer, der ungeübte Kämpfer außer Gefecht setzt, kann den gleichen Eindruck hinterlassen wie ein Meister, der geübte

Kämpfer niederringt. Ein Glückstreffer kann genauso aussehen wie höchste Kunst.

Für das ungeübte Auge wirkt das anfängliche Taktieren und gegenseitige Abschätzen dreier Meister – das Ausloten von Schwachstellen, die vorbereitenden Angriffe, die sofort wieder abgebrochen werden, wenn sie es mit einem wenig Erfolg versprechenden Gegenangriff zu tun bekommen – nur wie jede Menge Herumstehen, Mit-den-Füßen-Scharren, Vorwärtsbewegen, Verharren, Umkreisen, erneutes Verharren: ein Tanz ohne all die Schönheit eines Tanzes. Langweilig.

Wenn man einem Meister zuschaut und im falschen Moment blinzelt, kann ein Kampf zu Ende sein, ohne dass man überhaupt mitbekommen hat, was passiert ist und warum die anderen applaudieren.

Ehrlich gesagt habe ich nicht einmal eine Entschuldigung für meine Unaufmerksamkeit. In Momma Ks Schule bin ich durchaus ein wenig in den höfischen Künsten der Dialektik und der messerscharfen Worte, ja sogar des juristischen Hickhacks unterrichtet worden. Wenn ich also derart gelangweilt war, dass ich überhaupt nichts mitbekommen habe, dann bin ich vielleicht tiefer in Gedanken versunken gewesen, als mir bewusst war.

~Vielleicht?~

Halt mal die Klappe.

Momma K – äh, *Herzogin Thorne*; es ist schwer, jemanden nach einem ganzen Leben mit einem neuen Namen zu belegen – ist eine Meisterin dieser Künste, aber von allen dreien musste sie aus der schlechtesten Position heraus kämpfen. Lord Repha'im schien nichts als Aggression für sie übrigzuhaben und gab sich den Anschein, als sei seine Stellung stärker, als ich den Eindruck hatte. Zu Unrecht, wie sich herausstellen sollte.

Er bauschte die Beleidigung auf, die er durch meinen Angriff auf sein Anwesen hatte ertragen müssen, und forderte Gerechtigkeit für einen gescheiterten Anschlag auf sein Leben. Logan spielte sein Spiel schwächer, als ich es erwartet hatte – schließlich ist er der Hochkönig. Er wirkte entweder abgelenkt oder erschöpft, oder er versuchte, allzu viele widersprüchliche Forderungen in Einklang zu bringen, um seine ganze Aufmerksamkeit auf die Angelegenheit richten zu können. (Was im Übrigen alles tatsächlich so war. Offenbar kenne ich meinen Freund immer noch sehr gut.)

Ich habe versucht, mich durch die Hellebarden der Wachen hindurch sichtbar zu machen, die mir den Zugang zur Halle der Winde versperrten, doch ich stand zu weit abseits, und ich habe Logan kein einziges Mal einen Blick in meine Richtung werfen sehen.

Jedenfalls bis zum Ende, als die Admittaria von hinten neben mich trat und leise sagte: »Seine Hoheit bittet Euch, etwas nicht allzu Auffälliges, aber unverkennbar Magisches zu bewerkstelligen, wenn er Euch aufruft.«

Ich sehe sie an. »Und das wäre zum Beispiel? Ihr habt mit ihm gesprochen?«

»Er hat mir eine Nachricht zukommen lassen.«

»Mitten in alledem?« Die ganze Zeit über, während ich Logan beobachtete, habe ich ihn nicht einmal mit einem seiner Berater flüstern sehen. »Hat er sonst noch etwas gesagt?«

Vi rieb sich die Augen. Die Sache erwies sich als komplizierter, als sie zunächst erwartet hatte. Es war jetzt das zweite oder dritte Mal, dass sich Kylar seinen Bericht im Nachhinein noch einmal berichtigend oder ergänzend vorgenommen haben musste, aber es gab keine sichtlichen Kennzeichen im Text, die eine Bearbeitung anzeigten, keine zusätzlichen Seiten waren eingefügt worden, um Platz für weitere Sätze zu schaffen. Offensichtlich war Kylar irgendwann von seiner ursprünglichen Absicht, seine Geschichte allein für Graf Drake zu erzählen, dazu übergegangen, sie auch für sich selbst festzuhalten (zumindest behauptete er das), aber darüber hinaus ohne Frage auch noch für jemand anderen – für wen? Mehrmals hatte er darauf Bezug genommen, dass er Zuhörer und nicht Leser erwartete. Wie viel von dem, was sie da las, war das Original? War etwas Wichtiges verloren gegangen?

»Lord Kylar Stern«, kündigt Logan mich an. Er hat eine herrliche Stimme, kräftig und klar. Sie dringt mühelos durch den Raum. Für einen König oder einen Befehlshaber ist das eine wertvollere Gabe, als man meinen könnte. Doch bei Logan hat eben immer schon alles gestimmt: Er ist groß, gut aussehend, intelligent, mutig, in jeder Hinsicht stark. Wenn irgendjemand dieses neue Königreich zum Erfolg führen kann, dann ist es Logan. »Tretet vor.«

Die Wachen ziehen ihre Hellebarden zurück.

Was zum Teufel soll ich jetzt tun? Mein Meister hat mich in Raffinesse geschult und jede Menge Trainingseinheiten darauf verwandt. Er hat mich sogar ein wenig in Magie unterwiesen, meiner diesbezüglichen früheren Blockade ungeachtet. Aber die Magie war immer dazu gedacht gewesen, diese Raffinesse zu ergänzen, statt sie zu untergraben.

Als der großspurige Kleinkriminelle, der ich einmal war, habe ich es mir jedoch nicht verkneifen können, noch ein wenig nebenher zu üben.

Ich schreite vorwärts.

Willst du mir dabei helfen, oder bin ich auf mich allein gestellt?, frage ich den Ka'kari.

~Ich helfe mit Freuden.~

Meine Umrisse verschwimmen beim Gehen in unregelmäßigen Abständen, kleine Peitschenschnüre der Finsternis, die sich von mir ausbreiten und bei jedem Schritt und bei jedem Schwingen meiner Arme in winzigen Zungen aus blauen Flammen zerplatzen. Die Magie ist hinreichend unauffällig, dass es wie das blaue Schimmern von im Licht blinkenden Pailletten aussieht, nur dass da kein Licht ist, keine Pailletten und kein Blau.

Die große Menge im Audienzsaal wird ganz still. Die Versammelten fragen sich, ob sie gerade wirklich gesehen haben, was gesehen zu haben sie glauben, aber ich habe nur Augen für den König.

Er nickt, als wolle er *Ja* sagen. *Mehr.*

Und so verschwinde ich zwischen einem Schritt und dem nächsten, verschwimme zu einem dunklen Fleck …

… und tauche dann wieder auf, bevor mein Fuß das nächste Mal den Boden berührt.

Kurz lässt Logan ein Lächeln aufschimmern, als ein Raunen durch die Menge geht wie das Wasser einer brechenden Welle, das in alle Richtungen prasselt, dann zwingt er seine Gesichtszüge zu starrer Reglosigkeit.

Als ich vor ihm zum Stehen komme, richtet Logan das Wort nicht an mich. Stattdessen verkündet er: »Lady Trudana Jadwin war eine Verräterin und Mörderin. Wie wir alle zu spät erfahren haben, hat sie Prinz Gunder eigenhändig getötet, die Invasion Khalidors unterstützt und so den Untergang unseres geliebten heimatlichen Königreichs verursacht. Dann hat sie unseren Feinden gedient und war direkt oder indirekt an der Ermordung von mindestens zwanzig unserer Untertanen beteiligt, darunter Kinder von edler Geburt wie Lord Drakes Töchter Serah und Magdalyn, Lady Evelines Sohn Draccos, Coreen Bellmont und die Vashiel-Zwillinge Korran und Karrin. In ihrer Verderbtheit schändete sie die Leichen und hat sie zur Schau gestellt. Nach unserem Sieg entzog sie sich durch Flucht unserer königlichen Justiz und tauchte unter.« Logan richtet seinen Blick auf Lord Repha'im. »In Eurem Haus. Wo Ihr sie versteckt habt.«

Erst jetzt erkenne ich, was Logan vorhat. Statt seine Beraterin zu verteidigen, geht er zum Angriff über.

»Ich kann nur hoffen, Lord Repha'im«, fährt Logan fort, ehe der Mann das Wort ergreifen kann, »dass Ihr Euch, neu und arglos, wie Ihr wart, der vielen Verbrechen von Lady Jadwin und unserer Haftbefehle gegen sie nicht recht bewusst gewesen seid. Bis auf Weiteres wollen wir davon ausgehen, dass dies der Fall war, und wir erwarten, dass Ihr in Zukunft Eure Rechtschaffenheit und Treue vollumfänglich unter Beweis stellt, um Eure Fehleinschätzung wiedergutzumachen. Und nun zum vorliegenden Fall. In der Angelegenheit der Ermordung von Lady Jadwin beteuert Herzogin Gwinvere Thorne ihre Unschuld. Ich weiß, dass sie das zu Recht tut, denn …«

»Euer Majestät, ich habe Zeugen, die …«, versucht Repha'im dazwischenzugehen.

»*Ich weiß* persönlich von ihrer Unschuld«, fährt Logan mit lauterer Stimme fort, »denn ich habe Kylar selbst ausgesandt, um Trudana Jadwin hinzurichten.«

Im Moment müssen zweitausend Menschen in der Halle der Winde zugegen sein, und ich habe den Eindruck, dass einen Moment lang kein Einziger unter ihnen ist, der nicht die Luft anhält. »Hinzurichten«, hat er gesagt, nicht »zu meucheln«. Er vollführt hier zwischen seiner öffentlichen Person einerseits und seinem privaten Wissen andererseits einen schwierigen Balanceakt, dem ich kaum zu folgen vermag.

»Eigentlich habe ich die Angelegenheit nicht so handhaben wollen«, spricht Logan weiter. »Doch ich habe erst, nachdem ich die Kunde von meiner Generalamnestie in allen Winkeln unseres Reiches habe verbreiten lassen, davon erfahren, wo Ihr sie versteckt gehalten habt – dass sie sich nämlich in Eurem Haus aufhielt. Vielleicht unter falschem Namen? Mein liebes Volk, ich bitte euch alle, die ihr hier versammelt seid, um Nachsicht, denn das hat mich vor ein unerträgliches Dilemma gestellt: Entweder wir würden es zulassen, dass unsere königliche Amnestie auch eine abscheuliche Verräterin mit einschließt, für die sie von Anfang an nie gedacht war, oder wir müssten den Anschein erwecken, unsere eigene Amnestie zu unterlaufen, indem wir diese Frau erst nach Inkrafttreten der Amnestie vor Gericht stellten, woraufhin sich jeder fragen würde, ob wir uns denn in künftigen Fällen an unser eigenes königliches Wort halten würden. Deshalb habe ich Kylar angewiesen, die Verräterin noch *vor* Inkrafttreten der Amnestie in Cenaria der Gerechtigkeit des Hochkönigs zuzuführen. Was er auch getan hat. Ihre widerwärtige Gegenwart wurde aus unserem Blickfeld entfernt, der Schandfleck auf unseren Königreichen getilgt; sie wurde ihrer gerechten Strafe zugeführt, und das alles hat stattgefunden, ehe unsere Amnestie in Kraft getreten ist. Wenngleich sehr kurz davor, wie ich zugeben muss. Das ist nicht ganz unbedenklich. Deshalb, mein liebes Volk, sind wir der Überzeugung, dass ihr alle diese vollständige öffentliche Darlegung unserer Überlegungen verdient habt, sodass nicht ihr unsere Gerechtigkeit fürchten müsst, alle Übeltäter aber schon.«

Ich weiß nicht, wie viele der Zuhörer sich darüber im Klaren sind, wie differenziert Logan den Sachverhalt darlegt. Er behauptet, nicht beabsichtigt zu haben, dass seine Amnestie mit seiner Unterschrift sofort in Kraft tritt, sondern dies sollte vielmehr erst der Fall sein, sobald sie in den verschiedenen Teilen seines Reiches verkündet wurde.

Wenn der Mann, der das Gesetz verfasst hat, dir darlegt, welche Absichten er damit verfolgt, ist es schwer, ihm zu widersprechen und zu argumentieren, dass seine Absicht in Wirklichkeit eine ganz andere gewesen sei.

Doch Logan lässt ohnehin niemandem Zeit, Einwände zu erheben oder auch nur vollends zu durchdringen, was er da sagt. Ich kann ihm nur deshalb so gut folgen, weil ich während meiner Jagd auf Lady Jadwin unablässig über genau dasselbe Problem habe nachdenken müssen. Ich hatte mich entschieden, die Sache auf exakt die gleiche Weise aufzufassen – wie er das herausgefunden hat, ohne dass ich ihm davon erzählt habe, weiß ich nicht. Wahrscheinlich ist er bei derlei eben einfach gut. Oder Momma K ist es.

Er fährt fort: »Wisset, Lord Repha'im, ich habe Kylar gebeten, wenn möglich nur Lady Jadwin zu töten; seine Vollmacht war gleichwohl weit genug gefasst, dass er, sollte er irgendjemanden sonst als wesentliches Hindernis dabei betrachten, diese Verräterin ihrer gerechten Strafe zuzuführen, die Befugnis hatte, mit der entsprechenden Person so zu verfahren, wie er es für nötig erachtete. Ihr solltet Euer eigenes neues Leben nach der Amnestie also vielleicht besser damit beginnen, dass Ihr ihm für seine Nachsicht dankt.«

Im Saal wird es sehr, sehr still.

»J…ja, Euer Majestät«, sagt Repha'im nach einem langen Moment des Schweigens. Sein Kiefer ist nach vorn geschoben, sein Blick angespannt, er zittert sichtlich. Nicht vor Angst. Vor Wut.

»Wir meinen jetzt *sofort*«, blafft Logan.

»Ja, Euer Majestät«, erwidert er. Seine Zunge, eine kleine rosa Schlange, schießt hervor, um seine Lippen zu befeuchten. »Ich danke Euch für Eure Nachsicht, Lord Stern«, sagt er laut und deutlich, mit einem Mal ganz ohne Groll, als würde er sich bei mir für einen gereichten Krug Wein bedanken.

Doch er sieht mich dabei nicht einmal an, sondern hält den Blick allein auf Logan gerichtet.

»Und Ihr könnt uns auch für unsere eigene Nachsicht danken«, fügt Logan hinzu. »Wären wir nämlich darüber im Bilde gewesen, dass Ihr einer Verräterin Unterschlupf gewährt, hättet Ihr Euch womöglich außerstande gesehen, diesen unbegründeten Fall vor unser Gericht zu bringen. Wie die Dinge nun liegen, dürft Ihr Euch glücklich schätzen, dass Eure skandalösen Taten durch den weiten Mantel unserer Amnestie gedeckt sind und wir Euch deren Schutz und Schonung nicht entziehen werden.«

Ein kurzes Zucken des Mundwinkels verrät Lord Repha'ims Verachtung für Logan. »Ich danke Euch, Euer Majestät«, sagt er. »Ihr seid wahrlich ein Mann, der sein Wort hält.«

Da ist nichts von Niederlage oder Demütigung in Repha'ims Auftreten und seinem Tonfall zu spüren. Er scheint nicht einmal recht verstanden zu haben, wie sehr ihm die Sache schadet.

Er sieht, wie ich ihn anstarre, und er lächelt. Nur ein weiterer aufgeblasener Edelmann, der hoch oben auf einem Berggipfel geboren wurde und die schöne Aussicht, die er von dort hat, seinen eigenen Kletterkünsten zuschreibt. Er scheint nicht zu begreifen, dass er nicht nur Logan beleidigt hat, einen Mann, der dafür bekannt ist, sich gnädig zu erweisen, wann immer er das kann; Repha'im hat sich hier auch mit Momma K angelegt, einer Frau, die sich schon aus heikleren Situationen herauslaviert hat, als er sich das je ausmalen könnte. Sie ist ihr ganzes Leben unterschätzt worden und das von klügeren, ihm an Heimtücke überlegenen Männern. Und an ihnen allen tun sich jetzt die Würmer gütlich. Ich hoffe nur, dass ich es miterleben darf, wenn auch für Repha'im die Stunde eines gebührend bösen Erwachens gekommen ist.

Ich lächele zurück.

Kapitel 14

Ein Freund in Nöten

»Ich habe da ein gerüttelt Maß an Beschwernissen«, eröffnet mir Logan. Sein Diener bürstet gerade seine formelle Abendgarderobe, doch ansonsten sind wir in einem von Logans säuberlich aufgeräumten Ankleidezimmern allein.

»Einen Deut?«, frage ich, wobei ich mir nicht ganz sicher bin, ob ich das Wort richtig benutze.

»Mehr.«

»Sprechen wir von bloßer Beunruhigung oder ernsthafter Bredouille?«, frage ich.

»Lediglich Bangnis, keine akuten Kalamitäten«, sagt er. Er lässt ein kurzes Grinsen aufblitzen. Es ist ein altes Spiel, das wir früher immer gespielt haben: Ich mache mich über Logans Marotte lustig, Wörter zu verwenden, die seltener und langer sind als ein Hakenspieß mit Rasiermesserklinge, und Logan tut sein Bestes, noch eins draufzusetzen.

»Eine Drangsal?«, frage ich.

»Eher eine dräuende Fährnis.«

»Sapperment, du hast gewonnen. Das kannte ich noch nicht.«

»Sapperment?«, wundert er sich. Aber sein Grinsen verfliegt sofort wieder. »Du hast die Gerüchte bestimmt schon gehört. Sie sind … nicht unzutreffend.«

»Ich habe keinerlei Gerüchte gehört.« Mein Magen zieht sich zusammen.

Er hält auf halbem Weg inne, während er sich gerade den Uniformrock von seinem muskulösen Leib streift. Dann beendet er den Vorgang und wirft den Rock über einen Stuhl. »Über Jenine?«, hakt er nach, ein Hauch von Ungläubigkeit in der Stimme.

Dann sieht er mein Gesicht, und es besteht kein Zweifel daran, dass er mir Glauben schenkt.

»Dass du *nicht* über die intimen Details meines Lebens Bescheid weißt, sollte angesichts der Tatsache, dass ich hier in einem wahren Kuriositätenkabinett lebe, für mich eigentlich ein wohltuender Sachverhalt sein, aber …«

Bevor er König wurde, pflegte er beim Sprechen keine langen Pausen zu lassen. Jetzt scheint es ihm zur zweiten Natur geworden zu sein, seine Worte sorgfältig abzuwägen. Sogar mir gegenüber.

Ein Freund wäre hier bei ihm gewesen, hat mir die Admittaria eingeschärft.

Was ist hier nur so Schlimmes passiert?

»Was ist denn mit Jenine?«, erkundige ich mich.

Logan reibt sich mit seiner großen Hand über die noch immer faltenlose Stirn. Er streift sich eine neue dunkle Hose über und schlüpft in ein weißes Übergewand aus Leinen. Die meisten Schneider müssen ihre Kunden so kleiden, dass sie Nachteiliges eher verbergen oder das Vorteilhafte betonen. Logans Schneider haben die Qual der Wahl, wenn es darum geht zu entscheiden, wie viele seiner positiven Eigenschaften seine Kleidung je nach Anlass zum Vorschein bringen soll. Schlank, muskulös, groß, langbeinig und breitschultrig, wie er ist, dürfte Logan selbst ausgehungert, verdreckt und in seinen Gefängnislumpen noch besser ausgesehen haben, als mir das selbst in all der Seide von Ladesh möglich wäre.

Als sein Diener mit ein paar Knöpfen fertig ist, signalisiert Logan dem Mann, dass er jetzt gehen kann. »Ich schicke dann Eure Friseurin in fünf Minuten herein, Majestät?«

»Zehn.«

Der Mann bleibt vor der großen Tür mit den glänzenden Messingbeschlägen stehen. Die Tür ist aus irgendeinem gestreiften exotischen Holz, vielleicht Ziricote oder Palisander. Der Luxus hier ist überwältigend, und der Diener mit den weißen Handschuhen und Logan passen da bestens hinein. Ich jedoch nicht. »Eure Majestät bat mich, Sie daran zu erinnern, dass Sie heute Abend nicht zu spät zu kommen wünscht, um Chefkoch Vayden nicht zum dritten Mal in dieser Woche Anlass für Ärger zu geben.«

Logan gibt sich murrend geschlagen.

Der Diener sagt: »Zehn Minuten, aber ich schicke alle Damen auf einmal rein, in Ordnung?«

Logan brummt zustimmend. »Danke, Arixus.«

»Und Mistress Brises möchte Euch an die Zerbrechlichkeit von Perlmutt erinnern und bittet darum, Euch nicht selbst an der alloreanischen Stiefelschnürung zu versuchen.«

»Ja, ja! Jetzt verschwinde!«, befiehlt Logan.

Der Diener verlässt den Raum prompt, aber furchtlos. Die schwere Tür schwingt auf lautlosen Scharnieren zu.

Als der Diener den Raum verlassen hat, sagt Logan: »Ich trage ihnen auf, mich an Dinge zu erinnern, und wenn sie es dann tun, schreie ich sie an. Allmählich glaube ich, das Einzige, was schlimmer ist, als ein König zu sein, ist, einem König zu dienen.«

Ich lächle. »Erwartest du jetzt, dass ich dir versichere, dass es gar nicht so schlimm ist, dir zu dienen, was dann irgendwie dazu führt, dass du mich bittest, dir auf eine neue, beschwerliche Art und Weise zu dienen?«, frage ich ihn. »Sodass ich mich dann moralisch verpflichtet fühle, mich einverstanden zu erklären, obwohl ich doch gerade gesagt habe, dass es nicht so schlimm ist, dir zu dienen?«

»Und du behauptest immer, in diesen Spielchen nicht gut zu sein.« Logan lässt sich schwer in seinen Stuhl fallen. »So ungefähr verhält es sich, ja. Mittlerweile versuche ich sogar, meine Freunde zu manipulieren, ohne es zu wollen, Kylar.«

»Ich hatte erwartet, dass du mich heute in die Verbannung schickst, wenn nicht sogar hinrichten lässt«, erkläre ich. »Du kannst auch einfach fragen.«

Er mustert mich, nimmt nicht nur den Zustand meiner Kleidung zur Kenntnis, sondern blickt mir auch tief und lange in die Augen. »Du hast mir eine ganz schöne Menge Arbeit eingebrockt, um dich zu retten.« Sein hübsches Gesicht hellt sich auf, und ich kann erkennen, dass er stolz darauf ist, wie er durch seine schnelle und entschlossene Entscheidung die Situation gemeistert hat.

Aber unsere Zeit ist fast um. Ich sage: »Es sieht dir gar nicht ähnlich, dich für ein Gespräch erst warm laufen zu müssen.«

Sein Lächeln verfliegt. Er reibt sich wieder die Stirn. »Kennst du die Angst, dich, sobald du einen Sachverhalt erst einmal in Worte gefasst hast, auf einen bestimmten eingeschlagenen Weg festgelegt zu haben? Als ob etwas nicht existieren würde, bis man es laut ausspricht, doch wenn man es dann einmal gesagt hat, gibt es kein Zurück mehr?«

»Was stimmt nicht mit Jenine?«

Er weicht meinem Blick aus und antwortet eine volle Minute nicht. Ich schweige.

»Die Schwangerschaft mit den Zwillingen war schwer für sie. Nicht nur … körperlich. Als wir die Schlacht gewonnen haben, war derart viel Magie im Spiel, und sie ist so nah an allem dran gewesen, was ihr zwölf da gemacht habt … Sie ist überzeugt, dass es irgendetwas mit den beiden Jungen angestellt hat.«

»Etwas mit den Jungen?«, wiederhole ich.

Er reibt sich das Gesicht. »Verrücktes Gerede, Kylar.« Er zuckt zusammen, vielleicht, weil ihm das Wort »verrückt« herausgerutscht ist.

Um ihn aus der Reserve zu locken, sage ich: »Wir haben genug Magie eingesetzt, um eine Armee zu vernichten und diese Stadt hier zu erbauen. Irgendwie. Es würde mich nicht überraschen, wenn die viele Magie noch anderes bewirkt hätte. Sogar wirklich Seltsames.«

»Sie sagt, damals hätte sich alles an ihrer Schwangerschaft verändert. Dass die Flut von Magie die Entwicklung der Jungen beschleunigt habe. Sie … sie befürchtet, dass Dorian etwas mit ihnen angestellt hat.«

»Wenn ich mich recht erinnere, ist Dorian damals ziemlich beschäftigt gewesen«, erwidere ich. Dorian war bis nach Ende der Schlacht bei klarem Verstand. Er hat seine geistige Gesundheit geopfert, um uns zum Sieg zu verhelfen und seinen Teil dazu beizutragen, all das Böse ungeschehen zu machen, an dem er beteiligt war, sei es wissentlich oder unwissentlich. »Geistig gesund oder wahnsinnig, Dorian ist kein solches Ungeheuer, dass er einem Kind etwas antun würde.«

»Ich sage ja nicht, dass ich ihr glaube!«, blafft Logan. Sein Gesicht nimmt einen traurigen Ausdruck an. »Ich meine, ich habe versucht, ihr zu glauben. Ich habe Hebammen, Kräuterfrauen, Wundärzte, Barbiere und ein halbes Dutzend Scharlatane konsultiert. Alle, die mir nicht irgendetwas haben andrehen wollen, haben gemeint, dass die Strapazen einer Geburt Seele und Verstand einer Mutter manchmal eine Zeit lang in Mitleidenschaft ziehen können, dass sie aber bald wieder ganz gesunden würde. Ich habe sie auch von den besten Heilerinnen der Chantry untersuchen lassen. Sie sind der gleichen Ansicht gewesen. Doch stattdessen ist es mit ihr … Ich liebe sie, Kylar, das weißt du, aber ich glaube, ihr Zustand wird immer schlechter. Sie erzählt mir von ihren Träumen, und ich weiß ja, dass Träume oft – sehr oft – befremdlich sind. Nicht wahr? Aber ihre? Die sind nicht normal. Ich weiß nicht einmal, wie sie überhaupt träumen kann, sie schläft so wenig.«

»Wie lange ist es jetzt her, dass die Jungen auf die Welt gekommen sind? Zwei Monate? Ist es nicht noch recht früh, wenn man bedenkt, was bei dergleichen alles so abläuft? Mit der Zeit kann sich da vielleicht …«

»Es geht ihr immer schlechter, nicht besser. Ich habe Angst, dass sie vielleicht … Nein, sie … sie könnte unmöglich …«

Die Qual auf seinem Gesicht versetzt mir einen Stich. Er will es nicht sagen oder kann es nicht sagen, also übernehme ich das für ihn. Manchmal kann ein Freund nicht von allein mutig sein, und so springst du für ihn in die Bresche. »Du hast Angst, dass sie den Jungs etwas antun könnte?«

»Nein! Ja. Oder sich selbst. Es ist nur eine Angst. Es ist nicht damit zu rechnen – die Wahrscheinlichkeit ist jedenfalls nicht groß, verstehst du? Aber sie ist doch groß genug, dass ich glaube, ich sollte jede Möglichkeit ausschließen, dass es dazu kommen könnte.« Er kann mir nicht in die Augen schauen. Logan ist sehr groß, körperlich ebenso stark wie politisch, jetzt jedoch steht er klein und zusammengesunken vor mir.

»Es tut mir so leid, Logan.«

Es scheint, als würde er mich gar nicht hören. »Manche ihrer Träume, Kylar. Sie sind apokalyptisch. Paranoid. Als die Heilerinnen der Chantry sie untersuchen kamen, haben sie sofort Verstärkung angefordert. Das kann kein gutes Zeichen sein, oder? Als sie dann schließlich mit mir gesprochen haben, waren ihre Befunde das Gegenteil von ermutigend. Magie könne oft den Körper heilen, sagten sie, doch die Seele fast nie.«

Und ich dachte schon, ich sei der Einzige, der nach unserem großen Triumph seelische Wunden davongetragen hat. Glaubte, inmitten all der Jubelfeiern mit meiner Trauer allein dazustehen.

»Wie kann ich helfen?«

Ich sage es, ohne nachzudenken, aber sobald ich es ausspreche, kommt mir der Gedanke, dass genau das womöglich mein Ausweg sein könnte. Vielleicht kann meine Verzweiflung gelindert werden, indem ich anderen aus ihrer eigenen Verzweiflung helfe.

Er greift es sofort auf. Ich kann erkennen, dass er bereits einen Plan hat. »Mein neu errichtetes Reich hat überall auf der Welt Ängste und Befürchtungen ausgelöst. Alle denken, dass ich sehr aggressiv sein muss, weil ich so schnell drei Königreiche an mich gebracht habe; dass ich mein Herrschaftsgebiet noch weiter vergrößern will. Was auch immer sie vorgeben mögen, die meisten der Diplomaten, die uns Staatsbesuche abstatten, haben nur einen einzigen Punkt auf ihrer Agenda, nämlich herauszufinden, wo ich als Nächstes einmarschieren will. Nicht, ob ich es vorhabe. Sondern wo es stattfinden wird. Im Moment sind die Alitaeri die Einzigen, die über die Mittel verfügen, in dieser Hinsicht wirklich etwas zu unternehmen.«

»Das ist doch eine gute Nachricht, oder? Alitaera ist sehr weit weg.«

»Ja, aber das Land ist so mächtig, dass, *sollten* sie sich entschließen, etwas gegen uns zu unternehmen, niemand sie aufhalten kann, schon gar nicht wir. Ich habe beschlossen, eine Reise hinunter in den Süden zu machen, um ein Abkommen mit ihnen zu schließen.«

»Eine Reise? Du musst doch bestimmt nicht persönlich gehen?«

»Müssen? Nein. Ich kann tun, was mir alle meine Berater ans Herz legen, und einen fähigen Diplomaten schicken, um die Sache zu regeln.«

»Warum machst du es dann nicht?«

»Weil ich keinen Krieg will.«

»Das weiß ich«, erwidere ich, »aber …«

»Jeder Herrscher wird davon ausgehen, dass mein Diplomat zu ihm kommt und all das Richtige sagt, wie es Diplomaten eben so tun. Ein Diplomat würde dasselbe sagen, ob ich nun auf keinen Fall einen Angriff plane oder ob es gleich morgen losgehen soll. Das weiß jeder. Aber wenn ich persönlich erscheine …«

»Wenn du persönlich erscheinst, nehmen sie dich gefangen! Das ist idiotisch.«

Er lässt ein kurzes Lächeln aufstrahlen. »Das ist etwas direkter ausgedrückt, als meine Berater es formuliert haben, doch du hast da ganz recht. Allerdings habe ich noch ein paar Trümpfe in der Hinterhand.«

»Zum Beispiel?«

»Wenn ich dir das unter die Nase reiben würde, hätte ich sie ja nicht in der Hinterhand, oder?«

Ich weiß nicht, ob er versucht, mich aufzuziehen, oder ob er sich sorgt, dass es selbst hier lauschende Ohren geben könnte. Wie auch immer, das Thema ist für mich damit erledigt. Er ist der König. »Du setzt dein Leben für deine Untertanen aufs Spiel«, sage ich nach einem Moment des Schweigens. »Wie schon immer habe ich größte Hochachtung vor deinem Mut und deinen Beweggründen.«

»Und du hältst mich für einen Dummkopf«, erwidert Logan.

»Nicht für einen Dummkopf, aber dein Handeln erscheint mir unklug, ja.«

Er lächelt traurig. »Siehst du, du könntest noch immer ein Diplomat werden!«

»Klar, ich, von Königen und Kaiserinnen empfangen. Würde ich bestimmt alles ganz prima machen.«

Sein Gesicht nimmt einen eigenartigen Ausdruck an, als hätte ich ihn da gerade auf eine Idee gebracht. »Ganz offen den besten Meuchelmörder der Welt als meinen Abgesandten zu schicken ...«

»Blutjungen«, korrigiere ich. »Und ich bin nicht der beste ...«

Er winkt ab, als würde ich nur bescheiden tun. »Der berühmteste. Das kommt nah genug ran. Dich öffentlich zu entsenden, würde in der Tat für eine nicht unbeträchtliche Reaktion sorgen. Es müsste natürlich schon der richtige Ort sein ...«

»Du willst mich nur aufziehen«, entgegne ich und senke die Stimme. »Du scherzt doch wirklich nur, oder?«

Ein plötzliches Grinsen blitzt über seine Züge, und für einen Moment sehe ich wieder den alten jungenhaft hübschen, überbordend selbstbewussten Logan vor mir. »Ich schinde nur ein wenig Zeit, um dir nicht sagen zu müssen, was als Nächstes kommt.«

Seine Jugend wird vor meinen Augen greisenhaft.

»So schlimm?«

»Es ist notwendig, dass Jenine mit mir kommt. Ihre Stärken ergänzen meine. Sie sieht Dinge, die ich nicht sehe, und die Leute sagen ihr Sachen, die sie mir nie sagen würden.«

»Ich dachte, sie sei zu geschwächt, um zu reisen.«

»Nein, die Zwillinge sind es. Zumindest bei dem Tempo, mit dem ich zu reisen gedenke. Überall, wo ich Station machen werde, habe ich Pferde bereitstellen lassen, sodass ich meine Begleittrupps wechseln und so schnell wie möglich dort ankommen und wieder zurückkehren kann.«

»Warte mal! Du willst Jenine mitnehmen, aber die Kinder zurücklassen? Sie sind erst zwei Monate alt. Was hält Jenine von diesem Plan?«

»Sie … sie weiß noch nichts davon.«

»Du willst eine verstörte junge Mutter von ihren Babys trennen?« Lässt es denn niemand unseren neuen Hochkönig wissen, wenn er kolossal dumme Ideen hat?

Seine Stimme wird leise. »Ich kann sie nicht hier zurücklassen, Kylar. Selbst wenn ich willens wäre, sie auf ewig zu kränken, indem ich ihr als meinen Vertreter einen Regenten vor die Nase setze, der über sie das Sagen hat, solange ich sie hier allein lasse, wäre sie immer noch die Königin. Wer kann sich zwischen die Königin und ihre Kinder stellen? Wenn sie mit mir kommt, könnte sie Zehntausende von Leben retten. Wenn sie bleibt« – seine Stimme wird noch leiser –, »bringt sie drei in Gefahr.«

Die Tür öffnet sich, und Logans Diener Arixus streckt den Kopf herein. Er hebt zwei Finger in die Höhe, dann verschwindet er wieder und schließt die Tür. Zwei Minuten noch.

Logan seufzt.

»Ist das ständig so?«, will ich wissen.

»Immer. Und das wird auch so bleiben, bis ich überall die richtigen Minister auf den richtigen Posten habe. Dann werden nicht mehr sämtliche Entscheidungen an mich weitergeleitet, sondern nur noch die schwierigsten. Das wird schön.«

Es ist an der Zeit, Klarheit zu schaffen. »Also, was willst du von mir? Dass ich dich begleite, dich beschütze? Du weißt, ich bin kein Leibwächter, aber … dein Wunsch ist mir Befehl.«

»Nein. Ich meine, normalerweise würde ich dich da sofort beim Wort nehmen. Es wäre großartig, dich als Begleitung dabeizuhaben, selbst wenn die Sache nicht gefährlich werden sollte. Aber nein. Jenines Verfolgungswahn … sie glaubt, die Jungen seien in Gefahr. Sie glaubt, eine Vision gehabt zu haben, dass jemand sie rauben oder töten will.«

»Also … was dann? Willst du, dass ich auf deine Kinder aufpasse?«

»Du, auf Säuglinge aufpassen? Ha! Versteh mich nicht falsch, Kylar, aber von allen Menschen, die ich kenne, bist du derjenige, der am wenigsten für eine Vaterrolle taugt!«

Ich kichere, als sei es nur ein kameradschaftlicher kleiner Schlag unter die Gürtellinie, und mehr verbindet er damit auch wirklich nicht.

Er weiß es nicht.

Er weiß nicht, dass Elene, als sie starb, schwanger gewesen ist, dass meine ganze Welt damals im Begriff stand, sich vor meinen Augen zu verändern. Ich konnte nicht länger selbst ein Kind sein; ich war ein Ehemann und auf dem besten Weg, ein Vater zu werden.

Er weiß, dass ich sie verloren habe. Er ist sehr vorsichtig in Bezug auf alles, was damit zusammenhängt. Die Sache mit der Schwangerschaft? Ich kann es ihm nicht zum Vorwurf machen, wenn er eine Wunde aufreißt, von der er gar nichts weiß. Immerhin bin ich derjenige, der ihm nie etwas davon erzählt hat.

Bester Freund? Ein guter Freund wäre für Logan da gewesen. Ein guter Freund hätte umgekehrt auch Logan für ihn da sein lassen. Ich hätte meine eigene Verwundung mit ihm geteilt.

Ich bin in jeder Hinsicht ein Versager.

Außer im Töten. Darin bin ich gut. Einst habe ich geglaubt, der Umarmung der Schatten entkommen zu können, aber die Schatten haften mir an, wohin ich auch gehe.

»Ich möchte, dass du über sie wachst«, erklärt Logan. »Ich weiß, du bist weder ein Leibwächter noch ein Kindermädchen. Damit sind die beiden ohnehin reichlich ausgestattet. Ich möchte, dass du hier herumschleichst, überlegst, was du selbst machen würdest, wolltest du irgendwelchen Kindern etwas antun oder sie entführen, und dass du die entsprechenden Vorkehrungen triffst. Es wird schon nichts passieren, doch so habe ich immerhin etwas, was ich Jenine sagen kann, um sie zu beruhigen, um sie wissen zu lassen, dass ich alles tue, damit sie in Sicherheit sind.«

»Logan, diese Sache wird sie um den Verstand bringen.« Er zuckt zusammen, und mir wird meine schlechte Wortwahl bewusst, also fahre ich hastig fort: »Das ginge jeder Mutter so. Man kann eine Mutter nicht von ihren Kindern trennen. Warte noch ein paar Monate. Schicke vorerst nur deine Diplomaten voraus und folge ihnen dann, sobald sich die Lage etwas beruhigt hat. Ein paar Monate machen da gleich einen großen Unterschied.«

»Aber bis dahin wird es zu spät sein. In ein paar Wochen werden Kaiserin Caelestia und ihr Hofstaat die Osthauptstadt von Alitaera verlassen. Nachdem sie auf den Sommerinseln gefeiert haben, begeben sie sich nach Burg Sturmfest, um dann, vom Großen Sturm vorwärtsgetrieben, mit unglaublicher Geschwindigkeit gen Westen zu fahren. In Borami angekommen, wird sie dort sechs Monate lang die Herrschaft ihres neuen Unterkönigs überwachen, bevor sie auf dem Landweg nach Osten zurückkehrt und sich die ganze Prozedur wiederholt. Worauf es ankommt, ist: Sobald ihr Tross Skone einmal verlassen hat, ist sie außer Reichweite. Borami ist zu weit weg, und auf den Wegen dorthin lauern zu viele Feinde. Selbst wenn die Reise sicher wäre, wäre ich hier viel zu lange abwesend, wenn ich dorthin gehen würde. Aber das ist noch nicht alles. Kylar, ich habe meine Berichte gelesen. Gwinveres Spione haben mich über die Reden und Ansprachen der anderen Herrscher in Kenntnis gesetzt. Ich sehe die Zeichen der Zeit. Plötzlich erheben die Herrscher in ganz Midcyru neue

Steuern, um verschwenderische Projekte zu finanzieren – Denkmäler, Palasterweiterungen und dergleichen.«

»Das scheint mir genau das, was Könige in Zeiten des Friedens und des Wohlstands so tun. Oder etwa nicht?«

»Ja, schon, aber nicht auf diese Weise. Nur wenige Herrscher sind so geduldig, zuerst das ganze Geld für einen neuen Palast einzusammeln und ihn dann auf einmal zu bezahlen. Sie kratzen zuerst einen kleinen Betrag zusammen, um mit den Fundamenten zu beginnen und für die Kosten für Aushebungsarbeiten und Stein aufzukommen. Im nächsten Jahr erheben sie eine neue Steuer, um die Maurer und Zimmerleute bezahlen zu können. Derlei bringt die Edelleute nicht so sehr auf, und das Projekt kann sofort in Angriff genommen werden. Doch das ist diesmal nicht der Fall. Hier geht es vielmehr darum, dass Länder viel Geld einnehmen und es nicht ausgeben. Und warum? Weil Geld ein beliebig einsetzbares Gut ist. Ein ausgefuchster Herrscher kann sich Geld beschaffen, ohne dass es so aussieht, als würde er sich auf einen Krieg vorbereiten, und dann nimmt er im letzten Moment dieses Geld, um damit die Waffen und den Proviant einer Armee zu finanzieren sowie alles andere, was er braucht, um in die Schlacht zu ziehen. Also *muss* ich einfach gehen; es muss jetzt sein. Wenn Jenine mit mir kommt, könnte genau das den Unterschied zwischen Erfolg und Versagen ausmachen. Sonst könnte die Kaiserin, wenn sie nächstes Jahr von der Westhauptstadt Borami losmarschiert, das an der Spitze einer Armee tun.«

»Ich hatte gehofft, das Thema Krieg habe sich für uns erledigt«, erwidere ich. Einen mörderischen Verräter umzubringen, ist ja schön und gut. Etwas ganz anderes ist es, irgendeinen jugendlichen Milchbart zu töten, dessen einziges Vergehen darin besteht, unter der falschen Flagge zu marschieren, weil er davon überzeugt ist, dass du eine Bedrohung für seine Familie darstellst.

»Das ist meine Aufgabe«, erklärt Logan grimmig. »Das Meine zu tun, damit mein Volk blüht und gedeiht. Sein Schutz und Schirm zu sein. Dafür zu sorgen, dass wir mit Krieg nichts mehr zu tun haben – wenn schon nicht für immer, so doch für so lange wie möglich. Meine Arbeit ist zu wichtig, als dass ich der Vater sein könnte, der ich sein sollte, Kylar. Oder der Ehemann. Ich bin ein König. Das Leben meiner Untertanen ist wichtiger als mein persönliches Glück.«

»Und auch das deiner Frau?« Ich habe es eigentlich nicht laut sagen wollen, aber Logan wird es mir verzeihen.

»Sie wurde als Prinzessin geboren und ist jeden Tag in dem Wissen aufgewachsen, dass sie eines Tages Königin sein würde. Sie kennt den möglichen Preis ihrer hohen Stellung länger als ich den meinen.«

Ich bin sicher, dass er damit recht hat, doch zugleich bin ich froh, nicht dabei zu sein, wenn sie dieses Gespräch führen müssen.

»Ich werde tun, was immer Ihr braucht, Euer Majestät«, sage ich und steuere die Tür an. »Und … danke, dass du mich nicht verbannt hast. Oder Schlimmeres. Ich habe so etwas herausgefordert, aber … ich konnte die Sache nicht einfach ungesühnt auf sich beruhen lassen, verstehst du?«

»Ich vermisse Mags auch«, antwortet er. Er wendet den Blick ab. »Und Serah. Und Prinz Aleine, trotz seiner Schwächen. Und alle anderen. Trudana hatte den Tod verdient. Hättest du gefragt, so hätte ich dich selbst ausgesandt.«

Ein leiser Vorwurf liegt in seiner Stimme. Und Verletztheit. Er hat recht, warum habe ich ihn eigentlich nicht um Erlaubnis gefragt? »Ich habe erst am gleichen Tag, als ich von deiner Amnestie hörte, erfahren, wo sie ist. Ich habe mir gedacht, ich muss als Erstes zu ihr.« Fast hätte ich es dabei belassen, schließlich ist es zum Teil die Wahrheit, aber eben doch nur zum Teil. »Und … ich war schon so lange weg von deinem Hof. Ich wusste nicht, wie du reagieren würdest. Ich habe geglaubt, mich dir nicht fügen zu können, solltest du Nein sagen.«

Er lächelt traurig. »So sind wir beide irgendwie nun mal, nicht wahr, Kylar? Männer, die immer tun, was sie für richtig halten, egal, was alle anderen sagen mögen. Ich wünschte nur, wir wären immer einer Meinung darüber, was dieses Richtige ist.«

»Du bist ein besserer Freund, als ich es verdient habe.«

»Es hat nichts damit zu tun, dass ich dein Freund bin. Schließlich wäre ich ein schöner Dummkopf von einem König, wenn ich meine Geheimwaffe in die Verbannung schicken würde.« Er verzieht das Gesicht zu einem Lächeln, und wir wissen beide, dass es eine Lüge ist, wenn auch nur in Teilen. Logans Macht ist ein wesentlicher Bestandteil dessen, was er jetzt ist. Auch wenn es meist höhere Ideale sind, die sein Handeln bestimmen, muss er, um zu überleben, stets zugleich Machtgewinn und Machterhalt im Blick haben. »Möchtest du uns beim Abendessen Gesellschaft leisten?«, fragt er.

Ich huste. »Ich glaube, ich halte stattdessen lieber meinen, äh, geheimnisumwitterten Zauber aufrecht, danke.«

»Wirst du immer noch Nein sagen, wenn ich dich wissen lasse, dass es da einen Gast gibt, der dich ganz besonders interessieren dürfte?«, fügt Logan hinzu.

»Ich bin eine bessere Geheimwaffe für dich, wenn du mich nur dann zum Vorschein bringst, wenn du mich brauchst.« Ich öffne die Tür, und eine ganze Reihe von Dienern kommt hereingeeilt. »Wenn es wirklich so wichtig ist, kannst du ihn ja nach dem Essen zu mir schicken.«

»Ihn?«, fragt Logan.

»Na ja, diesen Gast«, antworte ich.

»Ach, nein, nein, es ist kein Er. *Sie*«, betont Logan. »Und wenn du nicht kommst, bin ich mir ziemlich sicher, dass sie dich finden wird.«

Mir wird flau im Magen.

Kapitel 15

Liebe allein genügt nicht

Ich weiß nicht, warum alle in diesem Punkt lügen: Neugeborene sind nicht süß.

Ich meine, neugeborene *Tiere,* na klar. Ich bin ganz vorne mit dabei, wenn es darum geht, über einen Welpen oder ein Babykrokodil oder was auch immer in bewundernde Ausrufe zu verfallen. Aber neugeborene Menschen? Mit ihren zerknitterten Gesichtszügen und ihrem völligen Mangel an Wahrnehmung der Außenwelt?

Vielleicht ist ja eins von hundert wirklich süß. Wenn überhaupt so viele.

Diese beiden hier? Nein. Tut mir leid. Nicht im Entferntesten.

»Ach, wie goldig die zwei!«, sage ich mit so viel Enthusiasmus, wie ich aufbringen kann.

»Das sind sie in der Tat, nicht wahr?!«, erwidert Logan und wirft einen seiner Söhne hoch in die Luft, was das Kindermädchen nervös macht. »Und das sage ausgerechnet ich! Schließlich bin ich jemand, der nicht automatisch jedes Baby süß findet. Willst du ihn mal halten?«

»Nein, nein, schon gut.« Ich weiß einfach, dass ich es irgendwie falsch machen würde.

Logan wirft mir ein Tuch zu. »Leg dir das über die Schultern. Man kann ja nie wissen, wann aus dem einen oder anderen Ende irgendetwas herausspritzt.« Er lacht, als ob auch das ungeheuer liebenswert wäre.

Es war schon schwer, Logan, dem alten Schlachtross, zu widerstehen, *bevor* er König wurde, aber jetzt hat Hengst Logan seinen Rossharnisch sowie einen Klaps auf den Hintern bekommen, sodass er dich einfach niederwalzt.

Ich zwinge mich zu einem Lächeln, ohne wirklich mit dem Herzen bei der Sache zu sein. »Ich bin eigentlich vollauf zufrieden, wenn ich kein …«

Ich kann nicht einmal ausreden, bevor er mir ein kleines, schlaffes, schläfriges Würstchen reicht – mit zartem dunklem Flaum auf dem übergroßen Schädel.

Logan nimmt Anstoß an der Art, wie ich ihn halte, und neigt missbilligend den Kopf zur Seite, aber er schweigt, als wolle er mir einen gewissen Vertrauensvorschuss geben. Dann, als der Kleine unvermittelt zappelt und seine riesige Hirnschale von seinem muskellosen Hals zu kippen droht, ruft Logan: »Der Kopf. Kylar! Du musst Kiern den Kopf stützen!«

Ich spreize meine Finger, als würde ich ein kostbares Artefakt balancieren. Nein, es ist schlimmer als das. Dieser kleine Fettklops ist ein Prinz.

»Gegen deine Brust, Mann. Versuch, ihn nicht umzubringen, in Ordnung? Es ist ja gerade so, als ob du noch nie ein Baby gehalten hast.«

»Ich, äh, hab ich auch nicht«, bekenne ich.

»Noch nie im Leben?« Er starrt mich fassungslos an. »Ach ja. Richtig. Tut mir leid. Mir ist einfach nicht klar gewesen, wie leichtfertig ich die Zukunft meines Königreichs in deine Hände gelegt habe.«

»Na ja, wenn ich den hier kaputt mache, hat er schließlich noch einen Bruder, nicht wahr?«

Logan lacht und hilft mir, sein Kind richtig zu halten. Ich komme mir immer noch sehr linkisch vor. Das Ding ist eine äußerst zerbrechliche schlaffe Nudel.

Da ist ein Kribbeln, wo der Kopf des Kindes die Haut meiner Brust und meines Halses berührt. Ich weiß nicht, ob es an meinem schlummernden väterlichen Instinkt liegt oder einfach an der Tatsache, dass ich einen zukünftigen Hochkönig im Arm halte.

Wie dem auch sei, es gefällt mir nicht.

»Hm … sie sehen unterschiedlich aus«, stelle ich fest. Nicht, dass ich für gewöhnlich mühelos die eine menschliche Pflaume von der anderen unterscheiden könnte – aber die, die ich im Arm halte, hat dunkles Haar. »Ich dachte, Kiern und, ähm, wie heißt er noch, sein Zwilling?«

Logan schlägt die Hände vors Gesicht, und ich weiß nicht recht, welche dumme Bemerkung meinerseits der Grund dafür ist. Doch bevor er etwas erwidern kann, kommt ein Berater auf ihn zu und flüstert ihm etwas ins Ohr.

Dadurch bin ich nun mit Seiner Königlichen Dicklichkeit allein. Ich schaue dem Knirps ins Gesicht und sehe, wie er gähnt.

Nun ja, das Gähnen? Ist schon süß. Ein klein wenig.

Gütige Götter! Er wacht auf. Ich fange an, ihn in meinen Armen auf- und abhüpfen zu lassen, wie ich das bei anderen gesehen habe. *Bitte schlaf weiter. Bitte schlaf weiter.*

Ob mich wohl jemals irgendwer so gehalten hat? Hat jemand in mir einen kleinen Quälgeist gesehen und gehofft, mich bei der nächstbesten Gelegenheit loswerden zu können?

Ich meine, ich bin ein Waisenkind. Zumindest wurde ich so früh ausgesetzt, dass ich keinerlei Erinnerungen an Mutter oder Vater habe. Es kann allerdings auch nicht allzu früh gewesen sein. Ich hätte auf der Straße nicht überleben können, wenn ich zu klein gewesen wäre. Die Banden nehmen niemanden auf, der so jung ist, dass er zu viel Aufwand verursacht.

Hätte auch ich mich einfach weggeworfen wie Abfall?

Kiern öffnet die Augen. Ich starre in das Babyblau seines Blicks, und ein Kloß bildet sich in meiner Kehle, so schnell und so hart, als hätte mir der kleine Bengel seine winzig kleine Faust in den Schlund gesteckt.

»Was? Ihr habt mir nicht gesagt, dass …«, redet Logan auf den Berater ein. Er flucht leise, und ich bin erleichtert, dass er mir eine Entschuldigung liefert, den Blick von dem Jungen abzuwenden. Logan starrt erst mich an und dann Richtung Tür, als müsse er eine schreckliche Entscheidung treffen, auch wenn es eigentlich nur so aussieht, als überlege er, ob er sich seinen Sohn zurückholen soll oder nicht.

Dann beißt er die Zähne zusammen und zwingt die Hände an seine Seiten.

»Was ist passiert?«, frage ich.

Zu spät, wie ich vermute.

Dann begreife ich, was jetzt kommen muss, aber die Tür geht auf, bevor ich ihm das Kind zurückreichen kann.

Hochkönigin Jenine Gyre hat in ihrem Leben schon viel erlebt: Als Prinzessin Gunder von Cenaria geboren, hat sie Logan geheiratet, glaubte ihn sodann zusammen mit ihrer gesamten Familie ermordet, wurde entführt und schließlich von Dorian »gerettet«, der sie heiratete und zur Königin Ursuul von Khalidor, Lodricar und Cenaria machte. Mit Dorians Kindern schwanger, erfuhr sie, dass Logan doch noch am Leben war – und dass ihr Mann Dorian es die ganze Zeit über gewusst hatte. Sie verließ Dorian, ließ die Ehe für ungültig erklären und kehrte zu Logan zurück, der sich bereit erklärte, die ungeborenen Kinder von Dorian und Jenine als seine eigenen anzunehmen.

Und bei alledem ist Jenine noch keine zwanzig Jahre alt. Als ich sie das letzte Mal gesehen habe, hat sie sogar noch jünger ausgesehen.

Das ist jetzt anders.

Dunkle Ringe umrahmen ihre Augen. Ihr Gesicht ist aufgedunsen.

Sie erstarrt, als sie mich sieht.

Allerdings nur für einen kurzen Moment.

»Nicht *ihm*!«, schreit sie und zeigt auf mich. In einem Wirbelwind der Wut reißt sie das Kind aus meinen wie gelähmten Armen. »Wie konntest du nur, Logan?«

»Schatz, es ist völlig in O…«

»Nein! Wie kannst du zulassen, dass dieses *Ding* unser Kind anfasst?!«, kreischt sie. »Du hast mir gesagt – hast es zugegeben! –, dass er der gefährlichste Mensch in diesem Reich ist. Was denkst du dir nun dabei, ausgerechnet ihn hierher …?«

»Er ist mein bester Freund, Jenine! Er …«

»Seinesgleichen hat keine Freunde. Sie haben nur Zielpersonen.«

»Jenine, meine Liebe …«, setzt Logan an.

»Lass das, ich will nichts von ›Jenine, meine Liebe‹ hören!«, faucht sie, am ganzen Leib zitternd.

»Stimmt nicht«, gehe ich dazwischen.

Sie hält inne.

»Leute von meiner Sorte haben keine Zielpersonen. Meuchelmörder haben Zielpersonen, weil es möglich ist, ein Ziel zu verfehlen. Blutjungen jedoch haben Leichen. Denn sobald ein Blutjunge einen Mordauftrag angenommen hat, ist der Tod der verurteilten Person nur noch eine Frage der Zeit. Aber fahrt fort.« Jenine führt sich auf wie ein verängstigtes Kind, und das geht mir zunehmend auf die Nerven.

»Leichen? *Leichen!*«, ruft sie.

»Kylar«, fleht Logan eindringlich.

»Ich sollte jetzt besser gehen«, erkläre ich und setze meine Kapuze wieder auf. »Der Wille Eurer Majestät ist mir Befehl. Wie ich sehe, habt ihr beiden …«

Aber in dem Moment, als die Kapuze meinen Kopf bedeckt, werden Jenines Augen groß, als sähe sie mich zum ersten Mal.

Sie beginnt zu wimmern.

Mein Herz macht vor plötzlichem Mitleid einen Satz. Mitleid nicht nur für sie, sondern auch für meinen Freund, der eine Frau liebt, die sich aus allen Fesseln des gesunden Verstandes gelöst hat.

Ich bemerke, wie eine Palastbedienstete in die Türöffnung eilt und auf die Erlaubnis wartet, eintreten zu dürfen. Sie hält einen Kelch in der Hand, und ich sehe die braunen Körnchen von Mohn im Wein schwimmen.

Die Dienerschaft hatte das Beruhigungsgetränk bereits vorbereitet. Es ist nicht das erste Mal, dass sich Jenine so aufführt.

Ich erhasche noch einen letzten Blick auf Logans Gesicht, bevor ich gehe, um ihm weitere Peinlichkeiten zu ersparen, und seine Züge künden von der gleichmütigen Entschlossenheit eines Mannes, der sich einer Schlacht stellt, in der er nicht kämpfen, sondern nur die Stellung halten kann; eines Mannes, der nicht zum ersten Mal eine Last schultert, die so schwer ist, dass er nicht weiß, wie er sie tragen soll, und doch muss er sie stemmen.

Unsere Blicke treffen sich, und in mir regt sich der Impuls, jetzt nicht fortzugehen. Soll ich für den Freund, den ich liebe, bleiben oder um der Frau willen gehen, die er liebt? In meiner Gegenwart scheint sich Jenines Zustand noch zu verschlechtern.

Ich wende mich zum Gehen.

»Bleibt, Namenloser!«, ruft Jenine.

Ich erstarre. Nicht weil ich meiner Königin gehorchen würde, sondern weil die letzte Person, die mich so genannt hat, die Weiße Seraphin selbst war und davor der Wolf. Und ich würde eigentlich weder die eine noch den anderen als *Person* bezeichnen.

»Du hältst mich für verrückt«, wendet sie sich an Logan – in einem Tonfall, der jeden im Raum davon überzeugt, dass sie es tatsächlich ist. »Soll ich dir beweisen, dass ich es nicht bin?«

»Das habe ich nie gesagt«, wiegelt Logan mit sanfter Stimme ab.

»Nie *gesagt,* ja«, knurrt sie.

»Ich glaube nicht, dass du verrückt bist«, erwidert Logan, und ich glaube ihm.

Er liegt da falsch, aber ich glaube ihm.

Jenine zischt: »Ein Mann wird hier hereinkommen und dir eine Nachricht überbringen, und dann wirst du gehen müssen.«

Logan wirft mir einen Blick zu. Es ist ihm unangenehm, sich in meiner Gegenwart mit ihr zu streiten. »Schatz ... das passiert hundertmal am Tag. Das ist nicht gerade eine ...«

Ein Höfling betritt den Raum, und Logan bleibt abrupt stehen. Er winkt den Mann zu sich. Der Mann entschuldigt sich leise und überreicht Logan ein Schreiben.

»Nicht dieser Mann«, murmelt Jenine, und ihr Gesicht wirkt beunruhigt. Aber ich glaube, ich bin der Einzige, der sie gehört hat.

Logan liest die Notiz, schüttelt dann den Kopf und schickt den Höfling weg.

»Siehst du? Ich bleibe ...«

»Nicht *dieser* Mann«, wiederholt Jenine.

Logan wirft die Hände hoch.

»Ich habe es dir schon hundertmal gesagt. Habe es jedenfalls versucht«, beginnt Jenine. »Dorian hat an jenem Tag etwas *getan.*

Nicht nur mit den Jungen. Mit mir.« Bei den letzten Worten versagt ihr die Stimme; ihr Gesicht verzerrt sich unvermittelt, aber sie bricht nicht zusammen.

»Ich will nichts von Dorian hören!«, blafft Logan.

»Bis zu jenem Tag hatte ich keine Schwangerschaftsstreifen am Bauch, Logan! Ich habe gespürt, wie sich die Kinder in meinem Bauch gedreht haben. Es war, als seien sie mit einem Schlag doppelt so groß und stark geworden. Vielleicht waren sie zuvor zu klein, zu schwach, um lebensfähig zu sein, und er hat sie geheilt. Er war schließlich einer der größten Heiler der Hoth'salar aller Zeiten, das weißt du. Es sind dort Legenden über ihn im Umlauf ... Aber ich sage dir, ich glaube, er hat ihnen versehentlich auch seine Gabe der ...«

»Hör auf damit! Hör auf!«, beschwört Logan sie. »Mit den Jungen ist alles in Ordnung!«

»Ich kenne ihn. Ich weiß, dass er ihnen nicht absichtlich etwas antun würde. Aber da war überall so viel Magie ...«

»Du *kennst* ihn? Dorian hat dir eingeredet, ich sei tot! Absolut alles, was er dir gesagt hat, ist eine Lüge gewesen!«

»Nein! Nein, Logan, so war es nicht.«

Logans Gesicht nimmt einen Ausdruck der Bestürzung an, während er sie ungläubig mustert. »Bei den Göttern ...«, haucht er. »Du liebst ihn immer noch.« Ich weiß nicht, wie er auf einmal darauf kommt, aber ich sehe einen Anflug von Schuldgefühlen über Jenines Züge huschen.

Dann sieht Logan zu mir herüber, und es ist ein Blick, der tausend Gedanken und ein unentwirrbares Durcheinander von Gefühlen in sich birgt.

Ich kann mich der Sache nicht entziehen. Ich bin in einem unerträglichen Moment zu einem Eindringling in ihre Beziehung geworden; einem Moment, wo ein ausgewachsenes Erdbeben droht, das ihrer beider Leben entzweizureißen und Logans Herrschaft aus ihren Fundamenten zu heben vermag.

Ich sehe, wie peinlich es ihm ist, in einem solchen Augenblick gesehen zu werden, seine Hilflosigkeit angesichts der Größe seiner Probleme, aber da ist auch eine gewisse Erleichterung darüber, dass gerade ich es bin, der es miterlebt, und niemand sonst.

Logan hat jede Menge Geduld mit denen, die er liebt, und regt sich nicht so schnell auf. Und Jenine liebt er über alles in der Welt. Aber …

Was ist, wenn Liebe allein nicht genügt? Kann die Liebe einen Menschen vor dem Wahnsinn retten, der sich rücksichtslos vor der Realität zurückzieht, egal welchen Schaden er damit anrichtet, während er selbst vor der empfindsamsten, stärksten und ruhigsten Hand ängstlich zurückschreckt?

Ich sehe, wie inmitten seiner Hilflosigkeit Logans Zorn erwacht. Seine helle Haut rötet sich. Der Schmerz, der Verrat, wühlt in ihm. Logan hat ihr so viel gegeben, und sie vergilt es ihm, indem sie immer noch den Mann liebt, der zwischenzeitlich Logans Platz an sich gerissen hatte? Den Mann, der sie zur Bigamie verleitet, sie verführt und geschwängert hat. Den Mann, der dabei die ganze Zeit gewusst hat, dass Logan am Leben war und hungernd in einem Kerker saß. Wie kann sie es wagen, ihn zu lieben?

Jenine hat sich bisher sicher nur vorsichtig auf dieses verfängliche Terrain begeben, aber jetzt, da ich hier bin, kennt sie keine Zurückhaltung mehr.

Bevor Logan das Wort ergreifen kann, verkündet Jenine: »Ich weiß, dass du mich zwingen willst, mit dir nach Skone zu gehen.«

Das nimmt Logans wachsender Wut den Wind aus den Segeln.

Ich werfe einen Blick zur Tür und überlege, wie ich einen eleganten Abgang machen kann. Oder meinetwegen sogar einen uneleganten.

»Du weißt *was*? Wie hast du davon erfahren?«, will er wissen. Doch sie ist still geworden.

»Wer hat es dir gesagt?«, verlangt er zu erfahren.

»Die Träume …«

»Immer die Träume!«, brüllt Logan, als sei er froh, etwas gefunden zu haben, worüber er sich gefahrlos aufregen kann.

»Es tut nichts zur Sache, woher ich es weiß, hörst du! Mich von den Jungen zu trennen, ist das Dümmste, was du im Moment tun kannst. Entschuldigung, nicht dumm. Das Unklügste. Sie brauchen mich. Ich brauche *sie*, Logan. Sie sind alles, was mich über Wasser hält.«

»Sie *ertränken* dich.«

»Ich flehe dich an, Logan. Nimm mir meine Kinder nicht weg. Bitte.«

Jenine wirkt plötzlich abgespannt und mitgenommen, als würden hundert schlaflose Nächte sie auf einmal einholen. Vor und während ihrer Schwangerschaft ist sie jung, dynamisch und voller Leben gewesen, und in diesem Moment ist nichts von alledem mehr zu sehen. Hohlwangig, die Augen blutunterlaufen, hängende Schultern.

»Wie lange habt Ihr schon nicht mehr geschlafen, Hoheit?«, erkundige ich mich im Bemühen, die Wogen zu glätten.

Der Blick, mit dem sie mich anstarrt, ist pures Gift. »Schweigt, Schlange.«

»Jenine …«, raunt Logan.

»Ich komme mit«, erklärt sie. »Ich werde mit dir gehen. Aber bitte … nimm auch deinen Wolfshund mit.«

»Ich habe da bereits eine bessere Idee«, erwidert Logan.

»Wenn dieser Mörder im Schloss ist, wird etwas Schlimmes passieren, während wir weg sind«, beteuert Jenine. »Das musst du mir glauben.«

Logan entgegnet: »Sollte etwas Schlimmes passieren, ist er der Beste auf der Welt, um dem ein Ende zu setzen.«

Die Tür öffnet sich, und ein Höfling tritt leise und mit gesenktem Blick in den Raum. Er flüstert Logan etwas ins Ohr.

»Das ist der Mann«, sagt Jenine und seufzt. »Das ist jetzt der richtige.«

Aber ich glaube nicht, dass Logan sie hört.

Im nächsten Moment verkündet Logan: »Es gibt da eine Sache, um die ich mich sofort kümmern muss. Wir werden ... wir werden ein andermal weiterreden.« Er wirf einen Blick zu Jenine und dann zu mir. »Kylar, du, äh, du kannst jetzt gehen.«

Dann verlässt er schnell den Raum, doch bevor hinter ihm auch ich die Tür erreicht habe, meldet sich Jenine zu Wort: »Nein, Ihr nicht. Bleibt.«

Ich habe in meinem Leben schon echten Ungeheuern, im wahrsten Wortsinn, gegenübergestanden, und ich glaube nicht, dass ich mich damals so sehr gefürchtet habe wie jetzt, als ich stehen bleibe und mich dieser kleinen, im Innersten verletzten Mutter zuwende.

»Ich habe Euch früher schon gesehen. Noch vor alledem, als Ihr Euch noch als Verwandten der Sterns ausgegeben habt. Aber jetzt kenne ich Euch.« Da ist ein seltsames Glänzen in Jenines Augen. »Ich *kenne* Euch.«

Ich habe nichts dazu zu sagen. Entweder ist sie verrückt, oder sie ist es nicht. In jedem Fall ist es unmöglich, aus einem Disput mit einer Königin als Sieger hervorzugehen.

»Ihr seid ein schlechterer Mensch, als Logan glaubt. Er sieht immer das Beste in den Menschen, und auch wenn er nicht mehr so naiv ist wie früher, hat er doch immer noch eine Schwäche für Euch. Er wird weiterhin an Euch glauben, egal was passiert. Einfach weil er es braucht. Ich kann nicht alles für ihn sein, das weiß ich. Seine Stellung als König an diesem Hof hängt an einem seidenen Faden. Er braucht jemand *Guten* in seinem Leben zum Freund – und stattdessen hat er *Euch* bekommen.« Vor Abscheu spuckt sie ihre Worte förmlich aus. »Ich hasse Euch«, fügt sie hinzu. »Ich würde versuchen, Euch auf der Stelle zu töten, hätte ich auch nur die geringste Aussicht auf Erfolg.«

Ich mache einen Schritt zurück. Das Letzte, was ich brauche, wäre, mich gegen die Königin verteidigen zu müssen. Was passiert, wenn ein Dutzend königlicher Wachen in den Raum geschwärmt kommt und sie mich dabei erwischen, wie ich mich in einem handgreiflichen Kampf gegen diese Frau zu wehren versuche?

Das könnte für mich ein viel schlimmeres Ende nehmen, als sie denkt.

Sie sagt: »Versteht also, wie sehr mich diese Sache schmerzt. Ich …« Ihr Mund verzieht sich gequält.

Doch dann kniet sie sich auf den Boden.

»Ich flehe Euch an, Kylar. Bitte. Tut es nicht. Untersteht Euch. Ihr habt eine Wahl. Es ist mir egal, was Ihr denkt. Ihr habt eine Wahl.« Sie liegt ausgestreckt vor mir auf dem Boden und fängt an zu weinen. »Bitte … *bitte* …«

Alle Gedanken an einen würdevollen Rückzug sind vergessen. Ich ergreife die Flucht.

Ein unwirscher Diener, Mohnwein in der Hand, schiebt sich an mir vorbei, um sich um die verrückte Königin zu kümmern.

Kapitel 16

Das verdrießliche Schweigen jugendlicher Knaben

»Ich hatte letzte Nacht einen höchst beunruhigenden Traum«, berichte ich dem Ka'kari.

Er antwortet nicht. Ich seufze, merke, dass ich ihn nicht berühre. Ich lege eine Fingerspitze auf ihn und wiederhole, was ich gesagt habe.

~Ich habe dich gehört. Schön für dich. Das war bestimmt überaus interessant.~

»Du kannst mich also hören, wenn du in Rufweite bist, aber du kannst nicht in meinem Kopf sprechen, solange ich dich nicht halte.«

Ich nehme meinen Finger weg, warte eine Weile und berühre ihn dann wieder. »Aha, und meine Gedanken kannst du nur dann hören, wenn wir uns berühren.«

~Lass mich raten: Du hast gerade ausdrücklich etwas gedacht, von dem du gehofft hast, es sei beleidigend für mich, um eine Antwort zu provozieren. Ich bin ja soo neugierig, was ich da verpasst habe.~

»Kein Grund, mir gegenüber diesen Tonfall anzuschlagen«, erwidere ich. »Komm, lass uns reden.«

~Klappt ja immer bestens.~

»Wer hat dich geschaffen? Wozu bist du in der Lage? Warum hilfst du mir manchmal und ein andermal nicht? Wie kann ich dich dazu bringen, mir mehr zu helfen? Warum hast du gerade mich auserwählt?«

Über die nächsten Stunden hinweg stelle ich ihm all diese und noch weitere Fragen auf jede erdenkliche Weise, die mir in den Sinn kommt. Es hilft nicht.

Die Antwort ist meist Schweigen, und schließlich sagt der Ka'kari: ~Mir reicht's.~

Der Ka'kari verhält sich bisweilen wie ein empfindlicher jugendlicher Knabe, der zu undurchdringlichem, verdrießlichem Schweigen neigt.

Hast du das notiert?, frage ich.

~»Undurchdringliches, verdrießliches Schweigen«: Wieder einmal trifft Euer scharfer Witz mit all der subtilen Raffinesse eines wuchtigen Zweihandschwerts ins Schwarze, hoher Herr. Durch Euer gewieft durchtriebenes Taktieren habt Ihr mich geschickt dazu verleitet, mehr preiszugeben als eigentlich beabsichtigt.~

Ich seufze. Aber letztlich habe ich schon gewusst, dass es so nicht klappen würde.

Entschuldigung.

~Und jetzt versuchst du es auch noch mit *Freundlichkeit*?~

Was auch immer meine wahre Bestimmung sein mag, der Ka'kari wird mir nicht helfen, das herauszufinden. Ich frage mich, ob, wer auch immer ihn erschaffen hat, das so beabsichtigt hat, oder ob es eine Nachwirkung von Durzos Einfluss auf das Ding ist, nachdem er den Ka'kari so lange getragen hat. Andererseits habe ich Durzos Weg für mich abgelehnt, ob das nun dumm war oder nicht. Würde ich überhaupt annehmen, was der Ka'kari mir an Leitung geben könnte?

Vielleicht bin ich unbelehrbar und kann nur Lektionen verinnerlichen, die ich auf die harte Tour lerne. Vielleicht weiß der Ka'kari das. Vielleicht ist das aber auch zu viel verlangt von einem Artefakt, das letztendlich nichts als Magie ist – zwar uralte und beeindruckende Magie, gewiss, aber eben doch auch nicht mehr als das. Sein Schöpfer hat ihn eindeutig mit bestimmten geheimen Anweisungen versehen. Es scheint, dass ich bestimmte Dinge tun muss – verborgene, nirgendwo erwähnte Dinge –, bis der Ka'kari reagiert. Nachdem ich ihn damals gebunden hatte, hat es Monate gedauert, bis er endlich mit mir gesprochen hat, und das war zunächst nur ein einziges Wort als Versuch, mein Leben zu retten.

Es gibt da Anklänge oder Nachahmungen von Persönlichkeit im Ka'kari, aber, soweit ich das beurteilen kann, keine echte Persönlichkeit. Ich vermute, der Schöpfer eines solchen Dings wäre gut beraten, sein Werk so anzulegen, dass es für eine bestimmte Anzahl von Monaten erst einmal nicht mit einem neuen Besitzer spricht. Er könnte besorgt sein, dass jemand Unwürdiges den Ka'kari an sich nehmen und sofort Zugang zu all seinen Kräften, all seinem Wissen haben würde.

Etwas Derartiges ist für mich leichter vorstellbar und entspricht eher dem, was ich erlebt habe, als die Annahme, dass der Ka'kari eine echte Persönlichkeit hat. Schon gar nicht nach all den Jahren (womöglich einem ganzen Jahrzehnt?), die mein Ka'kari völlig isoliert verbracht hat, nachdem Durzo die Verbindung zu ihm verloren hatte.

Nein, eine *Persönlichkeit* würde nach so langer Zeit regelrecht danach lechzen, wieder sprechen zu können. Also kann ich es hier mit nichts dergleichen zu tun haben. Der Ka'kari ist ein magisches Konstrukt, das nach Regeln funktioniert, die ich erst noch herausfinden muss.

Was willst du von mir? Worin bestehen deine Regeln?

~Ich will, dass du wirklich der Nachtengel wirst.~

Gut! Jetzt kommen wir endlich weiter! Und was hat das konkret zu bedeuten?

Stille.

Wir haben dieses Spiel schon oft genug gespielt, dass ich weiß, dass er bestimmte Sachverhalte nicht als Erstes aufs Tapet bringen wird. Sein Schweigen könnte genauso gut ein Vater oder eine Mutter sein, die schreien: *Das Gespräch ist beendet!*

»Also, dieser Traum, den ich da hatte«, setze ich an. »Irgendwie hat er mich ganz durcheinandergebracht. Als hätte ich eine zu enge Jacke angezogen und bekäme jetzt meine Arme nicht mehr aus den Ärmeln. Einer dieser Träume, die einem täuschend echt vorkommen, weißt du? Im Traum hatte ich so ein Bild von mir, wie ich einen Bolzen in eine Felswand ramme, und der Bolzen war mit einer Kette verbunden, und die Kette war mit einer Metallfessel verbunden, die meinen ganzen Unterarm umschlossen hat. Aber du lieferst wahrscheinlich keine Traumdeutungen, hm?«

Ich seufze. Weil er nämlich nicht antwortet. Wie ich es mir schon gedacht habe.

»Ich kann nicht recht sagen, ob du nun die Person bist, mit der ich am besten oder mit der ich am schlechtesten reden kann. Schon weil du ja gar keine Person bist. Aber andererseits bist du auch die einzige Gesellschaft, die ich habe.«

Verdammt! Das ist nun *wirklich* deprimierend.

Darüber möchte ich mir gar nicht erst irgendwelche Gedanken machen.

Ich weiß nicht. Es hat für mich eigentlich überhaupt keinen Sinn mehr, die ganze Geschichte weiterzuerzählen. Ich habe sowieso niemanden, mit dem ich das alles teilen könnte. Ich habe die Nase voll.

Kapitel 17

Ein Umtrunk mit einer alten Freundin

An jenem Abend habe ich etwas Wichtiges übersehen, und wenn ich jetzt versuche, mich daran zu erinnern, ist das nicht so gut, wie wenn ich zurückgehen und jeden Moment so in Augenschein nehmen könnte, wie ich ihn damals erlebt habe.

Der vergiftete Wein hat mich nicht umgebracht – offensichtlich. Sonst würdest du das hier jetzt schließlich nicht hören. Hören? Oder lesen? Wird ein Minnesänger diese Chronik eines Tages vertonen? Werden Kopisten über jeder einzelnen Zeile brüten und ihre Anmerkungen an die Ränder kritzeln?

Wahrscheinlich bilde ich mir etwas auf mein Werk ein, wenn ich so etwas überhaupt in Betracht ziehe. Die Geschichte ist nicht heroisch genug – überhaupt nicht heroisch. Nicht, was meine Rolle darin angeht.

Nachdem Logan und Jenine nach Skone aufgebrochen waren, befand ich mich auf dem Dach des Palastes. Ich hatte mit dem Führen dieser Aufzeichnungen begonnen, um Graf Drake darüber in Kenntnis zu setzen, wie ich seine Töchter gerächt hatte. Aber er hatte sie nicht haben wollen, und nachdem die Welt ohne Elene grau geworden war, konnte ich keinen Sinn mehr darin erkennen, den ganzen Aufwand fortzusetzen, also habe ich damit aufgehört, dem Ka'kari meine Beobachtungen anzuvertrauen. Doch damit aufzuhören, hat sich als ein Fehler herausgestellt. Hätte ich ihm alles erzählt, was ich in jener Nacht gesehen habe, hätte ich vielleicht etwas festgehalten, das mir jetzt helfen könnte. Dieser Bericht ist nun also nicht mehr für Drake oder sonst jemanden. Er ist für mich.

Aber, na gut, ich habe die Sache mächtig in den Sand gesetzt. Das Beste, was ich tun kann, ist, von dem Geschehenen das zu berichten, woran ich mich jetzt noch erinnern kann.

~Und mir von nun an ständig alles zu erzählen, ist also deine Lösung? Was habe ich getan, um ein solches Geschenk zu verdienen?~

Hör auf damit!

Es scheint, das Einzige, was noch schlimmer ist, als eine solche Chronik zu verfassen, ist, das mit »Hilfe« zu tun.

~Möchtest du es gerne mal *ohne* meine Hilfe versuchen?~

Möchtest du zurück in deinen Kasten?

Der Ka'kari schweigt für lange Zeit.

Ich bin mehr oder weniger unsterblich, und er ist mehr oder weniger unzerstörbar, sodass ein Machtkampf zwischen uns, wer wohl der Unnachgiebigere ist, wirklich sehr, sehr lange dauern könnte.

Wie auch immer: Es war eine jener Neumondnächte, in denen der schimmernde Mantel des Himmels weit aufgewirbelt wird und die göttlichen Wesenheiten über uns tanzen und funkeln, Boten, die schneller oder langsamer von Horizont zu Horizont ziehen, sodass die großen planetarischen Mächte in ihrer ganzen Pracht erstrahlen. Es war eine Nacht, dazu angetan, einen Mann der Tat zum Philosophieren zu bringen – doch ich möchte dir mein weiteres Zerebralgesäusel lieber ersparen.

~»Zerebralgesäusel«~, wiederholt der Ka'kari mit knochentrockenem Sarkasmus.

Steckt da womöglich eine Prise zu viel Logan drin?

~Nein, nein, schon gut, prima. Aber, ähm, du hast recht. Von jetzt an solltest du vielleicht besser einfach ständig drauflos erzählen. Du kannst deine Formulierungen ja vielleicht überdenken, wenn du das Ganze später noch mal durchgehst. Nur so ein klitzekleines bisschen.~

Ich vermag nicht recht zu sagen, ob er sich über mich lustig macht.

~Ich mache mich über dich lustig.~

Ich hatte bereits drei oder vier Nächte auf den verschiedenen Dächern verbracht (Palast, Wohnturm, Kuppel der Kapelle, Halle der Winde), bis ich merkte, wie seltsam es doch war, dass ich überhaupt die Sterne sehen konnte. Die Regierungsgebäude liegen zwar alle auf den höchsten Hügeln der Stadt, doch sie befinden sich immer noch inmitten einer Großstadt.

In anderen Städten herrscht nach Einbruch der Dunkelheit fortwährend ein wahres Lichtermeer, das die Sterne verdunkelt. Selbst in armen Städten wie Cenaria, wo es sich nur wenige Menschen leisten können, die ganze Nacht Lampen brennen zu lassen, gibt es Betriebe und Wächter und verschiedene Händler und Handwerker, die unterwegs sein und Lichter mit sich führen müssen, sodass sie eimerweise ihr trübes Licht in das kristallklare Wasser des Himmels schütten.

Vom Dach des Wohnturms aus kann man die ganze Stadt überblicken, sodass mögliche Gefahren frühzeitig erkennbar sind, doch große Teile der anderen Gebäude werden, wie ich feststellte, durch Bäume und hohe Hecken von den Lichtern der darunterliegenden Stadt abgeschirmt. Pflanzen und Hecken in voller Größe in einer Stadt, die noch nicht einmal ein Jahr alt ist. Als ich die Sache einen Tag später überprüfte, stellte ich fest, dass alle in der Stadt angebrachten Lichter und Laternen abgedeckt wurden, damit sie kein Licht auf das Schloss oder in den Himmel werfen.

Als wir diese Stadt mit Magie erschaffen haben, wurde der Großteil der Arbeit zwar von Dorian geleistet, jeder von uns hatte jedoch genug Zeit, kleine schmückende Details hinzuzufügen. Wer könnte wohl für das hier gesorgt haben? Nur jemand, dem die Schönheit sehr am Herzen liegt.

Elene, die Liebe meines Lebens, hatte ihre Zeit genutzt, um früh blühende Tulpen in jedem Garten und auf jeder Fensterbank zu pflanzen. Elene muss auch diese Bäume und Hecken gesetzt haben. Auch wenn die Tulpen inzwischen verblüht sind, ist in dieser Stadt noch immer ihre Hand zu spüren. Die Schönheit dieses Sternenlichts ist ihr Geschenk an uns alle gewesen. An mich.

Es fuhr durch mich hindurch wie ein Stich. Gerade als ich gedacht hatte, ich könnte sie für einen Tag vergessen …

»Ich wusste, dass es für uns nicht leicht sein würde, uns wiederzusehen«, ertönte plötzlich eine Stimme und riss mich aus meinen Träumereien. »Aber ich hätte nicht gedacht, dass du mir während meines ganzen Aufenthalts hier aus dem Weg gehen würdest.«

»Vi«, sagte ich. Ich kam mir sofort wie ein Trottel vor – genau wie ich es schon im Voraus gewusst hatte.

»Die Schwestern haben mir eingeschärft, jeden zu korrigieren, der mich so nennt. Es heißt jetzt Viridiana.«

»In Ordnung«, antwortete ich.

Ich hätte in diesem Moment eigentlich eine Bemerkung machen sollen. Irgendetwas darüber, wie gesund oder glücklich sie doch aussah, oder wie toll es war, sie zu sehen.

Stattdessen starrte ich sie dümmlich an. Die Veränderungen an ihrem Äußeren wären bei jeder anderen Frau einfach nur interessant gewesen und nicht mehr: Vi hatte ein Kleid an, aber noch schockierender für alle, die sie kennen, war, dass sie ihr langes feuerrotes Haar offen trug. Seltsamerweise war die von all der Magie herrührende weiße Strähne verschwunden, die ihr, wie ich mich noch gut erinnere, nach der Schlacht gewachsen war. Sie hatte sie entweder gefärbt oder sorgfältig versteckt. Aber … das Kleid.

Es war ohne jeden *Schick*. Das erste Kleidungsstück, das ich je an ihr gesehen habe, das sie nicht einfach umwerfend aussehen ließ. Hochgeschlossen, schlecht geschnitten, dick und klobig an Stellen, von denen ich weiß, dass sie darunter alles andere als dick und klobig ist, und das auch noch in einer wüsten kunterbunten Mischung aus Orange- und Gelbtönen, die überhaupt nicht zu ihrer Haarfarbe und ihrem Teint passte. Trotz alledem sah sie immer noch nicht übel aus – aber doch schlimmer, als ich sie je zuvor erlebt hatte. Wahrscheinlich war ich nicht schnell genug, um den Ausdruck konsternierter Verblüffung – *was, verdammt noch mal, soll das denn?* – in meinen Augen zu verbergen.

»Du hast es geschafft, in all dem Kram hier raufzuklettern?«, wunderte ich mich.

»*Das* ist das Erste, was du mir zu sagen hast?«

Ich glaube, ich bin dann ins Stottern verfallen. »Eigentlich ist es das Zwölfte, aber alles andere hätte noch schlimmer geklungen. Behandeln sie dich gut in der Chantry?« Das war doch jetzt sicheres Terrain, oder?

Sie deutete mit einer Winkbewegung auf ihre Kleidung und lächelte gequält. »Sie behaupten, mir Lektionen fürs Leben beizubringen, aber ich will dich nicht langweilen.«

»Dein Haar ist offen«, bemerkte ich unvermittelt, bereute es sogleich und zuckte zusammen. Ich hätte es besser wissen sollen. Vi hat eine seltsame, sehr intensive Beziehung zu ihrem Haar. Ich hatte sie schon zuvor mit offenem Haar gesehen, aber nur in vertraulich-privaten Momenten. Meine Bemerkung war ungefähr so, als hätte ich sie darauf hingewiesen, dass sie nackt sei. Wenn eine Frau nackt mit dir spricht, so ist sie sich dessen vermutlich bewusst.

Sie hielt ihre Hände vor sich gefaltet, und ich bemerkte, wie ihre Knöchel weiß wurden, während sie sich zwang, nicht nach ihrem Haar zu greifen. »Noch so eine dieser Lektionen«, sagte sie und wandte sich ab. »Eine schöne Nacht heute.«

Warum hörte es sich an, als beginne direkt hinter den Gestaden ihrer Stimme ein Ozean des Schmerzes?

»Ich habe mich gerade an den Sternen erfreut«, ließ ich sie wissen.

»Ach ja?« Sie warf mir einen kurzen Blick zu, lächelte mich unvermittelt an. »Ich habe es nie gemocht, dass es in Städten immer so schwierig ist, die Sterne zu sehen. Na ja, ich … ich meine, ich habe damals kaum einen Gedanken daran verschwendet. Es ist einfach so gekommen.«

»Du?«, entfuhr es mir. »Du hast das gemacht? *Du* hast, als wir die Stadt erbaut haben, dafür gesorgt, dass hier kein Licht herkommt?«

»Ja … Was denn? Hältst du mich etwa für unfähig, so etwas zu tun?«

»Nein«, antwortete ich. »Ähm, ja? Ich meine, ich weiß, wie fähig du bist. In sehr hohem Maße fähig.«

Dass es nicht Elenes Werk gewesen ist, dass ich ihr etwas zugeschrieben hatte, was sie nicht getan hat, schien es mir irgendwie wegzunehmen – und damit auch *sie* mir wegzunehmen. Kummer schnürte mir die Kehle zu.

Aber Viridiana hatte schon wieder das Wort ergriffen. »Ich habe direkt neben dir gestanden, als wir Curoch und Iures eingesetzt haben. Du musst der Stadt doch auch irgendwie deinen Stempel aufgedrückt haben, oder? Was hast du gemacht?«

Das gab mir mal wieder das Gefühl, in Sachen Magie schlechter zu sein als alle anderen. Wie konnten sie nur die Zeit dafür gehabt haben, die Stadt mit zusätzlichen Verzierungen zu versehen? Aber mein Mund hatte sich bereits in Bewegung gesetzt. »Meine größere Sorge war, die Riesenarmee von Monstern aufzuhalten, die uns alle umbringen wollten. Da ist es mir nicht so in den Sinn gekommen, mich hier zu verk…« Ich brach ab. So hatte ich die Sache eigentlich nicht angehen wollen. Leiser fügte ich hinzu: »Ich hatte gedacht, es sei Elenes Werk gewesen. Wie die Tulpen.«

Ich hatte es nicht laut sagen wollen.

Es war, als hätte ich Vi einen Schlag ins Gesicht versetzt. Sie hob die Hände und legte sie sich an den Mund, dann strich sie ihr Haar glatt.

»So habe ich die Sache eigentlich nicht angehen wollen«, erwiderte sie mit fester Stimme.

Und wie wolltest du sie dann angehen?, wollte ich sie fragen. Ich ließ es bleiben.

Warum hatte sie mich aufgesucht? Unsere Leben hatten sich eine Zeit lang überschnitten, und es war eine ziemlich intensive Phase gewesen, doch das konnten wir nun unmöglich fortsetzen. Sie war jetzt in der Chantry in der Ausbildung, und das würde noch auf Jahre so bleiben – oder sogar Jahrzehnte. Die Schwestern würden sie nicht mehr aus den Fingern lassen; ihre magische Begabung war zu groß, und das bedeutete, dass sie viel zu wichtig für die Schwestern von der Chantry war.

Die Chantry ist der einzige Ort, wo ich nicht sein darf, dem ich mich nicht einmal auf Meilen nähern kann. Nicht angesichts dessen, was ich bin. Nicht nach dem, was ich bei meinem letzten

Besuch dort getan habe. Denn auch wenn ich ziemlich unauffällig und heimlich vorgehen kann, hat es doch in meiner Vergangenheit Zeiten gegeben, wo das … eben nicht so ganz der Fall war.

»Wir sind einander einfach zu ähnlich, nicht wahr?«, bemerkte sie. Sie zog einen Weinschlauch aus ihrem kleinen Rucksack. »Einer der Diener hat mir den hier gegeben. Hat gemeint, es sei das gute Zeug. Ich dachte mir, wir könnten ihn vielleicht brauchen.« Murmelnd fügte sie hinzu: »Allerdings hätte ich nicht gedacht, dass das schon so bald der Fall sein würde.«

»Zu ähnlich wofür?«, fragte ich, ohne nachzudenken. Ich hätte es dabei belassen sollen.

Als sie schnell einen Schluck nahm, um einen Moment Zeit zu haben, sich eine Antwort zu überlegen, wurde mir mal wieder bewusst, wie dämlich ich doch bin. *Zu ähnlich wofür?* Gütige Götter!

»Heute Abend sind keine bösen Buben unterwegs«, sagte ich schnell. »Nicht, dass ich glauben würde, dass jemand den Zwillingen etwas antun will oder so. Aber ich sollte mich trotzdem auf den Weg zu meinem nächsten Posten machen. Willst du mitkommen?« Ich machte eine deutende Handbewegung über meine Runde hinweg. »Wie geht es eigentlich Jenine? Ich nehme an, du bist Teil der Abordnung für Gesundheitsfragen gewesen?«

Ich schwafelte einfach drauflos, um so viel Abstand wie möglich zwischen uns und mein dummes »Zu ähnlich wofür?« zu legen.

Es schüttelt mich schon, wenn ich es jetzt diktiere. Vielleicht sollte ich das Schlimmste einfach überspringen.

~Später. Halte es zunächst einmal genau so fest, wie es gewesen ist. Um die Korrekturen kannst du dich kümmern, wenn wir fertig sind.~

Gut, du hast recht.

Viridiana begleitete mich bis zu meinem nächsten Posten, schritt um Mitternacht in ihrem unattraktiven Hauskleid an einem steil geneigten Dach entlang, als flaniere sie durch eine Geschäftsstraße der Stadt. Sie hatte sogar die falschen Schuhe dafür an. Ich hätte ihr fast vorgeschlagen, einen einfacheren Weg zu nehmen, doch selbst ich bin nicht so dumm, sie auf diese Weise zu beleidigen.

»Wir haben bei der Königin nichts feststellen können. Ihr scheint nichts zu fehlen«, berichtete Viridiana. »Und die Schwestern sind jetzt mit allem fertig, was sie hier in der Stadt zu erledigen hatten – der König hat der Chantry ein Gebäude gestiftet, damit sie hier eine ständige Vertretung unterhalten kann, und bei dessen Einrichtung gibt es noch jede Menge zu tun. Die Gruppe, der ich zugeteilt bin, ist jedoch so weit fertig und … wir brechen gleich morgen früh von hier auf und machen uns auf den Weg nach Hause.«

»Oh«, gab ich zur Antwort; leistete beherzt meinen Beitrag dazu, das Gespräch am Laufen zu halten.

»Sie übernachten in einem Gasthaus am Stadtrand, damit wir morgen zeitig von hier wegkommen. Das heißt, *wir* übernachten dort, sollte ich wohl besser sagen.«

»Du bist zurückgeritten, nur um mich zu sehen?«, fragte ich überrascht, doch der Gedanke erfüllte mich mit einer gewissen Freude.

Hätte ich es denn wirklich laut aussprechen müssen? Manchmal möchte ich dem Kylar von früher eine Ohrfeige verpassen.

»Ähm … eigentlich wollte ich ja die Babys sehen.«

»Ach. Stimmt, stimmt.« Götter, ich schäme mich fast zu Tode, während ich das alles nacherzähle. Ein raffiniertes Kerlchen, dieser Kylar Stern. Wickelt die Frauen nur so um den Finger. Verdammt!

»Ich mag Babys«, erklärte sie. »Ich möchte zwar nie selbst welche haben, aber ich mag sie. Vor allem, wenn es eine ganze Meute von Kindermädchen gibt, die sich um all die … na ja, die Drecksarbeit kümmern, weißt du, und man selbst sie einfach nur noch zu knuddeln braucht.« Bei dem Gedanken lächelte sie in sich hinein. Vi hatte schon immer ein umwerfendes Lächeln, aber dieser Moment der unbefangenen Freude hat mich aus irgendeinem Grund völlig umgehauen und tief im Innersten berührt.

Sie glücklich zu sehen, wenn auch nur ein klein wenig, wärmt mich, so wie gefrorene Hände von einem Feuer gewärmt werden. Es ist wunderbar, aber vor allem schmerzt es.

Meine Gedanken froren förmlich ein, mit ihnen stockte mir der Atem, und ich brachte nur ein »Jaja, sicher« heraus. Oder so etwas in der Art. Ich kann mich nicht mal mehr erinnern. In diesem Moment konnte ich gar nicht recht verarbeiten, was sie gesagt hatte.

Ich glaube, ich verstehe jetzt zum ersten Mal, warum manche schwachen Männer schöne Frauen hassen. Eine schöne Frau könnte jeden Moment eine Art Macht offenbaren, auf die so ein Mann keine Antwort hat. Das ist auch der Grund, warum die Schönheit die Dienerin der Wahrheit ist, denn die Schönheit gleitet durch das sorgfältig abgeschirmte Verteidigungswerk des Verstandes hindurch und direkt in die Zitadelle des Herzens hinein. Und bei ihrem Anblick werden wir ganz klein, oder wir brechen in Jubel aus oder trachten danach, uns ihrer zu bemächtigen, und in unserer Reaktion wird uns gezeigt, wer wir wirklich sind, wenn auch nur für uns selbst. Die Schönheit entschleiert uns, und manche können nicht ertragen, was sie dann sehen.

Ich verspürte eine Welle des Verlangens, so plötzlich und stark, dass sie mich innerlich tief aufwühlte. So habe ich mich nicht mehr gefühlt, seit …

Nein. Es ist reine Wollust. So muss es sein. Da ist nichts Reineres in mir verblieben. Nicht mehr.

»Das habe ich jedenfalls den Schwestern erzählt«, fügte Viridiana hinzu, und ihr Lächeln wurde plötzlich spitzbübisch, sodass ein weiterer Blitzschlag durch mich hindurchfuhr, die Gitterstäbe des Käfigs durchtrennte, in dem ich atme.

Götter, ich war so geil, dass es mir den Verstand vernebelte. Mehr war da nicht dahinter. Ich habe seit Elenes Tod nicht mehr mit einer Frau geschlafen. Das erklärt alles.

Und nun überläuft es mich schon wieder heiß und kalt. Erst jetzt wird mir klar, was sie mit diesem Zusatz angedeutet hat. Sie hatte den Schwestern erzählt, dass sie die Zwillinge einfach nur ein letztes Mal halten wolle, aber das stimmte gar nicht. Was bedeutet … sie wollte mich *wirklich* besuchen.

Oje, meine Dummheit tut zu weh, um sie hier auszubreiten. Aber, na gut, ich bringe das jetzt hinter mich und halte alles fest, später kann ich es immer noch rausstreichen.

Wie auch immer, ich war jedenfalls so sehr mit meinen eigenen Reaktionen beschäftigt, dass ich *sie* gar nicht richtig gesehen habe. Überhaupt nicht gehört habe, was sie gesagt hat.

Es ist schrecklich, wie blind ich in bestimmten Situationen bin. Ich meine, ich weiß, *warum* ich so unbedarft bin, aber dieses Wissen hilft mir auch nicht weiter. Ich bin jetzt etwa zwanzig Jahre alt, und seit ungefähr vierzehn Jahren verbringe ich sechzehn Stunden am Tag damit, zu lernen, wie man sich tarnt und verkleidet, wie man Gifte herstellt, wie man überzeugend lügt und wie man Wände hinaufklettert; ich schule mich in den Kampfkünsten mit und ohne Waffen und unternehme alle möglichen Versuche im Umgang mit Magie. Und dazu hatte ich mir auch noch alle Fähigkeiten anzueignen, über die der Baronet verfügen musste, der zu sein ich als meine Tarnung vorgab: Studium der Politik, der Geschichte, der Persönlichkeiten und Rivalitäten aller wichtigen Akteure in Cenaria; dann wieder zurück zur abendlichen Arbeit, Erforschung der menschlichen Anatomie, Pflanzenpflege, Erledigung niederer Tätigkeiten für meinen Meister und die ganze Zeit über Training, Training, Training in allen Künsten, die ein professioneller Killer beherrschen muss – nach den extrem hohen Standards des legendärsten Killers aller Zeiten.

Es sollte mich nicht überraschen, dass der Preis dafür, dass ich in einer Unmenge von obskuren Fähigkeiten sehr gut geworden bin, darin besteht, dass ich in normalen Dingen völlig nutzlos bin. Ich habe keinerlei Übung darin, normal zu sein.

An jenem Abend ist mir ihre Andeutung entgangen. Und ganz ähnlich war es dann wieder, als sie sich an dem Geländer, an das ich mich gelehnt hatte, näher zu mir heranschob und meine Hand berührte. »Hattest du irgendwelche Nachwirkungen? Wunden?«, erkundigte sie sich.

»Von der Magie?«

»Ich darf eigentlich nicht darüber sprechen, aber weißt du, was mit zweien der Schwestern passiert ist, die uns am Schwarzen Hügel geholfen haben? Sie haben ihr magisches Talent verloren – komplett ausgebrannt. Ein paar andere leiden unter einer seltsamen Form von Gedächtnisverlust; sie haben zum Beispiel Menschen vergessen, die sie seit Jahren kennen, oder einfache Zaubersprüche – sonst jedoch nichts. Wir glauben, dass vier der Brüder schwere Verletzungen davongetragen haben, aber natürlich wollen sie nicht, dass wir sie untersuchen. Sie wollen ihre eigenen Heiler.«

»Hat es dich denn nicht verändert?«, fragte ich und strich einen Teil ihres leuchtend roten Haares zurück, auf der Suche nach der weißen Strähne, die ich von ihr in Erinnerung habe.

Sie zitterte und schloss die Augen, schmolz mir förmlich entgegen, drehte den Kopf, sodass meine Hand ihre Wange umfasste, und erst dann erinnerte ich mich an ihr Haar in meiner Hand.

»Oh … Entschuldigung!«, platzte es aus mir heraus. Ich zog die Hand ruckartig weg.

Sie schlug die Augen wieder auf und zuckte ihrerseits vor mir zurück. »Nein, nein, ist schon gut«, sagte sie mit einem gezwungenen Lächeln, ohne mir in die Augen zu sehen. Irgendwie hatte ich das Gefühl, dass sie sich schämte, obwohl doch ich hier der Trottel war.

Es ist nicht leicht, mich zum Freund zu haben.

»Stimmt«, fuhr sie fort. »Soweit es die Heilerinnen sagen können, ist das Haar das Einzige, was mit mir nicht stimmt. Wenn das nicht vielleicht sogar schon zu viel gesagt ist. Ist wie ein lustiger Partytrick. Ich kann mich nicht beschweren, da andere schließlich richtige Wunden davongetragen haben. Sie sind sich immer noch nicht sicher, woran das liegt. Vielleicht am Ausmaß des jeweils eingesetzten magischen Talents? Ich weiß es nicht.« Ich wusste nicht recht, wovon sie da redete. Ein lustiger Partytrick? Aber bevor ich nachhaken konnte, fügte sie hinzu: »Und du hattest keinerlei Probleme?«

»Doch, alle möglichen«, gab ich ihr zur Antwort und versuchte zu lächeln. »Aber, weißt du, keine von der magischen Art.«

Sie ließ sich den Bären aufbinden.

Mein Körper heilt sich selbst. Ich habe keinen Grund zu glauben, dass es mein Geist mit der Zeit nicht ebenfalls tun wird. Ich bin mir sicher, dass ich nichts Wichtiges vergessen habe.

Schließlich zog sie ihre Hand von dort zurück, wo sie am Geländer meine berührte. Damals wusste ich nicht recht, warum sie enttäuscht wirkte – wegen meiner Dummheit, wie mir jetzt klar wird. Oder weil ich sie so offensichtlich zurückgewiesen hatte.

Vi schien vom Wein beschwipst. Sie setzte sich auf das Flachdach, ein Abgrund unter ihr, und ließ die Füße baumeln. »Logan hat Jenine dazu bewegen können, mit ihm zu kommen. Wir wissen nicht, wie ihm das gelungen ist. Die Schwestern sind sich uneins, ob er recht daran getan hat. Sie trägt eine seelische Wunde in sich, die unsere Magie nicht heilen kann. Ich nehme an, wir alle haben ein paar solcher Wunden.« Sie hielt mir den Weinschlauch hin. »Willst du dich nicht zu mir setzen?«

»Haben sich die Schwestern auch die Zwillinge angesehen?«, fragte ich. Ich wusste, dass ich mich jetzt eigentlich zum nächsten Zwischenstopp meiner Runde aufmachen sollte, doch so peinlich und verlegen die Sache zwischen uns auch war, ich wollte bei ihr bleiben. Die Wärme ihrer Gesellschaft fing allmählich an, sich eher angenehm als schmerzhaft anzufühlen.

»O ja, sie haben sie ausgiebig untersucht. Das war Jenines Hauptanliegen. Hast du denn noch nichts davon gehört? Sie ist besorgt, die beiden könnten durch all die Magie irgendwie zu Schaden gekommen sein. Ich meine, eigentlich hat uns der König gebeten zu kommen, um *sie*, Jenine, zu untersuchen, aber in ihrem Zustand? Wir haben versucht, ihre Gefühle zu schonen, und die Sache dadurch vertuscht, dass wir sie alle untersucht haben. Und … das hätte ich dir nicht verraten sollen.«

Ich kicherte über ihre Worte und begann mich endlich zu entspannen. Ich nahm einen raschen Schluck. Ja, ich glaube, das war tatsächlich das erste Mal, dass ich von dem Wein getrunken habe. Ich kann mich an keinen besonderen Geruch erinnern. Vielleicht war da ja aber doch ein Hauch von irgendetwas, das ich als Vis Parfüm abgetan habe?

»Das ist doch lächerlich, oder?«, bemerkte ich. »Ich meine, Jenine war nicht einmal an den magischen Vorgängen am Schwarzen Hügel beteiligt, und niemand dort hat ihren ungeborenen Kindern etwas antun wollen.«

»So einfach ist die Sache nicht«, widersprach Vi.

»Warum denn nicht? Dorian hatte die gesamte Magie unter seiner Kontrolle. Es ist eine Sache, wenn jemand Blumen für die Stadt erschafft oder dafür sorgt, dass die Lichter überall hübsch und angenehm sind, aber Dorian war zu diesem Zeitpunkt noch nicht wahnsinnig – und er hätte auf keinen Fall zugelassen, dass jemand der Frau, die er liebt, etwas antut. Oder seinen Kindern.«

»Trotzdem, Kylar. Man kann wohl nicht davon ausgehen, dass du die Wirkungen einer Magie von solchem Ausmaß verstehst, aber …«

»Was soll das denn nun wieder heißen?«

Sie seufzte. »Ich will dich nicht herabsetzen, Kylar … ich meine nur: Die Schwestern haben Angst. Sie sagen, dass das, was Neph Dada und die Khalidori hier getan haben, allein schon ausgereicht haben könnte, um überall auf der Welt einige ohnehin schon gefährlich schwankende alte magische Gleichgewichtsverhältnisse durcheinanderzubringen. Es gibt da Dinge – alte Dinge, Barrieren, Tore –, die nur mit der magischen Entsprechung von Spucke und Faden zusammengehalten werden. Neph mag das eine oder andere zerstört haben, als er all diese Monster zum Leben erweckt hat. Und *wir selbst* haben mit allem, was wir getan haben, um sie sämtlich zu töten und diese Stadt zu errichten, womöglich noch mehr zerstört. Ein magisches Geschehen dieser Größenordnung muss Nachwirkungen und unbeabsichtigte Folgen haben. Wir haben es nicht absichtlich getan, doch die Schwestern glauben, dass wir so ein paar Dinge wachgerufen haben, die nicht ganz geheuer sind …«

»Wir sollen Dinge wachgerufen haben? Wir haben doch vielmehr den Dingen den Garaus gemacht, die jemand anderer wachgerufen hat. Tausenden und Abertausenden von ihnen! Und die Schwesternschaft will das nun als etwas Schlechtes darstellen? Sie wollen uns die Schuld daran geben, dass …«

»Niemand behauptet, dass wir es nicht hätten tun müssen. Die Schwestern wünschten nur, wir wären etwas umsichtiger gewesen, das ist alles.«

»Und sie haben es auch selbst so höflich ausgedrückt, nicht wahr?« Ich schnaubte verächtlich.

»Nun ja, nein«, räumte sie ein.

Typisch für die Chantry, schoss es mir durch den Kopf, aber ausnahmsweise gelang es mir, den Mund zu halten und es nicht laut zu sagen. »Ihr hättet euch bei Jenine von Dorian helfen lassen sollen«, warf ich ein, was eher als ein Scherz gemeint war.

»Wie bitte?«

»Feir hat mir erzählt, dass Dorian früher einmal ein unglaublich guter Heiler gewesen ist. Als Dorian begonnen hat vorauszusehen, dass er allmählich den Verstand verlieren würde, hoffte er, dass er in der Heilerschule vielleicht lernen könnte, irgendwie seinen eigenen Wahnsinn zu kurieren. Das hat offensichtlich nicht funktioniert, aber vielleicht hat er ja etwas gelernt, was Jenine jetzt helfen könnte. Du weißt, dass er sofort helfen würde.«

»Klar, kann schon sein«, erwiderte Vi. Sie wirkte bekümmert. »Aber bei der Vorgeschichte zwischen den beiden? Wie auch immer, er befindet sich jetzt in einem katatonischen Zustand. Und das schon die ganze Zeit, seit wir hierhergekommen sind …«

In ihrer Stimme schwang eine Frage mit, doch ich hatte nicht vor, darauf einzugehen, was mir Dorian mitgeteilt hatte, also sagte ich: »Weißt du, ich habe Kiern neulich im Arm gehalten, und wahrscheinlich ist das nur eine Einbildung gewesen, aber …« Ich nahm einen schnellen Schluck und suchte nach den richtigen Worten, um zu beschreiben, was ich empfunden hatte.

Urplötzlich schoss ein Ausdruck des Entsetzens über Vis Gesicht. Sie schnüffelte heftig und versetzte mir dann einen Schlag – so irrsinnig schnell, dass ich nicht reagieren konnte. Der Weinschlauch samt dessen Inhalt wirbelte durch die Luft, und Blut füllte meinen Mund.

Ich sprang zurück, um mich zu verteidigen, aber Vi geriet sofort ins Taumeln und brach auf der Kante der Festungsmauer zusammen.

Ich konnte sie gerade noch packen, bevor sie in die Tiefe gestürzt wäre, und als ich sie von der Kante wegwuchtete, stammelte sie: »Der Wein. Kylar, der Wein ist vergiftet!«

Vi steckte sich die Finger in die Kehle, würgte und erbrach sich. Sie fiel auf die Knie, zu schwach, um aufzustehen, und dann wiederholte sie die Prozedur.

Ich hatte keine Arzneien bei mir. Ich konnte ihr nicht helfen. Ich konnte sie wegtragen, um Hilfe zu holen …

Die Zwillinge! Wenn jemand versucht hatte, mich zu vergiften, dann …

Ich rannte los. Vielleicht war es die falsche Reaktion. Vielleicht hätte ich zuerst herausfinden sollen, um welches Gift es sich handelte, hätte Vi fragen sollen, was es war, selbst daran riechen oder mich zum Erbrechen zwingen sollen, so wie sie es getan hatte, doch ich konnte an nichts anderes mehr denken, als sofort die Zwillinge aufzusuchen.

Ich erreichte die Dachkante des Wohnturms, aber als ich sprang, durchfuhr mich ein schwarzer Puls. Ich hätte nicht zu sagen vermocht, ob er aus meinem Inneren oder von außerhalb kam, doch plötzlich war mein magisches Talent wie ausgeschaltet.

Meine Muskelkraft schwand dahin, sodass mir nur die normale Menschenstärke blieb, und statt fünf oder sechs Schritt weit auf dem Dach zu landen, erreichte ich es nicht einmal. Ich knallte mit dem Körper seitlich gegen die Wand des Wohnturms, mein Gesicht prallte von meinen nach Halt greifenden Armen ab und schlug gegen die Wand, meine Finger zerrten am Mauerwerk, während mir der Atem pfeifend aus der Lunge entwich und meine Rippen knackten. Meine Beine schwangen unter die Dachkante, rissen meine Finger vom unnachgiebigen Stein, sodass mein Griff sich löste. Ich stürzte …

… und landete flach auf dem Rücken auf einem Balkon, von dessen Existenz ich gar nichts gewusst hatte.

Ich erhob mich taumelnd und spürte nicht nur den Schmerz gebrochener Rippen und eines zu Brei geschlagenen Gesichts, sondern fühlte mich auch trunken von dem Gift. Mohn mit etwas Süßerem und Tödlicherem darunter verborgen? Man muss den bitteren Geschmack übertünchen, wenngleich auch schon ein neuer, ungebrauchter Weinschlauch helfen würde, Gerüche zu verdecken. Fieberwurz? Nein, ich konnte meine Fingerspitzen noch spüren. Aedensfluch? Gut, sollte mein Rücken bald zu schwitzen anfangen, würde ich es wissen. Vielleicht Quorkschluck? Wahrscheinlich zu teuer, und ich war schließlich immer noch am Leben.

Ich erreichte die Balkontür. Sie war verschlossen.

Es kostete mich einen benebelten Moment – *was soll ich jetzt machen?* Ach so, ja, ich hatte Gift getrunken, also vielleicht … Vis Beispiel folgend, zwang ich mich zu kotzen. Manchmal verschlimmert das Vergiftungen, aber ich hatte keine Kohle zum Schlucken bei mir, und bei der Geschwindigkeit, mit der die Wirkung des Gifts über mich gekommen war, konnte ich mir auch keine Hoffnung machen, es irgendwie zu meiner Erste-Hilfe-Ausrüstung mit den Gegenmitteln zu schaffen.

Ich spuckte, um die Galle loszuwerden, und wischte mir mit dem Ärmel über mein von Tränen und Erbrochenem verschmiertes Gesicht. Dann warf ich mich mit aller Kraft gegen die Tür. Es sollte eigentlich völlig ausreichen, um sie aus den Angeln zu reißen.

Nur dass sie sich nicht von der Stelle rührte. Mein Talent war verschwunden und damit auch meine gesamte magische Kraft.

Mühevoll kletterte ich wieder auf das Dach hinauf. Benommen, die ganze Welt um mich herum verschwommen, schaffte ich es bis zum Sichtfenster in der Decke über dem Kinderzimmer. Ich stolperte und stürzte auf das verstärkte Glas. Ich erhaschte einen Blick auf ein Kindermädchen, das bewusstlos oder tot im Raum darunter lag.

Ich zog einen Dolch heraus und schmetterte den Knauf gegen das Glas.

Es knackte, und beim zweiten Zuschlagen zerbrach es.

Den Sturz brachte ich besser hinter mich, als ich hätte erwarten dürfen. Weder riss ich mir an dem scharfkantigen Glas die Haut auf, noch durchbohrte ich mich mit meinem Dolch. Als ich unten aufschlug, rollte ich mich ab, offenbar unverletzt. Oder zumindest, ohne mir weitere Verletzungen zugezogen zu haben.

Ich schenkte dem Kindermädchen keine Beachtung. Sie war jetzt nicht mein Problem. Sobald ich es geschafft hatte, wieder aufzustehen, bahnte ich mir einen Weg zu den Kinderbetten, hielt dabei Schritt für Schritt nach möglichen Gefahren Ausschau. Eine Tür war offen, doch ich konnte niemanden hören außer mir selbst. Was in meinem gegenwärtigen Zustand allerdings nicht viel besagte. Ich war in einer reichlich schlechten Verfassung. Mir war schwindlig, Blut quoll in Strömen aus meiner gebrochenen Nase, hinein in meinen keuchenden Mund und troff mir das Kinn hinunter. Eine Menge Blut.

Das erste Bettchen war leer. Im anderen lag ein stummes Kind. Was hatte das zu bedeuten?

Bitte schlafe, dachte ich. *Bitte sei nicht tot.*

Der Säugling war gewickelt und auf die Seite gerollt. Ich beugte mich über sein Bettchen, verspritzte überall Blut. Ich hätte nicht sagen können, ob er atmete.

Ich nahm das Bündel heraus. Die Augen des kleinen Caedan öffneten sich flatternd.

Erleichtert stieß ich tief den Atem aus. Eine Blutwolke sprühte aus meiner gebrochenen Nase in den Raum, traf aber zum Glück nicht den Jungen. Mit dem Daumen strich ich sein flaumiges Haar zurück. Der Blick seiner Augen richtete sich auf meine.

In diesen Augen war etwas, das mich mit der gleichen Wucht traf, wie ich sie an jenem Tag verspürt hatte, an dem ich den schwarzen Ka'kari an mich gebunden hatte.

Jenine war nicht verrückt. Mit diesem Kind ging etwas intensiv Magisches vor sich.

»Was ist hier los?«, ertönte eine Frauenstimme hinter mir. »Bitte nicht … Lord Stern?«

Als ich mich umdrehte, sah ich eines der Kindermädchen. Sie wirkte erschrocken, entweder wegen mir oder wegen all dem Blut, und ihre Augen huschten wiederholt zu der bewusstlosen Frau am Boden. Aber sie nahm allen Mut zusammen und trat vor, nahm mir den Säugling aus den Armen und raunte etwas Begütigendes, damit das Kind nicht zu weinen anfing – oder vielleicht auch, damit ich mich ruhig verhielt. Sie untersuchte den Kleinen auf Verletzungen.

»Es ist alles mein Blut«, erklärte ich, umklammerte die Stäbe des Gitterbettchens und hielt mich nur mit Mühe aufrecht. »Zieh das Alarmseil …« Doch sie war bereits zum Seil unterwegs. »Jemand ist …«

Ich konnte mir keinen Reim darauf machen. Warum war das eine Kind hier, während das andere verschwunden war? Nur ein Zufall? Eine Fütterung zur Mitternachtsstunde? Aber das auf dem Boden liegende Kindermädchen deutete eher darauf hin, dass weder das eine noch das andere der Fall war.

Doch das Kindermädchen schaffte es nicht zu den Seilen in der Raumecke, um die Alarmglocke zu betätigen. Im letzten Moment stürmte ein großer Mann in dunkler Kleidung in den Raum und schlug ihre Hand weg. Einen Augenblick später nahm er sie so fest in den Schwitzkasten, dass sie das Baby fast hätte fallen lassen.

Sie konnte nichts tun, um sich zu wehren. Selbst wenn sie kein Kind im Arm gehabt hätte, der Mann war riesig. Er warf mir einen kurzen Blick zu, und als er sich offenbar davon überzeugt hatte, dass ich keine Bedrohung darstellte, zerrte er das Kindermädchen quer durch den Raum zum Bett des anderen Säuglings, schaute hinein und fluchte.

Ich versuchte meinen Körper mit Gedankenkraft dazu zu zwingen, sich selbst zu heilen – aber stattdessen fühlte ich mich von Sekunde zu Sekunde schlechter.

Ich stieß mich vom Gitterbett ab und stand schwankend im Raum.

»Repha'im! Du gehst zu weit«, sagte ich.

Er blieb stehen und lächelte träge. »Zu weit? Ach, Kylar. Ich tue weit mehr, als nur dieses Kind zu retten. Du glaubst, ich bin zu weit gegangen? Ich bin bereit, noch viel weiter zu gehen. Die eigentliche Frage ist: Was ist mit dir?«

»Was soll mit mir sein?«

»Wie gut kannst du mit dem Messer umgehen? Ich habe erstaunliche Dinge über dich gehört, aber bis jetzt bin ich nicht sonderlich beeindruckt.«

»Welches Messer?« Tatsächlich hatte ich gar kein Messer mehr bei mir. Ich hatte den Dolch bei meinem Sturz verloren, allerdings sah ich ihn in diesem Moment auf dem Boden liegen, zu weit entfernt. Aber immerhin hatte ich den Ka'kari geballt in meiner Hand.

»Das Messer, das du nach mir werfen willst«, erwiderte er. »Es ist schwieriger, ein Messer genau zu werfen, als die Leute denken, nicht wahr? Es wäre ein Leichtes, aus Versehen dieses Mädchen hier zu töten statt mich.«

Er hatte sie bereits herumgeworfen, sodass sie direkt vor ihm stand. Bewaffnet, wie er war, das Messer an ihrer Kehle, wäre die einzige Möglichkeit, um ihn erfolgreich auszuschalten, ein Treffer durch einen Wurf schräg von unten, durch die Kehle nach oben und direkt in den Hirnstamm hinein. Man muss nur dieses goldene Dreieck durchbohren, und ein Mensch erschlafft auf der Stelle. Trifft man ihn an irgendeiner anderen Stelle, kann er um sich schlagen und noch lange genug Widerstand leisten, um auf seinem Weg zu den schwarzen Toren andere zu verletzen.

Doch mir war schwindlig, und ich stand kurz davor, doppelt zu sehen, da war ich mir nicht sicher, ob ich ihn überhaupt würde treffen können, geschweige denn an einer so eng umgrenzten kleinen Stelle. Und Genauigkeit war nicht das einzige Problem. Ein Messer zu werfen, ist nichts so Unmittelbares, wie den Bolzen einer Armbrust abzufeuern. Die Wurfbewegung brauchte Zeit, nicht viel, doch es war eine Zeit, in der er reagieren, sich ducken, die Frau von der Stelle bewegen konnte.

Das Kindermädchen war groß. Ihr Hals befand sich vor seinem und versperrte den Weg. Sie müsste sich genau im richtigen Moment wegducken, aber sie blickte mir nur kurz in die Augen und schaute dann weg, sah das Baby an, gelähmt vor Angst, während ihr Tränen aus den Augen kullerten. Völlig unmöglich, dass sie ein Signal erkennen und sich zu Boden fallen lassen würde, ohne dass er es zuerst bemerkte – und jetzt hielt sie nicht einmal nach einem Signal meinerseits Ausschau.

Meine Chancen – und ihre – schwanden von gering auf praktisch null.

»Schreib sie lieber gleich ganz ab«, sagte Repha'im. »Du kannst dir ja denken, dass ich sie auf dem Weg nach draußen sowieso umbringen werde, nicht wahr?« Er griff nach ihrem Hals und zog ihren Ausschnitt herab. Sie wimmerte. »Genau hier, nicht wahr? Durch die Weichteile ihres Halses und direkt in meinen hinein? Das ist deine einzige Möglichkeit, stimmt's? Und was soll dir auch überhaupt an ihr liegen? Ihr Leben für das des Prinzen? Sie hat vermutlich einen Eid geschworen, das Leben der Zwillinge über ihr eigenes zu stellen! Du würdest ihr nicht einmal etwas nehmen, was zu geben sie sich nicht schon freiwillig bereit erklärt hat.«

»Bitte«, würgte sie hervor und fing dann an zu weinen.

»Siehst du?«, fragte Lord Repha'im. »So bist du, Kylar. In einem Moment begehst du Gräueltaten, und im nächsten bist du nicht willens, eine sterbende Frau von ihrem Elend zu erlösen, nicht einmal dann, wenn alles auf dem Spiel steht – einfach, weil du zu *gut* dafür bist. Du bist lächerlich. Deine moralischen Widersprüche machen dich schwach.«

Er hatte recht. Die einzige Hoffnung für das Baby bestand darin, dass ich das Kindermädchen umbrachte und damit zugleich auch Repha'im ausschaltete oder ihn zumindest so weit aufhielt, um mir eine Chance zu geben – oder vielleicht auch irgendjemandem sonst. Aber wie man es auch drehte und wendete, wenn ich ihn aufhalten wollte, musste ich die Frau töten.

Repha'im jedoch wartete nicht weiter darauf, dass ich eine Entscheidung traf. Er stürmte vorwärts, stieß mir die Frau entgegen, und im letzten Moment zuckte sein langer Arm nach oben. Er traf mich mit einem Handkantenschlag seiner Rechten, der an Kinn, Hals und Ohr entlangstreifte und mir fast den Unterkiefer abriss.

Der Schlag ließ mich schlaff auf den Boden klatschen.

Vielleicht war ich sogar bewusstlos, wenn auch nur für einen kurzen Moment, denn das Nächste, was ich sah, war Lord Repha'im, wie er das von meinem Blut rot gesprenkelte Bündel mit dem Baby an eine andere vermummte Gestalt weiterreichte. »Geh schon mal«, befahl er. »Ich komm gleich nach.«

Auf dem Boden vor mir lag das Kindermädchen im Sterben, das Blut verteilte sich in einer Lache um sie herum. Er hatte ihr die Kehle durchgeschnitten, als ich am Boden lag.

Ihre Augen waren offen, und sie atmete schnell, aber noch während ich sie so ansah und wir uns in die Augen schauten, verlangsamte sich ihre Atmung, und ihr Blick trübte sich. Sie verlor das Bewusstsein, während das Herz immer noch Blut pumpte, der Leib stur am Leben hing, pumpte, pumpte, die Blutlache größer werden ließ, im Versuch, ein Gehirn zu nähren, das nie wieder einen klaren Gedanken fassen würde.

»Zwei Minuten. Mehr nicht«, flüsterte die andere vermummte Gestalt. Sie war schlank, doch ich konnte nicht erkennen, ob es eine Frau oder ein Mann war.

Ich wusste, dass ich mich schleunigst in Bewegung setzen musste. Das Kinderzimmer war groß, mit zahlreichen bequemen Stühlen zum Stillen der Säuglinge, bunten Mustern an den Wänden, einem großen Fenster mit geschlossenen Läden und mehreren Türen, die alle geschlossen waren, außer der, durch die der Entführer nun aus dem Raum verschwand.

Vor allem aber gab es in einer der Ecken Glockenseile, um Bedienstete herbeizurufen. Eines davon war der Alarm. Im Prinzip könnte jedes von ihnen zum Alarmschlagen dienen, würde ich nur das richtige Signal geben.

Ich stützte mich auf den Ellbogen und schätzte meine Kräfte ab. Fast wäre ich ohnmächtig geworden. War das der Blutverlust oder das Gift?

Mit Mühe konnte ich verhindern, dass ich mich erneut übergab. Vielleicht war es auf lange Sicht gesehen falsch, mich nicht zu übergeben, doch im Moment war das ohne Bedeutung.

Als ich aufblickte, war der große Mann bereits einen Schritt näher herangetreten und hatte den Winkel zwischen sich und mir und der Alarmleine verkürzt – und zwar, wie um mich zu verhöhnen, so, dass für mich nach wie vor eine winzige Chance bestand, als Erster dort zu sein, seine Position im Raum es allerdings äußerst unwahrscheinlich machte.

In dem Zustand, in dem ich mich befand, genau genommen unmöglich.

Lord Repha'im warf seine Kapuze zurück. »Weißt du, Kylar, Nachtengel«, begann er, »du verblüffst mich. Ganz im Ernst.«

»Ach ja? Dann haben wir ja etwas gemeinsam«, entgegnete ich. Würde mein magisches Talent mir jetzt wieder gehorchen? Mein Körper neigt dazu, Gifte schneller abzubauen als die meisten anderen Menschen, und ich hatte noch nicht sonderlich viel von dem vergifteten Wein getrunken, bevor Viridiana ihn mir aus den Händen schlug. Vielleicht hatte sie mir das Leben gerettet. Vielleicht hatte sie mir hier noch eine Chance gegeben.

Repha'im fuhr fort: »Du mordest für deinen Lebensunterhalt und begreifst doch nicht, dass *du* hier das Ungeheuer bist, nicht wahr?«

»Ein Argument, das man dir lassen muss. Und umso überzeugender, während du hier über einer Unschuldigen stehst, die du soeben ermordet hast«, erwiderte ich.

»Hältst du etwa *mich* für den Bösewicht?«, fragte er mit Unglauben in der Stimme. »Was würdest du tun, um Tausende Leben zu retten, Kylar? Vielleicht ja sogar die ganze Welt? Schlimmeres als das hier, würde ich meinen.«

»Die Welt retten? Dann bist du hier also der Gute«, gab ich zurück, stemmte mich auf alle viere und warf wieder einen raschen Blick in Richtung Alarmleine. »Heißt das, dass …?« Um ihm Schmerz vorzuspielen, verzog ich das Gesicht.

Der Schmerz war allerdings nur zum Teil vorgetäuscht. Ich schnaufte ein paarmal hastig und blickte nach unten, um herauszufinden, was mit dem Ka'kari nicht stimmte. Konnte er mich hören? Würde er tun, was ich von ihm verlangte?

Ich hörte das Geräusch eines aus der Scheide fahrenden Schwertes.

»Heißt das, dass wir uns einen fairen Kampf liefern werden?« Ich begutachtete seine Körperhaltung. Er hatte eine schützende Verteidigungshaltung, den Langen Schwanz, eingenommen, wodurch er die Länge seiner Klinge verbergen konnte, um mich so dazu zu verleiten, mein Glück zu versuchen. Doch ich nehme immer zuerst die Waffen selbst in Augenschein: Ich hatte bereits gesehen, dass sein Schwert so geschmiedet war, dass es seinem kräftigen Körperbau und seinen langen Gliedmaßen entsprach. Seine Haltung verschaffte seinem Schwert in der Tat die maximale Reichweite. Langer Schwanz, fürwahr.

Er lächelte und hob sein Kinn in Richtung Alarmleine. Er wusste genau, was ich vorhatte.

Dachte er zumindest.

»Einen fairen Kampf?«, erwiderte er. »Gegen den Nachtengel?« Er wechselte die Stellung, wobei es zunächst den Anschein hatte, als wollte er mich verhöhnen: Die sogenannte Krone sieht aus wie eine Art Salut. Ein Wechsel dieser Art ist typisch für einen geübten Schwertkämpfer; man lässt seinen Gegner den Angriff gegen eine bestimmte Verteidigungshaltung planen und wechselt dann die Stellung, um danach gleich wieder zu wechseln. Auf diese Weise stiftet man Verwirrung, kann nach Schwachstellen des anderen Ausschau halten und behält die Initiative. Unbewaffnet oder bestenfalls mit einem Dolch in der Hand hatte ich keine guten Möglichkeiten, um es mit einem fähigen Schwertkämpfer aufzunehmen. Könnte ich nur dicht genug an ihn herankommen, ohne durchbohrt zu werden, könnte ich das Überraschungsmoment nutzen, um ihn zu entwaffnen und …

»Nun ja … es gibt da durchaus ein paar Punkte, die für dich sprechen«, sagte ich und schwankte trunken hin und her, als er seine Haltung erneut änderte, jetzt in den Leoparden, eine Stellung, bei der man das Schwert etwas zurücknimmt und größere Reichweite für größere Hebelwirkung opfert. Da ich kein Schwert hatte, war seine Reichweite immer noch viel größer als meine; er hatte nun die eine Hand am Griff und die andere an der nackten Klinge – die Aussichten auf das Gelingen jeden Versuchs, ihn zu entwaffnen, waren von »unwahrscheinlich« zu »selbstmörderisch« geschrumpft.

Aber ich hoffte, dass mein magisches Talent reagieren würde. Vielleicht.

Ich würde eine Chance haben. Eine einzige.

»Ach, Kylar, du solltest es besser wissen. Ich habe gesagt, dass nicht ich hier der Bösewicht bin. Ich habe nicht gesagt, dass ich gut bin.«

Wir setzten uns im selben Moment in Bewegung. Er stürzte vor, um mich aufzuhalten, mir den Weg zum Alarmseil abzuschneiden. Ich dagegen sprang auf das Fenster zu.

Das Fenster zerbarst, als sich mein magisches Talent zurückmeldete, wenn auch nicht mit so viel Kraft, wie ich mir erhofft hatte. Ich prallte gegen die geschlossenen Fensterläden, und mein Gewicht drückte sie nach außen, aber sie brachen nicht auf.

Er fing sich wieder und stürzte sich erneut in meine Richtung.

Ich schlüpfte durch den Spalt am unteren Ende der Fensterläden. Im nächsten Moment wurden sie von seiner Schwertspitze durchbohrt.

Sein Stoß riss die Fensterläden auf. Statt auf direktem Weg in die Tiefe zu fallen, wurde ich ins Trudeln gebracht.

Ich stieß mit den Füßen gegen ein Balkongeländer am Stockwerk darunter, fand jedoch kein Gleichgewicht und stürzte ins Leere.

Ich wirbelte herum, bekam kurz ein Stück Geländer zwischen den Fingern zu fassen – und verlor es gleich wieder –, aber es hatte ausgereicht, mich Richtung Gebäudewand schwingen zu lassen, sodass ich ein weiteres Stockwerk tiefer gegen das nächste Geländer knallte und mit dem Knirschen und Knacken von Knochen an der Innenseite des Geländers herab auf einen Balkon fiel.

Das Nächste, woran ich mich erinnere, ist, dass ich mich auf den Rücken rollte, in den Nachthimmel emporstarrte und dachte, dass ich wohl besser versuchen sollte herauszufinden, wie schlimm meine Verletzungen waren, sobald ich wieder zu Atem gekommen war. Dann bemerkte ich eine Bewegung.

Zwei Stockwerke über mir entdeckte ich Lord Repha'im, wie er sich, so weit er konnte, aus dem geborstenen Fenster lehnte. Seine Hand begann sich mit rot-schwarzem Feuer zu füllen, aber es flackerte auf, knallte, erlosch. Er blickte wütend auf seine Hand hinunter und versuchte es erneut. Wieder versagte seine Magie. Er versuchte etwas anderes, bekam jedoch nur einen Funkenregen zuwege, der ihn zurückzucken ließ.

Er verschwand, dann tauchte er einen Moment später wieder auf, hielt etwas in Händen und lehnte sich erneut aus dem Fenster. Seine Hand bewegte sich peitschenschnell, und ehe ich begreifen konnte, was er da machte, hörte ich auch schon, wie etwas in das Balkongeländer neben mir schlug.

Der Dolch prallte vom Geländer ab und wirbelte glitzernd in die Nacht hinaus.

Ich habe das Werfen von Dolchen lange genug geübt – und das war ein unglaublich guter Wurf.

Ich beobachtete, wie er sich erneut hinauslehnte, um die Entfernung abzumessen und es ein zweites Mal zu versuchen.

Ich gab mir alle Mühe, mich aus dem Weg zu rollen – und konnte es nicht.

Die zweite Klinge schlug neben meiner Schulter ein, prallte ab und knallte gegen mich, ohne jedoch ins Fleisch zu schneiden, zumindest, soweit ich das beurteilen konnte.

Seine Hände fuhren wieder zu seinem Gürtel, doch nun blieben sie leer. Ihm waren die Dolche ausgegangen.

Ich blinzelte gegen die Schwärze an, die sich von allen Seiten her um mich legte, und sah ihn dort oben mit seinem Schwert in der Hand, wobei er offensichtlich hin und her überlegte, ob es sich wohl lohnte, aus dieser Entfernung ein Schwert zu werfen.

Einen Dolch zu schleudern, ist schon schwer genug, aber aus einer solchen Distanz zielsicher ein Schwert zu werfen, ist nahezu unmöglich. An seiner Stelle hätte ich es als eine vergebliche Mühe abgehakt, die den Verlust eines Schwertes nicht lohnte.

Was mich als sein Zielobjekt betraf, so war ich allerdings nicht allzu zuversichtlich, was meine Chancen anging.

Aber ich habe den Wurf nicht mehr gesehen. Ich verlor das Bewusstsein.

Später raunten sie mit gedämpfter Stimme, als sie mich fanden, habe ein Schwert in dem Marmor – ja, im *Marmor* – direkt neben meiner Kehle gesteckt.

Kapitel 18

Sich lösende Bande

Hätte ich Kylar nur nicht den Wein gegeben, dachte Vi. *Es ist meine Schuld. Das alles.*

Sie saß da, starrte ins Leere und überlegte, wie es für sie wohl sein würde, lesen zu müssen, wie Kylar begriff, was sie da getan hatte. Aber hauptsächlich starrte sie ins Leere. Sie schüttelte sich, stand auf und trat an das winzige Fenster, wo die Sonne tapfer in die kleine Bibliothek hineinschien.

Die Chantry war viele Stockwerke hoch und befand sich auf einer im Wasser schwimmenden Insel im Inneren einer Statue, die der Weiße Seraph genannt wurde. Vis Bibliothek lag in einem der oberen Stockwerke, trotzdem gab ihr Fenster ihr keinen Blick über den See oder die schönen umliegenden Berge frei; das Fenster war weit oben in der Wand angebracht, um für Licht zum Lesen zu sorgen, nicht, um eine spektakuläre Aussicht zu gewähren.

Viridiana hatte das Frühstück ausgelassen und so viel Zeit mit dem Lesen verbracht, dass sie womöglich auch noch das Mittagessen verpasst hatte, und nun beschloss sie, die Treppe hinunterzueilen, um möglichst noch etwas zu essen aufzutreiben, bevor die Küche geschlossen wurde. Schon bevor sie die erste Treppe hinter sich gebracht hatte, stellte sich bei ihr allerdings das altvertraute Gefühl ein, verfolgt zu werden. Doch die Schwestern, die ihr folgten, schienen keine bösen Absichten zu haben – oder waren vielleicht auch gar nicht hinter ihr her. Obwohl es sie womöglich das Mittagessen kosten würde, schlug Vi einen Umweg zum Speisesaal ein. Eine ihrer potenziellen Verfolgerinnen schloss sich ihr an, ging dann aber weiter, als sie am Speisesaal angelangt war, als sei es reiner Zufall, dass auch sie diesen Weg eingeschlagen hatte. Angesichts der großen Zahl von Schwestern, die im Weißen Seraph dicht an dicht wohnten, war das durchaus möglich. Andererseits war es jedoch auch genau das, was eine gute Truppe von Verfolgern beim Beschatten einer Zielperson tun würde. Die andere Frau, die Vi zuvor als ihre Verfolgerin auszumachen geglaubt hatte, war bereits beim Essen und schaute nicht einmal auf, als Vi hereinkam, wenngleich sie so saß, dass sie jeden Eingang und jeden Ausgang im Blick hatte.

Beunruhigt schnappte sich Vi etwas zu essen und steuerte damit die nächsten freundlichen Gesichter an, die sie entdecken konnte. Einige ihrer Kameradinnen aus der Ausbildung zu Schwestern der Chantry begrüßten sie mit sichtlicher Freude. Ihre Reihen hatten sich gelichtet, nicht durch den Krieg, sondern durch ihren Erfolg. Drei ihrer engsten Freundinnen und Leutnants hatten weit entfernt privilegierte Stellungen angenommen. Zwei von ihnen hatten Vi sogar um ihre Erlaubnis gebeten – ihre *Erlaubnis!* Als wäre sie ihre Befehlshaberin –, bevor sie ihre neuen Posten angenommen hatten. Sie hatte keinerlei Grund gehabt, Nein zu sagen. Es herrschte kein Krieg mehr. Kriegsmagi waren nach den alten Alitaerischen Abkommen verboten, und so waren nun, da alle unmittelbar drohenden Gefahren bezwungen waren, die Kriegsmagae der Chantry zu etwas Peinlichem geworden – obwohl die Chantry doch zuvor, bei der Schlacht am Schwarzen Hügel, froh gewesen war, Vi und ihresgleichen mit ihrer Kriegsmagie dabeizuhaben.

»Nimmst du auch an der großen Versammlung teil?«, fragte Gwaen. Sie war klein, muskulös und von einem unbeugsamen Optimismus erfüllt, selbst nachdem sie sich am Schwarzen Hügel von einem der insektenartigen roten Monster eine tiefe Schulterwunde zugezogen hatte, sodass ihr linker Arm nun zu fast nichts mehr zu gebrauchen war. Inmitten der Leichen zahlreicher ihrer Schwestern und eines halben Dutzends Soldaten hatte sie einen der *Buulgari* mit seinen Messerarmen, die an die Gliedmaßen einer Gottesanbeterin denken ließen, ganz allein getötet. Andere hatten ihre Stellungen aufgegeben und waren geflohen. Gwaen nicht. Auch seitdem hatte sie Viridianas schrumpfende Truppe nicht verlassen.

»Wahrscheinlich ganz am Ende. Sie haben mir ein großes Projekt zugeteilt, das ich abzuarbeiten habe«, erklärte Viridiana. »Was macht deine Therapie?« Die Heilung verlangte von Gwaen, dass sie ihre verkümmernde Schultermuskulatur kräftigte. Dazu wurden die einzelnen Muskeln von der gewaltigen Menge an Narbengewebe darüber abgetrennt und auf magische Weise wieder zusammengefügt, bis jede Muskelschicht ohne Makel war. Um Gwaens Wunde vollständig zu heilen, bedurfte es erfahrener Heilerinnen, die Schicht um Schicht abarbeiteten, die Muskeln von dem Narbengewebe freischnitten, das Narbengewebe selbst operativ entfernten und die Muskelfasern dehnten, um sie über einem magischen Gitter wieder zu verbinden und das Ganze dann auf natürliche Weise heilen zu lassen. Zwischen den einzelnen Sitzungen musste Gwaen täglich schmerzhafte Übungen absolvieren, damit die Muskulatur nicht durch mangelnde Betätigung verkümmerte. Trotz alledem klagte Gwaen nie.

»Schwester Assaen sagt, dass ich vielleicht vierzig weitere Sitzungen in zwanzig Wochen brauche, wenn ich meine Übungen eisern durchziehe. Sie sagt, meine Wunden würden ›komisch‹ vernarben – wegen meines ›fremden Blutes‹.«

Vi zuckte unangenehm berührt zusammen. Gwaen hatte dunkle Haut, weil ihre Vorfahren ursprünglich aus Ladesh stammten, doch lebte ihre Familie schon seit vier Generationen in Waeddryn. Offenbar aber war eine runzlig hervortretende Narbenbildung selbst bei den Ladeshi selten. Die Heiler hier auf dem Kontinent hatten nicht viel Erfahrung damit. »Sie lässt nur ihre Frustration über ihre Inkompetenz an dir aus. Meinst du, eine der Schwestern, die zur großen Versammlung kommen, könnte vielleicht besser für dich geeignet sein?«

»Ich habe mich schon ein wenig umgehört. Ob Schwester Assaen Ratschläge annimmt, ist freilich wieder eine ganz andere Frage. Solange es niemand von den Leibeigenen ist, vielleicht. Aber so schlimm ist es eigentlich gar nicht. Es geht vorwärts. Nicht schnell, aber wenn ich nicht in der Chantry wäre, hätte ich den Arm verloren. Ich kriege das schon noch hin.«

»Wir werden dir helfen«, meldete sich eine der anderen zu Wort, und alle am Tisch erklärten sich bereit, insgeheim Erkundigungen nach anderen Heilerinnen einzuholen. Es wärmte Vi das Herz zu sehen, dass sie sich alle gegenseitig unterstützten.

»Und was ist mit dir?«, erkundigte sich Gwaen. »Brauchst du etwas?«

»Ein Taschentuch, ein Püppchen, eine Kuscheldecke und, wenn das noch nicht reicht, die Tränen zu stoppen, jede Menge Mohnwein«, antwortete Vi und ließ danach ein Grinsen aufblitzen, im Versuch, ihre Bemerkung als einen Scherz erscheinen zu lassen.

Niemand lachte. Es wurde still am Tisch. Alle Augen richteten sich auf sie.

»Du weinst doch nicht«, sagte die bleiche Sarren mit ihren schwarzen Haaren.

»Es ist dieses Projekt«, erklärte Vi. »Es wird mich noch zu Tränen langweilen.« Zwischen einigen von ihnen gingen Blicke hin und her, und diejenigen, die Vi nicht so gut kannten, schauten zu denen, die besser mit ihr vertraut waren. Bevor sie weitere Fragen stellen konnten, erkundigte sie sich: »Hat jemand von euch Uly gesehen?«

Sarren erwiderte: »Sie hat vorhin mal ihren Kopf hereingestreckt. Meinte, sie hätte die Mitschriften aus deinem Kurs über die gegenwärtigen Entwicklungen in den Regierungen der verschiedenen Länder für dich. Ich glaube, sie haben gerade mit Modai angefangen.«

Die anderen stöhnten auf. »Das war das Schlimmste«, ergriff Gerte Aeryx das Wort. »Ich könnte beschwören, es gab da aus diesen beiden Dynastien etwa vierzehn Männer, die aber alle nur drei verschiedene Namen hatten, sodass es immer ungefähr so was hieß wie: ›Zilpaz der Große, allerdings der aus dem zweiten Interregnum, nicht sein gleichnamiger Urgroßvater während des ersten.‹«

Die übrigen Frauen lachten.

Alle anderen am Tisch hatten ihre niedere Schulbildung schon vor Jahren abgeschlossen. Viridiana hingegen wechselte manchmal von einem Vormittag, an dem sie Frauen, die Jahrzehnte älter waren als sie selbst, einem harten Training unterzog, zu einem Nachmittag, an dem sie Kurse zusammen mit Zwölfjährigen besuchte, die viel mehr wussten als sie. Die älteren Frauen – und selbst Vis Freundinnen – vergaßen häufig, dass Vi nicht dieselben Erfahrungen hinter sich hatte wie sie.

Trotzdem war sie hier unter Freundinnen, auch wenn sie die engsten unter ihnen durch die Machenschaften der Chantry verloren hatte – doch nicht einmal diesen Frauen konnte sie von dem Buch erzählen. Sie beendete ihre Mahlzeit und entschuldigte sich, verabschiedete sich mit einem aufrichtigen Lächeln, dem es allerdings nicht gelang, eine Verbindung zwischen ihren Lippen und ihrem Herzen herzustellen.

Schwester Ayayah Meganah hatte Vi damit gedroht, ihrer Mitgliedschaft in der Chantry ein Ende zu setzen, würde sie Kylars sterbliche Überreste nicht aufspüren können, aber Vi hatte jetzt schon das Gefühl, dass sich die Bande der Schwesternschaft in ihren Händen zu lösen begannen. Es gab hier gute Frauen, Menschen, die Vi liebte und denen sie ihr Leben anvertraute.

Ein Schmerz, den eine Vorahnung zu nennen sie sich weigerte, durchzuckte sie. Sie hatte bereits Kylar verloren. Würde sie auch noch ihre Freundinnen verlieren?

Kapitel 19

Schwerer als unmöglich

Ich hatte einen höchst sonderbaren Traum.

~Meinst du etwa den, wo du weich geklopft wurdest wie irgend so ein billiges Steak?~

Das war gar kein Traum, hm? Das war Wirklichkeit.

Hätte da etwas mehr Hilfe gebrauchen können.

Ich liege in einem fremden Bett, und kurz huscht mir der Gedanke durch den Kopf, dass mir dergleichen einfach viel zu oft passiert. Und es liegt nie daran, dass ich zu viel getrunken und den Abend mit einer schönen Frau beendet hätte.

Obwohl … das erinnert mich an die anderen Träume, die ich gehabt habe, echte Träume. Da war der mit Vi. Für einen Moment schwelge ich in der Erinnerung daran, dann jedoch spüre ich eine altvertraute Anwandlung von Schuldgefühlen. Man sollte derlei Träume nicht von der Freundin seiner Frau haben. Würde ich Elene wirklich lieben, würde ich diese Art Träume nicht träumen. Sie ist noch nicht einmal sechs Monate tot.

~Acht.~

Hm? Oh. Dann ist es wohl tatsächlich schon so lange her.

Mit der Zeit sollte es eigentlich einfacher werden, oder? Warum ist dem dann bei mir nicht so?

Ich setze mich auf und versuche, diese Gedanken zu vertreiben, während ich mich im Raum umsehe. Kein Kerker, das ist schon mal gut. Nach all dem Marmor und dem Parkettboden zu urteilen, sieht es aus, als befände ich mich irgendwo im Palast.

Es liegt saubere Kleidung für mich bereit, und auf dem Nachttisch befindet sich ein gefalteter Zettel, auf dem in Momma Ks Hand mein Name notiert ist.

Ich ziehe mich an.

Es gibt eine ganze Reihe von merkwürdigen Dingen an mir, aber mit das Seltsamste ist, wie meine Heilung funktioniert. Wenn ich schwer verwundet werde und dann wieder aufwache, bin ich nicht nur geheilt – ich fühle mich großartig. Ich meine, ich fühle mich besser als nach einem ganz normalen Nachtschlaf. Es ist alles genau umgekehrt. Ich *weiß*, dass mein Körper gerade große Mengen an Energie verbraucht hat. Ich sollte mich schrecklich fühlen, vollkommen ausgelaugt.

Aber nichts dergleichen. Meine gebrochene Nase ist wieder perfekt gerichtet, ich habe keine blauen Flecken, und obwohl ich vergiftet worden bin, fühle ich mich wunderbar. Und noch besser: Es hat keinen Besuch beim Wolf im Vorzimmer des Mysteriums gegeben, während ich nicht bei Sinnen war, was heißt, dass ich nicht gestorben und dann wiedergekehrt bin. Das bedeutet auch, dass ich mir dieses Mal keine Sorgen über den für meine Unsterblichkeit zu zahlenden Preis zu machen brauche.

Schließlich schnappe ich mir den Zettel:

Zwillinge entführt. Keine brauchbare Spur. Viridiana meinen Informationen zufolge am Leben. Heilerinnen haben sie zurück zur Chantry gebracht. Bitte komm sofort zur Nachbesprechung zu mir. – H.G.T., Regentin.

Das mit dem H.G.T. bringt mich durcheinander. Während ich mich erst einmal darauf konzentriere, kann ich mir noch keine Gedanken über die anderen Neuigkeiten machen: Herzogin Gwinvere Thorne, statt M.K. für Momma K, wie ich es erwartet hätte.

Wieder einmal. Menschen, die sich mir gegenüber verändern. Warum eigentlich überhaupt unterschreiben, statt davon auszugehen, dass ich ihre Handschrift ohnehin erkennen würde? Um mir den Stand der Dinge ins Bewusstsein zu rufen, nehme ich an. Aber warum Regentin?

Ach so, ja, um mich daran zu erinnern, dass Logan ihr die Verantwortung übertragen hat, solange er weg ist.

Logan. Logans Kinder. Oh, verdammt! Eine Welle der Übelkeit überkommt mich so heftig, dass ich mich wieder auf das Bett setzen muss. Ich hatte die Aufgabe, die beiden zu beschützen. Logan hat mir vertraut.

Es ist Nacht draußen. Ich weiß nicht, welcher Tag. Das ist die Kehrseite davon, dass ich mich beim Aufwachen so großartig fühle – wenn ich schwer verletzt bin, neige ich dazu, sehr lange zu schlafen.

Ich hoffe, es war nicht *zu* lange. Mein Magen verknotet sich aufs Neue.

Götter, nein! Jäh kehren meine Gedanken zurück zu dem Kampf, meinem wiederholten Sturz, zu Logan, zu Jenine, die sich so sicher gewesen ist, dass ich die Sache vermasseln würde, und wieder zu Logan und zu diesem Hurensohn Lord Repha'im. Er ist mit Sicherheit geflohen; wenn ich ihn einholen will, zählt jeder Augenblick, und ich bin eine unbekannte Zeitspanne bewusstlos gewesen. Mir ist schlecht vor Hilflosigkeit.

Aber es gibt keinen schnelleren Weg, um auf die richtige Fährte zu kommen, als mit Momma K zu sprechen.

Ich lege meine Hand auf die Türklinke, doch dann vernehme ich eine Stimme im Flur. Ich verharre, bis ich höre, wie die Schritte vorbeigehen und verhallen.

Ich möchte mit niemandem reden. Ich will nicht von wohlmeinenden Wachen aufgehalten und verhört werden, die keine Ahnung von dem haben, was sie tun. Ich ziehe mir den Ka'kari über die Haut und werde unsichtbar.

Als ich ihre Gemächer erreicht habe, luge ich durch einen Spalt in der Tür. Ich sehe, dass sie zwar einen Schlafrock trägt, als wolle sie zu Bett gehen, doch sie sitzt wie so oft am Schreibtisch und geht ihre Korrespondenz und ihre Berichte durch. Ich weiß nicht, ob ich diese Frau sich jemals entspannt habe ausruhen sehen. Ich nehme an, so steigt man von der Gosse zum Glanz auf: unablässige Anstrengung im Privaten, um alles, was in der Öffentlichkeit stattfindet, völlig mühelos erscheinen zu lassen.

Ich klopfe an, lasse meine Unsichtbarkeit fallen und trete ein.

Sobald sich die Tür hinter mir geschlossen hat und wir allein sind, legt sie ihre Feder in die Halterung und sagt: »Wir haben schon unseren Verdacht, aber du bist dabei gewesen. Was kannst du mir sagen?«

»Ja, es geht mir überraschenderweise recht gut, danke der Nachfrage. Aber von mir aus, kommen wir zur Sache. Ist Vi am Leben? Sind die Kinder wohlauf? Wie lange bin ich bewusstlos gewesen?«, frage ich.

Sie starrt mich einfach nur mit durchdringendem Blick an.

»Lord Repha'im«, lasse ich sie wissen. »Zusammen mit mindestens einem seiner Lakaien.«

Sie blinzelt, und es ist für mich ein Schock festzustellen, dass sie nicht gewusst hat, wer hinter alledem steckt, oder sich zumindest nicht sicher war. Ich kann förmlich sehen, wie sich auf der

Stelle das ganze komplexe Gewebe von Macht und Intrigen vor ihrem geistigen Auge neu zusammensetzt, aber sie hat bereits das Wort ergriffen. »Wie war es möglich, dass er dich um ein Haar hätte umbringen können?«

»Vi und ich wurden vergiftet. Da war irgendetwas, das mein magisches Talent ausgeschaltet hat.« Ich lege die Stirn in Falten. War dem so? Es muss wohl so gewesen sein. Plötzlich wünsche ich mir, ich hätte alles dem Ka'kari berichtet, damit ich es mir noch einmal vornehmen und genau analysieren kann, was passiert ist. Ich muss das in Angriff nehmen und die Lücken so schnell wie möglich füllen. »Hat sie … hat sie es geschafft?« Ich versuche, die Frage beiläufig klingen zu lassen, trotzdem stockt mir ein wenig der Atem.

Momma K bemerkt es natürlich. Sie merkt alles. Aber statt nachzuhaken, sagt sie: »Als ich das letzte Mal von ihr gehört habe, hat sie noch gelebt. Ich weiß nicht, wie schwer es sie erwischt hat. Die Schwestern haben sie mit in die Chantry genommen. Entweder ging es ihr also gut genug, um die Reise wagen zu können, oder ihr Zustand war so schlecht, dass kein Weg drum herumführte, egal was passieren würde. Sie wollten sie von ihren besten Heilerinnen versorgen lassen.«

»Ich hatte gedacht, diejenigen, die hierhergekommen sind, um nach Jenine zu sehen, seien schon ihre besten.«

»Diesen Punkt habe ich auch angesprochen. Sie haben gemeint, das wären *einige* der besten der Chantry, aber für einen Fall wie den von Viridiana wollten sie auch die Hilfe mancher ihrer ältesten Heilerinnen, die zu gebrechlich seien, um die Chantry noch verlassen zu können.«

»Glaubt Ihr, das ist wahr?«, will ich wissen.

»Ich glaube, sie haben Hochkönig Gyre gute Heiler geschickt, vielleicht sogar sehr gute, aber ihre allerbesten behalten sie für sich selbst, zu Hause, wo sie sicher sind. Aus Gründen der Diplomatie können sie das nicht laut sagen.«

»Es geht ihr also schlecht«, folgere ich.

Momma K antwortet mit einem angedeuteten Schulterzucken, und ich kenne sie gut genug, um das als ein *Wie viele Menschen haben wir bereits sterben sehen, Kylar? Das ist nun mal unsere Welt* lesen zu können.

»Sie hat gemeint, ein Diener habe ihr den Wein gegeben. Den vergifteten Wein«, lasse ich Momma K wissen.

»Hat sie gesagt, wann?«, erkundigt sie sich. »Irgendwelche anderen Hinweise darauf, wer das gewesen sein könnte?«

Ich versuche zurückzudenken, aber da ist nichts, woran ich mich genau erinnern kann. »Ich glaube nicht. War sie bei Bewusstsein?«

»Nein. Und sie sah sehr schlecht aus, also habe ich die Schwestern sie fortbringen lassen. Bei der großen Zahl von Dienern, die gestorben oder verschwunden sind, rechne ich kaum damit, dass uns diese Spur weiterbringen dürfte. Trotzdem werde ich tun, was ich kann, um die Wege deiner Freundin zu rekonstruieren.«

Eine Sackgasse also. »Ich nehme nicht an, dass die Schwestern Dorian gebeten haben, bei Vis Heilung zu helfen«, sage ich, aber es ist nur eine Art Murren. Die Chantry würde sich niemals mit der Bitte um Hilfe an Dorian wenden – selbst wenn er nicht derjenige wäre, der er nun mal ist, so ist er doch immer noch ein Mann. Eine einzelne Schwester würde vermutlich jederzeit die Hilfe eines männlichen Magiers in Anspruch nehmen, aber die Chantry als Ganzes? Unmöglich!

»Auch auf ihn wurde ein Mordanschlag verübt. Zumindest gehen wir davon aus, dass er das Ziel gewesen ist«, berichtet Momma K. »Du kennst doch seinen Freund, diesen bulligen Riesen?«

»Feir Cousat?«, sage ich.

»Ja.« Sie blättert in irgendwelchen Pergamenten und notiert sich den Namen. Sie führt Akten über alles und jeden. »Feir hat sechs bewaffnete Männer getötet, die versucht haben, in Dorians kleine Hütte einzubrechen. Ein siebter Eindringling konnte entkommen, war aber verwundet.«

»Feir ist ein Schwertmeister zweiten Grades. Er kann kämpfen.« Trotzdem, es mit sieben Männern aufnehmen?

»Ach ja?« Auch das notiert sie sich. »Wir haben die Spur des Verwundeten bis zu einem Lagerhaus verfolgt. Jemand ist uns zuvorgekommen. Sie haben ihm die Kehle aufgeschlitzt.«

»Um ihn am Reden zu hindern oder vielleicht auch, damit er sie bei der Flucht nicht aufhielt. Ich nehme mal an, keiner der Angreifer hatte irgendetwas bei sich, von dem sich auf seine Identität hätte schließen lassen?«

»Nein«, erwidert sie. »Selbst die Waffen, die sie bei sich trugen, kamen aus verschiedenen Ländern. Dorian ist offenbar während der ganzen Sache nicht aus seiner Trance erwacht und seither auch nicht. Ich habe Feir die Erlaubnis gegeben, ihn an einem sicheren Ort zu verstecken.«

Das scheint mir untypisch, schließlich könnte er ihr noch von Nutzen sein, aber dann dämmert mir, was sie im Schilde führt. »Doch Ihr habt die beiden beschatten lassen.«

Momma K zuckt mit den Schultern. Natürlich hat sie das. Wenn allein sie weiß, wo sich Dorian befindet, hat sie gegenüber allen anderen einen wertvollen Vorteil.

Ich bin mir nicht sicher, ob sie erfolgreich einem Mann auf den Fersen bleiben kann, der in die Zukunft zu blicken vermag, aber das ist nicht mein Problem.

Sie holt tief Luft. »Und du bist dir da sicher?«

Sie meint Repha'im, nicht Dorian. »Absolut«, sage ich. »Wie hat das nur passieren können? Wo waren die Leibwächter, die königlichen Wachen, die Kindermädchen – ich meine, ich habe zwei gesehen, aber Logan hatte nicht vor, auch nur das geringste Risiko einzugehen! Meine Gegenwart vor Ort war als eine lächerlich übervorsichtige letzte Absicherungsmaßnahme gedacht, nicht als die einzige Schutzvorkehrung überhaupt.«

»Eine Amme und einige andere vom Personal sind noch am Leben. Vier Leibwächter und vier königliche Wachen sind tot. Fachkundig gemeuchelt, die Leichen versteckt. Professionelle Blutarbeit. Einige Wachen in einem nahe gelegenen Vorposten wurden mit Gift betäubt. Ein paar Wachen sind nach wie vor unauffindbar, ich nehme an, sie wurden bestochen oder sind in Panik geflohen. Wir suchen jetzt nach ihnen.«

»Und das alles direkt vor unseren Augen?«

»Der Befehlshaber der königlichen Garde hat seinen Rücktritt eingereicht – nicht, dass ich sein Gesuch annehmen könnte, solange Logan nicht hier ist. Und das würde ich sowieso nicht, es sei denn, es gäbe Hinweise auf eine Mittäterschaft. Das hier ist ein neues Königreich, Kylar. Ausnahmslos jeder ist hier neu. Wenn Leute auftauchen, um eine freie Stelle zu besetzen, und behaupten, sie hätten Erfahrung in diesem Bereich? Es ist ja nicht so, als würden wir bei ihren früheren Arbeitgebern nachfragen können. Die Menschen, die hierherkommen, sind gekommen, um ein neues Leben zu beginnen. Ich bin in den Palastsälen an Frauen vorbeigegangen, die ein Jahrzehnt für mich gearbeitet haben, jetzt jedoch so tun, als würden sie mich nicht wiedererkennen, und neue Namen angenommen haben.« Sie schlägt die Beine übereinander und trinkt langsam einen Schluck Ootai, der bestimmt längst kalt ist. Sie scheint keine Notiz davon zu nehmen. »Aber du bist dir wirklich absolut sicher, Kylar? Schließlich bist du mit Gift betäubt worden und nicht ganz bei Sinnen gewesen. Da sind wirklich keine Masken, keine Illusionen, keine Ablenkungsmanöver im Spiel gewesen?«

»Ich glaube, Ihr könnt es selbst nicht ausstehen, wenn Ihr Euch wiederholen müsst, oder?«, erwidere ich.

Ihre Miene wird frostig. »Es steht hier viel auf dem Spiel, Kylar. Für uns alle.«

»Es war er und kein anderer. Aber warum müsst Ihr immerzu fragen? Glaubt Ihr etwa, ich lüge?«

»Du würdest nicht lügen, nicht in dieser Angelegenheit. Das weiß ich. Aber du bist meine einzige Quelle, die dafür bürgt, dass er es gewesen ist. Und dass es diese Quelle überhaupt gibt, ist verwunderlich. Überall sonst hat er seine Spuren unglaublich gut verwischt. Bis zu diesem Moment habe ich nicht gewusst, wer die beiden Jungen entführt hat. Wusste nicht, warum. So viele vom Personal sind neu, dass kaum jemand überhaupt bemerkt hat, dass Fremde hereingekommen sind. Die Angaben über Haarfarbe, Größe, Körperbau, ja selbst Geschlecht etwaiger Fremder sind uneinheitlich. Vielleicht drei Personen? Vielleicht acht! Vielleicht zwei verschiedene Gruppen? Drei? Vielleicht jeweils ein Kommando für jedes Kind, für den Fall, dass das andere erwischt werden sollte? Sowohl Kiern als auch Caedan waren mit mehreren magischen Signalgebern an ihrer Kleidung und direkt am Körper versehen. Sie wurden alle entfernt und zerstört, noch bevor die beiden auch nur das Kinderzimmer verlassen haben. Wir haben Hunde eingesetzt, um sie aufzuspüren, doch die Tiere haben die Spur schnell verloren, die vielleicht auf magische Weise in alle Winde verstreut wurde – falls so etwas überhaupt möglich ist. Wir haben es hier mit einer durch und durch professionellen Arbeit zu tun. Wie konnte Repha'im also alles andere fehlerfrei richtig machen und dich dann sein Angesicht sehen und am Leben bleiben lassen?«

»Er hat mich unterschätzt. Ich habe seinen Plan durchkreuzt«, erkläre ich.

»Hast du? Oder ist es nur ein weiterer Teil seines Plans?«

»Wie gut bin ich im Kämpfen, Momma K?«

»›Euer Gnaden‹ bitte«, korrigiert sie, einen Anflug von Verärgerung in der Stimme.

»Wie gut?« Ich lasse nicht locker.

»Im Moment bist du womöglich der Beste im Reich … neben Lantano Garuwashi. Dann ist da vielleicht noch Feir Cousat. Was mich auf den Gedanken bringt, dass es sicher noch andere gibt, von denen ich nichts weiß. Der Krieg und die Gelegenheit ziehen gemeinhin solche Männer an und schaffen weitere ihrer Art. Und offensichtlich ist da ja auch noch dein Meister. Aber um auf deinen Einwand zurückzukommen, ja, du bist jedenfalls *einer* der Besten.«

Es ist eine gerechte Einschätzung, allerdings bin ich mir nicht sicher, ob sie die ganzen Einschränkungen nur hinzugefügt hat, weil sie ihr zufällig gerade in den Sinn gekommen sind, oder ob es in der Absicht geschehen ist, mir einen Dämpfer zu verpassen.

»Du hast doch einen speziellen Grund, das zu fragen, nehme ich an?«, hakt sie nach, immer noch kühl.

Sie hat Durzo nicht beim Namen genannt. Was hat das zu bedeuten?

Ich verzichte darauf, nachzuhaken. Wir sind beide enttäuscht, aber nicht voneinander. »Lord Repha'im ist ein tadelloser Kämpfer«, erkläre ich. »Schnell, gute Haltung, hat sein Schwert bestens im Griff, und er kann Messer werfen – eine ungewöhnliche Fähigkeit. Aber er ist nicht mal annähernd wirklich überragend. Normalerweise kann ich es erkennen, wenn jemand so tut, als sei er schlechter, als er tatsächlich ist. Meister machen das im Unterricht mit ihren Schülern ständig. Ich weiß es, wenn mich jemand tatsächlich umbringen will. Und er hat es zusätzlich auch mit Magie versucht, aber er hat es nicht hinbekommen. Also ist er in derlei nicht gut ausgebildet. Das Ganze ist nicht Teil eines groß angelegten Plans gewesen, mich am Leben zu lassen, damit ich nun etwas anderes tue, was er bereits vorausgesehen und mit eingeplant hat.«

»Nein?«, fragt sie.

»Nein. Ich habe überlebt, weil ich eben einfach so besonders bin.« Was auch stimmt, aber ich sage es vor allem, um ihr nun meinerseits einen Dämpfer zu versetzen.

Sie schnaubt sogleich spöttisch, was schmerzt.

»Um ihm Gerechtigkeit widerfahren zu lassen«, sage ich im Bemühen, zu einer Verständigung zu gelangen, »er hat beim Versuch, mich durch meine Ermordung zum Schweigen zu bringen, eine recht beachtliche Leistung hingelegt. Wie lange bin ich bewusstlos gewesen?«

»Drei Tage.«

Es ist ein Schlag in die Magengrube. Wenn ich mein Talent bewusst dafür einsetze, kann ich mich schneller heilen, doch es ist nun mal nicht so, dass ich da stets die Wahl habe. Wenn ich bewusstlos bin, bleibe ich das auch, bis mein Körper sich selbst geheilt hat.

Ich sollte mich nicht beschweren. In einer gerechten Welt würde ich mit den Verletzungen, die ich mir zugezogen habe, noch sechs Monate lang darniederliegen – wenn ich nicht ohnehin schon tot wäre. Aber das ist alles eben einfach so fürchterlich *lästig*.

»Und? Wo wollen wir anfangen?«, frage ich. »Hat Repha'im hier in der Stadt eine Wohnung?«

Sie wirkt bekümmert. »Nein, er hat sich aus dem Staub gemacht. Ich habe hier das gesamte Kommen und Gehen verfolgt, doch ich konnte nicht die ganze Stadt einsperren; ich wusste, bis meine Befehle die betreffenden Stellen erreicht hätten, hätte bereits jeder Fersengeld gegeben, der einen guten Grund zur Flucht hat. Würde ich anfangen, Soldaten auszusenden, um Edelleute in Gewahrsam zu nehmen, würde womöglich die Hälfte der Adligen in der Stadt davonlaufen. Und wenn sie einmal geflüchtet sind, kommen sie so schnell nicht wieder zurück. Und wenn sie länger fernbleiben, leidet Logans Legitimität darunter. Und wenn Logans Legitimität leidet …«

»Verstanden«, gehe ich dazwischen. Der ganze politische Kram ist mir egal. »Also befindet er sich jetzt wohl wieder in seinem Herrenhaus in Cenaria. Großartig! Ich kann es gar nicht erwarten, ihm einen weiteren Besuch abzustatten.«

»Nein«, entgegnet sie. »Er hat das Anwesen sofort verkauft, nachdem du Jadwin getötet hast. Und er hat bisher noch keinen vergleichbaren Landsitz als Ersatz erworben, von dem ich wüsste. Jedenfalls weder in Cenaria noch in Elenea.« Die alten Falten zwischen ihren Brauen kommen wieder zum Vorschein. Sie hegt die gleichen Sorgen wie ich: Ihre prächtigen Besitztümer, die viele Diener erfordern, machen es normalerweise leicht, Leute von Adel aufzuspüren. Er jedoch hat sich all dessen entledigt, *bevor* er das Ganze durchgezogen hat? Das bedeutet, er hat jede Menge Geld zur Verfügung, und es gibt nur wenige Möglichkeiten, ihn ausfindig zu machen.

»Das scheint mir alles viel zu komplex, als dass er es sich nur mal schnell aus den Fingern gesaugt haben könnte, bloß weil ihn Logan neulich vor Gericht gedemütigt hat«, grübele ich.

»Den gleichen Gedanken hatte ich auch schon«, erwidert Momma K. »Aber wenn er ohnehin bereits vorgehabt hat, sich aus dem Staub zu machen, warum hat er sich dann überhaupt noch vor den Augen der Öffentlichkeit mit mir und damit letztlich mit dem Hochkönig selbst angelegt? Unabhängig davon, wie seine Konfrontation mit mir verlaufen mochte, warum sollte er sich zum Gesicht des Widerstands gegen Logan machen, direkt bevor er einen Hochverrat dieser Art in Angriff nimmt? Er musste wissen, dass er damit der erste Mensch ist, auf den unser Verdacht fallen würde – was dann auch der Fall gewesen ist. Ich habe bereits Leute damit beauftragt, alles über ihn herauszufinden, was wir in Erfahrung bringen können.«

»Warum das alles also provozieren?«, greife ich den Faden auf. Dann beantworte ich meine Frage sogleich selbst: »Einmal angenommen, er wollte nicht, dass ich überlebe ... dann ist es wohl in Wahrheit so, dass er nicht einfach nur Logans Feind zu sein scheint, sondern es hat den Anschein, als sei er auch *Eurer*. Wenn Ihr ihn jetzt verfolgt, könnte es den Eindruck erwecken, Ihr würdet eine Krise als Deckmantel benutzen, um Eure politischen Rivalen und Feinde auszumerzen. Das könnte dazu führen, dass jeder, der gegen Euch ist ...«

»Also so ziemlich alle«, wirft Momma K ein.

»Genau. Es könnte so ziemlich jedermann nervös machen und befürchten lassen, dass Ihr ihn oder sie als Nächstes im Visier habt, besonders wenn Ihr etwas tut, was diese Leute für ungerecht erachten.«

»Und wie soll ich *gerecht* sein, wenn wir die Zukunft des Reichs verloren haben?«, blafft sie. »Logan wird fuchsteufelswild sein, wenn ich nicht das Haus jedes einzelnen Verdächtigen auf den Kopf stelle, ob Adliger oder nicht. Es ist genau das, was *er* jetzt tun würde. Der Unterschied ist, dass er damit durchkommen dürfte.«

»Und wenn Ihr es tut, werden die Edelleute entrüstet sein, überhaupt verdächtigt zu werden. Tja, Ihr steckt da wohl mit einem Bumsklatscher im Rücken im Sackzipfel, nicht wahr?«

Sie zieht die Augenbrauen zusammen, als sie den alten cenarischen Straßenjargon für »in der Klemme sitzen« hört: Ein Sackzipfel ist eine ausweglose Stichstraße mit hohen Mauern zu drei Seiten, und ein Klatscher ist ein muskelbepackter Schläger, oft ein Straßenräuber. Ich habe nie wirklich verstanden, was das »Bums« bedeuten soll, es ist wohl nur Bestandteil der Wendung, aber Momma K ignoriert das Ganze sowieso.

»Kylar«, sagt sie mit plötzlichem Nachdruck in der Stimme. »Wie ehrgeizig ist er wirklich?«

»Er hat mir versichert, dass er die Welt retten will.«

»Ein Eiferer?« Momma K schließt die Augen und reibt sich den Nasenrücken.

»Was?«, frage ich. »Habt Ihr da etwas herausgefunden?«

»Ich hoffe nicht. Aber es gibt nicht allzu viele Gründe, Thronfolger zu entführen, vor allem, wenn sie noch bloße Säuglinge sind. Sie zu ermorden, ist viel einfacher. Ich besitze … Hunderte von Gütern in Cenaria und viele außerhalb. Hätte Lord Repha'im die Absicht, *mich* zu vernichten, könnte er, sobald Logan zurückkommt, einfach durchsickern lassen, dass die Jungen in einem dieser Besitztümer festgehalten werden; ein paar Stunden bevor Logan es stürmen lassen kann, brechen sie in ein leeres Haus ein und ermorden ein paar von Repha'ims eigenen Lakaien, die ohnehin nichts wissen. Je entlegener der Ort, desto besser. Innerhalb weniger Tage findet Logan heraus, wem das Anwesen gehört, und …«

»… und das seid Ihr. Und Ihr steht da wie eine Verräterin. Und Ihr besitzt *eine Menge* entlegener Landgüter«, unterstreiche ich. »Zu viele, um sie alle ständig im Auge zu behalten. Und wahrscheinlich dauert es manchmal etliche Tage, bis man von dort Bericht erhält, oder? Tja, die kleinen Probleme, die es so mit sich bringt, wenn man aus der Unterwelt kommt.«

»Aber darüber mache ich mir keine Sorgen«, erklärt sie.

»Und warum nicht?«

»Weil der wahre Grund, warum Repha'im das Risiko eingeht, sich öffentlich zum Gesicht des Widerstands zu machen, darin besteht, sich im Falle eines allgemeinen Aufstands von allen anderen Edelleuten absetzen zu können. Er stammt aus keiner der alten Familien; er hat seinen Titel gekauft. Repha'im ist aus der Saat neuer Adliger gewachsen, die sich Logan zur Herrschaft über diese Ländereien herangezogen hat, während Logan zugleich vielen der etablierten Adelsfamilien der vier Königreiche attraktive Ländereien in anderen Königreichen überschrieben hat, um so das neue Land zusammenwachsen zu lassen, für dringend benötigte Einnahmen zu sorgen und hoffentlich die weiten leeren Landstriche im Osten und Norden zu besiedeln. Worauf es dabei ankommt, ist doch: Es gibt jede Menge alte und neue Adlige, die alle miteinander um Rang und Geltung konkurrieren, und Repha'im verfügt über keine verlässliche Basis treuer Verbündeter, auf die er zählen kann, also ist er darauf angewiesen, den Eindruck zu erwecken, als sei er wichtig und wenn auch nur im negativen Sinn. Der Grund, warum er auf diese Weise in Aktion tritt und dann Säuglinge entführt, ist daher nicht, dass er will, dass die Säuglinge an einem kompromittierenden Ort gefunden werden, sondern er will, dass sie überhaupt nicht gefunden werden. Logan und Jenine sind gegenwärtig jeweils die Letzten ihrer Abstammungslinie. Wenn er in der Tat so ehrgeizig ist, wie du sagst, dann will Lord Repha'im den Thron für sich. Wenn er jedoch Babys ermordet, um dieses Ziel zu erreichen, würde ihn das als derart blutrünstig abstempeln, dass selbst mögliche Verbündete ihn meiden oder im Stich lassen würden. Und selbst wenn seine Bemühungen von Erfolg gekrönt wären, würde ein zur Besteigung des Throns begangener Kindsmord seine Herrschaft zu einer unrechtmäßigen machen. Er wäre für immer mit diesem Makel behaftet, was förmlich zur Rebellion gegen ihn einladen würde. Aber wenn die Prinzen einfach verschwinden … oder ihr Tod jemand anderem in die Schuhe geschoben werden kann, hat er zwei Fliegen mit einer Klappe geschlagen: Seine Rivalen sind aus dem Weg geräumt, und niemand kann ihm seinen Thron streitig machen.«

Ein flaues Gefühl macht sich in meiner Magengegend breit. »Aber sicher würden … ich meine, nach allem, was unsere Königreiche durchgemacht haben … würden ihm denn überhaupt irgendwelche Leute von Adel folgen?«

»Das spielt keine Rolle«, erwidert Momma K. »Ich meine, zumindest auf kurze Sicht spielt es für uns eigentlich keine Rolle, ob sein Plan aufgehen könnte. Wichtig ist nur, ob er selbst glaubt, dass er funktioniert. Und davon ist er offensichtlich überzeugt. Kylar, es gibt nur einen einzigen möglichen Weg für einen Menschen, um in einer so kurzen Zeit von völliger Unbekanntheit zu hoher Bedeutung aufzusteigen – indem er bereit ist, alles auf eine Karte zu setzen, und dann mehrmals hintereinander gewinnt. Genau das hat er getan, um dorthin zu kommen, wo er jetzt ist. Wer sagt, dass er nicht noch einmal alles aufs Spiel setzen würde, ein letztes Mal, für den höchsten denkbaren Preis?«

»Glaubt Ihr, dass Caedan und Kiern bereits tot sind?«, frage ich, und mir schnürt sich die Kehle zu.

Sie denkt darüber nach, und fast sofort sehe ich, wie sich ihr Gesicht von dem der besorgten, aber warmherzigen Herzogin Gwinvere Thorne in das der alten, kalten Momma K verwandelt, die jeden Tag mit Kriminellen aller Couleur zu tun hatte, die ganze Palette von einfachen Betrügern bis hinauf zu Mördern jeglicher Art; von jenen, die um der Macht willen töten, bis hin zu denen, die es rein aus Vergnügen tun. »Er hat die erste Amme am Leben gelassen, obwohl sie eigentlich ein großes Risiko hätte darstellen können. Das gibt mir die Hoffnung, dass er einen Unterschied zwischen Graden der Bedrohung wahrnehmen kann und nicht einfach nur blutrünstig ist. Aber die zweite hat er umgebracht, weil sie ihn hätte identifizieren können, was mir verrät, dass er willens ist, zu tun, was immer zum Sieg nötig ist.« Sie nippt erneut an ihrem Ootai und wählt ihre Worte mit Bedacht. »Ein Mann dieser Art? Er tötet die Kinder erst dann, wenn er überzeugt ist, damit mehr gewinnen als verlieren zu können. Was bedeutet ...«

Sie verstummt, und ich versuche ebenfalls, über diesen Punkt nachzudenken, doch ich habe keinen blassen Schimmer, was es bedeutet oder was sie wohl denkt, dass es bedeutet.

Nach einer Weile breche ich das Schweigen. »Ich habe keinen blassen Schimmer, was es bedeutet«, bekenne ich. »Ich sitze nur hier und tue so, als würde ich angestrengt darüber nachdenken.«

Sie macht sich nicht mal die Mühe, auch nur zu lächeln. »Ich versuche zu überlegen, wie wir dich einsetzen können, Kylar.«

»Was meint Ihr damit? Ich gehe sie suchen.«

Sie starrt mich mit undurchdringlichem Blick an. »Natürlich. Und *wohin* willst du gehen?«

»Ich ... ich weiß es nicht. Aber ich kann so gut wie jeder andere Spuren verfolgen.«

»So gut wie jeder andere. Aber nicht besser als jeder andere. Ich habe tausend Leute auf diese Sache angesetzt, Kylar. Buchstäblich. Und jetzt kann ich all diese Arbeit zielgerichtet auf einen einzigen Mann konzentrieren.«

Urplötzlich kommt mir ein Gedanke. »Logan wird völlig durchdrehen. Jenine ...«

»Wir wollen jetzt nicht über sie reden«, sagt Momma K.

Wieder hat sie recht. »Logan muss wissen, dass ich in dieser Sache alles tue, was ich irgend kann.«

Aber sie geht dazwischen, bevor ich fortfahren kann. »Kylar, versteh das jetzt bitte nicht falsch. Du bist sehr, sehr geschickt in einem sehr, sehr begrenzten Bereich von Fähigkeiten. Glaubst du etwa, dass du mit deinen Begabungen, deinen Verbindungen und deinem Reichtum Besseres dabei leisten kannst, Lord Repha'im ausfindig zu machen, als ich mit all den mir zur Verfügung stehenden Mitteln?«

Ich beiße die Zähne zusammen.

»Es ist nicht mehr wie damals in Cenaria, Kylar. Wir sind hier das Gesetz. Wir können die Dinge in aller Offenheit erledigen. Es mag da ein paar Tätigkeiten geben, die du besser zuwege bringen kannst als jeder andere. Papiere, die du still und leise beschaffen kannst …«

»Ihr wollt einen Dieb aus mir machen, der bei anderen Leuten die Fassaden hinaufklettert? Warum das? Einfach, damit ich aus dem Weg bin? Dafür habt Ihr doch auch Eure Leute, oder?«

»Das hier ist keine Aufgabe, für die deine Fertigkeiten etwas taugen, Kylar!«, blafft sie.

Ich fahre zurück, als hätte sie mich geschlagen.

»So habe ich es nicht gemeint«, entschuldigt sie sich und wendet den Blick ab. »Die letzten Tage waren nicht leicht für mich.«

Ich nehme ihre Kanne und gieße ihr etwas frischen Ootai ein. »Ihr liegt da nicht falsch«, räume ich mit leiser Stimme ein.

Dann lasse ich mich schwer in einen Stuhl fallen.

»Wie sieht es denn eigentlich mit diesem Auftrag aus?«, erkundige ich mich.

»Die Sache mit den Papieren?«, fragt sie verwirrt. »Viele Edelleute sind nicht gerade scharf darauf, dass wir uns ihre Geschäftsbücher anschauen, und dem Geldfluss zu folgen, könnte uns …«

»Nein, ich meine nicht diesen Auftrag. Den von neulich. Die Geschichte mit dem Kompass.«

Ihr Becher mit Ootai erstarrt an ihren Lippen. Ich kann sehen, wie ihr Verstand mit seiner üblichen rasenden Geschwindigkeit arbeitet.

Dann seufzt sie. »Ach ja. Klingt jetzt nach genau dem Richtigen, nicht? Ein Kompass, der uns direkt zu den Kindern führt!«

»Und danach zu Repha'im, um ihn umzubringen«, ergänze ich.

Sie schüttelt den Kopf. »Ich sende dich gern auf die Suche danach aus, wenn du es wünschst. Aber das ist Zeitverschwendung. Es wird nichts bringen.«

»Was soll das heißen, es wird nichts bringen?«, hake ich nach.

»Kylar, die Chance, den Kompass der Dämmerung zu finden, war eine von eins zu hundert, wenngleich uns ein Lohn von tausend zu eins dafür gewinkt hätte – doch das war vor einer Woche, als ich versucht habe, dich dafür zu gewinnen, den Auftrag zu übernehmen. Ganz ehrlich, ich weiß nicht einmal, ob der Kompass überhaupt echt ist. Und wenn er echt ist, weiß ich doch nicht, ob er überhaupt noch funktioniert. Und wenn er noch funktioniert, weiß ich nicht, ob *wir* ihn in Gang setzen können. Willst du, dass ich fortfahre?«

»Ja, eigentlich schon«, erwidere ich. »Ja, will ich! Denn er ist tatsächlich genau das, was wir jetzt brauchen.«

»Klar, ein magisches Artefakt, das alle unsere Probleme löst, ist genau das, was wir jetzt brauchen«, spottet Momma K verächtlich. »Nein, ist es nicht, Kylar. Was wir brauchen, ist die langweilige Arbeit der Verfolgung von tausend Spuren. Sorgfältig. Methodisch. Das ist meine Art von Tätigkeit, nicht deine. Du kannst hier nicht einfach hereinstürmen und die Sache ins Reine bringen.«

»Mir haben in meinem Leben schon alle möglichen Leute gesagt, was ich in irgendeiner Situation unmöglich tun kann. Ich glaube, Euch ist es in Eurem Leben auch schon so ergangen.«

Sie lehnt sich in ihrem Stuhl zurück. Setzt ihre zierliche Tasse ab und streckt die Beine aus. »Es ist auch vor einer Woche schon praktisch unmöglich gewesen, Kylar. Aber jetzt, bei diesem engen Zeitrahmen? Nein.«

Ich recke trotzig das Kinn.

»Nein, nein, ich weiß, was du jetzt gleich sagen wirst«, fährt sie fort. »›Ich bin Kylar Stern! Ich habe den Bogen raus. Ich finde immer einen dritten Weg!‹ Und das stimmt ja auch. Du hast erstaunliche Dinge geleistet, Dinge, die niemand von dir für möglich gehalten hätte. Und ich sage dir jetzt, in diesem Fall bekommst nicht mal du das hin. Und ganz ehrlich, ich mache mir Sorgen, was es mit dir anstellen könnte, wenn du es trotzdem versuchst und dabei scheiterst.«

Das geht mir unter die Haut. Es ist eigentümlich persönlich, und mir wird bewusst, wie abstrakt ich stets über diese Frau gedacht habe. Sie ist immer diese alles überragende Figur gewesen – inmitten der Elendsviertel, aber irgendwie auch über ihnen stehend, immer bestimmend, gelassen, das Heft des Handelns in der Hand. Ich hatte sie nie wirklich als bloßen Menschen betrachtet, mir keine Gedanken darüber gemacht, warum sie die Dinge tat, die sie tat. »Sind wir Freunde, Momma K?«, platzt es aus mir heraus. Es klingt dumm, sobald die Worte meinen Mund verlassen haben. »Ich meine, Euer Gnaden.«

Irgendwie klingt das nur noch schlimmer.

Meine Frage hat sie unvorbereitet erwischt. »Kylar«, beginnt sie vorsichtig, »ich habe dir in sehr jungen Jahren das Leben gerettet, aber seitdem habe ich dich angelogen, dich manipuliert, dir fast die wichtigste Beziehung deines Lebens genommen und hätte dir um ein Haar den Tod auf den Hals geschickt. Du hast mich getäuscht, mir getrotzt und mir ein tödliches Gift verabreicht. Selbst im Labyrinth der Vorstadt ist das nicht die feine Art von

Freunden. Also, nein, ich finde nicht, dass uns das zu Freunden macht.« Sie hebt mir prostend ihre Tasse entgegen. »Ich finde, das macht uns zur Familie.«

Ich lache. »Ab und zu haben wir aber auch gut zusammengearbeitet!«

»Ab und zu«, räumt sie mit einem verschmitzten Lächeln ein.

»Meistens dann, wenn ich getan habe, was Ihr wolltet«, sage ich. »Hm, tja.«

»Hm, tja«, äfft sie mich nach. Als stünde ich kurz vor einer Erleuchtung, die eigentlich mit Händen zu greifen in der Luft liegt.

Das erinnert mich an etwas, was Durzo einmal gesagt hat, und lässt mich an ihn denken. Ich sage: »Wenn der Auftrag so schwierig ist und so viel auf dem Spiel steht, kann ich mich ja vielleicht mit Durzo zusammentun.«

Mit einem Mal scheint die Luft eiskalt zu werden. Ich sehe, wie sich ihre Fingerknöchel an der Ootai-Tasse für einen Moment weiß verfärben.

Es dürfte keine angenehme Begegnung werden, wenn man bedenkt, wie die letzte verlaufen ist, doch ich bin bereit, alles zu tun, was nötig ist. Sogar, mich zu entschuldigen. Und Durzo mag Logan.

Ihr Gesicht ist regungslos, behält seinen mit Sorgfalt gleichgültig gehaltenen Ausdruck bei. In gelassenem Tonfall sagt sie: »Durzo ist nicht verfügbar.«

»Wo ist er? Wann ist er zurück?«

»Ich weiß es nicht.«

»Ihr *wisst* es nicht?«, wundere ich mich. »Er ist Euer Ehemann.«

Eine ganze Weile sagt sie kein Wort. Ich allerdings auch nicht. Von ihr habe ich schließlich die Macht des Schweigens erlernt.

Woran sie sich schließlich zu erinnern scheint. »Wir haben uns gestritten«, bekennt sie.

Sie und er auch? »Worüber?«

»Erwachsenenkram«, entgegnet sie schroff. »Das würdest du nicht verstehen. Und jetzt verzieh dich, Kylar. Ich gebe dir Bescheid, wenn wir eine Spur haben.«

Ich beiße die Zähne zusammen und gebe klein bei. Ich habe keinerlei Recht, irgendetwas über ihre Eheprobleme zu erfahren, doch ich habe jedes Recht, stinksauer darüber zu sein, dass sie meinen Meister das Weite hat suchen lassen. Aber es lohnt sich nicht, jetzt mit ihr darüber zu streiten. Oder überhaupt je. Ich kann erkennen, dass sie mir nichts mehr über ihn mitteilen wird.

»Ihr wisst, dass ich dem nicht Folge leisten kann«, sage ich.

Sie schlägt ihre Beine wieder übereinander und reibt einen ihr makellos lackierten Fingernägel an ihrem Daumen, denkt nach. »Weißt du, was ich an dir mag, Kylar?«

»Vieles.«

»Ja, vieles«, pflichtet sie mir mit einem flüchtigen, aber aufrichtigen Lächeln bei. »Doch was im Moment zählt, ist deine unerbittliche Hartnäckigkeit, die mich an mich selbst in meinen besten Momenten erinnert. Willst du wissen, was das Problem dabei ist?«

»Nein. Ich bin mir meiner Schwächen durchaus bewusst, danke.«

»Hm, vielleicht schon, ja. Inzwischen. Vielleicht bist du nicht mehr das dreckige, verängstigte Kind, das vor Jahren in meinem Salon stand und Forderungen stellte.« Sie sieht mich mit hochgezogener Augenbraue an, und ich möchte mir die Parallelen zwischen jetzt und damals nur ungern ins Gedächtnis rufen. »Kylar, egal was hier passiert, du wirst diesen Raum verlassen und zu dem Schluss kommen, dass ich dich geschickt dazu gebracht habe zu tun, was ich von dir will. Bevor du jetzt also gehst, möchte ich, dass du dich entscheidest, ob du das wirklich, wirklich tun willst. Wenn ja, werde ich dir jede Hilfe zukommen lassen, die in meiner Macht steht.«

»Ihr habt mir noch immer nichts über den Auftrag an sich mitgeteilt«, erwidere ich.

»Ist das wichtig? Gibt es irgendetwas, was ich sagen könnte, das dich davon abhalten würde, ihn anzunehmen?«

»Nein«, grummele ich.

»Dann wollen wir das erst einmal beiseitelassen.«

Sie lächelt glückselig, und so ungern ich es auch zugebe, ihre Anerkennung wärmt mir irgendwie immer noch das Herz. Vielleicht liegt es daran, dass sie für mich eine Mutterfigur gewesen ist, als ich das Waisenkind von der Straße war. Vielleicht liegt es auch an ihrer fast schon unwirklich erscheinenden Zuversicht, stets zu wissen, was das Beste ist, oder daran, dass sie es fast immer auch tatsächlich weiß. Vielleicht auch daran, dass einfach jeder charismatischen Menschen gefallen will, denen etwas an einem zu liegen scheint. Vielleicht bin ich aber auch nur schwach. Wie dem auch sein mag, sie hat schon immer über diese spezielle Macht verfügt: Wann immer sie mir auch nur einen Hauch von Anerkennung zukommen lässt, will ich alles tun, um noch mehr davon zu bekommen.

»Es ist ja nicht so, dass alles einfach nur schlimm wäre«, sagt sie.

Schon in dem Moment, als sie das ausspricht, merke ich, dass es eine Lüge ist.

Wenn sie das noch zu einem Scherz umbiegt und nachschiebt … *es ist schlimmer*, dann lasse ich es ihr durchgehen.

»Ich schicke Hilfe«, beteuert sie.

Das *ist* schlimmer.

»Mit ›Hilfe‹ meint Ihr ein gutes Pferd und einen vollen Geldbeutel, nicht wahr? Ihr wisst, dass ich nicht mit Partnern zusammenarbeite, egal ob Mann oder Frau.«

»Natürlich«, versichert sie.

Ich merke sofort, dass sie meint: *Natürlich weiß ich das,* und nicht: *Natürlich werde ich dir keinen Partner an die Seite stellen.*

»Zufälligerweise bist hier übrigens *du* diese Hilfe. Ich habe bereits jemanden, der sich an dem Auftrag versucht.«

»Ich werde auf keinen Fall die Hilfe sein.«

»Natürlich nicht. Wir werden den Plan ändern müssen.«

Das scheint mir jetzt allzu einfach.

»Wo ist der Haken?«

»Kylar, du bist jetzt der Nachtengel. Das erkenne ich an.«

Ich suche in ihrem Gesicht nach einem Anflug von Sarkasmus, finde jedoch nichts dergleichen. Einen Moment später ärgere ich mich darüber, dass es mir so wichtig war, da nichts zu finden.

»Lass uns Nägel mit Köpfen machen«, fährt sie fort. »Du sagst mir, was aus deiner Sicht alles nicht verhandelbar ist, und ich sage dir, was der Auftrag erfordert. Dann entscheidest du, ob wir beides zusammenbringen können. Ich habe dir bereits gesagt, was ich von der ganzen Idee halte, aber letztlich ist es deine Entscheidung.«

Endlich ein Fortschritt. Eigentlich ist es wirklich schön, auf der gleichen Seite wie diese Frau zu stehen und zu handeln. Ich hätte keine Chance, wenn wir tatsächlich gegeneinander arbeiten würden.

»Ihr müsst mich bezahlen. Zum gleichen Tarif wie Durzo. Nicht weil ich das Geld brauchen würde, sondern weil ich wissen muss, dass wir beide bei der Sache eine Menge zu verlieren haben, und …«

»Daraus wird nichts. Meine finanziellen Mittel sind bereits anderweitig gebunden, für Logan und die Kinder. Sag mir die Punkte, auf die du wirklich Wert legst.«

Ich denke über die Sache nach. Es gibt eine Menge Dinge, die ich gerne verlangen würde, doch die Zeit drängt, also versuche ich, mich allein auf die wirklich nicht verhandelbaren Punkte zu konzentrieren. »Drei Bedingungen«, sage ich. »Erstens: keine Reisen – ich muss derjenige sein, der sich Lord Repha'im an die Fersen heftet, sobald wir eine gute Spur haben, und außerdem muss ich hier sein, wenn Logan zurückkommt. Zweitens: nichts, bei dem ich es mit der Chantry aufnehmen muss. Da gibt es schon zu viel böses Blut, und sie haben gute Gründe *und* wären jederzeit in der Lage, mich auf einen Tisch zu fesseln und in meine Einzelteile zu zerlegen. Ich muss für ungefähr die nächsten hundert Jahre einen großen Bogen um die Schwestern machen. Und die Nummer drei …«

»Drittens«, korrigiert sie.

»Richtig. Danke vielmals. Ich weiß, dass Ihr mich schon seit meiner Kindheit kennt, und manchmal habe ich den Eindruck, ihr könntet mich unweigerlich immer noch als das unbedarfte Kind von damals sehen. Das bin ich aber nicht mehr …«

»Was jetzt? Unbedarft oder ein Kind?«, fragt sie mit todernster Miene.

»Ich bin erwachsen. Ich bin vom Besten der Besten ausgebildet worden. Ich weiß, wie Ihr arbeitet, und ich weiß, dass Ihr bei jedem Schritt selbst das Sagen haben wollt. Ich brauche kein Kindermädchen in meinem Schlepptau, bloß weil Ihr mir nicht vertraut. Also, *drittens*: keine Partner.«

Kapitel 20

Eine reiche Beute

Hör mal, ich will kein Wort davon hören. Du bist nie mit dieser Frau in einem Raum zusammen gewesen. Ich meine, ja, ich habe dir einen Teil dieses Treffens beschrieben, aber Worte vermögen in keiner Weise angemessen auszudrücken, wie …

~Willst du mich hinhalten? Mit einem Monolog?~

Es ist mir peinlich, klar?

~Es ist bei Weitem nicht das Peinlichste, was ich dich schon habe tun sehen.~

Tatsächlich?

~Erinnerst du dich daran, wie du damals versucht hast, es mit dieser Brücke zu treiben?~

Habe ich gar nicht – du stellst das völlig falsch dar. Du hältst das jetzt aber nicht fest, oder?

~Festhalten?~

Ich hasse dich.

Ja, also, ich denke, ich werde dieses Zeug später rausstreichen. Wo bin ich stehen geblieben?

Ja, genau, ich sitze auf einem Pferd, befinde mich bereits vor den Toren der Stadt, und mein Weg wird mich noch viel weiter von der Stadt wegführen.

Ja, genau, ich bin auf dem Weg, mich mit einem Partner zusammenzutun.

Und, ja, genau – du hast es schon kommen sehen, nicht wahr? –, meine Aufgabe besteht darin, etwas zu stehlen … genau, von der Chantry, von wem auch sonst?

Die gute Nachricht bei der Sache? Ich weiß nicht einmal, wie!

Moment mal! Das ist doch eigentlich auch eine schlechte Nachricht, oder?

Es ist kalt und regnerisch auf diesem Bergpass, und ich kann an nichts anderes denken als an das warme Gefühl in meinem Herzen, das ich angesichts von Momma Ks Anerkennung verspürt habe, nachdem ich mich bereit erklärt hatte zu tun, was immer sie wollte – bloße Minuten, nachdem ich mir geschworen hatte, genau das nicht zu tun. Es war so ein schönes Gefühl, meine Prinzipien zu verraten.

~Nach all der Arbeit, die Durzo in dich hineingesteckt hat, um deine Elastizität zu erhöhen, wird er sehr stolz sein, wenn er erfährt, wie ungeheuer du dich sofort verrenkt hast, um prompt vor ihr in die Knie zu gehen.~

Während ich Richtung Süden geritten bin, hat es mich eine Woche und ein Dutzend Versuche gekostet, um meinen Bericht auch nur bis hierher fortzusetzen, und das alles ist immer noch nicht zufriedenstellend, aber fürs Erste breche ich nun meine Bemühungen ab, den Text ins Reine zu bringen, weil ich vor mir etwas sehe.

Da leuchtet etwas ein Stück weiter im Wald.

Das Grenzland, durch das ich reite, befindet sich inmitten der Geburtswehen eines gewaltigen sozialen Wandels. Als Logan Elenea als seine neue Hauptstadt gegründet hat, gehörte zu seinen ersten Unternehmungen die Sicherung der wichtigsten Bergpässe ins Land. Eine neue Großstadt bedeutet, dass sich Händler aus ganz Midcyru abstrampeln, um als Erste vor Ort zu sein und sich hier geschäftlich niederzulassen – was wiederum bedeutet, dass Banditen und Wegelagerer versuchen, ein Stück vom Kuchen abzubekommen, solange die Gelegenheit günstig ist.

Logan sicherte sofort alle Grenzen auf seiner Seite und entsandte Boten in die benachbarten Königreiche Waeddryn und Ossein, die die Mächtigen dort eindringlich aufforderten, ihrerseits dasselbe zu tun.

Jetzt legen sich diese Königreiche mächtig ins Zeug, um Straßen zu bauen, Unmengen von Soldaten und hohen Herren und Damen in die Grenzregionen zu bringen und sie mit Erlassen und Vorschriften zu überziehen, damit sich die Herrschenden an Wagenladungen von Silber in Form von Zöllen und Steuern bereichern können. Die Menschen, die hier leben, freuen sich über die neuen Handelsmöglichkeiten, weniger aber mögen sie den plötzlichen Zustrom von Räubern und von Soldaten, die sich bisweilen nicht sonderlich von den Räubern zu unterscheiden scheinen. Es gefällt ihnen überhaupt nicht, dass sich aufgrund von Entscheidungen, die von weit, weit entfernten Menschen getroffen werden, ihre gesamte Lebensweise nun für immer verändert.

Das alles bedeutet, dass von der schlichten, herzlichen Gastfreundschaft, der ich bei meinen ersten Reisen durch diese Landstriche begegnet bin, kaum mehr etwas übrig geblieben ist. Ein junger Mann, der allein reitet und außerdem zwei weitere Pferde bei sich führt? Für die Einheimischen sehe ich aus wie ein Wegelagerer. Für die Wegelagerer sehe ich aus wie eine reiche Beute: einen Mann ausrauben, drei Pferde bekommen? Wer könnte da widerstehen …?

Kapitel 21

Das Fassungsvermögen einer Insektenlarve

Von einem Moment auf den anderen verschwanden die Wörter von der Seite. Im Glauben, vielleicht eingeschlafen zu sein, riss Vi die Augen weit auf. Sie blickte sich in der kleinen Bibliothek um, doch sie war menschenleer. Es gab nur drei Tische im Raum. Dann hörte sie grummelndes Gemurmel, das aus dem Bücherregal vor ihr kam. Nein, nicht aus dem Regal selbst, sondern von dahinter. Als sich das Brummen entfernte, tauchten die Wörter allmählich wieder auf der Seite auf, als reagiere das Buch empfindlich auf die Anwesenheit von Menschen – sogar noch durch eine Wand hindurch.

Als Nächstes folgte das Quietschen eines über Holzboden geschobenen Stuhls. Wer auch immer sich da auf der anderen Seite der Bücherwand befand, gab sich keinerlei Mühe, leise und unauffällig zu sein. Während Vi das Buch unter den Glasbehälter klatschte und den Hebel umlegte, der die Schutzmagie aktivierte, stellte sie fest, dass sie unwillkürlich aufgesprungen war, die Füße fest auf dem Boden, die Hände erhoben, bereit. Sie suchte den Raum ab, schaute hinter sich, für den Fall, dass es sich bei dem Geräusch vor ihr um eine Finte handelte, aber es kam kein Angriff.

Im Boden neben dem Bücherregal bemerkte sie eine verräterische Schramme, die ihr bisher nicht aufgefallen war. Eine bogenförmige, abgewetzte Stelle. Nicht das, was ein Stuhl hinterlassen würde. Eher wie eine Stelle … wo eine geheime Tür aufschwingt.

Reflexhaft schoss Vis Hand zu ihrem Gürtel, um ihre Klinge zu ziehen, doch dort war gar kein Messer.

»Aha!«, hörte sie die gedämpfte Stimme hinter der Wand sagen.

Klack.

Erst als das Bücherregal aufsprang, an versteckten Scharnieren nach innen schwang, in einem Bogen über den Holzboden schrammte und dahinter Schwester Ariel erkennen ließ, wurde Viridiana bewusst, dass sie keine Sekunde daran gedacht hatte, Magie einzusetzen. Hier, in einer Schule voller Magae, war sie in ihr Kampftraining zurückgefallen und hatte ihr neues und weitaus beeindruckenderes Rüstzeug völlig vergessen.

»Was machst du denn hier?«, fragte Schwester Ariel. »Oh-oh, hier also haben sie dich versteckt? Hach! Kein Wunder, dass eine Wache an der Eingangstür steht. Das Rätsel ist gelöst.«

»Rätsel gelöst? Wache?«, echote Vi, ließ die Hände sinken und löste sich aus ihrer Verteidigungshaltung. Sie kam sich lächerlich vor.

»Du meine Güte«, entfuhr es Schwester Ariel, und sie richtete den Blick hinunter auf die drei Bände, die sie in den Armen hielt. »Ich habe mich hier wohl ein wenig verirrt, nicht?«

»Was macht Ihr …? Es ist eine Wache an meiner Tür?«

Schwester Ariel machte eine wegwerfende Handbewegung. Deutete zu Kylars Buch. »Bist du schon fertig mit deiner Lektüre?«

»Fertig? Ich habe gerade erst angefangen!«

»Wirklich? Wie lange kann dieses Buch denn sein? Weitschweifigkeit hätte ich nicht gerade für eines der Laster unseres gemeinsamen Freundes gehalten. Wenn es denn überhaupt seines ist. Das Buch, nicht das Laster, meine ich. Was aber wohl auch auf das Laster zutrifft, wenn du noch immer damit beschäftigt bist. Ja?«

Vi starrte sie verwirrt an.

Schwester Ariel starrte ebenso perplex zurück.

»Mit ›unser gemeinsamer Freund‹ meint Ihr Kylar?«, hakte Vi nach.

»Nein, nicht!«, rief Schwester Ariel.

Vi zuckte zusammen.

»Es könnte sein, dass wir hier … oh, na ja, gut.«

Schwester Ariel holte ihre Lesebrille hervor und klopfte ein paarmal in einem bestimmten Rhythmus auf die Gläser, wobei sie einen leisen Sprechgesang anstimmte. Dann setzte sie sich das Ding auf und schritt im Raum umher, die Nase dicht an den Bücherregalen. Ab und zu ging von ihrer Brille ein kaum merklicher blauer Schimmer aus. »Nein, nein, nichts dergleichen!«, verkündete sie schließlich. »Kaum zu glauben, dass sie noch nicht daran gedacht haben. Manchmal ist es wohl ein Fehler, seine Feinde zu überschätzen.«

»Feinde?«

»Ich vermute allerdings, sie wird da bald Abhilfe schaffen. Also: Am besten sagst du hier drinnen nichts, von dem du nicht willst, dass es mitgehört werden könnte. Oder gib mir eine Vorwarnung, wenn dir etwas einfällt, was du unbedingt sagen willst. Aber nur, wenn es auch von hinreichender Wichtigkeit ist. Und hilf mir so lange, meine Bücher hier hereinzubringen, ja?«

Vi war noch immer viel zu durcheinander, um Protest einzulegen. Sie begab sich in den beengten verborgenen Raum, wo Schwester Ariel auf einem Studiertisch einen regelrechten Turm aus Kodizes, Schriftrollen und dicken Wälzern aufgebaut hatte.

An der gegenüberliegenden Wand befand sich ein einfaches Bettlager, an dessen Fuß ein paar gefaltete Decken übereinandergelegt waren. Auch hier gab es, ähnlich wie in der Bibliothek, ein winziges Fenster zur Außenwelt, durch das Licht hereindrang, sowie ein weiteres Fenster, das augenblicklich geschlossen und undurchsichtig war. Vi schob es auf: Es überblickte den großen Ratssaal.

Sie mussten mehrmals hin und her gehen, um die Sachen von Schwester Ariel alle aus dem versteckten Raum zu holen und sie auf einen der Tische in der kleinen Bibliothek zu befördern.

Nachdem Vi das letzte Buch abgelegt hatte, sagte Schwester Ariel: »Um deine Frage zu beantworten: Ja.«

»Frage?« Vi hatte vergessen, welche von all den vielen Fragen, die sie hatte, sie tatsächlich in Worte gefasst hatte.

»Ich habe in der Tat Kylar gemeint.«

Was ihr erst mal nicht weiterhalf. Dann begriff sie. Ach so, Kylar war der gemeinsame Freund, und Schwester Ariel hatte gefragt …

Ariel studierte Vis Gesichtsausdruck und fragte: »Das Manuskript, das sie da an sich gebracht haben? Es ist wirklich sein Tagebuch?«

»Ich weiß nicht recht, ob ich es ein Tagebuch nennen würde«, antwortete Viridiana. »Aber es ist seine Stimme, die da spricht. Darf ich mir die Frage erlauben, warum Ihr Zugang zu einem Raum habt, von dem aus man den großen Ratssaal ausspionieren kann?«

»Willst du die sachlich angemessene oder die unmittelbar naheliegende Antwort?«

Auf Vis verständnislosen Blick hin fuhr Schwester Ariel fort: »Meintest du: ›Warum verfügt Ihr über eine Art Guckloch zu einem Raum, der doch stets der Öffentlichkeit zugänglich ist?‹

Oder zielt deine Frage darauf ab, warum gerade *ich* Zugang zu diesem Raum habe?«

»Ich glaube, es war die zweite Frage, aber jetzt, da Ihr das sagt, interessiert mich auch die erste«, erwiderte Vi.

Schwester Ariel zuckte die Achseln. »Die verborgene Kammer erlaubte es früher, einen viel interessanteren Raum heimlich abzuhören, aber der wurde renoviert. Der große Ratssaal wurde vor langer Zeit vergrößert, was das Spionagezimmerchen überflüssig gemacht hat. So aus dem Stegreif kann ich nicht mehr genau sagen, in welchem Jahr das gewesen ist. Aber zur Frage, warum ausgerechnet ich Zugang zu diesem Raum habe: Ich habe Räumlichkeiten neben den meisten der Bibliotheken. Es ist das Wichtigste, wozu ich meine immer weiter dahinschwindende Beziehung zu meiner Schwester noch nutzen kann.«

Sie meinte ihre echte, leibliche Schwester, die zufällig Istariel Wyant war, die Erhabene, Sprecherin der Chantry. Während Istariel Wyant ein durch und durch politisches Wesen (und als solches sehr geschickt) war, war Ariel durch und durch eine Gelehrte (und zwar eine hervorragende). Wenn es einen Menschen auf der Welt gab, der Viridiana dumm nennen konnte, ohne sie damit zu beleidigen, dann war das Schwester Ariel.

Unter ihrem ungekämmten Haar und ihrer zusammengewürfelten, sackartigen Kleidung verfügte die ältere Frau über einen scharfen Verstand und ein Gedächtnis, das sich an seitenweise Text erinnern konnte, den sie Jahrzehnte zuvor gelesen hatte. Umgekehrt konnte es sein, dass sie sich vielleicht nicht mehr an eine Schwester erinnerte, der sie ein Dutzend Mal begegnet war. Das eine war ihr einfach bei Weitem nicht so wichtig wie das andere.

»Aber … ich fühle mich so durcheinander«, bekannte Vi. »Was macht Ihr hier?«

Schwester Ariel spitzte den Mund. »Ich suche nach ein paar Büchern. Ich habe allerdings auch nach dir gesucht. Nun, jetzt habe ich dich ja gefunden. Ich wusste, dass Schwester Ayayah ihre Vorgesetzten dazu überredet haben musste, dich von allen anderen zu isolieren, bis du dem gesamten Rat Bericht erstatten kannst. Wahrscheinlich aus Angst, du könntest andere anstecken oder so. Macht es dir etwas aus, wenn ich mir den Stuhl da nehme? Der ist für meinen Hexenschuss am besten geeignet. Ich danke dir. Ich habe mir also gedacht, mit einem von Magie durchtränkten Buch müsstest du dich in einer der Bibliotheken befinden, die für derlei ausgestattet sind. Wodurch mir nur sechs Möglichkeiten verblieben. Leider ist mir in der zweiten dieser Bibliotheken ein von Grekian Lazar verfasstes Pamphlet in die Hände gefallen, von dem ich schwören könnte, dass es nicht im Hauptregister verzeichnet ist. Das hat mich dann auf eine völlig falsche Fährte gelockt. Stellte sich für die Zwecke meiner eigenen Abhandlung bedauerlicherweise als Sackgasse heraus. Es war keiner von Lazars Reiseberichten, wie ich eigentlich gehofft hatte, sondern eine ganz andere Art von Geschichte, wenn du verstehst, was ich meine.«

Sie warf Vi einen vielsagenden Blick zu, doch die hatte nicht den leisesten Schimmer, was das bedeuten sollte.

Nach einem unbehaglich langen Moment fuhr Schwester Ariel fort: »Wie auch immer, jedenfalls habe ich mir gedacht, wenn ich schon in den Bibliotheken stöbere, kann ich gleich auch ein paar Bücher mitnehmen, falls ich warten muss, bis du deins zu Ende gelesen hast.« Sie zuckte zusammen. »Ich bin doch nicht allzu spät gekommen, oder? Du hast doch noch nicht … nein, nein, stimmt, du hast ja gesagt, du bist noch nicht fertig. Tja, dann mach weiter! Lass dich von mir nicht stören. Ich habe genug, um mich zu beschäftigen. Meine *Mustelidae* warten schon.«

»Ähm …«, setzte Vi an. »Wie war das noch mal mit dem Wachposten vor meiner Tür? Können wir das vielleicht noch mal aufgreifen?«

»Ja.«

Aber dann fügte sie nichts weiter hinzu. Sie blickten einander an.

»Warum befindet sich eine Wache vor der Tür?« Vi musste sich mit aller Kraft zusammenreißen, um nicht zur Tür zu gehen und nachzusehen – doch wenn da wirklich eine Wache war, könnte die Konfrontation mit ihr womöglich eine Entscheidung erzwingen, die Vi vielleicht gar nicht erzwingen wollte. Sie wusste nicht einmal, was das für eine Entscheidung sein könnte.

»Damit du die anderen nicht moralisch verderben kannst, nehme ich an. Ich hatte gedacht, du würdest es verstehen, dass ich, wenn ich von ›anstecken‹ gesprochen habe, das Wort metaphorisch gemeint habe. Oder vielleicht machen sie es auch, damit du deine Aussagen nicht mit den anderen Mitgliedern der Gruppe absprechen kannst. Allen in deinem Kommando für Sonderprobleme und Spezialtaktiken wurde ausdrücklich verboten, darüber zu sprechen, was zuletzt auf dem Sturmschiff passiert ist, als ihr es auf so spektakuläre Weise verlassen habt, also scheinen einige von ihnen natürlich sofort darüber zu tratschen angefangen zu haben. Zumindest bei Schwester Ayayah würde ich das vermuten, wenn ich eine Zynikerin wäre. Was ich auch bin. Wie dem auch sei, viele der Schwestern gefallen die Gerüchte nicht, die sie über deine Umtriebe auf dem Sturmschiff gehört haben. Deshalb wirst du hier isoliert. Für den Fall, dass du dich als treubrüchig erweisen solltest.«

»Sie stellen meine *Treue* infrage?«, fragte Vi entgeistert.

»Kylar macht viele hier nervös. Mich eingeschlossen. Schlimmer noch, er hat eine Menge Leute blamiert, Viridiana. Einschließlich der Sprecherin persönlich. Ich weiß nicht, ob sie selbst an der Sache beteiligt ist, aber Kränkungen verzeiht sie nie, und Kylar hat sie damals mehr als nur gekränkt. Er hat ihr das Gefühl eigener Schwäche vermittelt. Schlimmer noch, er hat sie auch öffentlich schwach aussehen lassen.«

Das war ungerecht. Kylar sollte Leute blamiert haben? Gut, ja, vielleicht hatte er das.

Aber noch viel mehr Leute hatte er gerettet, darunter auch Schwestern. Vi antwortete: »Ich wusste, dass ich für meine Fehler auf dem Schiff bestraft werden würde, aber was hat das eine mit dem anderen zu tun? Schwester Ayayah hat gemeint, Kylar habe ein Artefakt bei sich gehabt. Sie hat mir aufgetragen, es ausfindig zu machen. Aber das ist doch aussichtslos, oder? Erstens aus dem offensichtlichen Grund, dass wir nicht einmal Kylars Leichnam werden finden können. Zweitens, selbst wenn wir seine sterblichen Überreste fänden, hätte schon irgendjemand das Artefakt an sich genommen. Und die Geschichte hier in diesem Buch? Was, glaubt Schwester Ayayah, wird Kylar da mitteilen? Denkt sie etwa, dass er detailliert darlegen wird, wo sich dieses Artefakt befindet? Kein Kind aus den Elendsvierteln würde irgendwem verraten, wo es seinen Schatz aufbewahrt. Und ein Profi würde das auch nicht tun. Kylar ist beides.«

»Ach, ich glaube, sie erwartet gar nicht, dass du etwas findest. Sie ist bestimmt schon damit zufrieden, dich mit einer unzumutbaren Aufgabe betraut zu haben, die nur deine Zeit verschwendet und die Aufmerksamkeit von ihr selbst ablenkt. Schwester Ayayah ist eine der Leiterinnen einer Unternehmung gewesen, die in einem Debakel geendet hat. Dafür braucht es Schuldige. Jemand wird für dieses Versagen bezahlen müssen. Sie wird nicht wollen, dass dieser Jemand sie selbst ist.«

Vi stockte der Atem. »Was soll ich also tun?«

Schwester Ariel war gerade dabei, eine Seite umzublättern, und hielt mitten in der Bewegung inne. »Weißt du, ich muss da an eine Geschichte denken. Erinnere mich daran, dass ich sie dir später mal erzähle. Aber um die Moral der Geschichte einfach kurz zusammenzufassen: Wenn dich jemand mit einer unzumutbaren Aufgabe in die Enge treibt, während dir von allen Seiten nur Schande und Versagen droht, dann gibt es eigentlich nur eine Möglichkeit für dich. Und die verspricht ein echtes Vergnügen, weil sie, was an Versagen und Schande für dich vorbereitet wurde, nun auf diejenigen zurückfällt, die dich in diese Lage gebracht haben. Also mach genau das.«

»Und das wäre?« Das Problem mit Schwester Ariel war, dass sie ständig Dinge sagte, die zu hoch für Viridiana waren. Es war dabei nie Schwester Ariels Absicht, und auch wenn Viridiana es nicht ausstehen konnte, behandelt zu werden, als sei sie dumm, war sie sich nicht sicher, ob es nicht vielleicht sogar noch schlimmer wäre, behandelt zu werden, als sei man klüger, als es tatsächlich der Fall war. Wenn dich jemand so behandelt, als seist du schlauer, als du wirklich bist, musst du entweder ständig nicken und so tun, als würdest du Dinge verstehen, die du nicht verstehst, und dabei hoffen, dass keiner es merkt, oder du musst dein Gegenüber ständig berichtigend ins Bild setzen: *Nein, tut mir leid, ich bin zu dumm dafür.*

Nee, reicht noch nicht, ich bin immer noch zu dumm!

Ja, genau, bitte sprich mit mir, als hätte ich das intellektuelle Fassungsvermögen einer Insektenlarve.

Schwester Ariel schien sogar beim Reden weiterzulesen, als sie antwortete: »Wenn man dir eine unzumutbare Aufgabe stellt, bei der der Preis eines Scheiterns Schande oder Untergang ist, ist der Erfolg die einzige annehmbare Option.«

Untergang?, schoss es Vi durch den Kopf. Wie ernst war ihre eigene Lage denn?

Vielleicht übertrieb Schwester Ariel, oder sie redete ganz allgemein über alle möglichen Fälle, aber Vi fragte nicht weiter nach, um das herauszufinden.

Mit steifen Schritten ging sie zu ihrem Schreibtisch zurück, legte die Hand auf den schützenden Glasbehälter, um die Magie zu lösen, deren Schimmer das Buch umgab, betätigte den Hebel, um den Schutz zu öffnen, und blätterte es bis zu der Stelle durch, die sie sich markiert hatte. Sie starrte auf die Seite, konnte sich jedoch nicht dazu durchringen zu lesen.

Dann kam ihr ein Gedanke, und sie blätterte bis ans Ende des Buches. Die letzte Seite war leer. Sie seufzte enttäuscht. Aber Kylar konnte ja beim Schreiben auch kaum genau gewusst haben, wie viele Seiten er für sein Tagebuch brauchen würde. Es würde enden, wann immer es endete, nicht unbedingt auf der letzten Seite. Sie schlug eine leere Seite um, dann noch eine und noch eine, arbeitete sich vom Ende des Buches Richtung Anfang vor.

»Was machst du da?«, erkundigte sich Schwester Ariel unvermittelt.

Vi sah zu der Gelehrten auf. Da war ein Ausdruck der Empörung auf dem Gesicht der älteren Frau. »Ich, äh, springe ans Ende. Wenn ich herausfinden muss, wo sich der …« Da fiel ihr ein, dass Schwester Ariel wahrscheinlich eine sehr gute Vorstellung davon hatte, dass es sich bei dem fraglichen Artefakt um den schwarzen Ka'kari handeln musste, doch sie durfte das auf keinen Fall laut aussprechen. Nicht hier. »Wenn ich nur wissen muss, wo er sich befindet, muss ich ja nicht unbedingt das ganze Buch lesen, oder?«

»Kylar erzählt dir seine Geschichte, und du springst direkt ans Ende?« Schwester Ariels Augenbrauen schienen mit ihrem Haaransatz verschmelzen zu wollen.

Jetzt fühlte sich Vi wie jemand, dem eine sehr offensichtliche Frage gestellt worden war, die in keinem Fall einer Erklärung bedurfte.

»Ich hätte gedacht, dass du ihn höher achtest, das ist alles«, erklärte Schwester Ariel, immer noch sichtlich entsetzt, aber um Verständnis bemüht.

»Blättert Ihr denn niemals zum Ende eines Buches weiter?«

»Doch. Bei Nachschlagewerken. Geschichtsbüchern. Bei Büchern mit Kapitelüberschriften, die die behandelten Themen umreißen. Büchern, die zum Blättern gemacht sind. Aber sag mal, wenn du eine Freundin triffst und sie dir die Geschichte ihres jüngsten Liebeskummers erzählt, hebst du dann die Hand und sagst: ›Moment, kannst du bitte gleich zum Ende springen und mich wissen lassen, ob das bedeutet, dass deine alte Flamme jetzt zu haben ist? Ich mag ihn nämlich wirklich. Würde es dir schrecklich viel ausmachen, wenn ich mich heute Abend mit ihm zum Essen verabrede?‹« Ihre Stimme war am Ende ungewöhnlich laut und leidenschaftlich geworden, aber sie schien es selbst nicht bemerkt zu haben.

Vi zog den Kopf zurück, als hätte ihr jemand einen Nasenstüber versetzt. »Ich … ich glaube, ich hatte noch nie eine Freundin, die mir von ihrem Liebeskummer erzählt hat.«

»Gut, ich auch nicht. Was jedoch nicht heißt, dass ich nicht wüsste, wie man sich in einem solchen Fall zu verhalten hätte!«

Vi hatte das Gefühl, dass entweder die eine oder die andere von ihnen sehr dumm war. Normalerweise war ja sie die Dumme von ihnen beiden. Doch in diesem Fall? »Gut, aber … das hier ist ja kein Freund. Es ist ein Buch«, gab Vi zu bedenken. »Ich kann nicht seine Gefühle verletzen, wenn ich die Seiten überspringe.«

»Glaubst du, Kylar hat seine Geschichte mit weniger Sorgfalt zusammengefügt, als deine hypothetische Freundin ihre berichten würde, wenn sie vier Bierflaschen tief im Drama ihres ehelichen Unglücks versunken ist? Hm!« Schwester Ariel schnalzte missbilligend mit der Zunge, dann schien ihr ein Gedanke zu kommen. Ihr Kopf wippte vor und zurück, als würde sie einen schnellen inneren Dialog mit sich selbst führen. In Sekundenschnelle gelangte sie zu einem Schluss. »Vielleicht ist es ja eine Generationssache. Dann mach eben so weiter. Vielleicht bin ich zu schnell mit meinen Verurteilungen. Vielleicht fehlt mir da einfach das nötige Verständnis.« Sie wandte sich wieder ihrer eigenen Arbeit zu, aber ihre Lippen spitzten sich schmollend, als koste es sie all ihre Selbstbeherrschung, Viridiana ihre fortgesetzte Sünde gegen die rachsüchtigen Lesegötter durchgehen zu lassen.

Unter dem Gewicht des schwesterlichen Urteils nahm Vis Gesicht einen finsteren Ausdruck an, als sie sich wieder dem Ende des Buches zuwandte. Sie blätterte eine weitere Seite zurück. Noch eine. Leer. Sie schnappte sich einen ganzen Block Seiten, bog sie und ließ sie unter ihrem Daumen in Richtung Buchanfang abblättern, sodass sie sich schnell der Stelle näherte, an der sie zu lesen aufgehört hatte. Sie war sich dabei nur zu bewusst, dass Schwester Ariel sie aus dem Augenwinkel beobachtete. Mit einem weiteren Umblättern wurde die Sache offensichtlich.

Alle Seiten waren leer – bis hin zu der Seite, die Vi gerade gelesen hatte. Sie las dort, wo sie ihre Lektüre unterbrochen hatte, die beiden letzten Sätze zu Ende und blätterte dann auf die nächste Seite. Auf der eben noch leeren Seite war nun Schrift erschienen, als wäre sie schon immer da gewesen.

»Ha!«, rief Schwester Ariel. »Also doch keine Generationssache. Es hat den Anschein, als sei unser junger Tagebuchschreiber der gleichen Ansicht wie ich. Ich mag ihn immer mehr. Du musst das ganze Ding in der richtigen Reihenfolge lesen, wenn du seine

Geschichte wissen willst. Zudem ein raffinierter magischer Kniff. Er muss sich da jemanden besorgt haben, der weiß, was er tut.«

Besten Dank auch, Kylar, dachte Vi.

Sie konzentrierte sich wieder auf ihre Aufgabe. Schwester Ariel hatte recht. Nicht, was das Lesen in der richtigen Reihenfolge betraf, sondern hinsichtlich von Vis Möglichkeiten. Wenn sich Schwester Ayayah Meganah so inständig Vis Versagen wünschte, blieb Vi nur die Möglichkeit, erfolgreich zu sein. Sie wusste nicht, warum es so wichtig sein sollte, dieses Buch zu lesen, aber sie wusste, dass sie machtlos war, solange sie nicht genau das tat.

Das Gefühl von Panik, das ihr den Hals zuschnürte, verließ sie auch während der restlichen Seiten eines seltsam kurzen Kapitels über seine Reise nicht. Der Stil von Kylars Bericht veränderte sich. Während er zuvor die Ereignisse ausführlich aus ihrem Verlauf heraus geschildert hatte, wurde er nun plötzlich sehr knapp, hielt alles sehr kurz.

Über ein paar wenige Absätze hinweg erzählte er, wie er von Wegelagerern angegriffen wurde (was genau so ablief, wie Vi es erwartet hatte), ließ sich ein wenig über ein malerisches Tal aus, berichtete, wie er auf einen Elch und einen Bärenmarder gestoßen war und wie er Wesen entkommen war, die er Rasiermesserschnäbel nannte (vielleicht eine Art von riesigen, intelligenten Kondoren?).

Sie hatte den Eindruck, dass er diese Passagen später noch einmal überarbeitet hatte, wahrscheinlich, weil er zu dem Schluss gekommen war, dass der Teil nichts mit dem Rest der Geschichte zu tun hatte und nicht wichtig war.

Es sei denn, es war genau das Gegenteil der eigentlichen Wahrheit, und dieser Abschnitt war irgendwie der Schlüssel zu allem.

Hör auf damit, Vi! Durchatmen. Durchatmen.

Vi durfte nicht damit anfangen, das Gelesene im Nachhinein zu hinterfragen und anzuzweifeln, nicht, wenn noch so viele Seiten vor ihr lagen. Sie musste zügig weiterlesen und ihrem Urteilsvermögen vertrauen.

Weil das auf dem Sturmschiff ja bei uns so gut geklappt hat?

Sie versuchte den Gedanken abzuschütteln.

Sie blätterte um.

Kapitel 22

Ein warmes, einladendes Feuer

Nach wochenlangem strapaziösem Ritt, zuerst auf den relativ bequemen Landstraßen, die in Richtung der Osthauptstadt von Alitaera, Skone, führen, dann, Richtung Süden abbiegend, auf den gut ausgebauten Nebenstraßen, die mich mehrere Tage durch den Regenwald geführt haben, sollte ich mich eigentlich einigermaßen erleichtert fühlen, als ich beim Überqueren eines Hügelkamms in der Ferne die Küstenstadt Tover erblicke. Dort wird mein langer Ritt morgen endlich zu Ende gehen. Werden alle meine Fragen Antworten finden.

Die Stadt ist ein farbenfroher Augenschmaus. Um eine saphirblaue Bucht ziehen sich lang gestreckte goldene Strände. Üppige smaragdgrüne Bäume säumen die steilen Straßen der Elendsviertel in den Außenbezirken, als wollten sie auf die Gärten und Paläste des Stadtzentrums deuten, wo Orchideen und andere Blumen in einer reichen Farbenpracht blühen, die nur von der Extravaganz der Architektur übertroffen wird. Die magisch schillernde Turmspitze von Sho'fasti scheint zu verkünden, dass hier der Reichtum der Natur noch vom Genius des Menschen übertroffen wird. In den Ausführungen aller, die mir von diesem Anblick und dieser Stadt berichtet haben, sind stets Begriffe wie »Wunder« und »Fest fürs Auge« gefallen.

Ich indes fühle nur Angst.

Ganz Alitaera ist Welten entfernt von Cenarias Elend, Schmutz und Bedrängnis, wo ich aufgewachsen bin. Zudem sind die Städte des Landes alt, wo Elenea neu ist, und wohlhabend, wo Logans Reich arm ist. Alles hier wirkt gut gepflegt und altbewährt. An einer Stelle bin ich über hundert Meilen von jeder größeren Stadt und zehn Meilen von überhaupt irgendeiner Ortschaft entfernt gewesen, und die Landstraße führte zwischen herrlichen Reihen von lila blühenden Prunkwinden hindurch, sorgfältig vor Reihen von unglaublich hohen Jequitibá-Bäumen gepflanzt, über die der Einheimische, der mir ihren Namen nannte, zu berichten wusste, sie wären sogar noch schöner, wenn sie ihre rosa Blütenpracht entfalteten. Die Bäume waren so weit auseinander gepflanzt worden, dass ihre Wurzeln auch nach Jahrhunderten nicht das Kopfsteinpflaster zwischen ihnen durchbrachen, und ihre Äste verflochten sich in der Höhe miteinander und boten goldenen Affen mit löwenähnlichen Köpfen sowie Tukanen und Papageien von einem fast schillernden Grün ein Zuhause. Selbst noch so weit von den großen Städten entfernt wurden neu gesprossene Bäume gerodet und die Äste der alten Bäume regelmäßig zurückgeschnitten, damit sie die Wagen oder Reiter, die unter ihnen passierten, nicht behinderten.

So viel Weitblick? So viel Geld? So viel unbeirrbarer Glaube daran, dass die Arbeit, die du jetzt verrichtest, deinem Land und deinen Leuten am Ende noch in Jahrhunderten zugutekommen wird?

Ich weiß, ich sollte vielleicht nicht allzu viel darüber nachgrübeln, aber die Alitaeri stehen im Ruf, unglaublich arrogant zu sein. Und wenn man jemandem begegnet, der unglaublich arrogant ist, sollte man als Erstes nach Anzeichen dafür Ausschau halten, ob diese Arroganz nicht durchaus berechtigt sein könnte.

Auch mein Meister steht in einem solchen Ruf, und seine Arroganz ist immer verdient gewesen, nichts Überhebliches, Eingebildetes. Was die Sache für mich noch schlimmer macht: Wenn ich meinen Blick auf die Stadt Tover unter mir richte, habe ich den Eindruck, dass die Arroganz ihrer Bewohner womöglich ebenfalls verdient ist.

Tover liegt am nördlichen Ende der Grauen See (und seine Bewohner wurden, was die Farbe der Bucht deutlich demonstriert, von deren Namensgebern weiter im Süden offensichtlich nicht nach ihrer Meinung dazu gefragt) und bietet hier über viele, viele Meilen hinweg die einzige Meeresbucht, die für Schiffe tief genug ist. Unerschöpfliche, nie versiegende Quellen sprudeln aus dem Hügelkamm, den ich gerade hinaufgeritten bin. Die meisten Gebäude sind aus dem hier vorherrschenden rostroten Stein gebaut, und alle Häuser verfügen über Flachdächer, die zusätzlichen Raum bereitstellen, wo die Leute ihre Kleidung trocknen oder Schatten spendende Tücher aufspannen, um so der Hitze zu entkommen und die kühlenden Winde des Nachmittags einzufangen.

Es gibt ein Gebäude, das auffallenderweise weder rot ist noch im Weiß des Palastes des Präzeptors prangt.

Ich weiß nicht, wie sich das nun in deiner Zeit verhält, mein Zuhörer oder meine Zuhörerin, aber auch einiger kürzlich erfolgter Annäherungsversuche zum Trotz, von denen mir Vi erzählt hat, existiert zu meiner Zeit immer noch eine tiefgehende Spaltung zwischen der Chantry und den verschiedenen Magierschulen der Männer. Es ist eine ziemlich knifflige Angelegenheit, für die wahrscheinlich ebenso sehr das ungünstige Zusammentreffen bestimmter Umstände sowie einige Persönlichkeiten mit allzu großem Ego verantwortlich sind wie die nun Jahrhunderte zurückliegenden Massaker, die für gewöhnlich angeführt werden, um die Gräben zwischen beiden Seiten offen zu halten. Aber wie dem auch sei, in dieser, meiner Zeit ist Tover die stolze Heimat der Sho'fasti. Magie im Verein mit Politik wird stets leicht zu einer unnötig komplizierten Sache, und so habe ich auch nicht vor, jetzt näher darauf einzugehen. Wichtig ist nur, dass, völlig abgesehen von ihrer schwer verständlichen Fachsprache, ihren Schismen und selbst all den kleineren Spaltungen – wie etwa, und, nein, das habe ich jetzt nicht erfunden, der zwischen den Kinetikern und den Kinematikern von Sho'fasti –, die blauen Magi als die Herren der Bewegung bekannt sind. Zwei ihrer Spezialitäten dürften für mich wahrscheinlich bald schon von hoher Bedeutung sein, denn die Sho'fasti bringt zwei Hauptgattungen von Kriegsmagiern hervor. Magier der ersten Art verwenden Magie, um andere Dinge zu bewegen (Geschosse, ihre Gegner und Geschichten zufolge, die hoffentlich stark übertrieben sind, sogar *Berge*). Daneben, und diese Magier sind seltener, bringen einige Schulen ihren Schülern bei, wie sie Magie einsetzen können, um *sich selbst* zu bewegen.

Ich kann mich nicht mehr an die alten jaeranischen Begriffe für diese beiden Magiergruppen erinnern, also hoffe ich, bis auf Weiteres nichts Vertiefendes zu ihnen erläutern zu müssen. Sollte ich in den nächsten Tagen mit Magi der einen oder anderen Art aneinandergeraten, werde ich dir mehr darüber berichten. Falls ich die Begegnung überlebe.

Das auffälligste Gebäude der Stadt ist ein saphirblauer Turm. Von dem Punkt aus betrachtet, wo ich mich jetzt befinde, könnte es sich um eine optische Täuschung handeln, aber laut den Geschichten verhält es sich nicht so: Der Turm scheint buchstäblich etwa sechs bis zehn Meter hoch in der Luft zu schweben, von riesigen Ketten gehalten, deren jedes Glied größer ist als ein Mensch.

Es ist Abend, also wird sich der Turm wohl bald zur Nachtruhe zum Boden herabsenken, wie jeden Abend, doch ich bin zu weit weg, um das im Einzelnen beobachten zu können. Außerdem habe ich andere Sorgen.

Ich soll heute Abend meine *Partnerin* treffen. »Partnerin« war jedenfalls das Wort, das Momma K gewählt hat, doch ich habe sie laut und deutlich, mit allen Untertönen, vernommen. Diese Frau wird eine »Partnerin« sein, die ganz allein über sämtliche wichtigen Informationen verfügt, die mich in die von ihr gewünschte Richtung lenkt, worin immer die bestehen mag, und die mir sagt, was ich tun soll, sobald das nötig wird. Sie befindet sich bereits in Tover, nicht weil sie von dort kommt, sondern weil Momma K sie schon vor mir losgeschickt hat, als ich den Auftrag, den Nemesis-Kompass ausfindig zu machen, zunächst abgelehnt habe. Ihre Befehle haben bereits die Eventualität mit eingeschlossen, in Tover nach mir Ausschau zu halten, für den Fall, dass ich meine Meinung ändern und Momma Ks Auftrag doch noch annehmen würde.

Momma K ist so unglaublich zuversichtlich. Und wie üblich …

Aber sie hatte damals noch nicht gewusst, dass man die Prinzen entführen und ich tagelang fast tot sein würde, sodass ich gegenüber dem Punkt, an dem ich jetzt stehen könnte, hätte ich gleich getan, worum sie mich gebeten hat, viele Tage im Rückstand bin. Und jetzt versuche ich genau das Gleiche zu tun, was sie schon damals von mir gewollt hat. Es ist nur schwieriger geworden.

Um es vorsichtig auszudrücken: Es ist eine der Sachen, die mich an Momma K permanent zur Weißglut treiben.

Aber das ist jetzt wahrlich nicht mein Hauptproblem.

Vor zwei Tagen habe ich einen reisenden Händler getroffen, der sich damit abmühte, ein kaputtes Rad an seinem Wagen zu reparieren. Im Gegenzug für eine Stunde meiner Hilfe erzählte er mir mit Freuden allerlei Neuigkeiten aus Tover: über bevorstehende Feste, die wichtigen Persönlichkeiten und Gruppierungen in der Stadt, über die Viertel mit einer hohen Kriminalitätsrate und dergleichen mehr. Er empfahl mir mehrere Schenken und Gasthäuser und trug mir auf, dort seinen Namen zu erwähnen.

Ich brauche dir wohl nicht eigens zu sagen, dass ich nie auch nur die geringste Absicht hatte, seine Ratschläge zu beherzigen. Man kann schließlich nie wissen, wann jemand einen hinters Licht führen will.

Aber dann habe ich mich nach den Treffpunkten auf meiner Liste erkundigt. Je nachdem, wann ich sie einholen würde, sah der Plan für Momma Ks Agentin Phaena auf ihrer Reise nach Tover verschiedene Übernachtungsstationen vor. Offensichtlich liegt sie gut in der Zeit, denn ich habe sie bislang nicht eingeholt, auch wenn sie, wie ich erfahren habe, bisher an all den vorgesehenen Stationen vorbeigekommen ist.

In den letzten zwei Tagen, seit ich mit jenem Händler gesprochen und ihm geholfen habe, bin ich wie der Teufel geritten, um sie einzuholen, denn sobald ich das nächste Gasthaus auf meiner Liste erwähnt hatte, hat er heftig den Kopf geschüttelt.

»Nicht dort. Übernachtet lieber nicht dort. Es ist nie ein richtiger Gasthof gewesen, nur ein großes Wohnhaus, das ein paar Zimmer zu vermieten hat. Ich weiß gar nicht, ob es überhaupt noch in Betrieb ist. Aber der neue Vogt der Vogtei ist ein Nichtsnutz, versteht Ihr? Unternimmt nichts gegen die Gesetzlosigkeit in den umliegenden Wäldern. Dort hausen Sklavenfänger, und wenn Vogt Bunton kommt, um sie zu jagen, sind die Männer des

Vogts zur Stelle und schlagen mit Töpfen und läuten ihre Glocken, wenn Ihr versteht, was ich meine.«

Und ich verstand. Vogt Bunton ist bestechlich und drückt bei den Sklavenhändlern ein Auge zu, wenn er nicht sogar selbst bei dem Geschäft die Fäden in der Hand hat. Sklaverei ist in Alitaera illegal. Jeder Alitaeri würde dir versichern, dass man dort moralisch viel zu integer ist, um eine derart barbarische Praxis zu tolerieren. Nein, nein, hier ist einzig und allein Schuldknechtschaft erlaubt: Zwangsarbeit für Menschen, die ihre Schulden nicht rechtzeitig begleichen oder die eines schweren Verbrechens überführt wurden.

In der Praxis kann die Schuldknechtschaft der Sklaverei ziemlich nahe kommen, aber die bürokratischen Alitaeri verfügen natürlich stets über sorgfältige Aufzeichnungen von allem und jedem, um sich zu vergewissern, dass dem nicht so ist. Sie haben Akten über die Straftat, den Ort, wo sie stattgefunden hat, die Zeugen, den Richter, der das Urteil gefällt hat, und das Datum, an dem die Schuldknechtschaft ihr Ende gefunden haben wird.

»Sklavenfänger brauchen Fälscher, um an Papiere zu kommen«, habe ich zu bedenken gegeben. »Bekommen sie die in Tover oder irgendwo im Landesinneren? Wahrscheinlich in Tover, hm, in irgendeinem üblen Viertel nahe am Wasser? Sodass sie ihre Beute immer noch auf ein Schiff verladen können, falls ihr Fälscher sie im Stich lässt? Die hiesigen Sa'kagé müssen jemanden im Büro des Hafenmeisters haben, auf dessen zugedrücktes Auge sie zählen können.«

»Am Galeerenufer, jawohl«, hat der Händler bestätigt, mich dabei aber misstrauisch angeblickt. »Woher wisst Ihr über derlei Dinge Bescheid?«

»Ich komme aus Cenaria«, erklärte ich. Schon bei der bloßen Erwähnung der Stadt schreckte er zurück. Jeder weiß, dass Cenaria ein einziger Sumpf der Korruption ist. »Selbst die ehrlichen Menschen dort müssen wissen, wie die unehrlichen arbeiten.«

»Und Ihr seid einer von ihnen?«, fragte er.

»Ja«, antwortete ich.

»Ich meine …«

»Ich weiß, was Ihr meint. Ein Freund soll mich in jenem Gasthaus treffen.«

»Dann solltet Ihr hoffen, dass er ein zäher Bursche ist.« Der Händler zog eine Grimasse, als ich ihn daraufhin einfach nur fragend anstarrte. Er spuckte zur Seite. »Ich will mit alledem nichts zu schaffen haben, versteht Ihr? Es heißt, die Sklavenfänger machen sie zuerst gefügig. Schläge und … andere Dinge, Ihr wisst schon. Immer wieder. Egal, ob Mann oder Frau. Diejenigen, die für den Ackerbau, die Minen oder als Dienstboten verkauft werden sollen, werden per Schiff weit von hier weggebracht, damit es für sie schwieriger ist, davonzulaufen. Die unglücklicheren Frauen und Knaben werden in andere Küstenstädte verschickt, sobald ihr Widerstand erst einmal gebrochen ist. Wenn Ihr einer von denen seid, die die käuflichen Dienste der Bettgesellschafter in der Stadt in Anspruch nehmen, so wie ich früher …« Er spuckte erneut aus, und irgendeine Erinnerung ließ ihn den Mund verziehen. »Dann vergesst nicht, dass, egal was sie Euch sagen werden, ihnen vermutlich nicht freisteht zu gehen, wann immer sie wollen, wahrscheinlich sind sie überhaupt nicht frei, und was immer Ihr ihnen an Geld geben mögt, sie dürfen nur einen Hungerlohn davon behalten.«

Ich fluchte leise, und der Mann richtete sich auf.

»Und Ihr habt wirklich einen Freund, der da hinwill?«, hakte er nach.

Mein Gesichtsausdruck sagte ihm alles.

»Dann macht, dass Ihr von hier verschwindet. Den Rest schaffe ich allein. Ein Unterschied von ein paar Minuten kann für Euch schon *allen* Unterschied machen. Na los! Solltet Ihr Marius Naggle je wieder über den Weg laufen, schuldet Ihr ihm einen Gefallen. Das heißt, wenn Ihr Euren Freund retten könnt. Wenn nicht, wollen wir so tun, als seien wir uns nie begegnet.«

Marius beschrieb mir den Weg zu dem alten Gasthaus und gab mir Tipps, wo ich die Straße besser verlassen sollte, um den Wachen der Sklavenfänger aus dem Weg zu gehen.

Das war vor zwei Tagen.

Dort, wo ich aufgewachsen bin, hat dich ein hilfreicher Fremder mit seinen Ratschlägen, dich zu beeilen, um irgendein Unglück zu verhindern, für gewöhnlich direkt in einen Hinterhalt gelockt. Ich bin einst selbst so eine verräterische kleine Klette gewesen. »Ach, guter Herr«, pflegte ich zu sagen und sah so wenig bedrohlich aus, wie ein ausgemergeltes schmutziges Kind von sieben Jahren nur aussehen kann, »nehmt nicht diese Straße! Da unten hat eine Bande von Straßendieben einen Hinterhalt gelegt. Ganz gemeine Kerle. Ich mag sie gar nicht. Ihr könnt ihnen aus dem Weg gehen, wenn Ihr diese Straße hier nehmt …« Und dann habe ich auf die engere Gasse gezeigt, in der meine Bande tatsächlich ihren Hinterhalt gelegt hatte.

Aber andererseits kann man auch nicht allem misstrauen, was man hört. Als ich zu der Stelle gekommen bin, an der er mir die Straße zu verlassen empfohlen hatte, habe ich sehr genau aufgepasst. Der vorgeschlagene Weg hat nicht gerade nach einem guten Ort für einen Hinterhalt ausgesehen, also habe ich Naggles Rat befolgt.

Und da war auch kein Hinterhalt. Es gibt also offenbar doch auch gute Menschen auf der Welt. Ein paar. Wir alle haben einen Schatten, jeder Einzelne von uns, aber einige Leute – einige wenige – kehren ihrem Schatten den Rücken zu. Lassen ihre Schatten Schatten sein, ohne sich von ihnen in Besitz nehmen zu lassen.

Früher habe ich immer gedacht, auch ich sei einer von ihnen. Hielt mich gegenüber dem Schlimmsten, was die Menschheit zu bieten hat, für moralisch überlegen. Vielleicht bin ich früher einfach nur besser darin gewesen, mich zu belügen.

Als nun endlich das alte Gasthaus vor mir auftaucht, beginnt es gerade zu regnen. Ein seltsam warmer Regen, wärmer als die kühle Nacht. Er verwandelt sich sofort in Nebel.

Der leuchtende Schein vor mir ist zu hell für das Bauernhaus, das ich erwartet habe.

Die Wahrscheinlichkeit, dass ich irgendwo falsch abgebogen bin, ist groß; ich bin nicht sonderlich gut darin, mich im Wald zu orientieren, aber ich setze meinen Weg fort. Es ist jetzt völlig dunkel, und ich wage es nicht, die Pferde zum Galopp anzutreiben. Manchmal gehe ich durchaus leichtsinnig mit ihrem Leben um, doch ich bin nicht wahnsinnig.

Zwar trennt mich dichtes Blattwerk und Unterholz von der Lichtquelle, trotzdem kann ich hier und da einen Blick auf das Feuer erhaschen. Es ist zu groß, um das Licht der Fenster eines Bauernhauses zu sein. Entweder ist es ein Lagerfeuer draußen gegen die zunehmende Kälte oder …

Obwohl Regen und Nebel die Geräusche schlucken, höre ich Geschrei von dort vorn, und ich kenne diese Musik. Zornige Stimmen, Forderungen, die Art von grausamem Lachen, die mir immer durch Mark und Bein geht.

Ich gleite aus dem Sattel und versuche mir gedanklich über die Sache klar zu werden, während ich die Pferde anbinde und quälend viel Zeit darauf verwende sicherzugehen, dass ich sie auch richtig festmache. Es ist genau die Art von Situation, in der ein Mann, der sich für einen Helden hält, gerne in eine tödliche Falle tappt. Die Zeit drängt, und so stürzt man sich leicht mitten ins Getümmel, ohne zu wissen, wo genau man sich da hineinwirft.

Ich streife meinen Mantel ab. Der Ka'kari rauscht mir schwarz über Haut und Kleidung, und ich renne mit dem zehenspitzenbetonten Schritt von barfuß laufenden Langstreckenläufern und schleichenden Dieben durch den Wald. Wind und Regen sollten jedes Geräusch meiner Füße übertönen, aber ich suche im Vorwärtspreschen trotzdem jede Deckung von Baum zu Baum. Ich kann nie wissen, wann ein Magier auftaucht, der mich durch meine Unsichtbarkeit hindurch zu sehen vermag, und so etwas passiert immer zum denkbar ungünstigsten Zeitpunkt.

Etwa vierzig Meter vor mir, durch die heftig hin und her wabernden Silhouetten der Bäume und den orange leuchtenden Nebel hindurch, sehe ich, dass das Feuer … ein brennendes Nebengebäude ist? Ein Geräteschuppen vielleicht?

Das verheißt nichts Gutes.

Draußen im Freien befinden sich vier Menschen, ihre Umrisse vom Licht des Feuers beleuchtet. Zwei Opfer auf den Knien und zwei Banditen, wenn ich mich nicht irre. Beide undiszipliniert, stehen zu nah an den Knienden und beieinander, ihre Beinhaltung zu eng, und keiner achtet darauf, nicht ins Feuer zu starren, um sich möglichst die Nachtsicht nicht zu ruinieren. Einer hält eine Armbrust auf den Mann und die Frau gerichtet, die vor ihm knien, aber er bewegt sich mit ruckartigen, nervösen Bewegungen, hält seine Waffe nicht ruhig, seine Finger neben den Abzug gelegt. Er hat ein langes Messer in seinem Gürtel. Der andere Bandit wirkt locker und entspannt, vielleicht betrunken, nach seinen nachlässigen, ausladenden Bewegungen zu urteilen. Er hält ein Kurzschwert in der einen und ein Fleischermesser in der anderen Hand. Er hat seinen Kampfstab beiseitegelegt, zu weit entfernt, um für ihn von Nutzen zu sein.

Auch lacht er dieses idiotische, spöttische Lachen, das keine Grenzen von Glauben und Kultur kennt. Es ist in jeder Sprache dasselbe. Es sagt so viel wie: *Ich mache dir alles kaputt, und du kannst mich nicht aufhalten.* Es sagt: *Ich bin ein Stück menschlicher Abfall.*

Heute sagt es allerdings auch: *Ich werde gleich sterben.*

Vor einer möglichen Falle auf der Hut, komme ich jedoch nicht einfach angestürmt und greife an.

Außerdem habe ich gerne Beweise, dass die Leute ihren Tod verdient haben, bevor ich mit dem Morden anfange.

Wenn ich einem Menschen begegne, der auf dem Weg ist, zur Hölle zu fahren, macht es mir nichts aus, auf seinen schmutzigen Rücken zu klettern und ihm auf den Kopf zu steigen, um so meine eigene Ankunft dort unten hinauszuzögern – umgekehrt jedoch eine Seele mit dem Himmel als Ziel zu ihrer jenseitigen Belohnung hinaufzuschicken, stößt einen nur noch tiefer hinab in den Dreck.

Nicht, dass ich an einen Himmel glauben würde, aber ich weiß, was für ein Gefühl es ist, gute Menschen zu töten, die gut dort hinpassen würden. Nicht so toll.

Während ich mich auf leisen Sohlen den Banditen nähere, werfe ich einen Blick zum Haus. Ich habe keine Ahnung, wie viele andere Räuber sich dort aufhalten könnten. Ich schaue mich nach beiden Seiten um und durchforsche den Wald. Ich werfe auch einen Blick hinter mich.

»… unsere Abmachung«, blafft der Bandit mit der Armbrust in den Händen den knienden Mann an.

»Nein, habe ich nicht! Sie wird noch tagelang hier sein! Ich wollte euch morgen früh ein Zeichen geben! Bitte, es tut mir leid. Ich gebe euch alles«, fleht der alte Mann. »Nur tut bitte nichts …«

Ich kann nicht hören, wem sie bitte nichts antun sollen, aber dazu braucht es auch nicht sonderlich viel Vorstellungskraft: Er versucht, sich schützend zwischen die kniende Frau und den Armbrustschützen zu stellen.

Nein, kein echter Armbrustschütze, stelle ich fest, als der Bandit zu brüllen beginnt.

Er ist praktisch noch ein Kind. Vielleicht dreizehn, vierzehn Jahre alt. »Geh weg von ihr!«, schreit der Räuberjunge und gestikuliert mit der Armbrust. Er hat diese aufgeregt-panische Nervosität in der Stimme, die man nie von jemandem hören will, der eine Waffe in der Hand hält, ob Freund oder Feind. »Du hältst still, so wie ich es …«

Der Kopf des alten Mannes explodiert, ein schmatzendes Geräusch wie eine platzende Melone, das sich über das *Plong* der Armbrust legt. Der Junge zuckt so heftig zurück, dass er die Armbrust fallen lässt.

Der kniende Körper des alten Mannes kippt um.

Der Lachende hört auf zu lachen.

Der Junge flucht und flucht voller Panik.

Die kniende Frau ist erstarrt.

»Du verdammter Idiot!«, schreit der Mann den Jungen an.

»Das wollte ich nicht! Sie ist einfach losgegangen!«, ruft der Junge. Er kann seine Augen nicht von dem toten Mann abwenden.

»Jetzt müssen wir sie auch noch umbringen, du verdammter Pisser. Bisher wären wir, für den Fall, dass sie uns erwischen, schlimmstenfalls mit ein paar Stockschlägen oder einem abgeschnittenen Daumen davongekommen, jetzt aber landen wir am Galgen.«

»Was? Was?«

»Wir können keine Zeugin zurücklassen«, erklärt der Lacher. Er lacht jetzt nicht mehr. Er ist älter, aber auch er ist noch keine zwanzig. Beide haben sie schrecklich schlechte Zähne, furchtbare Haut und jenen verkniffenen Blick, der erkennen lässt, dass es sich bei ihnen um keine sehr erfolgreichen Banditen handelt.

»Sie haben die Abmachung sowieso nicht eingehalten. Wir haben ihnen ja gesagt, dass sie es uns mitteilen müssen, wenn sie zahlende Gäste haben, sonst würde es ihnen leidtun. Es ist ihre eigene Schuld. Erledige du das!«

Jetzt endlich kommt Bewegung in die Frau. Aber weder um anzugreifen, noch um zu fliehen. Sie wirft sich über den toten Mann und beginnt zu schreien. Ich glaube, sie ruft seinen Namen, doch ihre Schreie sind so gequält, dass ich keine einzelnen Wörter verstehen kann.

Der Junge hat bei ihrer plötzlichen Bewegung ein Gürtelmesser gezogen, doch jetzt sieht er es an, als sei es eine Schlange in seiner Hand. Er schaut vom Messer zu dem Mann, den er versehentlich ermordet hat, und zu der Frau, die rot vom Blut eines innig geliebten Menschen ist. »Ich … ich kann nicht«, stammelt der Junge.

»Na gut«, sagt der Lacher und knurrt. »Dann übernehme ich das.«

Er macht einen Schritt auf die Frau zu, dann bleibt er stehen und ächzt, als ich ihm mein Messer in den Unterleib ramme.

»Sämann des Windes, der du gewesen«, flüstere ich ihm leise ins Ohr. »Nun ernte den Sturm.«

Ich schlitze ihn von der Leiste bis zum Brustbein auf, dann schneide ich ihm an beiden Seiten durch den Hals, bevor ich ihn fallen lasse.

»Chelton?«, sagt der Junge und blickt erst zu seinem Spießgesellen hinüber, als der Lacher zu Boden klatscht. »Chelton! Was machst du da?«

Schimmernd werde ich sichtbar, und der Ka'kari legt seine Maske über mein Gesicht – glühende blaue Schlitze als Augen, die dann rot aufblitzen, als ich ihn mit dem unmenschlichen, missbilligenden Gesicht des Gerichts ansehe –, meine Haltung die Vier Schlüssel, ideal geeignet für einen Kampf Messer gegen Messer: entwaffnen, brechen, abwehren und umwerfen, jede Bewegung schwieriger als die vorangegangene. Er ist nur ein junger Kerl, aber wenn du die Grundlagen vernachlässigst, zahlst du einen Preis dafür.

Der Knabe sieht die bluttriefende Ka'kari-Klinge in meiner Hand, wie sie im flackernden Feuerschein tiefrot auf Schwarz schimmert. Er ergreift die Flucht.

Ich bin schneller.

Ich schnappe ihn mir, bevor er auch nur drei Schritte machen kann.

Um seinen gesamten Kampfeswillen ist es mit einem Mal geschehen, als er meinen Unterarm um seine Kehle spürt, mein Bein ihn stolpern lässt und er jedes Gleichgewicht verliert. »Bitte«, fleht er und packt mit beiden Händen meinem Unterarm, damit ich ihn nicht erwürge. Zuvor hat er gedankenlos sein Messer fallen lassen. »Ich wollte niemandem etwas antun!«

»Ich schon«, sage ich.

Er stöhnt protestierend auf, als ich ihm das Messer in die Brust ramme. Er sagt: »Ich habe das nicht gewollt! Der Schuss hat sich von ganz allein gelöst. Ich schwöre es bei meiner Seele. Ich habe den Abzug nicht einmal angefasst! Ich schwöre es bei allen Göttern!«

»Das glaube ich dir nicht«, antworte ich mit trauriger Stimme. »Aber vielleicht tun es die Götter.«

Es ändert nichts mehr. Für ihn ist es sowieso zu spät.

Ich ziehe ihm die Klinge aus dem Herzen.

Es ist lustig – wenn man im Geschäft des Tötens zugange ist, passieren viele lustige Dinge; man muss die Sache nur aus der richtigen Perspektive betrachten. Wenn man die ganze Zeit mit dem Tod zu tun hat, ist schwarzer Humor das Einzige, was einen halbwegs bei Verstand hält. So ist es doch recht lustig, dass man einen Menschen töten kann, ohne dass er es überhaupt bemerkt. Oder man sieht einen leblosen Körper und ist sich sicher, dass er tot ist, und dann versucht er plötzlich, aufzustehen und sich ein letztes Mal auf dich zu stürzen. Oder ein Mann hält eine tränentriefende letzte Rede und bricht zusammen, wacht aber später wieder auf und lebt noch einmal fünfzig Jahre. Oder ein Mann kippt zwei Stunden nach dem Ende der Schlacht um, und niemand hat bemerkt, dass er überhaupt verletzt war – nicht einmal er selbst.

~Du hast recht. Das ist regelrecht zum Schießen.~

Ich halte den jungen Kerl aufrecht, bis ich mir sicher bin, dass er tot ist. Währenddessen beobachte ich die Frau, die immer noch um ihren Ehemann weint – oder um ihren Vater? Jedenfalls ist er gut zwanzig Jahre älter als sie.

War. Er *war* älter. Jetzt ist er nichts als ein Haufen Fleisch und enttäuschter Erwartungen.

Sie sieht nicht auf. Ich weiß nicht, ob sie überhaupt begriffen hat, dass die Räuber tot sind. Ich weiß nicht, ob es ihr nicht vielleicht sogar herzlich egal ist.

Ich überprüfe sicherheitshalber noch einmal, dass der Junge auch wirklich tot ist. Ich vergewissere mich, dass der Lacher nie mehr lachen wird. Angesichts meiner Fähigkeiten bin ich ein überzeugter Anhänger davon, immer erst einmal sicherzustellen, dass die Leute, die ich töte, auch tatsächlich tot sind.

Ich trete in die tieferen Schatten eines größeren Baums und breche schließlich in den Kummer der Weinenden ein. »Gute Dame«, sage ich und verstelle meine Stimme, senke sie. »Gibt es noch andere?«

Nun blickt sie auf, die Lippen zu einem weißen Strich zusammengepresst. »Da ist noch der Anführer. Und unser Gast. Sie sind zusammen reingegangen.«

Etwas an der Art, wie sie das sagt, von einem zornigen Aufblitzen in ihren Augen begleitet, lässt mich aufhorchen, doch ich kann es mir nicht leisten, noch ein weiteres Mal zu spät zu kommen. Abermals hülle ich mich in den Ka'kari und lasse ihn alles Licht verschlingen, das auf uns trifft. Es ist keine völlige Unsichtbarkeit, nicht bei einem derart starken Regen, wo ich die Tropfen verforme und kleine Rinnsale sichtbar an meinen Umrissen herablaufen. Aber ich weiß nicht, was ich im Inneren vorfinden werde, und ich bin gewillt, jeden Vorteil zu nutzen, über den ich verfüge.

Ich mache Anstalten zu gehen, doch dann bleibe ich noch einmal stehen. Es kommt mir unangemessen vor, jetzt etwas zu sagen, aber auch grausam, es nicht zu tun.

»Tut mir leid, dass ich zu spät gekommen bin«, sage ich.

Doch ihr Kopf ist über den Mann gebeugt, den sie geliebt hat, und ich weiß nicht, ob sie gehört hat, was ich gesagt habe.

Kapitel 23

Der zimperliche Bandit

Durzo war paranoid, aber es kam nur selten vor, dass er einmal falschlag. Er hat mir beigebracht, davon auszugehen, dass alle hilfsbereiten Zeugen feige, dumme, senile Lügner sind, die an grauem Star leiden. (Umgekehrt muss man stets annehmen, dass Zeugen der eigenen Verbrechen unweigerlich tapfere, ehrliche, adleräugige Genies mit einem ophdetischen Gedächtnis sind.)

Da muss ein Fehler vorliegen. Ophdetisch *gibt es gar nicht, oder?*

~Nein. Ich hätte dich selbst danach gefragt, aber ich wollte dich nicht ablenken, während du dich gerade in Gefahr begibst. Meintest du »eidetisch«, »ophtodaktylisch« oder »didaktisch«?~

Ähm, »eidetisch«. Ich habe das Wort wohl mal von Logan gehört und es nicht selbst gelesen.

~Ach, zu schade. »Ophtodaktylisch« könnte ein Auge sein, das Menschen befingert, was durch einen glücklichen Zufall hier erstaunlich gut funktioniert hätte: ein feindlich gesinnter Zeuge mit einem ophtodaktylischen Gedächtnis. Wenn es ein echtes Wort wäre, meine ich. Willst du es trotzdem verwenden? Ich weiß, es ist ein bisschen zu poetisch für dich, aber Schriftsteller haben durchaus das Recht, sich bestimmte Frei…~

Nein! Nein!

Als ich mich auf das Haus zubewege – es ist kein richtiger Gasthof; ich vermute, sie haben einfach nur ein oder zwei Extrazimmer, die sie vermieten –, gehe ich also nicht wie selbstverständlich davon aus, dass ich auf einen Banditen samt Geisel zusteuere.

Es könnten auch zwei Banditen und eine Geisel sein. Oder drei. Es könnte eine Falle sein.

Ich weiß nicht, was mich drinnen erwartet. Es sieht nicht wie eine Falle aus, aber so sollen Fallen ja auch nicht aussehen.

Noch etwas verlangsamt meine Schritte: Die trauernde Frau hat nicht gesagt, der Bandit habe die Frau gezwungen, mit ihm hineinzugehen, sondern nur, dass sie zusammen hineingegangen sind – als könnten sie auch Partner sein. Vielleicht hat die vermeintliche Geisel das Haus für die Banditen ausgekundschaftet?

Ich klinge, als litte ich selbst unter Verfolgungswahn, ich weiß. Es scheint mir das richtige Haus für mein geplantes Treffen mit Momma Ks Agentin zu sein, aber bei diesem Wetter und der Dunkelheit bin ich mir da nicht hundertprozentig sicher.

Und so hoffe ich, du verzeihst mir, dass ich nicht geradewegs die Haustür eintrete, um die Jungfrau in Nöten zu retten.

Durzo pflegte zu sagen: »Wenn die Zeit drängt, nimm dir Zeit.«

Und wenn du verstehst, was er damit meinte, bist du schlauer als ich als Zwölfjähriger, Vierzehnjähriger, Sechzehnjähriger oder … Ja. Ich habe immer nur gehofft, dass es sich dabei um seine Fassung des alten Sprichworts »Gut Ding will Weile haben« gehandelt hat.

Durzo hat fast immer recht, aber eine Stimme in meinem Hinterkopf hört nicht auf zu schreien, dass da ein Bandit – ein Sklavenhändler – eine Frau mit ins Haus genommen hat, während er seine Kumpels draußen im Regen stehen ließ. Und warum? Damit er einen Ort für ungestörte Zweisamkeit hat? Was auch sonst?

Man sollte nicht glauben, dass die Wörter »zimperlich« und »Vergewaltiger« auf dieselbe Person zutreffen könnten. Wenn du meinst, das sei zu verquer, um Wirklichkeit zu sein, beglückwünsche ich dich zu deinem Glauben an die Menschheit.

Ich teile diesen Glauben nicht.

Doch statt durch die Vordertür ins Haus zu stürmen, zwinge ich mich, die Sache etwas langsamer anzugehen – auch wenn ich weiß, was die Verzögerung für die Frau im Haus bedeuten könnte. Ich finde ein Seitenfenster. Es ist nicht aus Glas, Pech gehabt. Glas ist hier draußen auf dem Land ein Luxusgut. Der Ka'kari bohrt in die Fensterscheibe aus glatt gehobeltem Tierhorn ein Loch, klein wie ein Nadelstich.

Ich kann drinnen niemanden sehen, doch dann höre ich Gemurmel direkt unter dem Fenster. Vielleicht Schmerzgestöhn?

Womöglich bin ich zu spät.

Ich bewege mich vorsichtig zur Rückseite des Hauses und spähe sogar noch um die hinterste Ecke. Nirgendwo Pferde zu sehen.

Finde ein anderes Fenster, von dem aus ich eine bessere Sicht habe. Bohre ein weiteres Loch.

Und … wie peinlich!

Ein Mann und eine Frau umarmen sich an der Wand direkt unter dem Fenster, durch das ich zuerst geschaut habe. Die Lippen zu einem innigen Kuss vereint.

Keine Vergewaltigung, zum Glück. Sie scheinen beide mit wahrer Hingabe bei der Sache zu sein.

Diese Frau ist also letztlich doch eine Spionin für die Banditen. Nicht meine neue »Partnerin«. Irgendwie scheint mir das noch schlimmer als normales Banditentum. Ein Bandit bedroht dein Leben, dann nimmt er dein Geld; das ist alles sehr klar und direkt. Aber diese Frau? Sie ist ins Haus gekommen, hat die Gastfreundschaft seiner Bewohner in Anspruch genommen und dabei die ganze Zeit über geplant, diese Leute zu betrügen und auszurauben. Einem der Hausherren hat es den Tod gebracht.

Tja. Sie steht im Begriff zu bekommen, was ihr gebührt.

Ich lege mir einen Weg an den Möbeln vorbei zurecht, sodass ich über ihnen sein werde, bevor sie reagieren können, und werfe dann einen letzten Blick in ihre Richtung. Und stutze.

Er hält ein gezücktes Messer zwischen den Fingern.

Aber es liegt vergessen in seiner Hand. Sein Rücken ist an der Wand, nicht ihrer.

Gut, ich bin kein Idiot. Wenn ein Mann mit einem Messer sagt: »Küss mich!«, werden viele durchaus intelligente Menschen ihn küssen. Und wenn er sagt: »Lass es überzeugend aussehen«, werden sie versuchen, überzeugend zu sein.

Aber inmitten der traumatischsten Erfahrung ihres Lebens dürfte es den wenigsten Menschen gelingen, wirklich überzeugend zu sein.

Dann fällt mir etwas ein, wovon ich einmal gehört habe: dass sich manche Menschen in den schrecklichsten Momenten ihres Lebens, anders als man denken würde, in genau denjenigen verlieben, der sie durch die Hölle gehen lässt.

Das hat mir noch nie eingeleuchtet. Und jetzt, da ich – vielleicht? – genau dem zusehe, scheint es mir immer noch unverständlich. Aber das ist das Einzige, was ich mir zusammenreimen kann. Warum sonst sollte er ein Messer in der Hand halten?

Mithilfe des Ka'kari – oder vielleicht auch einfach als Bestandteil meiner eigenen Kräfte, ohne auf den Ka'kari angewiesen zu sein – kann ich diese Nachtengel-Sache zuwege bringen, bei der ich sozusagen in einen Menschen … eintauche. Das ist oft nicht sehr angenehm; was ich sehe, lässt mich nicht mehr los, und ganz sicher will ich nicht irgendeiner durchgeknallten Verrückten in die Seele schauen. Aber in dieser Situation, um herauszufinden, wie weit diese Frau mit den Banditen unter einer Decke steckt? Ich könnte …

Gut, jetzt küsst sie sich von oben nach unten seinen Bauch hinunter und kniet sich vor ihn hin, zieht ihn aus. Er hält immer noch sein Jagdmesser umklammert, als sie ihm den Gürtel abnimmt. Er knotet seine Finger in ihr tiefschwarzes Haar, ist hier klar der Dominante.

Was auch immer ich in Zukunft noch mit *ihr* zu tun haben werde, ich beschließe, dass die Welt jedenfalls *ihn* nicht mehr lange ertragen muss.

Momma K hat gemeint, ihre Agentin habe nachtschwarzes Haar, nicht wahr?

Ach, Götter, lasst es bitte nicht meine neue Partnerin sein.

Ich öffne die Hintertür einen Spalt, halte mein magisches Talent bereit und schicke mich zum Sprung an. Die Frau schüttelt die Locken aus ihrem befreiten Haar, während sie dem Banditen die Hose bis hinunter an die Knöchel schiebt.

»Lehn dich zurück«, schnurrt sie. »Genieße es.«

Dann erstarre ich, als all meine Annahmen ein weiteres Mal durchkreuzt werden. Ihre linke Hand liegt auf seinem Bein, und sie begutachtet seinen Oberschenkel – und es sieht nicht so aus, als ginge es ihr darum, sein erotisches Potenzial zu würdigen. Ihre rechte Hand ist um etwas, das sie sich gerade aus dem Haar gezogen hat, zur Faust geballt …

Ich sehe nur ein kurzes metallisches Glitzern.

Dann rammt sie ihm die rechte Faust gegen den Oberschenkel, und als er aufkeucht, sehe ich, wie sie die Haarnadel tief in seinem Muskel hin und her bewegt. Um sie ihm dann aus dem Bein zu reißen.

Das Blut schießt mit einer verblüffenden Gewalt heraus, die nur von einer durchtrennten Arterie herrühren kann.

Sie wirft sich zurück, aber der Griff des Banditen hat sich in dem Moment um ihr Haar verkrampft, als ihre Faust seinen Oberschenkel traf.

Sie steckt in der Falle.

Manche Männer reagieren wie betäubt auf einen Angriff. Manche wollen erst verstehen, was passiert ist, bevor sie in Aktion treten. Aber viele Verbrecher sind eher wie Tiere; sie schlagen sofort zurück und stürzen sich auf das, was immer sie überrascht hat.

Zu dieser Kategorie gehört auch er. Er kann noch nicht einmal die Schwere seiner Verletzung erkannt haben, da hat er schon schwungvoll ausgeholt, um sein riesiges Jagdmesser tief in den Hals der Frau zu rammen.

Ich stürze los, stoße mich am Türrahmen ab, und die Gewalt meines magischen Talents hebt mich fast in die Waagrechte. So springe ich über einen Tisch und über die Frau und an ihr vorbei. Meine linke Hand prallt gegen das Handgelenk seiner Messerhand und stoppt seinen tödlichen Angriff. Mein rechter Unterarm – etwas unterhalb vom Ellbogen – erwischt ihn am Kinn, bevor ihn im nächsten Moment mein ganzes übriges Körpergewicht schräg gegen die Wand drückt.

Die Frau wird weggeschleudert. Der Mann und ich prallen von der Wand ab. Ich zerre ihn weiter, übertrage meinen Schwung auf seinen Körper, sodass wir beide herumwirbeln, halte weiterhin sein Handgelenk fest und ducke mich unter seiner Klinge hinweg, als sie durch die Luft über meinem Kopf schneidet, und dann wirbele ich hinter ihn.

Sein Arm geht hinter seinem Rücken in die Höhe; ich breche ihm das Handgelenk, knalle seinen Kopf gegen die Wand, um ihn zu betäuben, und nehme ihn dann von hinten in den Würgegriff, eines meiner Beine um seins geschlungen, damit er keinen festen Tritt finden kann.

Wie ein Blitz schockhaft einschlägt und sogleich wieder weg ist, durch die Abruptheit seines Verschwindens genauso verblüffend wie durch sein Kommen, hat die Gewalt ganz plötzlich wieder ein Ende gefunden.

Eine sofortige, überwältigende, außer Gefecht setzende Gewalt. Es ist der Inbegriff dessen, was Durzo mich gelehrt hat.

Es herrscht eine merkwürdige Stille, während die beiden versuchen, die durch mein unerwartetes Auftauchen veränderte Situation zu erfassen. Das einzige Geräusch ist das Platschen des arteriellen Blutes, während es rhythmisch auf den polierten Holzboden spritzt.

Die Frau hat die Arterie nicht nur angeritzt, sondern vollständig durchtrennt.

Dann gesellt sich zu diesem Geräusch noch das heftige Schnaufen des Banditen.

»Du hast ungefähr sechzig Sekunden Zeit, bis du das Bewusstsein verlierst«, informiere ich ihn. »Dann dauert es noch mal so lange, bis du tot bist. Wenn es irgendwelche Götter gibt, an die du dich wenden möchtest, ist jetzt die Zeit dafür.«

Ihn das wissen zu lassen? Das ist die Gnade des Nachtengels.

Er wirft sich gegen mich, kämpft und schreit dann auf, als ich sein gebrochenes Handgelenk packe, um ihn festzuhalten.

In der Zeit, die ihm noch verblieben ist, scheint er, soweit ich das beurteilen kann, auf das Beten verzichten zu wollen.

Seine Atmung wechselt von dem trotzigen, rasselnden Keuchen eines Menschen, der seine Kraft für den Kampf zusammennimmt, zu einem ruhigeren Geräusch, einem Kampf um das Bewusstsein, wird noch einmal ruhiger und immer stiller und stiller.

Ich halte ihn fest, bis er schlaff wird, halte ihn fest, bis die Blutfontäne aus seinem Oberschenkel von einem pulsierenden Strahl in einen steten Fluss übergeht, der sein Bein hinunterströmt und schließlich zu einem kaum mehr wahrnehmbaren Rinnsal versiegt, das den klatschnassen Stoff seines Hosenbeins tränkt.

Die Frau sitzt die ganze Zeit wie erstarrt auf dem Boden, sieht zu, wie er verblutet, und ihr Blick geht von seinem Gesicht zu meinem. Ich bin sichtbar geworden und habe die Maske des Urteils abgelegt. Ich glaube, das war, als ich in die beiden hineingekracht bin. Hab vergessen, es zu erwähnen.

Selbst noch als er bewusstlos geworden ist, wartet sie weiter, als sei ich ein wildes Tier, das bei jeder unvorsichtigen Bewegung ihrerseits angreifen könnte. Von dem Stuhl einmal abgesehen, den ich beim Hineinspringen umgestoßen habe, gibt es nur wenige Anzeichen für einen Kampf im Haus: einen umgeworfenen Hocker. Eine auf der Seite liegende Vase, verschüttetes Wasser. Das einzige Buch im Raum liegt aufgeschlagen auf dem Boden. Eine Leier, zu einem Durcheinander aus gesplittertem Holz und Saiten zertrümmert. Aber da ist nichts von Bedeutung: keine Gefahren, keine versteckten weiteren Räuber, die irgendwo auf der Lauer liegen.

Schließlich lasse ich sein gebrochenes Handgelenk los. Es sackt schlaff herab. Während ein lebender Mensch jetzt fraglos unerträgliche Schmerzen empfinden würde, spannt sich bei ihm kein Muskel an. Er ist tot.

Eindeutig tot.

Du kannst also schon mal ein Stückchen nach vorn springen und dir für das nächste kurze bisschen die Ohren zuhalten. Es dürfte sich unnötig und eklig anhören … aber in einem Beruf wie meinem? In einer Welt wie der meinen mit Magie, Illusionen und den verrücktesten Heilungen? Ein Profi geht immer auf Nummer sicher. Und so lege ich meine Hand oben an seinen Rücken, ein Stück links von der Wirbelsäule, während ich den schlaffen Banditen immer noch aufrecht halte, an der Wand abgestützt. Der Ka'kari weiß, was er zu tun hat.

Mit einem leiseren Geräusch, als man es sich vorstellen würde – nimm zwei Finger und klopfe dir damit durch den Kleiderstoff hindurch gegen die Rippen –, schnellt der Ka'kari wie ein Stilett aus meiner offenen Handfläche und sticht, mit besagtem leisem Laut, mühelos durch Stoff und Fleisch, und als er sein Herz durchbohrt, spaltet sich die Spitze der Klinge und erblüht wie ein schwarzer Lotus. Ich drehe die Klingenspitzen in seiner Brust herum.

Er zuckt nicht. Wahrhaft und todsicher tot.

Ich ziehe die Klinge heraus, säubere sie an seinem Kittel und lasse den Toten schließlich zu Boden fallen.

Obwohl mich die Frau die ganze Zeit über angestarrt hat, während ich den Banditen festgehalten habe, habe ich mir über sie eigentlich noch gar keine richtigen Gedanken gemacht. Ein Teil meines Wesens verschwindet in diesen Momenten oder Minuten des Handelns in der Gefahr, reduziert Menschen auf bedrohlich oder nicht bedrohlich, hält nach Auswegen Ausschau, prüft Angriffswinkel, Fluchtrichtungen, offene Möglichkeiten.

Sie steht auf und wischt sich mit dem Ärmel über die Lippen. Sie hebt ihre Haarnadel vom Boden auf, starrt einen Moment lang auf das Blut und wendet dann schnell den Blick ab. Ihre Hand beginnt plötzlich zu zittern.

Wenn man vom wallenden Blut des Kampfrauschs herunterkommt, kann das passieren, und es kommt selbst noch bei erfahrenen Veteranen vor. Es ist eine rein körperliche Reaktion. Es wäre falsch, derlei auf Feigheit oder gar Angst zurückzuführen.

Aber ihr scheint es peinlich zu sein, und sie lässt ihre Hand rasch sinken, als hätte sie sie verraten. Sie mustert mich eindringlich, und ihr Kinn reckt sich herausfordernd.

»Kylar Stern, wie ich vermute?«

Ich schürze nur die Lippen.

»Natürlich, wer auch sonst«, sagt sie. »Da waren noch zwei andere, draußen …?«

Ich neige den Kopf zur Seite, hebe kurz die Augenbrauen, um klarzumachen: »Ja, die *waren* da.« Laut sage ich: »Sie haben den alten Mann umgebracht, bevor ich sie aufhalten konnte.«

»Ah.« Kummer huscht über ihr Gesicht. Aber als sie einen Moment später »Verstehe« sagt, ist ihre Stimme ruhig und gefasst. Sie holt tief Luft, dann erwidert sie meinen Blick. Ihre Augen sind so dunkel, dass sie fast schwarz sind.

»Danke, dass Ihr mir das Leben gerettet habt, Lord Stern.«

»Für dich, Kylar.«

Sie nennt ihren eigenen Namen nicht, wirkt verwirrt. Ich kann es ihr nicht verdenken. Momma K hat mir mitgeteilt, sie sei keine ausgebildete Kämpferin. Dafür hat sie sich unglaublich gut geschlagen.

»Und du?«, frage ich schließlich.

»Hm?« Sie schaut sich im Raum um, lässt den Blick über die kaputten Gegenstände wandern, sieht überallhin, nur nicht zu der Leiche.

»Name?«, sage ich, auch wenn es inzwischen keine große Frage mehr ist, wen ich da vor mir habe. Sie passt auf die Beschreibung, sie ist am richtigen Ort, und sie weiß, wer ich bin.

»Ach so. Ich heiße Phaenarete Alcina Emiliana Speranza, aber sag bitte einfach Phaenarete Alcina Emiliana zu mir.«

»Äh, tatsächlich?«

»Ein Scherz. War nur ein Scherz. Nenn mich Phaena. Ich … ich versuche, so zu tun, als würde mir so etwas immer mal wieder passieren, und ich glaube … ich glaube, vielleicht ist dem ja auch so, von nun an. Du, ähm, es hieß, du solltest da etwas für mich haben?«

»Was hat man dir denn gesagt?«, erkundige ich mich. Ich bin mir fast hundertprozentig sicher, dass sie ist, wer zu sein sie vorgibt, aber in meiner Branche muss man sich stets vergewissern.

Gott, ich werde allmählich genauso paranoid wie Durzo.

»Herzogin Thorne hat gesagt, du würdest mich begleiten. Sie hat mir von dir erzählt, zumindest so viel, wie sie meinte, dass ich wissen müsste. Und bestimmte Sachen, die ich aus den in Umlauf befindlichen Geschichten noch nicht kannte. Aber dann hat sie gemeint, du würdest nun doch nicht kommen. Ich nehme an, du hast es dir anders überlegt?«

»Ich … ja, so könnte man es ausdrücken.«

»Sie hat dir neue Anweisungen für mich mitgegeben?«

Ich nicke. Und zwar in einer versiegelten Tasche, drunter ging's nicht. Die ich hätte öffnen können, doch nicht, ohne dass es hinterher zu bemerken sein würde.

Was darin steht, ist sicher sowieso verschlüsselt. Und ich versuche, Momma K in dieser Angelegenheit zu vertrauen.

Schließlich sind wir ja »Familie«.

Doch falls Phaena in diesem Punkt momentan noch Fragen hat, scheint sie diese vergessen zu haben. Sie ist totenbleich, und ein leichter Glanz von kaltem Schweiß liegt über ihrem Gesicht. Sie kann nicht damit aufhören, immer wieder verstohlene Blicke Richtung Leichnam zu werfen. Sie schluckt. »Ich weiß, es ist Nacht, und es regnet, und es verspricht nicht gerade angenehm zu werden, aber, Kylar? Könnten wir vielleicht so weit wie möglich von hier verschwinden?«

Jetzt aufzubrechen bedeutet, kalt und nass zu schlafen, ja überhaupt nicht viel zu schlafen. Es gibt hier keine Bedrohungen mehr für uns. Dagegen jede Menge Gründe zu bleiben. Und keine guten Gründe zu gehen.

»Kein Problem«, sage ich.

»Danke«, erwidert Phaena. »Wenn du mich jetzt bitte entschuldigen würdest, ich glaube, ich muss mich übergeben.«

Kapitel 24

Der ideale Leser

»Du verschwendest nur deine Zeit«, sagte Schwester Ariel. »Geh ins Bett. Irgendwann liest du die ganzen Seiten viermal hintereinander und musst sie morgen noch einmal lesen. Schlimmer noch, du bist dir dann nicht mehr sicher, ob du nicht sogar zuvor schon etwas Wichtiges überlesen hast. Vertrau mir. Ich habe eine gewisse Erfahrung damit, allzu lange zu lesen.«

Sobald Schwester Ariel nach diesem Ratschlag zu ihrem Tisch zurückgegangen war, unbekümmert, ob Vi ihn befolgte oder nicht, tauchten die Wörter auf der Seite wieder auf.

Es war müßig, sich mit Schwester Ariel über das Studium von Büchern zu streiten, also machte sich Vi ihr Lesezeichen an die Stelle, wo sie aufgehört hatte, schloss das kleine Buch, deckte es ab und betätigte den Hebel, der den Schutzzauber wieder aktivierte. Auf Schwester Ariels Vorschlag hin hatte sie beschlossen, in der versteckten Zelle hinter der Geheimtür zu schlafen, um so wenig Zeit wie möglich zu verlieren.

Als Vi früh am nächsten Morgen wieder herausgestolpert kam und auf ihren Tisch zuging, saß Schwester Ariel immer noch an demselben Tisch wie gestern Abend, wenn auch mit mehreren neuen geöffneten Büchern um sich herum und einem Tintenklecks auf der Stirn. Ein Teller mit Essen, kalt und zur Hälfte verzehrt, stand auf einem Tisch in der Nähe, wie aus dem Weg geschoben. Vi steuerte eher den Teller an als die lesewütige alte Gelehrte.

»Woran arbeitet Ihr gerade? Darf ich?«, fragte Vi.

»Du willst also ein bisschen plaudern?«, erwiderte Schwester Ariel. »Bedien dich. In meiner neuesten Abhandlung geht es um rituelle Interaktionen mit verschiedenen Spezies der Familie der *Mustelidae* im frühen Cabisinischen Reich, insbesondere mit dem *Gulo gulo* – obwohl ich mich mittlerweile vielleicht auf die mittlere oder sogar die späte sepharische Zeit beschränken würde. Bislang habe ich die relevanten Abschnitte über rituelle Opfer von vierundzwanzig Kompendien übersetzt – voller Einzelheiten, die meinem Gedächtnis anvertraut zu haben, mich nicht gerade glücklich macht, vielen Dank auch. Ich habe siebzehn Bestiarien ein weiteres Mal durchgelesen und gerade eben meinen ... siebenundvierzigsten Reisebericht beendet, doch noch immer stammen die interessantesten Informationen, die ich habe finden können, von dem unverbesserlichen Lügner und Fabulierer Grekian Lazar, dessen Bericht mich anfangs überhaupt erst auf dieses traurige Unterfangen gebracht hat. Wahrscheinlich habe ich also mindestens mehrere Wochen vergeudet, was bedeutet, dass meine eigene Abhandlung nur für jene späteren Gelehrten wertvoll sein wird, die untersuchen wollen, wie genau oder ungenau Lazar ist. Ein intellektueller Hallodri, fürwahr. Abenteurer, Schöngeist, Sophist, Schurke, Spieler, von der Poesie geküsste Seele, aber es scheint, sonderbarerweise, dass die einzigen Dinge aus den vierzig von ihm verfassten Büchern – zugegeben, es sind nur zweiundzwanzig davon erhalten, also ist es nicht auszuschließen, dass er es in seinem übrigen Werk mit der Wahrheit vielleicht ein wenig genauer genommen hat, aber ... was wollte ich noch gleich sagen? Ach ja, die einzigen Dinge, die in seinen Büchern wahrscheinlich wahr sind, sind die Erzählungen über seine zahlreichen und mit pikanter Ausführlichkeit beschriebenen romantischen Eroberungen. Seitenweise Beschreibungen von Verführungen und Bettgeplänkel. Gerade diese Bände werden ständig aus den Bibliotheken ausgeliehen, auch wenn ich nicht recht weiß, warum. Ich selbst kann darin keinen wissenschaftlichen Wert erkennen. Was? Was ist denn?«, fragte Schwester Ariel. »Du siehst so aus, als littest du unter Verstopfung.«

Aber Viridiana hatte nicht vor, der älteren Frau die eigentlichen Gründe dafür auseinanderzusetzen, warum diese Bücher so beliebt waren. Würde sie das tun, könnte eine von ihnen – oder auch sie beide – mehr über die andere erfahren, als für beide angenehm war. »Wie kommt Ihr darauf?«

»Auf das mit der Verstopfung?«, fragte Schwester Ariel. Sie wirkte etwas perplex. »Weißt du, da hast du womöglich einen Punkt getroffen, den ich geistig nur unzureichend durchdrungen habe. Ich würde ja gerne behaupten können, dass ich die Auswirkungen meiner jüngsten Diät auf die wahrscheinliche Abweichung von meiner durchschnittlichen Stuhlganghäufigkeit prüfend im Blick habe, aber …«

»Nein! Ich meine, ich meine … hört uns eigentlich irgendwer zu?«

»Das war jetzt wahrhaft unauffällig, Viridiana«, sagte Schwester Ariel. Sie stand missmutig auf und suchte den Raum ab. »Noch immer nicht. Ein gutes Zeichen, wenn auch weit davon entfernt, dauerhaft zu sein. Was hast du noch mal gesagt?«

»Ihr habt gemeint, dass dieser Typ, Lazar oder wie auch immer, dass er über alles Mögliche gelogen hat, aber nicht über die Dinge, wo man es eigentlich erwarten würde. Woran kann man es erkennen, wenn jemand in einem Buch lügt?«

»Nun, erstens sollte man nie vergessen, dass die Verfasser von Büchern das jederzeit tun könnten. In Lazars Fall wissen wir, dass sein Leben in starkem Maße von Unsicherheit geprägt war. Er hat hinsichtlich einer höchst unwahrscheinlichen Vielzahl von Gebieten behauptet, über ein hohes Fachwissen zu verfügen; wenn man also in einem Brief an irgendeinen wenig bedeutenden König, von dem man weiß, dass er sich für Botanik interessiert hat, lesen kann, dass Lazar über meisterhafte Kenntnisse in pflanzenkundlichen Dingen verfüge, wird man hellhörig und schenkt dem eine besondere Aufmerksamkeit. Eine skeptische Aufmerksamkeit. Andererseits haben wir etliche geheime Tagebücher von mehreren seiner Geliebten ausfindig machen können, in denen sie sich sehr lobend über ihn äußern. Wir wissen, dass Frauen, die er mit in sein Bett genommen zu haben behauptet, später von eifersüchtigen Ehemännern geschieden wurden, manchmal ohne Erwähnung eines Skandals, doch in manchen Fällen sind Daten bekannt, die erschreckend gut mit seinen Angaben übereinstimmen. Wenn man genau liest, bekommt man nach einer gewissen Zeit ein Gefühl für den Menschen, man prüft gleichwohl trotzdem immer nach. Aber du interessierst dich eigentlich gar nicht für Grekian Lazar, nicht wahr?«

»Ich habe das Gefühl, dass … äh, *unser Freund* versucht, ehrlich zu sein, aber …«

»Das kann er nicht. Keine Autobiografie kann vollkommen ehrlich sein.«

»Auch dann nicht, wenn er sich selbst gegenüber völlig schonungslos ist?«, fragte Vi.

»Erscheint dir dieser Band sinnvoll und plausibel?«

»Hä?«, fragte Vi verwirrt.

»Hat das Ganze einen durchgehenden Fluss? Kannst du ihm folgen, oder gibt es ständig Verweise auf Dinge, die nur er wissen kann?«

»Ich kann ihm folgen«, erklärte Vi. »Meistens, denke ich.«

»Dann wählt er Details für die Leser aus und lässt andere weg.«

»Aber er hat es für sich selbst geschrieben. Das hat er erwähnt.«

»Er hat das erwähnt?«, erwiderte Schwester Ariel. »Vielleicht war er ja sogar ehrlich, als er das erwähnt hat. Aber vielleicht hat er seine Meinung während der Niederschrift, oder nachdem er damit fertig war, wieder geändert. Und was am kniffligsten ist: Vielleicht hat er sich ja selbst darüber getäuscht, für wen er es geschrieben hat. Eine Tatsache darfst du beim Lesen jedoch nie vergessen.«

Schwester Ariel wartete, bis Vi fragte: »Und welche Tatsache ist d…?«

»Die Magie erlaubt nur *dir*, es zu lesen. Kylar hätte das Buch verbrennen können. Es ist höchst unwahrscheinlich, dass Kylar die Fähigkeiten besaß, diesen Zauber selbst zu schaffen. Was bedeutet, dass er auf die Dienste eines Spezialisten zurückgreifen musste, um sicherzustellen, dass du und nur du allein das Buch lesen kannst. Auch wenn er ursprünglich nur für sich selbst geschrieben haben mag, hat er irgendwann beschlossen, dass du – von allen Menschen ausgerechnet du – es lesen sollst. Er wollte *dir* diese Geschichte erzählen. Warum?«

»Vielleicht hat er gedacht, ich sei die Einzige, die es verstehen könnte«, antwortete Vi, und da war ein Gefühl von Leere in ihrer Brust.

»Das ist mir zu banal, stell da bitte höhere Ansprüche an dich, Kind. Klar, das mag schon stimmen. Auf der anderen Seite bist du *hier* und – zumindest nach seiner Sicht der Dinge – der Schwesternschaft treu ergeben. Er hat mit Sicherheit gewusst, dass du unter dem Druck stehen würdest, alles, was du liest, anderen Frauen mitzuteilen, die als seine Feinde anzusehen er gute Gründe hat. Mag sein, dass er dich auserwählt hat, weil du ihn verstehst. Vielleicht hatte er jedoch auch einen ganz anderen Grund.«

Das verunsicherte Vi. Aber … welchen anderen Grund könnte es geben? Viridiana dachte eine Weile darüber nach, kam allerdings zu keinem Ergebnis und machte sich wieder an die Arbeit, während der Gedanke wie eine dunkle Wolke über ihr schwebte.

ZWEITER TAG

Kapitel 25

Auf den ersten Blick

Es ist alles einigermaßen scheußlich, doch nur auf die normale und vorhersehbare Weise. Ich hole meine Pferde, reibe sie im Stall trocken und füttere sie, dann kümmere ich mich um die Leichen der Banditen. Dank meines magischen Talents geht das Graben in dem Lehmboden voller Wurzeln schneller als üblich vonstatten, aber einen Toten zu vergraben, ist immer noch eine jämmerliche Arbeit, die durch die Dunkelheit und den Regen nur noch unangenehmer gemacht wird.

Als ich fertig bin, stelle ich zu meiner Überraschung fest, dass Phaena den Blutsee im Inneren des Hauses aufgewischt hat. Ihre Blässe verrät mir, dass es das Vorletzte war, was sie je hat tun wollen, ihr aber Untätigkeit noch schlimmer erschien. Sie war nicht willens, die trauernde Frau nach ihrem Verlust mit der ganzen Sauerei allein zu lassen. Das verrät mir eine Menge über sie. Es hilft mir zu verstehen, warum Momma K ihr vertraut: Sie ist gerne bereit, das Ihre beizutragen.

Die Wirtin lässt mich schließlich den Leichnam ihres Vaters hereinbringen. Vater, nicht Ehemann. Ich will gar nicht mehr über sie oder über ihn erfahren. Ich will keine weiteren Details, an die sich meine Schuldgefühle klammern würden wie lästige Kletten. Ihr Name ist Letizia – ich konnte nicht umhin, so viel zu erfahren, während sie mich beständig verflucht und mir die Schuld am Tod ihres Vaters gibt.

Warum ich denn nicht früher habe kommen können? Sicher ist es doch meine Schuld gewesen, dass der Junge auf den Abzug gedrückt hat. Ich habe ihn erschreckt, nicht wahr?

Es ist ungerecht, und ich versuche, es mir nicht zu Herzen gehen zu lassen. Manchmal brauchen die Leute einfach jemanden, den sie anschreien können. Am schlimmsten Tag ihres Lebens sagen Menschen schreckliche Sachen. Ich habe sehr viele Menschen an ihrem schlimmsten Tag gesehen, und oft genug bin ich selbst der Grund dafür gewesen, dass es ein so schlimmer Tag war, und häufig waren diese Menschen nicht mutig genug, mir die Beleidigungen entgegenzuschleudern, die ich verdient hätte, also nehme ich an diesem Tag, an dem ich es nicht verdiene, alle Anklagen und Beschuldigungen ruhig und widerspruchslos hin. Sie hält meine Weigerung, mich zu verteidigen, für ein Schuldeingeständnis und schreit nur noch mehr.

Ich hoffe, es hilft ihr.

Für Letizias Vater grabe ich ein besseres Grab, aber sie ist noch nicht bereit dafür, ihn unter der Erde zu wissen, also belasse ich es dabei. Wie bei so vielen Problemen im Leben müssen erst Fäulnis und Verwesung eintreten, damit Menschen einen Toten begraben, auch wenn sie bei sofortigem Handeln noch Hilfe gehabt hätten.

Als wir fertig sind und ich die Pferde wieder gesattelt habe, ist von der Nacht nicht mehr viel übrig. Trotzdem erkenne ich in Phaenas Augen den verzweifelten Wunsch, diesen Ort zu verlassen.

Ich sehe zu, dass wir wegkommen, als sei das Ganze meine eigene Idee gewesen. Wir führen die Pferde, bis es hell geworden ist. Die Gefahr, dass sie sich in der Dunkelheit ein Bein brechen könnten, macht jeden Zeitvorteil eines frühen Aufbruchs zunichte, aber im Moment ist es am wichtigsten, einfach nur unterwegs zu sein, also ziehen wir weiter.

In den letzten Tagen meiner Reise hatte ich viel Zeit zum Nachdenken. Ich habe darüber nachgedacht, warum ich Logan enttäuscht und die Zwillinge verloren habe, und ich glaube, die Antwort hängt eng damit zusammen, was es bedeutet, der Nachtengel zu sein.

Aber das könnte mir jemand ja auch einfach mal alles erklären, *weißt du?*

Der Ka'kari schweigt. Nicht, dass ich erwartet hätte, dass er etwas sagt. Ich bin sicher, er würde behaupten, dass er nicht darüber reden dürfe oder dass es von größerem Wert für mich sei, es selbst herauszufinden. Oder so ähnlich.

Ich warte, aber es lässt sich noch immer keine Antwort aus dem Ka'kari herauskitzeln.

Wie auch immer, ich habe mir also Folgendes gedacht: Der Nachtengel ist der Geist der Vergeltung. Er hat drei Gesichter: Gerechtigkeit, Barmherzigkeit und Rache. Wenn ich es richtig verstehe, beschützt ein Nachtengel die Unschuldigen um jeden Preis – besonders auch, was die eigenen Opfer betrifft.

Von Durzo habe ich das eine oder andere über Klasse und Könnerschaft gelernt. Ich habe gelernt, welchen Preis man zahlen muss, wenn man der Beste sein will. Einen Preis, der über das Offensichtliche hinausgeht. Die Leute sprechen Wörter wie »Zeit«, »Hingabe« und »Opfer« aus, als ginge es dabei um einfache, aber beschwerliche Dinge.

Sie sind in der Tat beschwerlich, aber sie sind nicht einfach.

Nehmen wir als Beispiel die Ausbildung zu einem Athleten. Man trainiert nicht so lange, bis einem alles wehtut, und hält dann einfach länger durch als alle anderen. Das wäre einfach, aber beschwerlich. Die Wahrheit ist doch, wenn man sich beim Trainieren zu weit in das Reich des Schmerzes begibt, schadet man sich selbst, und das verlangsamt das Training. Es ist nicht einfach, den Unterschied zwischen starkem Unbehagen und einer leichten Verletzung zu erkennen. Du brauchst Erfahrung, um zu wissen, wann dein Körper dich anlügt oder wann dein unzuverlässiger, verschlagener, fauler Verstand dir tatsächlich die Wahrheit sagt. Es kann auch beides der Fall sein.

Ich habe es nicht geschafft, Logans Kinder zu retten – ich habe als Nachtengel versagt –, weil ich es vorgezogen habe, mit einer attraktiven Frau dazusitzen und einfach zu plaudern, statt meine Runden zu drehen.

Niemand hat mich dafür angeschrien, dass ich zwei Minuten zu spät gekommen bin, so wie mich Letizia heute Morgen angeschrien hat, weil ich bei ihrem Vater zwei Minuten zu spät gekommen bin. Aber jemand hätte es tun sollen.

Ich hatte mir eingeredet, dass es nicht so wichtig sei, dass schon nichts passieren würde, dass ein paar Minuten keinen Unterschied machen würden.

Sie habe den entscheidenden Unterschied gemacht.

Das ist es, was Aufopferung bedeutet. Ein Nachtengel beschützt die Unschuldigen um jeden Preis – besonders auch, was die eigenen Opfer angeht. Um jeden erdenklichen Preis. Und manchmal ist das einfach, aber beschwerlich, wenn es etwa darum geht, auch dann noch bei der Sache zu bleiben, wenn es keine Rolle zu spielen scheint.

Ich stelle Phaena keine Fragen, obwohl ich reichlich Fragen an sie habe. Sie ist unschuldig an dem, was passiert ist, und sie verdient die Barmherzigkeit des Nachtengels und das Mitgefühl von Kylar. Ich mache ihr nicht einmal Komplimente, obwohl ich da einige für sie auf Lager habe. Dafür ist jetzt nicht der richtige Zeitpunkt.

Im Morgengrauen hört der Regen auf, was bedeutet, dass das Einzige, was wir durch die unnötigen zusätzlichen Stunden auf der Straße erreicht haben, nasse Kleider sind. Doch ich klage nicht darüber.

Ich mache auch nicht den Mund auf, als wir zahlreiche zusätzliche Toilettenpausen einlegen. Wie lautet noch einmal das Wort des Weisen? »Wenn du schnell vorwärtskommen willst, geh allein. Wenn du weit kommen willst, geh mit jemand anderem.«

Auch Weise können sich irren.

Als wir uns Tover nähern, wird der Tag richtig schön. Bauernhöfe und abgelegene Dörfer mit Wassermühlen und Brennöfen für die Töpfereien im Umkreis weichen einer Stadt aus eisenroten Ziegeln, weiß getünchten Mauern und blauen Farbtupfern. Wenig überraschend wechselt die Farbe des Flusses, der am frühen Morgen weiter flussaufwärts trotz des Regens der letzten Nacht noch blau gewesen ist, nun in das übliche von Müll und Abwasser getränkte städtische Grau.

Menschen. Alles in allem sind wir ziemlich schrecklich.

Unterwegs machen wir an mehreren Gasthöfen halt, gehen jedoch nie hinein. Phaena tritt jedes Mal an die Eingangstür, inspiziert den Türrahmen, und dann ziehen wir weiter.

Ich spreche sie nicht darauf an. Ich fühle mich unwohl. Missmutig vielleicht?

Es geht mir schon den ganzen Tag so. Ich bin ziemlich lausig in solchen Sachen – also darin, meine Gefühle richtig zu benennen, meine ich. Manchmal geht es mir etliche Tage lang so, und erst wenn es mir wieder besser geht, merke ich, dass ich die ganze Zeit über niedergeschlagen gewesen bin. Ich weiß auch nicht. Das hier, diese Sache mit dem Alles-ständig-Diktieren, ist irgendwie knifflig. Es zwingt mich dazu, Dinge genauer in Augenschein zu nehmen, die normalerweise einfach mit mir im

Raum schweben, an mich gekettet in einer formlosen Wolke hinter mir herziehen.

Dadurch scheinen diese Dinge mehr Wirklichkeit anzunehmen.

Ich weiß nicht recht, ob es mir gefällt.

Vielleicht liegt es an dem alten Mann. Ich weiß, dass sein Tod nicht wirklich meine Schuld war. Aber ich weiß nicht, warum es überhaupt dazu gekommen ist. Der jüngere Bandit hatte etwas von einer Abmachung gesagt, glaube ich, oder?

~Ja. Hat er.~

Oh, he, da bist du ja wieder. Ich habe eigentlich nicht mit dir gesprochen, aber danke. Und jetzt zieh Leine.

~Ich lebe, um zu dienen.~

Inzwischen kannst du dir wahrscheinlich vorstellen, in welchem Tonfall der Ka'kari das geäußert hat, oder?

Die Erwähnung einer Abmachung durch den Banditen könnte darauf schließen lassen, dass der Gastwirt mit ihnen zusammengearbeitet hat. Aber vielleicht hatte sich der alte Mann die Sache mit Phaenas Auslieferung an die Sklavenhändler dann noch einmal anders überlegt? Oder vielleicht hat er es auch wirklich ernst gemeint, als er versichert hat, er wolle den Banditen heute eine Nachricht zukommen lassen und Phaena somit der Sklaverei anheimgeben. Vielleicht hatte er den Tod ja letztlich doch verdient.

Ich werde es nie erfahren. Durzo hat mir vor langer Zeit beigebracht, dass das mit zu dem Preis gehört, den man für die Blutarbeit zu zahlen hat: Wir erfahren nie die ganze Geschichte. Wir kommen hereingerauscht und setzen der Geschichte ein Ende. Das gibt uns keinen Anspruch darauf, die kompletten Zusammenhänge zu kennen.

Außer in den Fällen, wo es dann doch so ist. Manchmal habe ich den Eindruck, Durzo war sich nicht ganz schlüssig, ob er mich nun zu einem weiteren berühmten Blutjungen ausbilden sollte, so wie er einer geworden war, oder zu einem Nachtengel. Also hat er manchmal gelogen.

Vielleicht wollte er auch gar nicht lügen. Vielleicht hat er mir erst einmal die Regeln beigebracht, bevor die Ausnahmen von der Regel folgen sollten – und wir haben es nur nie geschafft, so weit zu kommen. Ich wünschte, wir wären nicht im Zwist auseinandergegangen, doch dafür ist es jetzt zu spät.

Wir kommen an einem eingezäunten Platz vorbei, auf dem ein Dutzend Jugendlicher in verblichenen blauen Kitteln herumtoben, während doppelt so viele Stadtbewohner ihnen zu ihrer Unterhaltung zusehen. Als wir näher kommen, höre ich, wie sich die Jungs johlend gegenseitig verhöhnen. Sofort schiebe ich mein Pferd vor das von Phaena, sodass sie außen ist. Ich kenne den Tonfall dieser Stimmen: Jugendliche, die in Konfrontation mit einer rivalisierenden Bande um Status rangeln. Das lautstarke Verbreiten von Beleidigungen ist das erste Reimpaar eines Gedichts, das mit Blutvergießen endet. Ich fange an, nach Ausweichwegen Ausschau zu halten.

Phaena reitet im gleichen Tempo weiter wie zuvor, von meinem Tun abgelenkt, aber weiterhin auf die Jungen konzentriert, und ihre Geschwindigkeit zwingt mich, mein Tempo beizubehalten. Es sind zwei rivalisierende Gruppen, sehe ich jetzt, nicht gleichmäßig aufgeteilt in sechs und sechs, sondern mit sieben Jungen in Blau und fünf Jungen in einem helleren Blau mit einem gelben Streifen auf der linken Schulter. Eine ungleiche Chancenverteilung, das macht die Sache schlimmer. Die zahlenmäßig unterlegene Gruppe könnte das übliche Vorgeplänkel von wichtigtuerischem Gehabe überspringen und direkt zur Gewalt übergehen, in der Hoffnung, mit dem Vorteil des Überraschungsmoments ausgeglichene Chancen zu schaffen. Nur einer der Jungen hat eine

Waffe bei sich – einen Trainingsbogen mit einer so geringen Zugspannung, dass er völlig untauglich aussieht –, doch das hat nichts zu sagen. Mit der Ausbildung, die diese Jungen erhalten haben dürften, sind sie auch in ihren jungen Jahren selbst schon Waffen.

»Willst du zusehen?«, fragt Phaena mit einem Lächeln auf den Lippen.

Sie ist nicht die Einzige. Auch viele Einheimische sind gespannt auf das Spektakel, und es versammeln sich immer mehr. Aber etwas scheint mir nicht recht zu stimmen: Das hier ist nicht der gespannte Eifer des Publikums bei den Todesspielen in Cenaria. Da ist keine Mordlust im Spiel. Und niemand geht in Deckung. Wissen sie hier denn nicht um die damit verbundene Gefahr?

Die Jungs sind so arrogant und aufgeblasen, wie es auch die Gildenratten auf den Straßen von Cenaria sein würden, aber keiner von ihnen verrät unter seiner Großspurigkeit nackte Furcht. Keiner wirkt, als sei ihm schlecht bei der Aussicht auf Mord und Totschlag, keiner ist versteinert vor Todesangst. Diese Jungs sind keineswegs gerade dabei, ihre Konfrontation die nächste Stufe nehmen zu lassen. Sie haben einfach … mit dem Eskalieren aufgehört. Einige wenden sich sogar voneinander ab, drehen dem Gegner den Rücken zu.

So etwas würde in Cenaria nie passieren. Konfrontation bedeutete dort immer Demütigung, Verlust von Revier. Das wiederum bedeutete Hunger, Verzweiflung, Blut. Ich habe die ganze Sache auf den ersten Blick falsch aufgefasst. Das hier ist nicht das Vorspiel zu Blutvergießen. Es ist bloßes Spiel. Ein freundschaftlicher Wettkampf.

»Fertig!«, ruft der Junge mit dem Übungsbogen. Er hat einen Köcher an seinem rechten Bein, und er steht völlig falsch. Ein blaues Leuchten umgibt seine rechte Hand. »Wurf!«

Drei seiner Kameraden werfen Bälle in die Höhe, weit das Wettkampffeld hinunter. Blitzartig spannt der Junge seinen Bogen. Das Glühen geht von seiner Hand auf den Pfeil über. Seine Bogenhaltung ist lausig: Der Bogen ist in gerader Linie vor ihm gespannt, statt zur Seite geneigt, sein Ellbogen geht nach unten, der Bogen ist viel zu schwach für einen so weiten Sch…

Rotes Pulver zerstiebt mit Wucht, zeigt an, dass das erste Ziel getroffen ist, dann folgt das zweite. Es ist keine wahrnehmbare Flugzeit verstrichen, obwohl der Weg des Pfeils ein blaues Nachbild in meine Augen gebrannt hat. Sobald er den Pfeil abschießt, ist dieser auch schon an seinem Ziel. Doch das dritte Ziel verfehlt sein erster Schuss. Er spannt erneut, zielt sorgfältig, während der Ball etwa vierzig Schritt entfernt herabfällt, und lässt den Pfeil fliegen.

Er verfehlt und stöhnt zusammen mit der Menge auf, als der letzte Ball auf dem Boden aufschlägt und zerbricht.

Aber ich bin völlig von den Socken.

Das Ziel wurde nicht gelenkt. Und der vom Pfeil beschriebene Bogen – tja, da hat es überhaupt keinen Bogen gegeben. Es war eine schnurgerade Linie. So nachlässig, wie diese Jungen mit ihrer Ausrüstung umzugehen scheinen, nehme ich nicht an, dass die Pfeile perfekt befiedert waren. Sie waren für eine solche Genauigkeit auch nicht lang genug.

Ein anderer Junge aus der Gruppe mit dem gelben Streifen an der Schulter tritt vor. Er streckt seine geöffnete Hand aus. Darin liegt etwas, das Steine oder runde Schrotkugeln sein könnten, wie man sie für Schleudern verwendet. Sie sind von einem ähnlichen blauen Leuchten umgeben und beginnen ihn zu umkreisen, wobei sie kleine gelbe Blitze knistern lassen. »Bereit!«, ruft er. Ich höre, wie sich summend ein Energiefeld um ihn herum aufbaut, und innerhalb der Umlaufbahn der Kugeln verwandelt sich die Luft selbst in eine knisternde blaue Umhüllung. »Wurf!«

Seine Kameraden werfen, und in schneller Folge fliegen vier Geschosse von ihm weg, als sei er selbst eine Schleuder. Wieder werden zwei von drei Zielen getroffen.

»Ja, toll, wenn man mit der halben Schatzkammer eines Königs im Gepäck auf dem Kampfplatz auftaucht«, meint einer der Jungen aus der einfarbig blau gekleideten Mannschaft. Da ist ein leises Knistern von Magie um seine Finger, als er eine der runden Kugeln des Jungen aufbricht und einen Kern aus Gold freilegt. »Ihr Superschützen. Hab schon oft davon gehört, dass ihr hübschen Jungs das Gold nur so wegwerft. Ich dachte nur nicht, dass das auch wortwörtlich stimmt. Wie viele dieser Geschosse holst du eigentlich zurück, wenn du danebenschießt?«

Von dem Platz unterhalb des Spielfelds von dem aus der Bogenschütze geschossen hat, erhebt sich ein Aufschrei. Ein Junge aus dem Viertel, in dem wir uns befinden, Teil einer Gruppe von mindestens zwanzig anderen, reckt seine Faust in die Höhe und hält einen der Pfeile in der Hand, als habe er große Beute gemacht. Als alle im Umkreis ihn ansehen, dreht er sich um und rennt mit dem Pfeil davon, von all seinen Freunden gefolgt.

»*Wir* brauchen nichts weiter als unsere Körper«, schließt der Junge, der die Gruppe, die zuerst an der Reihe war, verspottet und beschimpft hat, und klopft sich mit der überlegenen Selbstzufriedenheit eines großspurigen Heranwachsenden auf die Brust. »Und unsere weit überlegenen Fähigkeiten.«

Gold. In jedem Pfeil und jeder Schrotkugel steckt buchstäblich Gold? Ich habe schon immer gewusst, dass Gold über Eigenschaften verfügt, die es für Magier nützlich machen, aber das hier ist noch einmal etwas ganz anderes.

Die Halbwüchsigen verhöhnen sich nun gegenseitig. Offensichtlich gibt es einen Klassenunterschied zwischen den beiden Gruppen und ihren Kampfdisziplinen. Die eine ist arm oder hat vielleicht ein Armutsgelübde abgelegt – auch wenn offensichtlich ist, dass keiner dieser Jugendlichen aus echter, bitterer Armut stammt. Sie betrachten sich selbst als härter trainierend, männlicher, eher als Soldaten denn als Hofmagier. Die andere Gruppe hält sie für Narren, für arm, weil sie dumm sind.

Und trotzdem hat das Sho'cendi diese Rivalitäten in die Bahnen unblutiger Wettkämpfe gelenkt. Vielleicht gibt es daneben ja auch noch die eine oder andere Rauferei, die sie hinterher vor ihren Ausbildern verbergen. Aber weder Mord noch Totschlag.

Der prahlende Junge ist das Wettkampfgelände hinuntergegangen. Ich glaube, er will die anderen dazu provozieren, die Zielscheiben – jetzt sehe ich, dass es sich um faustgroße Lehmbälle handelt – auf *ihn* zu werfen. Aber einer der älteren Jungen aus seiner Gruppe hat nun mich ins Auge gefasst, und ich sollte mich jetzt schleunigst in Bewegung setzen. Es gibt nicht viele Seher unter den männlichen Magiern, doch ich will kein Risiko eingehen.

»Fertig!«, sagt der Jugendliche und nimmt eine brauchbare Verteidigungshaltung ein. Blaues Licht strahlt um seine Fäuste und vielleicht auch um seine Füße herum auf, auch wenn ich sie durch die Menge nicht sehen kann. »Wurf!«

Ich bin zu weit weg, um erkennen zu können, wie genau er es macht, aber die Zielscheiben explodieren in seiner Nähe alle in der Luft – sogar eine, die ihn um mehrere Meter verfehlt hat. Für diese muss er seine Reichweite magisch vergrößert haben.

»Komm, gehen wir«, wende ich mich mit leiser Stimme an Phaena.

Sie fragt nicht weiter nach, und wir reiten sofort los. Ich sehe, dass der eine Jugendliche mich immer noch mustert – er gehört zu den ältesten der Körpermagie praktizierenden Jungen in der einfarbig blauen Kleidung. Ich fühle mich unwohl. Diese jungen Kerle sind auf dem Weg, blaue Magier zu werden, und die meisten Magier lernen, stets nur eine Disziplin zu beherrschen. Die Solons dieser Welt sind seltener, und die Dorians sind helle Blitze, die nur einmal in einem Jahrhundert einschlagen; manche Magier jedoch verfügen über zusätzliche Begabungen, die sich nicht säuberlich in ihre Hauptdisziplin eingliedern lassen. Selten reichen diese Begabungen aus, um sie eine spezialisierte Ausbildung anderswo aufnehmen zu lassen, aber wie auch immer, ich habe keine Ahnung, was dieser Nachwuchsmagier womöglich in mir sehen könnte, wenn er mich anschaut. Mein magisches Talent oder darüber hinaus sogar noch mehr? Ich sollte mein Glück nicht herausfordern.

Wir reiten weiter nach Tover hinein, seinem unheimlichen, in der Luft schwebenden blauen Turm entgegen, der am Boden festgekettet ist. Die unbefestigten Lehmstraßen gehen in Kopfsteinpflaster über, die Felder werden kleiner und weniger und verschwinden schließlich ganz, der braune Fluss wird breiter und langsamer, und die Menschenmengen werden dichter. Tover ist eine Hafenstadt an der Grauen See und so kosmopolitisch wie Cenaria. Auch wenn die vorherrschenden Hautfarben rosa, hellbraun und olivenfarben sind, sehe ich keine einzigen schwarzen Kittel der Lae'knaught, während ich jede andere Art von Kleidung entdecken kann. Ich kann mir vorstellen, dass es hier viele Spione von dort gibt, doch in einer Stadt, die so sehr von den blauen Magiern abhängig ist, kommt die antimagische Sekte wahrscheinlich nicht sonderlich gut an.

Schließlich findet Phaena ein Gasthaus, in dessen Türrahmen etwas eingeritzt ist, das sie zufriedenstellt.

Ich bringe die Pferde in den Stall, werfe mir die Satteltaschen über die Schulter und werfe im Hineingehen einen Blick auf das

Symbol. Es ist nicht gerade versteckt, aber man würde es nicht sehen, wenn man nicht genau hinschaut: eine stilisierte Sonne über einem Strich wie am Horizont des Meeres, mit einer weiteren Sonne unter der Linie wie eine Spiegelung. Mich fröstelt.

Die obere Sonne symbolisiert das Leben, der Strich den Tod und die gespiegelte zweite Sonne das Leben nach dem Tod. Es ist ein Symbol für die Gesellschaft der Zweiten Morgenröte, eine geheime Organisation, die gerne alles über Unsterblichkeit erfahren würde, vorgeblich als rein wissenschaftliches Unterfangen, aber Durzo ist immer davon ausgegangen, dass es ihren Mitgliedern letztlich darum geht, selbst Unsterblichkeit zu erlangen. Momma K ist ein Teil dieser Gesellschaft oder benutzt sie zumindest für ihre Zwecke.

Als ich eintrete, beendet Phaena ihr Gespräch mit einer Frau an der Theke und fängt mich an der Treppe ab. Sie trägt jetzt eine ledergebundene Foliomappe in der Hand.

Ein Kneipenwirt mit geschlossenen Augen schnappt sich einen dünnen Stock und kommt herüber. Er führt den Stock mit der Leichtigkeit eines Schwertkämpfers, klopft mir ans Schienbein und schreitet an mir vorbei. Er steigt mit solcher Sicherheit die Treppe hinauf und steuert das Gästezimmer an, dass ich einige Augenblicke brauche, um zu begreifen, dass er blind ist. Der Stock forscht nur nach Stellen, an denen er eine mögliche Gefahr vermutet, doch der Mann hat kein Problem damit, uns das Zimmer zu zeigen.

Wie in den Räumen vieler Gasthäuser gibt es auch in diesem Zimmer nur ein einzelnes Bett, wenn auch groß genug für mehrere Schlafende.

»Ist das jetzt dein Zimmer, meines oder unseres?«, frage ich.

»Unseres«, antwortet Phaena, während der Kneipenwirt einen klappbaren Sichtschutz aus einem Schrank hervorholt.

Wortlos räuspert sich der Wirt, um unsere Aufmerksamkeit auf sich zu ziehen. Er zeigt uns ein paar der üblichen Einrichtungsgegenstände im Zimmer, teilt uns mit, wo wir Wasser zum Waschen bekommen, und verspricht, uns das Notwendige zum Reinigen unserer Kleidung zu bringen. Dann verriegelt er hinter uns die Tür, und als er den Riegel fest zuschiebt, höre ich ein Klacken vom Fenster her. Er zerrt die Vorhänge an dem winzigen Fenster beiseite und zieht kräftig an einem der dort befindlichen Haken. Ein Riegel löst sich, und er zeigt mir, wie sich ein ganzes Deckenfeld zum Dach hin öffnet.

»Für den Fall, dass Ihr ein Alibi benötigen solltet«, erklärt er. »Unten am Empfang befinden sich rund um die Uhr auch noch andere Leute, die jeden Eid schwören werden, dass Ihr unmöglich ungesehen Euer Zimmer habt verlassen können.«

»Andere Leute?«

Er öffnet seine blicklosen Augen und wendet sich mir mit verlegener Miene zu. »Meine eigene Aussage als Augenzeuge dürfte nicht sehr hoch geachtet werden, fürchte ich.« Er lächelt freudlos. »Folgende Regeln: Wir sind keine Verbrecher. Wir machen diese eine Sache für Euch, und das war's. Wenn Ihr jemandem auf dieser Seite der Brücke etwas antut, dann ist die Sache gelaufen. Wir lassen keine fremden Hunde, die hier auf Besuch sind, in unseren Garten kacken, egal welche hohen und mächtigen Tiere das sein mögen und wen sie alles so kennen. Kapiert? Gut.«

Er ist schon aus dem Raum, bevor einer von uns antworten kann.

»Hunde auf Besuch?«, frage ich.

»Hat er mich gerade als räudige Hündin beschimpft?«, fragt mich Phaena, aber sie lächelt.

Wir richten uns im Zimmer ein. Ich untersuche meine Waffen und Werkzeug und prüfe, was zuerst gewartet werden muss.

Dann sehe ich mir meine Kleidung an. Alles hat dringend eine Wäsche nötig. Phaena ist auf der anderen Seite des Sichtschutzes mit ihren eigenen Sachen beschäftigt.

Ich beginne mit dem Waschen meiner Ersatzkleidung. Ich muss sie von Hand eintauchen, weil ein anderer Gast die einzige Wäscheschleudervorrichtung in Gebrauch hat. Ich sage: »Gut, zur bevorstehenden Arbeit. Sollte ich heute Abend noch ausgehen müssen, was ist dann schlimmer für mich: Wenn ich leicht feucht oder sehr schmutzig bin?«

Ich höre ein dumpfes Ächzen. Schmerzen?

»Alles klar bei dir?«, erkundige ich mich.

»Wie bitte? Ach ja, unsere Arbeit, richtig«, erwidert sie. Sie wirft ihr Kleid oben über den Sichtschutz. »Meine Anweisungen vermerken, dass du ein Armband stehlen sollst. Es gibt drei Möglichkeiten. Das heißt, die gab es jedenfalls vor zwei Tagen, als wir eigentlich hier hätten ankommen sollen. Du kannst dir eins von einem der drei Magier hier im Ort besorgen – oder hättest es dir jedenfalls besorgen können. Jeder der Männer ist auf seine eigene Weise beängstigend mächtig, und du musst die Sache durchziehen, bevor sie die Stadt verlassen. Wenn sie nicht schon weg sind.«

»Das also ist besagter Raub, ein Armband?« Und eines von dreien? Es kann keine drei Kompasse geben.

»Nein, natürlich nicht. Das Armband ist dein Passierschein für eine bestimmte … Zusammenkunft, in die du dich zu einem späteren Zeitpunkt einschleusen sollst. Ohne eines dieser Armbänder kommst du dort nicht rein und kannst nicht tun, was du zu tun hast. Ursprünglich hättest du eins von einem Kurier stehlen sollen, bevor er Tover erreichte. Eine einfache Sache. Aber dafür ist es jetzt zu spät. Du musst dich also für eine Zielperson entscheiden und sie dann töten oder aufhalten oder anderweitig verschwinden lassen, ohne dass die Gegenseite es bemerkt, denn wenn jemand die … Gastgeber jener Zusammenkunft davon in Kenntnis setzt, dass Eure Zielperson nicht kommt, wird das Armband entweder deaktiviert oder zur Waffe gemacht, mit offenbar tödlichen Folgen für denjenigen, der es trägt.«

»Aha. Dann sollte ich also eher schmutzig als feucht rausgehen. Möchtest du, dass ich dein Kleid wasche?«

Eine Pause. Dann antwortet sie fragend: »Sicher, ja?«

Ich nehme ihr Kleid vom Sichtschutz und mache mich ans Werk. Ich gebe bereitwillig zu, dass ich dabei von meinem magischen Talent Gebrauch mache. Durzo hat versucht, mir einzuschärfen, Magie nur in Notfällen oder bei meiner Arbeit einzusetzen. Aber hast du jemals schmutzige Reisewäsche komplett mit der Hand gewaschen? Immerhin gibt es hier eine Wäschemangel, um die Sachen weitgehend trocken zu bekommen, bevor ich sie am Feuer aufhänge.

»Sonst noch was?«, frage ich.

Sie streckt ihren Kopf am Sichtschutz vorbei und sieht meine ausgestreckte Hand sonderbar an. »Du meinst doch nicht den Auftrag, oder? Du meinst meine Kleidung?«

Entnervt antworte ich: »Ich bin weder dumm noch ein kleines Kind. Ich weiß, warum du schon so lange da hinter diesem Ding bist. Du hast deine Blutungen. Ich bitte nicht darum, deine Menstruationstücher zu reinigen. Aber du hast doch sicher Strümpfe, Unterhemden, ein anderes Kleid? Ich bin gerade dabei, die Kleider zu waschen. Soll ich dir helfen oder nicht?«

Sie wirkt verdrossen. »O ja, stimmt, stimmt. Ich wollte nur …« Sie verschwindet, und kurze Zeit später wirft sie weitere Anziehsachen über den Sichtschutz. »Aber das ist es nicht. Ich meine, nicht allein. Bevor du gestern Abend gekommen bist, hat mich dieser … Mann … gegen eine Wand gestoßen und mir jede Menge blaue Flecken an der Brust verpasst. Hab auch alle möglichen Schürfwunden davongetragen.«

Das erklärt, warum ich sie zuvor wiederholt dabei beobachtet habe, wie sie mit der Hand an der Brust zusammengezuckt ist und dabei ausgesehen hat, als sei es ihr peinlich.

»Warum beschäftigst du dich nicht lieber schon mal mit der Planung, was du als Nächstes tun willst?«, erkundigt sie sich.

»Muss irgendetwas davon kalt gewaschen werden?«

»Hm?«, fragt sie.

»Ob es mit kaltem Wasser gewaschen werden muss. Und ich plane durchaus, was ich als Nächstes tun will. Das ist einfach meine Art zu planen. Ich denke nach, während meine Hände beschäftigt sind. Jetzt erzähl mir von diesen Magiern«, sage ich.

Sie berichtet mir kurz von allen dreien und verweist mich dann auf die Unterlagen, die in dem Ordner waren, den sie von der Frau unten abgeholt hat. Die Akten sind voller Details: Namen, Orte, wichtige Bedienstete, bevorzugte gesellschaftliche Aufenthaltsorte, Lieblingsspeisen, Schlafzimmervorlieben, Geliebte. Alles ist auf dem neuesten Stand, einschließlich der Lokalitäten, wo jeder gestern zu Abend gegessen hat.

Auch wenn ich noch nicht einmal die Hälfte davon gelesen habe, kann ich erkennen, dass es sich um gute Informationen handelt und genau um die richtigen Informationen für meine Arbeit. Momma K macht keine halben Sachen.

Aber es ist eben auch eine gewaltige Menge an Informationen, und wie sich herausstellt, ist das meiste davon nicht von Bedeutung, also habe ich den ganzen Kram im Nachhinein wieder gestrichen, um dich nicht damit zu langweilen.

Bei der Gelegenheit wollen wir rasch mal eine Faustregel aufstellen: Sollte ich je etwas tun, das unüberlegt oder sogar dumm erscheint, solltest du darüber hinwegsehen und davon ausgehen, dass ich sehr gute Gründe hatte, genau so zu handeln, wie ich es getan habe … Wie ich es *tue*? Wie ich *im Begriff bin*, es zu tun? Zeitformen sind schwierig.

Egal. Wenn ich also etwas tue, das dumm aussieht, geh davon aus, dass ich einige Details zu erwähnen vergessen habe, die hervorragende Gründe dafür liefern, warum ich diese Sache so und nicht anders zu machen habe.

~Du meintest, »warum ich diese Sache so und nicht anders gemacht habe«, denn die Zeit, in der deine Zuhörer davon hören werden, was du jetzt machst, wird erst sein, *nachdem* du es gemacht hast, unabhängig von der Frage, ob …~

Richtig. Da bin ich dir sehr dankbar. Dann tu dir keinen Zwang an und korrigier das für mich.

Irgendwie, so lungenlos und still der Ka'kari auch sein mag, kann ich sein Seufzen doch ganz deutlich hören.

»Darf ich dich mal was fragen?«, fragt Phaena, während ich die letzte Wäsche aufhänge.

Ich starre sie an.

»Du hast mich nie nach Beweisen dafür gefragt, dass ich für … die Person arbeite, für die ich arbeite«, sagt sie.

»Nein«, antworte ich. Ich habe das Gefühl, genauso kurz angebunden rüberzukommen wie Durzo, aber, ganz ehrlich, ich weiß einfach nicht, was ich sagen soll.

»Hättest du das noch vorgehabt?«, hakt sie nach.

»Jetzt hast du mir einen Strich durch die Rechnung gemacht. Ich hatte geplant zu warten, bis du schläfst, dann wollte ich auf das Bett springen, einen Pfeil mit Ahlspitze auf dein Auge richten und damit anfangen, dir Fragen zuzubrüllen. Du weißt schon, um sicherzustellen, dass unsere gemeinsame Reise für dich auch einen guten Anfang nimmt.«

Für einen Moment sehe ich nackte Angst in ihren Augen aufblitzen.

Die Frau ist gerade traumatisiert worden, du Hornochse. Es ist noch nicht einmal einen Tag her, da war sie sich sicher, sterben zu müssen. Sie weiß noch nicht, wie hirnverbrannt und abstrus albern ich sein kann. Sie weiß noch nicht, was ich alles nie im Leben tun würde.

~Weißt *du* denn, was du alles nie im Leben tun würdest?~

Sie gewinnt jedoch schnell die Fassung wieder und kichert.

Es ist ein soziales Kichern, als sei meine Bemerkung nicht im Geringsten lustig gewesen, doch sie versucht, mir einen gewissen Vertrauensvorschuss zu geben und ein Auge zuzudrücken.

Ich bin ein Schafskopf.

»Herz…« Phaena schaut sich um, als erinnere sie sich plötzlich, dass es Lauscher geben könnte. »Unsere gemeinsame Bekannte meinte, dass du vielleicht … dass es vielleicht viel mehr bedürfte, um dich zu überzeugen, als es den Anschein habe.«

»Hat sie gesagt, ich sei schwierig?«, will ich wissen.

»Dieses Wort könnte gefallen sein«, räumt Phaena behutsam ein.

»Hat sie mich auch überraschend genannt?«

»M-hm.«

»Und was von beidem wünschst du dir von mir?«

Phaena sieht mich an, als wäre ich ein kompliziert zu lösender Zauberwürfel. »Überraschend?«

»Dann werde ich dich dadurch überraschen, dass ich gar nicht schwierig bin.«

»Bist du gar nicht?«

»Bist du überrascht?«

»Ja.«

»Dann hatte sie recht mit mir.«

»Zur Hälfte recht«, korrigiert Phaena.

»Und das beunruhigt dich. Das muss es nicht. Der schwierige Kylar wird schon noch zum Vorschein kommen, das kann ich dir versprechen.«

»Aber jetzt, da du mich gewarnt hast, werde ich nicht mehr überrascht sein«, erwidert Phaena mit einem leisen Lächeln auf den Lippen.

»Oh, ich glaube, ich …« Ich beiße mir auf die Zunge.

Ich stehe im Begriff, mit ihr zu *flirten*. Es ist, als wäre ich absolut lernunfähig.

Vielleicht sollte ich Phaena mal beschreiben. Ich achte kaum je auf Kleidung, es sei denn, ich bin auf einer vornehmen Feier. Aber ich weiß, dass das für andere Leute wichtig ist, also, ähm, an den Sachen, die sie trägt, seit wir in unserem Zimmer sind, gibt es drei Stellen, wo sie ein Messer oder eine andere Waffe verstecken könnte, doch nach ihren bisherigen Bewegungen und ihrem schlanken Körperbau zu schließen, bleibt da nur eine Möglichkeit.

Das ist es, wonach ich Ausschau halte, wenn ich auf Kleidung achte.

Für die meisten Zwecke nicht sehr hilfreich, oder? Solltest du zu der Sorte Mensch gehören, die Wörter wie »maigrün« und »flohfarben« verwendet, kann ich dir vermutlich keine jener Details vermitteln, die dich interessieren. Als ich in der Angelegenheit mit den Banditen dazwischengegangen bin, habe ich Phaena nach bestimmten Merkmalen untersucht: Ich habe nachgesehen, ob sie Dreck unter den Fingernägeln oder im Nacken hatte sowie fettiges Haar, um festzustellen, ob sie auch schon so lange im Wald lebte wie diese Räuber. Ich habe mir ihre Schultermuskulatur angesehen und geprüft, ob die Adern an ihren Unterarmen hervorstanden, was mir angesichts ihrer Schlankheit verraten würde, ob sie ausgiebig mit Speer oder Schwert trainierte. Aber hier, jetzt, da ich weiß, dass sie kein Feind ist, und ich selbst von den Tagen des langen Ritts und des Schlafmangels erschöpft bin, ist mir der Schutzschild meiner Professionalität zu schwer geworden, und ich habe ihn zur Seite rutschen lassen.

Würde ich versuchen, sie so zu beschreiben, wie ich sie noch vor wenigen Augenblicken gesehen habe, als ich im Begriff stand, mit ihr zu flirten, hätte sich meine Beschreibung, fürchte ich, wohl wie die eines ganz schön … *einsamen* jungen Mannes angehört, der seit fast einem Jahr nicht mehr mit einer Frau intim gewesen ist und der eher einzelne Körperteile beschreibt als eine Frau. Du kannst dir denken, welche Teile.

Ich will da jetzt lieber nicht fortfahren, das würde uns beide nur in Verlegenheit bringen. Zu meiner Verteidigung möchte ich jedoch noch anmerken, dass sie für Momma K arbeitet, und Momma K ist eine überzeugte Anhängerin der Doktrin, möglichst attraktive Leute anzuwerben. Und bisweilen ist sie auch sehr erfolgreich damit.

Und das eben ist der Grund, warum ich fast angefangen hätte, mit ihr zu flirten. Obwohl nichts anderes als mein Flirten letztlich der Grund dafür ist, warum ich überhaupt hier bin. Durch mein Geschäker mit Vi habe ich mich ablenken lassen, statt meine Arbeit zu machen. Habe vergessen, was es bedeutet, der Nachtengel zu sein, welche Opfer man dafür bringen muss. Und ich bin nicht der Einzige, der jetzt den Preis dafür zu zahlen hat. Nein, das ganze Königreich muss darunter leiden. Logan und Jenine. Vi könnte inzwischen tot oder für immer verkrüppelt sein. Und jetzt bin ich hier und werde erneut von genau der gleichen menschlichen Schwäche eingeholt.

Ich werde das bei Phaena nicht wiederholen. Außerdem ist sie älter als ich, hat die ersten Anzeichen von bleibenden Lachfältchen im Gesicht und die Ausstrahlung von jemandem mit viel mehr Lebenserfahrung als ich – normaler Lebenserfahrung, von der gesunden Art, nicht von meiner Art. Sie ist hübsch, ja, kommt aber für mich nicht infrage.

Doch ich glaube, ich habe das jetzt alles lang und breit ausgeführt und sie trotzdem nicht beschrieben, nicht wahr? Versuchen wir es mal mit: mittelgroß, schlank, dunkle Augen, gewelltes langes dunkles Haar, momentan zum Pferdeschwanz gebunden, tief sonnengebräunte bis fast olivenfarbene Haut? Nicht ganz der Farbton einer Frau aus Seth, aber …

Warum nennt man es eigentlich olivenfarbene Haut? Jemand könnte grüne Haut haben, und es wäre immer noch olivenfarbene Haut. Ich frage mich, wie oft in irgendwelchen Erzählungen wohl jemand grüne Haut hatte und ich gedacht habe, der erzählende Barde würde einfach meinen, der- oder diejenige sei stark gebräunt.

Jedenfalls hat sie eine hell olivenfarbene Haut. Da ist nichts von Grün. Und sie trägt einen maigrünen Rock.

~Das ist nicht Maigrün. Und, Kylar: Sie wartet auf dich.~

»Hä?«, mache ich. Ich glaube, sie hat irgendetwas wissen wollen, bei dem es um die Frage meines Nicht-schwierig-Seins ging, während ich hier völlig in Gedanken versunken war und mich nach Kräften bemüht habe, nicht ihren Brustbereich zu beschreiben. »Momma K will mich über diesen Auftrag im Unklaren lassen«, erkläre ich. »Das wurmt mich. Ich habe es ihr gesagt. Aber sie ist trotzdem hartnäckig geblieben, weißt du?«

»Ja«, sagt Phaena, und ich weiß die unverblümte Antwort zu schätzen.

»Ich hatte unterwegs Zeit, darüber nachzudenken. Und sie geht Auseinandersetzungen aus dem Weg, wenn sich ihr die Möglichkeit dazu bietet. Sie wusste, dass ich so etwas nicht ausstehen kann, doch sie hat entschieden, dass die Sache so wichtig ist, dass es dieses Verhalten ihrerseits rechtfertigt. Ich kann mir keinen Grund dafür vorstellen, dass es ihr dabei darum gegangen wäre, mich zu verletzen. Auch wenn sie und ich nicht gerade Freunde sind …« Wir sind Familie, hat sie im Scherz gesagt. In Ordnung. »Sie will dasselbe wie ich.«

Nein, will sie nicht.

Und in diesem Moment wird mir klar, warum sie den Nemesis-Kompass noch vor Verschwinden der Zwillinge in ihren Besitz hat bringen wollen. Er ist ein Personensucher. Warum sollte ihr so sehr am Besitz eines Personensuchers gelegen sein, dass sie ausgerechnet mich bittet, ihn aufzutreiben, obwohl sie doch weiß, dass ich wahrscheinlich Nein sagen und ihr das Leben schwer machen würde?

Weil sie nicht weiß, wo Durzo ist.

Und natürlich konnte sie nicht zugeben, dass sie den Kompass deswegen haben wollte. Jedenfalls nicht mir gegenüber. Und schon gar nicht, nachdem ich angefangen habe, mich in der ganzen Angelegenheit wie ein Idiot aufzuführen. Hm.

»Sie will, dass du … die Zwillinge zurückbringst, ja«, sagt Phaena.

»Genau«, erwidere ich. »Also werde ich mitspielen. Sie meint, es sei wichtig, dass ich eine Zeit lang nicht genauer Bescheid weiß? In Ordnung. Es wurmt mich immer noch, aber ich werde mein Bestes tun, es nicht an dir auszulassen. Sie hat viel Gutes über dich gesagt.«

»Ja? Was zum Beispiel?«

»Dass ich es dir nicht sagen soll«, entgegne ich mit einem Grinsen.

»Das ist deine Rache, nicht wahr?«, meint Phaena. »Für alles, was ich dir verschweige.«

»Hm, schon.« Ich lächle noch breiter.

Für jemanden, der nicht so recht weiß, wie man flirtet, habe ich das Gefühl, dass ich der Sache wieder gefährlich nahe komme, also versuche ich, mich zurückzuhalten. »Sie hat gemeint, deine Fähigkeiten und Qualitäten seien mehr oder weniger das Gegenteil von meinen und dass sie dir vertraut. Ich glaube, sie baut darauf, dass du eine Zukunft in ihrer Organisation hast. Mir ist nicht ganz klar geworden, ob sie damit ihre neueren oder die älteren Teile gemeint hat.« Ich gehe davon aus, dass Phaena versteht, was ich damit meine – ob sie auf der legalen oder auf der illegalen Seite steht.

Phaena strahlt. »Schön zu hören. Allerdings bin ich mir nicht sicher, ob ich den Ehrgeiz habe, die … Angelegenheiten zu übernehmen, die sie da von mir verlangt.«

»Aha?« Ich kann erkennen, dass sie keine Einzelheiten herausrücken will, also lege ich mir einen freundlich interessierten Tonfall zu.

Sie tritt nervös von einem Fuß auf den anderen. »Ich, ähm, arbeite in eher unregelmäßigen Abständen für sie. In einer Art Spezialfunktion, verstehst du?«

Momma K lässt jeden für sich arbeiten, von Stallknechten über Dienstmädchen und Geldeintreiber bis hin zu Gelegenheitsdieben und Grafen. Phaena hat das Spektrum nicht weiter eingegrenzt. Angesichts ihres Unbehagens hinsichtlich ihrer Arbeit vermute ich, dass Phaena keine Kurtisane ist. Kurtisanen sind nicht leicht in Verlegenheit zu bringen. »Oh, als eine Art Spionin?«

»Nein, eher wie … in einem ihrer Freudenhäuser.«

»Klar«, sage ich. Phaena weiß mit Sicherheit, wo ich aufgewachsen bin und was ich früher gemacht habe, daher begreife ich nicht recht, warum sie zu glauben scheint, ich würde eine Kurtisane verurteilen. Vielleicht hat sie ihre eigenen Vorbehalte gegenüber ihrer Arbeit. Ich habe fraglos Vorbehalte gegenüber meiner.

Sie fährt fort: »Mit dem, was ich tue, brauche ich nur ein paar Tage im Monat zu arbeiten und verdiene immer noch genug für meine Familie, ohne dass ich viel unterwegs bin. Es erfordert allerdings absolute Diskretion, und die Herzogin hat gelernt, dass sie mir vertrauen kann. Und da ich nicht regelmäßig oder in aller Öffentlichkeit in irgendeinem ihrer Etablissements gewesen bin, geht sie nicht davon aus, dass mich hier oder bei unserer nächsten Station irgendwer erkennen oder mich, selbst wenn das der Fall sein sollte, mit ihr in Verbindung bringen wird.«

»Verstehe«, sage ich. Aber das stimmt nicht. Momma K schickt uns also irgendwohin, wo sie befürchtet, dass wir auf ein paar bekannte Gesichter stoßen könnten – aber hier in Tover? Wie viele Cenarier könnten sich wohl hier befinden? »Bist du eine heimliche Magierin?«, frage ich unvermittelt, obwohl ich das nicht hätte tun dürfen. Ich weiß, dass Momma K Huren in ihren Diensten hat, die Magie entweder direkt bei ihrer Arbeit oder zur Selbstverteidigung und dergleichen einsetzen, und obwohl sie nie auch nur ein Wort darüber verloren hat, bin ich mir sicher, dass sie versucht, diese so gut wie möglich auszubilden, ohne sie zur Chantry in die Lehre zu schicken – wodurch sie sie ganz verlieren würde.

Phaena schüttelt den Kopf und wirkt keineswegs beleidigt. »Nur insofern, als Musik magisch ist«, gibt sie zur Antwort.

»Du bist eine gute Musikerin?«

»Eine ziemlich gute«, räumt sie ein.

Aha!

Also … eine Musikerin und Kurtisane, die in ein paar Nächten einen ganzen Monatslohn verdient. Im Verein mit ihrem Aussehen bedeutet das, dass sie die Art von Herren oder Damen unterhält, die höchste Ansprüche an die Frau stellen, mit der sie schlafen. Ich verstehe, dass sie dafür einen Aufpreis verlangen kann. Aber gar so hoch kann der auch wieder nicht sein. Mit ein paar Nächten im Monat eine ganze Familie ernähren? Das muss bedeuten, dass die Familienmitglieder ein ziemlich karges Leben fristen.

Bei einer so hübschen Frau wie Phaena kann ich mir nicht vorstellen, dass es keine höhere Nachfrage gibt, also nehme ich an, dass sie deshalb nicht häufiger arbeitet, weil sie es nicht will. Sie wäre nicht die erste Frau, die mir begegnet, die diese Arbeit hasst, aber keine besseren Möglichkeiten hat.

Ich fühle mich plötzlich verlegen. Zu wissen, dass sie Musikerin ist, sollte eigentlich Raum für alle möglichen Gesprächsthemen geben. Aber ich weiß nicht sehr viel über Musik. Ich habe auch kein einziges Instrument unter ihren Sachen gesehen.

»Deine Arbeit gibt dir reichlich Zeit für deine Familie, nicht wahr?«, setze ich an, in erster Linie, um die Stille zu füllen. »Erzähl mir von ihnen.«

Ich glaube, ich habe jetzt eins und eins zusammengezählt. Wir gehen auf irgendeine geheime vornehme Feier, bei der alle möglichen hohen Herren und Damen anwesend sind. Momma K wollte lieber Phaena dabeihaben als jemanden, den die Herren und Damen als eines ihrer käuflichen Mädchen erkennen könnten, also dürfte die Feier nichts so Vulgäres wie eine Orgie sein, sondern eher die Art von Veranstaltung, bei der eine schöne Frau eine Zielperson verführen oder zumindest ablenken kann, während ich den Kompass der Dämmerung stehle.

Beim Gedanken an ihre Familie legt sich ein sehnsuchtsvolles Lächeln über Phaenas Züge. »Ein Bruder und zwei Schwestern, wir leben bei meinem Vater. Renzo ist fünfzehn und oft aufbrausend, aber seit er Geselle ist, scheint er sich etwas beruhigt zu haben. Er ist Bootsbauer und liebt es, letzte Hand anzulegen. Ticia und Treya sind elf und unglaublich lieb – die Hälfte der Zeit. Äh, mehr als die Hälfte. Viel mehr als die Hälfte. Aber, na ja, vielleicht doch nur die Hälfte der Zeit. Zwillinge, klar. Mutter starb vor – wie lange ist das jetzt her? – etwa acht Jahren. Ein Raubüberfall. Sie haben ihr einen Hieb verpasst, und sie ist mit dem Kopf aufgeschlagen und … nie mehr aufgewacht. Vater ist großartig, wenn er bei sich ist, aber seine Geisteskräfte haben allzu früh nachgelassen. Behält keine Arbeit auf Dauer. Die Herzogin hat einen Magier kommen lassen, um ihn zu untersuchen – ohne Kosten für uns, weißt du, das haben wir uns nicht leisten können, aber … es ist nichts, was sich mit Magie aus der Welt schaffen ließe.«

»Ich wollte wirklich nicht …«, bringe ich heraus und breche dann ab. Ich weiß plötzlich nicht weiter, versuche herauszufinden, was genau ich falsch gemacht habe.

»… Interesse an mir als Mensch bekunden?«, fragt sie mit einem verhaltenen Lächeln. »Schon in Ordnung. Menschen machen das ab und zu.«

Ich könnte nicht sagen, ob sie scherzt oder ob sie darauf Bezug nimmt, dass die Leute käufliche Damen häufig nicht wie vollwertige Menschen behandeln. »Ähm, nein. Ich meinte … ich habe gemeint, es tut mir leid, wenn ich da unschöne Erinnerungen bei dir wachgerufen habe.«

Sie zuckt mit den Schultern.

»Du ernährst also deine ganze Familie? Allein?«

Ich beiße mir auf die Zunge.

Und jetzt habe ich ihre Arbeit angesprochen.

Toll gemacht, Kylar.

Phaena lächelt reumütig. »Wenn ich für jemand anderen arbeiten würde, könnte ich nicht so viel Geld verdienen. Aber das macht es einem auch ziemlich schwer, Ihrer Gnaden etwas abzuschlagen, wenn sie darum bittet. Selbst wenn sie um etwas wie das hier bittet.«

Ich verspüre sofort den Impuls, sie zu necken, indem ich sage: *Etwas so Schreckliches, wie mit mir zusammenzuarbeiten?*, und dann so zu tun, als sei ich beleidigt.

Mit anderen Worten: zu flirten.

»Ha«, sage ich stattdessen. »Mich bezahlt sie überhaupt nicht, und ich kann trotzdem nicht Nein sagen.« Es ist die richtige Reaktion. Plötzlich sind wir einfach zwei ganz normale Menschen, die sich über ihren Boss beschweren. »Apropos Boss«, sage ich, »gib mir mal die Akte über den zweiten Typen. Ich habe da eine Idee.«

Kapitel 26

Das Problem mit Hunden, ob Vier- oder Zweibeiner

Während ich hier an meinen Fingerspitzen hänge, glaube ich, endlich herausgefunden zu haben, warum Hunde mich hassen. Stell dir vor, du wachst in deinem Schlafzimmer auf, und da steht ein Hund vor dir. Dein Haus ist abgeschlossen, alle Türen sind verriegelt. Deine Schlafzimmertür ist zu. Auch sie ist abgeschlossen. Der Raum hat keine Fenster. Wie ist der Hund hereingekommen? Er ist schrecklich groß. Jetzt kommt er ganz nah heran, und du streckst zitternd die Hand aus, um seinen Kopf zu tätscheln. Deine Hand geht direkt durch ihn hindurch.

Wie würdest du dich da fühlen?

Ist es ein Traum, eine Halluzination? Nein – jetzt knabbert der Hund an dir, beißt dich spielerisch, und du spürst *Zähne.*

Würdest du da nicht ein klein wenig in Panik geraten?

Hunde erfahren mich genau so. Wenn ich den Ka'kari trage, verströme ich keinen Geruch. Kein bisschen. Ich habe nicht einmal schlechten Atem. Für Hunde, für die jedes Kothäufchen auf der Straße eine gewaltige Palette an Düften von unergründlicher Vielfalt, umfassender Tiefe und einer reichen Geschichte bereithält, muss es so sein, als würden sie einem Wesen über den Weg laufen, dem eine grundlegende Dimension des Seins fehlt.

Damit will ich nur sagen, dass ich zwar Hunde mag und ihnen leichter ausweichen kann als ein durchschnittlicher Einbrecher, der wie eine Katze die Fassaden hinaufklettert, aber wenn sie mich dann doch einmal sehen, reagieren sie, als wäre ich eine durchschnittliche Katze.

Und wenn man dann noch hinzufügt, dass ich bewaffnet an Orten auftauche, wo ich nicht hingehöre? Na ja, stell dir vor, der Hund, den du in deinem Schlafzimmer vorfindest, ist eine Kriegsdogge, deren Schulterhöhe die deine übersteigt, die eine mit Stacheln versehene Rüstung trägt wie ein Ritterpferd und dich anknurrt.

Im Moment habe ich das Bild einer Kriegsdogge besonders lebhaft vor Augen, denn auf der Mauer über mir ist gerade eine unterwegs. Ihre Kiefer sind so groß, dass mein gesamter Kopf dazwischen passen würde, und sie schnüffelt sehr nah an meinen Fingerspitzen.

Ganz, ganz behutsam verlagere ich mein Gewicht auf die linke Hand und lasse mit der rechten vorsichtig die Gebäudekante los.

Mein Körper schwingt nach links, meine Schuhe mit den Sohlen aus dem Saft des Gummibaums stoppen meine Bewegung fast geräuschlos.

Das Ungeheuer spitzt die Ohren.

»Petti?«, ruft eine Stimme. »Was hast du denn da, Mädchen?« Einen Moment später streckt ein Mann mit den Schultern eines Ackergauls seinen Kopf über die Kante, ohne mich allerdings zu sehen. Er hat ein Gesicht, das nur ein Hund lieben kann.

Aber was weiß ich. Vielleicht riecht er ja echt gut.

Zufrieden, dass da nichts unter ihm ist, sagt der Mann: »Schon wieder Katzen? Sie lieben es, dich zu quälen, was, mein Mädchen?«

Er fängt an, mit der Dogge zu reden wie mit einem kleinen Kind, und Petti beruhigt sich und leckt ihm das Gesicht. Es macht ihm nichts aus, auch nicht, als die riesige Zunge des Hundes über seinen offenen Mund fährt. Er lacht.

Ich habe bei meiner Arbeit schon viel Ekelhaftes gesehen, dennoch bin ich mitnichten gegen die speziellen Freuden des Ekels immun. Ich habe gesehen, wo der Hund seine Zunge noch vor zwei Minuten gehabt hat.

Menschen sind widerlich.

Ich schwinge mich von Hand zu Hand an der Wand entlang, bis ich über dem gewünschten Balkon bin.

Ich bin Philanthes Magnarius über die meiste Zeit der Nacht hinweg gefolgt. Einfach nur, um ihn auszukundschaften; es sei denn, es ergäbe sich die ideale Gelegenheit, das Armband zu stehlen. Bis jetzt habe ich noch nicht einmal feststellen können, dass er das Armband hat, geschweige denn, dass er es bei sich trägt.

Ich habe ihn auch *geschaut*, bin auf einer belebten Straße an ihm vorbeigegangen und habe ihm kurz in die Augen geblickt.

Direkt danach ist er stehen geblieben und hat sich umgesehen. Diese Magier spüren so was, zumindest einige von ihnen.

Als ob ich mit ihnen nicht schon Sorgen genug hätte.

Doch dann ist er weitergegangen, offenbar nicht allzu beunruhigt.

Aus seinem Äußeren und durch die Schau in seine Seele habe ich erfahren, dass er ein eitler und korrupter Mann ist, ein Schmeichler, ein Lügner und ein hinterhältiger Kerl. Kein guter Mensch, doch haftet an ihm auch keine Schuld, die seinen Tod einfordern würde.

Philanthes Magnarius ist ein gebürtiger Bewohner von Tover, der in den labyrinthischen Fluren der Macht im Blauen Turm hoch aufgestiegen ist. Er ist fünfzig Jahre alt, hat kastanienbraunes Haar und einen geölten Schnurrbart, und dabei umgibt ihn die typische Jugend eines Magiers, sodass man ihn für dreißig halten könnte, solange man sich nicht seine Augen anschaut. Er ist mit einer kränklichen Frau verheiratet, die nicht auf vergleichbare Weise vom Zahn der Zeit verschont geblieben ist. Er hat drei Kinder, die ihn alle hassen, und noch wesentlich mehr Geliebte, die ein Grund für diesen Hass sind. Er ist heute Abend sehr beschäftigt gewesen, hat verschiedene Frauen besucht und versucht, eine von ihnen dazu zu bringen, mit ihm zu verreisen. Ich habe ihn immer wieder dieselben Sätze aufsagen hören …

»Denk nur«, höre ich Philanthes durch das offene Fenster sagen, »dann müssen wir uns nicht mehr verstecken!«

Dieselben Worte. Schon dreimal gehört.

»Schatz, bitte«, antwortet die Frau müde. »Wenn ich dich heimlich begleite, *ist* das ein Sich-Verstecken.«

»Ach, du verletzt mich!«, erwidert er. »Komm jetzt …« Und dann wird seine Stimme leiser, und ich kann keine einzelnen Wörter mehr verstehen; da ist nur noch die an- und abschwellende Sprachmelodie der Verführung.

Irgendwie seltsam. Dieser Mann hat mindestens diese vier sehr attraktiven Frauen davon überzeugt, mit ihm fremdzugehen.

~Mysteriös, nicht wahr? Dass es in bestimmten Kreisen Frauen gibt, die reiche, mächtige, gut aussehende Magier attraktiv finden? Wie absonderlich!~

Sei leise. Das *verstehe ich ja!*

Was ich meine, ist, dass keine von ihnen ihn einfach abgewiesen hat, also hat er entweder vier Affären gleichzeitig am Laufen, oder er hat die Sache bei der einen oder anderen ohne verletzte Gefühle beenden können. Das ist an sich schon beeindruckend genug, und trotzdem sind diese Frauen auch keine jungen Mädchen mehr, die in den Strudel einer romantischen Affäre mit einem reichen älteren Mann geraten sind. Heute Abend haben wir beide erst seine Schneiderin, dann eine verheiratete Frau von Adel, danach irgendeine gelangweilte reiche Witwe und jetzt eine erfolgreiche Brauersfrau besucht. Kein einziger Einfaltspinsel unter ihnen – und dennoch ist bislang keine von ihnen auf sein Angebot einer kostenlosen Reise eingegangen, die, wie er verspricht, nur aus Festen und Vergnügungen bestehen wird.

Wie kann ein Mann solche Frauen finden?

~Ich glaube, du selbst denkst, dass du das als eine rhetorische Frage gemeint hast, aber ich glaube nicht, dass das wirklich der Fall ist.~

Hä? Willst du damit etwa andeuten, dass ...?

Moment, was war das?

Da ist ein ersticktes Geräusch.

Ich lasse mich katzenhaft auf den Balkon fallen. Ich spähe hinein.

Oh.

~Ich glaube, deine Frage dürfte sich jetzt jeden Moment von selbst beantworten.~

Also gut, meinetwegen.

Hör mal. Ich habe nicht vor, zu beschreiben, was da drinnen mit Philanthes und der Brauersfrau vor sich geht. Nicht weil es mir peinlich wäre, sondern weil der Ka'kari, obwohl er gar keinen Körper hat, jetzt trotzdem neidisch wird.

~Mmm-hmm.~

Aber ganz im Ernst, ich schaue da nicht wirklich zu. Ich lasse mir bei meiner Arbeit genug notwendige Verstöße zuschulden kommen, doch den beiden jetzt zuzusehen? Das wäre ein unnötiger

Verstoß. Und ich meine, ganz ehrlich? Wenn man sich in so einen Moment einmischt, will man normalerweise gar nicht sehen, was man sieht. Die meisten Leute sehen besser aus, wenn sie angezogen sind. Und wenn man *doch* zusehen will, ist das nur noch schlimmer.

Männer, die vom Zeichen des Horns beherrschen sich lassen,
haben das ihre am liebsten im Warmen und Nassen.
Und so werden diese Leute
bald vom Jäger zur Beute
Bis an ihrem Fleische die Würmer sich laben und prassen.

Ich habe das vor Jahren selbst geschrieben, weil ich glaubte, meinen Meister dadurch beeindrucken zu können. Er war aber nicht beeindruckt. Er sagte nur: »Ein geiler Mann macht Fehler. Sei du nicht dieser Mann.«

Ich setze mich auf den Balkon, mit dem Rücken zur Wand, direkt unter das Fenster.

Verstoß hin oder her, in meinem Beruf bleibt man manchmal in solchen Situationen vor Ort, und oft hat man auch guten Grund dazu, denn Bettgeflüster ist eine nicht zu unterschätzende Informationsquelle.

Aber, und das sollte ich jetzt eigentlich wirklich nicht sagen – ich halte mich nicht weiter damit auf, versprochen –, ich habe nun den Grund herausgefunden, warum Philanthes trotz allem in der Lage ist, überall in der Stadt so viele Geliebte zu haben: Sexmagie.

Das ist eigentlich kein Punkt, über den ich wirklich sprechen wollte, also lassen wir es lieber.

~Die ganze aufbauende Vorbereitung bis kurz vor der Auflösung, und dann willst du deine Zuhörer einfach unbefriedigt schmoren lassen?~

Ja.

Nach ein paar nicht sehr ruhigen Minuten, an die sich eine ganz und gar nicht ruhige Minute anschloss, stößt Philanthes außer Atem hervor: »Ich werde dich als meine sehr gute Freundin vorstellen. Glaub mir, ich war schon auf Hunderten von solchen Festlichkeiten. Niemand wird irgendwelche Unterstellungen vorbringen, und niemand kommentiert hinterher die Begleiter der anderen.«

»Du wirst meiner müde geworden sein, bis wir überhaupt in …«

Natürlich ist ihre Stimme ausgerechnet in dem Moment gedämpft, als sie den Namen des Ortes sagt, an dem das Fest stattfinden wird, weil sie sich gerade ihre Kleider wieder über den Kopf zieht.

»Müde?«, greift er auf. »Deiner müde? Nie und nimmer!«

Sie lacht, eindeutig ungläubig, aber nicht verärgert.

»Yulina, du weißt, dass mein Wort gilt. Ich werde dich dort hinbringen, und ich komme wieder mit dir hierher zurück, ohne dich in irgendeiner Weise Strapazen auszusetzen, ich schwöre es. Und, ja, solltest du oder ich in der Nacht des Festes eine aufgeschlossenere Bekanntschaft machen … na gut, solche Dinge passieren. Wenn das der Fall sein sollte, so wollen wir uns hier und jetzt feierlich gegenseitig beteuern, den anderen davon in Kenntnis zu setzen, bevor der Abend halb vorbei ist, und was auch immer passiert, am nächsten Tag treten wir gemeinsam die Rückreise nach Tover an. Und keiner stellt irgendwelche Fragen.«

»Du lügst«, sagt sie verschmitzt, »wenn du sagst, dass du mich zurückbringen willst, ohne mich in irgendeiner Weise zu strapazieren.«

Er lacht. »Wunderbar! Ich hole dich morgen Abend an unserem alten Lieblingstreffpunkt außerhalb der Stadt ab. Ich verspreche dir eine Nacht voller unsagbarer, nie da gewesener Wonnen, und wir werden bei Morgengrauen *zusammen* aufbrechen, ohne irgendwelche Heimlichtuerei.«

Sie stöhnt. »Das ist kein Abholen, Philanthes. Es ist vielmehr ein Sich-Treffen – in der letzten heruntergekommenen Kaschemme vor Roshlington. Mit anderen Worten: Heimlichtuerei«, unterstreicht sie und seufzt.

»Nur bis wir aus der Stadt heraus sind«, wiegelt er ab.

Und damit habe ich meine Terminvorgabe, und wenn sie nicht metaphorisch gesprochen hat, weiß ich womöglich sogar, wo sie sich treffen werden. Es verrät mir auch, dass die Festlichkeit, in die ich mich einzuschleichen versuchen soll, nicht hier in der Stadt stattfindet – und dass der Ort zumindest weit genug hinter Roshlington liegt, dass es sich für die beiden lohnt, gemeinsam zu reisen, statt sich einfach am Zielort zu treffen.

Ich höre, wie sich im Haus eine Tür öffnet, um die beiden tiefer ins Innere von Yulinas Brauerei zu führen. Ihre entschwindende Stimme sagt: »Bitte versprich mir, dass du diesen grässlichen Hund nicht mitbringst. Wie wollen wir denn …?«

Aber natürlich kann ich weder das Ende der Frage noch seine Antwort hören. Das wäre schließlich viel zu hilfreich gewesen.

Die Sonne ist bereits fast aufgegangen. Ich hatte gehofft, wenigstens zwei meiner möglichen Zielpersonen vor Sonnenaufgang auskundschaften zu können. Eigentlich hätte ich schon längst zu Phaena zurückkehren sollen, um festzustellen, ob sie irgendwelche weiteren Hinweise oder Neuigkeiten für mich hat. Ich muss noch die beiden anderen Magier inspizieren und herausfinden, welchen der drei ich ausrauben soll – und wie! Und das alles, bevor Philanthes außer Reichweite ist.

Ich habe keine zwölf Stunden mehr, bis Philanthes zu seinem Gasthaus am Stadtrand aufbricht, und vielleicht noch vierundzwanzig Stunden, bis er die Stadt ganz verlässt. Drei mögliche Aktionen auskundschaften, entscheiden, bei welcher die Chancen am besten stehen, die Sache planen und dann durchziehen?

Es ist viel zu viel, um es an einem Tag bewerkstelligen zu können, aber mehr Zeit habe ich nun mal nicht.

Kapitel 27

Abgeworfener Ballast

»Ich habe es vermasselt«, sage ich zu Phaena und werfe meinen Mantel über die Lehne eines Stuhls. »Hab zu lange gebraucht. Ich habe nun keine Zeit mehr, die beiden anderen auszukundschaften.«

»Hast du denn Zeit für einen?«, erkundigt sie sich. Sie sieht heute Morgen tadellos aus. Während ich an meinen Fingerspitzen von einem Dach hing, hat sich Phaena offenbar ihrem Schönheitsschlaf gewidmet und sich geschminkt.

Scheint mir nur gerecht.

»Welchen soll ich mir denn deiner Meinung nach vornehmen?«, will ich wissen. »Du hast schließlich viel mehr Zeit als ich gehabt, dir die Unterlagen anzusehen. Ganz zu schweigen vom Schlaf einer langen Nacht. Nach zwei Nächten ohne jeden Schlaf fange ich nämlich immer an, schlechte Entscheidungen zu treffen.«

Ihr Kinn reckt sich unvermittelt, und es blitzt in ihren Augen auf wie ein Sommergewitter fern am Horizont. Vielleicht bilde ich es mir aber auch nur ein, denn als Nächstes sagt sie: »Ich habe dir etwas Gebäck und Wurst aufgehoben. Ein bisschen Obst?«

Ich nehme es dankend an und merke zum fünfhundertsten Mal in meinem Leben, was für ein Idiot ich doch bin. Die schlechten

Entscheidungen, die sich nach zwei Nächten ohne Schlaf vor mir aufhäufen? Manchmal fangen sie damit an, dass man die Menschen, die einem nahestehen, ungerecht behandelt.

»Entschuldigung«, murmle ich mit vollem Mund.

Mein Meister ist einfach nicht in der Lage gewesen, sich zu entschuldigen. Es ist das Einzige, worin ich besser bin, als er es war. Oder ist, vielleicht.

Sie scheint mich nicht gehört zu haben und setzt sich aufs Bett. »Hast du die Akte über Großmeister Glaucon Vitruvius gelesen?«

»Ja«, erwidere ich und reibe mir die Stirn. »Dieser ... was ist er noch mal? Ein alter Mystiker, eine Art Mönch? Ich habe seine Akte gelesen. Aber manches war mir einfach zu hoch, sodass ich nicht recht begriffen habe, wie das alles hier so läuft mit den ... Kollegiumsbrüdern? Irgendwie scheinen sie alle ihre eigene Sekte mit ihrem eigenen kleinen Machtbereich und ihrer eigenen Terminologie zu haben, oder? Aber sie sind dann trotzdem größtenteils, allerdings nicht vollständig, einer zentralen Herrschergewalt unterstellt? Mir sind irgendwie die Augen glasig geworden, und ich habe nicht herausfinden können, wie viel davon für uns wichtig ist.«

»Mach dir keine Sorgen«, erwidert Phaena. »Deshalb bin ich ja hier. Ich habe das alles lernen müssen, damit du es nicht musst. Im Moment ist nicht viel davon von Belang. Erinnerst du dich an die jungen Männer in Blau draußen vor der Stadt?«

»Du meinst die, von denen die einen den gelben Streifen hatten und die anderen nicht und die miteinander ihre magischen Talente gemessen haben?«

»Beide Gruppen waren Kineturgen, deshalb sind sie Rivalen. Die Gruppe mit dem gelben Streifen nutzt Geschosse. Sie schleudern irgendwelche Sachen – der gelbe Streifen ist das Symbol für den Blitz. Diejenigen ohne den Streifen verleihen ihrem eigenen Körper Geschwindigkeit. Das ist die Sekte von Großmeister Glaucon Vitruvius, für gewöhnlich die ›Hände des Sturms‹ genannt, obwohl sie sich selbst die ›Cogitanten des Sturms‹ nennen. Es gibt da noch jede Menge Spitznamen. Willst du, dass ich dir noch mehr erzähle?«

Ich bin verwirrt und unglaublich müde, sodass ich eigentlich nicht will, dass sie mir noch mehr berichtet, aber ich höre Durzo in meinem Hinterkopf, wie er mir zusetzt und mir einschärft, dass man schließlich nie wisse, wann ein kleines Detail den entscheidenden Unterschied machen könne, also sage ich: »Bitte.«

»Du siehst ganz schön gequält aus.«

»Wie unhöflich! Ich bin mit diesem Aussehen geboren worden.«

Sie lächelt. »Es ist einfacher, als es auf den ersten Blick scheint. Aber du hast recht, am Anfang wirkt es alles andere als einfach. Jede der Kollegiumsbruderschaften von Tover – für Außenstehende sind das Akademien – erforscht die Bewegung auf ihre eigene Weise, einige tun das durch rein akademische Studien, andere über Anbetung, Tanz und Musik und wieder andere durch die Kampfkünste, wie jene Jungen, die vor der Stadt mit ihren Fähigkeiten geprahlt haben. Die Blaumagier bezeichnen all das als eine Erkundung des Ersten Bewegers – eine Art anderer Name für den einen Gott, auch wenn ich glaube, dass sie sich ihn eher als eine Wirkmacht denn als eine Person oder gar eine Gottheit vorstellen. Was zumindest für einige von ihnen gilt. Aber egal. Jede der Blauen Akademien oder Sekten oder Stoen oder Kollegien oder Werkstätten – sie sehen sich selbst auf all diese verschiedenen Weisen, und die Unterschiede sind für sie selbst bedeutsam, nicht aber für uns. Wie auch immer, jede von ihnen erforscht eines oder mehrere der drei großen

Geheimnisse der Bewegung. Diese Geheimnisse sind die Dinge, die andere Menschen oder Dinge bewegen, oft auf unsichtbare Weise, oder sie sind der Äther, durch den andere Dinge bewegt werden.« Sie macht eine kurze Pause. »Du kommst nicht mehr mit, nicht wahr? Wie auch immer, die großen Geheimnisse sind Wind, Musik und Licht. Manchmal werden auch Atem und Wasser unter Wind mit einbezogen. Und Magie ist immer in den Bereich Licht eingeordnet. Offenbar bestehen seit Langem anhaltende Diskussionen darüber, wie all diese Dinge zusammengehören.«

»In Ordnung, das ist … sonderbarer, als ich angenommen hätte. Wie passt die Musik in dieses …?«

»Diesen Punkt wollte ich eigentlich überspringen, weil ich ihn nicht für sonderlich wichtig halte. Aber ich habe alles studiert, also kann ich dir die einminütige oder die zehnminütige Fassung geben. Was ist dir lieber?«

»Weder noch«, sage ich schnell. »Du hast recht. Vielleicht ein andermal.«

Sie sitzt noch immer auf dem Bett, während sie fortfährt: »Wenn du hier einen Mann siehst, der irgendwo oberhalb der Brust Blau trägt – blauer Kragen, Blau an den Schultern oder Schulterklappen oder sogar blauer Hut oder blaue Kapuze –, dann ist er ein Magier. In Tover gelten Kleidervorschriften, die es allen anderen verbieten, Blau zu tragen, auch wenn gerade deshalb einige kühne Gecken natürlich verblichene Violetttöne tragen, die dem Blau sehr nahe kommen. Jede Akademie hat ihr eigenes Erkennungszeichen, aber die meisten ausgelernten Brüder tragen ihre Abzeichen nur bei offiziellen Anlässen. Soll ich sie dir im Einzelnen auseinandersetzen?«

»Wie wäre es, wenn wir es bei denen belassen, die wir auf diesem Wettkampfplatz gesehen haben?«

»Die Sturmhüter – die Jungs mit dem Gelb in der Kleidung, die mit Geschossen arbeiten – machen sich durch einen gelben Blitz auf Blau kenntlich. Manchmal noch um Sturmwolken ergänzt. Mit denen musst du dich nicht weiter beschäftigen. Das Zeichen der Schule von Großmeister Glaucon Vitruvius ist eine Figur, die in Meditation versunken dasitzt und die dazu manchmal auch Kraft ausstrahlt.«

»Der Cogitatio hingegeben?«, rate ich.

»Wie bitte?«

»Cogitanten. Denker. Weil sie über den Sturm meditieren. Stimmt's?«

Sie runzelt die Stirn. »Das weiß ich jetzt wirklich nicht. Stand nicht in den Unterlagen. Aber vielleicht liegst du ja richtig. Jedenfalls lebt Vitruvius mit zwei- bis dreihundert Brüdern aus dem Kreis seiner Krieger, Mystiker und Mönche zusammen – aus irgendeinem Grund ist es schwer, eine verlässliche Zahl zu ermitteln. Dazu gesellen sich noch einmal doppelt so viele von außerhalb, die gegen Bezahlung für eine Kämpfer- oder Magierausbildung zu ihnen kommen, die sich aber entweder nicht dazu verpflichten, selbst ebenfalls sogenannte Sturmfäuste zu werden, oder es nicht schaffen, die Ausbildung zu beenden, weil sie nicht das Talent oder die Disziplin dazu haben. Zu Sturmfäusten werden sie, wenn sie die Kämpferausbildung abgeschlossen haben, während alle Akolythen vom Beginn ihrer Ausbildung an als ›Hände des Sturms‹ bekannt sind. Das ist alles recht kompliziert, und ich glaube nicht, dass es für uns von Bedeutung ist.« Sie fährt fort: »Ihr befestigtes Wohngelände verfügt über eine ganze Reihe von faszinierenden Besonderheiten …«

»Hör auf, hör auf! Das reicht. Hunderte von hoch disziplinierten Kriegermagier-Mönchen, die zusammen in einer Art Kaserne schlafen, und inmitten von ihnen allen soll ich *ihm* etwas stehlen? Das erinnert mich an meine Albträume.«

»Mich auch an meine«, pflichtet Phaena mir bei.

»Streich ihn von der Liste. Wir müssen einen der anderen beklauen. Berichte mir über Vonn Atreus«, fordere ich sie auf.

»Nicht nötig«, sagt sie. »Ich habe Vonn Atreus schon selbst nachgespürt.«

»Du hast was?«

»Ich habe ihn ausgeschaltet, leider.«

»Du hast *was*?!«

»Nein, nicht so, wie du das verstehst. Nicht deine Art von ausschalten. Ich habe ihn als Möglichkeit ausgeschaltet«, erklärt Phaena und streicht sich ihre Röcke über die Knie. »Lord Atreus Sa'fasti geht nicht nach … ähm, zu der Zusammenkunft, die wir zu besuchen gedenken. Er hatte kürzlich einen Todesfall in der Familie. Er hat sein Armband vor einer Woche zurückgeschickt – zu lange her, als dass wir den Boten noch einholen könnten.«

»Wie hast du das denn herausgefunden?«, erkundige ich mich. Ich habe gedacht, sie hätte die ganze Zeit über geschlafen, während ich weg war.

»Ich habe ihn gefragt.« Sie deutet auf sich, auf ihr geschminktes Gesicht und das maßgeschneiderte Kleid, als sei ich schwer von Begriff. »Hast du etwa gedacht, ich hätte mich für dich so angezogen?«

»Moment mal! Du hast was?«

»Man muss seinen Problemen nicht immer einen Dolch in den Nacken jagen, weißt du? Ein wenig Raffinesse kann viel bewirken. Ich habe ein Empfehlungsschreiben gefälscht, ein paar Stoffmuster gekauft und vorgegeben, eine Händlerin zu sein, die Stoffe der neuesten Mode verkauft. Wir hatten ein nettes Gespräch. Meine größte Schwierigkeit bestand darin, mich von ihm loszueisen, während er mich mit seinen zu Herzen gehenden Erinnerungen an seine verstorbene liebe Cousine überschüttet hat. Er wollte mir sogar eine große Anzahlung auf eine Bestellung für neue Tuchwaren geben.«

»Du …«

»Ich habe abgelehnt«, erwidert sie rasch. »Es ist nicht meine Art, trauernde alte Männer hinters Licht zu führen.«

»Aber … du?« Ich bekomme es irgendwie nicht so gut hin, meine falschen Unterstellungen zu berichtigen.

Sie runzelt die Stirn. »Wenn du so weitermachst, Kylar, könnte ich anfangen, mich beleidigt zu fühlen. Ist es dir denn noch nicht in den Sinn gekommen, dass du auch mal das eine oder andere von *mir* lernen könntest?«

Eigentlich … nicht, nein. Nicht, dass ich vorhabe, es ihr unter die Nase zu reiben.

Aber ich bin so müde, dass ich mir meine Überraschung über ihre Tüchtigkeit wohl habe anmerken lassen. Wieder sehe ich, wie sich da ein Sommergewitter hinter ihren Augen zusammenbraut, und sage schnell: »Normalerweise würde ich mir jetzt einen ganzen Tag Zeit nehmen, um den Wohnsitz dieses Großmeisters Vitruvius auszukundschaften, einen Plan schmieden, seine Schwachstellen ausfindig machen, ihn verwerfen, mir einen neuen Plan zurechtlegen und diesen Vorgang ein paarmal wiederholen, bis ich den am wenigsten schlechten gefunden habe. Im Anschluss würde ich mich schlafen legen und mich neu sammeln, beim Aufstehen feststellen, dass ich bei meinem besten Plan etwas übersehen habe, ihn entsprechend verbessern und dann das nächste Ziel auf die gleiche Weise auskundschaften. Sobald ich dann alle meine besten Pläne nebeneinander versammelt hätte, würde ich entscheiden, welche Zielperson ich mir vorknöpfen will. Alles in allem dauert das in etwa eine Woche. Du hast Lord

Atreus als Möglichkeit ausschalten können. Das spart mir vielleicht zwei Tage. Ich brauche immer noch vier. Wir haben weniger als einen. Hast du irgendeine Idee, wie ich mich dort einschleichen kann, um diese Mönche auszuspionieren?«

Mit einer gewissen diebischen Freude verziehen sich Phaenas rote Lippen zu einem Lächeln. Sie sagt: »Ja, ich glaube schon.«

Kapitel 28

In ein Knäuel aus blauen Nattern hinein

Meine Arbeit ist schrecklich, daran führt kein Weg vorbei. Aber manchmal liebe ich sie auch.

Die Sonne steht hoch und hell am Himmel wie das erhobene Beil eines Henkers, Drohung der Gerechtigkeit und Verheißung der mir davonlaufenden Zeit.

Es ist nur ein Erkundungsgang, sage ich mir, und mein Puls beschleunigt sich, als ich mich dem befestigten Gelände der Mönche nähere. Die Straßen hier sind breit, und trotz der schönen großen Gebäude, von denen viele drei oder vier Stockwerke hoch sind, überragt die eine halbe Meile entfernte blaue Spitze von Sho'fasti alles andere. Spindelartige enge Treppen und dünne Brücken mit unmöglich großer Spannweite sind die einzigen Ein- und Ausgänge dieses schimmernden saphirblauen Dolches über dem Herzen von Tover.

Stünde ich nicht unter derart großem Zeitdruck – und hätte ich nicht die leise Befürchtung, dass einer seiner Magier mit irgendeinem magischen Talent, von dem ich nichts weiß, durch mich hindurchzuschauen vermag –, würde ich mir den Turm mal aus der Nähe ansehen. Das Ding ist ein wahres Weltwunder.

Ich frage mich, ob das alles wohl noch dort steht, wenn du das hier liest, wer auch immer du sein magst. Oder ist die ganze Welt zum Teufel gegangen? Es heißt, die Magie verändere sich. Wie stark kann sie sich wohl verändern? Wie viel können wir wirklich verlieren? Wenn du dies hier in fünfzig Jahren hörst, glaubst du dann, ich würde übertreiben, um zu beeindrucken, überzeugt, dass ein solches Gebäude gar nicht existieren kann?

~Moment mal! Ich habe gedacht, diese Aufzeichnungen seien nur für dich bestimmt. Um dir zu helfen, dich an die Details zu erinnern.~

Ich zucke die Achseln. *Es ist ein großer Aufwand, das alles nur für mich allein zu machen, oder? Du weißt schon. So wie es eine Verschwendung ist, für nur eine Person ein ausgefallenes edles Gericht zuzubereiten, doch wenn man einen Tisch für die ganze Familie deckt, ist es das wert.*

Aber vielleicht hast du von alledem ja keinerlei Ahnung. Weil du nur eine Metallkugel bist und so weiter. Wie auch immer, ich dachte, ich könnte vielleicht noch etwas mehr Nutzen aus dem Ganzen ziehen. Weißt du, wenn ich am Ende heldenhaft genug dastehe, darf es vielleicht auch mal ein Barde zu sehen bekommen.

~Sagte nicht mal jemand: »Wenn du eine Geschichte erzählst und du sie *jemandem* erzählst, hast du alle Hoffnung darauf verloren, sie ehrlich zu erzählen«?

Was hast du denn nur immer mit mir und meiner Ehrlichkeit? Bist du jetzt mein Gewissen?

~Die Entwicklung deines Charakters über den Lauf der Zeit hinweg bestimmt, zu welchen meiner Kräfte dir in Zukunft Zugang gewährt werden könnte. Und das ist alles, was ich dazu sagen kann, also frag nicht weiter.~

Warum nur klingt das wie eine Drohung?

Keine Antwort.

Weißt du, was? Ich erzähle dir das alles, weil es das Wichtigste an diesen Aufzeichnungen ist, für mich selbst einen genauen Bericht zu haben. Wir werden das Ganze später noch einmal gemeinsam durchgehen. Aber du hast recht, ich mache mir wahrscheinlich etwas vor. Ich werde das hier an niemanden weitergeben.

~Ich werde mir merken, dass du das gesagt hast.~

Weißt du, einen Moment lang kam es mir so vor, als würde es mir helfen, die Einsamkeit und völlige Isolation meines Lebens zu lindern, wenn ich meine Geschichte so erzähle, als ob in einer nebulösen Zukunft irgendwer davon profitieren könnte. Doch der Ka'kari hat mir das jetzt genommen.

Danke, mein Freund.

Er antwortet nicht.

Wo war ich stehen geblieben? Irgendetwas mit dem hohen Turm? Nun gut, wie es der Zufall so will, ist nicht er mein Ziel. Statt den Turm aufzusuchen, der voller Magier ist, die zugleich Politiker, Bürokraten und Gelehrte sind, werde ich den Händen des Sturms einen Besuch abstatten.

Ich habe nichts von einem *glücklichen* Zufall gesagt.

Der Sitz der Sturmhände befindet sich in einem Stadtteil namens Die Wasser. Das Gelände verfügt nur über eine Mauer (ein Überbleibsel aus alter Zeit, von irgendwelchen vormaligen Siedlern hier errichtet, bevor die Sturmhände das Gelände übernahmen, sagt Phaena). Es gibt keine als solche erkennbaren Wachen. Alle Blauen sind Magier der Bewegung, daher die Sache mit dem Wasser – ich weiß nicht, ob sie eine besondere Verbindung zum Wasser haben, außer dass es ihnen als Metapher für komplizierte Bewegungen dient. Die Sturmhüter glauben nicht daran, Angriffe oder auch nur Eindringlinge aufhalten zu können; stattdessen versuchen sie sie abzulenken und die auf sie gerichteten Kräfte andere Bahnen einschlagen zu lassen. Das gilt für fast alle, die sich ihrer Akademie nähern: Wer hier unerwünscht ist, entscheidet sich am Ende meist dafür, diesen Weg nicht weiterzuverfolgen, oft scheinbar aus eigenem Willen.

Die Mönche bewerkstelligen das auf Dutzende von Weisen, von denen die meisten den Leuten gar nicht erst auffallen – selbst ich hätte es nicht weiter registriert, wenn Phaena mich nicht darüber in Kenntnis gesetzt hätte. Was ich allerdings sehe, sind die Spurrillen für Wagenräder in den Steinplatten. Sie sind voller schlimmer Unebenheiten, die jeden, der hindurchfährt, fürchterlich durchschütteln müssen, während die abzweigenden Wege deutlich ebener sind. Außerdem wechseln die Abstände zwischen den Unebenheiten, wodurch Wagen verlangsamt werden oder stecken bleiben. Einzelne Abschnitte der Straße sind erkennbar in regelmäßigen Abständen überschwemmt. Sie sind mit erhöhten Steinplatten versehen, sodass Erwachsene bequem darauf gehen können, während sie für die kürzeren Beine von Kindern unangenehm weit auseinanderliegen. Wenn Kinder auf diesen Wegen spielen, wie es Kinderart ist, begeben sie sich im Allgemeinen nicht weiter ins Gelände der Mönche hinein, und die Erwachsenen, die hier passieren müssen, scheuchen die Kinder weg und verbieten es ihnen, sich länger in diesem Bereich herumzutreiben.

Durch kleine Veränderungen des Kopfsteinpflasters bleibt Besuchern, die auf Pferden reiten, schließlich nur eine einzige Spur, und es wird ihnen nahegelegt, eine einfachere Route einzuschlagen, die über die breiten Alleen zu beiden Seiten führt. Diese Straßen führen zu beliebten Märkten, versprechen einfaches Vorwärtskommen und gute Unterhaltung. Die Gebäude hier sind zwar hoch, aber sie liegen weit auseinander: Es gibt für gesetzesscheue Menschen wie mich keinen schnellen Weg über die Dächer.

Ich verstehe nicht alle Tricks und Kniffe, die hier mit im Spiel sind, aber ich bewundere ihre Raffiniertheit. In meiner schlichten Kurierkleidung hält niemand mich auf. Keiner stutzt überhaupt nur bei meinem Anblick, doch selbst ich komme mehrmals fast von der Straße ab, aus Gründen, für die ich keine Erklärung habe.

Bald jedoch wird ein dumpfes Rauschen immer lauter, das ich zunächst kaum wahrgenommen habe. Und hier, mitten in einer flachen Stadt in einer Flussniederung, biege ich um eine Ecke und sehe das Tor der Wasser.

Die Schwestern der Chantry sind dafür bekannt, Versammlungsorte und Bauwerke von erstaunlicher Schönheit zu schaffen, aber mir scheint, dass alles, was männliche Magier erbauen, dazu dient, dem Betrachter Ehrfurcht einzuflößen.

Das Ding vor mir? Der Wasserfall ist fast halb so hoch wie der blaue Turm selbst, eine halbe Meile östlich von hier, und er hat keine offensichtlich wahrnehmbare Quelle. All die riesigen Wassermassen werden auf magische Weise hochgepumpt, und dann fallen sie herab, als würden sie aus einer geheimen Quelle strömen. Auch stürzt der Wasserfall nicht einfach zu Boden, sodass sich eine Nebelwolke erheben würde, die die nächsten drei Straßenzüge einhüllt. Stattdessen ergießt sich das Wasser unter dem Straßenniveau in irgendwelche Zisternen oder in einen Kanal, aus dem der Wasserfall dann aufs Neue gespeist wird.

In der Nähe des Tores geht das Kopfsteinpflaster der Straße in Quarz oder Glas über oder vielleicht in irgendeine magische Entsprechung davon. Trotz all des Wassers, das sie umspült, bleiben diese glasartigen Steine gespenstisch klar. Wenn man sich dem Wasserfall nähert, hat man das Gefühl, als würde man von der sicheren, festen Straße in die freie Luft hinausschreiten, um den Fall eher fliegend als gehend anzusteuern, und man schaut durch ein Fenster aus strömendem Wasser in die Tiefe hinab, wo das krachende und tobende Nass in den unterirdischen Höhlen weit unten auf die Felsen klatscht. Eine zutiefst verstörende Angelegenheit.

Doch noch während ich hinschaue, nähern sich etliche Menschen unbeirrt dem Tor. Die Mönche sind sämtlich männlich, alle Volkszugehörigkeiten, die ich kenne, sind vertreten, und sie haben alle kurz geschorenes Haar oder kahl rasierte Schädel. Allesamt tragen sie weit geschnittene Hosen in verschiedenen Farben und ärmellose Hemden, ebenfalls in allen möglichen Farben (obwohl Blau überwiegt), mit verschiedenen Abzeichen versehen, die, wie ich annehme, ihren Rang oder ihre Leistungen anzeigen oder auch, welcher Akademie sie angehören.

Ich höre eine Stimme hinter mir. »Das erste Mal?«

Ich nicke einem jungen Mönch zu. Gut, er ist nur ein paar Jahre jünger als ich, aber er sieht wirklich jung aus. Verstehst du, was ich meine? Ich habe zwanzigjährige Soldaten gesehen, die fast schon etwas Greisenhaftes ausstrahlten, und ich habe knabenhafte Männer von fünfzig gesehen. Der Junge hier ist wirklich noch ein Knabe.

»Es ist nicht so beängstigend, wie es scheint«, versichert er mir. »Geht einfach mit einer festen Absicht vor Augen darauf zu, und das Tor wird sich Euch sofort öffnen. Eure Schuhe dürften ein bisschen feucht werden, aber das war's dann auch schon.«

»Eine feste Absicht?«, hake ich nach.

»So wie ich, der nicht noch später zu seinem Training kommen will, als ich ohnehin schon dran bin«, erklärt er grinsend. Er trabt vor mir her, und das Wasser teilt sich von oben her wie ein aufgezogener Vorhang. Ohne zu zögern, schreitet er direkt auf das Glas des Abgrunds zu, und es trägt ihn.

»Spielt es eine Rolle, welche Absicht das ist?«, rufe ich ihm hinterher.

»Wenn Ihr einen Brief zu überbringen habt, haltet Euch links. Seht Ihr dort das Zeichen der Schriftrolle? Wenn Ihr einfach ein wenig herumspazieren und Euch einen Eindruck davon verschaffen wollt, was wir so machen, reicht das schon völlig aus!«

»Woher weiß das Tor das? Kann es meine Gedanken lesen?«, will ich wissen.

»Es ist nur ein Tor«, sagt er, und dann ist er verschwunden.

Nur ein Tor, bei meinen Eiern! *Nur ein Tor,* fürwahr. Wenn Magie im Spiel ist, ist ein Tor manchmal in der Tat nur ein Tor, und manchmal ist es ein Tor, das dir das Gehirn martert, einen Alarm auslöst und dich in einen Abgrund stürzt, wenn es in deinem Hirn etwas findet, das ihm nicht passt. Manchmal hasse ich Magie wirklich.

Ich habe vergessen, Phaenas Plan darzulegen. Er besteht aus einer Menge beweglicher Teile, je nachdem, wie die Sache läuft, aber ich werde zusehen, diese nach Möglichkeit geschickt zusammenzufassen und den ganzen spezialisierten Fachjargon in eine Begrifflichkeit zu übersetzen, die auch ein bloßer Zivilist zu verstehen vermag. Es heißt ja, dass es ein Zeichen echter Meisterschaft auf einem bestimmten Gebiet ist, wenn man sein Thema auch einem Laien erklären kann. Hier also der Plan.

Erstens: Verkleide dich als Kurier. Zweitens: Marschiere durch das Eingangstor hinein. Drittens: Sieh dich um.

Verblüffend, nicht wahr? Es ist einer jener Pläne, der so schön und so kühn ist, dass er einem im Nachhinein ganz offensichtlich erscheint. Man denkt: *Warum bin ich nicht selbst darauf gekommen?*

Wenn ich jetzt das große, offensichtlich magische Tor mit seinen unbekannten magischen Eigenschaften vor mir betrachte, habe ich meine Antwort. Trotzdem, es führt kein Weg daran vorbei. Ich habe keine Zeit, die Leute aus dem Ort zu befragen und die Spreu der bloß Abergläubischen vom Weizen der Wissenden zu trennen, um sie zu diesem Tor zu befragen, keine Zeit, eine Bibliothek zu finden, in der ich etwas darüber nachlesen könnte, was das Tor zu leisten vermag. Also, los geht's.

Ich nähere mich dem Tor, trete in den Abgrund hinaus und spüre das Glas unter meinen Füßen, genau dort, wo es auch sein soll.

Das Wasser teilt sich, und ich gehe hindurch.

Ein Kinderspiel. Nur ein Tor.

Und auf einmal scheint Phaenas Plan wieder ein wahrhaft brillanter zu sein.

Nicht weit vor mir sehe ich meinen jungen Mönch, wie er sich beeilt, um sich zu einem Kurs von Magiern zu gesellen, die auf einem großen, offenen Platz trainieren. Es befinden sich etwa hundert Mönche dort, doch sind sie von allen möglichen anderen Menschen umringt. Die meisten von ihnen sind nur Zuschauer, aber es gibt auch Leute, die an den Übungen teilnehmen: Männer wie Frauen, die sich für die Übungen entsprechend gekleidet haben, jeder nach der Mode seines eigenen Volkes. Tover ist eine Hafenstadt und so kosmopolitisch, wie das Hafenstädte nun mal sind, auch wenn die Stadt kleiner ist als die großen Metropolen der Welt.

Während ich den Mönchen zuschaue, wie sie sich bewegen und von einer Übung zur nächsten wechseln, erinnere ich mich, dass vor zehn oder zwanzig Jahren auch Feir Cousat hier trainiert hat.

Obwohl er ungefähr so groß war wie ein ganzer Erdteil, lernte Feir durch dieses Training, sich so schnell und präzise zu bewegen, dass er ein Schwertmeister zweiten Grades wurde.

Die gerade praktizierten Übungen sind jedoch recht einfacher Natur.

»Alphas!«, verkündet der schlanke Mönch mit nacktem Oberkörper, der den Kurs leitet. »Zu mir!«

Die Mönche an der Spitze jeder Reihe treten vor, salutieren und folgen ihm eilig.

Ich sollte mich ihnen nicht anschließen, aber ich bin neugierig, ob es da etwas gibt, was ich von den fortgeschrittensten Kämpfern unter den Sturmfäusten lernen kann. Und wer weiß, vielleicht befindet sich Großmeister Glaucon Vitruvius ja auch dort, wo wir jetzt hingehen? Vielleicht unterrichtet er die besten Schüler gerne persönlich.

Wenige Minuten später stehe ich hinter einer Säule in einem anderen großen Bereich mit gravierten Steinen und herrlichen Holzsäulen, vereinzelten Farbtupfern von Begrünung, einfach gehaltenen Statuen und sogar ein paar im Aufblühen begriffenen Blumen und beobachte heimlich die Alphas, wie sie mit reduzierter Kampfgeschwindigkeit gegeneinander antreten. Sie sind gut; ihre Bewegungen sind energisch und wuchtvoll, da ist die Geschwindigkeit elastischer Gliedmaßen, die Leichtigkeit von Körpern, die durch langes Training perfektioniert wurden.

Meine Tarnung, wenn man es denn überhaupt so nennen will, ist die eines verirrten Kuriers. Ein neugieriger verirrter Kurier ist hoffentlich etwas, das sie oft genug zu sehen bekommen, sodass ich mir keine größeren Probleme einhandeln dürfte, sollte ich entdeckt werden.

Überhaupt wäre es wohl keine größere Katastrophe, wenn ich erwischt würde. Hoffe ich jedenfalls. Immerhin würde es mir zeigen, wie streng ihre Sicherheitsvorkehrungen sind. Für später. Bisher bin ich ja schließlich nur am Erkunden.

Der Ausbilder der Alphas, ein dunkelhäutiger glatzköpfiger Mönch mittleren Alters, der leicht zu hinken scheint, kommandiert mit bellender Stimme: »Wir beginnen mit einer Nachschau. Wir wollen die Sache für diejenigen von euch sichtbar machen, die bei Bewegung noch immer Schwierigkeiten mit der Doppelsicht haben. Tawniel, komm her. Regen auf Palmwedeln auf vier, acht, atmen, dann die Positionen zwei und sechs mit Übergang in die Löwen bei Sonnenuntergang mit einem zusätzlichen Speerwerfer auf zwei und mit Nummer sieben beritten. Keine Kraftblöcke.«

Bis der Ausbilder mit seinen Anweisungen zu Ende ist, hat sich der junge Krieger, an den er sich wendet, bereits des größten Teils seiner Kleidung entledigt und steht nur noch im Lendenschurz da. Er beschwört eine glitzernde blaue Wolke vor sich herauf und begibt sich durch sie hindurch zum offenen Trainingsgelände im Raum. Die magische Wolke windet sich um seinen Leib, bleibt an seiner Haut haften, leuchtet hell auf und verdunkelt sich dann wieder.

Was ist das denn?

Der junge Mönch macht eine Verbeugung und sagt: »Wenn Ihr es nicht anders wünscht, werde ich die Morgenvariante von Regen auf Palmwedeln ausführen, ja, Meister Ausbilder?«

Der Ausbilder kann sich ein Lächeln nicht verkneifen. »Du willst wohl eine Schau abziehen, Tawniel?«

»Ich treibe mich selbst an, Meister.«

»Dann tu das bitte.«

Der Junge geht mit rasender Geschwindigkeit die verschiedenen Stellungen durch. Nur bei einem kniffligen Sprung, bei dem er auf dem einen Fuß landen und, das andere Bein zum Tritt ausgestreckt, verharren muss, wird er kurz unsicher.

In seinen Händen flammt an mehreren Stellen Magie auf, sie ist aber sofort wieder verschwunden. Ich nehme an, dass das dazu dient, ihm den nötigen Rückstoß und damit das Gleichgewicht für das zu geben, was die Übung imitiert: in diesem Fall die magische Attacke auf den Gegner.

Der letzte Seitentritt im Flug ist dazu gedacht, einen Reiter aus dem Sattel zu werfen, aber hier wird die Sprungkraft mittels

Magie verstärkt, sodass der Angreifer über eine fünf Meter lange Lanze hinwegspringen und den Kopf eines Reiters auf einem riesigen Schlachtross treffen kann. Mit anderen Worten, es ist ein Sprung, der übermenschlich lang und hoch ist.

Bei dem Anblick rutscht mir das Herz in die Hose. Und dieser Junge ist noch in der Ausbildung? Gegen solche Leute will ich nicht kämpfen müssen.

»Danke. Nimm Platz«, sagt der alte Mönch. »Kritiken? Merkaelus, dein Kommentar?«

Ein anderer der jungen Mönche weist auf einige kleinere Fehler bei der Fußstellung und beim Halten des Gleichgewichts hin, und dann melden sich auch andere zu Wort. Das Übliche bei Leuten in Ausbildung.

Doch dann sagt der alte Mönch: »Und jetzt wollen wir mal schauen, wie gut ihr alle gesehen habt.«

Die blaue Wolke, die sich an Tawniel gehängt hatte, schimmert auf, wirbelt von seiner Haut weg und kommt ohne ihn an der Stelle zur Ruhe, an der er die Kampfübung durchgeführt hat.

Jetzt bewegt sich sein glitzernder Wolkendoppelgänger genauso wie zuvor Tawniel und verfärbt sich dabei in unterschiedlichen Farben. Aufgrund meiner eigenen Ausbildung kann ich darauf schließen, dass Belastung rot ist, die Muskelspannung ein sich ballendes Grün.

Niemand sonst scheint sonderlich verblüfft. Ich bin es durchaus.

Sie lassen Tawniels glitzernden Doppelgänger sich vorwärtsbewegen, halten ihn an, bewegen ihn wieder zurück, verlangsamen ihn und untersuchen bis ins kleinste Detail nicht nur, wie Tawniel sich bewegt hat, sondern auch, wie sein Körper selbst die kniffligsten Übergänge von einer Bewegung zur nächsten gemeistert hat. Dann stehen alle auf und versuchen, die schwierigeren Bewegungen nachzuahmen. Ich hätte meinem Meister über Tage, wenn nicht Wochen hinweg bei der Ausführung dieser Bewegungen zusehen müssen, um Dinge herauszufinden, die hier zweifellos an einem einzigen Nachmittag offensichtlich gemacht werden können.

»Und jetzt mit Kraftblöcken«, verkündet der alte Mönch.

Tawniel wiederholt die Übung, aber diesmal treffen seine Fäuste und Tritte bei jedem Schlag auf sich bewegende geisterhafte menschliche Gestalten, die Widerstand leisten. Jetzt ist er etwas vorsichtiger: Wenn man gegen leere Luft tritt, weiß man genau, was man zu erwarten hat. Ein Tritt gegen einen Kopf jedoch könnte bedeuten, dass man einen verspannten Nacken trifft; man kann aber auch einen harten Schädel oder eine viel weichere Nase erwischen.

Der Kurs zergliedert nun auch diese Übung und ahmt Tawniels Bewegungen nach.

Und das alles innerhalb einer Viertelstunde, als handele es sich um eine bloße Aufwärmübung.

»Genug dazu«, sagt der Ausbilder, und über die Gesichter der Kursteilnehmer legt sich vor freudiger Erwartung ein gespanntes Strahlen. »Heute beginnen wir mit Vorausschau. Merkaelus, vortreten. Freie Form. Improvisieren.«

Er wirft eine weitere Wolke auf Merkaelus und schaut dann eine halbe Minute lang einfach zu.

»Und jetzt sollt ihr es so sehen, wie ich es gesehen habe«, erklärt der Ausbilder.

Er lässt Merkaelus' Doppelgänger die Bewegungen der Übung noch einmal abspielen, aber dieses Mal ist die geisterhafte Gestalt von einer Wolke von Geistern umgeben, die in jedem Moment in alle Richtungen aus ihr herausspringen.

Du hast keine Zeit für so etwas, schärfe ich mir immer wieder aufs Neue ein, doch ich kann jetzt auf keinen Fall gehen.

Zuerst ist es verwirrend, aber der Ausbilder verlangsamt die Bewegung auf einen Bruchteil von Merkaelus' ursprünglicher Geschwindigkeit, und dann verstehe ich: Jeder Geist ist eine Möglichkeit; während Merkaelus sich bewegt, tauchen mit jedem Herzschlag Dutzende Geister auf und verschwinden wieder. Wenn Merkaelus sein Gewicht auf den einen Fuß verlagert, verschwinden plötzlich all die möglichen Bewegungen, die sein Gewicht an einer anderen Stelle erfordert hätten, um durch neue mögliche Bewegungen ersetzt zu werden. Einige dieser Geister sind heller, lebendiger. Als Merkaelus die ersten beiden Bewegungen der Angriffsstellung »Flut steigt auf« ausführt, wird der Geist, der ihn beim abschließenden dritten Zuschlagen zeigt, heller.

Vorausschau bietet eine sichtbar machende Verkürzung jener Art von Unterricht, wie sie alle Meister der Kampfkünste ihren Schülern ständig geben. Wenn ich sehe, dass deine Hüfte eine ganz bestimmte Stellung einnimmt, weiß ich, dass du dich nicht auf diese oder jene Weise bewegen kannst. Wenn du so oder so stehst, weiß ich, dass du dieses oder jenes tun könntest.

Hier jedoch ist das alles unmittelbar vor aller Augen sichtbar. Fehler können auf diese Weise schnell erkannt und behoben werden, sodass es kein Wunder ist, dass es die Blauen einige Jahre schneller bis zur Meisterschaft bringen, als es in der Kampfausbildung sonst üblich ist. Und wenn die Vorausschau in einem Kampf eingesetzt wird – unsichtbar, wie sie das offenbar erlernen –, könnte sie auf den höchsten Stufen der Kunst zwar nur einen winzigen Vorteil bringen, aber kleinste Vorteile machen auf den höchsten Stufen eben auch den größten Unterschied. Und für alle anderen dürfte die Vorausschau sicherlich dazu beitragen, dass die einfach nur fähigen Kämpfer genauso gut abschneiden wie die aufs Beste Ausgebildeten.

Ich frage mich, ob man die Bilder, die die Vorausschau liefert, vielleicht gemäß dem eigenen Wissen über seinen Gegner filtern könnte (entweder auf magische Weise oder einfach der eigenen Erfahrung entsprechend). Sagen wir etwa, dass man weiß, dass er gerne mit der Linken einen Aufwärtshaken schlägt oder dass er in der Kampfkunst Val Torpa trainiert ist und daher Tritte bevorzugt – in diesem Fall wären die Vorteile der Vorausschau womöglich doch nicht so gering.

Vielleicht erklärt das Ganze, wie ein Schmied, der breiter ist, als er groß ist, trotzdem ein Schwertmeister zweiten Grades werden kann.

Wenn ich an Feir Cousat denke und daran, wie er die Vorausschau erlernt hat, muss ich unwillkürlich auch an Dorian denken. Er ist ebenfalls hierhergekommen, oder? Kam er, um die Kampfkünste zu erlernen … oder war er mehr daran interessiert zu erfahren, wie man die Zukunft vorhersagt?

Wie weit *kann* die Vorausschau denn überhaupt in die Zukunft vordringen? Ist sie mit dem, was Dorian tut, verbunden oder funktioniert zumindest auf eine vergleichbare Weise? Blickt er womöglich auf genau *diese* Weise in die Zukunft?

»Ihr seht zu, als würdet Ihr verstehen, was sie da tun«, sagt eine Stimme hinter mir.

Die Tatsache, dass ich mich so sehr in die Beobachtung vertieft habe, dass ich mich habe erwischen lassen, lässt mich peinlich berührt zusammenzucken. Mit betont ruhiger Stimme antworte ich: »Ich habe selbst ein bisschen trainiert, als ich jünger war. Bin mit der Zeit ziemlich geschickt geworden, was die althergebrachten Raufereigeschichten angeht.« Mit einem Lächeln drehe ich mich um und nehme dabei eine nicht ganz korrekte Kampfhaltung ein, um wie irgendein ahnungsloser Angeber auszusehen.

Es ist Großmeister Vitruvius persönlich.

Mir rutscht das Herz in die Kniekehlen, und mein Lächeln gerät ins Stocken. Ohne es zu wollen, sehe ich ihm in die Augen; unwillkürlich überkommt mich meine spezielle Gabe, und ich schaue in ihn *hinein*.

»Meine Güte! Was war *das* denn?«, entfährt es ihm.

»Was war was?«, frage ich und verfluche mich innerlich.

»In Euren Augen«, sagt der Großmeister, und sein Gesichtsausdruck wechselt von freundlich zu besorgt. Er wirft einen Blick auf meine Kleidung. »Ihr seid in Wirklichkeit gar kein Kurier, nicht wahr?«

»Ich, äh …« Ich habe die Sache vermasselt, und zwar gründlich.

»Ihr kommt mit mir. Sofort.«

Kapitel 29

Schlange und Charmeur

»Es war das Tor«, eröffnet mir der Großmeister. »Falls Ihr Euch wundern solltet.«

»Das Tor?«

Großmeister Glaucon Vitruvius sieht auf den ersten Blick alt aus, doch das ist er nicht. Er hat vorzeitig ergrautes Haar, aber mit einem Weiß an den Schläfen, das mir nicht natürlich erscheint. Es ist nicht das Weiß des Alters, es ist das Weiß der Mittagssonne, das von einer Extremsituation zeugt, die ihn so viel Magie hat aufbringen lassen, dass sie ihn fast umgebracht hätte. Die Finger, die über seinen geölten schwarzen Bart streichen, sind manikürt, die Nägel an der rechten Hand sind länger. Ein Lautenspieler also, kein Harfenist – wenn ich damit richtigliege. Schwielen an seiner linken Hand, der Greifhand, zu erkennen. Er ist groß und schlank wie eine Bambusstange und trägt keine Abzeichen, die seinen hohen Rang erkennen ließen. Er befindet sich an jenem seltsamen Überschneidungspunkt in der Welt des Ruhms, an dem Selbstüberhebung und Demut ununterscheidbar sind: Er trägt keine Rangabzeichen, braucht aber auch keine, weil jeder hier weiß, wer er ist. Er ist in ein schlichtes schwarzes Baumwollüberkleid und eine entsprechende Hose gekleidet, die nicht edler und kostbarer ist als die des niedrigsten Schülers, mit keinerlei Verzierungen versehen – vielleicht ist er also tatsächlich demütig und bescheiden.

Jeder, an dem wir vorbeikommen, weiß, wer er ist, viele nicken ihm zu, einige verbeugen sich sogar – auch wenn das nicht verlangt zu werden scheint. Jeder, der uns zufällig den Weg versperrt, huscht zur Seite, um uns möglichst viel Platz zu lassen. Unweigerlich verstummen sofort alle, die wir passieren. Wir bewegen uns in einer Blase der abgeklärten Ruhe vorwärts, die nur von leise aufkeuchendem Nach-Luft-Schnappen unterbrochen wird, Laute, zu denen seine Anwesenheit Anlass gibt, und nicht meine, wie ich jedenfalls glaube.

Wir klettern Stockwerk um Stockwerk in des Klosters Herz aus poliertem Stein hinauf. Mit jedem Schritt wird meine Flucht unwahrscheinlicher, und der Knoten in meinem Magen zieht sich fester zusammen. Aber wir werden nicht von Wachleuten begleitet, und als wir die bescheidenen Gemächer des Großmeisters erreicht haben, schickt er den jungen Gehilfen, der an der Tür wartet, hinaus, um »Erfrischungen« zu besorgen.

Vielleicht ist das ein Codewort. Vielleicht werden jetzt jeden Moment hundert mörderische Mönche über mich herfallen.

Doch wie groß sein Misstrauen auch immer sein mag, vor mir hat er offensichtlich keine Angst. Er glaubt, allein mit mir fertigzuwerden.

Nachdem ich seinen Untergebenen beim Training zugesehen habe, bin ich mir alles andere als sicher, ob er da unrecht hat. Ich mag vielleicht vor Momma K mit meinen Fähigkeiten geprahlt haben, aber ich würde zuerst viel mehr über diesen Mann wissen wollen, bevor ich mein Können auf die Probe stelle.

Er bietet mir einen Stuhl an.

Ich lehne höflich ab und nehme eine wachsame, aber nicht feindselige Haltung an.

Er setzt sich und kreuzt die Beine, den Knöchel des einen Beines über das Knie des anderen geschlagen – keine Haltung, aus der heraus er schnell einen Kampf beginnen könnte.

Mir kommt der Gedanke, dass hier *er* sein Bestes tut, damit *ich* mich nicht bedroht fühle. Das macht ihn sogar noch unheimlicher.

Der Großmeister verschränkt seine Finger auf der Tischplatte und reibt sanft, in einem unhörbaren Rhythmus, die Daumen aneinander. Der Schreibtisch ist übersät mit Pergamentbögen und aufgeschlagenen Büchern, hier ein Geschäftsbuch, dort ein Notizheft, hier ein nicht zugestöpseltes Tintenfass mit einer Schreibfeder darin, daneben Sand zum Trocknen und ein winziges Messer zum Spitzen von Schreibfedern. Buchstützen aus Bronze halten lose ein halbes Dutzend Bände auf dem Tisch zusammen, mit leeren Abständen dazwischen wie ein Lächeln mit Zahnlücken, wo er die Bücher herausgezogen hat, die er gerade in Gebrauch hat.

Dann macht mein Herz unwillkürlich einen Satz in meiner Brust. Ein juwelenbesetztes verziertes Armband dient ihm als improvisierter Briefbeschwerer, um einige Pergamente festzuhalten. *Mein* Armband. Jedenfalls wird es das bald sein.

Ich versuche, mir keine Reaktion anmerken zu lassen.

»Es erfordert einen enormen, sehr konzentrierten Willen, das Tor der Wasser zu passieren«, beginnt er. »Viele betrachten es als die erste Prüfung für den Beitritt in unseren Orden.«

Ich atme tief durch, kann aber keine Entscheidung treffen, welche Lüge wohl die passendste ist, da er sogleich fortfährt. Ich hatte keine Ahnung, dass es eigentlich schwer sein sollte, durch das Tor hindurchzugehen. Der dumme Mönch da draußen hat mir dazu keinen Anhaltspunkt gegeben.

»Ihr scheint das nicht einmal bemerkt zu haben«, fügt er hinzu.

»Vielleicht war es defekt?«, überlege ich laut. Mir kommt ein schrecklicher Gedanke.

Hast du *es kaputt gemacht?*, will ich vom Ka'kari wissen.

»Oh, es ist in der Tat defekt. Jetzt«, antwortet der Großmeister. »Es ist ein Loch darin.«

Du *warst das!*

~Ich war hungrig! Und du warst gerade dabei, die Sache in den Sand zu setzen, also habe ich einen Weg gefunden, wie wir beide bekommen konnten, was wir wollten.~

Es ist nicht das, was ich gewollt habe!

»Da habe ich offenbar Glück gehabt«, bemerke ich. »Das erklärt wohl, wie ich hindurchgekommen bin, ohne überhaupt etwas zu bemerken.«

»Ihr missversteht mich. Bevor irgendetwas seine Magie verschlungen hat, konnte das Tor noch seine zweite Funktion erfüllen. Wisst Ihr, es misst die magische Begabung, die Glore Fryden eines Menschen. Aha, ich sehe, Ihr seid mit dem Begriff vertraut.«

Ich schlucke.

~Hättest du nicht einfach durch das Tor für die Kuriere gehen können?~, fragt der Ka'kari.

Willst du jetzt mir *die Schuld geben?*

»Wollt Ihr etwa behaupten, es habe eine magische Begabung entdeckt … bei *mir?*« Ich schnaube spöttisch. »Es ist wirklich defekt!«

»Nicht einfach nur eine Begabung – eine Begabung, wie sie hier nicht mehr gesehen wurde, seit ich Großmeister bin.« Er lehnt sich nach vorn, stützt die Ellbogen auf den Schreibtisch, legt die Stirn sanft gegen seine noch immer verschränkten Finger und schaut mich durch das O zwischen Daumen und den übrigen Fingern gereizt an.

»Ich bin kein Magier«, erkläre ich in einem Tonfall, als sei das alles zu dumm, um ihm Glauben schenken zu können. »Ich bin auf magische Fähigkeiten geprüft worden. Ihr könnt es gerne noch einmal tun. Ihr werdet es sehen. Sicherlich verfügt Ihr noch über andere Möglichkeiten … um mich erneut zu testen. Oder ich kann das Tor an einer Stelle durchqueren, wo es nicht defekt ist, wenn Ihr wirklich Eure und meine Zeit darauf verschwenden wollt, den ganzen Weg zurück nach draußen zu gehen …« Wo ich definitiv davonlaufen werde.

»Das Tor ist kein fein abgestimmtes Instrument. Es ist nur ein Sieb unter vielen, von denen wir hier Gebrauch machen. Es zeigt lediglich ein paar unterschiedliche Abstufungen an: Schwarz für kein magisches Talent, Blau, um hinreichend Talent zu signalisieren, dass jemand ausgebildet werden kann. Um mögliche künftige Neumitglieder zu erkennen, wenn sie hier eintreffen, versteht Ihr? Gelb steht für ein ausgebildetes Talent, wie es die meisten von uns hier aufweisen, oder es zeigt uns an, wenn ein Magier aus einer der anderen Schulen hier eintrifft.«

»Eine Sicherheitsmaßnahme«, sage ich. »Praktisch.« Er hat mir keinen Hinweis darauf gegeben, wie viele Leute diese Testergebnisse sehen. Wenn auch andere Mönche davon erfahren haben, dass ich hier bin, könnte sich bereits eine Schlinge um meinen Hals legen, während wir hier diese sehr höfliche und gesittete Unterhaltung führen.

»In der Tat, sehr praktisch«, pflichtet er mir bei. »Wir sehen nur dann die Farbe Rot, wenn jemand furchtbar Gefährliches hereinkommt.«

Wir. Und das ist meine Bestätigung, dass er nicht der Einzige ist, der das Warnlicht sieht. Auch andere wissen, dass ich hier bin. Die Hölle möge mich retten.

Aber mein Gesichtsausdruck bleibt gefasst, als sei das völlig belanglos.

»Nur wenige Male in den letzten hundert Jahren hat sich jemand einen Weg durch das Tor gebahnt, der unsere Warnleuchten weiß glühen ließ. Das letzte Mal ist noch vor meiner Zeit als Großmeister gewesen, aber – wenn ich damit richtigliege, wo Ihr herkommt, könnt Ihr vielleicht erraten, wer es gewesen ist.«

»Wo ich herkomme?«, frage ich und ziehe die Augenbrauen hoch.

»Ursprünglich aus Cenaria, obwohl Ihr Euren Wohnsitz in letzter Zeit wahrscheinlich in Elenea hattet. Wenn Ihr Euch dumm stellen wollt, solltet Ihr Euch mehr Mühe geben. Bis jetzt seid Ihr nicht sehr überzeugend.«

Ich verkrieche mich noch tiefer in mir. »Dorian Ursuul?«, rate ich. »Ich habe gehört, dass er hier ausgebildet wurde. Jedenfalls an einer der Schulen der Stadt. War es Eure? Aber woher wisst Ihr, woher ich komme?«

Vielleicht hat er nur anhand meiner Kleidung oder meiner Sprechweise vermutet, dass ich Cenarier bin. Das wäre möglich. Oder?

Er schnaubt verächtlich. »Nein. Und Dorian war zu schlau und vorsichtig, um je durch dieses Tor zu gehen. Nein, ich meinte seinen Freund, Solonariwan Tofusin. Wie geht es den beiden jetzt?«

Ich gebe mir keine Mühe, die Sache zu leugnen. Ich hoffe immer noch, einen offenen Konflikt vermeiden zu können. Doch ich spüre, wie sich die Schlinge zuzieht. Ich kann es mir nicht verkneifen, einen Blick aus seinem Fenster zu werfen. Es gibt den Blick auf den Innenhof frei, wo die verschiedenen Schülergruppen trainieren. Jetzt ist er leer. Vielleicht nur ein Zufall. »Nun, Dorian ist durchgedreht, und König oder Kaiser Tofusin oder was auch immer er jetzt ist, ist Mitregent des Inselreichs Seth, Fakten, die Ihr sicher genauso gut kennt wie ich. Die ganze Welt weiß das inzwischen, nicht wahr?«

»Inwiefern durchgedreht?«

»Durchgedreht im Sinne von verrückt, nicht von wütend.«

»Verstanden. Ich meinte, wie äußert sich seine Krankheit?« Er ist ungeduldig, als würde ich mich absichtlich dumm stellen.

»Ich habe gehört, dass er sich die meiste Zeit in einem katatonischen Zustand befindet. Wenn er das nicht ist, faselt er wirres Zeug. Es heißt, dass er auf dem Palastgelände umherirrt und dass sie seine Ausbrüche wegen der alten Liebe der Hochkönigin zu ihm ertragen und versuchen, ihn wegen ihres ebenso anhaltenden Zorns auf ihn von ihr fernzuhalten.«

»Ich wundere mich immer noch, dass der Hochkönig seinen alten Rivalen am Leben lässt. Noch dazu in seinem eigenen Palast.«

Ich hätte ihm gern geantwortet, dass Logan eben ein guter Mensch ist, doch das könnte ihm verraten, wie gut ich ihn kenne, also zucke ich stattdessen mit den Schultern, als wüsste ich nicht mehr dazu zu sagen. Meinen besten Freund nicht zu verteidigen, kommt mir wie ein Verrat vor.

»Großmeister«, sage ich und versuche es mit einem anderen Weg, »es ist in der Tat ein Vergnügen, mich mit Euch zu unterhalten, aber Euer Tor scheint mir leider in der Tat ein fehlerhaftes Messwerkzeug zu sein, und ich fürchte, dass Ihr, sobald Ihr merkt, dass Euer defektes Werkzeug Euch gemeldet hat, dass eine Ameise ein eiserner Stier ist, Ihr Euren Unmut an der Ameise auslassen könntet. Bitte, ich will Eure Zeit nicht vergeuden. Prüft mich noch einmal.«

»Das habe ich schon«, erklärt er. Er zieht seine verschränkten Finger, die zusammen mit den Daumen einen Kreis bilden, auseinander, und etwas knistert in diesem O und löst sich auf. Er hatte mich durch dieses Feld hindurch angestarrt. Ich habe das für seltsam gehalten, es jedoch als bloße Marotte abgetan. »Und nach dieser Prüfung zu urteilen, scheint Ihr so viel magisches Talent zu besitzen wie ein Toter.«

»Dann hätte sich die Sache also erledigt«, erwidere ich. »Es tut mir leid, Eure kostbare Zeit in Anspruch genommen zu haben, mein Herr. Ich mache mich dann jetzt wohl besser auf den W…«

»Stopp.« Seine Stimme ist ruhig und leise, doch in ihr liegt die brüske Befehlsgewalt einer Autoritätsperson.

Ich bleibe stehen.

»Setzt Euch.«

Ich setze mich und spüre, wie mir alle Hoffnung auf ein friedliches Entkommen durch die Finger gleitet.

Er sieht mich lange an, und mir wird bewusst, wie jämmerlich schlecht ich die ganze Aktion geplant habe. Ich habe mich nicht einmal gründlich getarnt: Trete ich hier als die Sorte Mensch auf, die angesichts einer Herausforderung den Blick abwendet, oder als ein Mann, der trotzig zurückstarrt?

Also entscheide ich mich für einen dümmlichen Mittelweg und schaue freundlich zurück, was, wie ich merke, sobald ich es getan habe, für jemanden in meiner prekären Lage viel zu selbstsicher ist.

~Kylar, ich habe kein gutes Gefühl bei der ganzen Sache. Er ist nicht annähernd besorgt genug. Was bedeutet, dass auch *du* nicht annähernd besorgt genug bist.~

Schließlich fragt er: »Habt Ihr jemals Euren Glauben verloren?«

»Meinen Glauben?«, erwidere ich, unschuldig wie ein Reh.

Er starrt mich an. Aufmerksam, abwägend.

Wenn dieser Mann so gut kämpfen kann, wie ich annehme, dann stecke ich hier bis zur Hüfte im Dreck und muss sauber davonkommen. Denn als ich ihm in die Seele geschaut habe, habe ich etwas viel Schlimmeres gesehen, als ich erwartet hätte: Er ist unschuldig.

Ich meine nicht, dass er eine Art Naivling oder Heiliger ist. Ich versuche es zu vermeiden, wie eine Fuhre Eiswasser in einen Mund voller kälteempfindlicher Zähne zu schütten, aber ob es nun mein angeborenes magisches Talent ist oder das Werk des Ka'kari oder eine Gabe, die ich von den Nachtengeln vor mir geerbt habe, ich sehe manchmal, irgendwie, den ganzen Schmutz und Dreck, der sich auf einer Seele angesammelt hat. Ich weiß nicht, wie es funktioniert und ob meine Gabe da Schuld, Verbrechen oder Sünde sieht.

Aber Folgendes weiß ich: Obwohl er kein Heiliger ist, ist Glaucon Vitruvius nicht nur kein schlechter Mensch, der den Tod verdient hätte; soweit ich das beurteilen kann, ist er sogar ein guter Mensch.

Ich kann ihn nicht umbringen. Ich kann einen Unschuldigen nicht töten, ohne alles zu verraten, was ich bin.

»Aha«, ergreift er schließlich wieder das Wort. »Ich glaube, Ihr habt tatsächlich einmal Euren Glauben verloren. Sagt mir, was war es, woran Ihr geglaubt habt? An einen Gott? Einen geliebten Menschen? Eure Familie? Euren Platz auf der Welt?«

Bevor ich das Bild vertreiben kann, kommt mir der friedliche Gesichtsausdruck von Elene in den Sinn, als ihr meine Klinge tief in den Leib dringt.

Mit ruhiger Stimme antworte ich: »An glückliche Ausgänge. Ich habe früher daran geglaubt, dass etwas ein gutes Ende finden kann. Und Ihr?«

»Ich habe den Glauben an mich selbst verloren«, bekennt er. Er lächelt schief, wirkt aber auch ein wenig traurig. »Ich wurde mit einem Titel geboren, mit mehr Reichtum als die meisten meiner Altersgenossen, mit einem scharfen Verstand, einem relativ guten Aussehen, das durch die besten Schneider noch attraktiver gemacht wurde, sowie mit einem enormen Selbstbewusstsein. Und als es an der Zeit war, hat sich auch mein magisches Talent gezeigt, sehr stark und deutlich. Ehrlich gesagt, der junge Mensch, der ich damals war, wäre irritiert gewesen, wenn ich *kein* magisches Talent gehabt hätte, aufs Äußerste irritiert. Jeder glaubte, dass ich etwas ganz Besonderes sei, und niemand glaubte das mehr als ich.«

»Doch dann ist etwas passiert«, schließe ich. Warum erzählt mir der Großmeister das? Will er mich hinhalten? Ist das seine Mystikermönch-Masche? Mein Blick geht zur Tür. Der Novize ist immer noch nicht mit den »Erfrischungen« zurückgekehrt.

Ich glaube nicht, dass er allein kommen wird.

»Etwas, ja. Oder vielleicht sollte ich besser sagen, *jemand.*« Er tut es mit einem Schulterzucken ab, wie das ein erfahrener Spieler nach einer einzigen schlechten Nacht an den Spieltischen machen würde. Schenkt mir erneut ein schiefes Lächeln.

Es sagt mir, dass ihn das, was auch immer passiert ist, völlig gebrochen hat.

In den sarkastischen alten Epen der Lodricari wird über solche Menschen gespottet. Es gibt da eine Stelle, die ungefähr wie folgt lautet: »Hat er einen Splitter in der Hand, mag ein Mann wüten, bis die Flüsse sich röten, aber eine tödliche Wunde erträgt er in gelassener Ruhe.«

»Habt Ihr damals Euer weißes Haar bekommen?«, erkundige ich mich. Zu spät merke ich, dass ich es nicht hätte sagen sollen. Dass es da eine Verbindung gibt, ist nicht allgemein bekannt.

Seine Augenbrauen heben sich, womöglich überrascht, dass ich es weiß, aber er leugnet den möglichen Zusammenhang nicht. »Das ist eine Geschichte für ein andermal. Es reicht, wenn ich sage, dass ich aus meiner Glaubenskrise kleiner und bescheidener, aber als ein etwas besserer Mensch hervorgegangen bin. Und ich habe etwas Paradoxes und Beschwerliches gelernt. Indem ich meinen Glauben, etwas Besonderes zu sein, aufgegeben habe, kann ich jetzt mehr tun, als ich vorher tun konnte. Ich kann Dinge tun, die man bei einer so hoch über den Dingen stehenden Persönlichkeit, wie ich es früher war, als völlig unangemessen erachten würde.«

»Und diese Dinge zu tun, macht Euch in den Augen vieler noch besonderer und über alles erhaben«, füge ich hinzu.

»In der Tat!« Er klatscht mit echtem Vergnügen in die Hände. »Ihr versteht mich! Die großen Probleme – die hartnäckigen, bedrängenden Probleme – werden durch lange Erfahrung nicht leichter, nicht wahr? Sie werden nur tiefer und schlimmer. Sie stellen uns völlig bloß und wollen wissen, was wir wirklich glauben und wie sehr wir es glauben.«

»Sie brechen uns«, flüstere ich.

Er lehnt sich in seinem Stuhl zurück. »In der Tat.« Sein Gesicht wird düster. »Und was ist Euer Problem, mein Freund?«

»Ein anderes als Eures«, entgegne ich brüsk. Tatsächlich das Gegenteil von seinem.

Mein Problem ist nicht, dass ich mich für etwas Besonderes halte, obwohl ich es nicht bin; mein Problem ist, dass ich weiß, dass ich etwas Besonderes bin und es nicht ausstehen kann.

»Ich weiß nicht, warum Ihr hier seid«, sagt er, »aber es hat nicht den Anschein, als wärt Ihr gekommen, um mich zu töten, also vermute ich, dass Ihr hier seid, um entweder irgendeinen magischen Flitterkram zu stehlen, von dem Ihr glaubt, dass ich ihn in meinem Besitz habe, oder um mir ein Wissen zu entreißen, von dem Ihr glaubt, dass ich darüber verfüge. Ihr werdet mir nicht sagen, worum es sich handelt, oder?«

Ich denke über seine Worte nach. »Nein. Es war ein Erkundungsmanöver, und ich habe die Sache natürlich schon ganz am Anfang vergeigen müssen.«

Ich weiß nicht, warum ich ihm die Wahrheit sage, aber er glaubt mir offensichtlich ohnehin nicht.

Er verfällt in brütendes Schweigen, sammelt seine Gedanken und scheint dann eine Entscheidung zu treffen.

»Ich will gleich direkt zum Kern der Sache kommen: Ihr dürft mich nicht bestehlen, es sei denn, Ihr seid willens, mich dafür zu töten.«

»Ihr habt pausiert«, sage ich.

»Pausiert?« Seine Augenbrauen zucken in die Höhe.

»Bevor Ihr gesagt habt, dass ich Euch töten muss, um zu bekommen, was ich will, habt Ihr eine kleine Pause gemacht. Ihr wolltet Euch vergewissern, dass Ihr es auch wirklich so meint, nicht wahr?«

Er nickt vorsichtig.

»Schon komisch«, sage ich. »Als ein Mensch, der dort, wo die Rechtschaffenheit sitzen sollte, ein Loch in seinem Herzen trägt, erkenne ich wahre Rechtschaffenheit, wenn ich ihr begegne. Ich kann Euch nicht töten, Großmeister. Und werde es auch nicht. Eher ziehe ich mir einen Splitter im Finger zu, als dass ich einen rechtschaffenen Mann aus dieser elenden Welt entferne.«

»Einen Splitter? So weit würdet Ihr gehen?«, fragt er trocken.

»Ihr seid ein außergewöhnlicher Mensch«, erkläre ich. »Ich hoffe, wir sehen uns nie wieder.« Ich stehe auf und trete auf die offene Tür zu.

»Kylar Stern«, sagt er. »Stopp.«

Ich fühle mich wie vom Blitz getroffen. Ohne es zu wollen, bleibe ich stehen. Er kennt meinen Namen.

Soll ich es mit Leugnen versuchen?, frage ich den Ka'kari.

~Hat es sich etwa so angehört, als würde er wild drauflosraten?~

Ich drehe mich wieder zu ihm um. Das Herz pocht mir so laut in den Ohren, dass ich bezweifle, das verräterische Geräusch von die Treppe heraufeilenden Schritten hören zu können, wenn es denn da wäre. »Ich hätte nicht gedacht, dass sich mein Ruhm schon so weit verbreitet hat«, erwidere ich mit einem Grinsen, das nicht mit dem geringsten Gefühl von Heiterkeit verbunden ist.

»In gewissen Kreisen sogar noch viel weiter als bis nach Sho'fasti«, lässt er mich wissen. »Junger Mann, Anfang zwanzig, eisblaue Augen, dunkles Haar, schlanke Statur, sehr gut in den Kampfkünsten trainiert, aber was sein magisches Talent angeht, wirkt er im Wechsel entweder aufs Höchste begabt oder nicht einmal mit den einfachsten Grundlagen vertraut. Er ist einer der zwölf Magier vom Schwarzen Hügel gewesen und vermutlich einer der begabteren, da er den magischen Verheerungen dort offenbar unversehrt entkommen ist. Es sind auch blaue Magier am Schwarzen Hügel gewesen, Kylar. Und rote. Und grüne. Was ihr zwölf dort vollbracht habt, ist für jede magische Bruderschaft oder Schwesternschaft weltweit von größtem Interesse. Wisst Ihr überhaupt, was Ihr da bewirkt habt?«

»Nicht so richtig.«

»Ah ja, ›lässig‹ ist eines der zentralen Wörter bei Euren Beschreibungen. Selbst als Ihr es, wie es heißt, mit der Weißen Seraphin der Chantry zu tun bekommen und mehrere Hundert Schwestern gedemütigt habt. Ist das wirklich passiert?«

»Ich … ich weiß nicht, auf welche Weise Euch die Geschichte zu Ohren gekommen ist, also kann ich es nicht sagen.«

»Das werte ich als ein Ja«, erwidert er. »Wenn ich mir den Gesichtsausdruck von Istariel Wyant vorstelle, dieser hochmütigen alten Kuh, dann würde ich Euch wirklich gerne mögen.«

»Ihr habt meine Erlaubnis, mich zu mögen«, versichere ich.

»Ah ja, ›auf inkonsequente Weise charmant‹, das haben sie auch gesagt.«

»Inkonsequent?«, wundere ich mich. Es ist lächerlich, gekränkt zu sein, wenn man bedenkt, dass ich womöglich bald schon mit diesem Mann auf Leben und Tod kämpfen werde, aber gekränkt bin ich.

»Ich würde gerne erfahren, zu welchen Erkenntnissen hinsichtlich der Geschehnisse am Schwarzen Hügel Ihr gekommen seid«, bemerkt er. »Die Gerüchte über Ungeheuer in abgelegenen Dörfern und Wäldern, die wir gehört haben, waren zu erwarten. Von solchen Dingen hört man immer, wenn es große soziale Umwälzungen und Kriege gibt. Angesichts der Tatsache, dass es am Schwarzen Hügel tatsächlich echte Monster gegeben hat, könnte ich mir vorstellen, dass einige dieser Gerüchte dieses Mal sogar wahr sind. Aber habt Ihr gewusst, dass sich der Tlaxini-Strudel vor einigen Monaten aufgelöst hat? Die Meerenge dort ist wieder zu einem Schifffahrtsweg geworden. Sogar die Magie selbst hat sich irgendwie verändert. Auf dem ganzen Kontinent, vielleicht sogar auf der ganzen Welt, sind die Auswirkungen zu spüren. Die Gelehrten unter den Mitgliedern meiner Bruderschaft haben sich hohlwangig und mit verdüsterten Augen in ihren Texten vergraben und suchen nach Hinweisen, tief beunruhigt.«

Da ist etwas in seinen Worten, das eine vage Erinnerung in mir wachruft. Da ist etwas, was ich eigentlich im Gedächtnis haben sollte. Eine Warnung, aber ich kann ihrer nicht ganz habhaft werden. »Ich weiß da nichts Hilfreiches«, bekenne ich. »Wir sind alle nur die ausführenden dummen Muskeln gewesen. Ich zumindest. Dorian hat das Ganze geleitet.«

»Also hängt alles wieder an Dorian, dem gefährlichsten Menschen der Welt.«

»Dem gefährlichsten … wie bitte? Das scheint mir etwas hart geurteilt. Habt Ihr ihn kennengelernt?«

»Ihn kennengelernt?«, wiederholt Großmeister Vitruvius, und sein Blick geht nach oben und zur Seite, als suche er nach seinen Erinnerungen. »Ich habe ihn einmal kurz getroffen. Mochte ihn nicht. Aber ich wage zu behaupten, dass das wohl an meiner eigenen jugendlichen Unsicherheit gelegen hat. Als er hier war, machte er den deutlichen Eindruck, nicht sonderlich an dem interessiert zu sein, was wir zu lehren hatten, daher habe ich ihn für arrogant gehalten. Offenbar hat er, was das theoretische Wissen anging, alle Meister abwechselnd verblüfft und zur Weißglut gebracht, aber er hat sich nie am Kämpfen interessiert gezeigt, und so haben wir uns in unterschiedlichen Kreisen bewegt. Und nach allem, was man gehört hat, lag seine Hauptbegabung im Heilen! Die Geschichten sind unfassbar, doch die wenigen, die unsere Leute zu überprüfen in der Lage waren, haben sich als wahr erwiesen. Um die Zeit, als er die Hoth'salar verlassen hat, brachten sie ihm immer die hoffnungslosesten Fälle. Ein Jäger, den versehentlich ein Pfeil in die Eingeweide getroffen hatte, überlebte. Ältere Menschen, die zu erblinden drohten, konnten wieder sehen, angeblich sogar besser als in ihrer Jugend. Eine hochschwangere Frau mit einem Lungenwurmbefall im Endstadium kam zu ihm und bettelte nicht um ihr eigenes Leben, sondern um das ihres Kindes. Es heißt, er habe den Fötus in die Gebärmutter ihrer Schwester verpflanzt, und nach drei Tagen der ständigen Anwendung magischer Hilfsmittel habe er auch den zappelnden Wust von Lungenwürmern aus der Frau herausgeholt. Unsere Leute fanden sie Jahre später, noch immer am Leben und mit weiteren Kindern. Sie beteuerte, dass die Geschichte wahr sei. Selbst noch seine Misserfolge waren eigentlich Erfolge. Ein Kaufmann, dem Tumore in der Leber wucherten, kam zu ihm – und

Dorian entfernte die Tumore, *ohne ihm auch nur die Haut zu verletzen.* Der Mann war überglücklich, aber Dorian musste ihm mitteilen, dass er ihm nur weitere sechs Monate Leben erkauft hatte, denn die Tumore hatten sich bereits überall sonst in seinem Körper ausgebreitet. Jeder geringere Mann hätte den Kaufmann unter dem Applaus der Menge gehen lassen – denn er sah hundertmal gesünder aus, als bevor Dorian Hand an ihn gelegt hatte, und niemand hätte vermutet, dass er nicht vollständig geheilt war.«

So gerne ich auch alles hören möchte, was der Großmeister über Dorian zu sagen hat, fühle ich mich doch zugleich wie ein gespannter Pfeil in einem Bogen und zittere von der Anstrengung, die ich aufbringen muss, um stillzuhalten.

Doch er fährt fort: »Halb im Scherz erzählte man sich, dass Dorian selbst Tote zurückholen könne, wenn sie noch keinen Tag lang verstorben seien. Einer unserer Leute hat ihn einmal danach gefragt, und Dorian hat gereizt entgegnet, dass das nicht stimme: Es hänge vielmehr ganz davon ab, wie man gestorben sei, und selbst dann könne er bestenfalls innerhalb der ersten sechs Minuten noch etwas zur Rettung tun. Die Wiederbelebung nach einem ganzen Tag sei ein Ausnahmefall gewesen, denn der Mann sei beim Eisfischen ins Loch gefallen. Genauso war er. Selbst noch, wenn er seine eigenen Leistungen herunterspielte, hat er die Breite und Tiefe seines Könnens erkennen lassen. Aber wie Ihr vielleicht wisst, gibt es da eine Falle, in die herausragende Menschen zu tappen pflegen. Wenn man in einer Sache wirklich, wirklich gut ist – oder in vier oder fünf verschiedenen Dingen wie in Dorians Fall –, denkt man nur allzu leicht, dass …«

Doch ich höre Schritte auf der Treppe, und der Großmeister ist abgelenkt. So gerne ich auch alles hören würde, was diese Spinne zu sagen hat, möchte ich das Gespräch doch lieber nicht in ihrem Netz führen.

Ich stürze durch die offene Tür und erwarte, dass mir trotz meiner Geschwindigkeit etwas Magisches in den Rücken kracht.

Aber es sind nur ein paar Schritte, und ich schaffe es. Sofort drehe ich mich zur Seite weg, aus der Schusslinie. Dann, mithilfe meines magischen Talents, weiche ich nach *oben* aus. Ich springe zur Decke hinauf, versenke die Krallen meines schwarzen Ka'kari in einem Balken und schwinge meine Füße hoch, sodass ich kopfüber hänge.

Wie ich erwartet habe, stürmt er einen Moment später durch die offene Tür seines Arbeitszimmers, die Hände mit blauem Feuer gefüllt, am ganzen Leib magische Kraft verströmend.

»Brüder!«, ruft er. »Zu mir!«

Er wirft einen Blick über den leeren Gang, rennt um die Ecke.

Als ich mich von der Decke fallen lasse und in sein Arbeitszimmer zurückschleiche, höre ich die stampfenden Füße mehrerer Mönche. Ich höre ihre alarmierten Stimmen.

Ich trete an seinen Schreibtisch. Keine Zeit zu verlieren.

~Sei vielleicht besser nicht zu voreilig damit, dir das …~

Ich reiße das Armband vom Tisch.

Oder versuche es zumindest.

Meine Finger durchdringen die Illusion mit nur einem leisen *Klick* von Widerstand.

Widerstand?

Ein Auslöser.

Ich mache sofort einen Satz zum Ausgang, aber meine Finger verfehlen ganz knapp die Tür, die mir ins Gesicht schlägt. Mich einschließt.

Das Scheppern von Eiche und Eisen hallt dröhnend in meiner Brust wider. Das Geklirr des einrastenden Schlosses ist wie ein Schlag.

Gefangen.

Ich sause schnell wie der Blitz zum Fenster, und mein Fuß holt Schwung, um es mit der ganzen Kraft meines magischen Talents aus dem Rahmen zu sprengen.

Dann halte ich inne. Ich führe den Ka'kari an meine Augen. Am Fenster ist eine Falle angebracht. Drohend und Unheil verkündend. Dort glitzert etwas Magisches, das mein Bein umso fester zu packen verspricht, je fester ich dagegentrete.

Hast du nicht gesagt, du hättest Hunger?

~Ich habe schon gegessen. Ich bin absolut voll.~

Friss die Magie, du wertloses Stück Müll!

~Es ist eine Falle! Er weiß, dass wir die Magie draußen am Tor verschlungen haben. Er hat dich reingelegt, und jetzt willst du mit Absicht eine weitere Falle auslösen?~

Ich fluche.

Ich höre das Geräusch von Füßen, die die Treppe heraufstapfen, den Flur entlanglaufen, Schreie, die immer näher kommen. Ich schiebe schnell den Innenriegel der Tür vor.

»Gebt auf! Alles, was Ihr jetzt tut, macht die Sache nur noch schlimmer«, ruft der Großmeister.

Was mit ziemlicher Sicherheit stimmt.

»Wir wollen Euch nichts antun!«, ruft er.

Was mit ziemlicher Sicherheit nicht stimmt. Und selbst wenn: Wir tun ständig irgendwelche Dinge, die wir nicht tun wollen.

Ich bin eine Ratte in der Falle, aber der Unterschied zwischen mir und einer normalen Ratte besteht darin, dass ich schon über Fluchtmöglichkeiten nachgedacht habe, bevor ich auch nur einen Fuß in diesen Raum gesetzt habe.

Wie bereits gesagt, ich bin etwas Besonderes.

»Das wird jetzt wehtun«, sage ich.

~Das tut es immer~, erwidert der Ka'kari und rauscht mir eilig über die Haut.

Kapitel 30

Der Pfeil und der Kreis

Ich sammle meine magische Kraft und packe den Tisch von Großmeister Vitruvius an einem seiner Beine, sodass alles darauf Befindliche durch den Raum wirbelt, während ich ihn wie ein Diskuswerfer schleudere. Ich wuchte ihn durch das mit Magie verschlossene Fenster.

Die stets befriedigende Musik von zerspringendem Glas erklingt, gefolgt vom Paukenschlag der berstenden Magie, und es erstrahlen so viele gleißende Lichter in allen Farben, dass man damit ein wahres Feuerwerk hätte ausrichten können. Beißender gelber Rauch schlägt aus den Wänden, als das gesamte Fenster und seine Wand explodieren und die Magie in unerwartete Richtungen zerstäubt.

Aber das alles dringt mir erst Momente später ins Bewusstsein. Kaum habe ich den Tisch fortgeschleudert, springe ich mit der ganzen Kraft meines magischen Talents nach oben – ja, nach oben. Direkt in die Decke hinein.

Und durch sie *hindurch,* den Göttern des Verderbens sei Dank. Offenbar haben sie noch Verwendung für mich, bevor sie mich aussortieren.

Ich befinde mich nun auf dem Dachboden, und ich warte nicht, um mich zu vergewissern, ob meine List im Raum darunter funktioniert hat. Wenn nicht, werden gleich hundert Kriegsmagier an meinem Hintern hängen.

Ich höre einige geschriene Warnungen zwischen den Magiern hin und her gehen, dass der gelbe Rauch giftig sei, und mir lacht das Herz in der Hoffnung, dass es sie für längere Zeit aufhält. Aber ich habe nicht vor, mein Tempo zu verlangsamen. Ich springe über alte Möbel, die mir den Weg durch den Dachboden versperren, rutsche unter den Sensenarmen von Übungsgeräten hindurch und schlage Saltos über Trainingsmatten.

Ich werde nie aufhören, mich darüber zu wundern, welche Merkwürdigkeiten einem selbst inmitten von lebensbedrohlichen Situationen auffallen. Hier ist es die Tatsache, dass der Dachboden nicht staubig ist. Nirgendwo ein Staubkörnchen zu sehen.

Magie, sagt eine Stimme in meinem Hinterkopf. An den meisten Orten ist Magie ein nur begrenzt zur Verfügung stehendes Gut, und Magier sind wichtige Leute, also wird nur für die wirklich wichtigen Dinge auf Magie zurückgegriffen. Hier stehen ihnen so viele Magier zur Verfügung, dass sie Magie einsetzen, um die Räumlichkeiten sauber zu halten.

Man sollte sich lieber nicht mit Leuten anlegen, die es sich leisten können, Magie für belanglose Kleinigkeiten zu benutzen.

Warum nur werden mir die Dinge, die ich besser nicht tun sollte, immer erst dann klar, wenn ich sie schon getan habe?

Ich erreiche das Fenster und bleibe stehen, statt hindurchzuspringen oder es einzutreten.

Ich bringe den Ka'kari vor meine Augen. Keine Fallen. Zumindest kann ich keine sehen.

Ich versuche mein Glück mit dem Riegel. Er lässt sich gut öffnen, und der Geruch von Rauch aus dem brennenden Stockwerk darunter strömt herein. Aber es ist normaler Rauch, nicht giftig, soweit ich das beurteilen kann.

Sobald ich meinen Kopf hinausgestreckt habe, sehe ich den schwarzen Rauch, der aus den brennenden Fensterrahmen unter mir quillt. Darunter kann ich, auf dem Trainingsgelände verstreut, zerbrochenes Glas, Fensterrahmen und Mauerwerk sehen, zudem ein paar nach oben starrende Gesichter, zu denen sich sicher bald noch weitere gesellen werden. Das Feuer breitet sich nicht schnell aus. Ich bin mir sicher, dass die Mönche es bald unter Kontrolle haben werden.

Nicht, dass sie mir verzeihen werden, nur weil ich ihr Haus nicht *komplett* in Schutt und Asche gelegt habe.

Noch während ich nach irgendwelchen Haltegriffen suche, um mit ihrer Hilfe auf das Dach hinaufzuklettern, höre ich, wie aus dem brennenden Raum ein laut gerufenes »Los!« dringt. Ich glaube, es war die Stimme des Großmeisters.

Gelber Rauch quillt aus sämtlichen leeren Fensterrahmen zugleich wie nasse Hundescheiße, die unter einem Stiefelabsatz hervorspritzt. Seite an Seite, an jedem Fenster zugleich, sehe ich Mönche auftauchen, jeder mit einer turmschildgroßen magischen Wand vor sich, die den Rauch hinausdrängt.

Ihre Geschwindigkeit und die perfekte Abstimmung untereinander verblüffen mich. In nur wenigen Augenblicken haben sie den Raum vollständig vom Rauch befreit. Die Schilde verschwinden, und ich höre die Stimmen von Männern, die Bericht erstatten – ohne Frage vermelden sie meine Abwesenheit.

Die naheliegende Möglichkeit für mich, auf das Dach zu gelangen, wäre der Weg über eine der charakteristischen Regenablaufketten der Akademie. Sie sind melodisch oder so etwas in der Art und wirbeln den Regen auf eine weithin berühmte Weise nach unten. Offensichtlich sind sie zudem auch magischer Natur, um zusätzlichen Regen auf sich zu versammeln und … was immer sie sonst noch alles zu tun vermögen. Ich kann nicht riskieren, sie zu berühren. Ihre Magie könnte mit Sicherheitsvorkehrungen versehen sein, wie etwa spitzen Stacheln zum Aufspießen von Fassadenkletterern und freundlichen Nachtengeln.

Zum Glück bietet mir der kunstvoll verzierte Baustil des Gebäudes reichlich Haltegriffe. Da ich über den von mir ablenkenden Sichtschutz durch den gelben Rauch verfüge, entscheide ich mich für die magische Unsichtbarkeit und gegen die Unsichtbarkeit für die profane Alltagssicht und beginne zu klettern. Obwohl es mich Zeit kostet, die ich wahrscheinlich nicht erübrigen kann, schließe ich das Dachbodenfenster vorsichtig hinter mir, bis ich den Riegel einrasten höre.

Stets finde ich jenen ersten Schritt ganz schrecklich, wenn man den festen Untergrund unter den Füßen verlässt und sich hinaus ins Ungewisse schwingt, aber der zu Knotenmustern behauene Stein der Gebäudemauer hält mein Gewicht, und ich klettere auf das hohe, leicht geneigte Dach hinauf.

Habe ich gesagt, dass ich den ersten Schritt schrecklich finde? Was ich wirklich schrecklich finde, sind die *letzten* Schritte beim Klettern. Du weißt schon, wenn man die festen Griffe im Stein verlässt, um sich an einer schmutzigen, steil abfallenden, glatten, rutschigen, glitschigen Oberfläche festzuhalten.

Was ist überhaupt der Unterschied zwischen glitschig und rutschig? Ich denke das an die Adresse des Ka'kari gerichtet, während ich mich auf dem Bauch zu einer Stelle vorarbeite, wo die Reibungskraft meines Körpers mich hoffentlich davor bewahren wird, vom Dach in einen hässlichen Tod mit gebrochenen Gliedmaßen zu stürzen.

~Du fragst mich *jetzt* nach Definitionen?~

Du hast recht. Wir sollten später darauf zurückkommen.

Ich stehe auf und atme keuchend durch. Ich schaue über die Dachkante, um zu sehen, wie die Dinge so laufen.

Mann, wie ich Höhen hasse!

Sie lähmen mich nicht auf der Stelle, doch ich habe das Gefühl, dass sich ein solcher Zustand der Lähmung einstellt, sobald ich zu viel an die Höhe denke. Dann bekomme ich Höhenangst. Ich muss ganz zu denken aufhören, wenn ich den Blick in einen Abgr…

Das Fenster, das ich so sorgfältig hinter mir verriegelt habe, zerbricht, als blitzschnell eine in Blau gehüllte Gestalt hindurchgleitet. Sie schnappt sich die Regenablaufkette und bringt das ganze Ding zum Schwingen. Es klingelt melodisch, als in Reaktion auf das Schwingen die Magie die gesamte Kette hinauf und hinunter in Wellen zerspringt.

Für einen einzigen kurzen Moment sammelt Großmeister Vitruvius seine Kräfte.

Jetzt verstehe ich, warum die blauen Magier die Herren der Bewegung genannt werden, *sa'celeri*. Mit blau leuchtenden Stulpen an Händen und Füßen und einem blau schimmernden Greifschwanz, der ihn an der Kette festhält, beginnt er nach oben zu *rennen* – als ob eine senkrecht emporragende Kette hochzuklettern so einfach wäre, wie mal rasch ein paar Treppenstufen hinaufzuflitzen.

Ich presche los, sprinte über den Dachfirst, wobei mir mein magisches Talent zusätzliche Geschwindigkeit verleiht. Aufs Geratewohl mache ich mich jetzt für profane Sicht unsichtbar und werfe einen Blick über die Schulter zurück, als Großmeister Vitruvius behände auf dem Dach landet.

Sein Blick geht sofort zu der Stelle, wo gerade einer der Dachziegel, die ich im Rennen losgerissen habe, mit rhythmischem Klappern seitlich das steile Dach hinabschlittert.

Dann schweifen seine Augen zurück, fixieren kurz einen Ziegel, der auf der anderen Seite herunterrutscht, und ich kann erkennen, dass er sogleich Bescheid weiß – die Ziegel können nur dann auf beiden Seiten des Daches herabfallen, wenn ich vor Kurzem auf dem Dachfirst gewesen bin.

Das andere Ende des Palastdaches kommt mir immer näher. Ich kann das nächste Gebäude dahinter noch nicht sehen, aber auf dem Weg hierher ist mir aufgefallen, dass alle Gebäude weit auseinanderliegend erbaut worden sind. Was ist, wenn die Distanz dazwischen fünf Meter beträgt? Sieben?

Was, wenn es zehn Meter sind?

Die Hände des Großmeisters klatschen zusammen, und eine Art magisches Feld bildet sich zwischen ihnen. Eine spezielle Sichtmagie?

Ich muss entweder springen – und in seinem Sichtfeld bleiben, auch wenn ich mehr Abstand zwischen uns bringe – oder zur Gebäudekante hechten, um mich dort zu verstecken und die Form meiner Unsichtbarkeit zu wechseln.

Ich mache einen Hechtsprung, versuche meine Umrisse möglichst klein zu machen, und wechsle zur magischen Unsichtbarkeit.

Ich erhasche einen flüchtigen Blick auf ihn, die Schultern vor Anstrengung verkrampft, zwischen den Händen eine gelb leuchtende pergamentartige Sichtöffnung aufgespannt. Seine Augen werden dadurch vergrößert, sodass sie riesig erscheinen. Ich kann nicht feststellen, ob er mich sieht.

Dann, immer noch schlitternd, erreiche ich die Dachkante und wirbele darüber hinweg.

Ich lasse mich auf der anderen Seite herabbaumeln und bemerke eine weitere Regenablaufkette. Aber hier gibt es keine Zuschauer im Garten unter mir. Mein Schwung lässt meine Füße zurückwippen, sodass sie gegen das Gebäude schlagen, und ich nutze den kurzen Moment des Haltfindens sofort, um mich abzustoßen und vom Gebäude wegzuspringen.

Dabei rutscht einer meiner Füße von irgendwelchem vorspringenden dekorativen Zierrat ab, und meine Flugbahn wird krumm, ich erwische die Regenkette nur mit der einen ausgestreckten Hand und wirbele dann in Spiralen die Kette hinunter, zersprenge dabei die Magie der Kette auf eine Weise, die ganz und gar nichts Melodisches hat.

Erst im letzten Moment bekomme ich die Kette auch mit meiner anderen Hand zu fassen, und es gelingt mir, meinen Fall so weit abzubremsen, dass ich es beinahe geschafft hätte, beim Aufschlag inmitten des Steingartens auf den Beinen zu bleiben. Jedenfalls so lange, bis es mir dann doch nicht gelingt. Ich gerate ins Taumeln und mache eine Art Spagat, als ich auf dem wunderschönen grünen Ziermoos ausrutsche und schließlich, fast mit dem Gesicht voran, in eine aufwirbelnde Wolke aus kleinen Kieselsteinen klatsche, wobei ich mir mit einem ruckartigen Herumreißen den Hals verrenke, um mir nicht an einem kleinen Felsblock den Schädel einzuschlagen.

Positiv hervorzuheben ist, dass mein Sturz höchstens doppelt so laut war, wie wenn ein eiserner Stier durch einen Markt von Glockenhändlern stampft.

Als immer mehr besorgte Schaulustige und Mönche auftauchen, ducke ich mich unter das ausladende Blätterdach eines Rotahorns, schalte auf profane Alltagsunsichtbarkeit um und rolle mich dann auf der anderen Seite wieder unter dem Baum hervor. Niemand hier denkt daran, Magie einzusetzen, um nach mir zu suchen, also folgen mir auch keine Augen – zumindest, soweit ich das beurteilen kann.

Als ich zum Dachfirst emporblicke, sehe ich dort oben Vitruvius auftauchen. Er sucht die Menge ab und hält auf der offen einsichtigen Straße zwischen zwei Gebäuden nach mir Ausschau. Er ruft den Mönchen eine Frage zu, die ich nicht verstehe, und öffnet sein Sichtfenster erneut, um nach mir zu suchen.

Ein Gebäude weiter befindet sich eine Mauer, die den inneren Teil der Akademie umgibt, in dem ich mich hier befinde. So viel Wert die Mönche auch darauf legen mögen, dass sie keine Mauern bräuchten, und so demonstrativ bescheiden sie tun, wenn es darum geht, unerwünschten Verkehr von ihrem Zuhause fernzuhalten – es dient halt doch nichts so gut als Mauer wie, nun ja, eine Mauer.

~Diesen Satz werden wir uns wohl später auch noch mal vornehmen müssen, nicht wahr?~

Nein, nein, ich bin eigentlich ganz zufrieden damit, denke ich, während ich in die Schatten gleite und allen Stellen ausweiche, wo mich der Großmeister von seinem Blickpunkt aus womöglich sehen könnte.

Dann, auf halbem Weg zur Mauer, löse ich mich aus beiden Arten der Unsichtbarkeit und renne auf die Mauer zu. Auf dieser Seite besteht sie aus unebenem, grobem Stein; nur an der Außenseite ist sie vollkommen glatt. In seiner offenen Bauweise war das Gelände der Mönchsakademie nie dazu gedacht, Menschen *im Inneren* festzuhalten. Die Mauer lässt sich also leicht erklimmen, und mein magisches Talent macht die Sache noch einmal einfacher.

Ich klettere langsamer, als ich könnte – wenn ich beobachtet werde, gibt es keinen Grund, das wahre Ausmaß meiner Fertigkeiten erkennen zu lassen –, aber ich will auch nicht durch ein allzu langsames Tempo das Schicksal oder die Hände des Sturms herausfordern. Sie haben bereits unter Beweis gestellt, dass sie sogar besser sind, als ich noch vor einer Stunde vermutet habe.

Oben auf der Mauer angelangt, bleibe ich einen Moment stehen, sodass ich mich wie ein Anfänger deutlich sichtbar vom

Hintergrund abhebe, und schaue zurück, in der Hoffnung, eine Figur abzugeben, die er nicht übersehen kann …

Und zugleich hoffe ich inständig, dass, falls sie Bogenschützen auf mich angesetzt haben, diese mich verfehlen.

Aber der Großmeister ist nicht mehr oben auf dem Dach.

Ich weiß nicht, ob er mich überhaupt sieht.

Ich will eigentlich den Haken verstecken, aber vielleicht habe ich ja den Köder versteckt.

Doch ich kann es mir nicht leisten, ein allzu großes Risiko einzugehen. Nicht bei diesen Leuten.

Ich springe auf der anderen Seite die Mauer hinunter. Rutsche hinab auf den Boden, klettere das nächste Gebäude hinauf, das voller luxuriöser Wohnungen ist, und verharre auf einem Balkon, sichtbar für den magischen wie auch für den profanen Blick, jedoch zwischen Stühlen und Tischen, kletternden Ranken und blühenden Blumen in einem Dutzend Farben bestens getarnt.

Das umwickelte lange Paket ist noch da, wo ich es zurückgelassen habe. Ich betrachte das als einen glücklichen Umstand. Mir ist es schon passiert, dass solche Dinge verschwunden sind, auch wenn ich sie viel kürzer und besser versteckt zurückgelassen habe.

Es ist nicht das einzige Bündel, das ich versteckt habe, und ich hatte gehofft, von keinem von ihnen Gebrauch machen zu müssen, aber es kommt eben, wie es kommt.

Ich wickele den Bogen aus, erwärme mithilfe meines magischen Talents behutsam das Holz zwischen meinen Händen, um es geschmeidiger zu machen, und bespanne ihn.

~Ein Glocken*markt*? Ich glaube nicht, dass mir je auch nur ein einzelner Laden untergekommen wäre, der ausschließlich …~

Halt die Klappe.

Ich teile den Vorhang aus Ranken vor mir, um den oberen Teil der Mauer an der Stelle beobachten zu können, wo ich vorhin verschwunden bin. Praktischerweise führt genau dort auch eine Treppe zum Weg oben auf der Mauer. Wenn ich richtigliege, ist es jetzt jeden Moment so weit.

Vielleicht hätte ich mich stattdessen dort an die Wand klammern und die Falle aus nächster Nähe und sehr persönlich zuschnappen lassen sollen.

Er taucht nicht auf.

Vielleicht war mein Köder doch vergebens. Vielleicht hat er mich tatsächlich dort oben nicht gesehen.

Ich hatte beschlossen, fünf Minuten abzuwarten, bevor ich von hier verschwinde, damit ich mit meiner Falle nicht womöglich noch in irgendeine Gegenfalle laufe.

Nach meiner Begegnung mit dem Großmeister entscheide ich nun, stattdessen auf zwei Minuten herunterzugehen.

Eine Minute vergeht, und ich beginne, über meine Fluchtmöglichkeiten von hier aus nachzudenken. Ich habe sie nicht so gründlich ausgekundschaftet, wie es mir eigentlich lieb gewesen wäre.

Das ist das Problem, wenn man eine solche Unternehmung überstürzt angeht. Wenn etwas schiefläuft, kann es gut sein, dass man plötzlich mit leeren Händen dasteht.

Und irgendetwas läuft immer schief.

Die zweite Minute ist fast abgelaufen, da bemerke ich eine Bewegung – nicht an der Stelle, wo ich es erwartet hätte. Sechs, sieben Meter seitlich davon sehe ich einen Kopf auftauchen.

Er springt geduckt zur Mauerkante und schiebt sich vorwärts, eine Armbrust in den Händen. Dann hält er inne und hat nun eine ideale Schussmöglichkeit zu genau der Stelle, wo in diesem Moment an der Mauer zu hängen ich mich um ein Haar entschieden hätte.

Dann wirft er sich herum und zielt in die andere Richtung die Wand entlang.

Ich atme durch.

So knapp. Ich war *so* nah dran, mich von ihm erschießen zu lassen.

Dann steht er mit einer Miene der Enttäuschung auf. Mit der Armbrust an der Schulter zielt er suchend über das Dach des Gebäudes hinweg, wo ich mich befinde. Allerdings ist er so vorsichtig gewesen, die Finger dabei vom Abzug zu nehmen, im Wissen, eine geladene Waffe auf ein Gebäude voller unbescholtener Bürger zu richten. Sein Blick wandert forschend über die Balkone, die Augen gegen die untergehende Sonne zu schmalen Schlitzen zusammengekniffen.

Ich sehe, wie er seufzt und seine Schultern herabsacken. Er senkt seine Waffe, und als er seinen Blick von mir abwendet, hebe ich meine.

Der Großmeister kramt in einer Tasche und holt einen schimmernden Kreis heraus. Das Armband. Er hält es empört in die Luft und winkt damit in Richtung meines Gebäudes. Irgendwie weiß er, dass ich hier bin.

»Das? Die ganze Sache dreht sich nur um dieses alberne Stück Plunder?! Ich hatte gar nicht vor, zu ihrer blöden Feier zu gehen! Ich verachte die Kaiserin! Aber jetzt? Jetzt werde ich hingehen, das verspreche ich Euch – und ich werde Euch aufhalten, Dunkler Schatten! Was auch immer Ihr im Schilde führt, ich werde Euch aufhalten.«

Ich habe nur eine einzige Chance, nicht mehr. Wenn ich einen der verzauberten Bogen dieser blauen Jungs hätte, könnte ich meinen Schuss zu einem sicheren Treffer machen. Aber so einen habe ich nun mal nicht. Es ist ein weiter Schuss für mich, und ich bin kein so guter Schütze, wie ich es gern wäre.

Die Bogensehne küsst meine Lippen mit dem trockenen, unsanften Lebewohl eines zürnenden Liebhabers.

Aber irgendein Geräusch oder Anblick oder eine heilige Intuition lässt Großmeister Vitruvius zusammenzucken, und er zieht das Armband – mein Ziel – beiseite. Mein Pfeil fliegt durch die leere Luft und klatscht weit hinter ihm an ein Gebäude.

Überall um ihn herum erstrahlt blaues Licht, doch er springt nicht weg.

Was ist los mit ihm? Was macht er da?

Und jetzt verfliegt das blaue Licht um ihn herum, und seine angespannten Muskeln lockern sich wieder. Er löst sich aus der Kampfhaltung, die er reflexhaft angenommen hat.

Langsam dreht er sich um, sodass er direkt in meine Richtung blickt. Er hält sich das Armband so hin, dass sein leerer Kreis über seinem Herzen liegt. Er fordert mich heraus zu schießen, um mein begehrtes Armband um den Preis seines Lebens zu bekommen.

Ich habe den zweiten Pfeil bereits an die Sehne gelegt, den Bogen schon gespannt.

Der Großmeister weiß ganz genau, wo ich mich befinden muss, und starrt zu ebendieser Stelle hin, auch wenn ich mir ziemlich sicher bin, dass er mich nicht sehen kann. Die letzten Strahlen der untergehenden Sonne klettern die Mauer hinauf und übereignen ihn den Schatten.

Selbst mit meiner magischen Kraft kann ich den Bogen bei seinem Zuggewicht nicht ewig voll gespannt halten.

Ich habe in den Großmeister geschaut, ihm in die Seele geblickt. Ich weiß, dass da in ihm nichts von der Dunkelheit ist, die den Tod verlangt. Er ist ein Unschuldiger. Ich bin der Nachtengel. Was auch immer auf dem Spiel stehen mag, ich kann ihn wegen des Armbands nicht töten.

In dem Punkt habe ich doch recht, oder?

~Der Nachtengel bringt nicht mit Absicht Unschuldige um. Es gibt da zwar eine gewisse Grauzone, aber das heißt nicht, dass es kein Schwarz und Weiß gibt.~

Angewidert von mir selbst – ob es nun meine Unfähigkeit ist, einen Unschuldigen zu töten, was mich anwidert, oder die Tatsache, dass ich dem Versuch bedenklich nahe gekommen bin, kann ich nicht sagen –, löse ich die Spannung meines Bogens.

Im Zentrum der Stadt hinter ihm sehe ich, wie die große schwebende Säule der Sho'fasti langsam auf ihre Fundamente zurücksinkt. Mit einem knirschenden Dröhnen wie ein kurzes, weit entferntes Erdbeben senkt sich das mächtige Gebäude auf seinen Sockel. Der gesamte blaue Turm flackert einmal in königsblauem Feuer auf und wird dann dunkel.

Ich stehe auf, und das blaue Licht leckt mir kurz über die Haut.

Ich weiß nicht, warum ich das tue, warum ich ihn mich sehen lasse.

»Ihr habt also doch einen Ehrenkodex«, ruft Vitruvius zu mir herüber. »Und haltet Euch an ihn, auch wenn es Euch quält. Sagt mir, Kylar, ist es nicht ein sicheres Zeichen von Rechtschaffenheit, wenn man Opfer bringt, um seinem Ehrenkodex zu entsprechen? Und doch behauptet Ihr, keine Rechtschaffenheit in Euch zu haben. Ihr seid mehr als Eure größte Stärke, junger Mann, auch wenn Ihr Euch geweigert habt, das zu erkennen. Wenn ich denn irgendeinen Anspruch auf Weisheit habe, so lasst mich Euch dieses eine sagen: Ihr glaubt, bereits ein gebrochener Mensch zu sein. Ich jedoch glaube, Ihr hängt noch gar nicht über jenem Abgrund, in den ihr hinabstürzen werdet. Allerdings glaube ich auch, dass Ihr da in der Tat einen tiefen Fall vor Euch habt, und Ihr seid auf dem besten Weg dorthin. Euer Ehrenkodex hat zur Folge, dass eine unausweichliche Spannung zwischen ihm und Eurer Arbeit entsteht. Wie wird es also kommen? Was wird Euch schließlich zerstören, Dunkler Schatten? Euren Kodex zu brechen? Oder ihn aufrechtzuerhalten?«

In dem düsteren Turm hinter ihm durchdringen, Punkt für Punkt, nichtmagische Lichter die Dunkelheit, als sich Fenster um Fenster erhellt – wie neugierige Spitzhackenschläge in die Nacht hinein, die Stück für Stück Löcher in die Finsternis schlagen, während sich die Weisen und Gelehrten im Inneren an ihren Schreibtischen niederlassen, um sich bis tief in die Nacht ihren Arbeiten und Studien zu widmen.

Kapitel 31

Ein unvollendeter Raub

Wie viele sonstige Sachen könnte ich jetzt noch alle falsch machen?

~Eine? Zwei? Sicher nicht mehr als drei. Versuchen wir da etwa gerade, einen neuen Rekord aufzustellen?~

Weißt du, ich kann von Glück sagen, dass ich dich habe, Ka'kari. Du bist ein treuer, lieber, wahrer Freund. Ich vermag mir gar nicht vorzustellen, wie verloren ich ohne deine Hilfe wäre.

He! Das ist nicht im Entferntesten das, was ich gerade gesagt habe! Veränderst *du etwa Dinge, die ich sage?*

~Hoppla! Dinge verändern? Nein, nein. Ich muss mich wohl verhört haben.~

Ich habe weder das Gasthaus noch seine Umgebung ausgekundschaftet. Ich weiß nicht, ob sich Lord Philanthes hier befindet, wie viele Wachen und Diener er bei sich hat und ob seine Geliebte Yulina bereits eingetroffen ist. Ich weiß nicht, in welchem Zimmer sie sich aufhalten könnten und ob sie vorhaben, hier zu übernachten oder ob sie sich einfach draußen treffen, ihre Sachen einpacken und verschwinden.

Was ich alles nicht weiß, lässt das wenige, was ich weiß, dürftig und belanglos erscheinen. Es ist heller Tag. Hier sind überall Menschen. Ich habe keinen sicheren Unterschlupf in der Nähe. Und nur einen Schlapphut und einen ramponierten Mantel als Verkleidung. Wenn die Sache schlecht läuft, besteht meine einzige Fluchtmöglichkeit wohl darin, so lange zu reiten, bis ich meine Verfolger abgeschüttelt habe. Ich bin nicht unbesonnen, ich mache nur all die Fehler, die ein unbesonnener Schwachkopf machen würde.

~Könnte schlimmer sein. Du könntest einfach in die Chantry hineinmarschieren und Forderungen an die mächtigsten Frauen der Welt stellen!~

Ich weiß, dass das dumm war, in Ordnung? Du brauchst jetzt nicht darauf herumzureiten. Vi hat einmal gemeint, sie würde mich vor ihren neuen Schwestern beschützen, aber ich weiß, dass das ein hoffnungsloses Unterfangen wäre. Ich habe die Magae nicht einfach nur in Angst und Schrecken versetzt, ich habe sie nicht lediglich beleidigt, habe sie nicht bloß erniedrigt, ich habe etwas viel Schlimmeres getan.

Ich habe sie *fasziniert.*

Und jetzt kommt mir ein Gedanke, der so schwer auf mir lastet wie eine Bleikugel in meiner Magengrube. Momma K hat mir gesagt, dass ich mich mit der Chantry in ein Wettrennen um den Nemesis-Kompass begeben würde. Das war schlecht. Ich habe keine Lust, die Schwestern erneut gegen mich aufzubringen. Doch ich hatte die Konsequenzen eines möglichen Scheiterns nicht gründlich genug bedacht. Ich brauche diesen Kompass, um Logans Kinder ausfindig zu machen. Wenn ich ihn nicht bekomme, werde ich sie nicht finden können.

Aber was ist, wenn stattdessen die Chantry den Kompass in die Finger bekommt? Wie werden sie ihn einsetzen? Um die Zwillinge zu finden? Ja, vielleicht. Aber das ist nicht die einzige Art und Weise, wie sie ihn benutzen würden, oder?

Irgendwann, früher oder später, wird die Chantry ihn dazu gebrauchen, *mich* zu finden. Und nicht nur, um mich zu finden. Sondern um mich zu jagen.

Wie auch immer ich mich verkleide, ich werde mich niemals vor ihnen verstecken können, nirgendwo auf der Welt. Und sie werden sich mir an die Fersen heften. Wie könnte es auch anders sein? Wenn sie auch nur den geringsten Verdacht haben, dass ich im Besitz des schwarzen Ka'kari sein könnte, werden sie zu der Überzeugung gelangen, dass das, was ich da besitze, derart mächtig sei, dass es ihre moralische Pflicht ist, es mir wegzunehmen.

Vor einer Meute von Tausenden oder Zehntausenden Magie einsetzenden Frauen wegzulaufen, die über die ganze Welt verteilt sind, ist nichts, was mir Spaß machen würde. Allerdings hat mein Meister mir ein paar Tricks beigebracht, mit deren Hilfe ich mich ziemlich gut verstecken können sollte.

Doch gegen den Nemesis-Kompass werden diese Tricks nutzlos sein.

Und die Chantry vergisst nie. Sie hat, als Institution, ein eigenes Gedächtnis und einen eigenen Groll.

Die Gesellschaft der Zweiten Morgenröte ist eine Gruppe von Leuten mit dem Steckenpferd, nach Unsterblichkeit zu streben, was bedeutet, dass sie danach streben, so zu werden wie *ich* – teils, indem sie mir helfen und hoffen, durch Beobachtung etwas von mir zu lernen, und teils, indem sie mich herausfordern und zu aggressiveren Antworten zu provozieren versuchen. Aber die Chantry? Sie sind Profis. Als Einzelne von langem Leben und als Einrichtung unsterblich, und wenn sie beschließen, einen Menschen zu verfolgen, ist es nur eine Frage der Zeit, bis sie ihn erwischen – und zusammen haben sie alle Zeit der Welt. Mit dem Kompass …

Im besten Fall kann Vi sie ein Jahrzehnt lang davon abhalten, mich zu verfolgen, aber nicht ein Jahrhundert lang. Nicht für immer. Das heißt, falls sie denn überhaupt noch am Leben ist. *Verdammt, alles klar mit dir, Vi?* Meine Kehle schnürt sich zu.

Es gibt also keinen anderen Ausweg. Phaena hat mir eingeschärft, dass ich das Armband unbedingt in die Hände bekommen muss, bevor Lord Philanthes die Stadt verlässt.

Und warum kann ich es nicht auf dem Weg stehlen?

Ich habe sie das gefragt.

Die Antwort ist, dass Lord Philanthes mit einer dieser neuen, experimentellen Flugkutschen reisen wird.

Auch ich habe den Begriff bei diesem Anlass das erste Mal gehört. Aber nur keine Aufregung. Sie fliegen nicht wirklich. Sie schweben nicht einmal. Die Sa'fasti experimentieren mit Formen der Magie, um Lasten leichter zu machen, und diese Magie haben sie an einer Kutsche und deren Geschirr angebracht, um die Leiber der Kutschpferde selbst leichter zu machen.

Laut Phaena müssen die Straßen, auf denen diese Kutschen fahren, auf ganz spezielle Weise instand gehalten werden, die Magie muss zweimal täglich an eigens dafür errichteten Stationen von Magiern erneuert werden, und die Pferde müssen für ihre unnatürliche Aufgabe ausgiebig dressiert werden – all das macht solche Reisen sehr begrenzt und sehr teuer, aber auch sehr, sehr schnell.

Kurz gesagt, es gibt keine Möglichkeit, mit einer solchen Kutsche Schritt zu halten, geschweige denn sie einzuholen.

Ich begebe mich zum Stall des Gasthauses am Rande von Roshlington, werfe Blicke auf Dächer, hin zum vorbeiziehenden Verkehr. Keine Leibwächter. Ich bleibe an der offenen Tür neben einem abgekoppelten Wagen stehen.

Drinnen bürstet ein junger Kerl einen wunderschönen Hengst. Er ist ganz hingerissen von dem Tier. Es ist zweifellos das schönste Pferd, das er je im Stall gehabt hat.

Ich glaube, das bedeutet, dass mein Mann hier ist.

Es befinden sich keine Satteltaschen auf dem Pferd. Schade. Kann mir denn nicht wenigstens einmal so viel Glück vergönnt sein, dass Philanthes das Armband einfach irgendwo zurücklässt, wo ich es mir mühelos schnappen kann?

~Wie etwa vom Schreibtisch eines Magiers?~

Wenn du schon dabei bist, verpass mir doch bitte auch noch einen Tritt in das andere Ei, ja?

Ich lehne meinen Kopf gegen die Stallwand. Mein Plan: reingehen, mich am Magier vorbeischleichen, seine Sachen durchwühlen, etwaige Fallen vermeiden, das Armband stehlen. Es könnte sogar eine leichte Sache sein.

Jetzt oder nie. Bereit oder nicht.

Ich bin es nicht. Aber ich packe es an. Jetzt.

Ich hole tief Luft und will gerade den Ka'kari bereitmachen.

Etwas Leichtes knallt mir gegen den Rücken.

Aus reinem Instinkt springe ich zur Seite, rolle mich unter den Wagen und lasse mich von den Schatten in Empfang nehmen. Ich suche die Straße ab, sehe aber nichts. Da ist niemand, der sich auf verdächtige Weise bewegen würde, niemand, der in meine Richtung schaut. Ich greife mir an den Rücken und halte mir meine Hand vor Augen.

Kein Blut.

Erst jetzt fällt mein Blick auf den Pfeil, der in der Nähe liegt. Ein Übungspfeil, stumpfe Spitze. Fest um den Schaft ist ein Stück Pergament gebunden.

Ich zögere einen Moment. Mir den Pfeil zu holen bedeutet, sich wieder in die Schusslinie zu begeben.

Doch wer auch immer da auf mich geschossen hat, hat einen stumpfen Übungspfeil gewählt, um mich zu treffen, und keinen mit breiter zulaufender oder ahlenförmiger Spitze. Er oder sie hat nicht die Absicht, mich zu töten.

Ich greife mir den Pfeil und lehne mich in den Schutz des Wagens zurück, um den Zettel gefahrlos lesen zu können.

Er ist in Druckbuchstaben beschrieben; ich habe es also entweder mit jemandem zu tun, der seine Handschrift nicht zu erkennen geben will, oder mit einem ungebildeten Dummkopf, der kaum des Schreibens mächtig ist.

Da steht: *Armband weg. Repha'ims Männer unterwegs, um Phaena zu töten.*

Es läuft mir kalt den Rücken hinunter.

Keine Frage, das ist Humbug. Ein Freund würde dir diese Art von Informationen nicht dadurch vermitteln, dass er sie dir mit einem Pfeil in den Rücken schießt. Außerdem habe ich hier keine Freunde.

Aber wer auch immer das gemacht hat, kennt Lord Repha'im.

Und er oder sie weiß, dass ich das Armband suche.

Und er oder sie kennt Phaena.

Welcher Freund würde das alles wissen können? Durzo? Mein Herz macht einen Satz. Aber nein. Durzo würde die Sache auf eine schmerzhaftere Weise über die Bühne bringen, und er würde mich außerdem noch wissen lassen, wie schlampig ich dieses oder jenes erledigt habe. Und in der gegenwärtigen Situation – warum sollte er sich nicht einfach zeigen?

Wer sonst würde mir helfen? Ich habe keine Freunde mehr.

Welcher Freund von Logan würde also etwas dergleichen tun? Offensichtlich jemand, der sich selbst im Verborgenen hält.

Vielleicht bin ich hier in irgendwelche Machenschaften der Gesellschaft der Zweiten Morgenröte hineingeraten? Wer weiß sonst noch, dass ich hier bin? Vielleicht versuchen auch sie in ebendiesem Moment, das Armband zu stehlen, und das hier ist ihr Versuch, mich aufzuhalten, damit sie das Armband zuerst in die Finger bekommen. Ich könnte womöglich ihre Operation hier vereiteln.

Wer sonst würde mich aufhalten, mir aber nichts antun wollen?

Nichts ist so wichtig, wie dieses Armband zu bekommen.

Aber was ist, wenn die Sache mit Phaena tatsächlich wahr ist?

Na und? Was soll dann sein? Was bedeutet mir Phaena denn schon? Sie ist keine Freundin. Keine echte. Ein Mensch, mit dem ich freundschaftlichen Umgang pflege, das vielleicht. Aber Freundschaft? In meinem Geschäft? Freundschaft in den Schatten bedeutet immer, jemandem, der dir jeden Augenblick einen Dolch in den Rücken rammen könnte, den Rücken zuzukehren und zu hoffen, dass alles gut geht. Wir sind keine Freunde.

~Du klingst wie ein echt harter Hund, Kylar.~

Los, sag auch den Rest. Ich weiß, dass da noch mehr kommt. Unmöglich kannst du irgendeine Äußerung über mich mit einem Kompliment abschließen.

~Dass du glaubst, es sei ein Kompliment, wenn man dich einen harten Hund nennt, zeigt, wie jung und unreif du bist.~

Siehst du? Ich hab es ja gleich gewusst.

~Wenn du so ein harter Hund bist, Kylar … warum bist du dann bereits losgestürmt, um sie zu retten?~

Nun ja, da es offensichtlich nicht schlicht und einfach menschlicher Anstand ist, bleibt nur noch ein möglicher Grund übrig.

~Sag ihn mir bitte.~

Da ich doch so jung und unreif bin? Brüste. Die Antwort lautet Brüste. Phaena hat welche.

Ach so, ja, und sie hat auch unsere Befehle. Sie allein weiß, welches Ziel wir als Nächstes ansteuern sollen; sie weiß, wer uns dort helfen soll und wie wir diese Leute kontaktieren können.

Tatsächlich bin ich ohne sie praktisch völlig aufgeschmissen. Das wäre ein durchaus guter Grund, sie zu retten – aber ich bleibe bei den Brüsten.

»Was haben Männer nur immer mit Brüsten?«, entfuhr es Vi laut.

Am anderen Ende des Raums blickte Schwester Ariel neugierig auf. »Eigentlich ist es ja so, dass …«

»Ich glaube … ich glaube, Ihr seid nicht die Richtige, um das zu beantworten«, ging Vi dazwischen. »Nichts für ungut.«

Schwester Ariel wirkte mitnichten beleidigt. »Weißt du eigentlich, dass, als ich ungefähr so alt war wie du jetzt, ein junger Gastgelehrter einmal ein Sonett zum Lobpreis meiner linken Brust verfasst hat?«

»Eurer … Was?«

»Es hat mich ganz genauso verwundert. Ich wusste gar keine Antwort darauf. Eine Woche später schrieb er ein weiteres Gedicht, nun meiner rechten Brust gewidmet.« Ihre Augen wanderten zur Decke hinauf, und dann wurden Vis schlimmste Befürchtungen wahr – Schwester Ariel begann das Gedicht aus dem Gedächtnis zu rezitieren: »Dein zartes Brustwärzchen in der Farbe von Rosenknospen / Ruft mich herbei, um davon zu kosten …«

Vi drang ein erstickter Laut aus der Kehle, und Schwester Ariel hielt inne.

»Ich weiß. Es ist anstößig, nicht wahr? Die Skandierung ist völlig falsch! Er fragte mich, ob ich mich mit ihm treffen würde, um ihn wissen zu lassen, was ich darüber denke, und so habe ich selbstredend die metrischen Fehler und unreinen Reime korrigiert, die Entwicklung seiner Bildersprache im Bereich des Übergangs von den beiden Quartetten in die beiden Terzette klarer herausgearbeitet und angemerkt, dass meine Brustwarzen eher von einer dunklen als einer rosenroten Färbung sind, und ihm das Gedicht zurückgegeben. Seltsamerweise hat er recht beleidigt reagiert! ›Wenn du vorhast, dich so aufzuführen, warum bist du dann überhaupt hergekommen, um dich hier mit mir zu treffen?‹, hat er gefragt. Und darauf ich: ›Nun ja, ich habe nicht den geringsten Schimmer, warum wir uns überhaupt auf einem Heuboden treffen sollen. Wenn du einen solchen Ort aufsuchst, um deine Gedichte zu Papier zu bringen, ist es ja kein Wunder, dass du so ein lausiger Verseschmied bist.‹ Aber damals war ich eben noch jung und unbedarft.«

»Damals?«, entfuhr es Vi. Sie hatte es eigentlich nicht laut sagen wollen.

»Ich bin in all den Jahren seither reifer geworden und habe viel dazugelernt. Es gibt also noch Hoffnung für dich!«, fuhr Schwester Ariel mit einem freundlichen Lächeln fort. »Ach ja, du wolltest doch sicher die Ergebnisse der Nachforschungen hören, die ich zu der Frage angestellt habe, warum Männer so auf Brüste fixiert sind? Ich habe dazu drei miteinander konkurrierende Theorien entwickelt.«

»Wisst Ihr«, erwiderte Vi, »ich … ich bin mit meiner Lektüre wirklich ziemlich im Rückstand. Vielleicht ja ein andermal.«

Schwester Ariel richtete den Blick zur Decke. Sie rezitierte mit wehmütiger Stimme: »›Nur du kannst stillen meinen Durst, / Es schwillt mir der Leib, sodass er gleich birst.‹ Ich meine, komm schon. Wie kann man durstig sein – ein Zustand der Leere – und gleichzeitig zum Bersten voll? Dieser Junge … so unwissend und ahnungslos. Aber irgendwie ein lieber Kerl.«

Kapitel 32

Erster Auftrag, letzter Auftrag

Vier Pferde. Vor dem Gasthaus, in dem Phaena und ich abgestiegen sind, stehen vier Pferde, die ich nicht kenne, gesattelt und warm geritten, und der Stallbursche hält ihre Zügel. Er sagt, er sei dafür bezahlt worden, die Pferde zu halten. Ihre Reiter würden davon ausgehen, dass es nicht lange dauere. So spät am Tag? Andererseits ist das vielleicht auch nicht sonderlich verdächtig. Wenn die Hitze des Tages hier allzu drückend wird, machen viele Leute ein Mittagsschläfchen und dehnen ihre üblichen Geschäfte bis in die Nacht aus. Möglicherweise ist mein Argwohn also eine Überreaktion, und ich deute die Sachlage falsch, wie auch schon bei den Jugendlichen am Stadtrand. Vielleicht sind es nur ein paar Freunde, die sich auf ein rasches Gläschen treffen.

Der Junge nimmt all ihre Zügel in die eine Hand und streckt die andere aus, um nach meinen zu greifen, aber ich steige nicht ab.

»Vier Reiter oder drei?«, frage ich und deute auf die Pferde. Ich werfe ihm eine Münze zu.

Er lässt die Münze mehrmals in seiner freien Hand hochspringen, bis er sie fest im Griff hat. »Vier«, sagt er. »Warum?«

Wenn ich nicht überreagiere, sind sie also hier, um Phaena zu ermorden, nicht, um sie zu entführen. Ich lenke mein Pferd in die Gasse ums Eck und bringe es in etwa unter unserem Fenster zum Stehen. Ich stelle mich auf den Sattel und springe leichtfüßig auf das Dach vor unserem heimlichen Ausstiegsfenster.

Von drinnen her höre ich einen Türrahmen splittern. Ich blicke durch das Fenster und sehe zwei bewaffnete Männer in den Raum stürmen.

»Sie sind nicht da!«, verkündet einer.

»Durchsucht alles!«, befiehlt ein älterer Mann vom Flur her. »Vergesst nicht, was er über die Geheimnisse hier gesagt hat. Wie man hier rauskommt. Und, Junge!«

Geheimnisse? Welche Geheimnisse kennen sie denn? Der größte Teil des Sprossenfensters mit vier Scheiben ist von Ruß überzogen, aber unten an einer Scheibe gibt es ein durchsichtiges Feld, damit zurückkehrende Gäste wie ich überprüfen können, ob jemand im Raum ist. Ich kann den vielleicht fünfzehn-, sechzehnjährigen Jungen und den älteren Mann auf dem Flur sehen – aber nicht den Mann, der sich im Inneren des Raums befindet.

»Was ist denn?«, fragt der Junge entmutigt.

»Du darfst sie nicht reden lassen. Vor allem nicht die Frau. Hübsches Mädchen, sieht ganz sanft und hilflos aus. Du tötest sie, sobald du eine Gelegenheit dazu hast, verstanden? Und ihn auch. Sie haben magische Fähigkeiten. Sie können uns alle von innen her verbrennen, ohne zu zögern. Verstanden?«

»*Papa* …«, sagt der Junge, als seien ihm die Belehrungen seines Vaters peinlich. »Ich hab's verstanden.«

»Der erste Auftrag ist nie einfach, und das hier ist eine verdammt knifflige Sache. Aber du schaffst das, das weiß ich.«

»*Papa*. Ich hab's verstanden!«

Die Männer an der Tür verschwinden. Einen Moment später höre ich ein Klacken. Diese Kerle wissen zumindest über den ersten Schritt Bescheid, um den Geheimausgang zu öffnen. Ob verkauft, geraubt oder geknackt, die Geheimnisse der Gesellschaft sind verraten worden.

Ich schaue mich in alle Richtungen um und schätze meine Möglichkeiten ab. An den belebteren Straßenkreuzungen und auf den Märkten sind die Laternenanzünder bereits am Werk, um die herannahende Dunkelheit zurückzudrängen, doch selbst dort, wo ihre Lichter bisher nicht hinkommen, ist es noch nicht finster. Ich befinde mich nur etwa drei Meter tief in der Gasse, und es ist eine belebte Straße. Viele Augen ringsum, aber nur wenige blicken in meine Richtung.

Es dürfte gleich laut werden. Und blutig, würde ich vermuten. Du solltest dich hiermit als gewarnt betrachten.

Ich sehe, dass der andere Mann weiter im Rauminneren sein Kurzschwert in die linke Hand genommen hat und suchend mit den Fingern über das Kaminsims fährt.

Ich hülle nur einen einzigen Arm in die schwarze Haut des Ka'kari.

Das Gesicht des Jungen taucht mit grimmigem Blick im Fenster auf. Er lehnt sich nah an mich heran.

Ich schlage meine Faust durch die untere Scheibe, greife nach seinem Kragen und reiße ihn zu mir, wobei ich mit seinem Gesicht auch die noch verbliebenen oberen Scheiben des Sprossenfensters zerschlage. Einmal heranzerren, zweimal, dreimal. Oben, linke Seite, rechte Seite. Ich habe fast das gesamte Fenster in weniger Zeit zertrümmert, als er braucht, um vor Überraschung Blut aus seiner ramponierten Nase zu schnauben. Das gesamte Fenster – bis auf die gezackten Splitter, die noch im unteren Rahmen stecken.

Dann lasse ich seinen Kragen los, packe ihn an den Haaren und schmettere seinen Hals auf genau diese gezackten Splitter.

Ich stemme mich hoch und rolle mich über seinen Rücken in den Raum, während ich zugleich einen langen Dolch ziehe – und ducke mich gerade noch rechtzeitig, um einem ungeschickten, mit der linken Hand ausgeführten Schwerthieb des anderen Mannes auszuweichen.

Er hält kurz inne, um sein Kurzschwert in die Rechte zu nehmen, und springt zurück, als ich mit meiner Waffe auf ihn einschlage.

»Ha!«, ruft er, während wir beide trotz der beengten räumlichen Bedingungen Kampfhaltung annehmen. »So schnell bist du nicht!« Seine Stellung ähnelt in etwa dem Vollen Eisentor – für einen Kampf mit dem Kurzschwert denkbar schlecht geeignet. Ich nehme eine gefährlich niedrige Eberzahn-Stellung ein und versuche, ihn zu einem von oben geführten Hieb zu verlocken.

Aber er wechselt nicht zu einem hoch angesetzten Schutz, scheint gar nicht aus seiner Lieblingsstellung herauszukönnen.

Ich mache einen Satz zurück und wedele mit meiner Klinge in Richtung seines Bauchs, obwohl ich dadurch die gerade Deckungslinie aufgeben muss.

Er hat bei seinen Worten die Stimme nicht sonderlich erhoben, aber ich lausche auf die Stimmen der anderen.

Ich wiederhole meine Geste. *Na los, schau nur hin.*

Ich sag dir mal was: Nicht einer von fünfzig versucht, inmitten eines Kampfes auf Leben und Tod irgendetwas zu sagen. Aber es gibt eben immer diesen einen Typen.

Zuerst macht er keinerlei Anstalten, nach unten zu schauen. Dann blinzelt er. Vielleicht spürt er die Nässe, das Gefühl von Da-stimmt-etwas-nicht, das sich einstellt, wenn man merkt, dass man verwundet ist. Als er hinschaut und den roten Strich von

Niere zu Niere sieht, keucht er auf. Die Bewegung spannt seine Bauchmuskeln an.

Ich habe gar nicht vor zu beschreiben, wie sein Gedärm herausspritzt, denn obwohl er aufgeschlitzt und alles voller schmierigem Blut war, hat sein Waffenrock seine Innereien irgendwie zurückgehalten, als sie ihm aus dem Leib gequollen sind. Dennoch war es so, als würde man einem Obdachlosen dabei zusehen, wie er seine Hose herunterlässt und in einen Sack kackt, während er noch immer seinen Kittel anhat – auch wenn sein Körper bedeckt ist, weiß man doch, was da passiert: Man sieht, wie sich der Sack ausbeult und windet, und man kann es fraglos *riechen*. Nichts, was ich empfehlen würde.

Seinem plötzlich ganz bleichen Gesicht nach zu urteilen, würde ich vermuten, dass dieser gedungene Mordbube das auch nicht empfehlen würde. Er lässt seine Klinge fallen.

»Wer bist du und wem dienst du?«, will ich von ihm wissen.

Er ist ein Schwätzer. Es ist einen Versuch wert.

Aber plötzlich sehe ich Trotz in seinen Augen. Er steht im Begriff, mich anzuspucken, nicht, mir zu antworten.

Ich ramme ihm meine Klinge unter dem Kinn nach oben in den Schädel, drehe sie einmal und reiße sie wieder heraus.

Sein Körper sinkt mit einem nassen Gurgeln zu Boden, die Luft entweicht ihm aus dem … na ja, egal, du brauchst nicht alle Details zu hören. Ich habe dergleichen schon oft genug gemacht, sodass ich gleich weit genug zurückgetreten bin, um keine Spritzer abzubekommen, aber bevor ich meine Waffe wegstecke, sehe ich, dass die Klinge abgebrochen ist, als ich sie ihm in der Hirnschale herumgedreht habe.

Ich werfe den Dolch beiseite. Genau das ist der Grund, warum ich immer zu viele Messer bei mir trage: So etwas wie zu viele Messer gibt es nicht.

Ich hülle mich in die Schatten und hüpfe wieder aus dem Fenster, wobei ich auf den Rücken des Knaben steige – nicht, dass ich respektlos sein will: Es ist der einzige sichere Ort, von dem aus ich springen kann. Er rührt sich nicht.

Ich sehe, wie der Vater des Jungen auf sein Pferd steigt, und der andere Mann von drinnen folgt ihm auf der Stelle. Doch dann höre ich das Stampfen von Hufen, als vier weitere Männer zu ihnen stoßen.

Na toll! Zwei Mann? Im Allgemeinen kein großes Problem für mich. Sechs Mann? Alle beritten?

»Jemand im Haus hat gemeint, sie sei vielleicht auf einen nahe gelegenen Markt gegangen«, berichtet der Mann von drinnen. »Irgendwo dort drüben, am Ufer.«

Als ich mich unsichtbar an sie heranschleiche, sagt ihr Anführer: »Tob, du wartest hier auf Tacks und Jaemun. Dann folgt ihr uns, so schnell ihr könnt, ohne Krawall zu machen.«

Die fünf berittenen Männer preschen los und lassen die Fußgänger in der Gasse eilig vor ihnen zur Seite springen.

Meine Klinge dringt Tob in die Brust, und er stößt einen kurzen Schrei aus. Der Stallbursche wirft ihm einen Blick zu, bemerkt aber nichts Ungewöhnliches und schaut schnell wieder weg. Ich stütze Tob gegen die Wand und lasse ihn dort zum Sterben stehen.

Da die Straßen so voll sind, können die fünf Männer nicht schnell reiten, aber ich muss trotzdem rennen, um auch nur ansatzweise zu ihnen aufzuschließen. Wahrscheinlich hätte ich ebenfalls reiten sollen. Dafür ist es jetzt zu spät.

Eine Häuserreihe vor mir bleibt einer der Reiter ein Stück hinter den anderen zurück. Sie verschwinden in einer Seitenstraße. Ich biege eine Nebengasse vor ihnen ab, renne die Parallelstraße zu ihrer entlang, um sie einzuholen, und bahne mir, ständig ausweichend, einen Weg zwischen Ständen unter freiem Himmel hindurch. Die Verkaufstische quellen über vor Tüchern und Stoffen – zweifellos der Ort, wo sich Phaena gestern ihre Muster besorgt hat.

Es ist eine eigene Kunst, sich schnell durch überfüllte Straßen zu bewegen; eine Kunst, in der ich sehr gut geübt bin. Heute muss Markttag sein – oder eine Marktnacht, wenn man die Uhrzeit bedenkt –, denn die Straßen sind voller Menschen. Das ist einerseits gut, anderseits schlecht. Einerseits gibt es viele Augen, die jede Störung, alles Ungewöhnliche sehen könnten. Anderseits ist das Licht schlecht: Tiefe Schatten wechseln sich mit trüb flackerndem Fackelschein und dem allzu hellen Licht der Laternen um die Läden herum ab, die in alle Richtungen tanzende Schatten werfen. In einer solchen Umgebung können dir deine Augen auf vielerlei Arten Streiche spielen, sodass es für die Leute hier genauso viele Möglichkeiten gibt, etwaige Merkwürdigkeiten abzutun. Außerdem hat ein Fußgänger in einer so dicht gedrängten Menschenmenge nur ein eng begrenztes Blickfeld, vor allem, wenn neben Menschen auch Wagen unterwegs sind, und bei all dem Krach, den die Marktbesucher machen – und heute Abend ist es besonders laut –, kann einem schon entgehen, was nur ein Dutzend Schritte entfernt passiert. Erzürnt erteilte Abfuhren und barsche Widerworte sind die auf der Straße zu erwartende Musik, und solange niemand brüllt wie am Spieß, verschwimmen alle Geräusche im Hintergrund.

Im Allgemeinen ist es weit weniger auffällig, jemanden zu verfolgen, der sich rücksichtslos durch eine Menschenmenge drängt, als sich selbst durch die Menge zu drängeln. Aber angesichts der Tatsache, dass ich so viel Boden gutmachen muss, gibt es keine Möglichkeit, unauffällig vorzugehen.

Ich weiche aus, schlängele mich hindurch, sprinte abwechselnd ein paar Schritte und rempele mir eine Bahn durch kleine Lücken in der Menge; bald schon muss ich über Tische springen, rutsche unter Maultieren hindurch und renne einen Schmied über den Haufen, der dreimal so groß und massig ist wie ich und der Roheisenstangen auf den Schultern trägt, die nun klirrend über das Kopfsteinpflaster scheppern und anderen Passanten in die Beine krachen, sodass sie vor Schmerz aufschreien und Alarm schlagen. Aber ich bin bereits in der Menge verschwunden, bevor der Schmied auch nur damit anfangen kann, mich zu verfluchen. Als ich unter der überhängenden Dachkante eines Ladens vorbeikomme, springe ich in die Luft, halte mich am Ladenschild fest und ziehe mich hoch, um über die Menge hinwegsehen zu können.

Sie sind nicht allzu weit voraus. Ich sollte in der Lage sein, die Reiter genau dort abzupassen, wo ein voll beladener offener Metzgerswagen weitgehend den Verkehr blockiert und alle verlangsamt, während der Kutscher des Wagens und ein anderer Mann sich gegenseitig anschreien.

Ich erreiche den Wagen, gerade als es der letzte Reiter geschafft hat, sich einen Weg um das Nadelöhr herum zu bahnen. Ein Vater hebt seine Tochter hoch und setzt sie sich auf die Schultern, damit sie im Gedränge der Menge nicht erdrückt wird. Das gibt mir den Platz, den ich brauche.

Als mir der Ka'kari über die Haut zischt und ich unsichtbar werde, springe ich hoch, stoße mich mit dem Fuß vom Wagenrad ab und streife knapp die gestapelten Rinderhälften und dann die Heckklappe der Ladefläche. Dann schlage ich ein Rad und fliege bis direkt hinter den letzten Reiter. Mitten in der Luft greife ich nach meinem Dolch …

Die Scheide ist leer.

Ich greife nach dem nächsten Messer, ziehe es heraus – zu langsam! – und steche zu.

Die schlecht gehaltene Klinge entgleitet meiner Hand. Mein Handgelenk verdreht sich, der ganze Körper gerät aus dem Gleichgewicht. Ich schlage mit seitlich ausgestreckten Füßen auf dem Boden auf und verfehle nur knapp eine Frau, die einen Korb auf dem Kopf trägt. Ich versuche gar nicht erst, mich gegen den Sturz zu stemmen, sondern rolle mich stattdessen ab.

Fast wäre mir das Rad des vorbeifahrenden Wagens über den Kopf gerollt. Während ich Anstalten mache, mich aufzurichten, stoße ich mit dem Kopf gegen die Unterseite des Wagens, dann ducke ich mich und lasse ihn vorbeifahren, rolle mich noch zur Seite, um der niedrigen Anhängevorrichtung am hinteren Ende des Fahrwerks auszuweichen.

Als ich aufstehe, sehe ich meine Leiche immer noch reiten, doch der Mann hängt jetzt schlaff im Sattel. Meine Klinge steckt in seinem Nacken, hat ihn halb durchbohrt, bis sie in seiner Wirbelsäule stecken geblieben ist. Ich kann nicht sagen, ob er nur betäubt oder gelähmt ist, aber er ist auf jeden Fall auf dem Weg dorthin, von wo es für ihn keine Wiederkehr gibt.

Inmitten einer so großen Menschenmenge ist es reichlich seltsam, dass es noch niemand bemerkt hat. Aber das ist nur eine Frage der Zeit.

Die anderen Reiter, noch immer durch das Gedränge der Menschenmassen ringsum gebremst, sterben rasch. Ein Stich in die Niere, dann ein Schnitt in die Schlagader innen am Oberschenkel, der einen ruhigen Blutstrom in die Hose und den Sattel des Mannes fließen lässt, noch unsichtbar.

Ich schnappe mir den Speer von seinem Sattel. Ramme ihn durch den Rücken des nächsten Reiters, schlitze ihm den Hals auf, stoße ihn dann weiter, bis in den Schädel des Reiters vor ihm hinauf – und nun werden die ersten Schreie laut, denn mittlerweile hat jemand gesehen, wie die Männer, Blutfontänen verströmend, einem unsichtbaren Gegner zum Opfer fallen.

Der Anführer fährt alarmiert herum und zieht die Zügel an. Sein Stehenbleiben ermöglicht es mir, ihn einzuholen. Noch immer unsichtbar, verstecke ich mich unter dem Bauch seines Pferdes, während er seinen sterbenden Männern Fragen zubellt. Meine Klinge löst den Sattelgurt, ich gebe dem Pferd einen Klaps auf die Flanke und greife nach dem Waffenrock des Anführers.

Im nächsten Moment macht das Pferd einen überraschten Satz nach vorn – allerdings ohne Sattel und Reiter. Ich zerre am Waffenrock des Anführers und schleudere den Mann mit dem Kopf voran auf das Kopfsteinpflaster. Sein Schädel birst mit einem harten Knacken.

Der Mann beginnt in kraftlosen Krämpfen zu zucken, die Finger tanzen, doch seine Augen bleiben weit aufgerissen, verängstigt, suchend, vielleicht aber auch schon blind.

»Mein Junge! Mein Junge!«, keucht er.

»Im Gasthaus«, lasse ich ihn wissen. Ich weiß nicht, warum. Ich hatte nicht vor, ihm den Schädel einzuschlagen, aber jetzt, da ich es getan habe, ist das Einzige, was ein Profi noch tun kann, die Sache sauber zu beenden. Ich werde ihn nicht hier mitten auf der Straße ins Verhör nehmen.

»Mein Junge, er ist also … er ist am Leben?«, fragt der sterbende Anführer verzweifelt.

»Nein«, antworte ich. »Du hast ihn in seinen Tod geführt.«

»Seine Mutter. Das wird sie mir nie verzeihen. Ines, Jaemun, es tut mir unglaublich leid!«

»In einem hattest du recht«, sage ich.

»Was …?«

Ein Stich wie ein Hammerschlag fährt ihm durch die Drosselgrube bis ins Herz. Eine energische Drehung, dann wieder herausziehen. »Wenn du jemanden töten musst, bringt es nichts, ihn vorher reden zu lassen.«

Ich schlüpfe durch die Menge, die sich rasch von allen Seiten um den rätselhafterweise plötzlich tot auf der Straße liegenden Mann versammelt. Die haarsträubendsten Geschichten schwirren durch die Luft, und jemand fängt an, nach den Marktwachen zu rufen.

Ich finde Phaena einige Straßenzüge weiter, wo sie nicht das Geringste von dem Aufruhr mitbekommen hat, den mein unsichtbares Gemetzel an so vielen Menschen ausgelöst hat. Sie trägt Tüten mit frischem Brot und Gemüse in der Hand und hat ein Lächeln im Gesicht.

Das Lächeln erweist sich als flüchtig.

Sie ist erschüttert, reißt sich jedoch schnell wieder zusammen, sobald ich ihr mitteile, dass ich noch Arbeit zu erledigen habe. Wir sind beide der Ansicht, dass ihr jetzt keine unmittelbare Gefahr mehr droht, sie aber dennoch nicht zurück zum Gasthaus gehen sollte. Sie weiß von einem anderen, das sicher sein sollte, und obwohl es sie vorübergehend zu beunruhigen scheint, dass ich sie allein lasse, fasst sie sich rasch. »Geh«, sagt sie. »Ich komm schon zurecht.«

Ein seltsamer Gedanke steigt in mir auf, als ich ein zweites Mal zu dem Gasthaus am Ortsrand von Roshlington reite, wo sich Philanthes Magnarius mit seiner Geliebten getroffen hat. Der Nachtengel beschützt die Unschuldigen, oder? Was aber war mit diesem jungen Mann, Jaemun? Er hat versucht, Phaena und mich zu ermorden. Ich habe ihm nicht in die Seele geschaut, um es wirklich zu wissen, aber nur mal angenommen, dass er bisher noch nie jemanden getötet hat? Sein Vater hat ja gemeint, dass es sich um seinen ersten Auftrag handele. Was, wenn er noch nie jemandem etwas angetan hat? War Jaemun dann auch ein Unschuldiger?

Vielleicht habe ich ja seine Unschuld geschützt. Es hat ihn nur sein Leben gekostet.

Ich habe deshalb kein schlechtes Gefühl. Vielleicht sagt das etwas über den Zustand meines Gewissens aus. Vielleicht hat es sich hierbei aber auch nur um einen der Grautöne gehandelt – aber *so* grau war es auch wieder nicht.

Als ich das Gasthaus erreiche, in dem Philanthes abgestiegen ist, finde ich trotz der späten Stunde eine Szenerie vor, die sich ebenso chaotisch gestaltet wie die, die ich gerade verlassen habe. Eine Frau, die ich als die Inhaberin des Gasthauses erkenne, streitet sich mit Philanthes' Kammerdiener oder sonst irgendeinem wichtigen Dienstboten.

Eine Edelfrau schreit in der Gaststube. Es ist die Frau von Lord Philanthes, Lady Magnarius. Sie verlangt, nach oben gelassen zu werden. Ein mutlos wirkender Gastwirt hat sie am Arm gefasst, um sie zurückzuhalten. Philanthes' Frau verkündet lautstark ihren Unmut darüber, von ihm berührt zu werden. Phaenas Informationen zufolge ist diese Frau kränklich. Auf mich wirkt sie das jedoch keineswegs. Aber so ist das nun mal mit derlei Informationen, nicht? Ich könnte mir auch vorstellen, dass jemand Jenine Gyre als kränklich beschreibt, und er oder sie hätte damit auch nicht ganz unrecht, aber man würde wohl alles mögliche Falsche darunter verstehen.

Unsichtbar schleiche ich mich an ihnen vorbei. Die Tür des größten Zimmers im Obergeschoss ist offen, der Schlüssel des Gastwirts steckt noch im Schloss. Im Inneren des Zimmers liegen Philanthes und seine Geliebte eng umschlungen zusammen im Bett, peinlich nackt und noch peinlicher tot. Sie sind mit

Philanthes' eigenem verzierten Langschwert aneinander und an das Bett geheftet worden. Ein Stoß, zwei Herzen.

~Einspruch, ich würde sagen, es wurde mindestens zweimal gestoßen.~

Was? Ich überprüfe Philanthes' Rücken, um festzustellen, was ich übersehen habe, finde jedoch keine weiteren Wunden.

~Egal, vergiss es.~

Wer auch immer das hier getan hat, hat mit der brutalen Effizienz eines Profis gehandelt. Entweder hat der Mörder den Schlüssel geraubt, das Schloss selbst geöffnet und ist unbemerkt eingetreten, während Philanthes und Yulina anderweitig abgelenkt waren, oder er ist auf andere Weise herein- und wieder hinausgekommen und hat die Tür, als er ging, verschlossen gelassen.

Es wäre zu viel gehofft, wenn Philanthes' Mörder das Armband zurückgelassen hätte, aber das Wichtigste immer zuerst. Man kann schließlich nie wissen. Ich durchsuche Philanthes' und Yulinas Sachen schnell und sorgfältig. Kein Glück. Dann wende ich mich wieder ihren Leichen zu, um zu sehen, was sie mir darüber verraten können, wer zuerst hier gewesen ist und das Armband gestohlen hat, das ich so dringend brauche.

Ich hüpfe auf das Bett, stelle einen Fuß auf jede Seite des per Schwertstoß zusammengehefteten Liebespaares und versuche, den Stichwinkel des Mörders abzuschätzen. Ich habe gedacht, ich könnte vielleicht herausfinden, ob der Mörder größer oder kleiner ist als ich, doch der Stich war nicht als der für den Mörder praktischste gedacht gewesen; er hatte vielmehr beide Opfer mitten ins Herz treffen sollen. Vielleicht sogar …

Ich überprüfe ihre Gesichter. Philanthes hat keine Blutflecken auf den Lippen, Yulina schon. Der Mörder hat sie nicht nur beide durch das Herz getroffen, er oder sie scheint es auch zwischen zwei Atemzügen bewerkstelligt zu haben.

Es ist noch zu früh, um postmortale Blutergüsse erkennen zu können, also kann ich im Moment nur Mutmaßungen anstellen, aber für mich wirkt der Gedanke einleuchtend, dass der Mörder zuerst seinen Stich gesetzt und die beiden dann quasi erdrückt hat. Philanthes hatte gerade ausgeatmet, als ihn das Schwert durchbohrte, und konnte nicht schreien. Yulina wurde von ihrem Geliebten auf ihr und zusätzlich von dem Mörder erdrückt, sodass, was immer sie an Atem in der Lunge hatte, nur gedämpft entweichen und das Geräusch leicht mit anderen Lauten verwechselt werden konnte.

Es ist eine der schwierigeren Möglichkeiten, sie beide auf einmal zu töten, aber es stellt sicher, dass die Sache sauber vonstattengeht.

Ein Herausziehen der Klinge hätte sie schneller verbluten lassen, doch es hätte auch viel mehr Blut bedeutet. Hier oben, im ersten Stock dieses nicht sehr gut unterhaltenen Gasthauses, hätte dadurch die Gefahr bestanden, dass Blut in den Schankraum direkt unter diesem Zimmer getropft wäre. Aber sie aufgespießt, aneinandergedrückt und, ohne atmen zu können, festzuhalten, bis sie das Bewusstsein verloren, bedeutete, dass der Mörder entweder absolut zuversichtlich war, sie über diese Zeitspanne hinweg bewegungslos und unfähig zu auch nur einem einzigen Atemzug halten zu können, oder dass er vielleicht über eine Möglichkeit verfügte, die beiden auf magische Weise zum Verstummen zu bringen.

Was das betrifft, könnte allerdings auch Philanthes selbst den Raum für sein Liebesspiel auf magische Weise schallgeschützt gemacht haben.

Wie auch immer: Philanthes' eigenes Schwert aus seiner Scheide zu ziehen, auf das Bett zu springen und den Todesstoß im genau richtigen Moment und im perfekten Winkel zu landen? Das ist beeindruckende Blutarbeit. Ich kann nicht umhin, es zu bewundern.

Und dann erst verwandeln sich Yulinas große, ins Leere starrende Augen und ihr blutbesprenkelter Mund vor meinen Augen von einem zu lösenden Rätsel in die Tragödie, das Verbrechen, das jeder normale Mensch zuerst sehen würde. Diese Frau wurde allein deshalb ermordet, weil sie den Verführungskünsten des falschen Mannes erlegen war. Es hätte nicht einmal sie sein müssen. Philanthes hatte zuerst drei andere Frauen gefragt. Und, welche Charaktermängel Philanthes auch haben mochte, er wiederum wurde wegen nichts anderem als irgendeinem magischen Flitterkram ermordet.

Denn es wäre einfach ein allzu großer Zufall gewesen, wenn dieser Mord überhaupt nichts mit dem Armband zu tun hätte, nicht wahr?

Hätte der Blutjunge – denn der Mörder muss ein Blutjunge gewesen sein, um seine Sache so gut zu machen – nicht stattdessen einfach das Armband stehlen können? Das ist es, was ich versuchen wollte.

Durzo hätte das hier natürlich auch machen können. Aber ich glaube, er hätte etwas weniger Auffälliges getan. Etwa den Mann vergiftet, um ihn so lange krank zu machen, dass er zu Hause bleiben musste, und das Armband gegen ein gefälschtes ausgetauscht. Das hier ist genauso wirksam, aber brutaler als seine übliche Vorgehensweise. Und die Frau? Er hat es noch nie gemocht, jemanden ohne Not umzubringen.

Doch wenn er so etwas musste, hat er es auch getan, das stimmt.

Wer also hat mich mit diesem stumpfen Pfeil gewarnt und von hier weggelockt? War das der Mörder? Oder waren es irgendwelche anderen Leute, wie es der Zettel nahelegt?

Aber hier finde ich keine weiteren Antworten mehr. Während ich gerade darüber nachdenke, wie ich selbst am besten von hier verschwinde, gelingt es der Frau von Philanthes – ich habe ihren Vornamen nie mitbekommen –, sich vom Gastwirt loszureißen.

Lady Magnarius kommt in den Raum gestürmt und lässt mir genug Raum, um hinter ihr hinauszuhuschen. Man muss ihr gesagt haben, wer sich hier im Raum befindet und dass beide tot sind, denn sie lässt keine Anzeichen von Überraschung erkennen.

Was nicht heißen soll, dass sie das alles ruhig und gefasst hinnimmt.

Sie brüllt Obszönitäten, reißt das Schwert aus dem Fleisch der toten Liebenden und hievt ihren Mann von der Frau herunter, die er bestiegen hat. Der Anblick ist sogar noch drastischer, als man vermuten würde. Bei Leichen sammelt sich das Blut in den gerade am tiefsten befindlichen Körperstellen, und angesichts der Art und Weise, wie die beiden ineinander verschlungen waren … Nun ja, ich will nicht weiter ins Detail gehen.

Ach so, deshalb das mit dem »zweimal gestoßen«. *Jetzt verstehe ich,* denke ich an die Adresse des Ka'kari gerichtet.

Der schwarze Humor wäre mir noch lustiger erschienen, würde ich nicht gerade Lady Magnarius bei ihrem Tun zusehen.

Wutentbrannt zerrt Lady Magnarius die nackte, blutverschmierte, schlaffe Frau aus dem Bett und beginnt auf ihren toten Körper einzutreten und darauf herumzutrampeln. Sie verflucht sie und gibt ihr die Schuld an der Untreue und dem Tod von Lord Philanthes.

Ich glaube, ich habe es schon einmal gesagt: In diesem Geschäft erlebe ich die Menschen am schlimmsten Tag ihres Lebens, und das bedeutet, dass ich sie oft von ihrer schlimmsten Seite erlebe.

Aufregend, was? Amüsierest du dich? Ist es das, was du dir von mir zu hören erhofft hast?

Gewalt. Das ist schön, was? Nimmt man noch etwas Sex hinzu, erhält das alles so einen wohlig erregenden Kitzel, nicht wahr?

Ich finde Phaena am von ihr angegebenen Treffpunkt. Der hoffnungsvolle Ausdruck auf ihrem Gesicht verfliegt, als sie meine sorgenvollen Züge bemerkt. Ich setze sie über den neuesten Stand der Dinge in Kenntnis und schließe mit den Worten: »So, da wir in der einzigen Sache, wegen der wir in diese Stadt gekommen sind, versagt haben, was nun? Haben wir noch irgendwelche weiteren Anhaltspunkte?«

Ich überlege, ob ich zu Großmeister Vitruvius zurückgehen und es noch einmal dort versuchen soll. Angesichts der Tatsache, dass er weiß, was ich von ihm stehlen will, wäre das ein Selbstmordkommando.

»Nein«, antwortet sie, und in ihrem gepeinigten Gesicht spiegelt sich mein eigenes. »Wenn noch andere Sa'fasti eingeladen waren, so sind sie bereits aufgebrochen. Zumindest habe ich von keinen weiteren Leuten gehört. Ich würde sagen … wir müssen improvisieren.«

»Improvisieren?«, wiederhole ich. Ich fühle mich so ungeheuer erschöpft.

»Wir gehen dorthin, wo wir schon immer hinwollten. Sturmfest.«

»Sturmfest?«, erwidere ich fragend. Tover befindet sich am nördlichsten Ende der Grauen See. Sturmfest dagegen liegt so weit im Süden, dass es schon gar nicht mehr an der Grauen See liegt, sondern an Alitaeras Südküste, östlich der Drachenzähne, den Sommerinseln gegenüber. »Das ist ein langer Ritt. Und … Tover liegt nicht gerade direkt auf dem Weg von Elenea dorthin. Ich bin ja so froh, dass wir diesen kleinen Umweg genommen haben.«

»So merkwürdig es klingen mag«, antwortet sie, »hierherzukommen ist in der Tat der schnellste Weg dorthin.«

»Hä?«

»Wir werden an den Feierlichkeiten zur Abreise des Sommerhofs von Alitaera auf Burg Sturmfest teilnehmen.« Sie räuspert sich und setzt ein beherztes Lächeln auf. »Das heißt, wenn wir eine Möglichkeit finden können, uns hineinzuschmuggeln. Die Armbänder sind nämlich dafür bestimmt, dort Einlass zu gewähren.«

»Die … die kaiserliche Abreise? Das heißt, wenn sie dort nach Borami aufbrechen? Ist das nicht schon bald? Ich meine: schon sehr, sehr bald?«

»Die Feiern sind eigentlich eine Reihe von Festlichkeiten, die sich über eine ganze Woche hinziehen. Und die sind … bereits im Gange. Aber die einzige Feier, die zählt, ist die letzte Nacht.«

»Und das ist wann?«

»Es ist jetzt schon nach Mitternacht, also würde ich sagen … in vier Tagen?«

Ich reibe mir die Stirn. »Mal abgesehen davon, dass wir das Armband nicht haben, das offenbar unser einziger Schlüssel zum exklusivsten Fest im ganzen Reich von Alitaera ist, bei dem auch die Kaiserin persönlich anwesend ist und das von einigen der fähigsten Kämpfer und Magier auf der ganzen Welt gesichert wird. Und auch abgesehen davon, dass wir nicht einmal den blassesten Schimmer von einem Plan haben, wie wir so ein Armband bekommen können. Das alles einmal beiseite. Selbst wenn wir die zwei schnellsten Pferde in ganz Tover aufspüren, sofort aufbrechen und Tag und Nacht durchreiten würden, könnten wir es nie und nimmer in vier Tagen nach Sturmfest schaffen. Das ist unmöglich.«

»Nicht unmöglich. Nur sehr, sehr teuer.« Sie lächelt freudlos, während sie etwas aus dem Ausschnitt ihres Kleides befördert.

»Das heißt, zumindest wäre es das, wenn es mir nicht gelungen wäre, das hier in meinen Besitz zu bringen.« Sie hält zwei mit Goldprägung versehene Karten hoch.

»Und wofür zum Henker sind die?«

Kapitel 33

Die fliegende Kutsche

Der Untergrund rollt mit einer solchen Geschwindigkeit an der fliegenden Kutsche vorbei, dass einem regelrecht übel wird. Die Pferde ziehen uns schon seit Stunden in einem Tempo, wie ich es bisher höchstens bei einem kurzen Galopp erlebt habe. Reiten ist noch nie mein Ding gewesen, und Kutschen sind es noch weniger, aber das hier ist etwas ganz anderes.

Wir halten alle zwei Stunden an, um die Pferde zu wechseln, damit die Magier ihre Magie erneuern können, und um sicherzustellen, dass die ultraleichte Kutsche nicht auseinanderfällt. Letzteres ist keineswegs übertrieben. Sie haben uns ausdrücklich versichert, dass sie genau das tun, die Kutsche vorm Auseinanderfallen bewahren, was mich nicht gerade beruhigt. Nach acht Stunden wechseln sich unsere erschöpften Magier mit anderen ab. Unterwegs kommen wir an zahlreichen Arbeitertrupps vorbei, die damit beschäftigt sind, Unebenheiten der Straße zu glätten. Trotz all ihrer Bemühungen ist es jedes Mal, wenn wir über eine kleine Bodenwelle fahren, als würden wir von der Straße abheben, und wann immer das der Fall ist, bin ich mir nicht sicher, ob wir auch wieder auf der Straße landen werden.

Wie auch immer das Ganze vonstattengeht, es muss für die blauen Magier ein sehr teures Experiment sein. Trotz des exorbitant hohen Preises, der normalerweise für unsere Fahrkarten zu entrichten wäre – Phaena hat mir die Summe genannt –, vermögen diese Beträge auch nicht annähernd die Kosten für das zu decken, was ich sehe.

Erschwerend kommt hinzu, dass sich Phaena bei alledem großartig zu amüsieren scheint.

Die Kabine des Wagens muss von einem erbärmlichen Versager von Blaumagier im ersten Lehrjahr gefertigt worden sein, denn die Sitze sind nicht nur so beengt, dass ich zum ersten Mal seit Jahren froh bin, so schlank gebaut zu sein, sie sind auch ohne sonderliche Bezugnahme auf die Geometrie des menschlichen Körpers entworfen worden: überall spitze Winkel und gerade Linien, die hübsch aussehen und sich schrecklich anfühlen. Schlimmer noch, die Kabine ist luftdicht. Das macht die Angelegenheit leiser, was man anfangs großartig findet, aber irgendwann wird es in der Kabine heiß und feucht wie in einem Tropensumpf, sodass man vor Hitze fast umkommt. Die Fenster sind winzig und lassen sich nicht öffnen, und es ist unmöglich, die Türen lediglich einen Spaltbreit aufzumachen: Entweder sind sie ganz offen, und wir frieren, oder sie sind ganz geschlossen, und wir zerfließen zu Schweißpfützen …

Was auch immer sich die Blauen erhoffen mögen, ich betrachte dieses Gefährt nicht als das Transportmittel der Zukunft.

Phaena hingegen mummelt sich quietschvergnügt im Wechsel entweder ein oder zieht sich aus, je nach Bedarf. Letzteres ist mit Peinlichkeiten verbunden, zumindest für einen von uns. Da es auf jeder Seite nur einen beengt schmalen Sitz gibt, sitzen wir uns dicht gegenüber, so nah aneinander, dass sich unsere Knie berühren. Sie trägt praktische Reisekleidung aus Wolle: einen weinroten Regenmantel, einen hellblauen Überrock und eine Reithose aus Hirschkalbleder. Das heißt, das hat sie alles getragen, bis die Hitze erstickend wurde. Jetzt sind ihr Regenmantel und ihr Übergewand zu einem behelfsmäßigen Kissen zusammengerollt, ihr Unterkleid ist vom Schweiß durchscheinend geworden, und ohne die sonstigen Kleiderschichten darüber enthüllt ihre enge Reithose eine Figur, die nicht gebührend zu würdigen sich als schwer erweist.

Ich habe meine Entscheidung im Hinblick auf sie getroffen. Dem Nachtengel bleiben gewisse Dinge im Leben verwehrt. Ich versuche, sie nicht einmal anzuschauen. Meistens gelingt mir das auch, glaube ich zumindest. Wahrscheinlich bilde ich mir das nur ein, aber irgendwie habe ich ein wenig den Eindruck, dass sie die Sache regelrecht als Herausforderung ansieht. Sie schließt die Augen, gähnt und streckt sich, legt die Arme nach hinten und reckt die Brust vor.

Wahrscheinlich liege ich falsch. Es ist sehr eng hier drinnen. Sie streckt und dehnt sich. So einfach ist das. Nicht alles, was eine Frau tut, hat gleich etwas mit mir zu tun.

Wie auch immer, wenn Phaena mit mir flirtet, und sei es nur, um sich die Zeit zu vertreiben, bedeutet das, dass sie sich sicher fühlt. Sie fühlt sich bei mir sicher, obwohl sie einiges von dem weiß, was ich bin.

Andererseits können Extremsituationen die Entscheidungsfindung erschweren.

Und, im Ernst, vermutlich flirtet sie wirklich nicht. Ich schmeichle mir selbst. Und selbst wenn sie doch flirtet, tut das nichts zur Sache.

Aber sosehr ich auch versuche, an nichts von alledem zu denken, regt sich doch etwas in mir, was ich für tot gehalten hatte. Wie wenn man erfrorene Finger in die Nähe eines Feuers bringt, meldet sich da plötzlich ein verzehrender Schmerz. Ich bin für niemanden eine geeignete Gesellschaft. Ich habe einer Frau nichts zu bieten.

Die goldene, wärmend-verschwommene Fantasie, mit einer schönen Frau bei einem Essen zusammenzusitzen: Sie hat den Kopf lachend zurückgeworfen, die Hand auf meinem Bein, das Haar fällt ihr in herrlichen roten Wellen über die Schultern, ein Lächeln auf vollen Lippen, die Augen leuchtend, während sie sich dicht an mich heranlehnt …

Das ist nicht für mich bestimmt. Ich atme bebend tief ein. Starre auf meine Hände.

Verwirrt hörte Vi zu lesen auf. Elenes Haar war blond gewesen. Phaena hatte sehr dunkles Haar. Was bedeutete, dass der Rotschopf, von dem Kylar da fantasierte – und das sogar in einem Moment, als diese ältere, erfahrenere Schönheit sich ihm praktisch an den Hals warf –, niemand anders als … sie selbst war?

Sie sollte sich eigentlich nicht darüber freuen. Sie hatte keinen Grund, auf Phaena eifersüchtig zu sein. Und auch kein Recht dazu! Sie hatte keinerlei Ansprüche auf Kylar, schon gar nicht angesichts dessen, was er damals gefühlsmäßig hatte durchmachen müssen.

Er hatte es selbst nicht einmal bemerkt. Es schien ihm einfach so durchgerutscht zu sein. Bei einem anderen Mann hätte es vielleicht eine neckende Finte sein können, doch Kylar war da anders. Er konnte sehr gewieft sein, aber nicht, was Frauen anging.

Es war, als sei sie selbst damals schon, noch vor allem, was dann später passiert war, irgendwie durch seine Abwehrmechanismen hindurchgeschlüpft. Der Gedanke setzte sich schwer wie ein Stein in ihrem Magen fest.

Das ist nicht für mich bestimmt. Ich atme bebend tief ein. Starre auf meine Hände.

Ich darf die Freuden der Magie genießen. Die Beherrschung der Körperkünste. Den Sieg über andere, die Freuden der Gewalt. Die einfachen häuslichen Freuden dagegen sind nicht für mich bestimmt. Ich habe diesen Weg nicht gewählt. Dafür ist es zu spät, jedenfalls für mich. Ich habe dieses Leben einmal gehabt, für eine viel zu kurze Zeit. Ich hatte eine Zeit der unverdienten Gnade, des Glücks.

Ich habe sie, meine Frau, verloren.

Phaena erwacht aus ihrem Dösen oder dem Versuch zu schlafen oder dem So-tun-als-ob, doch ihr sonniges Lächeln verfliegt bei meinem Anblick.

Als ich weiterhin schweige, fragt sie nach einer Weile: »Kannst du mir das erklären?«

»Das?«

»Na ja, das alles. Die fliegende Kutsche. Wie funktioniert das?«

»Keine Ahnung. Es ist Magie.«

»Schon klar, aber du weißt doch alles über Magie, oder? Ich dachte …«

»Das ist ein ziemlich weites Feld«, erkläre ich. Sie beugt sich interessiert vor, und da ist die unleugbare Nähe ihres Dekolletés. Mannhaft schaue ich nicht hin. »Was willst du wissen?«

Sie spitzt die Lippen. »Ich denke mal … Was vermögen diese Magier zu vollbringen? Sind sie mehr wie Techniker, die eine ausgefallene Maschine zum Laufen bringen, oder sind sie Erzmagi, die alles können? Ich könnte nämlich schwören, dass einer von ihnen unsere Karten komisch angesehen hat, und ich frage mich, wie verwundbar wir wohl sind.«

»Aha«, erwidere ich. »Gute Fragen. Weißt du, die Schwierigkeit mit Magie … ich meine, es gibt eine Menge Schwierigkeiten mit Magie, aber … man sollte glauben, dass mit Magie ein

Handbuch einhergeht: ›Du bist ein Blaumagier. Das heißt, du kannst das hier und auch das dort drüben, aber nicht dieses und jenes, das können nämlich nur rote Magi.‹ Das wäre doch ganz schön, oder? In Wahrheit ist es wie … nehmen wir mal jemanden, der bei den Todesspielen gewinnt. Ist so ein Sieger groß? In vielen Fällen ja, denn eine große Reichweite ist hilfreich. Ist er ein schneller Läufer? Innerhalb einer gewissen Bandbreite, ja – normalerweise irgendetwas zwischen schneller als der Durchschnitt und haarsträubend schnell. Ist er kräftig für seine Größe? Immer. Ist er geschickt im Umgang mit dem Speer? So gut wie immer. Wie sieht es mit dem Schwert aus? Kommt darauf an, ob es seine Seitenwaffe ist oder nicht. Ist er ein guter Langstreckenläufer? Nur manchmal. Mit einem Magier verhält es sich wie mit diesem Gewinner der Todesspiele. Zu wissen, dass er ein Blauer ist, ist so, als wüsste man, in welcher Gladiatorenschule ein bestimmter Sieger ausgebildet wurde. Bestimmte Schulen trainieren immer bestimmte Fertigkeiten, aber sobald ein Gladiator seine Ausbildung in der einen Kampfkunst abgeschlossen hat, kann er sich als Nächstes in einer ganz anderen schulen. Ein blauer Magier mag durchaus von Natur aus eine bessere Anlage für Feuermagie haben; er hat in seiner Jugend nur einfach nicht erkannt, in welchem Bereich seine Begabungen am größten waren, und hat den einzigen Schulungsort besucht, der ihm zur Verfügung stand. Die Schwierigkeiten hören damit jedoch noch nicht auf. Du musst bedenken, dass Magier lügen; und alle Orte, an denen Magie gelehrt wird, müssen miteinander um Schüler und um die Vorherrschaft konkurrieren, also lügen diese Schulen ebenfalls. Magi, die sich besonderer Fortschritte in den Künsten des Krieges oder der Magie überhaupt rühmen? Richtig, es kann gut sein, dass sie womöglich übertreiben, um so ihr Ansehen zu mehren. Erkennst du das Muster hinter alledem? Andererseits können Magi auch wahre Durchbrüche gelingen, die sie nun aber umgekehrt geheim halten, als Schutzvorkehrung. Es kann sein, dass sie diese Künste an niemanden weitergeben, nicht einmal an ihre Schüler und ihre Vertrauten, um dadurch den Vorteil für sich selbst zu wahren und dadurch ihren Ruhm zu mehren. Außerdem erlegen sich Kulturen und sogar Anhänger bestimmter Gottheiten ihre jeweils eigenen Einschränkungen auf, sei es aufgrund der Gebote heiliger Texte oder aus schlechter Erfahrung. Wie weit ist es zum Beispiel erlaubt, an Toten zu experimentieren? Das ist eine kulturelle oder religiöse Frage, keine magische. Es mag also irgendwo dort draußen einen mittelmäßigen blauen Magier geben, der über das Potenzial verfügt, zum besten Heiler der Welt zu werden, er wird das jedoch nie herausfinden, weil er oder seine Kultur nicht bereit ist, ›Tote zu schänden‹, um etwas über lebende Körper zu lernen. Oder was auch immer. Es ist eine sehr verzwickte Geschichte. Was nicht heißt, dass es nicht auch Dinge gibt, die in Bezug auf Magie immer richtig sind. Es gibt grundlegende Wahrheiten; man kann sich nur nicht darauf verlassen, dass derjenige, den man gerade vor sich hat, weiß, worin diese Wahrheiten bestehen. Und selbst wenn, kannst du dich nicht darauf verlassen, dass derjenige, der behauptet, dich über sie in Kenntnis zu setzen, das auch wirklich tut.«

»Außer wenn du dieser Jemand bist?«, sagt sie neckend, ein leises Lächeln auf den Lippen.

»Jetzt komm. Tu nicht so. Na klar. *Ich* bin ehrlich.«

~Glaubst du, dass »Ich bin ehrlich« öfter von Leuten gesagt wird, die die Wahrheit sagen, oder von Leuten, die lügen?~

»Ich versuche es jedenfalls«, murmele ich. In der Enge der geschlossenen Kabine rieche ich ihren frischen Schweiß und ein einfaches Parfüm aus herbwürziger Bergamotte, der weichen Sanftheit der Schwertlilie und der Wärme von Vanille, sparsam aufgetragen. Ich weigere mich beharrlich, an irgendeine andere Situation zu denken, in der ich in leisen, vertraulichen Tönen zu einer Frau sprechen könnte, während ich dicht an ihren schwitzenden Leib gepresst bin und ihren Körper und ihr Parfüm rieche.

»Ich glaube dir«, antwortet sie. »Aber … hast du mir jetzt diesen ganzen großen Vortrag gehalten, nur um zu sagen, dass du nicht weißt, wie diese Kutsche funktioniert?«

»So hatte ich die Sache nicht betrachtet, aber ja. Du hast mich ertappt.«

»Vielleicht sind Magi nicht die Einzigen, die ein großes Ego haben«, meint sie, und ein schelmisches Glitzern tritt in ihre Augen.

»Ein großes Ego, so aufgeblasen wie ein Aneroidbarometer«, räume ich ein.

»Ein Aneroidbarometer? Was ist das denn?«, will sie wissen. Das war so eine Art Wetterhäuschen, das Logan mir mal gezeigt hat, mit einer Blase darin. Oder auch die Blase selbst. Oder was weiß ich.

»Siehst du? Und neben all dem anderen auch noch ungeheuer schlau.« Ich bemerke jedoch, was ich da schon wieder anfange zu tun, und beeile mich fortzufahren: »Was wichtiger ist als die Frage, wie die Magie der Kutsche funktioniert, ist deine andere Frage. Inwieweit sind sie uns gegenüber misstrauisch? Ich will mich heute Abend mal zu ihnen gesellen und sehen, ob ich da irgendwelche Feindseligkeiten entdecken kann.«

»Und was wirst du unternehmen, sollte das der Fall sein?«

»Es gibt da allerlei Dinge, die ich tun kann, wenn ich muss.« Ich schürze die Lippen.

»Aber da ist nichts Gutes unter diesen Dingen«, erwidert sie. »Nichts Gutes, weder für sie noch für uns.«

Dann richtet Phaena den Blick zu Boden und zuckt zusammen.

»Was ist los?«, frage ich, als sie trotz der Hitze die Arme vor der Brust verschränkt.

»Könntest du vielleicht mal …?« Sie macht eine Handbewegung, die mich dazu auffordert, den Blick abzuwenden, und so tue ich das auch. Sie glättet ihr abgelegtes zusammengeknülltes Überkleid und zieht es trotz der Hitze wieder an. »Es ist nur so, dass ich …«, setzt sie an.

»Ich frage ja gar nicht«, unterbreche ich sie und schaue immer noch aus dem Fenster.

Was nicht heißt, dass ich keine Überlegungen anstellen würde. Das muss ich einfach unwillkürlich. Ich vermute, dass sie bemerkt hat, dass ihr Unterhemd durchgeschwitzt ist, und ihr vielleicht plötzlich bewusst geworden ist, wie durchscheinend es dadurch war. Aber wissen kann ich das nicht, ich habe ja schließlich nicht hingesehen.

Ich bin standfest wie eine Eiche.

Später verhält sie sich eigenartig: Sie drängt sich nicht sofort aus der Kutsche, als wir an der nächsten Station haltmachen, sondern bleibt noch ein Weilchen allein in der drückend heißen Kabine zurück. Schließlich kommt sie in frischer und trockener Kleidung heraus, ihr gewelltes dunkles Haar schwer von Schweiß. Nachdem wir uns von der Küste entfernt und allmählich höheres Gelände erreicht haben, hat sich das Land nach und nach von dichtem Urwald in eine hochgelegene Wüste verwandelt, und auch wenn es hier nicht annähernd so schwül ist, ist es quälend heiß, solange die Sonne hoch am Himmel steht. Die Tatsache, dass Phaena in der Kutsche geblieben ist, bedeutet, dass sie eine ihrer wenigen Gelegenheiten verkürzt, sich die Beine zu vertreten, und schon viel zu bald müssen wir uns wieder in die Kutsche pferchen.

Wir lassen für die nächste Etappe unserer Reise die Türen offen, und das ist viel angenehmer, wenn auch lauter. Unser Schweiß trocknet in der frischen Brise, und trotz der Hitze des Tages lässt uns der starke Fahrtwind bald schon unangenehm frösteln.

Als wir über eine weitere Bodenwelle fahren und durchgerüttelt werden, bemerke ich, wie Phaena zusammenzuckt und sich die Hand auf die Brust legt. »Tut den blauen Flecken nicht gerade gut, oder?«, sage ich und versuche zu lächeln.

»Was?«, fragt sie über das Pfeifen des Windes hinweg.

»Dieser Typ. Du hast doch gemeint, er habe dir ein paar Prellungen verpasst, nicht wahr? Sind sie inzwischen besser geworden?« Ich vermeide es, ihr auf die Brust zu starren. »Mit ›sie‹ meine ich die Prellungen, nicht ›sie‹, also nicht deine … ich meine, geht es *dir* mittlerweile besser?«

Idiot! Warum musst du das jetzt ansprechen?

»Ach so, alles klar. Ja. Ja, stimmt, sie sind besser. Die blauen Flecken, meine ich. Die Prellungen heilen nicht so schnell, wie ich es gerne hätte, aber es geht mir allmählich besser.«

Sie wird still, verfällt ins Grübeln.

Meine weiteren Versuche, ein Gespräch in Gang zu bringen, scheitern kläglich. Ihre Antworten sind höflich, aber knapp. Ich kann nicht erkennen, ob es nur dem Wind geschuldet ist, dass sie so zusammengekauert dasitzt.

Konntest du es einfach nicht lassen und musstest ausgerechnet eine der schlimmsten Nächte ihres Lebens ansprechen? *Ein wunderbares, unbeschwertes Thema, Kylar. Gut gemacht!*

Unser Haltepunkt für die Nacht ist ein kleines Drei-Zimmer-Haus neben einem großen Stall. Phaena bittet um etwas Privatsphäre für sich und eilt in das Zimmer, das wir uns teilen sollen. Ich staple unser weniges Gepäck vor der Tür, während sich die

Männer, die das Rasthaus betreuen, gutmütig über mich lustig machen, weil ich nicht in unser Zimmer darf. Sie glauben, dass wir ein Paar sind, und da aus unseren Fahrkarten hervorgeht, dass wir nur ein Zimmer benötigen, denken sie, dass mein Ausgesperrtsein anzeigt, dass ich Phaena anlässlich irgendeiner Kabbelei unter Liebenden verärgert habe.

Da ich keinen Anlass zu weiteren Nachforschungen geben möchte, nehme ich ihre Sticheleien mit reumütiger Miene hin.

Ich bemerke unter den Männern nichts von der versteckten Feindseligkeit oder gezwungenen Freundlichkeit, wie ich sie erwarten würde, wenn sie sich auf einen Überfall auf uns vorbereiten würden. Also frage ich, ob ich bei der Zubereitung des Abendessens helfen kann, und sie stellen die Neckereien bald ein. Sie sind recht nett zu mir, aber ich achte darauf, keinen stärkeren Eindruck bei ihnen zu hinterlassen.

Sobald das Abendessen fertig ist, nehme ich die Portionen für mich und Phaena mit aufs Zimmer und setze sie darüber in Kenntnis, dass ich den Eindruck habe, hier relativ sicher zu sein.

Wir plaudern eine Zeit lang über nebensächliche Dinge wie zum Beispiel das Wetter und wie schnell wir doch vorwärtskommen, aber ich merke, dass etwas sie bedrückt.

Schließlich, als ich mich schon für die Nacht hinlegen will, sagt sie: »He.«

Ich schaue sie an.

Sie lächelt matt, wendet dann aber den Blick ab und starrt blicklos in die Dunkelheit vor unserem Fenster. »Ich wollte dir nur Danke sagen. Dafür, dass du mir das Leben gerettet hast. Ich weiß, dass ich den Mann schwer verletzt hatte, aber ich … Er hätte mich wohl noch umgebracht, bevor er … bevor er gestorben wäre, oder?«

Ja.

Doch ich spreche es nicht laut aus. Möchte sie von mir hören, dass sie dem Tod nicht so nah war, wie es tatsächlich der Fall war? Manche wühlt es tief auf, wenn sie zum ersten Mal einen Menschen umbringen. Was erwartet Phaena von mir? Möchte sie hören, dass sie ihn nicht umgebracht hat, damit es nicht auf ihrem Gewissen lastet? Oder will sie hören, dass sie das definitiv getan hat, damit sie sich der Überzeugung hingeben kann, so stark zu sein, dass sie keine Angst zu haben braucht?

»Du hast deine Sache hervorragend gemacht«, lasse ich sie wissen. »Du hast einen kühlen Kopf bewahrt, und das hat dich lange genug am Leben gehalten, dass Hilfe eintreffen konnte. Nicht, dass ich vorhätte, mich bei dir dafür zu bedanken, weißt du? Ich meine, mit ein bisschen mehr Ausbildung und Vorbereitung hätte Momma K dich auch ohne mich ausschicken können. Es ist also irgendwie mit deine Schuld, dass ich überhaupt herkommen musste, um diese Sache durchzuziehen.«

Ich bedenke sie mit einem schiefen Grinsen, doch sie sieht mich gar nicht an.

»Ich fühle mich widerwärtig«, bekennt sie mit leiser Stimme.

Ich weiß nicht, ob sie die Gewalt meint, die sie durch den Mann erleiden musste, oder ob es damit zu tun hat, dass sie ihn verführt oder dass sie ihn umgebracht hat, doch sie spricht bereits weiter.

»Ich habe die ganze Zeit einfach immer an etwas denken müssen, was mir mein Vater einmal gesagt hat«, erklärt sie. »Er meinte: ›Wenn ein Mann dir droht, dir etwas anzutun, wenn du nicht mit ihm mitgehst, was immer du tust, geh nicht mit ihm mit.‹«

»Geh *nicht* mit ihm mit?«, frage ich, unsicher, ob ich mich nicht vielleicht verhört habe.

»Weil er dich von einem Ort, der für ihn nicht sicher ist, an einen für ihn sicheren Ort bringt. Er will dich dorthin bringen, wo niemand deine Schreie hören kann, wo niemand helfen kann. Ein Mann, der versucht, dich in eine Lage zu bringen, wo du ihm auf Gnade oder Ungnade ausgeliefert bist, ist ein Mann, der gar keine Gnade kennt.«

Angesichts dessen, was ich so von der Welt gesehen habe, kann ich dem nur zustimmen. Anderseits erfordert es mehr Weitblick und mehr Mumm, als die meisten Menschen besitzen, unmittelbar eine kritische Gefahrensituation zu erzwingen, statt zu warten und zu hoffen, dass es doch nicht so schlimm kommt. Es erfordert auch eine einigermaßen düstere Auffassung von der Natur des menschlichen Wesens: sich klarzumachen, dass, sagen wir mal, der lächelnde, hübsche Mann vor dir, der nur etwas aufdringlich zu sein scheint, dich in Wirklichkeit in eine Falle locken könnte, wo dir Folter, Vergewaltigung und Mord drohen.

Menschen, die in den besseren Vierteln aufgewachsen sind, wollen nicht glauben, dass sie in einer Welt leben, in der dergleichen möglich ist. Menschen, die in den Elendsvierteln aufgewachsen sind, wissen nur zu gut, dass das der Fall ist.

»Die Tatsache, dass er dir solche Ratschläge gegeben hat, klingt ganz danach, dass dein Vater dich für ein richtig taffes Mädchen gehalten hat.«

»Vielleicht bin ich aber auch nicht taff genug gewesen, sodass er mir das eintrichtern musste.«

Ich starre sie mit großen Augen an. Ich habe es selbst mit angesehen, wie diese Frau ihrem Möchtegernvergewaltiger eine Haarnadel in eine Hauptschlagader gerammt hat. Sie muss gewusst haben, dass bei einem Fehlschlag der bloße Versuch für sie bedeutet hätte, danach fürchterlich misshandelt zu werden, mit nur sehr geringen Aussichten, dem Tod zu entgehen – und trotzdem hat sie sich dafür entschieden.

Würde ich ihr sagen, dass sie sich nicht genug zutraut und ihre Fähigkeiten unterschätzt, könnte es so aussehen, als wollte ich ihr schmeicheln, aber es stimmt trotzdem: Die Frau unterschätzt sich.

Und so schweige ich. Phaena wäre um ein Haar vergewaltigt worden. Jetzt ist sie isoliert und teilt sich unfreiwillig ein Zimmer mit einem Mann, von dem sie weiß, dass er gefährlicher ist als jeder dahergelaufene Straßenräuber. Das Letzte, worüber sie sich den Kopf zerbrechen sollte, ist, ob ich ihr schmeichle.

Ich gebe ein unzufriedenes Brummen von mir und hoffe, dass es meiner abweichenden Meinung in hinreichendem Maße Ausdruck verleiht.

Sie scheint es gar nicht zu bemerken und fährt fort: »Hast du jemals den Eindruck gehabt, dass es da Strömungen in deinem Inneren gibt, die nicht einmal du selbst verstehst? Wie in jener Nacht? Ich habe daran gedacht, was mir mein Vater eingebläut hat, aber was habe ich dann getan? Ich bin mit diesem Banditen ins Innere des Hauses gegangen. Ich hatte Angst, doch ich war nicht in Panik. Ich hatte das Gefühl, klar zu denken, aber … ich bin trotzdem mit ihm hineingegangen. Ich meine, ich habe es ihm sogar *vorgeschlagen*. Warum hätte ich das tun sollen? Damit die anderen nicht zuschauen, während er mich … während er tat, wovon ich ausging, dass er es tun würde? War es das? Ich wollte es mir *erträglicher* machen, dass er mich …« Ihre Gefühle drohen sie zu überwältigen.

»Halt«, sage ich mit scharfer Stimme. »Ich habe es herausgefunden.«

»Wie bitte?«

»Besagte tiefe Strömung in dir. Ich kann dir sagen, warum du dich an die Worte deines Vaters erinnert hast. Du würdest selbst darauf kommen, sobald du dir eine Minute Zeit zum Überlegen nimmst. Tausche in den Worten deines Vaters einfach den guten Kerl und den bösen aus, und dann weißt du's.«

Ich ziehe meine Schuhe aus, setze mich auf die Decke des Bettes, das wir uns teilen werden, und breite meinen Mantel aus, der mir als eine eigene Decke dienen soll.

»Was?«, fragt sie.

»Da draußen waren drei Banditen«, sage ich. »Gegen drei hättest du nicht kämpfen können.«

»Und?«, hakt sie nach.

Ich lege mich hin und wende mein Gesicht ab. »Nicht dieser Bandit hat dich an einen abgelegenen Ort mitgenommen, wo er über dich herfallen konnte, Phaena. Du hast *ihn* mitgenommen.«

Kapitel 34

Keine leichte Sache

Als ich erwache, überkommen mich die schönsten und die schlimmsten Gefühle der Welt zugleich. Eine schlafende Frau liegt an mich geschmiegt, mein Gesicht in ihrem Haar, ihre Brust in meiner Hand, und mich durchströmt eine angenehme, erwartungsvolle Wärme angesichts der Erkenntnis, dass nicht ich mich in der Nacht bewegt habe, um mich zu ihr zu gesellen, sondern dass sie es gewesen ist – denn wir liegen zwar unter meinem und ihrem Mantel, aber oben auf den Bettdecken. Was wiederum bedeutet, dass die Art und Weise, wie sich ihre Hüften jetzt gegen mich wiegen, womöglich nicht ganz zufällig ist.

Das zweite, schlimme Gefühl durchzuckt mich, als ich erneut ein Flüstern vor unserer Tür höre, ein Flüstern mit einem eindringlichen Unterton. Es ist ein Geräusch, das ich nur zu gut kenne: das Geräusch von Männern, die Pläne für etwas Unheilvolleres als das Frühstück schmieden.

Ich rolle mich ohne Vorwarnung auf Phaena, und sie reißt abrupt die Augen auf, überrascht von meiner plötzlichen Kühnheit, aber auch empfänglich und voller Verlangen. Sie öffnet ihre Beine noch ein Stück weiter, als ich mich eng an sie drücke, um ihr ins Ohr zu flüstern.

»Aufstehen!«, wispere ich. »Zieh dich an. Schnell. Und ganz leise. Pack, was du zusammenraffen kannst. Halte dich aus dem Blickfeld des Schlüssellochs.«

Ich merke, dass sie die Gefahr noch nicht begriffen hat, aber ich rutsche vom Bett.

Der Ka'kari rauscht mir über die Haut, und bei dieser altvertrauten Empfindung sind, wie gerufen, alle mitmenschliche Sorge und jedes Gefühl von Peinlichkeit auf einen Schlag aus meinen Gedanken verschwunden. Da ist ein Gefühl von Feuchtigkeit an ein paar Fingern meiner linken Hand. Kümmert mich nicht; ich schleiche mich an das eine, hohe Fenster des Raums.

Es ist klein, nicht ganz so breit wie meine Schultern. Den einen Fuß auf einem der Bettpfosten, schneide ich lautlos mit dem Ka'kari durch das Glas, ziehe es aus dem nun leeren Rahmen hervor und werfe es auf das Bett.

Phaena starrt mich mit offenem Mund an – oder sollte ich besser sagen, sie starrt den Nachtengel an? Ich fordere sie mit einer resoluten Handbewegung auf, endlich ihren Hintern aus dem Bett zu schwingen. Was sie nun auch macht, so viel muss man ihr lassen.

Dann werde ich unsichtbar und schlüpfe durch die schmale Öffnung hinaus.

Ich lasse mich leichtfüßig auf den Boden vor dem kleinen Haus fallen und spähe um die Ecke. Die Morgendämmerung hat gerade eingesetzt, und zwei der vier an der Raststation befindlichen Magier stehen auf der Straße und fangen das erste Sonnenlicht ein, um Energie zu tanken.

»Ich bin fast fertig«, flüstert der eine. »Ich brauche vielleicht noch eine Minute.«

Der andere nickt und murmelt zustimmend. Ich weiß, dass Magier ihre Kraft auch aus Feuer beziehen können, aber aus

Gründen, die ich nicht völlig verstehe, bevorzugen viele das Sonnenlicht. Verschiedene Magi sind auch in kleinerem oder größerem Maße befähigt, Sonnenlicht umzuwandeln, um ihre Glore Fryden aufzufüllen.

Unwillkürlich frage ich mich, ob ich hier nicht womöglich wegen nichts und wieder nichts in Panik gerate. Diese Männer müssen Magie bereithalten, um ihre ganz normale Arbeit auf der Kutsche und auf den Straßen zu erledigen. Daran ist nichts Verdächtiges. Vielleicht flüstern sie nur, um uns nicht zu wecken. Allerdings hatte ich gemeint, das Flüstern vorhin direkt vor unserer Tür gehört zu haben.

Keiner von ihnen ist ein schlechter Mensch. Das weiß ich. Ich habe ihnen gestern Abend in die Augen gesehen.

Wenn die Blauen über irgendeine Möglichkeit verfügt hätten zu erkennen, dass unsere Fahrkarten gestohlen sind, hätte ich mit Problemen beim Besteigen der Kutsche gerechnet und nicht erst jetzt, nachdem sie uns schon den halben Weg nach Sturmfest befördert haben.

Ein anderer Magier, ein junger Modaini mit Adlernase, kommt aus dem Stall und sagt mit lauter Stimme: »He, ich habe das erste Geschirr fertig angelegt. Wollt ihr mir nicht helfen, damit wir die …?«

»Pst!«, unterbricht ihn ein schlaksiger Blonder. »Ich bin gerade an ihrer Tür gewesen. Sie schlafen noch. Willst du denn, dass wir unseren Vorteil ihnen gegenüber verlieren?«

Der junge Modaini lässt frustriert die Hände sinken. »Wollen wir das denn wirklich tun?«

»Ich bin da der gleichen Meinung wie Hrothlan. Ich habe kein gutes Gefühl bei dieser Vorgehensweise«, murmelt der größte der Männer. Er ist dunkelhäutig wie ein Ladeshi, und obwohl er keinen Akzent hat, weist ihn seine Sprechweise doch als Fremdländer irgendeiner Art aus. »Auch wenn sie fürwahr etwas Sonderbares an sich haben, glaube ich nicht, dass dieser Mann ein Übeltäter ist, ebenso wenig wie die Frau, die er begleitet.«

Der schlaksige Blonde sieht sie alle ergrimmt an, als handele es sich da um einen Streit, den sie eigentlich bereits beigelegt hatten. »Ich habe ein Jahr lang für Lord Philanthes gearbeitet. Was sie da vorgelegt haben, ist *seine* Fahrkarte. Für eine Übertragung an andere fehlt die entsprechende Kennzeichnung. Sie ist *gestohlen*.«

»Vielleicht haben sie bei der Neuzuweisung der Karte das mit der Kennzeichnung einfach vergessen«, gibt der Modaini zu bedenken.

»Genau danach werden wir sie fragen – nachdem wir sie überwältigt haben«, entgegnet der schlaksige Blonde. »Ist denn niemandem von euch aufgefallen, wie er uns gestern Abend angeschaut hat? Habt ihr schon jemals jemanden gesehen, der von vier Magi weniger beeindruckt gewirkt hat als er? Das ist nicht normal. Ich sage euch, dass dieser Mann nicht nur entweder ein Dieb oder ein Mörder ist, sondern darüber hinaus noch etwas anderes. Etwas Gefährliches. Wir bringen ihn zuerst in unsere Gewalt und befragen ihn dann. Wenn er zufriedenstellende Antworten hat, wunderbar. Dann setzen wir unsere Fahrt fort, und es ist nichts Schlimmes passiert. Und wenn nicht? Dann habe ich uns allen das Leben gerettet. Nicht zum ersten Mal.«

»Meinst du denn, dass er etwas zu der ganzen Sache zu sagen hat?«, erkundigt sich der Pummelige, der gerade aus dem Haus tritt. Merkwürdigerweise erschien er mir gestern Abend als der Gefährlichste der Gruppe, obwohl er von allen den niedrigsten Rang innezuhaben scheint. »Meine Mutter hatte da so ein Sprichwort: ›Wenn der Stahl singt, kann sich kein Schwert das Lied des anderen aussuchen. Und kein Sänger strebt das gleiche Finale für dieses Duett an.‹«

»Dieser Spruch ist mir unbekannt. Was bedeutet er?«, erkundigt sich der dunkelhäutige Magier.

»Er bedeutet, dass ich die Nase voll davon habe, euch alle zu überzeugen«, geht der schlaksige Blonde dazwischen. »Hrothlan, hast du, was du brauchst?«

»Genug für diese Sache, ja, denke ich«, murmelt der junge Modaini.

»Gut! Wir ziehen es auf meine Art durch. Jetzt auf der Stelle!«

Sie gehen ins Innere, und ich folge ihnen in den Gemeinschaftsraum. Die folgende Wahrheit dürfte dir genauso wenig gefallen wie mir: Männer, denen es widerstrebt, dich zu töten, die aber trotzdem willens sind, es zu tun, sind immer noch Männer, die dich töten werden.

In den Augen dieser Männer habe ich vage Ahnungen gesehen, die ungefähren Konturen von Taten, denen ich beim besten Willen keine Bedeutung abgewinnen konnte. Vielleicht haben diese Dinge auf ein unrechtes Tun dieser Männer verwiesen, doch da war nichts so Finsteres wie Mord zu entdecken, nichts, was klar und deutlich nach ihrem Blut schreien würde.

Der schlaksige Blonde, der versucht, sie alle in den Tod zu schicken? Er ist eigentlich ein ziemlich guter Mensch, auch wenn man es bei seinem gegenwärtigen Verhalten nicht denken würde; er hat einfach gerne das Heft des Handelns in der Hand – er ist nur in bestimmten Situationen ein Drecksack.

Hier handelt es sich um keinen Krieg, in dem man manchmal einen guten Menschen töten muss, weil er unter der falschen Flagge kämpft. Diese Männer versuchen nur, uns für etwas festzunehmen, dessen wir uns tatsächlich schuldig gemacht haben. Wir haben in der Tat Philanthes' Karten gestohlen; wir *sind* gefährlich; sie sollten uns wirklich zuerst einmal in ihre Gewalt bringen, damit wir nichts Ungutes unternehmen.

Ich weiß, wie ich diese Männer töten kann. Ich habe bereits einen Plan, einen Notfallplan zur Absicherung sowie einen Fluchtplan. Zugegeben, wie hoch ist die Wahrscheinlichkeit, dass ich verwundet werde? Im Kampf gegen vier Magier? Ziemlich hoch. Aber sie sind auf dem Weg in einen abgeschlossenen Bereich hinein – steuern den kleinen Flur vor dem Zimmer von Phaena und mir an, der nur von einer einzigen Laterne beleuchtet wird und für so viele menschliche Leiber ziemlich beengt ist. Sie wissen nicht, dass ich hinter ihnen bin, und sie haben keine Ahnung, was ich zu tun vermag und wer ich bin.

Aber ich will sie nicht töten. Ich weiß nicht einmal, ob ich das überhaupt tun *kann*, um dann noch immer der Nachtengel zu bleiben. Seit ich den schwarzen Ka'kari gebunden habe, habe ich keinen wirklich Unschuldigen mehr ermordet.

Ein neuer Plan beginnt, in meinem Kopf Gestalt anzunehmen, aber er verlangt von mir, zuerst nach draußen zu gehen, bevor sie in den Raum hinein…

Die Zeit ist um. Ich kann es nicht mehr tun. Sie sind bereits alle vor der Tür versammelt. Der schlaksige Mann zieht den Schlüssel hervor und vergewissert sich ein letztes Mal, ob alle anderen bereit sind.

Hast du dich jemals in irgendwelchen Kampfkünsten geschult oder für eine athletische Disziplin trainiert? Vielleicht hat dir dein Lehrmeister oder Ausbilder ebenfalls gesagt, was mir Durzo einmal eingeschärft hat: »Versuche nie etwas auf dem Platz, was du nicht schon ein Dutzend Mal im Training gemacht hast.«

Das ist ein guter Rat.

Ich werde ihn heute nicht beherzigen können.

Im Gemeinschaftsraum brennt ein niedriges Feuer im Kamin. Ein voller Topf mit Hafergrütze steht zum Aufwärmen daneben. Da ist ein kleiner Kessel, der vielleicht geeignet wäre … und da gibt es auch eine Auswahl von Tassen und Schalen aus Holz – nein, taugt nicht, zu leicht.

Der schlaksige Magier hält seine Hand in die Höhe, die Finger ausgestreckt. Gibt mit einem Wink das Tempo vor, dann fängt er an, rückwärts zu zählen: fünf, vier …

Ich schnappe mir den Kessel und nehme ihn in die linke Hand. Die Laterne im Flur brennt – Magi, so sind sie, brauchen Licht, neigen dazu, Dunkelheit zu hassen. Die Sturmlaterne mit ihrem gläsernen Rauchabzug ist die einzige Lichtquelle auf dem Flur.

Drei …

Es wird nicht klappen.

Zwei …

Ich ziehe ein Messer aus meinem Gurtzeug. Leider ist es nicht das, das mir kürzlich abgebrochen ist. Es ist mir zuwider, teure Messer wegzuwerfen. Ich schleudere es gegen die Laterne, wie einen in gerader Linie geworfenen Spieß. Im gleichen Moment, als das Glas der Laterne zerspringt, werfe ich den Kessel gegen die Laterne.

Ein befriedigendes Bersten und das barmherzige Fehlen jeder Flamme verraten mir, dass ich das Licht gelöscht habe. Ich habe die Laterne kaputtgeschlagen. Und ich habe mir bereits den Stuhl in meiner Nähe geschnappt.

Von den Magiern erheben sich Schreie. Die Laterne befindet sich neben ihnen, sodass sie sich nicht sofort in meine Richtung drehen.

Ich werfe die Flurtür zu und klemme den Stuhl unter die Türklinke.

Jetzt kommt das, was ich noch nie geübt habe. Ich kippe den Topf mit der Hafergrütze direkt in den Kamin. Es brutzelt und blubbert. Doch was am wichtigsten ist: Es *raucht*.

Und jetzt? Wird schon schiefgehen: Ich versuche, mein magisches Talent so zu nutzen, dass es eine Art Blase oder Beutel entstehen lässt, der sich ausbreitet, um den dichten Rauch einzufangen.

Die Tür zum Flur klappert, als ein Körper dagegenkracht – jetzt schon?

Ich schnappe mir meinen magischen Rauchbeutel und schlurfe zur Tür, ohne auch nur ein Blinzeln zu wagen. Mein Talent besteht im Wesentlichen in Körpermagie, und den heißen Rauch zu halten, fühlt sich ein wenig so an, als würde ich mir Haut von den Unterarmen reißen.

Ich lasse mich auf die Knie fallen, schiebe die Öffnung des Beutels unter die Tür und drücke – sodass der dunkle heiße Rauch unter der Tür hindurch in den pechschwarzen Flur mit den Magiern darin entweicht.

Einen Magier in Dunkelheit zu hüllen, ist nicht dasselbe, wie jemand anderen in Finsternis zu tauchen – Magi jeder Art können ein Licht entfachen. Diese Männer haben ihre Glore Fryden gefüllt.

Aber die Sache ist die, dass das, was ein Mensch tun kann, und das, woran er sofort *denkt,* wenn er sich in einer Zwangslage befindet, zwei sehr, sehr unterschiedliche Dinge sind. Und auch Magier sind zunächst einmal Menschen. Und sowohl Magier als auch andere Menschen haben vor der Dunkelheit Angst. Wenn dann noch Rauch dazukommt, können sie weder sehen noch atmen.

Ich höre Schreie. Die Tür wölbt sich unter dem nächsten Ansturm. Einige schreien. Lautes Husten.

Ich bin bereits zur Haustür hinaus. Als ich um das Gebäude herumrenne, sehe ich gerade, wie die zweite unserer Taschen aus dem Fenster des Zimmers von Phaena und mir segelt.

Ich werde wieder sichtbar, renne auf die Hauswand zu und springe in die Höhe, hechte durch das schmale Fenster unseres Schlafzimmers. Ich rolle mich ab, als ich in unserem Zimmer auf dem Boden aufschlage, und klatsche gegen die Wand.

Phaena starrt mich mit geweiteten Augen an. Ich wäre fast mit ihr zusammengestoßen, denn sie hat sich gerade angeschickt, selbst aus dem Fenster zu klettern.

Aus dem Flur ertönt schrilles Getöse, und ich höre ein Klappern im Schloss. Ich mache einen Sprung zur Tür und strecke mein Talent ein wenig über die Reichweite meiner Hand hinaus aus – das hier ist nun etwas, *das* ich geübt habe. Mein kleiner Finger der Magie stößt den Schlüssel des Magiers wieder aus dem Schloss.

Ich höre einen Fluch und vielleicht auch das Klappern des auf der anderen Seite zu Boden fallenden Schlüssels. Nur vielleicht.

Ohne dass sie auch nur ein Wort sagen muss, stemme ich Phaena hoch, und sie schlüpft aus dem Fenster.

»Nein! Nimm kein Feuer!«, höre ich den schlaksigen Mann aus dem Flur schreien. »Das Lampen…«

Dann ist da ein Zischen, und ein orangefarbener Lichtblitz dringt unter der Schlafzimmertür hindurch. Jemand hat gerade mit seiner Feuermagie das ganze Lampenöl auf dem Boden in Brand gesteckt, das aus der von mir zerbrochenen Laterne geflossen ist.

Ich mache einen Satz aus dem Fenster, verschätze mich ein klein wenig und schramme mir gehörig den Bauch auf. Dadurch verlangsamt und aus der Flugbahn geworfen, schlage ich mit dem Kopf voran auf den Boden. Das Geräusch der hinter mir aus den Angeln berstenden Tür verrät mir, dass die Magier sich endlich daran erinnert haben, dass sie Magier sind.

Phaena ist bereits auf halbem Weg zum Stall; da sie ihre Tasche trägt, rennt sie etwas unbeholfen. Ich schnappe mir meine und folge ihr. Aus allen Ritzen des Hauses hinter uns quillt Rauch.

Die leuchtend blauen Geschirre der Pferde sind alle säuberlich nebeneinander bereitgelegt, damit die Magier sie heute Morgen mit Magie aufladen können. Es gibt sogar einen der charakteristischen Sättel, die mehr an einen Rossharnisch als an einen gewöhnlichen Sattel erinnern und die mit magischen Feldern versehen sind, um das Gewicht des Pferdes zu verringern.

Ich hebe ihn hoch und drücke ihn Phaena in die Arme. »Sattle das größte Pferd!«

»Das dürfte zu lange dauern«, gibt sie zu bedenken.

»Hast du eine bessere Idee?«, blaffe ich.

»Ja! Ich bin gleich wieder da.« Und sie verschwindet im Inneren der Scheune.

Meinst du, das klappt?, frage ich und lasse den Ka'kari dabei die Form einer Klinge in meiner Hand annehmen.

~Das klappt.~

Ich stoße den Ka'kari-Dolch in das erste der glühenden Geschirre. Der Ka'kari zappelt und windet sich in meiner Hand, stellt sich auf das ein, was er sogleich verschlingen wird.

Dann wird das Reitgeschirr dunkel, und etwas darin birst.

Ich stoße den Ka'kari in das nächste. Es wird dunkel, seine magische Energie wird fast augenblicklich vom Ka'kari aufgesaugt.

So schnell ich kann, bewege ich mich von Geschirr zu Geschirr und eile dann zum Kutschwagen, stoße den Ka'kari in jedes magische blaue Ding, das ich finden kann, sauge es aus und zerstöre es. Ich zögere einen Moment, ehe ich den Ka'kari in den leuchtenden Sattel stoße – aber dann entscheide ich mich, Phaena zu vertrauen, und zerstöre auch seine Magie.

Ich verschone nur einige blau leuchtende Markierbänder und wickle sie um die Taschen von Phaena und mir.

Die Hauswand hinter uns erbebt einmal und explodiert dann.

»Findet sie!«, ruft ein Mann und verfällt dann in einen anhaltenden Hustenanfall.

Phaena kommt aus der Scheune. Sie reitet auf einem großen Hengst in einem leuchtend blauen Rossharnisch und streckt mir die Hand entgegen, während sie ihren Oberkörper weit in die andere Richtung lehnt. Ich schnappe mir ihren Unterarm, springe hoch und lande hinter ihr.

Sobald wir von der Schotterpiste herunter und auf der blauen Straße sind, spüre ich, wie ein Ruck durch unsere mit Markierbändern umwickelten Taschen und auch durch das Pferd unter uns geht; durch das Zusammenwirken der Magie von Straße und Sattel halbiert sich das Gewicht.

Phaena gibt dem Pferd die Sporen, und wir halten uns beide fest, so gut wir können, während das Pferd einen Satz nach vorn macht und die Straße entlangjagt. Der durch die blaue Magie leichter gemachte und genau hierfür dressierte Hengst erreicht fast sofort seine volle, unglaubliche Geschwindigkeit.

Blaue Geschosse sausen mit Wucht an uns vorbei, keines jedoch gelangt auch nur in unsere Nähe. Ein paar atemlose Augenblicke später sind wir hundert Meter weit weg.

»Woher hast du gewusst, dass dieses eine Pferd schon reisefertig war?«, frage ich Phaena.

Sie lacht voller ausgelassener Freude über den Ritt und unsere Flucht. Über die Schulter sagt sie: »An allen Wegstationen wird immer ein Pferd gesattelt und reisefertig bereitgehalten, damit Boten die Pferde wechseln und ohne Verzögerung weiterreiten können. Ist dir das bei den früheren Stationen nicht aufgefallen?«

Ich schüttle den Kopf, auch wenn sie vor mir im Sattel sitzt und es nicht sehen kann. Hätten wir es auf meine Art versucht, würde sie sich immer noch damit abkämpfen, einen Sattel auf ein Pferd zu bekommen, das sie nicht kennt, und ich würde es mit einer Horde Magier aufnehmen müssen.

»Halt das Pferd an«, fordere ich Phaena auf.

Nach einer gewissen Strecke gelingt ihr das auch, allerdings mit Mühe. Der große Braune galoppiert für sein Leben gern.

Ich drehe mich um und stelle mich auf den Rücken des Pferdes, sodass ich die Männer hinter uns sehen kann und auch sie einen guten Blick auf mich bekommen – immer noch in meiner Unterwäsche, wie sich herausstellt. Ich ziehe meinen Geldbeutel aus der Tasche und sage: »Für das Pferd! Wir sind keine Diebe! Entschuldigt bitte die Unannehmlichkeiten, meine Herren, aber wir haben Dinge zu erledigen, die für uns zu wichtig sind, als dass wir uns von Euch fesseln und verhören lassen könnten. Was im Übrigen ein sehr unhöfliches Betragen ist. Einen schönen Tag noch!«

Ich werfe den Geldbeutel in ihre Richtung und bin froh, sie alle noch am Leben zu sehen, auch wenn einige vornübergebeugt sind, sich auf Händen und Knien abstützen und husten und keuchen.

Ihre Antwort auf meine guten Manieren besteht darin, dass sie uns aufs Neue zu ermorden versuchen, doch die Entfernung ist zu groß, als dass einer ihrer zischenden Bolzen oder eines ihrer blauen Geschosse irgendwelche Aussichten hätte, uns zu treffen.

»Holt die Pferde!«, brüllt der schlaksige Magier.

»Wenn er jetzt schon so wütend ist«, meint Phaena, »wird er es gar nicht gut aufnehmen, wenn er feststellt, dass ich alle anderen Pferde verjagt habe.«

»Ach, das ist aber auch echt gemein von dir«, erwidere ich. »Sie hatten so schon keine Chance, uns einzuholen.«

»*Ich* bin also gemein?«, will Phaena wissen. »Und alles, was du mit ihnen angestellt hast, war was? Freundlich und liebenswert?«

Aus der Scheune ertönt ein überschäumendes Geheul des Zorns.

»Da hast du auch wieder recht«, räume ich ein. Weil ich weiß, wie schnell dieses Pferd losgaloppiert, halte ich mich an Phaenas Hüfte fest. »Sollen wir?«

Meine Hände um ihre Hüften zu legen, fühlt sich irgendwie seltsam an. Ich umarme sie etwas höher, an den Rippen, streife versehentlich ihre Brüste, räuspere mich und versuche, meine Hände in einer Art eisernen Schlaufe zu halten, die sie nur leicht berührt.

»Heute Morgen bist du aber nicht so schüchtern gewesen«, meint Phaena, dreht sich im Sattel herum und sieht mich mit emporgezogener Augenbraue an.

»Ich bin heute Morgen gar nicht *bei Bewusstsein* gewesen!«

Sie lacht, während sie das Pferd mit den Fersen zum Galopp antreibt. Ich kreische auf und kann mich nur mit Mühe festhalten, alle Schicklichkeitsrücksichten vergessen.

»Können wir kurz anhalten, damit ich mir etwas anziehen kann?«, bitte ich.

Phaena lacht einfach nur weiter.

Kapitel 35

Die Ruhe vor Sturmfest

»Sind wir jetzt endlich so weit?«, frage ich gereizt, als Phaena von einer weiteren ihrer Latrinenpausen zurückkehrt. Die fünfte heute. Allmählich fangen die zahlreichen Pausen an, uns in Gefahr zu bringen. Je nachdem, wie viele weitere Magier auf dieser Straße reisen und wie viel an magischer Ersatzausrüstung sie erübrigen können, sind wir unseren Verfolgern vielleicht nur noch wenige Stunden voraus.

Auch wenn ich die Geschirre zerstört habe, mit denen die Magier uns hätten verfolgen können, ist es gut möglich, dass heute noch andere Reiter oder Kutschen auf dieser Straße unterwegs sind – jeweils mit eigenem Geschirr. Die Geschirre müssen zwar eventuell noch magisch geladen werden, aber jeder Vorteil, den wir diesen Kutschen gegenüber haben, wird durch die Tatsache zunichtegemacht, dass wir unser eigenes Pferdegeschirr überhaupt nicht aufladen können.

Wir sind nun bereits drei Pferden und einer Kutsche ausgewichen, die in die entgegengesetzte Richtung unterwegs waren. Ich bin mir nicht sicher, ob wir nicht von irgendjemandem gesehen wurden, bevor wir uns im Gebüsch verstecken konnten.

»Ja!«, bestätigt sie. Sie präsentiert mir ein fröhliches Lächeln, aber sehe ich da nicht auch eine Andeutung von Anspannung in ihren Augenwinkeln? Ist sie einfach nur sauer auf mich, weil ich sauer auf sie bin, oder fühlt sie sich auch ein wenig schuldig?

Sie verstaut ihren kleinen Wäschebeutel und schwingt sich dann hinter mir in den Sattel. Sie stöhnt auf, während sie nach der besten Sitzposition sucht, und drückt sich fest an mich, um ihr eigenes Gewicht zu verlagern. »Autsch, können wir das nächste Mal bitte die ganze Kutsche klauen? Tut dir dein Hintern auch so weh?«

»Nein.«

»Klar. Habe ich dir eigentlich schon gesagt, wie sehr ich dich hasse?«

»Das eine oder andere Mal, ja«, antworte ich. Ich kann mir ein Lächeln nicht verkneifen, als ich den großen Braunen antreibe.

Er ist ein verdammt gutes Pferd – ich erkenne jetzt, dass ich zu wenig für ihn bezahlt habe –, und die häufigen Pausen haben mir immerhin die Möglichkeit gegeben, ihn richtig zu versorgen.

Ich bin kein sonderlich kluger Mann. Ich schmolle den ganzen Nachmittag, während wir reiten. Ich schmolle, bis wir am Abend unser Lager aufgeschlagen haben.

Verstehst du, ich kann es einfach nicht ausstehen, an der Nase herumgeführt zu werden, und bei meiner Arbeit passiert mir das ständig. Ob es sich nun darum handelt, dass ich Befehle be komme, ohne dass mir Gründe dafür genannt werden, warum ich etwas Bestimmtes tun soll, oder darum, dass ich ganz offen und unverhohlen manipuliert werde …

~Ich glaube, das ist ein Widerspruch in sich.~

Ach, du bist ja auch noch da, was?

~Du neigst dazu, mich nahe bei dir zu haben, wenn du Angst hast. Hast du das noch nicht bemerkt?~

Ich habe keine Angst!

~Wenn du unsicher bist, meinte ich, nicht, dass du Angst hast. Ich habe mich falsch ausgedrückt. Bitte steck mich jetzt nicht weg. Ich bin gespannt zu sehen, was du nun unternimmst.~

Phaena verheimlicht mir nicht einfach nur etwas. Sie lügt, und ich weiß nicht genau, warum und in welcher Form.

Ich hätte heute Morgen einen Streit darüber anfangen können, und in diesem Fall wären wir jetzt vielleicht schon bereit, uns zu versöhnen. Und wenn der heutige frühe Morgen als irgendein Hinweis verstanden werden kann, hätte diese Versöhnung eine wunderbar körperliche Form annehmen können.

Aber nein. Ich? Ich muss mir einen Ruck geben und die Sache angehen. Und zwar sofort.

»Sind wir jetzt endlich so weit?«, will ich wissen. Ein weiteres Mal.

»Wie weit?«, fragt Phaena. »Bereit fürs Bett, meinst du?«

»Ähm …« Nein.

»Mir ist aufgefallen, dass du nur einen Schlafsack rausgelegt hast, und, Kylar, ich muss dir sagen …«

»Der ist für mich. Du kannst dir deinen eigenen ausrollen.«

»Ach! Ich dachte, du würdest … tut mir leid.«

»Ein Scherz«, sage ich. »Das war nur ein Scherz. Es gibt nur den einen Schlafsack.«

Sie lacht und legt sich die Hand auf die Stirn.

»Du …« Sie löst ihr dunkles Haar aus ihrem Pferdeschwanz und reibt sich mit beiden Händen die Kopfhaut. »Du verwirrst mich, Kylar Stern. Weißt du das?«

»Ich wüsste nicht, warum. Ich bin ein einfacher Mensch.« Das ist nicht die Richtung, in die ich dieses Gespräch habe lenken wollen.

»Nein. Einfache Menschen sagen nicht, dass sie einfach sind. Sie sind es eben. Du bist eine Rätselkiste. Im einen Moment bist du der eiskalte Killer, der Söldner und Banditen umlegt, als könntest du das selbst noch im Schlaf tun. Du bist völlig gleichgültig. Du schaust mich nicht einmal an, als wäre ich eine Frau. Du antwortest einsilbig. Und dann …« Sie holt tief Luft, richtet den Blick zu Boden und blinzelt Tränen weg. »Und dann, gestern Abend, als du direkt bis in das Innerste meiner Angst geschaut und mich mutig genannt hast? Du hast mich wieder aufgebaut, als ich am Boden zerstört war. Und jetzt machst du einen Witz? Neckst mich?« Sie sieht mich mit zusammengezogenen Augenbrauen an. »Was ist passiert, das dich plötzlich so menschlich gemacht hat?«

Das viele Gerüttel, hätte ich am liebsten gesagt. Ich hätte jetzt gerne über unsere Fahrt in der Kutsche gescherzt, die erzwungene Nähe, den Schweiß, unser geteiltes Bett, ohne wirklich das Bett zu teilen. Ich möchte scherzen und lachen und heute Abend in ihrer Gegenwart Trost finden, vielleicht auch in ihrem Bett.

Wenn ich mit ihr schlafe, kann ich ihr vielleicht ihr Geheimnis nehmen. Vielleicht kann ich wie Durzo werden und mein Verlangen mit Sex betäuben.

Früher habe ich auf Durzo herabgeblickt – auch wenn ich das abgestritten hätte, weil mir gar nicht bewusst war, dass ich das tat. Ich habe immer gedacht, es sei alles so leicht: Du stehst jeden Tag auf und kämpfst den heute anliegenden Kampf. Schlicht und einfach. Mir war nicht klar, dass man sich jedes Mal, wenn man kämpft, eine kleine Last mehr aufbürdet, einen Moment der Angst oder der Reue, der Erschöpfung oder des Ekels, der Überraschung oder des Hochgefühls. So trägt man in jeder Schlacht alle Kämpfe mit sich, die man je gekämpft hat. Dieses Gewicht der Erfahrung kann dich erden, kann dich retten. Aber die Last wird immer größer, bis der Rücken schmerzt und die Schultern brennen, und Gott möge dich davor bewahren, je schwimmen zu müssen, denn dann müsstest du ertrinken.

»Kylar?«, sagt Phaena. »Du bist plötzlich weit weg. Ich wollte dich nicht verletzen.«

Ruckartig bin ich zurück in der Gegenwart. »Wie denn, indem du mich wie einen Menschen behandelst?«, frage ich. »Das machen die Leute manchmal.« Aber mein Lächeln ist falsch, und ich glaube, sie merkt es.

»Kylar«, fährt sie fort und blickt zum Schlafsack. »Ich würde heute Nacht liebend gerne mit dir schlafen.«

Ich öffne den Mund, fassungslos.

Ich weiß, was ich jetzt eigentlich sagen sollte. Ich weiß, was es bedeutet, der Nachtengel zu sein, weiß, wie ich mit allen Ablenkungen umgehen muss. Ich sollte irgendwie einen Bogen um die Sache schlagen. Mir irgendeine elegante Methode ausdenken, da herauszukommen.

»Aber ich bin erschöpft«, fährt sie fort, »und nach einem ganzen Tag im Sattel – selbst mit Steigbügeln! – ist mein Körper fürchterlich geschunden. Besonders die untere Hälfte. Wo ich schreckliche Schmerzen leide. Und ich kann mir vorstellen, dass es morgen noch schlimmer sein wird. Wenn du immer noch interessiert bist, kannst du mir ein paar Tage Zeit lassen? Denn ich bin es. Interessiert, meine ich. Wenn du es auch bist.«

Von einem Moment auf den anderen, ohne Vorwarnung, ist eine Hydra mit zwei Köpfen in mir erwacht. Die schlummernde, immerwährende Sehnsucht nach einer Frau; die selbstlose Sehnsucht nach einer Frau in all ihrer Pracht und mit allen Möglichkeiten, wie ein Mann daran teilhaben kann, wie auch die selbstsüchtige Sehnsucht nach all dem, was eine Frau einem Mann bedeuten kann: die kühle Hand bei einem Abendspaziergang; das spitzbübische, nur für einen selbst bestimmte Lächeln über einen Tisch hinweg; der Moment, in dem sich zwei Leiber in einer Umarmung aneinanderschmiegen, Auge in Auge, der sich vermischende Atem, die sich lösende Anspannung, das Aufflammen der Pupillen; die langen Gespräche, die alten Wunden, die offen gelegt, mit neuen Tränen gewaschen und deren Schmerz irgendwie ein wenig gelindert wird.

Aber genauso groß und mächtig wie der Kopf der Hydra namens Sehnsucht ist ihr Zwilling, der Kummer. Und der sagt: *Nein, das ist nicht für mich bestimmt. Ich bin der Nachtengel. Das entspricht nicht der Abmachung, die ich für dieses Leben eingegangen bin. Das ist nicht Teil dessen, was mir zugedacht ist.* Ich kann nur Elene sehen, ihren Leichnam auf einer kalten Totenbahre. Meine Frau. Meine Liebe. Nein. Nie wieder. In den Armen zu halten, bedeutet zu verlieren.

Phaena hat mich auf irgendeine Reaktion hin beobachtet. Allmählich dämmert mir, dass sie mir da gerade Sex angeboten hat. Aber mein Gesicht ist so unbewegt wie mein Herz.

»Phaena«, sage ich schließlich, und es ist, wie eine unermessliche Last zu stemmen.

»Und in ein paar Tagen«, fährt sie eilig fort, »bin ich dann auch wieder aus dem roten Zelt heraus, und ich weiß ja nicht, ob dich das stört, weißt du, aber ich kann immer freier intim sein, wenn ich …«

»Ich glaube, es ist Zeit für die Wahrheit.« Ich seufze.

Sie runzelt die Stirn. »Die Wahrheit?«

»Das sind keine Menstruationstücher«, erkläre ich und deute in die ungefähre Richtung ihres Wäschebeutels.

»Was?«

Ich starre ihr direkt ins Gesicht.

Nach einem Moment sacken ihre Schultern herab. »Es ist einfach leichter gewesen, nicht darüber zu reden.«

»Ich höre zu.«

»Ich bin Musikerin, aber die Musik, die Auftritte … das reicht alles nicht aus. Schon seit einigen Jahren nicht mehr. Ich war Teil eines Ensembles von Musikern, doch gerade als wir anfingen, richtig Erfolg zu haben, hat mich mein Mann verlassen. Er hat sich für den Talentiertesten gehalten und geglaubt, dass wir ihn nur bremsen würden. Aber in erster Linie wollte er einfach kein Vater sein. Es mache ihm so keinen Spaß mehr, hat er gemeint. Also bin ich Amme geworden und habe versucht, gleichzeitig da und dort weiterhin aufzutreten und zu singen. Doch dann wurde der Zustand meines Vaters immer schlimmer. Er vergaß Dinge bei der Arbeit, und manchmal vergaß er sogar, wo sein Arbeitsplatz war, sodass er seine Stelle verlor. Weißt du, was man als Amme verdient?«

»Nicht viel.«

»Nicht viel«, bestätigt sie verbittert. »Die einzigen halbwegs anständig bezahlten Anstellungen gibt es bei reichen Leuten, die wollen, dass man bei ihnen zu Hause wohnt und ihnen rund um die Uhr in allem zur Verfügung steht. Ich konnte so eine Stellung nicht annehmen, wenn ich mich gleichzeitig um meine Geschwister, meinen Vater und meine Tochter kümmern wollte. Ich habe alles versucht. Ich bin in einigen Bordellen als Amme eingesprungen, für Mütter, die eine Erholungspause brauchten oder die Probleme beim Stillen hatten oder Kunden begleiteten, die für ihre Arbeit auf Reisen gehen mussten. Bei einer solchen Reise wurde Momma K auf mich aufmerksam, und es stellte sich heraus, dass es ein paar hohe Herren gibt, die gut dafür zahlen, wenn sie …«

»… mit anderen Dingen als Musik verwöhnt werden«, beende ich ihren Satz. Also hat sie mich angelogen. Mir ist ja bereits klar gewesen, dass sie mit ein oder zwei Auftritten im Monat keinen Monatslohn würde zusammenkratzen können, wenn sie einfach nur Musik macht.

Sie sieht auf ihre Hände hinunter. »Ich muss für diese Arbeit Milch in der Brust haben, und sie löst all meine Geldprobleme in nur ein paar Tagen pro Monat, was macht es also groß, wenn ich sie nicht ausstehen kann? Jeder hasst seine Arbeit, oder? Aber wenn ich meine Arbeit bei dieser Mission gut mache, sagt Momma K, kann ich mit alledem aufhören und eine höhere Stellung in ihrer Organisation übernehmen. Sie meint, ich hätte Potenzial. Vielleicht kann ich noch höher hinauf, sobald meine Tochter alt genug ist, dass ich öfter von zu Hause weg sein kann.«

Sie sieht mich an, als wolle sie mich dazu herausfordern, sie für ihr Tun zu verurteilen.

»Das war es also?«, sage ich. Das war der Grund für die Feuchtigkeit an meinen Fingern heute Morgen: Muttermilch. »Du hast uns deshalb aufgehalten und dich heimlich davongeschlichen, damit du dich mit der Hand … melken konntest?«

»Sie mit der Hand auspressen. Ja.«

»Na, dann lass es von jetzt an sein. Mach es, während wir reiten.«

»Während wir reiten?«

»Wir können es uns nicht leisten, so oft anzuhalten.«

»Aber, aber … Na gut, mal abgesehen von der anzuwendenden Technik …«, setzt Phaena an, als habe sie sich da in etwas hineingesteigert und wisse jetzt nicht mehr, was sie mit ihrer geballten Energie anfangen soll. »Das ist alles? Mehr hast du nicht zu sagen?«

»Nein, es ist noch nicht alles. Wie heißt deine Tochter?«

Sie wirkt überrascht, dass ich das frage. »Sie heißt … sie heißt Istarah.«

»Hübsch. Wie alt ist sie?«

Sie presst den Mund zu einem dünnen Strich zusammen, und ihre Augen füllen sich mit Tränen. »Vier. Sie ist … mein Ein und Alles. Ich vermisse sie so sehr.«

»Da bin ich mir sicher. Phaena?«

»Ja?«, fragt sie ganz leise.

»Lüg mich nie wieder an. Es könnte beim nächsten Mal von entscheidender Bedeutung sein.«

Wir schweigen, als wir zusammen zu Bett gehen, jeder in seinen eigenen Mantel gehüllt, wenngleich wir uns eine dünne Decke teilen. Ich tue so, als würde ich schlafen, und sie tut so, als würde sie glauben, dass ich schlafe, während sie mir den Rücken zukehrt und weint.

Elene hat manchmal auch so geweint. Einmal, nachdem ich irgendetwas Dummes und Egoistisches getan hatte und ich der Meinung war, sie würde wegen mir weinen, musste Elene mich aufklären, indem sie sagte: »Ich weine nicht wegen dir, du großer dummer Einfaltspinsel. Ich weine wegen der ganzen Welt.«

Damals hat mir das nicht eingeleuchtet, aber jetzt, in einer kalten Nacht und trotz des Körpers neben mir nicht richtig gewärmt, mit der Schönheit der Sterne über mir, deren Strahlen bis zu mir herabreichen, aber meine geschlossenen Augen nicht wirklich berühren können, scheint es mir durchaus sinnvoll.

Ich muss an Logan und Jenine denken, die inzwischen bestimmt schon wieder auf dem Heimweg sind. Vielleicht haben sie gerade heute die Nachricht erhalten, wie sehr ich ihre Erwartungen enttäuscht habe; dass ihnen ihre Kinder geraubt wurden, dass die Zukunft, die sie sich für ihre Familie ausgemalt haben, zerstört worden ist. Ich denke auch an Momma K, wie sie versucht, dieses neue, noch in den Kinderschuhen steckende Königreich zusammenzuhalten, während auf allen Seiten Mächte bestrebt sind, ihm die Luft zum Atmen zu nehmen. Ich stelle mir vor, wie sie sich nach einem weiteren langen Tag in ihre Gemächer zurückzieht, während kein Durzo dort auf sie wartet. Ich denke an Graf Drake und an seine Frau und seine Töchter, die niemals wieder nach Hause kommen werden. Ich würde ja sagen, ich denke auch an Elene, aber es kommt ohnehin nie vor, dass ich nicht an Elene denke. Jetzt jedoch denke ich einen Moment lang an das Kind, das wir hätten bekommen sollen. Ich denke an Phaenas Mann, wie er sich aus dem Staub macht und seine Frau und sein Kind mittellos sitzen lässt, weil es ihm keinen *Spaß* macht, sich um einen Säugling zu kümmern.

Phaena weint, und ich spüre jedes Echo in den Hohlräumen meiner Brust. In dieser Welt gilt es alles zu beklagen.

Ich wünschte, ich könnte auch darüber weinen. Ich wünschte, ich könnte mich wieder so menschlich fühlen.

Kapitel 36

Hinein ins Auge von Sturmfest

»Das hier ist in vielerlei Hinsicht eine echte Dummheit«, erklärt Phaena, während sie fortfährt, unseren großen Hengst am Geländer vor dem Gasthaus zu striegeln.

»Dessen bin ich mir bewusst.«

»Für mich eigentlich in jeder erdenklichen Hinsicht, Kylar.«

»Ja«, pflichte ich ihr bei und reiche ihr eine Karotte. Der große Hengst mag Phaena sowieso mehr als mich.

»Wir sollten es nicht tun. Es ist, wie den Blauen ein großes Schild hinzustellen, zum Zeichen, dass wir hier sind.«

»Da hast du völlig recht.«

»Ist dir der Erfolg unserer Mission denn völlig egal?«, will sie wissen. »Mir ist er nämlich nicht egal!«

»Jetzt geh und mach, was ich dir gesagt habe, sonst erledige ich es selbst.« Wir wissen beide, wenn ich die Sache in die Hand nehme, wird alles nur noch viel schlimmer.

Phaena wirft mir die Bürste mit mehr Kraft als nötig zu. »Also gut!«

»Vergiss nicht, ihnen von der Falle zu erzählen!«, rufe ich ihr mit meiner freundlichsten Stimme hinterher, als sie die Eingangstür des ersten Gasthauses ansteuert, auf das man in den Dörfern rund um die Stadt Sturmfest stößt.

Sie antwortet mit jenem Ein-Finger-Gruß, den ich auch verdiene. Wenn wir das Pferd hier abstellen, ist praktisch garantiert, dass die Blauen, die uns verfolgen, es finden. Aber das ist auch der Sinn der Sache. Es hat uns gute Dienste geleistet und es verdient, wieder zu ihnen zurückzukehren.

Ich bin kein Dieb.

Nicht, wenn ich es vermeiden kann.

Ich habe die Satteltaschen mit dem magischen Geschirr der Blauen und allem anderen gefüllt und das Ganze mit einer Falle versehen. Hoffentlich glaubt der Gastwirt Phaena, wenn sie ihm versichert, dass die Falle Diebe abschrecken soll. Und hoffentlich gibt der Gastwirt die Existenz der Falle an die Magier weiter, die zweifellos sehr darauf erpicht sein dürften, ihr speziell dressiertes Pferd und seine magische Ausrüstung zurückzubekommen.

In Wirklichkeit besteht die Falle lediglich aus einer Stinkbombe, die jeden in Panik versetzen soll, der allzu neugierig wird, ehe die Magier ihr Eigentum zurückfordern können.

Phaenas Abwesenheit gibt mir einen Moment Zeit, um die Stadt in Augenschein zu nehmen. Nach der mit Trockenwäldern durchsetzten Hochlandwüste, durch die wir seit Verlassen von Tover gereist sind, wird das Land hier reichlich seltsam. Sturm fest ist das Tor zu den Sommerinseln, den Vergnügungsinseln, auf denen alle Edelleute von Alitaera für ein oder zwei Monate Urlaub machen, bevor Kaiserin Caelestia ihren Hof von Skone nach Borami verlegt. Am Rain, dem im Norden oberhalb der Stadt gelegenen Gebiet, wo wir uns jetzt befinden, gibt es verstreut einige noch relativ normale Wüstenorte, allerdings mit vielen Gasthäusern, um dem jährlichen Besucheransturm zum Fest des Windes gerecht zu werden, das gerade stattfindet, oder um zumindest jene Besucher zu beherbergen, die es sich nicht leisten können, näher an der Küste abzusteigen. Hier oben dominieren niedrige und runde Gebäude.

Das Land fällt dann zu dem großen Felsen hin ab, in den die Burg Sturmfest am Meeresufer hineingebaut ist. Und auf dessen anderer Seite – von hier aus nicht zu sehen, aber ich habe davon gehört – liegt das riesige kaiserliche Sturmschiff vor Anker.

Die Armee des Reiches von Alitaera wird manchmal mit einem großen Sturm verglichen, doch erst jetzt verstehe ich, warum ein bloßer Sturm einen so tiefen Eindruck im Gemüt dieses Volkes hinterlassen kann. Der alljährliche Große Sturm hat das ganze Land selbst umgestaltet, vom Rain, wo ich jetzt stehe, bis hinunter zum Meer. Statt von Erde bedeckt zu sein, besteht der Boden aus glatt gescheuertem Granit mit roten und blauen Einsprengseln und ist von weiß schimmerndem Quarz durchsetzt, und in den Fels sind durch die Wucht des Sturms und des von ihm über den Stein geblasenen Sandes glatte Rillen, Wirbel und Spiralen gefräst worden. Feiner roter Staub oder Sand füllt derzeit etliche dieser Rillen aus und bildet Verwehungen um alles herum, was allzu weit aus dem Fels herausragt, aber die Schicht scheint nicht hinreichend von Dauer zu sein, um die Bezeichnung Erdgrund zu verdienen.

Der zum Meer hin abfallende Felsen ist mit Zelten und Pavillons übersät. Allerdings sieht es ganz danach aus, als würden viele von ihnen schon wieder abgebaut werden, denn der Große Sturm kommt in drei Tagen. Bereits jetzt weht ein unheimlich stetiger Wind direkt aus dem Osten, der erste Vorbote des Sturms, doch er ist derzeit noch relativ schwach, sodass er keinen Schmutz aufwirbelt.

Zwei gewaltige dunkle Linien, wie von Krallen gerissene parallele Furchen, schneiden sich in der Nähe der Burg tief durch den

Stein hindurch, aber ich kann von hier aus nicht erkennen, worum es sich dabei handelt. Der uns näher gelegene Strich scheint regelrecht zu *rauchen*, aber das könnte auch der Staub in der Luft sein.

Noch mehr Aufmerksamkeit ziehen die Paläste auf sich, die wie blühende Blumen an den Felsen auf der anderen Seite der beiden tiefen Furchen hängen. Es sind luxuriöse Gebäude aus weißem und rotem Stein, mit dekorativen Ziegeln und Dächern aus gehämmertem Gold und poliertem Kupfer, aber vor allem wuchert dort üppiges Grün. Auf den nackten Felsen dieser vom Wüstensturm gepeitschten Ebene sind Gärten der denkbar deutlichste Ausweis von Reichtum, und wie überall versucht auch hier Nachbar mit Nachbar zu konkurrieren, Rebranken und Blumen in allen Farben ergießen sich prachtvoll über die Mauern.

Angesichts der großen Zahl von Palästen ist es seltsam, dass es nicht auch eine entsprechend große Stadt gibt. Eigentlich ist da gar keine Stadt. Zwischen den verschiedenen Basarvierteln führen Wege in alle erdenklichen Richtungen, und eine goldene Straße, auf der es im Moment von Festbesuchern wimmelt, geht schnurgerade zur Burg hinauf, doch es sind keine Wohnhäuser zu sehen. Müssen alle, die hier arbeiten, jeden Tag erst eine Meile oder mehr in jenen felsigen Kessel hinunter- und dann wieder hinaufsteigen?

Wie soll das gehen? Und darüber hinaus, wie ist das hier alles überhaupt möglich?

Mir erscheint Alitaera wie einer dieser gefährlich geneigt in die Lüfte ragenden Felsblöcke in der Wildnis: Jeder Reisende starrt ihn an und ist sich sicher, dass dieser Fels jeden Tag umkippen kann, ohne zu wissen, dass der eigene Ururgroßvater ein Jahrhundert zuvor denselben Weg entlanggekommen ist und dasselbe gedacht hat. Eigentlich ist Alitaera zu groß, um nicht auseinanderzufallen, aber mit seinen zwei Hauptstädten, den einzigartigen Straßen und dem zwischen den Hauptstädten wechselnden Hof sowie viel Magie, Macht und Geld ist es dem Land nun schon seit Jahrhunderten irgendwie gelungen zu bestehen.

Ich blicke zur Burg in der Ferne hinüber, kann aber eigentlich nicht viel von ihr sehen. Wie sollen wir da reinkommen?

Das ist die Art von Herausforderung, die zu meistern vielleicht nicht so schwer gewesen wäre, wenn ich schon vor einer Woche hier angekommen wäre.

Was – zugegeben – genau der Zeitpunkt war, zu dem Momma K versucht hat, mich hierher zu entsenden.

Ich verziehe das Gesicht. Es muss Armbänder in mindestens der Hälfte der Paläste da unten geben. In einem von ihnen sind die Sicherheitsvorkehrungen ganz bestimmt lasch. Aber ich verfüge nicht über die nötigen Informationen, um zu wissen, in welchem ich es versuchen sollte. Wenn ich mir den falschen Palast vornehme, mache ich die besten Kräfte des Reiches von Alitaera auf die Anwesenheit eines Profis aufmerksam – und angesichts der Geschichte ihres Imperiums wissen sie, wie sie sich gegen Blutjungen, Fassadenkletterer, Betrüger und ergrimmte Möchtegernmeuchler aus allen möglichen abtrünnigen Stämmen und ethnischen Gruppen zu verteidigen haben.

Teufel auch, was ist, wenn ich es ins Innere schaffe und der Kompass dann kaputt ist? Was, wenn ich nicht herausfinden kann, wie man ihn bedient? Kann ich es wagen, einen Magier um Rat zu fragen und so zu versuchen, die Kräfte des Kompasses zu nutzen, um die Zwillinge sofort selbst zu finden, oder sollen wir zuerst den ganzen langen Weg zurück nach Elenea machen?

Ich muss irgendeinen magischen Schnickschnack auftreiben, nur damit ich einen anderen magischen Schnickschnack stehlen kann. Habe ich dir eigentlich schon mal gesagt, wie sehr ich magischen Schnickschnack hasse?

~Wie bitte?~

Schnickschnack. Hat dieses Wort für dich plötzlich auch alle Bedeutung verloren, so wie es mir gerade geht? Schnickschnack. Schnickschnack.

Eine unmögliche Aufgabe, hat Momma K gesagt. Wie gut, dass ich ihr so viel dafür in Rechnung gestellt habe. Bis jetzt habe ich mir eine ganze Magierschule, zu der auch die besten Krieger der Welt gehören, zu unversöhnlichen Feinden gemacht, aber auf der positiven Seite steht immerhin ... Nein, eigentlich glaube ich nicht, dass ich überhaupt etwas Brauchbares aus Tover mitgenommen habe. Nur meine Verfolger.

Ich höre das Geräusch von vertrauten Schritten. Phaena tritt an meine Seite.

Sie spitzt bewundernd die Lippen. »Das erste Mal hier?«

Ich gebe ein bestätigendes Brummen von mir.

»Ich auch«, sagt sie. »Allerdings hat die Herzogin eigens eine Frau von hier angeheuert, um mir alles zu erzählen, woran sie sich erinnern konnte oder was mir zu fragen einfiel. Ich habe uns einen Tilbury und einen Passierschein besorgt. Sollen wir uns bei der Fahrt weiter unterhalten? Was willst du alles wissen?«

»Einen Tilbury? Einen Passierschein?«

»Einen Passierschein, damit wir mit unserem Gefährt die Via Aurius hinauffahren können. Kostet ein Vermögen. Wir könnten auch zu Fuß gehen, aber ich habe mir überlegt, dass du vielleicht besorgt bist, dass unsere Freunde in Blau uns einholen könnten. Tilbury-Wagen haben Vorhänge.«

Ich folge ihrem Blick zu dem Wagen und frage: »Benötigen sie für gewöhnlich nicht auch ein Pferd zum Ziehen?«

»Es gibt hier Vorschriften darüber, wer und was sich wo hinbegeben darf. Das ist der schnellste Weg, um an unser Ziel zu kommen, ohne viel Aufmerksamkeit auf uns zu lenken.«

Der Tilbury ist ein einfaches, sehr kleines Gefährt. Er hat zwei Räder und wird von einem einzelnen Mann gezogen, und die vorrangige Annehmlichkeit dieses Wagens besteht darin, dass das breite Dach und die dünnen Vorhänge seine eng zusammengedrückt dasitzenden Insassen in schützende Schatten tauchen. Oder eigentlich, nach dem verdrießlichen Gesichtsausdruck des ziehenden Mannes zu urteilen, *den* Insassen, Einzahl. Aber er mustert uns abschätzend, entscheidet, dass wir klein genug sind, und schon bald machen wir uns auf den Weg.

»Unseren ersten Halt wollen wir einlegen, um dir annehmbare Kleidung zu besorgen«, eröffnet mir Phaena.

»Ich finde meine Kleidung voll und ganz annehmbar.«

»Schön für dich.« Phaena findet einen Fächer und fängt an, uns Luft zuzuwedeln, während wir vorwärtsrattern, und dabei kühlt sie uns beide, weil wir so eng aneinandergepresst dasitzen, dass uns die gleiche Körperwärme umhüllt.

Würde die Sonne nicht so unerbittlich vom Himmel brennen, wäre es trotz der Entscheidungen, die ich getroffen habe, eine wunderbare, verführerische Ablenkung, eng an diese Frau gedrückt zu sein. Unter den gegebenen Umständen ist es jedoch vorwiegend schweißig-heiß und stickig. Außerdem hat es etwas sehr Peinlich-Unangenehmes, sich mit jemandem zu unterhalten, dem man so nahe ist, dass sich der Atem vermischt. Blickkontakt aus nur einer Handbreit Distanz ist viel zu intensiv für ein normales Gespräch.

»Um deine Frage zu beantworten«, beginne ich und wende den Blick ab, »ich habe von dem Großen Sturm gehört. Oder heißt es Stürmen? Wie auch immer. Ansonsten weiß ich nur von dem, was ich hier sehen kann. Ich würde mich lieber darüber unterhalten, wie wir planen wollen, uns unsere …« Ich werfe einen Blick zu dem Mann, der den Tilbury zieht, und obwohl er weit genug weg zu sein scheint, um uns nicht hören zu können, sage ich: »... Eintrittskarte zu sichern.« Ich klopfe mir auf das Handgelenk.

»Ich weiß«, antwortet sie. »Ich werde mich hier mit ein paar Vermittlern treffen.«

»Sa'kagé?«, hake ich mit leiser Stimme nach.

»Das Gleiche habe ich auch gefragt«, sagt sie. »Offenbar ist das eine komplizierte Frage. Ich soll ein weiteres Paket abholen, aber für den Fall, dass alles den Bach runtergeht, hat mir die Chefin die Erlaubnis gegeben, mit einem entzückenden Hiesigen zu verhandeln, der als ›Der Knipser‹ bekannt ist. Und ich glaube, wir können mit Fug und Recht sagen, dass alles den Bach runtergegangen ist.«

»Die Sache wird ja immer schöner«, erwidere ich.

»Ich weiß, ich freue mich auch nicht gerade darauf, mich ...« Phaena erstarrt und schaut an mir vorbei. »Kylar, jetzt nicht den Kopf wenden.« Sie schielt in die Ferne. Als sie wieder spricht, bewegt sie kaum die Lippen und zischt leise: »Blaumagier. Auf einem Pferd. Wir werden ihn direkt passieren.«

Sie greift nach den Bändern, die den hochgewickelten Vorhang am Rahmen des Tilburys festhalten. Frische Luft zu bekommen, war schön, aber am Leben zu bleiben, wäre noch schöner. Ich greife nach dem Vorhang auf meiner Seite und lasse ihn ebenfalls herab.

Sie rollen beide gleichzeitig herunter – und stellen sich als die größten Tücher aus schlecht geklöppelter Spitze heraus, die ich je gesehen habe. Völlig unbrauchbar, um uns zu verbergen.

Unsere Blicke treffen sich. Phaena wirkt ängstlich. Ich sage: »Ich kann ...«

»Nein. Sie wissen, wie du aussiehst«, entgegnet sie, öffnet ihren Pferdeschwanz und schüttelt ihre großen schwarzen Locken auf. »Aber mich werden sie nicht erkennen.«

Dann sind ihre Lippen auf meinen, und sie rollt sich halb auf mich, legt ihre Hand auf mein Gesicht, um so viel wie möglich von mir zu verbergen.

Einen Moment lang reagiere ich nicht. Kann es nicht.

Dann, einen Moment später, erwidere ich den Kuss eher unbeteiligt, um den Schein zu wahren, denke an den Magier und hecke einen Plan aus, was ich bei seinem ersten Schrei tun werde: Phaena zur Seite rollen, mich mithilfe meines magischen Talents aus dem Wagen stürzen, den Ka'kari über mich ziehen, um …

Doch dann entgleite ich irgendwie dem Fluss der Zeit. Die Weichheit von Phaenas Lippen, die Einladung ihrer Zunge, wie sie mir sanft und verspielt über die Lippen streicht. Die Beharrlichkeit ihrer Hand auf meinem Gesicht, wie sie mich an sich zieht. Alles, was an ihr nachgiebig und einladend ist, lässt meine eisenbewehrten Festungsmauern rostig und brüchig erscheinen, und ohne es zu wollen, vertraue ich ihr einfach. Etwas in mir zerbricht.

Eine Stimme in mir schreit: *Jetzt ist nicht der Zeitpunkt dafür! Wir sind in Gefahr, Kylar!*

Ich komme mir vor, als stünde ich schwankend über einem Abgrund, mir meiner Umgebung aufs Schärfste bewusst, gespannt auch die kleinste Veränderung in der Luft registrierend, die vor einer möglichen Gefahr warnt – während ich zugleich das Bewusstsein für die Außenwelt verliere und sich meine Aufmerksamkeit nur noch nach innen richtet. Die Hydra ist erwacht und dringt mit Gebrüll an die Oberfläche. Plötzlich bin ich nur noch fürchterliches Verlangen. Schrecklicher Hunger. Entsetzliche, unstillbare, weidwunde Sehnsucht …

Phaena stöhnt auf, als ich sie fest an mich drücke, aber es klingt nicht nach der richtigen Art Stöhnen.

Es ist Schmerz. Ich reiße die Augen auf und erstarre, weiß nicht mehr, wie lange wir uns schon so küssen. Ich mustere Phaenas Gesicht.

»Gut, das bestätigt zwei Punkte«, sagt sie atemlos. Dann gibt sie ein unterdrücktes schmerzhaftes Wimmern von sich, als sie sich von mir löst. Aber da ist jetzt keine Angst mehr in ihr. Die Gefahr ist eindeutig vorüber.

»Wie bit…? Welche zwei Punkte denn?«, frage ich und bemühe mich, meine Stimme ruhig und gelassen zu halten, im Ringen, meine verlorene Würde wiederzuerlangen.

»Mir tut vom Reiten immer noch alles weh, und meine Sicht ist auf die Ferne immer noch schrecklich schlecht.«

»Deine Sicht?«

»Das, ähm, das war doch kein Blaumagier«, bekennt sie verdrossen. »Nur eine große Frau mit einem blauen Umhang. Tut mir leid.«

Sie klingt nicht, als täte es ihr sonderlich leid.

»Was? Du weißt aber schon, dass ich womöglich …«

»Ich weiß. Das mag ich an dir.« Da ist ein Funkeln in ihren Augen.

Frustriert stoße ich tief die Luft aus.

»Du kannst, äh, jetzt deine Hand von meinem Hintern nehmen«, erklärt sie.

»Kann ich? Wie nett«, antworte ich. Stattdessen drücke ich zu. Ganz fest.

Sie schreit vor Schmerz und gespielter Empörung auf, dann senkt sie die Stimme und schlägt meine Hand weg, als sich der Mann, der uns zieht, zu uns umdreht, um sich zu vergewissern, dass auch alles in Ordnung ist. »Schon gut, schon gut, ich hab's ja verdient! Aber warum bist *du* eigentlich nicht ebenso wund gescheuert?«

»Oh, das bin ich«, erwidere ich. »Sehr wund. Ich kann mich kaum rühren.«

»Lügner«, sagt sie.

Anfangs war ich davon ausgegangen, abzuwechseln, wer die Steigbügel verwenden darf, um die Erschütterungen durch den unglaublichen Galopp des Hengstes abzufedern. Aber es wurde sofort klar, dass Phaena das Schlimmste abbekam, und so haben wir ihr die zusätzlichen blauen Bänder zur Gewichtsreduzierung als Gürtel um die Taille gewickelt. Die Magie dieser dünnen Riemen war bereits nach dem ersten Tag aufgebraucht, während die für das Pferdegeschirr etwas länger hielt. Mir ist bewusst geworden, welch große Vorteile meine schnelle Heilung im Schlaf mit sich bringt, also habe ich sie über die gesamte restliche Zeit der Reise hinweg die Steigbügel nehmen lassen. Allerdings sind wir beide keine geübten Reiter, und tagelang auf einem galoppierenden Pferd zu sitzen, würde ausnahmslos jedem gewaltig zusetzen.

Leider ist da bei mir irgendetwas nicht völlig in Ordnung, und ich kann nicht mehr so aberwitzig schnell heilen wie am Schwarzen Hügel. Ich habe Durzo nach der Schlacht gebeten, mir mehr über die ganze Sache beizubringen. Er hatte mir schließlich immer wieder gesagt, dass er mir noch jede Menge beibringen müsse, sobald mein magisches Talent endlich vollends erwacht sei – aber dann hat er so einen seltsamen Gesichtsausdruck bekommen und mich vertröstet, sodass er mich bis zu unserem Streit kaum noch irgendetwas Neues gelehrt hat. Und dann ist er verschwunden. Vielen Dank auch, Meister!

Wir halten an zwei der vielen Geschäfte zwischen all den Zelten und Pavillons, die sich zu beiden Seiten an der goldenen Straße reihen. Die größeren Läden sind dauerhaft, entweder direkt in den Fels gehauen oder hinter ihren Schaufenstern in niedrigen Steingebäuden mit Kuppeldächern untergebracht. Wie der bunte Kopf einer Schildkröte strecken sich von jedem Geschäft lange Banner und Fahnen in kräftigen Farben zur Straße hin, und darüber sind helle Tücher aufgespannt, die entlang der goldenen Straße Schatten spenden.

Wie sich herausstellt, ist die goldene Straße nicht aus Gold, sondern nur aus gelb gefärbtem Felsgestein, was zugleich enttäuschend und eine Erleichterung ist. So reich sind nicht einmal die Bewohner von Alitaera.

Im ersten dieser Läden ersteht Phaena so schnell wie möglich »annehmbare« Kleidung für mich. Die Fußgänger und die Geschäfte entlang der Straße könnten genauso auch die reicheren Viertel jeder anderen weltoffenen Stadt schmücken. Ich sehe Menschen alles Mögliche an Kleidung tragen – und es verkaufen –, von modainischen Togen und Hosen über Seidenkleider aus Ladesh bis hin zu friakischen Ledersachen, aber die meisten Einheimischen tragen leuchtend bunte ärmellose Baumwolltuniken über geschlitzten weiten Pluderhosen, und die Frauen tragen zusätzlich Spitzentücher oder Seidenumhänge, die mit großen Broschen zusammengehalten werden, über den Schultern. Hüte sind selten und klein, oder sie werden unter dem Kinn von einer Schnur festgehalten, um vom ständigen Wind nicht fortgeblasen zu werden, doch tragen manche auch lange, baumelnde Schleier aus dünnem Tuch oder klimpernde Goldketten zur Schau. Religiöser Schmuck und Amulette sind weitverbreitet.

Nach dem Buchstaben des Gesetzes hängt das alitaerische Reich einer Sekte des einen Gottes von Graf Drake an, aber tatsächlich sehe ich Läden, deren Waren vielen der hundert Götter gewidmet sind, mit Männern und Frauen, die offensichtlich Priester und Priesterinnen sind und die Schalen, Schreine und Räuchergefäße verkaufen. An einem diese Geschäfte ist ein

Schild angebracht, das vermerkt, dass diese Gegenstände ausschließlich als Kunstwerke feilgeboten werden.

»Sollst du die Anweisungen der Chefin in diesem Laden hier abholen?«, will ich von Phaena wissen.

Sie schüttelt den Kopf. »Erst im nächsten. Vielleicht.« Sie wirkt nervös.

»Willst du, dass ich …?«

»Nein. Bitte lass es.«

Unvermittelt klappern die Räder des Tilburys über eine veränderte Oberfläche. Plötzlich sind da keine Schatten spendenden Fahnen mehr über uns aufgehängt, und es gibt auch keine Geschäfte mehr auf beiden Seiten. Ich setze mich aufrecht hin und stelle fest, dass wir eine niedrige Brücke überqueren, die über einen der großen Einschnitte führt, die ich vom Rain aus gesehen habe.

»Das muss die Tiefstadt sein«, sagt Phaena. »Das heißt, ich glaube, sie sagen einfach Tiefe dazu.«

Ich habe mich ja schon gefragt, wo all die Einheimischen leben. Hier habe ich nun meine Antwort. In die Wände der tiefen Schlucht unter uns ist eine ganze Stadt gegraben. Oder vielleicht sollte ich besser sagen, ein riesiges Elendsviertel. Es gibt noch Überreste schöner Gebäude, vor allem in der Nähe der Oberfläche; überall erstrecken sich Holzstege und Seilbrücken von Wand zu Wand, viele davon in schlechtem Zustand, einige hängen auf der einen oder der anderen Seite herab, und an den wenigen offenen Stellen drängen sich Massen von Menschen. Der Gestank, der mich an das Labyrinth der Vorstadt erinnert, in dem ich aufgewachsen bin, allerdings mit einem Zusatzaroma von verfaulten Eiern und Schwefel, dringt bis zu uns hoch darüber hinauf, dazu auch eine beträchtliche Menge Dunst, der sich teils aus Dampf, teils aus dem Rauch von brennendem Holz zusammensetzt. Aus meinem Blickwinkel kann ich nicht sehen, wie tief es hinabgeht.

Phaena erzählt mir: »Als vor Jahrhunderten der Große Sturm eingesetzt hat, hat er die gesamte Bodenkrume bis zum nackten Fels weggefegt, aber hier fanden die Menschen diese beiden großen Bodenschichten aus Sandstein. Die Steinmetze und Magi, die die Burg Sturmfest erbaut haben, gruben sich hier in den Untergrund, um sich ein sicheres Zuhause zu schaffen; schon bald jedoch begann der Wind, auch den Sandstein immer tiefer wegzuschürfen.«

»Wie weit geht es hinunter?«, erkundige ich mich. »Es sieht so aus, als würde es … Geht es bis unter den Meeresspiegel?« Der Gedanke erfüllt mich mit Grauen. Das Meer ist nicht sonderlich weit entfernt.

»Noch bis tief unter ihn. Die Bewohner von Tiefe haben in jede Richtung ihre eigenen Tunnel in den Sandstein gegraben, meist ohne sich irgendwelche Gedanken um Abwasser, Belüftung oder Abstützungen für die Höhlendecken zu machen. Dass Stollen einstürzen, ist keine Seltenheit. Die Frau von hier, die mich unterrichtet hat, hat gemeint, dass dort unten jeder weiß, dass eines Tages irgendjemand die falsche Wand zu sehr schwächen wird, sodass das Meer hereinbricht und die Hälfte von ihnen ertrinkt.«

Ich habe nicht vor, diese Leute für verrückt zu erklären. Ich frage auch nicht, warum sie dort unten wohnen bleiben, da sie doch auch eine Meile weiter hinauf auf den Rain ziehen könnten. Wer so arm ist, plant nicht für die Katastrophen, die vielleicht eines Tages eintreten mögen; das Heute hält ohnehin schon so viele Katastrophen parat, dass man es gar nicht wagt, auch an diejenigen von morgen zu denken. Wer das tut, wird nur verzweifeln und sterben.

»Ich hoffe doch sehr, dass das hier der Höllenschlund ist«, lässt mich Phaena wissen. »Denn wenn die andere Schlucht noch schlimmer ist …«

Mit einem letzten Rattern ist der Tilbury wieder zurück auf der ebenen Straße, und die Brücke liegt hinter uns. Während wir zwischen den beiden Schluchten dahinfahren, sagt für eine geschlagene Minute keiner von uns ein Wort. Ich schließe die Augen.

»Woran denkst du?«, fragt Phaena.

»An unseren Auftrag«, lüge ich.

Erneutes Klappern verkündet, dass wir die zweite Schlucht überqueren. Hier gibt es keinen Gestank, nur glänzende Häuser, schöne, in die Wände gehauene Bauwerke, Windfänger zur Belüftung, die magisch angetrieben herumwirbeln, Baugerüste für neue Gebäude, hoch aufragende Brücken, saubere Straßen, viele helle Lampen. Menschen in den leuchtenden Farben sauberer, neuer Kleidung.

Irgendetwas an all dem lastet schwer auf meinem Gemüt, erdrückend wie die Erinnerungen an meine Kindheit. Alles an dieser Stadt ist anders als in Cenaria, trotzdem zeugt sie von genau der gleichen menschlichen Abscheulichkeit.

»Also«, sage ich mit belegter Stimme, »auf der einen Seite glänzende Paläste und auf der anderen ein erbärmliches, stinkendes Labyrinth voller Elend jeder Art. Großartig! Wie kommt es nur, dass ich nichts über unseren Auftrag weiß und trotzdem darauf wetten könnte, wo ich die meiste Zeit verbringen werde?«

Wenige Minuten später halten wir vor einem anderen Laden; bevor wir hineingehen, sage ich: »He, Phaena, ich würde mich gerne bei dir dafür entschuldigen, was da … vorhin passiert ist.«

»Für den Kuss?«, fragt sie und zieht die Augenbrauen zusammen.

»Die … Leidenschaft, mit der ich mich ihm hingegeben habe. Es wird da, äh, es wird da nichts zwischen uns geben. Ich kann mir keine Ablenkungen erlauben. Sonst mache ich Fehler. Das geht einfach nicht.«

Sie wirkt ein wenig vor den Kopf gestoßen. »Hat das etwas mit …?«

»Es hat allein mit mir zu tun.« Alles, was ich noch hinzufügen könnte, würde die Sache nur noch schlimmer machen.

»In Ordnung«, antwortet sie. »Danke, dass du das klargestellt hast.« Sie lächelt kurz, doch es scheint nicht von Herzen zu kommen, und dann geht sie in den Laden hinein.

Es scheint sich um eine Schneiderei und ein Kurzwarengeschäft zu handeln. Zwei Frauen führen uns ins Innere. Unter dem Kuppeldach des Gebäudes ist es zauberhaft kühl – wenn ich so darüber nachdenke, ist dabei wahrscheinlich tatsächlich ein magischer Zauber im Spiel. Sie fangen sofort an, Phaena auszuziehen, wobei sie viel Aufhebens darum machen, wie sehr sie sich freuen, ein so wunderbares Objekt zum Ausüben ihrer Kunst vor sich zu haben.

Ich sehe, wie sie versucht, sie abzuwehren. »Das müsst ihr mir doch sicher nicht auch noch ausziehen?«, fragt sie, als sie ihr die Unterwäsche aufschnüren, aber ich wende den Blick ab. Mich an ihrer Verlegenheit zu ergötzen oder gar sie heimlich beim Ausziehen zu beobachten, schiene mir alles, was ich gerade gesagt habe, Lügen zu strafen.

Warum kann ich auch meine dumme Klappe nicht halten?

Doch es ist völlig richtig gewesen. Eine wunderschöne Ablenkung ist für mich die schlimmste Ablenkung.

Die beiden Ladeninhaberinnen legen die für gewisse Geschäftsleute typische rechthaberische Art an den Tag, der man sich unmöglich entziehen kann. Phaena unterwirft sich ihnen unrettbar und lacht, während ich meine Hände begutachte.

Schon drängen sie die beiden in ein Hinterzimmer, wo sie von Dienerinnen gebadet wird, während sie sich munter darüber zanken, wie sie sie am besten anziehen könnten, die Hälfte davon in einer Fachterminologie, der ich nicht einmal ansatzweise folgen kann.

»Jetzt Ihr«, wendet sich die Schneiderin schließlich an mich, mit deutlich weniger Eifer in der Stimme. »Zieht Euch aus.«

»Ich habe schon Kleidung. Ich bin versorgt.«

Sie verschränkt die Arme vor der Brust. »Ausziehen.«

Die beiden machen keinerlei Anstalten, mir beim Ausziehen zu helfen. Und sobald ich nackt bin, machen sie auch keinerlei Anstalten, meine Maße zu nehmen. Die Schneiderin rümpft die Nase. »Nehmt erst mal ein Bad.«

Sie geben mir weder ein Gewand, noch lassen sie mir auch nur einen Hauch von Würde. Ich muss nackt zurück in den Baderaum gehen, wo von Phaena nur ihr Kopf über dem Wannenrand zu sehen ist. Angesichts meines Unbehagens legt sich ein diebisches Grinsen über ihre Lippen, und sie kommt gar nicht erst auf die Idee, den Blick abzuwenden.

Sie ist wirklich großartig, aber es ist nur Schwäche, die mich wünschen lässt, dass sie mir ihre Aufmerksamkeit schenkt. Ich kann nicht einmal recht sagen, ob ich mich für sie interessiere oder einfach nur einsam bin. Kann ein einsamer Mann mit einer attraktiven Frau einfach nur befreundet sein und nichts weiter? Kann er das sein, wenn sie ganz klar offen für mehr ist?

Ich werde sie vermutlich nur verletzen, und zwar umso mehr, je näher ich sie an mich heranlasse.

In den nächsten paar Minuten werde ich eingeseift und geschrubbt. Dann nehmen sie grob meine Maße. Dann scheuchen sie mich fort. Sie behaupten, ich sei irgendwie im Weg, obwohl das gar nicht stimmt. Ich bin gezwungen, in der Hitze draußen vor dem Laden zu sitzen, nur mit einem Bademantel bekleidet.

Klar, *jetzt* haben sie plötzlich einen Bademantel zur Hand.

»Kann ich meine alten Kleider zurückhaben?«, frage ich.

Die Schneiderin schnaubt und geruht nicht, mir zu antworten.

Eine Dienerin lässt mich wissen, dass alle meine Kleider bereits in eine Wäscherei gebracht worden sind.

»Ich habe einige der Sachen nur eine Stunde lang getragen!«, protestiere ich.

»Die Herrinnen sind sehr anspruchsvoll«, erklärt mir die junge Frau.

»Ist mir gar nicht aufgefallen.«

»Doch, doch, das sind sie.«

Ich starre sie nur an.

Über die nächsten zwei Stunden hinweg widmen die Geschäftspartnerinnen Phaena ihre ganze Aufmerksamkeit und probieren verschiedene Stoffe und Stile an ihr aus. Es ist eine Verschwendung von Zeit, die wir nicht haben, aber ich verfüge über keine besseren Alternativen. Ich bin halb nackt, nur mit einem Bademantel bekleidet – und auch wenn der Ka'kari da für mich Abhilfe schaffen könnte, wüsste ich nicht, wo ich so lange hingehen sollte.

Gut, ich könnte eines dieser Anwesen nach dem Zufallsprinzip auswählen und spontan versuchen, dort einzudringen, um zu sehen, ob ich ein Armband auftreiben kann – aber wenn ich den falschen Adligen wähle, wird das Fehlen des Armbands oder das des Adligen selbst bei der Feier, weil ja nun ich sein Armband habe, allzu offensichtlich sein. Darüber hinaus würde sowohl die eine wie die andere Abwesenheit sofort gemeldet, und ich muss davon ausgehen, dass die detailverliebten Alitaeri jedes Armband einzeln verfolgen können und schon wissen werden, wer ein gestohlenes Armband hat, bevor ich überhaupt auf der Feier bin.

Meine einzige andere Möglichkeit besteht darin, auf Phaena zu warten und ihr und Momma K zu vertrauen. Wenn ich Momma

K von Anfang an vertraut hätte … dann wäre die ganze Sache jetzt wesentlich einfacher. Genau wie sie es gesagt hat.

Ein anderer Händler in Begleitung von mehreren bewaffneten Wachleuten taucht auf, um Phaena Schmuck zu zeigen, der, wie ich all den Ohs und Ahs entnehme, die ich höre, fraglos dieses oder jenes Körpermerkmal von Phaena auf unübertreffliche Weise zur Geltung bringt.

Das ganze Trara hat nicht sonderlich viel mit meiner Geschichte zu tun, also könnte ich alles auch einfach überspringen oder später streichen, aber ich muss es eben ertragen, und so sollst auch du es ertragen müssen.

Du, ähm, du hast doch bereits meine ziemlich enthusiastischen *Beschreibungen von Phaena gelöscht, als sie sich, ähm, in einem Zustand nur sehr geringfügiger Bekleidung befunden hat, oder etwa nicht?*

~Oh, muss ich das wirklich? Da fand ich dich in deinen Ausführungen am poetischsten. Ein echter Verlust.~

Findest du wirklich? Ich hatte den Eindruck, ich hätte da vielleicht ein bisschen zu …

~Nein, nein, wo denkst du hin!~

Weißt du, ich wollte mich eigentlich gerade bei dir bedanken.

~Wirklich?~

Ich bin versucht zu sagen: *Nein, nein, wo denkst du hin,* nur um den Ka'kari ebenfalls zu ärgern. *Ja, wirklich,* denke ich stattdessen, nicht zuletzt, weil ich den Ka'kari gerne aus dem Konzept bringe, indem ich ihn hin und wieder überrasche. *Als ich gerade zugegeben habe, dass Momma K die ganze Zeit recht gehabt hat, bin ich mir eigentlich sicher gewesen, du würdest die Gelegenheit nutzen, um mir einen kleinen Seitenhieb zu verpassen. Das hast du nicht getan. Ich weiß das zu schätzen.*

~Gern geschehen. Wenn du in Zukunft besonders wortgewandt sein willst, könnte ich dir dabei helfen, wenn du möchtest.~

Du?

~Es gibt gewisse sprachliche und traditionsbedingte Erwartungen, denen man mit der Zeit zu entsprechen lernt, die du dir aber offenbar noch nicht hinreichend angeeignet hast, Momma Ks Versuchen, dir das alles beizubringen, zum Trotz. Aber ich bin sicher, bis du so weit bist, braucht es nur noch etwa …~

Sag es nicht.

~… sechs, sieben Jahrhunderte.~

Jetzt hast du es doch gesagt. Sag mir eins: Bist du Durzo auch so auf die Eier gegangen wie mir?

~O ja.~

Ich grinse bei der Vorstellung, wie Durzo durch jemanden – nun ja, *etwas* – völlig zur Weißglut gebracht wird, den oder das er nicht einschüchtern oder einfach umbringen kann. Kein Wunder, dass Durzo aufgehört hat, den Ka'kari zu tragen.

In zwei Tagen wird der alljährliche magische Sturm über die Stadt kommen, der ihr überhaupt erst ihren Charakter, ihre Gefahr, ihre Faszination und all ihre Bedeutung verleiht.

Noch zwei Tage, bis das Sturmschiff ablegt. Zwei Tage Zeit für mich, um ein Armband zu stehlen, mich damit auf die mondäne Feier zu schleichen und den Kompass zu finden und zu stehlen. Zwei Aufgaben in zwei Tagen.

Nein. Stimmt nicht. Der Große Sturm kommt in zwei Tagen … bei Tagesanbruch. Was bedeutet, dass sich der letzte Abend der Abreisefestlichkeiten über die Nacht davor erstreckt. Das heißt, ich habe nur anderthalb Tage Zeit. Zwei Nächte, einen Tag.

Ich lasse mich in meinem Sitz zurücksacken.

Die Zeit vergeht.

Gefühlte zehn Jahre später taucht Phaena auf und sieht einfach umwerfend aus. Sie lächelt mich an und überreicht mir ein zusammengelegtes Bündel mit einer Schlaufe darum, das sich als meine eigene gewaschene Kleidung herausstellt. »Es wird sehr, sehr teuer werden, dich angemessen zu kleiden, Kylar Stern.«

»*Mich?*«

»Zumindest werde ich das der Herzogin gegenüber behaupten. Na ja, immerhin hat sie auch wortwörtlich ›Scheu keine Kosten‹ zu mir gesagt. Nicht, dass sie es je noch einmal zu mir sagen wird.«

An einem anderen Tag würde ich ihre Unverfrorenheit bewundern.

»Andererseits«, fährt Phaena fort, »ist es auch Momma K gewesen, die mir beigebracht hat, kein Vergnügen auszulassen, das mit meiner undankbaren und ungewürdigten Arbeit verbunden sein könnte. Vielleicht versteht sie es ja sogar.«

»Ungewürdigte Arbeit?«

»Was hast du eigentlich hier draußen gemacht, während ich drinnen gearbeitet habe?«, will Phaena wissen.

»Gearbeitet?« Ich habe das Gefühl, als habe es mir komplett die Sprache verschlagen, als habe ich keine Worte mehr und könne nur noch die Wörter wiederholen, die sie für mich fallen lässt.

Phaena zieht eine Mappe Papiere hervor. »Momma Ks Verbindungsmann hat Berichte für mich dagelassen. Ich habe gelesen, während Dido und Demetra die Sachen für mich herausgesucht und sich darüber gestritten haben, was mir am besten steht. Was glaubst du, Kylar, was wir hier machen? Eine Vergnügungsreise?«

»Eine Vergnügungs…?« Jetzt schwillt mir der Kamm.

»Ich habe auch mit dem Knipser gesprochen.« Sie streckt ihre Fingernägel aus, die frisch geschnitten und lackiert sind. »Er ist ganz und gar nicht das, was ich von einem Verbrecherkönig erwartet hätte. Er hat auf mich ganz den Eindruck eines freundlichen und lieben alten Mannes gemacht. Bis er mir deinen Auftrag erteilt hat. Ich denke, ich sollte eigentlich beunruhigt sein, aber aus irgendeinem Grund ist dem nicht so.«

»Auftrag? Du warst …«

»Ach! Da ist ja unsere Mitfahrgelegenheit.« Ein großer, reich verzierter Wagen fährt vor, auf dem ein mir unbekanntes Wappen prangt: irgendeine Art von Greifvogel und eine Schlange. »Überlass mir das Reden. Du bist mein Leibwächter und, es ist ein offenes Geheimnis, zudem mein Liebhaber, also können wir uns ein Zimmer teilen. Jetzt geh rein und zieh dich an – schnell, oder ich gebe dir den dümmsten Decknamen, der mir in den Sinn kommt.«

»Ja … Mylady«, erwidere ich perplex.

»Schnell, *Braxby*. Frau Gräfin mag es nicht, wenn man sie warten lässt.«

Ich verziehe das Gesicht, während ich einsteige. »Braxby?«

»Oder Blodgert, wenn dir das lieber ist.«

»Das würdest du nicht wagen«, entgegne ich.

Sie zieht die Augenbrauen hoch. »Bist du sicher, dass ausgerechnet heute der richtige Tag ist, um meinen Wagemut auf die Probe zu stellen?«

Kapitel 37

Präludium zum Preisgewinn

»Ich weiß nicht, wie viel Zeit wir noch haben, sobald du heute Abend fertig bist, also muss ich dich über den morgigen Tag informieren«, erklärt Phaena und tritt in einem doppellagigen, fließenden blauen Musselinkleid, das hinter ihr im steten Abendwind tanzt, auf den Balkon des Palastes. Sie stellt sich neben mich und macht eine Bewegung, als wolle sie ihre Hand auf dem Geländer auf meine legen, dann wechselt die Hand die Richtung, und sie legt sie stattdessen neben meine, ohne sie zu berühren.

Als ich nichts erwidere, legt sie angesichts meines Schweigens den Kopf in den Nacken, zuckt mit den Schultern und erklärt: »Die Kaiserin nutzt das Fest des Windes, um ihre Edelleute zu verunsichern und hinzuhalten. Ich bin sicher, dass sie sich auch jetzt gerade mit ihnen trifft. Jeden Tag wird eine neue, höhere Ebene der Zikkurat geöffnet, und immer weniger Edelleute gelangen hinauf. Am siebten Tag, während sämtliche Gäste im Inneren eingeschlossen sind, verkündet sie um Mitternacht allen ihre Aufgaben und ihren Rang für das kommende Jahr. Kein Besucher der Feier weiß, ob er die Kaiserin nach Borami begleitet oder ob er zurückbleibt, und auch nicht, welche Stellung er oder sie bis zu ihrer Rückkehr einnehmen wird. Die hohen Herren und Damen wissen nicht, ob sie befördert oder zurückgestuft werden. Liebende Paare wissen nicht, ob sie zusammen nach Westen gehen oder ob sie voneinander getrennt werden. Sobald die Entscheidungen einmal verkündet worden sind, kann niemand mehr etwas daran ändern – die mächtigere Hälfte des Hofes ist einfach auf und davon, zusammen mit der Kaiserin selbst. Ihre Entscheidungen können nicht angefochten, keine Gesuche eingelegt werden. Ganz zu schweigen davon, dass viele Menschen schon vor der Überfahrt selbst eine Höllenangst haben.«

»Begehrlichkeiten, Unsicherheit, sozialer Aufstieg und Verzweiflung? Klingt nach einer tollen Feier.«

»In den höchsten Kreisen ist es am schlimmsten. Weißt du über die Kaiserin und ihre Prinzgemahle Bescheid?«

»Dass sie welche hat?«

Phaena sieht mich entnervt an.

»Und dass ihr Verschleiß in diesem Punkt recht groß ist …?«

Noch mal so ein Blick.

»Ich hatte bis jetzt schon allein mit der Politik der Sa'kagé sowie von Cenaria und Khalidor alle Hände voll zu tun.«

»Caelestia wurde in jungen Jahren Kaiserin, mit sechzehn, glaube ich. Sie brauchte sechs Jahre, um sich von den Beratern zu befreien, die ihr Vater ihr hinterlassen hatte, um ihr beim Regierungsgeschäft zu helfen, die aber stattdessen versuchten, über sie zu herrschen. In den vierundzwanzig Jahren, die seitdem vergangen sind, hat sie die Fürsten auf jede erdenkliche Art und Weise gegeneinander ausgespielt und das nicht zuletzt mit der Aussicht auf eine Heirat. Da Alitaera zwei Hauptstädte hat, kann sie offensichtlich immer nur von einer aus regieren. Das hat allen anderen vor ihr reichlich Probleme bereitet, aber sie hat es in eine Chance verwandelt. Jedes Jahr, wenn sie die westliche oder die östliche Hauptstadt verlässt, ernennt sie entweder einen neuen König oder einen Regenten, der während ihrer Abwesenheit an ihrer Stelle regiert. Ein Regent verfügt über weniger Macht, doch wenn er sich beweist, kann er im folgenden Jahr zum König im Osten oder zum König im Westen aufsteigen. Wenn ein Mann zum König bestimmt wird, ist er zugleich auch der Prinzgemahl der Kaiserin. Sie regieren gemeinsam vier Monate im Westen oder fünf Monate im Osten, und wenn die Kaiserin in dieser Zeit von ihm schwanger wird, findet eine prunkvolle Hochzeit statt, und er wird Kaiser, um mit ihr zu herrschen. Dieses Jahr ist die Sache besonders spannend, denn sie hat bereits angekündigt, dass der Osten von einem Regenten regiert werden soll – Lord Tezzani Serapis, der zuvor schon zweimal Regent des Ostens gewesen ist. Er ist alt und von scharfem Verstand und genießt bei ihr offensichtlich großes Vertrauen.«

»Das klingt … eigentlich mehr nach dem Gegenteil von spannend, oder?«

»Es ist spannend, weil ein bloßer Regent des Ostens es sehr viel wahrscheinlicher macht, dass sie morgen Abend einen neuen König im Westen wählen wird, statt auch da einen Regenten zu nehmen. Es bedeutet, dass jemand Aussichten hat, den großen Preis zu gewinnen.«

»Was passiert mit den alten Königen, wenn sie mit ihnen fertig ist?«, frage ich.

»Nichts. Jedenfalls, solange sie keine Probleme verursachen. In den frühen Jahren der Kaiserin ist das bei zwei Königen der Fall gewesen, sie haben ihre Macht gefestigt, während sie weg war, und dann eine Rebellion angekündigt, sobald sie glaubten, dazu bereit zu sein. Beide wurden innerhalb einer Stunde nach ihrer Ankündigung ermordet. Die Kaiserin ist nicht einmal zurückgekommen; sie wusste, was da im Anzug war, und hatte bereits

Pläne dafür in der Schublade, wer die Macht übernehmen würde, sollte es so weit kommen. Seitdem wechseln die Könige gehorsam miteinander ab, sobald das Ende ihrer Amtszeit gekommen ist; sie sind etwas klüger und an Erfahrung reicher geworden und in ihren Treuebekundungen entschiedener. Manchmal erhalten die guten Könige ein paar Jahre später eine zweite Amtszeit, nie jedoch direkt hintereinander. Sie will nicht, dass jemand eine Machtfülle anhäuft, die ihr gefährlich werden könnte.«

»All diese Adligen wetteifern also darum, König zu werden – und vielleicht auch Kaiser, wenn die Kaiserin sie ganz besonders mag? Und bis morgen weiß niemand, wer den Preis erringt?«

»Es ist der krönende Höhepunkt des Festes.«

»Das kann ich mir denken«, sage ich. Dieses Land ist verrückt. Hunderte von Edelmännern, die alle um eine Frau und den Thron konkurrieren und darum, den Grundstein für eine neue Dynastie zu legen? »Was ist mit all den Adligen, die bereits verheiratet sind?«

»Oh, jeder der Männer kann ein König werden. Es macht ihr nichts aus. Wenn der Mann, den sie auswählt, bereits verheiratet ist, wird seine Frau in der jeweils anderen Hauptstadt untergebracht.«

»Eine Geisel, um sich das Wohlverhalten des Königs zu sichern?«

»Oder eine Methode, die Macht seines Hauses zu spalten. Und kein König kann Kaiser werden, es sei denn …«

»Es sei denn, sie schenken der Kaiserin ein Kind. Und wenn sie das tun, was dann? Eine schnelle Scheidung? Ihre Ehefrauen können darüber nicht begeistert sein.«

»Auf dieser Stufe der Macht weiß jeder genau, worauf er sich einlässt, Kylar. Keiner dieser Männer von Adel wurde aus dem Nichts hervorgezerrt, um nun plötzlich König zu werden. Sie haben alle schon seit Jahren miteinander konkurriert. Es ist nur so, dass es sich in den meisten Königreichen immer um dieselben fünf oder zehn Familien handelt, hier aber sind es dreißig oder vierzig. Was sich nach viel anhört, doch wenn man alle außer Acht lässt, die zu jung oder zu alt sind, die offensichtlich allzu verrückt oder zu unfähig oder zu dumm oder auch zu korrupt sind, um diese Aufgabe zu übernehmen, und dann außerdem noch alle, die – für die Kaiserin – zu arm sind oder die allzu wahrscheinlich bestimmte andere aus diesem Kreis gegen sich aufbringen würden, dann ist die tatsächliche Zahl möglicher Kandidaten gar nicht mehr so groß. Vielleicht zwanzig Männer? Wahrscheinlich sogar eher zehn, mit zwanzig weiteren im Bereich des Möglichen, je nachdem, was man an Abstrichen zu machen bereit ist.«

»Und mit wie vielen von ihnen war sie zum gegenwärtigen Zeitpunkt schon verheiratet oder hat mit ihnen geschlafen? Mit allen? Wie kommt das bei den Leuten an?«

Phaena zuckt mit den Schultern. »Sie ist nicht einfach irgendeine Frau. Sie ist die Kaiserin, und auch wenn es heißt, sie sei eine Frau, die durchaus die Männer liebt, gelten für sie doch nicht die üblichen Regeln.«

»Nein, aber sie gelten für die Männer, mit denen sie schläft. Wenn sie sie gegeneinander ausspielt, bedeutet das, dass einige von ihnen sich wahrscheinlich belogen und betrogen fühlen. Sie gibt ihnen das Gefühl, etwas Besonderes zu sein, und sie machen sich große Hoffnungen, und dann fühlen sie sich verschmäht und fallen gelassen, sind eifersüchtig auf ihren Nachfolger. Sie spielt ein gefährliches Spiel.«

»Vielleicht weiß sie genau, was sie tut«, bemerkt Phaena mit scharfer Stimme.

»Vielleicht, ja. Oder vielleicht glaubt sie das auch nur. Sobald man anfängt, mit anderen Leuten zu schlafen, mit den Ehemännern anderer, stößt man irgendwann auf jemandem, dem das so gar nicht gefällt.«

»Was sie selbst angeht, scheint sie ihre Sache bisher ziemlich gut gemacht zu haben.«

Zur Begütigung hebe ich verwirrt die Arme. Das bestreite ich ja nicht, und ich verstehe auch nicht, warum Phaena in dem Punkt offensichtlich eingeschnappt reagiert.

»Ich glaube nicht, dass sie diesen Männern von Adel etwas verspricht, was sie ihnen nicht auch gibt. Sie ist eine Frau, die Männer liebt. Das ist doch kein Verbrechen, oder? Nach allem, was man hört, hält sie ihnen während ihrer Ehe und auch schon eine Zeit lang davor die Treue, sodass keiner der hohen Herren sich fragen muss, ob er auch wirklich der Vater ist, falls sie schwanger wird.«

Sie ist also eine Frau der Selbstbeherrschung. Was allerdings auch einleuchtet. Kein Adliger, der mit anderen darum wetteifert, König zu werden, in der Hoffnung, die Kaiserin zu schwängern, würde die Möglichkeit in Kauf nehmen wollen, dass das Kind, das sein Erbe wird, dem von seinem Vorgänger gepflanzten Samen entsprungen ist.

Derlei Verdächtigungen und Eifersüchteleien bringen ganze Reiche zu Fall.

Das lässt mich an Logan denken. Er hat Dorians Söhne adoptiert und nimmt durch seine Großmut Belastungen auf sich, an denen ein geringerer König und sein Königreich zerbrechen könnten. Er ist ein guter Mann, mein Freund Logan. Er verdient mehr als den Schmerz, der auf ihn wartet, sobald er erfährt, dass ich seine Hoffnungen enttäuscht habe. Doch das ist eine Sorge für einen anderen Tag.

»Es herrscht dort also eine aufgeladene Atmosphäre«, fasse ich zusammen. »Und ich bin mir sicher, dass ich morgen noch mehr Fragen haben werde, aber ich habe ein wenig den Eindruck, als würden wir da zuerst über die falsche Unternehmung reden, nicht?«

»Der anliegende Auftrag scheint doch ganz einfach, oder? Du schnappst dir den Kerl, presst ihm die nötigen Informationen und das Armband ab und verschwindest wieder. Gibt es sonst noch etwas, das du wissen musst?«

Ich blicke sie an. »Du hast den Teil ausgelassen, wo ich ihn ermorde.«

»Ich fand, das sei selbstverständlich.«

Ich mustere die Frau, kann aber nicht durch den neuen Schleier von Schönheit und Perfektion blicken, da mich meine eigenen Schwächen von dem ablenken, was ich da wirklich zu sehen hoffe.

Sie hat sich ihre neue Rolle als Gräfin zu eigen gemacht, die aus einem Ort nahe der Grenze zu Waeddryn kommt, der jedoch weitab der Hauptverbindungsstraßen liegt, und die magischen Künste der Kosmetikerin unserer Gastgeberin gerne in Anspruch genommen. Hast du schon gewusst, dass man ab einem bestimmten Grad des Reichtums Magieanwender beschäftigen kann, die sicherstellen, dass dein kunstvoll zerzaustes Haar den ganzen Abend lang genau so kunstvoll zerzaust bleibt, wie man es sich wünscht? Ich auch nicht, bis eben.

Du kannst es nicht ausstehen, was die Feuchtigkeit am Ende einer langen Nacht des Feierns und Tanzens mit deinen Locken anstellt? Wir können das in Ordnung bringen! Vielleicht hast du da eine perfekte Haarlocke, die nur darum bettelt, auf der anderen Seite deines Gesichts einen Zwilling zu bekommen, den die Grausamkeit der Natur dir verwehrt hat? Du kannst ihn haben! Du liebst dieses bezaubernde Kleid, hasst es aber, ständig die kleinen Träger hochzuziehen, damit es an Ort und Stelle bleibt? Ein Kinderspiel!

Alles, was du tun musst, ist, ein paar Tausend Bauern nach Strich und Faden auszubeuten, und dann kannst auch du es dir leisten, selbst dafür Magae zu beschäftigen. Und seien wir mal ehrlich, du hättest sie sowieso ausgebeutet. Dein Leben ist hart! Du hast es verdient!

In Cenaria gibt es diese Art von Reichtum und Frivolität nicht, nicht einmal ganz oben in den höchsten Kreisen.

»Ich bin bereit«, erkläre ich. »Glaubst du, der Knipser hat uns die Wahrheit gesagt?«

»Ich habe ihm mitgeteilt, dass du es merken würdest, sollte er es nicht tun. Er meinte, er habe keinerlei Absicht, irgendwelche Spielchen zu spielen, und dass der gute Ruf von Cenarias Blutjungen jeden abschrecken müsse, der das tun wolle. Mir erschien das glaubhaft. Und er will mit meiner Arbeitgeberin ›gewisse für beide Seiten vorteilhafte Geschäftsmöglichkeiten‹ ausloten. Er sagte, er hoffe, dass deine Professionalität auch dem gerecht wird, was die Leute darüber erzählen. Meinte, dass einige seiner Leute ziemlich verärgert sein würden, dass er einen Fachmann von außerhalb hinzugezogen hat. Ich habe ihm versichert, dass sie dazu gar keinen Anlass haben werden, denn sie werden es gar nicht erst erfahren, dass …« Sie bricht ab und blickt in die Luft über der Burg hinaus. »Oh, schau dir mal das an.«

Ich drehe mich um. Von unserem Balkon überblickt man die beengten Gärten einer der kleinen Oasen in der Ebene, aber auch wenn die Fundamente der Burg tiefer am Hang zum Meer hin liegen, ragt Burg Sturmfest als ein gewaltiger Klotz über dem südlichen Horizont auf. Die Burg ist eine Zikkurat, die sich in sechs mit unzähligen Bogen versehenen Kreisen spiralförmig um einen kleinen Berg, in den sie auch hineingebaut ist, gen Himmel windet, mit riesigen Gärten und Plätzen auf jeder Ebene, voller üppigem Grün, Wasserfällen und Blumen in allen Farben. Wie schon in den ersten fünf Nächten des Festes tobt heute Abend dort das Leben; der oberste Bereich der Burg liegt zwar im Dunkeln, aber die ersten sechs Ebenen der Zikkurat sind jetzt hell und bunt von Festgästen, Licht und Magie bevölkert.

Doch Phaena ist nicht etwa vom Anblick der Burg hingerissen oder in Gedanken bei den Heerscharen von Zimmerleuten, Maurern und Magi, die es braucht, um sie instand zu halten. Sie sieht zu den winzigen rosa flackernden Lichtern am Himmel. Vom stärker werdenden Wind getragen, erscheinen die Lichter zunächst wie die schimmernden Ränder einer pfirsichfarbenen Wolke im Osten. Aber jetzt breiten sie sich aus und ähneln mehr Glühwürmchen, die zwar nicht dicht in der Luft hängen, doch es sind einfach so viele, die sich über einen derart breiten Streifen des Himmels erstrecken, dass sie schwer voneinander zu unterscheiden sind.

Und jetzt, da die Lichter näher an uns herangetrieben werden, sehe ich, wie eines im Wind an uns vorbeiflattert, lang gestreckt und fragil wirkend, eher wie eine Art Himmelsqualle als ein Insekt.

»Was zum Kuckuck ist das denn?«, frage ich.

»Das Signal für dich«, antwortet sie.

»Aber … was sind das für Dinger?«, will ich wissen.

»Habe ich das bei meinen Ausführungen, um dich ins Bild zu setzen, ausgelassen? Macht nichts. Sie werden Feenlaternen genannt. Sie sind das Vorzeichen des kommenden Sturms. Magisch. Harmlos. Angeblich bringen sie sogar Glück. Aber unsere Gastgeberin hat gemeint, dass wir vielleicht ein paar Dutzend von ihnen sehen könnten, wenn wir die ganze Nacht Ausschau halten …«

Ich schaue mich um und sehe überall Menschen aus den Häusern nach draußen kommen, sich auf den Brücken drängen und vor Verwunderung und Freude die Münder aufreißen.

Ein paar Dutzend? Da oben müssen hunderttausend von diesen Dingern unterwegs sein.

Mir wird plötzlich mulmig zumute, und ich muss daran denken, was der Großmeister und Vi darüber gesagt haben, dass das, was wir in der Schlacht am Schwarzen Hügel getan haben, alles verändert und unsere Magie ein uraltes Gleichgewicht durcheinandergebracht habe. »Sie bringen also Glück, hm?«, sinniere ich. »Phaena, was verursacht eigentlich den Großen Sturm?«

»Das fragst du jetzt?«, wundert sie sich und reißt den Blick von den Feenlaternen los. »Die Götter streiten sich. Oder der Gott des Windes hatte eine Fehde mit den alten Herrschern der Stadt, die sich einst hier befunden hat. Oder ein Stern ist im Osten vom Himmel gefallen und versucht seither noch immer einmal pro Jahr, seiner Gefangenschaft zu entkommen. Es gibt da alle möglichen Erklärungen, aber in Wahrheit weiß es keiner. Möchtest du jetzt wirklich eine Stunde lang über Religion und alte Geschichte plaudern?«

»Nein«, antworte ich. »Du hast recht. Wir sollten uns auf die vor uns liegende Aufgabe konzentrieren.«

»Kylar«, setzt sie zögernd an. »Ich weiß, dass du keine Unschuldigen tötest, und ich glaube dem Knipser, dass Aemil Wesseros den Tod verdient hat, aber selbst wenn dem nicht so wäre … wenn wir nicht in diese Feierlichkeiten hineinkommen, werden wir Logans Kinder nie finden. Tu also, was du zu tun hast, ja?«

»Und das bedeutet, Wesseros zu töten, egal, was passiert?«, hake ich nach. Nicht weil ich es nicht wüsste, sondern weil ich sichergehen will, dass sie weiß, worum sie da bittet.

Sie schluckt. Dann tritt ein energischer Ausdruck in ihre Augen. Sie nickt heftig.

Ich sehe sie einen langen Moment an. »Weißt du, Momma K ist ein ganz schönes Risiko eingegangen, als sie dich geschickt hat.«

»Genau das hat sie mir auch gesagt.«

»Du leistest ganze Arbeit dabei, sie zu vertreten.«

»Danke.«

»Es war nicht nur als Kompliment gemeint. Momma K wurde früh innerlich gebrochen, genau wie ich. Ich glaube nicht, dass man sich je von den Dingen erholen kann, die uns damals auf der Straße widerfahren sind. Ich werde nie jemand anders als der kleine Junge sein, der bereit war, alles zu tun, um keine Angst mehr haben zu müssen, und der seine Freunde im Stich gelassen hat, um es zu beweisen. Und Momma K wird nie eine andere sein als das Mädchen, das … nun ja, ihre Geschichte zu erzählen, ist nicht meine Sache. Lassen wir es dabei bewenden, dass wir beide offenbar auf eine Art und Weise innerlich gebrochen sind, die uns nützlich macht, aber es lässt sich unmöglich sagen, was aus uns geworden wäre, wären wir nicht gezwungen worden, zu werden, was wir sind. Wir wären wohl bessere Menschen, denke ich. Vielleicht sogar viel bessere. Sei also vorsichtig, Phaena. Wenn du anfängst, die Ermordung von Menschen zu befehlen, ist die größte Gefahr nicht, dass jemand Jagd auf dich macht, um sich an dir zu rächen. Die wirkliche Gefahr ist, dass du anfängst, es zu mögen. Einen schönen Abend noch.«

Sie hat einen nachdenklichen und mitfühlenden Ausdruck im Gesicht. Als ich mich zum Gehen wende, streckt sie die Hand aus, hält jedoch inne, kurz bevor sie mich berührt.

»Kylar, einen Moment noch. Du hast vorhin etwas zu mir gesagt. Über dich und mich. Ich habe darüber nachgedacht. Momma K hat genau das vorausgesehen, weißt du?«

»Das?«

»Sie meinte, dass ich wahrscheinlich einsam wäre, bei alledem, und dass sie wisse, dass du es auch bist. Jung. Einsam. In Gefahr. Lange Zeit zusammen unterwegs. Sie hat mir nicht verboten, mit dir zu schlafen. Sie hat mich nur gebeten, mir damit ein paar Tage Zeit zu lassen, um herauszufinden, ob es für uns beide eine gute Idee wäre.«

Ich schüttle den Kopf. Momma K, wie sie aus einer Entfernung von Hunderten von Meilen verhindert, dass ich flachgelegt werde. Tja, Familie eben.

Aber selbst dieser Gedanke versetzt mir einen Stich ins Herz. Ich habe nie eine Mutter gehabt, und obwohl Momma K mich über lange Jahre hinweg unterrichtet hat, hat sie nie versucht, ein Muttersatz für mich zu sein. Ich glaube, sie hat eigentlich eher das genaue Gegenteil versucht.

»Ich muss wohl nicht raten, wie du dich entschieden hast, oder?«, sage ich. »Ich muss zugeben, als ich es dir gesagt habe, ist deine Reaktion etwas schwächer ausgefallen, als ich es erwartet hätte. Versuchst du mir zu sagen, dass es nicht an mir liegt, sondern an dir?«

»O nein, es liegt voll und ganz an dir«, beteuert sie. Und dann lacht sie über meine Überraschung.

Dann jedoch seufzt sie, als sorge sie sich, mich verletzt zu haben.

»Kylar … ich bin eine Mutter. Ich habe eine kleine Tochter. Das ändert alles für mich.« Sie zuckt mit den Schultern, als würde das die ganze Sache erklären und als sei das Gespräch damit beendet.

Dem sollte auch so sein. Ich habe ihr gesagt, dass ich nicht bereit für eine Beziehung bin. Jetzt hat sie mir gesagt, dass sie es auch nicht ist. Das sollte dem Ganzen ein Ende setzen. Kein Grund für irgendwen, verlegen zu sein. Kein Grund, sich zurückgewiesen zu fühlen. *Lass es damit gut sein, Kylar.*

»Und ich tauge nicht dazu, ein Vater zu sein?«, will ich von ihr wissen. Sofort sind meine Gedanken bei Elene, schwanger mit unserem Kind. Ich stand davor, Vater zu werden. Für eine kurze Zeit.

»Das habe ich nicht gesagt«, entgegnet sie rasch.

»Du liegst da nicht falsch«, antworte ich und lasse ein kurzes schiefes Lächeln aufblitzen, als würde mich das Eingeständnis nicht innerlich zerreißen.

Sie wirkt bekümmert, schuldbewusst. »Ich … ich glaube, eines Tages wirst du ein guter Vater sein. Aber ich glaube nicht, dass du dafür schon bereit bist. Wahrscheinlich noch eine ganze Weile nicht. Oder? Ich meine, warum solltest du das sein? Du bist noch so jung. Kylar, würden wir miteinander schlafen, hätte ich Angst, dass ich mich in dich verlieben könnte. Und das darf ich nicht. Momma K hat gesagt …« Sie seufzt, weil sie weiß, dass sie zu spät aufgehört hat.

»Du kannst es ruhig aussprechen«, sage ich.

»Sie hat gemeint, dass du jetzt labiler bist, als du glaubst, dass du dich in mich verlieben würdest, wenn ich nicht aufpasse.« Der Anflug eines Lächelns umspielt ihre Lippen. »Und anfangs klang das ja auch gar nicht so schlecht. Aber …«

»Aber jetzt hast du gemerkt, wie unreif ich bin? Kommt jetzt der Moment, wo du fragst, ob wir einfach nur gute Freunde sein können?« Die Bitterkeit, die sich in meine Stimme schleicht, ist ungerecht.

Das Ganze ist nicht ihre Schuld.

Getroffen zieht sie ihre Augenbrauen zusammen. Aber sie schlägt nicht zurück. Das beweist ihre Reife, so wie ich vermutlich gerade meinen Mangel daran bewiesen habe. »Ich glaube, wir brauchen beide einen Freund«, gibt sie mir zur Antwort. »Ein Freund kann einen davor bewahren, eine schlimme Situation in die absolute Hölle zu verwandeln. Ich weiß, dass ich Fehler mache, wenn ich isoliert bin. Die Stimmen in deinem

Kopf können dich in die Irre führen. Verstehst du, was ich meine?«

Ha! Die Stimmen in meinem Kopf. Wie hat dir das gefallen, Stimme in meinem Kopf? Ich fand es gut.

Aber sie wirkt schwermütig, und ich bin jetzt Arschloch genug gewesen. »Ja, was das Begehen von Fehlern angeht. Aber was den Punkt betrifft, dass einen Freunde davor bewahren können: nein. Dafür muss man wohl erst einmal Freunde haben.«

»Vielleicht würdest du gar nicht weit schauen müssen, um einen Freund zu finden, wenn du nur die Augen öffnen würdest«, erwidert sie traurig. »Doch vielleicht hast du recht. Vielleicht können wir einander keine Freunde sein.«

Die Sehnsucht erwacht in ihrem Versteck in meinem Bauch, wandert mit ihren eisigen Fingern meine Brust hinauf und schnürt mir die Kehle zu, sodass ich kaum noch Luft bekomme. »Nun ja, schön und gut«, sage ich. »Ich muss jetzt los, aber ich bin wirklich froh, dass wir dieses Gespräch geführt haben.«

»Kylar …«

»Ich bin bei Tagesanbruch zurück.« Ich ziehe die Schatten um mich und heiße ihr Gewicht willkommen. Die Dunkelheit verbirgt mich. Sie ist mein Zuhause. In der Dunkelheit gibt es keine Scham. Kein Bloßgestellt-Werden. Und damit ich weder Phaenas Flüche noch ihr Flehen noch ihr Weinen hören muss – das eine jeweils schlimmer als das Vorhergehende –, fliehe ich in die Nacht hinaus.

So bin ich eben.

Kapitel 38

Über einem Fass

In dem nasskalten Keller lässt der Salpeter in der Luft den Edelmann husten. Schweiß trieft ihm vom Gesicht. Mit ausgebreiteten Armen wie ein Kind, das um eine Umarmung bettelt, ist er an ein Fass gefesselt, das größer ist als er selbst. Die Fantasie ist der beste Folterknecht.

Das große Fass liegt auf der Seite. Halb mit Essigwein gefüllt, ist es so schwer wie zehn oder zwölf Mann zusammengenommen. So wie Graf Aemil Wesseros gefesselt ist, den Kopf zum Fass hin, könnte er es mit den Zehen fortstoßen und das Fass ins Rollen bringen – falls er sich denn den Schädel zertrümmern will, wenn es sich dann weiterdreht, bis es auf der anderen Seite über ihn hinwegrollt. Da er aber mit Händen und Füßen eng an das Fass gefesselt ist, fehlt ihm jede Hebelwirkung, um etwas anderes zu tun.

»Ich bewundere Eure Tapferkeit«, lasse ich ihn mit leiser Stimme aus den Schatten heraus wissen, und es ist keine Lüge. »Ich bin auch schon einmal so gefesselt gewesen wie Ihr jetzt. Ich war nicht sonderlich davon angetan und das auch schon, bevor die Folterungen begonnen haben. Aber eine Tugend wie Tapferkeit ist bedeutungslos, solange sie sich nicht in den Dienst einer guten Sache stellt, meint Ihr nicht auch?«

Er schnaubt. »Aha, jetzt bist also du der Gute?« Es sind seine ersten Worte, seit ich ihm die Nase gebrochen und ihm seinen blutigen Schnurrbart verpasst habe.

Das ärgert mich. Es kommt dem, was ich zu Lord Repha'im gesagt habe, unangenehm nahe.

»Der Gute?«, erwidere ich mit lauter Stimme. »Ha!« Ich beginne damit, auf dem kleineren Weinfass, das ich aufrecht hingestellt habe, sodass es eine Art Tisch bildet, ein Päckchen auseinanderzufalten. Wir befinden uns in einem Keller in einem alten, verlassenen Haus im Höllenschlund, das gerade für neue Besitzer renoviert wird. Allerdings auf einer der obersten Ebenen, wo die Häuser sonderbarerweise noch ganz passabel sind.

Es ist nicht das Haus, das der Knipser Phaena für meine Tätigkeit empfohlen hat. Dafür traue ich ihm nicht genug. Ich habe einen ziemlich guten Riecher für wirklich verlassene Gebäude, eine Fähigkeit, die ich schon als Kind entwickelt habe, wenn ich in den Elendsquartieren auf der Suche nach Sicherheit war. Die Schlafenszeit ist für die Menschen auf der Straße immer eine gefährliche Zeit. Aber wenn der Knipser den Grafen hat verfolgen lassen, um sich darüber zu informieren, ob und wie ich meine Arbeit erledige, und wenn diese Leute hinreichend gut sind, dass ich sie nicht bemerkt habe, wissen sie vielleicht trotzdem, dass ich hier bin.

Ich habe mein Umfeld stets sorgfältig im Auge behalten und niemanden bemerkt.

Hier drinnen ist es dunkel.

Eigentlich ist es zu dunkel. Ich vergesse manchmal, dass nicht jeder in der Dunkelheit eine perfekte Sicht hat.

Ich zünde eine einzelne Kerze an, damit mein adliger Freund ein bisschen was sehen kann. Das Maximum dessen, was es ihm an Angst einzuflößen vermag, in der völligen Dunkelheit mit einem Geschöpf wie mir konfrontiert zu sein und mich nur zu hören, ist ihm bereits aus dem Fleisch gepresst worden, das beweist der Schweiß auf seiner Haut.

Es ist jetzt an der Zeit, seiner Vorstellungskraft neue Nahrung zu geben, die er durch den Fleischwolf drehen kann, um seine Albträume zu füttern.

Ich stelle die Kerze so hin, dass er die auf dem Fasstisch ausgebreiteten Utensilien gerade eben sehen kann, wenn er seinen Kopf mit den wulstigen Hängebacken so weit wie möglich nach hinten verdreht.

Ich schäle mich aus meinem Westenrock. Kehre ihn sorgfältig von außen nach innen. Falte ihn sorgfältig. Dass ich mittelgroß und schlank bin, ist bei meiner Arbeit zumeist von Vorteil, da es mir hilft, unauffällig zu bleiben und Beschreibungen meines Aussehens zu erschweren, doch es bedeutet auch, dass große, dicke Männer, die in ihrer Jugend Athleten waren, mich nicht als sonderlich bedrohlich empfinden.

Als ob etwas Kleines nicht tödlich sein könnte!

Menschen sind irrational. Das kann ich nicht ändern, also arbeite ich damit. Ich habe mehr als mein halbes Leben jeden Tag stundenlang trainiert. Es ist keine Eitelkeit, darauf hinzuweisen, dass ich einen beeindruckend muskulösen Körperbau habe.

Aber ich trete nicht so auf, als wolle ich ihn beeindrucken. Er wird so tun, als sei er es nicht. Auch männliches Draufgängertum ist irrational. Stattdessen schiebe ich das kleinere Fass ein wenig zu ihm vor, sodass er es besser sehen kann.

Ich falte die Tücher auf dem Tisch auseinander, und zum Vorschein kommen ein hohler Messzylinder aus Metall, etwas Olivenöl, ein lebender Maulwurf, der in einer offenen Glasflasche gefangen ist, und ein Stück Seil.

Ich beuge mich andächtig über den Tisch und zünde eine weitere Kerze an, diesmal eine rote.

»*Ch'torathi sigwye h'e banath so sikamon to vathari. Vennadosh chi tomethigara. Horgathal mu tolethara. Veni, soli, fali, deachi. Vol lessara dei.*« Ich tue mein Bestes, um die Worte wie ein Gebet an einen dunklen Gott klingen zu lassen. In Wirklichkeit ist es der Segen, den Durzo vor langer Zeit über mich gesprochen hat. Ich hatte diese Sprache nie zuvor gehört und auch seither nicht mehr, und auch wenn mein Gedächtnis sehr gut ist, muss meine Erinnerung ab und zu aufgefrischt werden, damit ich die Worte nicht vergesse.

Ich seufze. Ich bin wirklich nicht wild auf das, was zu tun ich im Begriff stehe.

Erneut neige ich den Kopf wie zum Gebet und lege die Hände vor meiner Brust zu einem kleinen Zelt zusammen. Aemil hat den Kopf so weit wie möglich zu mir gedreht. Er wird morgen einen steifen Hals haben, wenn er so weitermacht.

Doch wenn ich es mir recht überlege: Nein, wird er nicht. Das Dossier, das der Knipser Phaena gegeben hat, verrät mir genug, um zu wissen, dass mir Aemil Wesseros nicht schwer auf meiner Seele lasten wird: Als Spross einer bedeutenden Adelsfamilie, Rivalen der Gunders, flüchtete er aus Cenaria, als Aleine Gunder an die Macht kam. Mit seinem Reichtum (zum Teil widerrechtlich angeeignet) kaufte er sich in Alitaera seinen Adelstitel. Er hat es seit Jahren darauf abgesehen, die Karriereleiter immer höher hinaufzusteigen und seine Macht zu erweitern, und er ist felsenfest davon überzeugt, wenn er morgen vor die Kaiserin tritt, wird sie bei seinem Anblick sofort schwach werden und ihn vor allen anderen Bewerbern zum König im Westen ernennen.

Die Gefilde des Selbstbetrugs sind nicht allein den Wohlhabenden vorbehalten, aber diese sind dort zweifellos überrepräsentiert.

Seit er sich in Alitaera niedergelassen hat, hat Graf Wesseros Geschäftspartner und Geliebte betrogen; er hat zwei Frauen zugleich geheiratet; er hat nach dem Tod der Frauen – beide Male ein Ableben unter verdächtigen Umständen – ihre Testamente gefälscht; er hat kaiserliche Gelder veruntreut, und als er dabei fast ertappt worden wäre, hat er das Vergehen einem anderen Geschäftspartner in die Schuhe geschoben. Der hat sich dann in seiner Gefängniszelle »erhängt«, was in den Augen der Krone seine Schuld an der Veruntreuung bewies, sodass die Ermittlungen eingestellt wurden.

Nach Angaben des Knipsers hat Wesseros einen Gefängniswärter für die Tat bezahlt.

Der Wärter führte den Mord, für den er bezahlt worden war, treu und brav aus. Was er versäumte, war, zuerst die Zustimmung des Gefängnisdirektors für den Mord einzuholen, was wiederum bedeutete, dass der Direktor nicht zuerst die Zustimmung des Knipsers für den Mord einholte.

Es stellte sich heraus, dass der Knipser seine eigenen Pläne für jenen Adligen verfolgt hatte, weshalb er sauer war, als der Mann Selbstmord beging, und als er herausfand, dass es gar kein Selbstmord gewesen war, war der Knipser weit mehr als nur sauer. Normalerweise würde ein von einem niederen Adligen in Auftrag gegebener, von oben nicht genehmigter Mord jenem Adligen einen Besuch eintragen, in dessen Zuge ihm das Versprechen abgerungen würde, den Knipser bei künftigen Unternehmungen am Gewinn zu beteiligen. Sollte er sich als ganz besonders respektlos erweisen, konnte sich der Adlige auch eine gehörige Tracht Prügel einhandeln.

Aber der Knipser hatte in seiner Organisation gerade mit einigen Problemen hinsichtlich mangelnder Disziplin zu kämpfen. Er musste ein Exempel statuieren. Wesseros, ein Graf, aber ein korrupter Kerl ohne Freunde, war der ideale Kandidat dafür. Das war auch der Grund, warum der Knipser die Sache durch jemanden von außerhalb erledigen lassen wollte. Wenn jemand, den der Anführer eines Verbrecherrings loswerden will, einfach verschwindet und niemand in seiner Organisation weiß, wie der Boss das bewerkstelligt hat, dann fragen sich alle, welche anderen unheimlichen Gestalten er wohl noch so auf der Lohnliste hat. Es zeigt jedem möglichen Rivalen an, dass der Boss über Waffen verfügt, von denen der Rivale nichts weiß und die er daher auch nicht unschädlich machen kann.

Damit verschafft man sich jede Menge Respekt und noch mehr Angst. Und Angst stellt die nötige Disziplin wieder her.

Ich gebe einen Tupfer Olivenöl auf meine Fingerspitzen und atme tief ein, als wolle ich mich für etwas rüsten.

~Ich liebe diesen Moment.~

Ich schmiere mir einen Strich Öl über die Brust.

Dampf steigt von mir auf. Ich ächze und spitze die Lippen. Meine Haut wirft Blasen, und unter der zerrissenen Haut kommt pechschwarzes Metall zum Vorschein.

Ich atme ein paarmal tief durch und weite den Ölstreifen meinen Bauch hinunter aus. Wieder zischt und blubbert es. Ich stöhne auf, um das Fehlen eines Siedegeräuschs zu überspielen. Ich muss jedes Mal stundenlang üben, um eine einfache Illusion einzustudieren, und bisher beherrsche ich nur solche visueller Art. Akustische Täuschungen wären ungeheuer praktisch. Und ich weiß auch, dass sie möglich sind. Scarred Wrable ist dafür bekannt, dass er seine Stimme und sogar beliebige andere Geräusche anderswo ertönen lassen kann.

So etwas kann ich nicht. Noch nicht.

Durzo hat mich im Stich gelassen, und die einzigen anderen Leute, die mir etwas beibringen könnten, würden mich lieber umbringen oder gefangen nehmen, um meine Fähigkeiten genau zu inspizieren.

»Um Eure Frage zu beantworten: Nein. Ich bin kein Guter«, lasse ich ihn wissen. »Ein guter Mensch würde nicht tun, was ich gleich tun werde.«

Ich lächle ihn an, und während ich lächle, werden meine Zähne schwarz wie mein Ka'kari.

Man vermittelt ihnen kleine Eindrücke.

Denn auch Angst ist irrational.

Ich wende den Blick von ihm ab. »Ich möchte, dass Ihr etwas wisst, Aemil: Ich bin nicht Euretwegen hier, aber wenn der Nachtengel über mich gekommen ist, schaut mir besser nicht in die Augen. Denn wenn ich Euch dann in die Augen sehe, werde ich mein Urteil über Euch sprechen. Ich werde alle Eure Sünden sehen, und ich werde Euch *bestrafen.*«

Vieles von dem Übrigen ist reiner Mummenschanz. Das ganze Gefasel, die Illusionen ... aber meine letzten Worte sind die reine Wahrheit. Durzo hat einmal zu mir gesagt, dass er eine Zeit lang, wenn er den Ka'kari nur lange genug in Gebrauch hatte, so feinfühlig wurde, dass er eine Lüge in dem Moment erkennen konnte, in dem ein Mensch sie aussprach. So empfindsam bin ich noch nicht. Vielleicht werde ich es auch nie. Aber wenn ich abgrundtief schreckliche Dinge in einem Menschen sehe, dann mache ich diesen Leuten ein Ende, denn es gibt Ungeheuer, bei denen kann ich es einfach nicht ertragen, wenn sie am Leben sind.

»Hat das Gift schon zu wirken begonnen?«, will ich wissen.

»Gift?« Seine Stimme klingt plötzlich angespannt.

»Ihr habt es noch nicht gemerkt, hm?«

»Du hast mich doch nicht ... Du könntest mich nie und nimmer ...«

»Ihr müsstet inzwischen ein gewisses Unbehagen in der Magengegend verspüren.«

Er verstummt.

Ich grinse und lasse erneut meine schwarzen Metallzähne aufblitzen. »Kein Grund zur Beunruhigung. Es ist nur ein Abführmittel.«

»Ein was?«

Ich nehme an, dass er weiß, was Abführmittel sind, also rätselt er nicht über meine Worte an sich, sondern nur über den Grund dafür.

»Ich brauche Platz zum Arbeiten«, erkläre ich.

Nach einem Moment der Verwirrung herrscht er mich an: »Was zum Teufel soll das heißen?«

»Es dürfte jetzt jeden Moment so weit sein. Wollt Ihr Eure Hose ausgezogen haben, oder wollt Ihr sie anlassen?«

Er verflucht mich wiederholt.

»Die ist auch noch richtig teuer. Ein Jammer.«

Er stöhnt, als sich sein Magen zusammenkrampft. »Aufhören, verdammt! Aufhören. Bitte!«

Der Ka'kari ist ein verdammt gutes Messer. Er schnappt mir wie ein Stilett aus der Hand, aber dann verwandle ich ihn in einen kleinen Haken an meinem Finger. Ich lasse diesen Finger über die Außennähte seiner Kleidung fahren, und Hose und Unterwäsche fallen herab.

Es macht ihn fuchsteufelswild, dass ich seine Sachen einfach durchgeschnitten habe, er verflucht mich nur noch mehr, und klamme Furcht schwingt in seinen Worten mit. Als hätte ich je vorgehabt, ihn loszubinden, damit er seine Hose ausziehen kann. Ich schiebe ihm mit dem Fuß einen Nachttopf zwischen die Beine, trete von ihm weg, lehne mich an die Wand und warte, entspannt, geduldig.

Die Zeit jagt uns beide, aber Wesseros wird sie zuerst verschlingen.

Es braucht nicht lange. Krämpfe martern ihn, und er versucht, es zurückzuhalten, aber die unvermeidliche spritzende Sauerei überkommt ihn.

Seltsam, dass ich nicht das Geringste riechen kann, obwohl der Ka'kari mein Gesicht nicht bedeckt.

~Ich habe angenommen, dass dir das so lieber ist.~

Eine durchaus richtige Annahme.

Der Ka'kari hat es noch nie eilig damit gehabt, mir seine Geheimnisse anzuvertrauen, und normalerweise stoße ich ganz zufällig auf sie, so wie jetzt. Ich hatte bisher keine Ahnung, dass er so etwas kann. Mal eben meinen Geruchssinn ausmerzen? Schon eine seltsame Freundlichkeit, nicht wahr?

Als Aemil fertig ist, spritze ich ihm großzügig Wasser über Hintern und Beine, bis er sauber ist.

»Ich werde dich töten«, droht er. Er ist so rot angelaufen, dass sein Gesicht fast schon lila ist. Bisweilen vergesse ich, wie schnell den Leuten irgendetwas peinlich ist. »Ich schwöre bei allen hundert Göttern, ich werde dich töten.«

Sein Zorn übertüncht die Demütigung, die Angst.

Vielleicht muss ich es ja doch nicht tun.

Ich lasse meinen Fuß gegen das große Fass schlagen, ein kleines Stück unterhalb seines Gemächts. Er zuckt vor Angst zusammen. Er hat mehr Angst davor, in die Eier getreten zu werden, als vor Dämonen in der Dunkelheit.

Aemil ist schon ein seltsamer Kerl.

Ich versetze dem großen Fass einen festen Stoß, und es setzt sich rollend in Bewegung.

Seine Fesseln reißen ihn von den Füßen, und als er mehr oder weniger oben auf dem Fass liegt, trete ich Keile unter das Fass, damit es nicht weiterrollen kann. Dann passe ich seine Fesseln so an, dass seine Knie nach außen gedrückt sind. Er kämpft dagegen an, aber ihm fehlt jeder Hebel. Bald hängt er in einer froschähnlichen Haltung auf dem Fass, den Hintern in die Luft gereckt.

Abermals spritze ich ihm Wasser auf seinen nun noch stärker entblößten Unterleib. Dann reibe ich ihn mit der sachlichen Leidenschaftslosigkeit eines Leichenbestatters mit einem Tuch sauber und trocken.

Ach ja, entschuldige bitte, beleidigt das womöglich dein empfindsames Gemüt? Du weißt doch, was für ein Mensch ich bin. Kennst meine Arbeit. Und dir ist bewusst, was hier für mich auf dem Spiel steht: ein Freund, ein Königreich, das Leben Unschuldiger.

Warum bist *du* hier, liest das hier oder hörst es dir an und verurteilst mich? Du musst nicht hier sein. Ich schon.

Aber keine Sorge, ich habe unsere Abmachung nicht vergessen.

»Was machst du da?«, fragt er, und nun ist seine übergestülpte Maske des Zorns so dünn wie Reispapier.

»In Cenaria wurden der Sa'kagé von oben enge Schranken gesetzt. Unsere Shinga hatte einen Kodex. Sie hat die Ungeheuer unter uns ausgemerzt. War der Ansicht, dass sie schlecht für uns alle seien, dass sie nur für Einmischung und Nachforschungen sorgten, Racheaktionen und sonstige Negativwirkungen heraufbeschwören würden.« So zahlreich meine Probleme mit ihr auch sein mögen, Momma K ist eine einzigartige Persönlichkeit, und ich achte und schätze sie mehr als jeder andere. Wenn irgendjemandem der Wechsel von der Verbrecherkönigin zur Herzogin gelingen kann, dann ihr. »Aber andere Städte haben mit ihrem Abschaum weniger Glück. Einmal war ich zu Besuch bei den Sa'kagé in … na ja, egal wo … und sie haben eine Frau gefoltert. Es war ihnen egal, ob sie dabei sterben würde oder nicht – was, wie ich Euch als Fachmann versichern kann, etwas ist, was man eigentlich entscheiden sollte, bevor man mit der Folter beginnt, doch viel zu wenige machen das auch. Sie hatten da eine Methode, die sich als eine der verstörendsten Sachen herausstellte, die ich je erlebt habe. Ich würde Euch ja alles darüber berichten, aber ich bin kein guter Erzähler. Immer wenn ich bei der Hälfte einer Geschichte angelangt bin, merke ich, dass ich etwas vergessen habe, was ich gleich am Anfang hätte einschieben müssen. Statt es Euch also alles im Einzelnen zu erzählen, will ich es Euch lieber zeigen. Ich bin mir nicht sicher, ob es auch bei einem Mann funktioniert. Aber ich denke, wir werden es wohl herausfinden.«

Der Fantasie Nahrung geben.

Es folgen weitere unartikulierte Flüche.

Ich träufle ihm Olivenöl in die Pospalte.

Ach, stimmt, da war doch etwas mit deinem empfindsamen Gemüt. Du bist neugierig, etwas über die Arbeit eines Killers zu erfahren – und nun leider, leider auch die eines Folterers –, aber du willst nichts *allzu* Widerwärtiges hören. Du bist schon ein komisches Bündel von Widersprüchen, nicht wahr?

Doch dafür kann ich dich ja wohl kaum verurteilen, oder? Ich bin schließlich selbst nicht ganz ohne Widersprüche.

Jedenfalls habe ich mein Versprechen nicht vergessen. Ich werde dich warnen, wenn es Zeit ist, wegzuschauen. Du kannst dich auf mich verlassen. Ich werde weder sein haariges Poloch noch seinen zusammengeschrumpelten Hodensack noch sein eher bescheidenes Gemächt beschreiben, mit dem er sich so stolz bei der Kaiserin einzuführen erhofft hat.

Wer weiß, wenn wir beide Glück haben – ich meine, du und ich, nicht Wesseros –, wird es womöglich gar nicht erst nötig wegzuschauen, zumindest nicht heute.

Neue Flüche. Er strampelt und sträubt sich so heftig gegen seine Fesseln, dass seine Knöchel, Handgelenke und Knie schon blutig wären, hätte ich kein Seil aus Seide verwendet.

»Ich habe Freunde«, schreit er. »Ich bin nicht allein hier! Sie müssen jeden Augenblick hier sein.«

»Freunde, hm? Tja, darum beneide ich Euch. Waren es nur die sechs, oder ist der siebte auch einer von ihnen gewesen? Ich war mir nicht sicher. Er hat sich wie ein normaler Bürger bewegt, aber ich habe auch ihn ausgeschaltet. Sicherheitshalber.«

Schweigen.

Dann sagt er: »Gütige Götter!«

Ich habe sie nicht umgebracht. Nicht, dass er das zu wissen braucht. Ein Betäubungsgift und eine Menge Seil zum Fesseln. Ich habe ja bereits erwähnt, dass man mit Betäubungsgiften vorsichtig sein muss: Man kann sie praktisch nicht bei Kindern anwenden. Aber selbst bei Erwachsenen gibt es Probleme. Was für den einen eine tödliche Dosis ist, hat ein anderer schon in einer Stunde wieder weggesteckt. Durzo ist es gelungen, einige der Faktoren zu bestimmen, die dabei eine Rolle spielen: Eine gute körperliche Verfassung, Trunksucht und seltsamerweise auch Vegetarismus können die Widerstandskraft des Körpers erhöhen. Aber wenn man keine Zeit hat, sich ein genaues Bild über die gesamte medizinische Vorgeschichte seiner Leiche zu verschaffen, muss man sich mit Seilen und Knebeln behelfen.

Wie bei so vielem anderen im Blutgeschäft auch braucht man verlässliche Grundlagen, um sicherzustellen, dass man mit Magie und all den sonstigen Spielereien keine Probleme bekommt.

Und das ist wahrscheinlich auch gut so. Einen Menschen umzubringen, ist allzu einfach. Damit durchzukommen, sollte es nicht sein.

Ich trete wieder an das Fass, das mir als Tisch dient, um ihn auf die dort liegenden Gegenstände aufmerksam zu machen. Er schaut sie mit leerem Blick an.

Es ist nicht die Leere des blanken Entsetzens. Sondern einfach nur … leer.

Die Vorstellungskraft dieses Menschen scheint mir ein reichlich stumpfes Werkzeug.

Meinetwegen. Auch egal.

Ich nehme den Messzylinder in die Hand und schmiere großzügig Öl darauf.

Dann lege ich ihn angewidert wieder weg.

Letzteres ist nicht gespielt. »Ich glaube nicht, dass ich dazu fähig bin«, sage ich und wische meine öligen Hände an einem Lappen ab. Eine Lüge. Ich bin noch zu viel Schlimmerem in der Lage. Ich warte, um Aemil Zeit zu geben, neue Hoffnung zu schöpfen, dann füge ich hinzu: »*Er* aber ist es.«

Ich bin eigentlich davon ausgegangen, »er« sei eine hinreichend offensichtliche Anspielung auf den Nachtengel, aber Aemil schaut nur verwirrt drein.

Na schön. Andeutungen und verschleierte Drohungen haben nichts gebracht. Es ist an der Zeit, mit offenen Karten zu spielen.

Ich fasse mir an die nackte Brust und stöhne. Dann grabe ich mir die Finger in die Haut, als wollte ich die schweren Deckel eines Buches aufreißen. Als sich die Haut über meinem Brustbein abschält, wird ein einzelner schillernder blauer Strich auf der schwarzen Haut sichtbar. Ich bin immer noch dabei, mit meinem Nachtengel-Auftritt herumzuexperimentieren, doch dieses tief brennende, kühle Blau setzt einen Akzent, der mir gefällt. Ich weiß nicht, warum. Ich mag ja unsterblich sein, ich mag noch weitere siebenhundert Jahre leben und so abgestumpft werden wie mein Meister, aber im Moment bin ich gerade mal zwanzig

Jahre alt, und ich finde es sehr furchterregend, was ich da mache. Und irgendwie großartig.

Graf Wesseros' Augen weiten sich.

Ich nehme meine Kräfte zusammen und reiße mir mit einem Schrei die Haut vom Leib, als würde ich aus einem Mantel schlüpfen. Es sieht ziemlich grauenhaft aus, das muss ich selbst sogar sagen. Hautfetzen kleben mir an den Händen und an Hals und Kopf, alles blutet vom Aufreißen. Meine Brust darunter besteht ganz und gar aus glänzenden Muskeln, schwarz wie Obsidian, von blauen Linien akzentuiert, die in der Dunkelheit lodern.

Ich trete aus seinem Gesichtsfeld heraus. Er wendet den Kopf, sucht nach mir, doch er kann sich nicht weit genug drehen. Der Schweiß trieft ihm über die Wangen, macht sein Haar feucht, läuft ihm über den nackten Rücken. Seine Atmung ist schnell und angestrengt. Endlich.

Ich ächze und stöhne, als würde ich große Schmerzen leiden, aber tatsächlich sollen die Laute nur das Geräusch übertönen, das ich mache, wenn ich mir Hose und Unterwäsche ausziehe. Der Ka'kari könnte beides einfach verschlingen – aber dann würde ich, sobald die ganze Sauerei vorbei ist, ohne Hose und Unterwäsche dastehen.

~Fängst du schon wieder *damit* an?~

Ich lasse den Ka'kari meine Haut überziehen. Er bedeckt mich makel- und lautlos mit Rundungen aus schwarzem Metall und – eher widerwillig – mit Akzenten von flammendem Blau. Meinen Kopf jedoch lasse ich ihn aussparen – am besten mache ich das Ganze in Etappen, wenn ich es vermeiden will, die Sache mit Wesseros' Folter durchziehen zu müssen.

Als ich wieder in sein Blickfeld trete, schnappt er nach Luft und ruft dann: »Gütige Götter, was für ein Wesen bist du?«

»Keines von den guten. Das jedenfalls nicht.« Ich arbeite immer noch an meiner Stimme. Als der Nachtengel habe ich bisher noch nicht viel sprechen müssen. Sie sollte aber anders klingen als meine normale Sprechstimme, meinst du nicht auch? Ich möchte bedrohlich und einschüchternd klingen, als würde der Nachtengel von mir Besitz ergreifen oder etwas in der Art – als würde mir weitgehend die Kontrolle über mein Tun entgleiten –, doch es soll auch keine albern klingende Reibeisenstimme sein.

Außerdem: Sollte ich mich der Stimme nur dann bedienen, wenn ich in voller Montur bin? Was ist mit Momenten wie jetzt, da mein Gesicht nicht verdeckt ist? Entscheidungen, schwierige Entscheidungen.

Ich erhebe die Stimme: »Ich bin die unvollkommene Verkörperung eines unwandelbaren Ideals. Ich bin der hungrige Rachen der Gerechtigkeit. Ich bin die zugreifende Hand des Fluches. Ich bin die scharfen Zähne der Rache. Ich bin der geöffnete Höllenschlund.«

Ich kann nicht recht sagen, ob sein Schweigen nun bedeutet, dass ich eine große Zukunft als Folterknecht habe oder nicht.

~Ich fand es großartig. Dieses Maß an Beredsamkeit steht dir gut. Das bist du, Kylar.~

Das Lob kommt mir vor, als wäre ich ein Bariton, der dafür gelobt wird, dass er nicht versucht, Sopran zu singen, inklusive all der mitschwingenden Sticheleien darüber, wie sehr die Sache doch zuvor in die Hose gegangen ist, als ich es versucht habe.

Doch jetzt ist nicht die Zeit, um mich mit dem Ka'kari anzulegen. Ich fahre fort: »Ich werde Euch jetzt haarklein auseinandersetzen, was auf Euch zukommt, und wenn Ihr mir gegenüber völlig aufrichtig seid, lasse ich Euch ein stumpfes Messer da, mit dessen Hilfe Ihr Eure Fesseln durchschneiden und entkommen könnt.«

»Du Idiot, du Narr! Lass mich auf der Stelle frei! Meine Männer sind bereits unterwegs. Weißt du denn nicht, wer ich bin?«

Aha, ein Fortschritt.

»Ihr seid der Bruder eines Herzogs gewesen. Jetzt seid Ihr lediglich der Graf irgendeines Kaffs im Hinterland von Alitaera. Ein Mann, der sein Glück bei der Kaiserin versuchen will, und wenn das scheitert, wollt Ihr versuchen, die Titel Eures toten Bruders zu Hause in Cenaria zurückzufordern. Aemil, selbst wenn Eure Männer irgendwie erahnen könnten, wo Ihr Euch befindet, so mögen sie Euch doch nicht besonders. Nicht genug. Die Wahrheit ist, dass niemand weiß, dass wir hier sind. Niemand wird kommen, um Euch zu retten. Ich bin zwar nicht der Beste in dem, was ich tue, aber ich bin sehr, sehr gut. Ohne Frage mehr als gut genug für heute Abend.«

»Was willst du von mir?«, fragt er, und seine Augen treten ihm schier aus den Höhlen.

Endlich. »Ihr habt da ein Armband, um Zugang zur Feier der Kaiserin zu erhalten. Ihr werdet mir sagen, wie Ihr es bekommen habt, und dann werdet Ihr es mir geben.«

»Fahr zur Hölle!«

»Zweifellos. Wenn es an der Zeit dafür ist.«

Seltsamerweise ist das allerdings das einzige Problem, das die Unsterblichkeit voll und ganz für mich löst.

~Nein, das tut sie nicht. Du verlagerst deine Hölle lediglich aus der Ewigkeit hinein in die Gegenwart.~

Darauf weiß ich keine Antwort, also gehe ich zum Tisch zurück und halte die Flasche hoch, um nach dem Maulwurf zu sehen.

Der Ka'kari ist immer dann am schlimmsten, wenn er recht hat. Ich höre den Kopf einer Hydra brüllen, und es ist kein Geheimnis, welcher es ist, denn er nagt an den Rändern von allem, was das Leben lebenswert macht.

»Was … was hast du mit mir vor? Da hat sich gerade so ein Ausdruck über dein Gesicht gelegt.«

Die Fantasie ist der beste Folterknecht, doch manche Menschen haben einfach keine Fantasie. »Diesen Trichter hier führe ich in Euer Rektum ein. Ich zwänge den Maulwurf in den Trichter und lasse ihn in Euer Inneres kriechen. Danach binde ich Eure Beine zusammen, damit er nicht auf dem gleichen Weg wieder herauskommen kann, auf dem er hineingelangt ist. Der Maulwurf gerät in Panik. Versucht, sich auf andere Weise herauszugraben. Sie sind echt gut im Graben, diese Maulwürfe, und sie brauchen nicht viel Luft. Arbeiten sich mit Leichtigkeit durch Muskelgewebe oder Gedärm. Offenbar haben sie sich manchmal schon wieder ganz und gar aus dem Körper des Opfers herausgegraben, noch bevor es stirbt.«

»O Götter, habt Erbarmen!«

»Sagt mir alles, was ich wissen will, und Ihr bleibt am Leben. Eure letzte Chance, Aemil. Zwingt mich nicht, es zu tun. Ich mag es nicht, einen Unschuldigen zu töten.«

Sein Gesicht wird schlaff vor Angst. »Ich bin nicht … ich bin nicht völlig unschuldig.«

»Ich habe vom Maulwurf gesprochen.«

Und ohne dass ich es wirklich beabsichtigt hätte, schiebt sich der schwarze Ka'kari in allen Farbtönen des flammend kalten, blauen Gerichthaltens über mein Gesicht, und ich starre in seine Augen und *schaue*. Er ist eine fette Zecke, prallvoll mit dem Blut des Bösen.

Erinnerst du dich daran, was ich dir versprochen habe? Dass ich dir Bescheid gebe, wenn du wegschauen sollst?

Jetzt wäre ein guter Zeitpunkt dafür.

Wie sich herausstellt, ist die Fantasie doch nur der zweitbeste Folterknecht.

Kapitel 39

Ein geiferndes Monstrum

Als die ersten Strahlen der Sonne den höchsten Turm der Zikkurat hinter mir in Flammen tauchen, springe ich auf Phaenas Balkon. Ich knacke das Schloss an ihrer Tür und schlüpfe in die dunkle Wärme ihres Zimmers.

Durch den Windstoß gestört, den ich mit hereingebracht habe, dreht sich Phaena im Schlaf um. Ich verharre stumm, als sie die Bettdecke zur Seite tritt und wieder in tiefen Schlaf sinkt. Plötzlich erinnere ich mich an ihr kurzes blankes Entsetzen, als ich sie mit der Vorstellung konfrontiert habe, zu erwachen, während ich drohend über ihr aufrage, und ich erstarre, unsicher, was ich tun soll.

Während ich so reglos im Raum stehe, überkommt mich eine unwillkommene Erinnerung. Elene, wie sie sich im Bett herumrollt und mich wach findet, weil ich gerade ein weiteres Mal zwanghaft unser damaliges Zimmer nach möglichen Gefahren absuche, denn die tiefe Prägung durch mein Leben mit Durzo lässt sich nun mal nicht so schnell abschütteln. Ein sanftes, noch leicht umnebeltes Lächeln auf ihrem Gesicht – ich erinnere mich ganz genau daran! – und ein winkender Finger: »Komm her, du«, sagte sie, und ich kam. In ihre Arme und ihren Trost hinein, und alles war gut, alle Stürme in mir hatten sich gelegt. Und ich erinnere mich an Vi, ihr wallend herabfallendes Haar, Wellen der flüssigen Morgenröte, ihr Gesicht im Schlaf verblüffend zart, schutzlos offen und unverstellt.

Aber Phaena ist weder die eine noch die andere dieser Frauen, und in ihrem verwundbaren, hilflosen Zustand werde ich sie unweigerlich erschrecken, wenn ich sie auf diese Weise wecke.

Ich schließe ihre Zimmertür auf und schleiche mich in den Flur hinaus. Sobald ich draußen bin und die Tür geschlossen habe, klopfe ich.

Sie ruft etwas, und eine Minute später öffnet sie die Tür. Sie hat sich einen dicken Morgenmantel übergezogen und wirkt besorgt.

»Wie ist es gelaufen?«, erkundigt sie sich und winkt mich ins Zimmer. Sie tritt ans Fenster und zieht einen der Vorhänge auf, um das immer heller werdende Morgenlicht hereinzulassen. Dann stutzt sie. »Du siehst schrecklich aus. Erschöpft. Bist du verletzt?«

»Ich? Es geht mir bestens«, beteuere ich.

»Setz dich«, befiehlt sie. Und im nächsten Moment sitzt sie neben mir auf dem Bett.

Ich reiche ihr das Armband mit dem einen schwach leuchtenden blauen Juwel darauf und zwei klaren Kristallen.

»Du hast es geschafft!«, ruft sie.

Missmut macht sich in mir breit, auch wenn ich nicht recht weiß, warum. »Das kann doch wirklich nicht unsere einzige Möglichkeit sein.«

»Wovon sprichst du?« Sie mustert mich prüfend.

»Die Sache gefällt mir nicht«, erkläre ich. »Wesseros schien mir nicht gerade ein Ausbund an Tüchtigkeit zu sein.«

»Ach ja?«, fragt Phaena.

Mir fehlt die Energie für eine Antwort.

»War das ein Problem für dich?«, fragt sie weiter.

Ich brauche eine Weile, um die Worte für eine Antwort zusammenzubringen. »Nicht, nachdem ich das eine oder andere über ihn erfahren habe. Er wird mir keine schlaflosen Nächte bereiten.« Aber noch während ich es ausspreche, frage ich mich, ob das stimmt. Dass jemand es verdient hat, getötet zu werden, bedeutet nicht, dass die Tat keine Spuren beim Mörder hinterlässt.

»Du willst also keinen Gebrauch davon machen?«, hakt sie nach und wedelt mit dem Armband. »Nach allem, was wir getan haben, um es zu bekommen?« Ihre Stimme ist ruhig und gefasst, doch ich kann die darunterliegende Verärgerung hören.

Ich antworte nicht. Ich weiß nicht, was mit mir los ist.

»Und was willst du stattdessen tun?«, hakt sie nach. »Einen offenen Angriff wagen? Auf die gefürchtetste kaiserliche Wache in ganz Midcyru – einschließlich ihrer Kampfmagier, Jäger, Spürer, Illusionswirker – und darüber hinaus vielleicht noch ein paar Mitglieder der Prätorianergarde zum persönlichen Schutz der Kaiserin und wer weiß, was sonst noch alles?«

»Wir planen hier einen Raub, oder?«, sage ich. »Ich könnte mich reinschleichen. In derlei bin ich ziemlich gut, musst du wissen.«

»Wenn es so einfach wäre, hätte sich die Herzogin nicht so mächtig ins Zeug gelegt, um uns ein Armband zu verschaffen. Burg Sturmfest verfügt über Hunderte von Magi – das sind mehr als irgendwo sonst auf der Welt, von der Chantry selbst einmal abgesehen. Und was es an magischen Verteidigungsvorrichtungen gibt, wissen nur die Götter. Es sind dort schon Mordanschläge versucht worden, Kylar, von durchaus ernst zu nehmenden Leuten. Wie lange bräuchten wir, um einen Plan zu schmieden und einen Trupp zusammenzustellen, der dich dort hineinschmuggelt, ganz davon zu schweigen, dich auch wieder herauszuholen? Heute Abend ist der letzte Abend der Festlichkeiten.« Doch dann holt sie tief Luft, und ihre Stimme wird sanfter. »Ich versteh schon, Kylar. Alles an diesem Auftrag ist verzweifelt und improvisiert, und die Sache ist wohl buchstäblich unmöglich. Aber du hast es schließlich trotzdem versuchen wollen.«

Sie wartet, damit ihre Worte ihre Wirkung entfalten können – bei mir, nicht bei ihr, was mir wieder einmal zeigt, dass sie von Momma K und ihrem tödlichen Schweigen gelernt hat.

»Geht schon in Ordnung. Wenn wir die Sache nicht durchziehen, bekommen wir Logans Kinder nie zurück«, erkläre ich. »Uns bleibt keine andere Wahl. Es ist die Anstrengung wert. Ich bin wohl einfach nur müde.«

Phaena entspannt sich sichtlich. »Gut, dann ist ja alles klar … Zwei Dinge noch.«

»Schieß los.«

»Jemand ist heute Nacht in dieses Zimmer eingebrochen.«

»Was?«

»Die Tür war nicht verschlossen, als ich dich hereingelassen habe.«

»Ach so. Das war ich«, lasse ich sie wissen. »Ich wollte weder unsere Gastgeberin noch ihre Dienerschaft wecken und dann Zeugen dafür haben, dass ich die ganze Nacht unterwegs gewesen bin. Ich habe mir überlegt, es wäre wohl schneller hineinzuklettern.«

»Du bist also an mir vorbeigeschlichen und wieder aus dem Raum gegangen, um dann zu klopfen? Warum hast du mich nicht einfach geweckt?«, wundert sie sich.

»Ich … ich wollte dich nicht erschrecken, und … du hattest deine Bettdecke weitestgehend abgeschüttelt.«

Sie blickt auf ihre nun in ihren Morgenmantel gehüllte Gestalt hinab. »Oh.« Sie räuspert sich. »Ich, äh, schlafe zu Hause immer nackt. Jetzt habe ich mich endlich sicher genug gefühlt, um zur Normalität zurückzukehren, nehme ich an. Entschuldigung.«

»Entschuldigung? Ich bin es schließlich, der in dein Zimmer eingebrochen ist. Ich wollte dir nicht … ich hoffe, ich habe dir jetzt nicht dieses Gefühl der Sicherheit genommen. Ich habe dich nicht … du weißt schon, angegafft. Nachdem ich es gesehen hatte.«

Sie errötet und scheint noch etwas sagen zu wollen, doch im letzten Moment überlegt sie es sich anders, wird ernster. »Du wirkst müde«, sagt sie.

»Ich bin erschöpft. Und ich muss vor heute Abend ein paar Stunden Schlaf bekommen, sonst mache ich Fehler. Aber ich weiß nicht, ob ich überhaupt schlafen kann. Ein Mangel an Disziplin, weißt du? Ich fange an, über Dinge nachzugrübeln, die ich besser auf sich beruhen lassen sollte.« Ich weiß nicht, warum ich ihr das sage.

»Zieh deine Arbeitssachen aus. Ich werde dir ein Schlaflied singen.«

»Ein Schlaflied? Führe ich mich wieder mal auf wie ein verzogenes Kind?«, erkundige ich mich augenzwinkernd.

Sie unterdrückt ein Lächeln. »Jetzt komm schon. Meine Stimme ist nicht die beste, aber es dauert wohl noch ein Weilchen, bis der Instrumentenbauer meine neue Leier liefern kann.«

»Leier?«, frage ich, komme zu ihr und lege ihr auf ihr Drängen hin den Kopf in den Schoß.

»Du weißt schon, als Ersatz für das Instrument, das die Banditen zerstört haben.« Sie sagt das, als sollte ich eigentlich wissen, wovon sie spricht.

»Ah ja, stimmt«, pflichte ich ihr bei, denn ihre Stimme klingt bei der Erinnerung an die Banditen angespannt, doch ich bin mir ziemlich sicher, dort nie eine Leier gesehen zu haben.

~Doch, hast du.~

Wirklich?

~Als sie den Banditen umgebracht hat, hast du festgehalten: »Eine Leier, zu einem Durcheinander aus gesplittertem Holz und Saiten zertrümmert.«~

Ah. Ich glaube, das stimmt. Hey, sieh mal einer an, du bist nützlich! Und das sogar freiwillig!

Auch wenn der Ka'kari nicht direkt in beleidigtes Schweigen verfällt, geruht er doch auch nicht, mir eine Antwort zu geben.

Phaena fängt an zu summen, streichelt mir mit den Fingern durchs Haar, und dann singt sie. Ihre Stimme ist volltönend, bis zu den tiefen Tönen hinunter, und während ich ihre Finger auf meiner Kopfhaut spüre – warum nur ist das Gefühl so schön? – und dem beruhigenden Balsam dieser Stimme lausche, versuche ich gar nicht erst, den Text des Liedes zu verstehen, das mir vage bekannt vorkommt. Vielleicht habe ich es andere Kinder singen hören, auch wenn ich nicht glaube, dass es jemals ein Mensch mir selbst vorgesungen hat. In meiner Kindheit hat es nicht viele Wiegenlieder gegeben.

»Was ist das für ein Lied?«, will ich wissen. »Etwas, das ich kennen sollte?«

»Nein. Es ist neu. Vielleicht hast du mich unterwegs Teile davon summen hören«, antwortet sie. »Ich bin immer noch am Ausprobieren. Es ist so eine Art musikalisches Motiv für dich. Mit Begleitung klingt es dann besser. Und irgendwann klingt es vielleicht sogar *gut,* sobald ich dich ein bisschen besser durchschaut habe. Ich versuche immer noch herauszufinden, wie die Nachtengel-Partie zu den Kylar-Partien passt.«

»Ha! Das versuchen wir beide«, bemerke ich. Ich lasse mich auf ihr Lächeln ein, und hier, in der Weichheit ihres Schoßes, überrasche ich mich damit, dass ich aus etwas einfach nur Beruhigend-Tröstlichem nicht gleich etwas Sexuelles mache. Ich bin in letzter Zeit furchtbar reif geworden.

Vielleicht bin ich aber auch einfach nur ungeheuer müde. Wie auch immer, diese Frau hat etwas Erfrischendes und Wohltuendes an sich. Für einen Mann, dessen Glieder vom Hunger schwer sind, ist sie wie ein Hauch von Honig auf der Zunge.

Es raubt mir den Atem; es ist, als würde ich, davon befreit, eine Frau einzig durch die winzige Linse meines Geschlechtstriebs wahrzunehmen, plötzlich auf dem Gipfel eines Hügel stehen und die aufgehende Sonne in ihrer ganzen Pracht sehen, wie sie eine Tiefe und Farbfülle annimmt, die ich noch nie zuvor bemerkt habe, als würden sich ganze Horizonte neu eröffnen: eine Frau nicht nur als mögliche Geliebte, sondern als Freundin, als Vertraute, als mögliche Seelenverwandte, als die Tochter, als die Schwester, als die Mutter von anderen. Eine Frau in ihrer Ganzheit, verwoben in das komplexe Geflecht ihrer Beziehungen, von denen das bisschen Getändel mit mir am unwesentlichsten ist.

Sie auf diese Weise zu sehen, ist verlockend, hinreißend und bei Weitem nicht so beängstigend, wie es sein sollte. Vielleicht, weil ihre Finger in meinem Haar etwas so Entspannendes haben.

»Ich könnte dir eine kleine Nachtengel-Geschichte erzählen, wenn du findest, es würde dir bei deinem Lied helfen«, schlage ich vor.

Sie gibt ein ermunterndes Brummen von sich.

»Es ist eine Geschichte, die mir mein Meister erzählt hat, bevor er … nun ja, es ist noch nicht allzu lange her. Er sagte, ähm, egal, lassen wir die Ausflüchte beiseite: Fünftausendelf Jahre vor der Krönung von Jorsin Alkestes zum Gefahrvollen Belagerer plante Ashur Ram Mandaru, der Letzte der Ramranahtarib, seine große Abscheulichkeit, die in der längsten Nacht des Jahres um Mitternacht an ihren Höhepunkt gelangen sollte. Diese Nacht, so hatten es ihm seine Astrolografen versichert, sollte aufgrund einer einzigartigen Konjunktion von Planeten und Neumond die dunkelste Nacht seit tausend Jahren werden. Er glaubte, dass er, wenn er zu genau diesem Zeitpunkt einen gewissen Höhepunkt der Verderbtheit erreichte, zum Himmel aufsteigen und einer der Götter jenseits des Schleiers werden würde. Doch nachdem alle Vorbereitungen getroffen worden waren, nachdem die Sklaven die Krähenfüße ausgelegt hatten und die Väter ihre Leiber rasiert und ihre Fersen blutig an den rituellen Steinen befestigt und die Mütter ihre Kinder in Öl gebadet und die Schreie der Kleinen zum Verstummen gebracht hatten, als Ashur mit seinem Schwert aus gehämmerter Bronze auf das Podium trat und die zehntausend Laternen alle zugleich erloschen und sich das Wimmern der Verurteilten zusammen mit den Weihrauchwolken der Priesterinnen erhob, noch ehe der große König in diese ruchlose Dunkelheit hinein das Wort erheben konnte, wurde stattdessen plötzlich ein neuer Stern geboren, heller als der Vollmond. Ein Stern, der so strahlend hell leuchtete, dass er zwei Jahre lang sogar tagsüber Schatten warf, bevor er auf genauso geheimnisvolle Weise wieder verschwand, wie er gekommen war. Doch in jener Nacht erschien dieser vergängliche Stern aus dem dunkelsten Winkel des dunkelsten Himmels seit tausend Jahren heraus. Damit verurteilte er das Ritual von Ashur Ram Mandaru zum Scheitern und verhinderte vielleicht auch seinen Aufstieg zur Gottheit. Es heißt, dass aus diesem Licht, diesem Überbleibsel eines sterbenden Sterns – oder auch, wie manche behaupten, aus den doppelt so dunklen Schatten, die dieses Licht warf –, der erste Nachtengel hervortrat, eine Frau, und dass sie den verrückten Kaiser vor seinem gesamten Hofstaat und allen, die ihm hörig waren, niederstreckte.«

Ich blicke zu ihr auf, um zu sehen, wie sie das aufnimmt, aber von ihrem Schoß aus ist es schwer, Phaenas Gesichtsausdruck zu deuten.

»Ich hatte nie zuvor etwas von diesen Orten, Titeln oder Personen gehört«, fahre ich fort. »Ich weiß nicht, ob irgendetwas davon wahr ist. Aber angeblich ist das der Grund, warum die Dunkelheit meinen Augen entgegenkommt, denn ein Teil von mir wurde in der Dunkelheit geboren. Ich soll ein Licht in der dunkelsten Nacht sein, Hoffnung für die Verzweifelten und Verzweiflung für die, welche die Hoffnung zerstören. Licht für diejenigen, die in der Dunkelheit straucheln, und ein Abgrund in der Nacht für diejenigen, die den Fall verdient haben.« Ich zucke die Achseln und komme mir unvermittelt viel zu ernst vor. »Oder vielleicht, weißt du, ist es auch einfach nur eine alberne Geschichte.« Ich lächle müde zu ihr auf.

»Ja. Albern«, sagt sie. Sie schluckt.

Es ist mir in der Geschichte vorher nicht weiter aufgefallen, außer als Merkwürdigkeit am Rande, dass Durzo den ersten Nachtengel als eine »Sie« bezeichnet hat. Als ich nachgefragt habe, hat Durzo gesagt, in einigen anderen Fassungen der Geschichte sei der erste Nachtengel männlich, er jedoch bevorzuge diese Form. Er hat nicht näher erläutert, warum, und ich habe es stets gemerkt, wenn man bei Durzo auf verschlossene Türen stieß.

War das Nemesis gewesen? Hat es sie wirklich gegeben? »Das ist eine schreckliche Geschichte. Entschuldigung«, sage ich und schließe die Augen.

»Nein, nein, alles gut«, erwidert Phaena. Ihre Stimme ist bewegt, doch ich kann ihre Gefühle nicht deuten. Ich bin zu müde.

»Kylar«, sagt sie kaum einen Augenblick später und klingt seltsam weit weg.

Verstörenderweise kommt ihre Stimme nicht von oben, über mir, sondern von der anderen Seite des Raums. Ich reiße die Augen auf, zwinge mein Bewusstsein ruckartig in einen unliebsamen Zustand der Wachsamkeit. Sie steht mir gegenüber, kommt von der Tür zurück, eine Mappe mit Pergamentbögen in den Händen. Mein Kopf ist jetzt auf ein Kissen gestützt.

»Wie lange?«, frage ich und setze mich auf.

»Du hast fast den ganzen Tag geschlafen. Es ist jetzt an der Zeit, uns fertig zu machen. Du hast ein bisschen gesabbert«, erklärt sie und lächelt, als sei das etwas Goldig-Süßes.

»Ich sabb… das habe ich nicht!« Ich wische mir das Kinn ab – igitt, es ist ja ganz nass! »Gut, hab ich doch! Und ich gebe dir die Schuld daran, weißt du? Als du gesagt hast, du hättest nicht die beste Stimme, dachte ich, du meintest damit, dass sie nicht sehr gut sei und nicht so was von wegen ganz im wörtlichen Sinn: *Hey, meine Stimme ist nicht die allerbeste Stimme auf der ganzen Welt, sondern vielleicht ja nur die zweit- oder drittbeste.*«

Sie lächelt verlegen. »Wie freundlich von dir! Aber du übertreibst.«

»Nein, ganz und gar nicht. Ich halte genau das richtige Maß ein, damit du Momma K nie weitersagst, dass du mich dazu gebracht hast, dass mir das Wasser im Mund zusammenläuft. Buchstäblich. Bis ich angefangen habe zu sabbern.«

»Kylar, ich bitte dich! Ich würde ihr so etwas doch nie erzählen. Es sei denn …«

»Es sei denn, was?«, hake ich nach.

»Es sei denn, wir könnten uns dabei prächtig auf deine Kosten amüsieren.«

»Das werde ich dir nie verzeihen!«

Sie lacht und wirft einen raschen Blick zu meinen Lippen. Sie steht dicht neben mir und hält etwas in der Hand, doch sie scheint es ganz vergessen zu haben.

Ich komme wieder zu Sinnen und mache einen Schritt von ihr weg. Schließlich bin ich eine verdammte Eiche.

Auch sie scheint sich nun wieder im Griff zu haben und reicht mir das Stück Pergament. »Du wirst keine andere Wahl haben, als mir zu verzeihen, sobald du siehst, was du anzuziehen bekommst. Oder du wirst mich noch einmal doppelt so sehr hassen.«

Ich begutachte das Pergamentblatt. Es enthält eine sehr detaillierte Beschreibung einer verschnörkelten blauen Truhe und schildert ausführlich, wie man ihren doppelten Boden öffnen kann, außerdem findet sich da noch eine gute Zeichnung des Schließmechanismus.

»Ist das …? Befindet sich unser gesuchter Gegenstand da drinnen?« Ich habe nicht vor, den Nemesis-Kompass mit einem laut vernehmlichen Wort zu erwähnen.

»Jedenfalls hoffe ich das sehr. Denn das ist alles, was wir dazu haben. Wenn du damit fertig bist, verbrenne es.«

Sobald ich mir alles ins Gedächtnis eingeprägt habe, was ich brauche, werfe ich den Pergamentbogen ins Feuer. »Moment mal, hast du nicht etwas darüber gesagt, was ich anzuziehen *bekomme*? Heißt das, ich habe da eine freie W…?«

»Ich meinte ›anzuziehen bekommen‹ im Sinne von ›anziehen müssen‹. Aber du kannst mir vertrauen, du wirst einfach umwerfend aussehen.«

Kapitel 40

Ein höchst raffinierter Hinterhalt

Der Schweiß, der mir über den Rücken rinnt, hat nichts mit der Hitze in unserer Nobelkutsche zu tun. Phaena und ich haben auf dem Weg, der bergauf zur Burg Sturmfest führt, etliche Stunden in Warteschlangen an den verschiedenen Toren verbracht, und nun befinden wir uns vor dem Kontrollposten am siebten und letzten Tor. Phaena ist ein wahrer Traum in nachtblauen Seidenröcken und weißem Brokat, erlesenen Goldketten und blendend glitzernden Edelsteinen; ich bin ihr bescheideneres Gegenstück in einer schlank geschnittenen schwarzen Jacke mit Goldbrokat und Einsätzen aus rotem Stoff. Sie trägt das unrechtmäßig erworbene Armband von Lord Wesseros am Arm, ich meine Angst im Herzen.

Wir reden kein Wort. Wir haben keinen Plan für den Notfall. Wir nähern uns dem vorderen Ende der Warteschlange.

Draußen höre ich einen Schrei, ein kleines Stück vor uns.

Unser Kutscher stößt einen leisen Fluch aus. »Armer Tropf«, sagt er.

Ich strecke den Kopf aus dem offenen Fenster und spähe in die Abendluft hinaus. Überall vor und hinter uns in der langen

Schlange von Kutschen, die sich um die spiralförmig aufsteigende siebte Ebene von Burg Sturmfest reihen, machen andere das Gleiche. »Was war das?«, frage ich.

Der Kutscher sagt: »Da hat wieder einer versucht, sich auf die Feier zu schleichen. Hat sich gewehrt, und sie haben ihn einfach seitlich runtergeschmissen.« Der Kutscher sieht mich mit hochgezogenen Augenbrauen an. »Der Hauptmann von denen scheint nicht lange zu fackeln. Die dürfen das.« Er flucht noch einmal und schüttelt den Kopf. »Die halten sich wohl für was ganz Besonderes, was?«

Ich ziehe den Kopf wieder herein und setze mich.

»Das war jetzt schon der Dritte, nicht wahr?«, fragt Phaena. Sie ist kreidebleich.

»Die anderen sind mit einer Tracht Prügel davongekommen«, sage ich. »Wenn sie uns also erwischen, dann wehr dich besser nicht. Momma K wird dich raushauen. Irgendwann.« Ich drehe mir mein eigenes Armband zurecht. Meines ist nicht magisch, aber dekorativ: Es ist das Platinarmband, das Durzo mir geschenkt hat, im Moment ohne den Ka'kari, den ich in meinem Inneren mit mir trage.

»Hast du denn vor, deinen eigenen Ratschlag zu beherzigen?«, bohrt Phaena nach.

Wenn ich kämpfe, was würde ein Sieg bedeuten? Noch mehr Soldaten, ein Großalarm, und die Elitekämpfer würden über uns herfallen wie der Zorn der Götter. Für Phaena würde es den Tod bedeuten, so viel ist sicher. »Das Ganze ist eine schreckliche Idee«, sage ich.

Phaena nestelt an dem juwelenbesetzten Armband an ihrem Handgelenk herum. Von Wesseros weiß ich, dass der einzelne große Saphir daran, neben den beiden Schmucksteinen aus klarem Kristall, anzeigt, dass der Träger ein Mann von Adel ist, wenngleich auf der niedrigsten der drei Stufen unter den heutigen Festbesuchern. Ich weiß, dass das Armband von magischer Natur ist, aber ich habe es nicht allzu genau untersucht, in der Befürchtung, dass der Ka'kari etwas Wichtiges darin verschlingen und uns beiden den Tod bringen könnte.

Die Minuten vergehen. Die Kutsche rollt, immer wieder stoppend, weiter auf unser Verhängnis zu.

»Kylar«, beginnt Phaena, »wenn das Ganze einen schlechten Verlauf nimmt …«

»Das wird es.«

»Könntest du für mich mal einer von diesen starken, nicht aus der Ruhe zu bringenden Kerlen sein, nur für ein paar Minuten?«, bittet sie.

Ich schnaube.

Sie seufzt, wendet den Blick ab und holt dann tief Luft, als würde sie all ihren Mut zusammennehmen. »Es geht um meine Arbeit.«

»Du musst dich dafür nicht rechtfertigen«, antworte ich. »Ich bin der Letzte, der dich dafür verurteilen würde.« Noch während ich das sage, geht mir auf, dass das nicht ganz richtig ist. Mein ganzes Tun besteht mehr oder weniger darin, Leute zu verurteilen. Aber, weißt du, es kommt eben darauf an, *wie* man verurteilt. »Du weißt ja, was *ich* so mache. Du legst dich flach, um deine Familie zusammenzuhalten und für sie zu sorgen? Na und? Ich werde dich dafür nicht an den Pranger stellen.«

»Siehst du, genau darum dreht es sich ja«, betont sie und rutscht unbehaglich auf ihrem Sitz hin und her, während in meinem Kopf die Alarmglocken zu schrillen beginnen. »Das ist nicht … es trifft vielleicht nicht genau das, was ich mache. Es ist, was Momma K mir aufgetragen hat, dir zu sagen – was sie mir regelrecht befohlen hat –, dass, wenn, ähm …«

Ein flaues Gefühl macht sich in meinem Magen breit. »Wenn *was?*«

Sie schweigt. Sie starrt aus dem Fenster hinaus auf die Wüste und das Meer, das sich unterhalb der Burg ausbreitet, als schäme sie sich zu sehr, um mir in die Augen zu sehen.

Ich fahre fort: »Warum nur habe ich das Gefühl, dass es entweder viel, viel zu früh für dich ist, mir zu sagen, was du mir da mitteilen willst, oder viel, viel zu spät?«

»Ich habe versucht, es dir zu sagen, seit du meine vorgeschobene Tarngeschichte so gut geschluckt hast, Kylar ...«

Worum immer es da geht, meldet sich eine Stimme in meinem Hinterkopf, *jetzt ist für dich nicht der richtige Zeitpunkt, mir das zu sagen. Ich muss mir einen Plan zurechtlegen, was ich tun soll, wenn uns dieses idiotische Armband im Stich lässt.*

Aber da ist auch eine andere Stimme in mir, die findet, dass jetzt genau der richtige Zeitpunkt dafür ist und dass ich ihr besser Gehör schenken und sie es schnell ausspucken lassen sollte, sonst kommt ihr noch irgendetwas dazwischen, und dann sagt sie es mir nie. Denn so ist mein Leben eben.

»Ich bin gar keine ...«, setzt sie an.

Es klopft an unseren Kutschenschlag.

Ich fluche. »Das soll jetzt wohl ein Witz sein!«, zische ich. »Egal. Ignorier es einfach«, wende ich mich an Phaena. »Fahr fort.«

Der Türgriff klappert.

Ich packe den Griff und halte ihn fest.

»*Fahr ... fort* ...«, befehle ich Phaena, meine Stimme ein tiefes Knurren.

»Ich bin gar keine Hure. Das war nur eine peinliche Tarnung, damit du nicht weiter nachfragst, warum ...«

»Kylar?«, ruft eine Frauenstimme leise von der anderen Seite der Tür. »Bitte lass mich rein. Es ist wichtig.«

Ich erstarre. Ich kenne diese Stimme. Was macht *sie* denn hier? Ich starre mit leerem Blick zur Tür, dann zu Phaena.

Sie erwidert meinen Blick verständnislos. Sie kennt die Stimme nicht.

»Kylar«, mahnt die Stimme. »Wenn du nicht sterben willst … Lass. Mich. Rein.«

Benommen öffne ich die Kutschentür, und Viridiana Sovari rafft ihren roten Rock ihre langen, schlanken Beine hinauf und steigt in die Kutsche. Sie nimmt mir gegenüber Platz und mustert mich von oben bis unten. »Siehst du? Ich wusste, es würde dich nicht gleich umbringen, mal zu versuchen, schick auszusehen.« Sie wirft Phaena ein Bündel ordentlich gefalteter Anziehsachen in den Schoß.

Mit ihrem zu kunstvollen Zöpfen hochgesteckten Haar, der raffiniert aufgetragenen Schminke und einem Kleid, das perfekt auf ihren perfekten Körperbau zugeschnitten ist, ist Vi Welten entfernt von ihrem unvorteilhaften Aussehen ohne jeden Schick bei unserer letzten Begegnung auf dem Dach von Schloss Gyre. Mir verschlägt es den Atem, und ich kann nicht sagen, ob es daran liegt, dass sie am Leben ist, dass sie plötzlich hier bei mir ist, dass sie in diesem Aufzug hier ist, oder einfach daran, dass sie eben *so ist.*

»Zieh das an«, wendet sie sich an Phaena, und da ist nichts als geschäftsmäßige Nüchternheit in ihrem Tonfall. »Wir sind schon fast am vorderen Ende der Schlange angelangt.«

Phaena hält die Kleider hoch, die Vi ihr zugeworfen hat. Es sind die Wollsachen einer Dienerin.

»Wie bitte?«, entfährt es ihr.

»Das da ist Schrott«, verkündet Vi und deutet auf sie.

»*Wie bitte?*«, wiederholt Phaena und lässt gekränkt den Blick über ihre eigene teure Kleidung gleiten.

»Nicht das, was du anhast. Das Armband von Wesseros. Es taugt nichts.«

Woher weiß Vi von dem Armband? »Hast du irgendeine Ahnung, was ich habe tun müssen, um mir das Ding zu verschaffen?«, schimpfe ich. Endlich habe ich meine Sprache wiedergefunden.

»Was tut das zur Sache?«, entgegnet sie. »Jedes Armband hat eine eindeutige Kennung, und dieses hier wurde als gestohlen gemeldet.«

»Das ist unmög…«

»Es geht nicht um deinen Raub bei Wesseros. Wesseros selbst hat es seinem rechtmäßigen Besitzer gestohlen. Wenn sie euch mit dem Ding am Arm finden, bedeutet das für euch beide den sicheren Tod.«

Phaena stößt einen Fluch aus, noch bevor ich selbst zum Fluchen komme. »Woher weißt du …? Wer *bist* du?«

»Die Kleider, Frau!«, blafft Vi. Sie reißt ihren Arm hoch, und Phaena schreckt zurück, im Glauben, sich gleich eine Ohrfeige einzufangen, doch Vi fuchtelt nur mit ihrem Handgelenk herum – mit ebenfalls einem der Armbänder daran, allerdings ist ihres mit einem schwach funkelnden Stein in Rubinrot statt in Blau versehen, daneben zwei klare Kristalle. »Meines ist echt. Ich kann einen Gast und eine Dienerin mitbringen. Kylar ist mein Gast. Willst du also mit zur Feier kommen oder rausfliegen? Und mit *rausfliegen* meine ich, direkt aus der Kutsche heraus und den Berg hinunter.«

Vi hat sich noch nie mit subtilen Feinheiten aufgehalten.

Phaena wirft mir einen beklommenen Blick zu.

»Tu, was sie sagt«, rate ich ihr.

Phaena hält noch einen kurzen Moment lang inne, dann fängt sie an, sich aus ihren Kleidern zu schälen. Vi und ich helfen ihr, und Vi zupft Nadeln aus Phaenas Haar, sodass ihre schöne Frisur bald kunstlos herabhängt.

»Nicht die Haare …«, sagt Phaena im Jammerton. Dennoch zieht sie sich eilig die Wollsachen über den Kopf und schiebt sich, im beengten Raum halb aufgerichtet, den Hemdsaum über die Hüften.

Es klopft an der Wagentür.

»Einen Moment!«, ruft Vi.

Die Tür wird gerade in dem Augenblick aufgerissen, als sich Phaena auf ihrem Sitz niederlässt, ihre fein geschneiderte Kleidung in letzter Sekunde versteckt.

Vi reckt einem Wachmann mit verdrießlichen Zügen ihr Handgelenk mit dem Armband entgegen. Er starrt uns drei an, dann winkt er einen Magus herbei. Der Magus beugt sich so nah über Vis Armband, dass sein beeindruckender Schnurrbart fast schon den Rubin streift.

Dann richtet er sich wieder auf und tritt an sein Pult zurück, um sich dort mit einem Wachmann zu besprechen und vielleicht eine Liste zurate zu ziehen. Dass er uns nicht einfach weiterwinkt, ist kein gutes Zeichen.

Wir drei schauen uns an, und ich sehe die Anspannung in Vis Zügen. Rasch lässt sie ihren Blick zuerst an sich herabgleiten, dann wandern ihre Augen zum weiter entfernten Kutschenschlag; daraufhin blickt sie zu mir und zur näheren Tür. Sie zeigt mir damit an, welchen Weg sie nimmt, sollte alles schiefgehen, und welche Richtung ich einschlagen soll.

Ich lege die Stirn in Falten. Sie will, dass *ich* den gefährlicheren Fluchtweg nehme?

»Mein Kleid«, sagt sie im Flüsterton. »In gewissen Situationen sollte es leicht reißen, aber ich durfte die Sache nicht ausprobieren.«

Ich begutachte ihr figurbetontes Kleid. Es ist nicht gerade der Aufzug, in dem einem das Rennen leichtfallen würde.

»In gewissen Situationen?«, greift Phaena auf. Offensichtlich glaubt sie, dabei ginge es irgendwie um Sex.

»Wegrennen oder kämpfen«, erkläre ich.

»Wenn nötig, gilt es auch für die anderen Situationen«, fügt Vi an Phaena gewandt hinzu, ohne ihre Worte näher zu erläutern.

Sie ist nie abgeneigt gewesen, ausnahmslos alle ihr zur Verfügung stehenden Mittel einzusetzen. Ihre Ausbildung bei dem Perversling Hu Gibbet, der ihr Schreckliches angetan hat, hat derlei nötig gemacht.

»Ich hätte gedacht, du hättest dich verändert«, lasse ich sie wissen. »Nicht nur, was deine Kleidung angeht, meine ich. Ich habe gedacht, du hättest das alles hinter dir gelassen.«

Vi schaut mich an, als hätte ich sie geohrfeigt. »Ich *versuche* es ja, Kylar. Aber es ist alles bislang nicht so einfach, wie ich es mir wünsche. Wie ist die Sache mit dem Verändern eigentlich bei dir gelaufen? Möchtest du mir mitteilen, was du getan hast, um dir dein Armband zu verschaffen?«

Sie meint nicht das aus Platin an meinem Handgelenk. Ich denke an das zurück, was ich gestern Abend getan habe, und klappe den Mund zu. Es ist unwirklich, plötzlich hier, in einem fernen Land, mit Vi zusammenzusitzen. Ich kann es nicht fassen. Ich habe bisher nicht einmal gewusst, ob sie die Vergiftung überlebt hat. Und mit Sicherheit habe ich sie nicht *hier* erwartet.

Warum habe ich ihr bei unserem Wiedersehen nicht als Erstes gesagt, wie froh ich bin, dass es ihr gut geht? Und stattdessen ist das Erste, was ich sage: »Ich hätte gedacht, du hättest dich verändert?«

Warum bin ich nur so ein Arsch?

Der Wachmann kehrt zurück, und sein Kommen hält mich davon ab, mich zu entschuldigen. Er wirkt gelangweilt, was ein gutes Zeichen ist. Er reicht Phaena ein schlichtes Armband mit einem einzigen klaren Stein darauf und mir eins mit drei klaren Steinen, das etwas mehr verziert ist.

Mit einer Stimme, die deutlich macht, dass alles Übrige für ihn reine Routine ist, verkündet er in monotonem Tonfall: »Ihr werdet am Tor durchsucht. Alles hier Verbotene, einschließlich Alkohol und sonstige Rauschmittel, Inhalations- und Betäubungsmittel, wird beschlagnahmt und nicht zurückgegeben. Wenn Ihr die Kutsche hier zurücklassen wollt, könnt Ihr zu Fuß weitergehen. Wenn Ihr etwas Unerlaubtes, das Ihr bei Euch führt, anzugeben habt, könnt Ihr es dort tun, wobei je nach Art des Verstoßes eine kleine Geldbuße zu entrichten ist. Das Mitführen nicht angegebener verbotener Gegenstände, die später ausfindig gemacht werden, wird mit der dreifachen Ordnungsstrafe belegt. Strafrechtlich relevante Verstöße werden streng geahndet, einschließlich der dauerhaften Aberkennung von Titeln und des unwiderruflichen Einzugs sämtlichen Landbesitzes. Hier unterschreiben zur Bestätigung, dass Ihr verstanden habt.« Er streckt uns einen Federkiel und ein an ein Brett geheftetes Stück Pergament entgegen.

Vi zögert, ihr Gesicht nimmt einen leeren Ausdruck an. Ich kann sehen, dass sie versucht, sich an ihren Decknamen zu erinnern.

»Hier unterschreiben zur Bestätigung, dass Ihr verstanden habt«, wiederholt der Wachmann entnervt.

Offensichtlich fällt Vi der Name nun wieder ein, und sie unterschreibt.

Der Wachmann geht weg, schließt jedoch den Kutschenschlag nicht.

Vi zuckt zusammen, als wolle sie die Tür selbst schließen. Dann hält sie inne und richtet den Blick zu Phaena.

»Phaenarete? Phaena? Oder einfach nur Fay?«, will sie wissen.

Viridiana weiß, wie sie heißt? Woher kennt sie ihren Namen?

Phaenas Arm geht über Vi hinweg, und sie schließt die Tür. »Phaena, wenn es Euch recht ist, Mylady«, erwidert sie artig.

Das Lächeln verschwindet, sobald die Tür geschlossen ist, und kalter Zorn tritt in Phaenas Augen.

Wir lassen uns in unsere Sitze sacken.

Jetzt, da die unmittelbare Gefahr vorüber ist, drängt sich bei mir der Gedanke an das Armband von Lord Wesseros in den Vordergrund.

An sein nutzloses Armband und an alles, was ich getan habe, um es zu bekommen.

Was ich alles völlig umsonst getan habe.

»Der Knipser hat uns aufs Kreuz gelegt«, verkünde ich. »Dieser Drecksack. Nach all dem Gerede …«

»Hat er?«, fragt Phaena schnell. Angewidert reckt sie Vi das Kinn entgegen. »Wer ist sie? Woher willst du wissen, dass nicht *sie* in diesem Punkt lügt?«

»Das würde sie nicht tun«, beteuere ich. »Ich kenne sie. Sie ist genau die Art Frau, die man in einem Kampf auf seiner Seite haben möchte. Das ist Vi, Phaena.«

»Viridiana«, korrigiert Vi kurz angebunden.

»Viridiana, richtig«, sage ich beschwichtigend.

»Magierin?«, erkundigt sich Phaena und richtet ihren Blick auf das rote Juwel an Viridianas Armband.

»Ja«, antwortet Viridiana.

»Und du glaubst, du kannst ihr vertrauen«, hakt Phaena nach und sieht mich an. Sie reibt sich die Stirn.

»Sie hat sich immer für mich starkgemacht«, erkläre ich. »Und ich glaube, sie hat uns gerade das Leben gerettet.«

»Das wissen wir nicht. Aber jede Wette, es wird uns jedenfalls so viel kosten, als ob sie es getan hätte«, erwidert Phaena. »So jedenfalls die Auffassung, die … die Chefin von der Chantry hat.«

Viridiana zieht das Armband des Grafen aus der Tasche und hält es Phaena herausfordernd hin. »Dann nimm es. Streif es dir über und sag der Wache, dass du unter deinem eigenen Namen eingelassen werden möchtest. Du wirst schon sehen, was passiert. Aber lass Kylar hier. Zumindest bis wir uns versichert haben, wie das mit dem Armband für dich läuft. Du kannst machen, was du willst, aber ich will nicht, dass auch er versuchen muss, das Fliegen zu lernen.«

Phaena beäugt das gestohlene Armband, nimmt es aber nicht an sich. »Was machst du hier?«

»Ich will, dass du es mir sagst«, entgegnet Viridiana mit blitzenden Augen. »Ich habe gehört, dass du über alle möglichen verborgenen Begabungen verfügst. Bringt man Kindermädchen heutzutage auch das Fliegen bei?« Sie wedelt mit dem Armband. »Nimm es. Nimm es oder halt die Klappe. Oder, noch besser: Sei so gut, nimm es und halt dann die Klappe.«

»Vi …«, setze ich an.

»Viridiana«, betont sie mit scharfer Stimme und blickt Phaena noch immer unverwandt in die Augen.

»Viridiana … es ist so schön, dich zu sehen«, führe ich meinen Satz zu Ende.

»Du kannst es ruhig sagen, Kylar«, gibt sie zur Antwort und legt den Kopf in den Nacken, aber sie sieht mich kaum an.

»Ich habe mir damals in Elenea wirklich Sorgen um dich gemacht. Ich hatte Angst, du könntest tot sein.«

»Nicht das«, wirft Vi ein, doch es schleicht sich dabei ein fast schon entschuldigender Tonfall in ihre Stimme. »›Was zum Teufel machst du hier, Viridiana?‹ Das habe ich gemeint.«

»Das wäre meine nächste Frage gewesen.« Oder eigentlich auch nicht. Zumindest hatte ich bisher noch nicht daran gedacht. Doch es hat durchaus etwas Beruhigendes, sie zu sehen. Selbst in diesem Zustand.

Phaena schnappt sich das Armband. »Du hast gewonnen. Aber ich werde das später überprüfen. Und wenn ich herausfinde, dass du mich angelogen hast …«

»Dann was?«, fragt Viridiana.

Phaena verzieht den Mund zu einer Schnute. »Du wirst es schon herausfinden, wenn es so weit ist.«

»Vi …«, beginne ich.

»Viridiana«, korrigiert sie.

»Genau, weil du ja jetzt *so* anders geworden bist.« Es ist mir einfach herausgerutscht.

Ein Blitzen in ihren Augen. Ihre Lippen werden schmal.

Dann sagt sie: »Na bitte. Da haben wir's mal wieder, Kylar. Du konntest schon immer meine wunden Punkte finden.«

Ich fange schon wieder damit an. Vermassle alles. »Danke, dass du uns gerettet hast«, sage ich. »Ich …«

»Es gibt da ein paar Bedingungen«, antwortet sie schnell.

»Was?«

Phaena lehnt sich in ihrem Sitz zurück, als habe sie nun eins und eins zusammengezählt und begriffen. »Das Ganze ist eine Operation der Chantry, nicht wahr?«

Jetzt bin ich doppelt verblüfft.

»Was führst du im Schilde?«, wendet sich Phaena an Viridiana. Sie nimmt die Sache selbst in die Hand; überlässt es nicht mir, das zu regeln. Ich bin hier nur ihr Mann fürs Grobe.

»Nichts anderes als Kylar«, betont Vi. »Wir sind auf der gleichen Seite.«

Phaena schnaubt verächtlich.

Vi starrt sie mit durchdringendem Blick an. »Du musst dich zur Dienerschaft gesellen. Eine ältere Frau, die eine Halskette mit drei Münzen daran trägt, wird dich am Arm nehmen und dir deine weiteren Anweisungen geben.«

»Du bist tatsächlich mit der Chantry hier«, begreife ich.

»Vielleicht geht's ja auch ein bisschen leiser, hm? Natürlich bin ich das«, blafft Vi und deutet auf ihr Rubinarmband, als würde das alles erklären. »Und sie sind tüchtig und erfahren und haben auch einen Plan, im Gegensatz zu euch beiden, die ihr hier planlos herumwurstelt und jeden auf euch aufmerksam macht, der euch über den Weg läuft. Ich meine, also wirklich, Kylar, du kommst nicht nur mit einem gestohlenen Armband hierher, sondern musstest auch noch die Blauen in die Sache mit reinziehen? Also … sie alle?«

»Ich habe sie nicht alle mit reingezogen!«

»Nein. Du hast recht. Du hast dich auf den gefährlichsten beschränkt. Großmeister Vitruvius, einen Mann, den die Schwestern in mühevoller Kleinarbeit auf Dutzende Arten sanft zu manipulieren versucht haben, um sicherzustellen, dass er viel zu beschäftigt ist, um an der Feier teilzunehmen. Mit Erfolg, möchte ich hinzufügen. Bis du die Bildfläche betreten hast.«

Das hatten sie gemacht? Ich ziehe ein finsteres Gesicht. »Warum wollt ihr ihn denn nicht hier haben? Und woher wisst ihr überhaupt von ihm?«

»Kylar, du verstehst nicht das Geringste von der Chantry, oder?«, entgegnet Viridiana und schnaubt. »Ich meine, das hätte mir eigentlich schon in dem Moment klar sein müssen, als du die Sprecherin selbst attackiert und in ihrem eigenen Büro gedemütigt hast, aber …«

»Ich habe sie nicht *attackiert*! Ich … habe ihr nur einen kleinen Schrecken eingejagt.«

Zugegeben, es war nicht gerade einer meiner klügsten Momente. Aber für eine kurze Weile ist es ein sehr angenehmes Gefühl gewesen.

»Du hast was getan?«, will Phaena von mir wissen.

Viridiana verdreht die Augen. »Die Sache ist doch die: Die Chantry weiß alles. Nur so kann sie sich das Überleben sichern. In der Chantry erhalten Frauen aus der ganzen Welt eine Ausbildung. Selbst diejenigen, die nicht über hinreichend magisches Talent verfügen, um die Ausbildung abzuschließen, dürfen dort bleiben, bis sie lesen und sich einige Fertigkeiten aneignen können. Sie werden in Geschichte unterrichtet, lernen die Gesetze der Länder, aus denen sie kommen, erfahren, welche Rechte sie haben, und knüpfen enge Beziehungen zu anderen Frauen. Sie kehren als andere Menschen nach Hause zurück. Frauen von Adel erst recht, denn selbst wenn sie sich persönlich keine sonderlichen magischen Fertigkeiten aneignen können, lernen sie doch, wie Magie eingesetzt werden kann und welche Grenzen ihr gesetzt sind. Männer glauben, dass es immer nur um Macht geht. Frauen wissen, dass alles eine Sache der Beziehungen ist, auch die Macht.«

»Aha, alle Männer sind also von dem und dem überzeugt. Und alle Frauen wissen es besser, was? Wird denn in der Chantry nicht auch differenziertes Denken gelehrt?« Ich lache verächtlich.

Mir wird bewusst, dass ich wie ein pampiges Kind klinge. Aber mein Wechselbad der Gefühle ist zu heftig, als dass ich klar denken könnte.

»Ich habe dir das Leben gerettet. Wie wär's mit ein bisschen Dankbarkeit?«, entgegnet Vi.

»Was *machst* du hier?«, frage ich, nun ein klein wenig zerknirschter.

»Das Gleiche wie du«, antwortet sie, als sei das ganz offensichtlich. »Sicherstellen, dass Logan nicht den Tod findet oder auf dem Sturmschiff landet, was so ziemlich dasselbe ist.«

Mir verschlägt es die Sprache.

Meine Reaktion lässt Vi die Stirn runzeln.

»Logan befindet sich *hier*?«, bringe ich schließlich heraus.

»Du weißt gar nicht, dass Logan hier ist?«, fragt Viridiana. »Warum bist *du* dann hier?«

Ich starre Phaena an, und sie wirkt genauso geschockt wie ich. Sie hat das mit Logan auch nicht gewusst.

Glaube ich zumindest. Es sei denn, sie ist eine ausgesprochen gute Lügnerin.

»Warum verdammt noch mal ist Logan hier?«, begehre ich zu wissen. »Ausgerechnet! Von allen idiotischen … Er kann nicht hier sein! Er hat für ein Königreich zu sorgen, das in Stücke zu brechen droht.«

»Dann bist du immerhin in einem Punkt mit der Chantry einer Meinung«, sagt Vi.

»Was ist passiert?«

Sie schaut sich um, um sich zu vergewissern, ob sie genug Zeit für eine Antwort hat, dann beginnt sie: »Du weißt, dass er und Jenine, allein von einer symbolischen kleinen Ehrengarde begleitet, zu ihrem Treffen mit der Kaiserin gereist sind.«

»Ja, damit er so schnell wie möglich vorwärtskommen konnte und nicht zu lange weg sein würde. Aber mir hat er gesagt, dass er nur bis nach Skone wolle. Das ist Hunderte Meilen nördlich von hier.«

»Die Kaiserin hat sich geweigert, sich mit ihm zu treffen. Und dann hat sie darauf *bestanden*, dass er sie hierher begleitet. Mit nur einem Dutzend Soldaten bei sich hat er da keine große Wahl gehabt. Letztlich hatte er überhaupt keine Wahl.«

Es ist genau das, wovor ich ihn gewarnt habe. Ich reibe mir die Stirn. »Aber warum hat die Chantry ihre Nase in die Sache reingesteckt?«, erkundige ich mich. »Was hat sie für ein Ziel?«

»Sie will Freunde nahe den Hebeln der Macht wie immer«, antwortet Viridiana. »Frieden, wann immer möglich, und Stabilität, sodass die Frauen von der Chantry ihre Arbeit fortsetzen können. Die Sprecherin ist davon überzeugt, dass Logan vertrauenswürdig ist und, noch wichtiger, viel besser als alle möglichen Alternativen. Sie – wir – will sicherstellen, dass Logan sein geplantes Abkommen schließen kann und er rechtzeitig lebendig nach Hause zurückkehrt, damit er noch über ein Königreich verfügt, wenn er dort ankommt.«

»Und das ist alles?«, fragt Phaena.

»Die Chantry ist nie voll und ganz auf der Seite von irgendwem, ihre eigene einmal ausgenommen«, werfe ich ein.

»Ich bin mir sicher, dass das noch nicht alles ist«, räumt Vi ein, »aber es ist alles, was sie mich haben wissen lassen. Ich bin die Neue im Kommando, falls du das vergessen haben solltest. Und ich wäre gar nicht hier, wenn sie dort nicht herausgefunden hätten, dass du kommst. Sie haben gemeint, dass du, ähm … immer die Fähigkeit hast, eine Situation komplett zu verändern.«

Ich sacke noch tiefer in meinen Sitz hinein. »Bestimmt haben sie es auch *genau so* formuliert, da bin ich mir sicher.«

Sie grinst unvermittelt und sagt mit der nachgeäfften Stimme einer alten Frau: »›Dieses große Kind von einem Mann vermasselt immer alles, wenn man es frei herumlaufen lässt, also wollen wir stattdessen dafür sorgen, dass er uns hilft.‹«

Ich schnaube verächtlich, kann mir aber auch ein leises Lächeln nicht verkneifen, zumindest am Satzanfang. Doch der Schluss gibt mir zu denken. Ihnen helfen? Wie soll ich ihnen denn helfen?

Auch Viridianas Grinsen verfliegt. »Aber … Kylar, wenn du nicht gekommen bist, um Logan zu retten, warum bist du dann hier?«

Ich werfe einen Blick zu Phaena. Ihr Gesicht ist versteinert, doch ich weiß ganz genau, was sie *nicht* will, dass ich jetzt sage. Nämlich: *Ich bin hier, um eine kleine königsblaue Truhe zu finden, die mit einem merkwürdigen goldenen Beschlagwerk verziert ist, daraus den Nemesis-Kompass zu stehlen, es lebend wieder herauszuschaffen, herauszufinden, ob der Kompass noch funktioniert und wie man ihn benutzt, und um ihn dann dazu zu verwenden, Logans Kinder zu finden und sie nach Hause zu bringen. Möglichst noch bevor Logan merkt, dass sie verschwunden sind. Der Plan ist im Moment noch etwas schwammig, aber ich bin absolut zuversichtlich, dass alles klappen wird.*

Ich meine, ich hatte in meinem Leben schon genug schlechte Pläne, darunter sogar solche, die trotzdem funktioniert haben. Aber einen so verheerend miserablen Plan jemandem gegenüber offenzulegen, der mich gerade vor einem zum Scheitern verurteilten anderen katastrophalen Plan gerettet hat, um überhaupt erst hier hereinzukommen?

Nein, auf keinen Fall.

Ich sage: »Ich habe gehört, das sei eine Mordsfeier hier. Zum Sterben schön. So mancher würde sein Leben dafür geben.«

Vi wirkt enttäuscht. »Willst du diese Nummer jetzt durchziehen? Oder ziehst du nur eine Schau vor dem Mädchen ab?«

»Mädchen?«, protestiert Phaena. Sie ist acht oder zehn Jahre älter als Vi.

Ich wende den Blick ab. Ich bin auf der Suche nach einem Gegenstand hergekommen, der mir helfen soll, Logans Kinder zu retten, doch jetzt befindet sich Logan selbst hier, und er ist in Gefahr. Die mächtigsten Edelleute des mächtigsten Reiches der Welt sind hier. Und die Chantry auch. Wie auch eine unbekannte Anzahl der gefährlichsten Blaumagier überhaupt, die wissen, wie ich aussehe, und die mich jagen. Dazu kommt noch die erlesenste, magisch versierte kaiserliche Wache auf der ganzen Welt.

Ich bin mit wenig Hoffnung und noch weniger Vorbereitung hierhergekommen, um zu versuchen, eine ganz bestimmte Aufgabe zu erledigen. Und jetzt sollen es, in einer einzigen Nacht, gleich zwei solche Aufgaben sein?

»Es gibt keine unmöglichen Aufgaben«, hat Durzo einmal gesagt.

Warum nur erinnere ich mich erst *jetzt* daran, dass Durzo auch schon in anderen Dingen danebengelegen hat?

Die Kutsche kommt klappernd zum Stehen. Draußen meldet sich eine Stimme im Befehlston: »Bitte alle für die Durchsuchung aussteigen.«

Wie es sich für eine Dienerin gehört, erhebt sich Phaena als Erstes. Mit betrübter Miene blickt sie auf die Anziehsachen zurück, die auf ihrem Sitz liegen geblieben sind. »Ich war regelrecht verliebt in dieses Kleid.«

Dann öffnet sie die Tur. Die Nacht ist ein herrliches Ungeheuer, geschmückt mit Lichtern und Farben, Musik und Gelächter. Phaena führt uns direkt in seinen Rachen hinein.

Kapitel 41

Unter den Adlern

Es ist ein Fest, wie ich es noch nie erlebt habe. Schon als wir uns vor dem letzten pompösen schmiedeeisernen Tor, dem Einlass in den Burgpalast oben auf der Zikkurat, in die Schlange für eine weitere Sicherheitskontrolle einreihen, ist alles voller Musiker, Tänzer, Taschenspieler und Akrobaten, um die wartenden Edelleute zu unterhalten. Diener mit nacktem Oberkörper, mit kleinen Flügeln auf dem Rücken und Diademen geformt wie Adlerschnäbel, tragen Tabletts mit Appetithappen und Getränken jeder Farbe und Herkunft herum und gehen damit die Schlange auf und ab, sodass sich jeder bedienen kann. Nicht wenige der Adligen vor uns greifen gierig schlingend zu.

»Du schaffst es doch da durch, nicht wahr?«, erkundigt sich Vi und packt mich am Arm.

»Du meinst die Sicherheitskontrolle?«, frage ich zurück. »Ich bin nicht bewaffnet. Wo sollte das Problem sein?«

»Sie prüfen alle Gäste auf magische Fähigkeiten. Jedem, bei dem sie welche feststellen, wird ein eng anliegendes Halsband umgelegt. Es reagiert auf jeglichen Gebrauch von Magie. Je stärker die Magie, die du einzusetzen versuchst, desto fester schnürt es sich offenbar um deine Kehle«, erklärt sie.

»Oh. Zauberhaft«, sage ich. *Du hast die Sache doch im Griff, oder?*, frage ich den Ka'kari.

»Jawohl, es ist in der Tat beängstigend«, versichert mir Vi. »Die Schwestern haben gemeint, sollte ich einen Fehler machen und meine volle magische Kraft einsetzen, könnte mich das *versehentlich* umbringen. Die Halsbänder sind gar nicht für Leute wie dich und mich justiert.«

»Nein, damit habe ich dich gemeint«, erkläre ich, weil es das Erste ist, was mir einfällt. Weil ich sie irgendwie gerade zum ersten Mal als eine Frau wahrgenommen habe, die sich für ein großes Fest in Schale geworfen hat. Sogar die Tatsache, dass mir das zu diesem späten Zeitpunkt doch noch aufgefallen ist, liegt nicht darin begründet, dass ich eben nicht sonderlich aufmerksam bin. Durchaus aufgefallen ist mir nämlich stattdessen, dass alle möglichen anderen Männer – und Frauen – in der Schlange sie genau ins Auge fassen. Einige von ihnen gaffen ganz unverhohlen. Einen kurzen Moment lang war ich besorgt, es könnte vielleicht irgendetwas mit ihr nicht stimmen.

Ja, manchmal habe ich wirklich ein dickes Brett vorm Kopf.

»Mich?«, wundert sich Vi.

»Du siehst zauberhaft aus.«

»Oh«, macht Vi, und eine Flut von Gefühlsregungen strömt über ihr Gesicht, als wäre es das Letzte, was sie von mir zu hören erwartet hätte. »Ähm … danke?«

Eine Frau vor uns versetzt dem starrenden Mann neben ihr einen Klaps mit dem Fächer in ihrer Hand, weil er gar nicht bemerkt hat, dass sie mit der Schlange weitergegangen ist und ihn stehen gelassen hat, und reißt ihn weg, während er Vi noch immer anschmachtet.

Es fällt mir schwer, mir auszumalen, wie sich das Leben für Vi wohl so gestaltet. Schon in normaler Alltagskleidung erhält sie ständig so viel Aufmerksamkeit, wie ich sie wahrscheinlich bekomme, wenn ich voll und ganz in meiner Nachtengel-Haut stecke. Und heute trägt sie keine normale Alltagskleidung.

»Du benutzt doch keinen Glanzzauber, oder?«, frage ich. Genau das war nämlich der Fall, als wir uns das erste Mal begegnet sind. Damals hat sie versucht, mich umzubringen.

»Nein«, betont sie und ist mit einem Mal wieder verärgert.

So sanft und schmeichelnd wie eine Metallfeile – ja, so bin ich. »Was ich damit gemeint habe, war …« Ich breche ab. Tja, was habe ich denn damit gemeint? »Ich habe gemeint, äh, ich dachte, weil doch dein Haar weiß nachgewachsen ist – oder jedenfalls ein Teil davon, nicht? –, nach, du weißt schon, nach den Ereignissen vom Schwarzen Hügel. Also habe ich mir überlegt, vielleicht benutzt du ja jetzt magische Mittel, um das zu verbergen. Ich meine, dein Haar ist von Natur aus von einem so wunderschönen Rot, und so wie es jetzt frisiert ist, ist es, ähm … Nicht, dass das mit dem Weiß etwa schlecht ausgesehen hätte! Ich meine, ich bin froh, dass sie dir erlauben, dich schön zu machen und herauszuputzen.« Sie hat doch mal was darüber fallen lassen, dass die Chantry sie zwingt, lauter unansehnliche Kleider ohne Schick zu tragen, oder? »Du siehst umwerfend aus«, füge ich lahm hinzu.

Letzteres wollte ich eigentlich nicht sagen. Es ist wahr, aber ich weiß nicht recht, ob mir die Wahrheit je einen Gefallen getan hat.

Viridiana erwidert meinen Blick, erneut überrascht, dann wendet sie sich schnell ab, hebt die Hand, um sich durchs Haar zu streichen, hält dann aber mitten in der Bewegung inne. »Ja, das mit dem Haar ist seltsam«, räumt sie ein, als sei das jetzt ein sichereres Terrain. »Eine seltene Nebenwirkung, vermute ich mal. Ich habe sie gebeten, es magisch zu heilen, aber die Chantry wertet es nicht als eine Verletzung. Sie haben da so eine Regel. Sie sagen, wenn Magie ihr Mal auf dir hinterlässt, dann sollte man es nicht entfernen. Sie glauben, dass das alles seinen Grund hat.«

»Das verstehe ich nicht«, bekenne ich. Damals in Elenea hat sie etwas von einem lustigen Partytrick gesagt, aber jetzt scheint mir ihr Haar ganz normal.

»O ja, stimmt, stimmt«, sagt sie nervös. »Es reagiert auf Magie. Die Leute von meinem Kommando mussten mir die exakt genaue magische Mischung zeigen, damit die Farbe meinem natürlichen Rot entspricht.« Sie schaut weg, fast schon schüchtern. Vielleicht ein wenig schuldbewusst?

Teufel noch mal, ich weiß es nicht. Ich kann Vi nicht recht durchschauen. Deshalb mag ich es, wie unverblümt und direkt sie für gewöhnlich ist. Und Haar, das auf Magie reagiert? Was soll das überhaupt bedeuten?

»Dein Kommando?«, platzt es aus mir heraus. Wir sind jetzt fast vorn angelangt. Sie hat nun schon zweimal das Wort *Kommando* verwendet, glaube ich.

Hey, du hast mir noch immer nicht geantwortet. Du versteckst doch mein magisches Talent, oder?

Der Ka'kari antwortet nicht.

Vi seufzt. »Die Schwestern, meine ich. Wir, äh, wir werden uns als Erstes mit ihnen treffen.«

»Aber es ist ein ganzes Kommando.«

Ihre Miene verfinstert sich. »Hätte mir eigentlich nicht herausrutschen sollen«, räumt sie ein.

»Ich finde es toll, dass du so schlecht darin bist, Geheimnisse für dich zu behalten«, antworte ich. Ich schenke ihr mein breitestes, dämlichstes Grinsen.

»Du Trottel«, sagt sie resigniert.

~Jawohl, und bitte mich nicht, das später zu ändern. Das lasse ich drin. Du hast es verdient.~

Dieses Wort? Nach allem, was ich getan habe, wählst du ausgerechnet dieses eine Wort als verdient aus? Aber, Moment, jetzt, da du wieder wach bist, kannst du mir nun bitte sagen, ob du die Sache mit der Sicherheitskontrolle im Griff hast?

Doch der Ka'kari schweigt wieder.

Langsam glaube ich, es macht ihm Spaß, mich zu quälen.

Schließlich erreichen wir den Kontrollpunkt an dem pompösen schmiedeeisernen Tor vor der Palasttreppe. Ich schwitze, aber ich versuche, mir die Anspannung nicht am Gesicht anmerken zu lassen. Was wäre die Folge, wenn ich heute Abend mein magisches Talent nicht einsetzen kann? Ohne es bin ich nichts.

Der Ka'kari würde mich schon nicht komplett in der Patsche sitzen lassen. Er findet einen Weg. Da bin ich mir sicher.

Ziemlich sicher.

Eine Frau in einem Adlerumhang und mit einer Menge Waffen durchsucht Vi, während ein bulliger Mann, der um einiges größer ist als ich, mich reichlich grob in die Mangel nimmt. Auch sein Aufzug ordnet sich der allgemeinen Adlerthematik unter, in seinem Fall wirkt das allerdings recht nachlässig, denn er hat seine Adlerhaube zurückgeschlagen, sodass sein kahler Kopf unverhüllt sichtbar ist. »Ihr scheint mir aber schrecklich nervös«, brummt er, während er meine Beine abtastet.

»Ach, der Adler kann sprechen«, erwidere ich. »Alle hier sind nervös.«

Er klopft mir mit den Fingerknöcheln an die Klöten. »Hoppla«, sagt er, doch da liegt keine Spur von Entschuldigung in seiner Stimme. »He, Daefia, nimm dir den hier noch mal vor. Ich habe ein schlechtes Gefühl bei ihm.«

»Das ist doch wohl jetzt nicht dein Ernst, Kylar?«, schimpft Vi. Sie hat ihre Sicherheitskontrolle schon hinter sich und trägt nun ein silbernes antimagisches Halsband mit einem großen Rubin daran, passend zu dem Stein an ihrem Armband. Es steht ihr eigentlich sehr gut.

Ich habe ihr Kleid noch gar nicht beschrieben, oder doch? Ich will keinen Eindruck von Panik erwecken, während mich die Magierin ihrer Inspektion unterzieht, also ist jetzt vielleicht ein guter Zeitpunkt. Ähm … es ist ein Kleid in einem leuchtenden Rot, das perfekt zu den roten Steinen ihres Armbands und zu ihrem neuen magischen Halsband passt, ganz als hätte sie es genauso geplant. Was, wie ich vermute, wohl auch der Fall war – oder vielleicht haben es auch ihre Schwestern so geplant.

Die Magierin kommt zu mir herüber und starrt mir aufmerksam in die Augen, offensichtlich durchforscht sie mich irgendwie. Ich zwinge mich zu einem Lächeln, und dann wende ich den Blick ab, wie es ein normaler Gast tun würde, den es nervös macht, derart eindringlich von einer Magierin angestarrt zu werden.

Das Kleid ist mit diesen Dingern versehen, wie heißen sie noch gleich? Die den Stoff raffen … Abnähungen? … Plissees? Sie raffen den Stoff zu so einer Art extravagantem Broschen-Dingsbums seitlich an Vis Taille hin, um ihren zugleich schlanken wie athletischen Körperbau zu betonen. Dann wird der Stoff noch einmal in ihrem Kreuz zusammengezogen, wo er kleine weiche Falten schlägt, die vermutlich irgendeinen anderen Namen haben. Das Kleid ist knöchellang, von oben bis zur Hüfte eng anliegend, aber darunter fließender, an dem einen Bein geschlitzt und mit einem Träger nur über der einen Schulter, mit so einem Stoff… ähm …dingens, das ihr über den Rücken herunterhängt. Nicht direkt ein Ärmel, aber auch nicht direkt ein Umhang?

Die Magierin zieht mein Kinn mit dem Zeigefinger zu sich heran, sieht mir abermals tief in die Augen. Diesmal spüre ich, wie sich die Magie mit Wucht in mich gräbt und etwas tief Verborgenes streift.

Vielleicht wäre das Kleiderärmel-Dingens ja gut geeignet, um jemanden damit zu erwürgen? Keine Garrotte, es sei denn, da ist irgendwo ein Stein eingenäht – sehr wichtig, um die Luftröhre zu zerquetschen. Geht damit viel schneller als bloßes Würgen.

Aber nein. Es ist wahrscheinlich einfach nur so ein Halb-Ärmel-halb-Umhang-Dingsbums. Wahrscheinlich hat es auch einen Namen.

Erinnere mich bitte daran, nie wieder zu versuchen, Frauenkleidung zu beschreiben, ja?

Die Magierin wendet sich ab, endlich mit ihrer Untersuchung fertig. »Auch nicht ein Hauch von magischem Talent«, schnaubt sie naserümpfend in Richtung Wache. »Aber bitte, setz unseren Gästen ruhig noch ein wenig grober zu, du Trottel. Der Kommandant freut sich immer über Beschwerden, vor allem, wenn sie ihm von der Kaiserin persönlich übermittelt werden.«

Der Mann grunzt. Vielleicht ist es eine Entschuldigung. An ihre, nicht an meine Adresse gerichtet.

Irgendwie kommt mir das bekannt vor. So ist eben mein Leben.

Vi nimmt meinen Arm, als ich mich ihr wieder anschließe. Dann lässt sie ihn sofort wieder fallen. Sie stößt einen leisen Fluch aus. »Mist, vergessen.«

»Vergessen?«

»Ich habe hier ein paar Dinge zu erledigen, Kylar. Dinge, die sich umso besser bewerkstelligen lassen, je bindungsloser ich wirke.«

Wir steigen gemeinsam die gewundene Treppe hinauf. Aus den vielen offenen Türen dringt das Getöse der Feier. Aus Hunderten von breiten Fenstern strahlt grelles Licht in die Nacht hinaus.

Drinnen werden wir von all dem Lärm und dem Spektakel, den Lichtern, dem glänzenden Prunk und dem Gedränge von

Tausenden Vertretern der Elite des Reiches und all jenen, die es dazu braucht, sie zu unterhalten und zu bedienen, regelrecht verschlungen.

In einem früheren Leben habe ich gelernt, dass ich, um unsichtbar zu werden, ganz gewöhnlich aussehen muss. Hier bedeutet das nicht, gebückt den Kopf zu senken, den Blick zu Boden zu richten und eilig mein Ziel anzusteuern. Stattdessen drücke ich den Rücken durch, setze ein breites falsches Lächeln auf und lasse meinen Blick so erwartungsvoll gespannt im Raum umherwandern wie irgendein beliebiger hirnloser junger Mann von Adel.

Ich hasse Festveranstaltungen. Irgendwie scheinen für mich dort immer schlimme Dinge zu passieren. Es gibt stets zu viele Sachen, auf die man ein Auge haben muss, zu viele Gefahren. Ist Großmeister Vitruvius schon da? Lässt er seine Männer an jeder Tür nach mir Ausschau halten? Vielleicht nicht. Vielleicht hat ja auch er nur einen Gast und einen Diener mit hereinbringen dürfen.

»Hier entlang«, kommandiert Vi.

»Ich halte mich ein paar Schritte hinter dir«, murmle ich und starre dabei unverhohlen eine andere schöne Frau an, die von mehreren anderen Männern gleichfalls angestarrt wird. Vi selbst ist zu auffällig, um allzu nah bei ihr zu sein.

Tänzer in Adlerkostümen, die entweder an Drähten hängen oder mittels Magie in der Luft gehalten werden, schweben über der lärmenden Feier und erregen sowohl mit akrobatischen Einlagen als auch mit magischen Lichtspielen Bewunderung. Aber viele der Edelleute schenken diesen Sehenswürdigkeiten keinerlei Aufmerksamkeit, sind sogar dafür abgestumpft.

Den Vorzügen des Alkohols gegenüber sind sie hingegen nicht abgestumpft. Ununterbrochen werden riesige Tabletts mit leeren Gläsern durch neue mit vollen Gläsern ersetzt, und nach dem Geräuschpegel und den geröteten Gesichtern zu urteilen, bedienen sich die Anwesenden reichlich. Und die Pupillen vieler Festgäste – manche nadelkopfklein, andere unnatürlich geweitet – lassen darauf schließen, dass Alkohol nicht das einzige Rauschmittel ist, das hier genossen wird.

Vi gleitet vor mir durch die Menge, und ich folge ihr, während ich den Eindruck zu erwecken suche, mich für alles andere zu interessieren. Einmal sehe ich, wie ein Mann sie im Vorübergehen antatscht.

Sie bleibt auf der Stelle stehen und dreht sich um. Ein Lächeln im Gesicht. Sie beißt sich auf die Lippen, neigt dann jedoch schüchtern den Kopf. Ich kann nicht hören, was sie jetzt sagt, aber der Mann mittleren Alters, der sie begrapscht hat, tritt mit selbstbewusstem Schwung vor.

Sie nimmt seine Hand in beide Hände und scheint sie gerade küssen zu wollen, doch dann schaut sie sich um, als ziere sie sich prüde.

Vi, prüde.

O Mann!

»Mein Herr«, höre ich sie sagen, als ich endlich nah genug herangekommen bin. »Wenn ich hier etwas Ungeheuerliches tun würde, würdet Ihr mir dann eine Szene machen?«

»Bei meiner Ehre, nein.«

»Mmm«, gurrt sie. »Bei Eurer Ehre.«

Tu's nicht, Vi.

Sie zieht seine Hand herunter und neigt sich dicht an ihn heran, um ihm ins Ohr zu flüstern. Ich behalte die Hand genau im Auge. Ich sehe die schnelle Drehung, als sie ihm den Daumen ausrenkt und ihm mindestens einen Finger bricht.

Seine Augen treten aus den Höhlen, und er jault auf. Seine Begleiter lachen, im Glauben, etwas, das Vi gesagt hat, sei der Grund.

Sie schlüpft davon. »Wir sehen uns später«, verabschiedet sie sich mit einem Zwinkern. »Enttäuscht mich nicht!«

Ich habe sie zufällig gerade eingeholt. Vielleicht auch nicht ganz zufällig.

»Wage ja nicht, mich zurechtzuweisen«, knurrt sie. »Ich weiß schon, was meine Schwestern sagen werden.«

»Von mir werden sie kein Wort erfahren.«

»Wirklich?«, erwidert sie und blickt mir in die Augen.

»Dieser Mann stand im Begriff, mich zu entdecken, also hast du zu meinem Schutz schnell handeln müssen. Und das hast du.«

»Hab ich?«, echot sie. »Und er *was?*«

»Nein, nein. Aber das werde ich ihnen erzählen, wenn sie dir Ärger machen.«

Ein Ausdruck von Dankbarkeit und fast schon der Freude legt sich über ihre Züge. »Weißt du, Kylar …« Dann tritt etwas Melancholisches in ihren Blick, und sie erklärt: »Oben, zweites Zimmer rechts. Bring mir ein Glas mit irgendetwas, das sprudelt.«

Und sie rauscht davon, als sei ich nur ein weiterer Verehrer, der vergeblich sein Glück bei ihr versucht hat. Ich zucke mit den Schultern, als wolle ich zu erkennen geben: *Nun ja, ich hab es immerhin versucht,* schlage eine andere Richtung ein und mische mich unter die Menge.

Ein wenig später folge ich ihr.

Ein gewaltig großer Saal öffnet sich zum nächsten gewaltig großen Saal, jeder in seinem eigenen Stil eingerichtet und die musikalische Untermalung darauf abgestimmt, jeder ein Fest für die Sinne. Hier lässt die Laute eines jungen Musikers jedes Mal Funken sprühen, wenn seine Finger eine Saite zupfen, eine andere Farbe für jeden Ton, während er mit der Leichtigkeit eines Wunderkindes, einer Virtuosität, die einfach sprachlos macht, seine Arpeggios anschlägt. Dort balanciert ein Turm aus vier Akrobaten auf einem ungeheuer muskelbepackten Mann, der selbst wieder von einem anderen auf einer einzigen Hand balanciert wird. Das Beeindruckende ist, dass dabei keinerlei Magie Anwendung findet, doch in all dem magischen Treiben ringsum geht die Gruppe völlig unter, da jeder wie selbstverständlich davon ausgeht, dass auch bei ihrer Darbietung Magie im Spiel ist. In einem anderen Winkel des Raums hängen zwei Diener im Federkleid an Drähten hoch über dem Boden, nehmen Getränke von einem Tablett, stellen sie auf winzige magische Scheiben und lassen sie von oben herabgleiten, sodass sie wie vom Himmel kommend in einem glitzernden Funkenhagel in die wartenden Hände der Herren und Damen unten hineinschweben.

Während ich von Raum zu Raum flaniere, wird mir klar, dass die verschiedenen Säle für die verschiedenen Regionen des Reiches stehen: Von grünen Wäldern über goldene Savannen bis hin zu rostbraunen kahlen Wüsten, und über allem schwebt auf die eine oder andere Weise die jeweils regional charakteristische künstlerische Version des kaiserlichen Adlers, Symbol der Macht und der adleräugig umsichtigen Güte der Kaiserin – von ihrer Fähigkeit, aus heiterem Himmel jäh auf der Bildfläche zu erscheinen und blutiges Chaos anzurichten, einmal ganz zu schweigen. Letzteres wird durch einen Scheinkampf zwischen kostümierten Tänzern unter dem Jubel und den gespielten Schreckensschreien der Umstehenden – letztlich aber zu deren Vergnügen – inklusive übertriebenem Blutspritzen anschaulich illustriert. Die gespielte Musik und das gereichte Essen wechseln mit den Räumen, aber das gespannte Gefühl unter den Festgästen, wie das Warten auf ein Gewitter, steigert sich nur zu immer neuen Höhen. Die Treppe wird von noch mehr Magiern und kaiserlichen Wachen in prächtiger Rüstung bewacht.

Vielleicht lassen sie ja nur bestimmte Edelleute – den höheren Adel? – nach oben.

Das hättest du vielleicht erwähnen sollen, Vi. Hat mich dein Schwesterntrupp in seine Pläne einbezogen? Oder haben sie mich vergessen?

Mir ist aufgefallen, dass die Armbänder mit vielen verschiedenen Farben geschmückt sind. Ich vermute, dass das die Sache vereinfachen soll. In den verschiedenen Regionen des Reiches gibt es unterschiedliche Kleidungsstile und abweichende Statusmerkmale, über die sicherlich nicht jeder in den anderen Regionen Bescheid wissen dürfte, sodass sich jede Menge Raum für Kränkungen und damit für Streitereien eröffnet. Nach meinem bisherigen Kenntnisstand vermute ich, dass diejenigen mit gelben Edelsteinen die kaiserlichen Diener sind. Und dann haben die Edelleute wohl blaue Steine und die Magier rote? In jeder dieser Kategorien bedeuten mehr Edelsteine offensichtlich einen wichtigeren Rang oder einen erweiterten Zugang in die verschiedenen Bereiche der Burg. Klare Steine für die Gäste?

Aber wie weit bringen mich denn meine?

Über meinem Kopf beginnen an Drähten hängende Darsteller, alle in heldenhaften Goldtönen und in schimmerndem Weiß, irgendeine Götterschlacht aus den antiken Sagen von Alitaera nachzustellen. Illusionswirker schleudern Explosionen in den Raum, und die verschiedenen Musiker in dem riesigen Saal stimmen unvermittelt in einen immer lauter anschwellenden Chor ein. Überall fahren Köpfe herum.

Von den Köpfen der Wachen und Magier einmal abgesehen. Sie blicken kaum auf und behalten von ihrem Posten am Fuß der Treppe die Menge sorgfältig im Auge.

Profis, durch und durch.

In der Hoffnung, dass ich auch weiß, was ich tue, steuere ich auf sie zu.

Kapitel 42

Sonderprobleme und Spezialtaktiken

Ich bin keine zehn Schritt vom Kontrollpunkt am Fuß der Treppe entfernt, als ich ihn sehe. Großmeister Glaucon Vitruvius nähert sich dem Kontrollpunkt in einem schiefen Winkel ein Stück vor mir. Ich bemerke ihn erst jetzt, als er den Kopf dreht, um das Spektakel über uns zu verfolgen. Ein Hut verdeckt den größten Teil seines Gesichts, was erklärt, warum ich ihn bisher übersehen habe.

Er ist viel zu nah.

Ich schaue mich links und rechts nach einer Fluchtmöglichkeit um, doch die Wachen am Kontrollpunkt haben mich kommen sehen. Die Augen ihres Befehlshabers verengen sich. Er hat meinen stockenden Schritt, die verstohlenen Blicke bemerkt. Wenn ich noch irgendetwas tue, was auch nur im Entferntesten verdächtig ist, könnte er sich mich vorknöpfen. Ich muss jetzt handeln.

Als wolle ich mir die Nachstellung der Schlacht nicht entgehen lassen, nähere ich mich dem Kontrollpunkt mit nach oben gerichtetem Blick. Mit kribbelnder Haut und Herzrasen gehe ich keine Armeslänge entfernt an Glaucon Vitruvius vorbei.

Die Wachen am Kontrollpunkt werfen nur einen kurzen gelangweilten Blick auf mein Armband und lassen mich wortlos durch. Ihr Vorgesetzter lässt seinen Blick bereits zur nächsten möglichen Bedrohung schweifen und winkt mich weiter.

Ich steige eine lange und breite gewundene Treppe aus Ebenholz hinauf, bewege mich, so schnell ich kann, ohne Aufmerksamkeit zu erregen. Hier wäre es einmal schön, groß zu sein, um lässig zwei Stufen auf einmal zu nehmen. Kurz bevor ich oben ankomme, riskiere ich einen raschen Blick über die Schulter und sehe, dass sich Großmeister Vitruvius von dem Spektakel abgewandt hat und sich nun in freundlichem Tonfall mit einer der Wachen unterhält.

Er hat mich nicht gesehen.

Auf der zweiten Etage geht es etwas intimer zu. Die Decken sind hier nicht mehr so hoch, und es gibt zahlreiche Räumlichkeiten mit Fluren dazwischen. Der Schmuck der Männer und Frauen – meist zwei blaue Steine, vereinzelt sind es auch mal drei – und die Erlesenheit des Tuchs ihrer Kleidung verraten mir, dass hier eindeutig die reicheren und bedeutsameren Leute den Abend genießen.

Und sie scheinen wirklich entschlossen, ihn zu genießen. Die Säle sind überfüllt, die Gespräche laut und ausgelassen. Lachen durchsetzt ihr Geplauder, manchmal nervös, dann wieder frei und von überschwänglicher Freude erfüllt. Für einige der Festbesucher bedeutet es den größten Triumph ihres Lebens, einfach nur hier zu sein. Die Feier hat bereits einen Pegel erreicht, den die meisten Feste erst nach Mitternacht erreichen. An jedem Kreuzungspunkt stehen kaiserliche Wachen in leichten Rüstungen aus überlappenden beweglichen Platten, ihre Augen schweifen suchend über die Menge, und allesamt verströmen sie pure Professionalität. Sie sind bewaffnet, um Schlägereien zu verhindern, nicht, um einen Krieg vom Zaun zu brechen: Die meisten haben ledergepolsterte Keulen, schmale Knüppel oder Schlagringe zur Hand, für Notfälle steckt ein Kurzschwert an ihrer Hüfte, aber die einzigen Stangenwaffen, die ich sehe, sind die aus einer Stange plus Wurfschlinge bestehenden Menschenfänger, die hinter jeder dritten Wache an der Wand lehnen.

Jede einzelne der kaiserlichen Wachen verfügt über magische Fähigkeiten, was für die Frauen unter ihnen nur umso mehr gilt.

Einem sechsten Sinn folgend, werfe ich einen kurzen Blick die Treppe hinunter. Der Befehlshaber der Wachen zeigt nach oben zu mir. Großmeister Vitruvius' Blick begegnet meinem. Seine Augen leuchten auf.

Katastrophe!

Ich renne nicht davon. Ergreife nicht einfach die Flucht. So kann man nicht mit einer Menge verschmelzen. Selbst als er die Treppe heraufstürmt, hinter mir her, trete ich einfach nur in den Strom der kommenden und gehenden Menschen hinein.

Und jetzt? Jetzt bin ich sehr zufrieden damit, klein zu sein.

Ich schlüpfe an vier kaiserlichen Wachen vorbei, die vor dem ersten Raum rechts stehen, und halte in einem anderen Raum nach Erfrischungen Ausschau. Das Zimmer ist von den Klängen eines Kammerkonzerts erfüllt – vor einer verzückten Menge produzieren seltsame Instrumente merkwürdige Klänge zum Gesang einer Frau, die dabei irgendwie ihre eigene Stimme zu teilen vermag, um sich selbst mit einer zweiten Stimme zu begleiten. Rasch habe ich mir eine Kleinigkeit geschnappt. Es gibt nicht viele einleuchtende Gründe, sein Gesicht in der Öffentlichkeit für längere Zeit zu verdecken, Essen und Trinken bereitzuhalten, ist jedoch einer davon.

Ich schlüpfe durch die Seitentür in den nächsten Raum.

Erst jetzt geht mir auf, dass viele der kaiserlichen Wachen in Tover ausgebildet worden sein müssen – sie sind nicht einfach nur von Magiern geschult worden; die meisten von ihnen sind bei Blaumagiern in die Schule gegangen. Und das bedeutet, dass eine nicht unwesentliche Anzahl von ihnen unter Großmeister Vitruvius eine Ausbildung als Sturmfäuste genossen haben muss.

Wenn ihr alter Großmeister sie bitten würde, nach mir Ausschau zu halten, wie viele von ihnen würden da wohl Nein sagen?

Ich habe bisher gedacht, ich müsste nur auf Großmeister Vitruvius, seinen einen Gast und einen Diener ein Auge haben. Aber jetzt begreife ich die Wahrheit. Ich muss jeden einzelnen männlichen Vertreter der kaiserlichen Wache meiden, und das sind die meisten von ihnen – und sie sind überall.

Während ich an dem Stück Salzgebäck knabbere, das ich mir eigens für diesen Zweck genommen habe, verdecke ich mit der Hand mein Gesicht und passiere vier weitere kaiserliche Wachen. Ich trete durch schwere Türen hinein in den Raum, in dem ich mich mit Viridiana treffen soll.

Es ist ein von Buchreihen gesäumter Salon mit elegant geschwungenen Sesseln und einem knisternden Kamin, das Mobiliar ganz aus Akazienholz. Kaum bin ich über die Schwelle getreten, packt mich eine hübsche Frau mit kastanienbraunem Haar und ein paar versprengten Sommersprossen im Gesicht am Arm und zieht mich ins Innere. Sie trägt ein Armband und ein Halsband mit jeweils drei Rubinen – eine Magierin von der Chantry mit Zugang zu vielen Bereichen –, und so lasse ich mich von ihr in einen kleineren Raum hinter dem Kamin führen, offenbar eine Leseecke.

Es ist kaum genug Platz für die fünf Frauen und den einen Mann, die den beengten Raum mit mir teilen. Alle sind mit leuchtenden roten Juwelen geschmückt.

Die Frau lässt mich los, als sich sämtliche Köpfe in unsere Richtung wenden. Die Gruppe ist womöglich die ethnisch vielfältigste, die man sich vorstellen kann, von Kleidung und Hautfarbe her umspannt sie das ganze weitläufige Reich von Alitaera und darüber hinaus – aber es gibt auch eine grundlegende Gemeinsamkeit zwischen ihnen: Wo auch immer sie geboren wurden, diese Frauen wurden alle von der Chantry auserwählt und dazu erzogen, stolz, gebieterisch, furchtlos, klug und mächtig zu sein.

»Kylar«, sagt Vi, »ich würde dir gerne das Kommando für Sonderprobleme und Spezialtaktiken vorstellen.«

»Kommt genau richtig. Ich habe da ein Sonderproblem«, erwidere ich. »Großmeister Glaucon Vitruvius ist hinter mir her und …«

»Das wissen wir«, unterbricht mich eine Frau, die sogar noch kleiner ist als ich. Mit ihrer hellen Haut und der Stachelfrisur, die wirkt, als sei ihr aschblondes Haar an den Spitzen buchstäblich mit goldenen Stacheln gespickt, hat sie eines dieser Gesichter, bei denen man nicht recht sagen kann, ob sie noch keine zwanzig ist oder vielleicht schon auf die vierzig zugeht. Durchaus hübsch, doch sie sieht mich mit einem Blick an, als sei ich etwas, in das sie hineingetreten ist.

»Ihr wüsstet noch mehr, wenn ihr mich ausreden lassen würdet«, entgegne ich. »Eine der Wachen an der Treppe hat ihn auf mich aufmerksam gemacht. Vielleicht habe ich ihn abschütteln können. Aber ich habe den Eindruck, dass er bestimmt viele der kaiserlichen Wachen persönlich kennt. Einige dürften bei ihm in die Ausbildung gegangen sein, und viele sind gewiss willens, ihm bei der Suche nach mir zu helfen.«

»Ich nehme das in die Hand«, meldet sich freiwillig die einen netten Eindruck machende, auf sanfte Weise feminin wirkende

Frau, die mich an der Tür am Arm gepackt hat. Sie hat eine Stimme, der ich den ganzen Tag lauschen könnte. Lässt man ihre feine Kleidung einmal beiseite, sieht sie aus wie die hübsche Bauersfrau von nebenan, die dir nach deinem Einzug süßes Gebäck vorbeibringt, um dich in der neuen Gemeinschaft willkommen zu heißen. Sie eilt an mir vorbei in den Saal hinaus.

Die anderen wirken ganz gelassen, als seien sie sich absolut sicher, dass die Frau mit allem, womit sie es zu tun bekommen könnte, spielerisch fertigwird.

»Wer war das denn?«, frage ich. »Und ist sie wirklich so gut, wie sie glaubt?«

»Das ist Melena«, erklärt Vi. »Melena ist die Beste. Wie sie alle.«

Zwei Dinge fallen mir auf: Vi sagt »sie«, nicht »wir«. Und alle nehmen ihr Kompliment entgegen, als handele es sich um eine Selbstverständlichkeit.

Dass diese Chantry-Frauen *glauben*, die Besten zu sein, und dass sie die Besten *sind*, sind zwei sehr unterschiedliche Dinge.

Ich fürchte, ich werde bald herausfinden, wie sich die Sache mit ihnen tatsächlich verhält.

»Also gut: Es ist für mich eine einzigartige Gelegenheit, euch alle kennenzulernen«, sage ich zur Begrüßung und nicke in die Runde.

»Ich hasse ihn jetzt schon«, murrt die hochnäsige kleine Blondine.

»Na, schau mal an, was bist du doch für ein goldiges kleines Ding! Es ist mir ein genauso großes Vergnügen, dich kennenzulernen, kleines Fräulein«, erwidere ich. Nichts auf der Welt mögen kleine Leute lieber, als von oben herab behandelt zu werden. Ich bin selbst ziemlich klein, also komme ich nicht oft dazu, die Größenkarte ausspielen zu können. »Wenn du mal erwachsen bist, lernst du vielleicht auch noch, was Manieren sind. Wie heißt du, Süße?«

»Petaria Feu«, schnaubt sie verächtlich. »Nicht Pet. Nicht Aria. Aber spar dir den Atem und sprich mich lieber gar nicht erst an.«

»Petaria ist unsere Taschendiebin«, erklärt Vi. »Es gibt niemand Besseres. Noch nicht einmal in Cenaria.«

»Sie hat außerdem ein paar Probleme mit der Selbstbeherrschung. Petaria, gib es zurück«, meldet sich eine verdrießlich wirkende, dunkelhäutige ältere Frau zu Wort. Sie ist groß und schlank, hat kurz geschnittenes Haar, trägt ein goldenes Diadem und große Ohrringe. Sie strahlt eine solche Präsenz aus, dass sie wie keine der anderen die Blicke auf sich zieht. Es besteht kein Zweifel, dass sie hier das Sagen hat.

Petaria murrt und hält mein Juwelenarmband hoch. Ich habe gar nicht bemerkt, dass sie es genommen hat. Ich hatte nicht einmal den Eindruck, dass sie mir nah genug gekommen ist, um es sich zu schnappen.

»Ich hätte nicht gedacht, dass diese Dinger überhaupt geöffnet werden können«, wundere ich mich.

Petaria schließt das Armband wieder, gibt es mir jedoch nicht zurück. »Können sie auch nicht.«

»Mann, du bist wirklich ein richtiges Miststück«, sage ich.

Ich hatte den einen Mann in ihrer Gruppe durchaus bemerkt, jetzt aber registriere ich sein Näherkommen erst, als es bereits zu spät ist. Er ist nur so groß wie ich, doch dreimal so schwer. Sein Schlag trifft mich in den Magen, bevor ich ihn abwehren kann.

Ich bin schon oft geschlagen worden. Ich weiß, wie man einen Schlag einsteckt. Ich kenne den Unterschied zwischen Leuten, die wissen, wie man zuschlägt, und Leuten, die es nicht wissen, und ich kenne den Unterschied zwischen einem Schlag, der strafen, und einem Schlag, der verletzen soll. Aber ich könnte nicht sagen, ob dieser Dreckskerl mir jetzt mehr als nur Schmerzen hat zufügen wollen. Er schlägt mich *fest*.

Stöhnend taumle ich ein paar Schritte zurück.

»*Kylar*«, rügt Vi, als sei ich ihr peinlich.

Ich schaue mich im Raum um. Offenbar sind alle willens, über die Tatsache hinwegzusehen, dass mich der Mann – er hat Adern an seinen Unterarmen, die dicker sind als mein Hals – soeben angegriffen hat.

»Petaria«, drängt die kalte Frau, die das Kommando führt, mit leiser Stimme.

»Ich brauche es. Für diese *Sache*«, verteidigt sie sich. »Es ist ein Tausch, kein Diebstahl.«

»Ach so, na meinetwegen.«

Ein Hohngrinsen auf dem Gesicht, stolziert Petaria von mir weg, immer noch mein Juwelenarmband in der Hand.

»Ach so, sie ist *diese* Art Diebin«, sage ich. Diesmal habe ich es bemerkt. Sie ist gut, und, ganz ehrlich, wäre ich nicht vor ihr gewarnt worden, hätte ich wieder nicht registriert, wie sie sich nun auch mein anderes Armband – das Platinarmband, das ich von Durzo bekommen habe – gemopst hat. »Sie kann sich nicht zügeln, was? Das ist gefährlich, Schwestern. So jemand ist eine Gefahr für die ganze Truppe. Gib es mir schön wieder, ja, Pet?«

Die anderen schauen mich verwirrt an, im Glauben, ich würde das Juwelenarmband zurückverlangen, das sie im Tausch für ihre zu erledigende Arbeit zu brauchen behauptet. Aber ich merke, dass Meister Muskeln schon wieder in Erwägung zieht, mir einen Hieb zu verpassen – nicht wegen meiner Bitte, sondern weil ich sie »Pet« genannt habe.

»*Kylar*«, rügt Vi erneut. »Du machst es uns schwerer als nötig.«

»Weißt du, mir ist gerade eingefallen, dass ich mir noch gar nicht die Hände gewaschen habe, seit ich gestern versucht habe, diesem Rind bei der Entbindung zu helfen. Ich hatte meine Faust bis zum Ellbogen drin. Konnte ihm aber irgendwie nicht helfen, dem armen Ding. Obwohl ich es immer wieder versucht habe. Hatte dabei die ganze Zeit mein Platinarmband an.«

Als Petarias Blick angewidert zu ihren Fingern hinunterwandert, entfährt Meister Muskeln ein kurzes Prusten. Doch als Petarias feuriger Blick als Nächstes zu ihm geht, ist sein unterdrücktes Grinsen wieder verschwunden.

Noch bevor die Anführerin sie tadeln kann, fördert Petaria mein Platinarmband aus einer Tasche zutage und schiebt es mir zu, ihre Augen hasserfüllt, weil ich sie erwischt habe. Ich lächle sie an, als sei sie echt süß und entzückend, und entlasse sie nicht aus meinem Blick.

Das ist ein Fehler. Nicht weil es ihren Zorn entfacht – das wollte ich ja –, sondern weil ich ihr, ohne es zu wollen, tiefer in die Augen schaue als beabsichtigt. Ich spüre, wie da etwas tief in meinem Inneren ausgelöst wird, und plötzlich ist es in meiner Vorstellung so, als würde ich mit voller Wucht gegen eine Wand geschleudert und mein Gesicht wieder und wieder gegen ein Guckloch in Petarias Vergangenheit gedrückt.

In einem verschwommenen Sprühnebel aus durch die Luft spritzendem Blut sehe ich Hände aufblitzen und wiederholt auf einen Mann einstechen, der vergebens versucht, den Angriff abzuwehren. Es trieft ihm von seinen aufgeschlitzten Unterarmen und Händen, die angesichts der Geschwindigkeit des Ansturms nichts dagegen ausrichten können. Eine Frau, halb nackt, springt auf, um wegzulaufen, doch ich bin schneller. Ich erwische sie an ihrem langen Haar, bevor sie zwei Schritte machen kann, und noch während ihr Körper nach dem heftigen

Ruck zurückschnellt, schlitzt meine Klinge durch Haar und Kehle.

Das war in meiner Planung nicht vorgesehen.

Ich knie über der keuchend auf dem Boden Liegenden, die Hände auf der Wunde an ihrem Hals, versuche zu verhindern, dass sich das Blut zu einer Lache ausbreitet und ihr Hemd und ihr geflochtenes blondes Haar durchnässt. Es gibt keine Rettung für sie. Sie liegt im Sterben. Wahrscheinlich dauert es keine Minute, bis sie nicht mehr bei Bewusstsein ist.

Aber zumindest kann ich es zu einer schmerzhaften Minute machen. Ich drehe den Dolch in meiner Hand um und mache mich über ihre Zähne her.

Ihre Zähne! Ich löse meinen Blick von Petaria, stocke.

Petaria lächelt triumphierend, als sei es ein Sieg für sie, dass ich ihrem Blick nicht mehr standhalten kann.

Ich bin erschüttert, Abscheu durchwogt mich, doch ich versuche, es mir nicht anmerken zu lassen.

Was soll ich auch tun? Ihnen erzählen, was ich gesehen habe?

Verdammt, vielleicht wissen sie ohnehin schon, was sie diesem Paar angetan hat. Vielleicht ist es schon lange her. Wie auch immer, das Einzige, was noch schlimmer wäre, als wenn sie mir keinen Glauben schenken würden, wäre, *wenn* sie mir glaubten – sie würden wissen wollen, wie ich das habe sehen können.

»Unseren Mann fürs Grobe kennst du ja schon«, wirft Vi rasch ein, und kurz flackert Beunruhigung in ihren Augen auf. Sie hat gemerkt, dass etwas passiert ist, und scheint die Sache für mich überspielen zu wollen.

»Jedenfalls seine Faust, ja«, antworte ich und zwinge mich zu einem Lächeln.

»Jasmine Jakweth«, stellt Vi ihn vor. »Jasmine ist ein ehemaliger Blaumagier …«

»Nein, bin ich nicht. Ich bin dort rausgeflogen, bevor ich die Ausbildung beendet habe«, unterbricht er sie. Jasmine – ist das ein Spitzname? – stammt entweder aus einer mir unbekannten ethnischen Gruppierung, oder er ist ein Mischling. Seine Haut hat die Farbe von warmem Sand, doch dazu kommen ein riesiger Kopf voller langer brauner Haare mit Korkenzieherlocken, dunkle Augen und eine markante Nase.

»Als einer der Besten seines Jahrgangs!«, ergänzt Vi in einem Tonfall, der deutlich macht, dass sie befreundet sind. »Wie auch immer, Jas ist in jedem Fall einer der Besten. Jasmine – Kylar.«

»Der Kerl gefällt mir«, sagt Jasmine, als ich nicht weiter wegen seines Namens nachhake. »Er weiß, wie man einen Schlag einsteckt.«

»Du gefällst mir auch«, erwidere ich. »Du kommst mir vor wie ein guter Junge, der sich mit den falschen Leuten eingelassen hat.«

Sein Lächeln verfliegt. Wie auch das von Vi.

»Vergiss, was ich gerade gesagt habe«, entgegnet er, »jetzt muss ich Petaria recht geben.«

»Es war als ein Kompliment gemeint«, betone ich.

»Ich freue mich sehr, die Gelegenheit zu haben, dich persönlich kennenzulernen, Kylar«, sagt Landfrau Melena rasch, um weiteren Sticheleien vorzubeugen, und kehrt in den Raum zurück, als sei sie nur mal kurz hinausgeschlüpft, um sich was zu trinken zu holen. Sie wirft einen schnellen Blick zu der dunkelhäutigen älteren Frau, die das Kommando führt. »Ich habe einen Vilian Sperling auf null sechs gesetzt.«

»Sechs?«, sagt die Chefin und zieht die Augenbrauen hoch.

»Eine KW hat die Bahn verstopft, deshalb hielt ich es für das Beste.«

»In exakt zwei Minuten werden wir es vermutlich wissen.«

Melena dreht sich wieder zu mir um. In ihr ist keine Spur von Ängstlichkeit zu erkennen. Plötzlich scheine ich der Mittelpunkt ihrer Welt und all ihrer Aufmerksamkeit zu sein, und offenbar gefällt ihr, was sie da sieht. Ihre Augen funkeln vergnügt, ein ungekünsteltes Lächeln breitet sich über ihr Gesicht aus.

»Wenn er der Muskelmann ist, sie die Diebin und die dort der Boss, bist du dann das Gehirn?«, frage ich Melena.

Ihr Lächeln hält an. Sie gehört zu den Menschen, die von hübsch zu himmlisch wechseln, wenn sie lächeln. »Ich bin der Publikumsmagnet unseres Kommandos. Leider tauge ich nicht sonderlich zur Kämpferin, aber aus irgendeinem Grund scheinen mich die Leute zu mögen. Ach, das sollte ich dich vielleicht wissen lassen ...« Da ist plötzlich etwas Schuldbewusstes in ihrem Blick, und ihre Augenbrauen ziehen sich zusammen. »Ich habe für Reyhans Antrag gestimmt. Zu meiner Verteidigung sei gesagt: Das war, bevor ich dich kennengelernt habe.«

»Ich hoffe, ich kann dir die Gelegenheit geben, noch viele weitere schlechte Entscheidungen zu treffen«, antworte ich.

Sie lacht und legt sanft die Hand auf meinen Unterarm. Ihr Lachen ist, wie ihr ganzes Verhalten, offen, entgegenkommend, ermunternd, aber kurz genug, um nicht liebedienerisch zu wirken. Sie wendet rasch den Blick ab, als würde sie mich mögen, sei jedoch schüchtern.

Ich glaube nicht, dass diese Frau schüchtern ist. Aber ich mag sie, auch wenn ich weiß, dass ich wahrscheinlich eine Heidenangst vor ihr haben sollte. Sie ist vielleicht die Gefährlichste von ihnen allen.

»Und was war das für ein bedauernswerter Antrag, den du da, ähm, beantragt hast?«, frage ich die Frau, die sich bisher noch nicht geäußert hat.

Sie hat einen Antrag beantragt? Für eine kurze Weile habe ich es alles so gut gemacht, doch dann musste sich meine güldene Zunge mitten im Satz in Blei verwandeln.

Die letzte Frau der Gruppe hat einen locker sitzenden, perlenbesetzten Kopfschmuck auf, ihr dunkles Haar ist gewellt und ihre Haut warm und golden, doch sie zuckt vor meiner Aufmerksamkeit zurück, schüchtern, blinzelnd und konfus, wie einer Belagerung ausgesetzt.

»Das ist nicht Reyhan«, erklärt Vi eilig. »Das ist Schwester Aashvi. Aashvi kann sprechen, aber meistens tut sie es nicht. Knackt Tresore, Schlösser, Codes. Die einzigen Rätsel, die sie nicht knacken kann, sind diejenigen, die menschlicher Natur sind.« Sie wirft mir einen Blick zu, der so viel besagt wie: *Kylar, könntest du dich vielleicht mal für eine Minute nicht wie der letzte Idiot aufführen?*

»Stimmt. Ihr habt schließlich Melena für die menschlichen Rätsel«, antworte ich.

Aashvi sieht verwirrt zu mir her, und als sich unsere Blicke treffen, scheint sie in Panik zu geraten, errötet und schaut schnell weg, knetet ihre beringten Finger. Sie ist älter und sonderbarer als die anderen – aber anderseits sind sie wohl alle auf ihre eigene Art sonderbar.

Doch was das betrifft, kann ich mir vermutlich kaum ein Urteil über sie anmaßen, oder?

»Und wo ist Reyhan?«, erkundige ich mich. »Und worin besteht ihre Aufgabe?« Ich habe so eine Ahnung, was sie ist und warum ich sie hier nicht sehen kann: Sie ist die Killerin des Kommandos. Niemand von den anderen scheint mir passend für diesen Typus.

Es ist inzwischen mindestens eine volle Minute vergangen, und noch immer lässt sich keinerlei Anspannung auf den Gesichtern der Gruppenmitglieder erkennen. Was passiert am Ende von Minute zwei, wenn Melenas »Vilian Sperling auf null sechs« – was auch immer das sein mag – abgelaufen ist?

Die verdrießliche alte Frau sagt: »Schwester Reyhan Alaq wurde getötet, während sie ihren ehrenvollen Dienst für die Chantry unter … unter sehr schwierigen Umständen versehen hat. Sie wird schmerzlich vermisst, und sie wird gerächt werden, eines Tages.« Aus der Art, wie sich auf den Gesichtern ringsum kurz tiefe Ergriffenheit zeigt, gefolgt von eiserner Entschlossenheit, kann ich schließen, dass sich die Mitglieder dieser Truppe sehr nahestehen und dass es sich bei ihnen um kampferprobte Veteranen handelt. Reyhans Tod hat sie getroffen wie der Tod einer Waffengefährtin.

»Und? Hat die Chefin auch einen Namen, oder bin ich es nicht wert, ihn zu erfahren?«, wende ich mich an die alte Frau.

»Ich bin Ayayah Meganah, aber Schwester Ayayah reicht aus.«

»Schwester«, sage ich und neige den Kopf zur Seite. »Was wollte Reyhan also mit mir anstellen?«

»Sie war der Ansicht, dass Ihr eine größere Bedrohung seid als alles andere«, erwidert Schwester Ayayah mit sauertöpfischer Miene. »Sie fand, dass wir unser laufendes Vorhaben, Euch für die Chantry zu entführen, aufgeben sollten.«

»Und wenn aus dem Entführen also nichts werden sollte, hat sie sich wohl für das Offensichtliche starkgemacht?«, schlussfolgere ich.

Schwester Ayayah wirft mir einen Blick zu, als hätte sie nicht erwartet, dass ich derart scharfsinnig bin. »Ja.«

»Mich umzubringen. Dachte ich's mir doch. Hat ihr Antrag keine Mehrheit gefunden, oder wurde die Ausführung lediglich auf später verschoben?«

Leere Blicke, wo man hinschaut, Bauernfänger Melena ausgenommen, die entweder den Anstand oder die Verstellungsgabe besitzt, um verlegen zu wirken.

»Und du?«, frage ich Vi.

»Ich habe kein Stimmrecht«, antwortet sie in gleichgültigem Tonfall. Offenbar ist sie immer noch verstimmt, weil ich mit ihren neuen Freunden keinen auf nett mache.

»Und jetzt sind die zwei Minuten um«, vermeldet Schwester Ayayah. »Du hattest wieder mal recht, Melena. Gut gemacht.«

»Und warum nicht?«, will ich von Vi wissen.

»Ich bin die Auszubildende.«

»Die Auszubildende? Nicht die neue Killerin? Klingt, als sei da gerade eine Stelle frei.«

Das hat, ganz wie ich es erwartet habe, verärgerte Reaktionen zur Folge und verrät mir außerdem, dass diese Möglichkeit wahrscheinlich bereits diskutiert wurde. Einer guten Mannschaft gefällt es nie, wenn ein Neuling hinzukommt; Neulinge machen Fehler und gefährden alle, und einen verstorbenen Veteranen zu ersetzen, den die Gruppe geliebt oder zumindest geachtet hat, ist die schlimmste Situation, in die ein Neuling geraten kann.

»Viridianas größte Talente liegen auf einem anderen Gebiet, obgleich sie noch ein oder zwei Jahrzehnte benötigen wird, um sie zu entwickeln«, erklärt Schwester Ayayah.

»Wie schaut jetzt also der Plan aus?«, erkundige ich mich.

»Das meiste davon braucht Ihr nicht zu erfahren. Soweit wir wissen, hat die Kaiserin nicht vor, Logan heute Abend auch nur bis auf hundert Schritt an sich herankommen zu lassen. Sie hat in ihrem Terminkalender keinen Platz für ein Treffen mit ihm, und sie hat für ihn und Jenine Kabinen auf der *Sturmjäger* reserviert.«

»Sie hat vor, Logan nach Borami mitzunehmen?« Das würde die Abwesenheit von Logan und Jenine um Monate verlängern.

So lange kann sein neues Königreich ohne die beiden unmöglich Bestand haben.

Ich bin immer noch ganz durcheinander von der Nachricht, dass er hier ist. Ich bin hergekommen, um Logan vor unerträglichem Kummer zu bewahren, aber jetzt stehen seine Herrschaft und sogar sein Leben auf dem Spiel. Was soll ich nur machen?

Schwester Ayayah ergreift erneut das Wort: »Unsere Aufgabe ist es, dafür zu sorgen, dass er nicht auf das Schiff kommt – ohne einen Krieg auszulösen und ohne dass das Eingreifen der Chantry ruchbar wird. Wir werden Logan eine Gelegenheit verschaffen, sein Anliegen vor der Kaiserin vorzutragen, und zwar in … wie lange noch? Einer Stunde und sechs Minuten?«, wendet sie sich an Aashvi, die nickt.

»Oder in einer Stunde und einunddreißig Minuten, je nachdem, wie Viridiana ihre Sache macht«, wirft Melena ein.

»Die Kaiserin ist eine Frau, die sich streng an ihrem Zeitplan orientiert, und sie nutzt diese Nacht der Nächte zu ihrem Vorteil«, fährt Schwester Ayayah fort. »Wenn alles nach Plan läuft, Kylar, werdet Ihr nichts weiter zu tun haben, als ein von uns eingefädeltes Treffen durch ein Guckloch zu belauschen. Aber wenn die Begegnung einen schlechten Verlauf nimmt und es den Anschein hat, als wolle die Kaiserin Logan auf ihr Schiff zwingen, egal was immer er vorbringt, werdet Ihr mit einer schrecklichen Nachricht in das Treffen hineinplatzen. Wenn es von Euch kommt, wird Logan es glauben.«

»Und was wollt Ihr, dass ich ihm sage?«, hake ich nach. Ich habe die Vermutung, dass es *nicht* die Wahrheit ist.

»Die Wahrheit. Sagt ihm, dass seine Kinder entführt wurden und er unverzüglich zu Hause gebraucht wird. Dass die Pläne, sie zurückzuholen, womöglich über den Haufen geworfen werden müssen. Die Kaiserin ist eine unbarmherzige Frau, aber sie hat eine Schwäche für Familien. In vertraulichen Gesprächen hat sie bereits angedeutet, dass sie Vorbehalte hat, Logan von seinen Kindern fernzuhalten.«

»Vertrauliche Gespräche, in deren Inhalt ihr irgendwie eingeweiht seid.«

Schwester Ayayah übergeht meinen Einwurf. »Wenn einer von uns zu Euch kommt und Euch etwas zu tun aufträgt, dann macht Ihr das auch sofort und ohne zu fragen. Wir haben Euer Leben gerettet, damit Ihr Eurem Freund helfen könnt. Ich gehe also davon aus, dass wir auf Eure Hilfe zählen können?«

Was soll ich jetzt machen? Ihnen sagen, sie sollen sich zum Teufel scheren? Wenn die Chantry will, dass ich ihnen etwas für die Rettung meines Lebens zurückzahle, so dürfte ich auf diese Weise recht glimpflich davonkommen. Außerdem ist dieses Fest riesig. Ohne das Sonderkommando kann ich nicht sagen, ob ich Logan überhaupt finden, geschweige denn ihm helfen kann. Ich kann ihm keine Begegnung mit der Kaiserin verschaffen, und ganz bestimmt kann ich ihn und Jenine nicht hier herausschmuggeln. Das Fest ist abgeriegelt. Keiner kommt rein oder raus.

»Natürlich könnt Ihr auf mich zählen. Ich bin mir sicher, dass es mir wie immer ein riesiges Vergnügen bereiten wird, der Chantry zu dienen«, verkünde ich.

Vi seufzt und reibt sich den Nasenrücken.

»Ihr Übrigen kennt eure Aufgaben«, sagt Schwester Ayayah. »Noch Fragen?«

Wäre das Ganze eine erfundene Geschichte, würde jetzt irgendwer sagen: »Gehen wir den Plan doch besser noch ein letztes Mal durch«, und ich würde ihn in allen Einzelheiten zu hören bekommen. In so einer Geschichte würde auch niemand einen unverständlichen Fachjargon oder gar bloße Abkürzungen verwenden.

Aber so viel Glück ist mir nicht vergönnt. Zu meinem Verdruss habe ich es hier mit Profis zu tun. Niemand hat irgendwelche Fragen. Ich bekomme keine Hinweise, nichts.

Und nun schicken sie sich alle an zu gehen.

Ich blicke mich um. »Ich habe gedacht, das hier wäre die Einsatzbesprechung«, wende ich mich an Vi. Ich weiß von niemandem von ihnen, was sie oder er nun zu tun hat, ja, ich weiß es nicht einmal von mir selbst.

»Richtig, das war sie.«

»Hast du eine Gelegenheit gehabt, dich auch über den Rest zu informieren?«, will ich wissen.

»Wie schon gesagt, ich bin kein vollwertiges Mitglied des Kommandos. Sie tolerieren mich. Sie haben mich über meine Aufgabe in Kenntnis gesetzt. Das war's.«

»Oh, hey, Petaria«, sage ich, bevor die Frau aus dem Raum schlüpfen kann.

»Was?«, blafft sie.

»Wenn die ganze Sache vorbei ist, sollten wir mal zusammen was trinken gehen oder so.«

Sie schnaubt verächtlich und verlässt das Zimmer. Sie schaut mich nicht einmal an.

»Du kleine Diebin!«, rufe ich ihr hinterher. »Du hast mir bereits das Herz gestohlen!«

Ich grinse Vi an, als sie und ich allein gelassen werden.

»Du bist schon ein ziemlicher Esel«, bemerkt Vi.

»Du hast ja keine Ahnung, wie befriedigend das für mich war«, erwidere ich. Ich werfe einen Blick auf ihr Halsband. »Scheint so, als würden die Dinger keinen Spaß machen.«

Vi wiegelt ab. »Schwester Aashvi meint, dass sie sich relativ leicht deaktivieren lassen, aber sie werden während der gesamten Feier ständig überprüft, und sie wieder anzulegen und die Manipulation zu verbergen, ist das Schwierige an der Sache. Also lassen wir sie, wie sie sind.«

»Mit genügend Zeit, Wissen und dem richtigen Werkzeug kann jedes Schloss geknackt werden, nicht wahr?«, werfe ich in den Raum. Es ist etwas, was die Diebe der Sa'kagé zu sagen pflegten.

Aber wenn ich gehofft habe, dass ihr die Erinnerung an unsere gemeinsame Vergangenheit ein Lächeln entlocken würde, werde ich enttäuscht. Sie murmelt zwar irgendetwas Zustimmendes, ist aber offensichtlich abgelenkt.

»Und was machen wir jetzt?«, frage ich.

Bevor sie antworten kann, steckt Jasmine Jakweth seinen Kopf in den Raum. »Kylar, du wartest hier. Jemand wird dich abholen. Voraussichtlich kommt Petaria mit deinem neuen Armband. Sollte etwa fünfundvierzig Minuten dauern. Viridiana … er wäre jetzt so weit. Du kannst loslegen.«

Viridiana wird blass und holt tief Luft. Richtet sich das Haar.

»Er?«, hake ich nach.

Doch niemand antwortet mir. Viridiana klopft mir mit einem beunruhigten Lächeln auf die Schulter, in Gedanken schon bei ihrem Auftrag, und verschwindet.

Für einen kurzen Moment des Irrsinns kommt mir der Gedanke, mir ein Buch aus dem Regal zu schnappen, es mir bequem zu machen und einfach herumzusitzen und nichts zu tun. Aber nein. Ich bleibe nicht in diesem Zimmer. Ich bin nicht hierhergekommen, um eine Marionette der Chantry zu sein.

~Nein, du bist hierhergekommen, um eine Marionette von Momma K zu sein. Damit wirst du es ihnen mächtig zeigen.~

Halt die Klappe. Ich bin hierhergekommen, um einen Raub über die Bühne zu bringen. Ich krieg das beides hin.

Ich blicke auf mein nacktes Handgelenk hinunter. Fünfundvierzig Minuten, ganz ohne Juwelenarmband, während sich

Großmeister Vitruvius und zwei mir unbekannte Magier auf der Suche nach mir befinden – und außerdem Hunderte in Magie geschulte kaiserliche Wachen, die besten der Welt, die nach mir Ausschau halten könnten.

Es kann irgendwie nie leicht sein, nicht wahr?

~Manche würden sogar sagen, die Erfüllung dieser Aufgabe sei *unmöglich*. Aber du nicht, hm?~

Dann kommt mir ein schrecklicher Gedanke. Wenn ich hier bin, um gleich zwei Aufgaben zu erledigen, wer weiß, ob das nicht vielleicht für das Sonderkommando genauso gilt? Was ist, wenn sie womöglich für *dieselben* zwei Aufgaben hier sind? Wenn sie überall Augen und Ohren haben, dann haben vielleicht auch sie von der Existenz des Nemesis-Kompasses erfahren.

Und wenn sie über ein solches Artefakt Bescheid wissen, ist es für sie sicher von weit weniger großer Wichtigkeit, Logan zu helfen; sich das Ding unter den Nagel zu reißen, würde bei ihnen zweifellos an erster Stelle stehen.

Ich muss mir den Kompass sichern und alles dafür tun, damit ihn die Chantry nicht in die Finger bekommt.

Entsetzliches Grauen flutet mein Gedärm mit eiskalter Übelkeit. Aber eine kleine Chance ist besser als gar keine, und wenn ich hierbleibe, wie sie es von mir verlangen, habe ich überhaupt keine Chance.

Wenn du Scheiße fressen musst, hast du nur eine Wahl: dir den Geschmack auf der Zunge zergehen zu lassen oder sie möglichst schnell hinunterzuschlucken.

Ich will mir den Geschmack nicht auf der Zunge zergehen lassen.

Ich bin gut. Ich bin großartig. Ich schaffe das.

Ich strecke den Kopf schnell aus der Tür, den Kelch mit meinem Getränk nah an meinem Gesicht, und werfe einen Blick in die eine Richtung. Ich kichere, als habe jemand im Zimmer hinter mir gerade etwas Witziges gesagt, trete wieder ins Innere zurück, stoße die andere Tür auf und blicke in die andere Richtung, während ich sage: »… so etwas würde ich nie behaupten, nein«, als würde ich ein Gespräch beenden.

Dann schleiche ich mich hinaus, den Blick gesenkt, mit einem Kopfschütteln, als müsse ich da gerade an etwas denken; einfach nur ein weiterer Festbesucher, der sich so prächtig amüsiert wie kaum je zuvor in seinem Leben.

Ich hoffe nur, dass es nicht auch das *letzte* Mal in meinem Leben ist.

Kapitel 43

Alte Bekannte, alte Rosinen

Ich muss Phaena ausfindig machen. Sie dürfte jetzt gerade damit beschäftigt sein, sich um das Gepäck zu kümmern, doch sie kann nicht wissen, wie knapp meine Zeit bemessen ist. Ein Fehler hier, und ich verliere alles. Und damit meine ich noch nicht einmal nur, dass ich Logans dummes Reich zerstöre, indem ich Momma K enttäusche, oder dass mir Logan entschlüpft und ich sein dummes Reich zerstöre, indem ich zulasse, dass die Kaiserin ihn nach Borami befördert. Es ist sogar noch schlimmer.

Ich bin hier von Leuten umgeben, die mich regelrecht sezieren können – nicht einfach nur töten, sondern mich auf magische Weise auseinandernehmen. Dieser Prozess kann schnell oder auch langsam vonstattengehen, aber wenn ich und mein magisches Vermögen entdeckt werden, werden mich die Alitaeri nicht gehen lassen, bis sie die Verbindung des Ka'kari mit mir gewaltsam gelöst haben – ich habe mir einmal sagen lassen, dass das mittels Magie möglich ist, auch wenn es Zeit braucht. Und wenn die Geheimnisse des schwarzen Ka'kari erst einmal ans Licht gekommen sind, was könnten wohl andere alles damit anfangen?

Die Wahrheit ist, dass Schwester Reyhan recht hatte, wenn auch wahrscheinlich aus den falschen Gründen. Ich bin eine größere Bedrohung für die Chantry als alles andere, weil ich für die ganze Welt eine größere Bedrohung bin. Am sichersten wäre es, wenn mich die Chantry in eine Zelle sperren und nie wieder herauslassen würde. Nein, nicht einmal eine Zelle würde genügen. Bei allem, was auf dem Spiel steht, würde irgendwann jemand diese Zelle betreten. Unsterblichkeit ist der höchste Preis, letztlich der einzige Preis, der wirklich zählt.

Wem kann wahre Unsterblichkeit anvertraut werden? Wer würde nicht zu einem Ungeheuer, einem Tyrannen werden, würde er über meine Fähigkeiten verfügen?

Ich bin kaum mehr als zehn Schritte aus dem Raum heraus, und mein Magen krampft sich zusammen. Ich bin dazu ausgebildet worden, mir meine Anspannung nicht anmerken zu lassen, doch auch das Antrainierte kann plötzlich vergessen sein, wenn man sich zu viel Zeit zum Nachdenken lässt. Meine Bewegungen sind steif, kalter Schweiß perlt mir auf der Stirn. Eine Frau aus den Reihen der kaiserlichen Wachen wirft mir einen langen Blick zu.

Diese Menschen sind darin geschult, es sofort zu bemerken, wenn bei jemandem etwas nicht stimmt. Das Gute an der Sache ist, dass viele auf diesem Fest angespannt sind.

Dennoch, jetzt stößt die Wache den Mann neben ihr an.

Durzo hat mir immer eingeschärft: »Die Nervosität verschwindet, sobald du dich auf das konzentrierst, was du tust.«

»Ich bin völlig hin und weg von Eurem Umhang!«, wende ich mich an eine Frau in der Nähe, die in die gleiche Richtung unterwegs ist wie ich.

Sie trägt einen haarsträubend lächerlichen Federumhang und zwei Saphire an ihrem Handgelenk. »Das sind aber doch wohl keine Phönixfedern aus dem Hause Wai'Len, oder?«

Es gibt keine Phönixfedern, nur aufwendig gefärbte und goldgeränderte Pfauenfedern, die an leichtgläubige Fremdländer verkauft werden.

»Und diese Seidenstoffe!«, füge ich hinzu, als wir an den Wachen vorbeigehen. »Das ist aber doch keine echte Maulbeerseide, oder?!« Ich tue so, als würde ich zum ersten Mal bemerken, wie mich die kaiserliche Wache anstarrt, dann nicke ich ihr geistesabwesend zu und wende mich wieder an die Edelfrau.

Die Dame strahlt über meine Komplimente. »Die Sachen sind aus dem Hause Vaygar.«

»Nein wirklich! Bei meinem letzten Besuch dort haben sie mich nicht einmal *hineingelassen* – und Euch steht diese Kleidung so gut! Oh-oh, entschuldigt mich – ich muss zusehen, dass ich meinen Freund einhole. Ich wünsche Euch einen wunderbaren Abend!«

Wir sind an den Wachen vorbei, die mich nicht aufgehalten haben.

Ich biege in den nächsten Flur ein. Und dann in den übernächsten, halte den Kristallkelch hoch, um mein Gesicht zu verdecken …

… und erblicke, keine dreißig Schritte entfernt, Großmeister Vitruvius. Er kommt auf mich zu.

Ich mache auf dem Absatz kehrt, direkt vor der Gruppe der kaiserlichen Wachen. Zwei von ihnen fassen mich sofort ins Auge. Die beiden anderen überblicken mit bemerkenswerter Disziplin ihre eigenen Korridore, aber ich weiß, dass sie alle ihre Aufmerksamkeit auf mich gerichtet haben.

»Stimmt etwas nicht, mein Herr?«, erkundigt sich einer von ihnen.

»Ein alter Ex«, sage ich entschuldigend, und meine Stimme überschlägt sich ein wenig. Kurz verziehe ich mein Gesicht zu einer angewiderten Grimasse, um eine schlimme Trennung anzudeuten und die Sache auch für jemand Begriffsstutzigen klarzumachen. »Wenn er fragt … Ihr habt mich nicht gesehen, ja? O nein, er kommt in diese Richtung.«

»Ich glaube, ich habe Euch im Saal nebenan gesehen«, sagt die Frau in der Gruppe ermutigend wie jemand, der selbst schon Ähnliches erlebt hat. Ihre Stimme ist tiefer als die der Männer.

»Danke!«, flüstere ich und mache mich schnellstens aus dem Staub.

Ich werfe einen Blick zurück, als ich den nächsten Kreuzungspunkt von Fluren erreiche, und sehe, dass die Wache ihr Wort hält. Sie zeigt den gegenüberliegenden Gang hinunter.

Doch dann, als Großmeister Vitruvius in mein Blickfeld tritt, wirft sie einen raschen Blick zu mir, und Großmeister Vitruvius bemerkt es und bleibt stehen.

Nein! Ich tue mein Bestes, um zu verschwinden.

Ich weiß nicht, ob er mich gesehen hat. Das Dümmste, was man tun kann, wenn man in einer großen Menschenmenge nicht bemerkt werden will, ist, Augenkontakt mit demjenigen aufzunehmen, der nach einem sucht. Diesmal habe ich weggesehen.

Aber ich muss davon ausgehen, dass er mich gesehen hat. Ich muss davon ausgehen, dass mir das Glück leider nicht hold ist.

Was bedeutet, dass ich womöglich die nächste zweischneidige Waffe aus meinem kleinen Arsenal ziehen muss: Keiner hier weiß, dass ich über magische Mittel verfüge. Ich kann auf mein Talent zurückgreifen, um mir ein illusorisches Gesicht als Maske aufzusetzen.

Klingt ganz nach etwas Offensichtlichem, oder? Nach etwas, das ich eigentlich schon längst hätte tun sollen?

Ist es aber nicht.

Sobald ich Magie einsetze, bin ich unweigerlich für jeden Magier, der nach Magiern sucht, als ein Magienutzer erkennbar; das können sie fühlen und sehen. Es ist einer der Gründe dafür, warum in jeder Abteilung der kaiserlichen Wache mindestens eine Frau ist. Frauen sind normalerweise viel besser darin, andere zu erkennen, die ein magisches Talent besitzen. Sie müssen dafür allerdings immer noch nach Magie oder Magieanwendern Ausschau halten, und das zu tun, kann man leichter vergessen, als man annehmen würde.

Aber die Frauen in der kaiserlichen Wache von Alitaera gehören zu den besten Wachen der Welt.

Und ich habe keines der Halsbänder für Magier um. Wenn sie eine magische Aura ohne ein Halsband erkennen, spielt es keine Rolle, was Großmeister Vitruvius vorhat – ob sie ihn kennen oder nicht, ob sie bereit sind, ihm einen Gefallen zu tun oder nicht –, hier auf diesem Fest bedeuten eine magische Aura und ein fehlendes Halsband mit Sicherheit eine *tödliche Gefahr.* Das hätte schon draußen den sofortigen Tod bedeutet, hier drinnen bedeutet es das doppelt.

Doppelt so viel sofortiger Tod wie einfach nur sofort tot?

Nein, dem kann auch ich keinen Sinn abringen.

Ich muss mir die Stelle später noch einmal vornehmen und sie korrigieren. Falls es ein Später überhaupt gibt.

»Entschuldigung«, sage ich und rempele mir einen Weg durch die Menge.

Ich muss peinlicherweise vier Versuche unternehmen – bei vier verschiedenen Zielpersonen –, um mir unter Verwendung der Technik, deren sich Petaria bei mir bedient hat, ein Armband zu ergattern.

Es ist eins mit drei blauen Edelsteinen. Ein höherer Rang als mein erstes. Nicht schlecht. Aber als ich es mir anlege, muss ich feststellen, dass die blauen Edelsteine nicht leuchten. Ich habe etwas falsch gemacht. Oder vielleicht gibt es bei den Armbändern mit mehr Edelsteinen auch zusätzliche Sicherheitsvorkehrungen.

Ich muss viel herumprobieren, um herauszufinden, dass ich die Armbänder lockern kann, ohne dass die Juwelen dunkel werden, aber wenn beide Seiten den Kontakt vollständig verlieren, erlöschen die Steine. Das macht es viel schwieriger, sie zu stehlen – ich muss den geöffneten Ring über die gesamte Hand der Zielperson herunterziehen.

Nachdem ich mir endlich ein Armband mit zwei intakten blauen Steinen gesichert habe, steuere ich ein Pult an, an dem ein pummeliger kleiner Diener mit tintenverschmierten Fingern, ein Armband mit drei gelben Juwelen am Handgelenk, über Dutzende von Listen wacht. Dazu trägt er einen albernen kleinen Hut mit den kaiserlichen Adlern darauf. »Es ist die dritte Tür dort drüben auf der linken Seite«, erklärt er einer Frau in der Warteschlange vor mir mit aggressiver Höflichkeit. »Dort unter dem *übergroßen* Schild, seht Ihr?«

»Wie bitte?«, fragt die Frau vor den Kopf gestoßen.

»Das Schild, mit dem Bild dazu? Für diejenigen, die nicht lesen können?«, erläutert er, als wolle er helfen.

Die Frau schnaubt empört und macht sich auf den Weg zu den Latrinen.

Ich halte mir die Hand vor den Mund, wie um mich gemeinsam mit ihm über die Frau lustig zu machen. Manche Menschen lieben es, alle Macht, die sie haben, so gering sie auch sein mag, zur Herabsetzung anderer zu nutzen.

»Verzeihung«, wende ich mich mit einem Lächeln auf den Lippen an ihn. »Ich bin zum ersten Mal hier. Könnt Ihr mir sagen, wohin unsere Diener geschickt worden sind? Das muss ich wohl verpasst haben.«

Er wirft einen Blick auf mein Armband, wirkt jedoch unbeeindruckt. »Euer Diener ist bis zum Morgengrauen nicht verfügbar. Die Bediensteten Ihrer Kaiserlichen Majestät werden Euch gerne bei allen berechtigten Anliegen behilflich sein. Der Nächste bitte.«

Er schaut an mir vorbei, als könne er damit durchkommen.

Es gibt Gelegenheiten im Leben, wo man mit Gewalt oder Gewaltandrohung nicht weiterkommt. Sie sind seltener, als man denkt.

Ich schaue erst den einen, dann den anderen der sich kreuzenden Korridore hinunter und lege meine Hände schließlich auf das Pult.

»Mein Herr?«, drängt Meister Pummel ungeduldig.

Der kaiserliche Wachmann, der für die Überwachung dieses Teils des Flurs zuständig ist, schaut gerade in die andere Richtung, um sich mit seiner Truppe auszutauschen, und ich springe leichtfüßig über den Tisch und lande direkt neben dem pingeligen kleinen Bürokraten.

Er ist derart verdutzt, dass sich sein Kinn so tief in seinem Hals vergräbt, dass ich mich frage, wie er überhaupt noch atmen kann.

Und mit Recht, denn sein nächster Laut ist so etwas wie ein »Hch gick«.

Die Dame in der Schlange hinter mir scheint ebenfalls erstaunt, ihr Knochenfächer erstarrt mitten in seinem Hin und Her. Eine Folge meines Sprungs. Dann wandert ihr Blick hinab zu der Stelle, wo meine linke Hand unter dem Pult des Bürokraten verschwindet. Ich halte den Zeigefinger meiner rechten hoch, um ihr zu bedeuten: *Einen Moment noch*. Und lege ihn mir dann mit einem Augenzwinkern an die Lippen. *Leise*.

Der pummelige Diener hat kein einziges Wort gesagt.

»Es war eine einfache Frage«, stelle ich klar. »Aber warum versuchen wir es nicht einfach noch mal? Könnt Ihr mir sagen, wo mein Diener jetzt sein könnte?«

Er sieht mich mit großen Augen an, aber es kommt kein Wort aus seinem Mund.

Um ihn zu ermuntern, packe ich ihn mit der linken Hand unter dem Pult und drücke fest zu.

Er quiekt. »Sie sollten jetzt alle beim Beladen der *Sturmjäger* helfen und die letzten Vorbereitungen treffen.«

»Der Dienerschaft wird also mitgeteilt, wer an Bord geht?«, frage ich überrascht.

Ich bin bisher davon ausgegangen, dass bis zum Morgengrauen überhaupt niemand weiß, wer gehen wird und wer nicht. Aber vielleicht ist das auch gar nicht möglich. Wie könnten sie denn bei Morgengrauen mit dem ganzen Gepäck an Bord aufbrechen, wenn kein Mensch weiß, welches Gepäck bis dahin verladen sein muss? Und Edelleute reisen nie mit leichtem Gepäck.

»Nur die Hausverwalterin hat die Hauptliste, und sie bringt sie bei Bedarf während der ganzen Nacht immer wieder auf den neuesten Stand, wenn es die Kaiserin ihr aufträgt. Kein Bediensteter verlädt die Sachen seines Dienstherrn. Alles ist streng aufgeteilt«, erklärt er. »Wie könnt Ihr das nur nicht wissen? Wie kann man bloß so hinterwäldlerisch sein?«

Er unterdrückt einen weiteren Aufschrei, als ich ihn nun sanft drücke.

Ja, richtig, meine Hand steckt tief in seiner Hose. Haut auf Haut. Sack in der Faust. Darin zwei Träubchen, die zu Rosinen schrumpfen.

Nein, das macht mir keinen Spaß. Mörder und Schläger in Angst und Schrecken versetzen? Ich muss zugeben, dass ich das bisweilen genieße. Es ist ein hässliches Vergnügen, aber ein anhaltendes. Doch einen Idioten in Panik zu versetzen, der einfach nur grob und unhöflich ist? Es bereitet mir keine Freude.

~Wirklich überhaupt keine?~

Vielleicht ein kleines bisschen. Aber ich bin mir vollauf bewusst, dass das, was ich da tue, abscheulich und falsch ist.

Es ist jedoch bei Weitem nicht das Abscheulichste, was ich je getan habe.

»Ich werde dich jetzt loslassen«, erkläre ich. »Und das, woran du gerade als Erstes denkst, ist ein Fehler. Also … *bevor* du nach den Wachen rufst, nimm dir einen Moment Zeit, um deine Möglichkeiten ins Auge zu fassen. Denk ein wenig über die folgende Frage nach: Willst du wirklich, dass alle, sobald dein Name fällt, an diese Geschichte denken müssen und zu kichern anfangen? Denn das wird der Fall sein, Rosinenknabe … für den Rest deines Lebens.« Ich lächle ihn an.

Er wird blass und sackt noch mehr in sich zusammen. »Rosinen?«

Bei alledem, was hier mit ihm passiert, hat er natürlich nicht im Geringsten darauf geachtet, was meine *rechte* Hand so angestellt hat.

»Ein Letztes noch«, sage ich. »Könntest du bitte so höflich wie möglich zu meiner Freundin hier sein?« Ich nicke in Richtung der Edelfrau direkt hinter mir in der Reihe. Ich lächle und zwinkere ihr zu. Sie hat die ganze Sache hingerissen verfolgt.

Ihr Fächer wedelt nun mit der doppelten Geschwindigkeit.

»Rosinen?!«, wiederholt der Mann.

»Nun ja, es sind keine Eier, oder? Ich würde sagen, nicht einmal Nüsse oder Trauben.« Ich ziehe meine linke Hand zurück und wische sie penibel mit einem Taschentuch ab.

»Ich würde Euch raten zu tun, was mein neuer Freund hier vorschlägt, *Rosinenknabe*«, sagt die Frau und lächelt mich breit an. »Und Ihr … wenn Ihr später vielleicht ein wenig Zeit habt …«

Ich lächle, zwinkere ihr noch einmal zu und verschwinde.

~Das war ein wenig leichtsinnig.~

Ein kalkuliertes Risiko.

Na gut, vielleicht eher ein unkalkulierbares Risiko.

Ich seufze tief. Ich sollte mein Glück nicht auf diese Weise aufbrauchen – indem ich es für Dinge vergeude, die kaum von Belang sind.

Aber ich habe es geschafft. Ich habe viel zu lange dafür gebraucht, doch ich habe dem Rosinenknaben sein juwelenbesetztes gelbes Armband vom Handgelenk stibitzt. Das Gelb steht für einen Bediensteten des kaiserlichen Hauswesens. Und es sind außerdem drei Juwelen, sodass man damit zu allen möglichen Bereichen Zugang hat. Und ich habe es geschafft, das Ding mitgehen zu lassen, ohne die Juwelen außer Funktion zu setzen.

Ich weiß nicht, ob das für meine Zwecke ausreicht, doch es ist immerhin etwas.

Ohne weitere Zeit zu verlieren, steuere ich eine Tür für die Dienerschaft an, schnappe mir im Vorbeigehen ein Pergament von einem Getränketisch und hebe mein Handgelenk, um mein Armband deutlich sichtbar zu machen und zugleich mein Gesicht zu verdecken, das nach unten gekehrt ist, als würde ich lesen.

Ich gelange ungehindert in eine Nebenküche. Der Raum ist ein einziges Durcheinander menschlicher Leiber, die hektisch zusammenarbeiten, Küchenchefs niederen Ranges, die Platten mit Appetithappen anschleppen, andere, die schnell für die passende Zusammenstellung auf den Servierplatten sorgen, wunderschöne männliche und weibliche Diener, die in Reihen anstehen, sich gegenseitig die Kostümierung oder das Haar zurechtmachen,

Schweiß abtupfen, Puder auftragen, einander mit Parfüm besprühen, tratschen und sich untereinander vor problematischen Gästen warnen. Einige melden die schlimmsten Übeltäter einem Wachmann, der sich mit einem protokollierenden Beamten berät, der sich wiederum Namen notiert.

In der Nähe der nach unten führenden Treppe befinden sich ein Stapel mit Adlerflügeln für Männer und Lendenschurze. Mir ist klar, dass ich nicht lange untätig herumstehen kann, ohne dass sich jemand fragt, was ich hier mache und wer ich bin, und so dränge ich mich zu dem Stapel durch. Ich schnappe mir Flügel und einen Lendenschurz und steige die Treppe hinunter.

»He«, spricht mich eine Frau an, »wofür nimmst du die mit?«

»Befehle«, erwidere ich achselzuckend. »Hab selbst keine Ahnung, wofür sie sie haben will.«

Ich warte nicht auf eine Antwort, und offenbar bin ich damit durchgekommen. Weder heftet sie sich mir an die Fersen, noch ruft sie mir hinterher.

Ich erreiche das nächsttiefere Stockwerk, vorbei an den Küchen, wo die servierten Speisen vorbereitet werden, vorbei an stämmigen Dienern, die Weinfässer rollen und Lebensmittel und Schnapsflaschen in den Küchenbereich tragen, vorbei an Küchenjungen, durch Gänge voller Dienstpersonal, das in alle Richtungen wuselt.

Ich setze meinen Weg hinunter in die Katakomben des Palastes fort, bis ich bemerke, wie sich die Augen eines älteren Mannes auf mich richten. Auch er hat drei gelbe Edelsteine an seinem Armband. Das Schlimmste, was mir passieren kann: Diener, die auf der gleichen Ebene weit oben in der Hierarchie stehen, kennen sich unweigerlich oder wissen zumindest voneinander. In jedem Fall wird es ihm nicht entgehen, dass ich alles Mögliche nicht weiß, was ich eigentlich wissen sollte.

Mit ausgesprochen Respekt gebietender Miene macht er Anstalten, mir in den Weg zu treten, und ich lasse meine verräterische Last von der einen Hand in die andere wandern und nutze den Moment, um mir stattdessen das blaue Armband mit den zwei Juwelen übers Handgelenk zu streifen. »Hey, wisst Ihr einen guten Platz, wo ich mich umziehen kann?«, frage ich.

»Umziehen? Hier unten? Die Umkleideräume sind … Aber warum seid Ihr überhaupt …?«

»Hört mal«, sage ich mit Verärgerung in der Stimme. »Seid einfach schlauer als ich und erzürnt nie, aber auch wirklich *niemals*, jemanden, der weit über Euch steht, so sehr, dass dieser Jemand, diese Frau, Euch befehlen kann, Euch zu ihrem Vergnügen halb nackt auszuziehen und Euch die lächerlichsten Klamotten überzustreifen.«

»Zu ihrem Vergnügen?«, wiederholt der Mann misstrauisch. »Von wessen Vergnügen ist denn die Rede?«

Ich zeige ihm mein Armband mit den blauen Edelsteinen mit einem hochmütigen Gebaren, wie um deutlich zu machen, dass ich nicht einfach irgendein Tagelöhner bin. »Ich bin in keiner Weise befugt, über *ihr* Vergnügen zu sprechen«, erkläre ich, als würde ich damit die Kaiserin meinen – halte dabei jedoch genug Spielraum offen, um das leugnen zu können, sollte meine Lüge ans Licht kommen. Ich schürze die Lippen.

Er flucht mitleidig. »Das Gute an der Sache ist, dass Ihr sie wohl nicht allzu sehr erzürnt haben könnt, und ihre Spielsachen bringt sie normalerweise nicht um. Aber … wenn Ihr den Rat eines alten Kohleschleppers hören wollt, mein Herr?«

»Bin froh über alles!«, sage ich und lasse leichte Verzweiflung in meine Stimme einfließen. Ohne Frage ist er schon seit vielen Jahren sehr viel mehr als nur ein Kohleschlepper.

»Legt Euch ja nicht mit ihr an. Fügt Euch sofort, egal wie idiotisch ihre Befehle Euch auch aussehen lassen mögen, und Ihr könnt nach diesem Abend womöglich von hier fortgehen und noch immer all Eure Ländereien Euer Eigen nennen. Mein Büro ist gleich hier drüben.«

Er führt mich zu seinem Büro, und ich frage mich, wie viele Minuten wohl inzwischen vergangen sind. Ich vermute, es sind etwa zwanzig.

Noch ist nicht einmal die Hälfte der Zeit verstrichen, bis ich wieder in der Bibliothek zurück sein muss.

Und noch habe ich auch nicht annähernd die Hälfte meiner Ziele erreicht.

Ich ziehe mich aus, während er auf mich wartet, und als ich wieder herauskomme, richtet sich sein Blick auf meine Muskeln. »Ui. Vielleicht habt Ihr ja noch eine Chance, erfolgreich aus der Sache hervorzugehen. Sie mag die Hübschen.«

»Ähm … danke?«

»Und sie sollten auch nicht allzu helle im Kopf sein. Womöglich seid Ihr also der ideale Kandidat«, setzt er hinzu. Aber er sagt es mit einem Lächeln.

Erneut schürze ich die Lippen. »Habt Ihr irgendetwas, worin ich meine Sachen aufbewahren kann?«

Er reicht mir einen kleinen Beutel. »Wo sollt Ihr Euch denn mit ihr treffen?«

»Ich weiß nicht, ob es wirklich sie … sie selbst sein wird, versteht Ihr? Aber die haben gemeint, unten am Sammelpunkt im Verladebereich, wo die Bediensteten das Gepäck und so weiter verstauen …«

Er wirft mir einen fragenden Seitenblick zu. »Seid Ihr Euch auch ganz sicher, dass sich da nicht irgendwer einen Spaß mit Euch erlaubt?«

»Das glaube ich nicht, nein. Aber danke, dass Ihr mir jetzt noch etwas Zusätzliches gegeben habt, worüber ich mich beunruhigen kann.« Ich reibe mir mit den Fingerknöcheln die Stirn. »Das Einzige, was schlimmer wäre, als in diesem Aufzug dort aufzutauchen, wenn sie *nicht* nach mir verlangt hat, wäre … nicht so aufzutauchen, wenn sie es doch getan hat.«

»Ich könnte vielleicht Nachforschungen anstellen …«, erbietet sich der Mann.

»Nein, nein. Ich bin sowieso schon spät dran. Wenn es sich um einen Streich handelt, muss ich die Konsequenzen tragen und räche mich dann später. Es ist sowieso immer gut zu wissen, wer einen zum Narren halten will.«

»Ein mutiger Standpunkt, mein Herr«, erwidert er in dem Tonfall, auf den altgediente Domestiken zurückgreifen, wenn sie dir klarmachen wollen, was für ein Trottel du doch bist.

»Danke für Eure Anregungen«, sage ich in dem Tonfall, mit dem altgediente Adlige Domestiken daran erinnern, dass sie Diener sind.

Er lächelt, doch seine Bedenken sind ihm deutlich anzumerken. Sein Gesicht sagt: Viel Spaß bei deiner Selbstaufopferung, Kumpel.

Es bedarf weiterer zehn Minuten und noch einiger Täuschungsmanöver, bis ich es ganz nach unten und bis zu dem riesigen Kai geschafft habe, wo die *Sturmjäger* liegt. Dabei wird mir außerdem zweimal an den Po gefasst, in eine meiner Brustwarzen gezwickt und einmal direkt in die Leistengegend gegriffen. Der Letzte ist ein Mann, an dessen Armband nur ein einziger blauer Edelstein leuchtet – ein niederer Adliger. Als ich mein eigenes Armband mit den zwei Juwelen darauf aufblitzen lasse und ihn finster anstarre, stottert er eine Entschuldigung und ergreift regelrecht die Flucht.

Das alles verletzt mich jedoch nicht allzu sehr. Ich habe das Gefühl, dass ich es nach allem, was ich getan habe, um mein Armband zu bekommen, auch verdient habe. Seltsamerweise mag ich es irgendwie, wenn es mir so vorkommt, als würde das Universum meine Waagschalen rasch wieder ausgleichen. Wenn man durch das Leben geht, indem man ständig Sachen macht, von denen man weiß, dass sie falsch sind, ist das so, als würde man in Strümpfen über den Rand eines Teppichs schlurfen. Je länger man damit wartet, irgendwo hinzutreten, desto größer wird der Schock, der einen erwartet.

Bis ich am Kai angekommen bin, sind jedoch dreißig meiner fünfundvierzig Minuten bereits verstrichen. Wenn ich nur einen Funken Verstand hätte, würde ich mir jetzt mein Scheitern eingestehen und mich auf der Stelle auf den Rückweg machen.

Die *Sturmjäger* ist eine gewaltige Erscheinung, an vielen Stellen am Kai und sogar an der Burg selbst festgetäut. Ich lasse meinen Blick über die buchstäblich Tausenden von Menschen schweifen, die auf das Schiff zuströmen: all die Arbeiter, Aufseher und Beauftragte des Adels, die mit dem Beladen des großen Schiffes auf den letzter Drücker beauftragt sind. Die Burg schmiegt sich in die Felswände über und neben uns, und eine Vielzahl von Rampen führt wie Spinnweben von der Burg zu den riesigen offenen Trimaran-Pontons des Sturmschiffes und zum Schiffsrumpf selbst hinunter. Ich befinde mich im größten Verladebereich, aber weitere erstrecken sich im Osten und Westen von hier sowie vor allem auch über und unter mir.

Beim Anblick des riesigen Menschengewühls, von Hunderten von Soldaten bewacht, die die Ladebereiche sichern, packt mich pure Verzweiflung.

Selbst wenn ich mich wirklich im richtigen Bereich von insgesamt vielleicht neun verschiedenen Möglichkeiten befinde, wie soll ich inmitten all dieses Treibens eine als Dienerin gekleidete Frau von durchschnittlicher Größe ausfindig machen? Wenn diese Menge einfach nur untätig umherlaufen würde, könnte ich vielleicht hoffen, irgendwo eine Menschentraube von aufmerksam gaffenden Männern zu entdecken, die Blicke von ihrer Schönheit in eine Richtung gezogen wie Eisenspäne. Aber so? In der Hektik und dem Gedränge des immer näher rückenden Moments, wenn die Frist zum Beladen abgelaufen ist? Alle haben so viel zu tun, dass sie kaum einen flüchtigen Seitenblick auf jemand anderen verschwenden können.

Also halte ich suchend Ausschau und lasse meine Sicht leicht verschwimmen, um, statt die Männer und Frauen als einzelne Individuen zu sehen, Muster ausfindig zu machen. Auch wenn die Arbeiter damit beschäftigt sind, alles zu verladen, was sie können, scheint ein Großteil ihrer Tätigkeit einfach darin zu bestehen, Dinge zu sortieren. Riesige Zelte versperren die Sicht auf das Ende der Docks, wo sie dem Schiff am nächsten sind. Dort befindet sich das Gepäck der Adligen in Wartestellung. Von dort wird momentan nichts auf das Sturmschiff verladen. Dazu muss, hier wie überall sonst, erst das Verlesen der Liste abgewartet werden – die Menschen hier werden genauso im Ungewissen gehalten wie alle anderen auch.

Die Grüppchen der Untätigkeit bilden sich zumeist um die Aufseher herum, wo die Schauerleute darauf warten, dass sie an der Reihe sind und ihre Befehle erhalten. Auf der einen Seite ist eine Schlägerei ausgebrochen. Dort sind mehrere Hafenarbeiter aneinandergeraten, und sie zertrümmern irgendetwas. Mein Blick schweift weiter.

Ein großer Mann sticht mir ins Auge – sehr groß, in einem waldgrünen Mantel, der wie Seide im Wind flattert. Zu kostbar für hier unten.

Eine Dienerin in Weiß und Rot taucht hinter seiner Gestalt auf. Sie geht weg, und er packt ihren Arm, redet erzürnt auf sie ein. Sie lässt ihn gewähren, reißt sich nicht von ihm los.

Ich kenne diesen Mann, und es trifft mich wie ein Tritt in die Eier, der mir die Luft nimmt. Lord Repha'im, der Mann, der Logans Kinder geraubt hat, der Mann, der mich fast getötet hätte.

Er könnte jetzt überall sonst sein. Was um alles in der Welt hat er *hier* zu suchen?

Noch größer ist mein Schock darüber, dass ich die Frau ebenfalls kenne. Es ist *Phaena.* Es überrascht mich nicht, dass sie hier ist, aber warum führt sie ein Gespräch mit Logans Todfeind, als würde sie für ihn arbeiten?

Und dann, trotz des Gedränges von Tausenden und ungeachtet der Tatsache, dass ich bestimmt sechzig Meter weit weg und nicht groß bin und in dieser Menge nicht auffalle, erhebt sich Lord Repha'im plötzlich zu seiner vollen Größe, reaktionsbereit wie eine Spinne, deren Signalfaden berührt wurde. Wie das Raubtier, das er auch ist, fährt er mit einem Ruck herum, dreht sich in genau die richtige Richtung.

Bevor ich den Kopf einziehen und mich verstecken kann, hat er mich auch schon gesehen. Blickt mir direkt in die Augen.

Kapitel 44

Flucht und Fieber

Ich ergreife die Flucht.

Ich denke nicht darüber nach, was ich da tue oder warum ich es mache. Ich verliere mich im Tun selbst – verschwinde aus der Sichtlinie, während ich in dem Beutel mit meinen Anziehsachen wühle. Vielleicht bist du ja der Ansicht, dass Sich-schnell-umziehen-Können nicht zum unverzichtbaren beruflichen Rüstzeug eines Auftragskillers gehört. In diesem Fall musst du dich bei Durzo Blint beschweren, der da anderer Meinung war.

Die Flügel lassen sich nicht in den Beutel stopfen, ohne die blöden Dinger in der Mitte zu knicken und sie dadurch zu ruinieren, aber genau das mache ich jetzt. Wenn man beim Umziehen auf der Flucht Teile seiner Kleidung fallen lässt, hinterlässt man eine Spur, die anzeigt, wo man gewesen ist, und ein deutliches Zeichen, dass man seine Verkleidung gewechselt hat. Schneller als man erwarten würde, stecke ich wieder in meinem alten Aufzug eines Edelmanns, ergänzt um einen neuen Hut, den ich mir auf dem Rückweg nach oben mopse.

Erst als ich ein gutes Stück weit weg bin, kommt es mir in den Sinn, mich dafür zu schämen, dass ich davongelaufen bin. Ich hätte hinuntergehen und den Kerl umbringen sollen. Und ein paar Antworten von ihm einfordern.

Dieses Gefühl der Scham hält jedoch nur einen Moment lang an. Für Durzo waren die Wörter *Tapferkeit* und *Feigheit* bloß leere Begriffe. Für ihn gab es nur die Erfüllung oder Nichterfüllung einer Aufgabe. Nützlichkeit, nicht Lob oder Tadel. Tapferkeit, sagte er, kann einen genauso daran hindern, seine Arbeit gut zu machen, wie Feigheit, also ist Tapferkeit nichts, was zählt.

Tapferkeit fällt in dieselbe Kategorie wie »ein fairer Kampf« im Krieg. Sie ist nichts lediglich Eingebildetes – es gibt viele Orte und Gelegenheiten, wo Tapferkeit eine Rolle spielt, aber sie ist auch ein Konzept, das dich berechenbar machen und dir den Tod bringen kann, wenn du dich von ihr leiten lässt.

Lord Repha'im hat etwas an sich, das mir eine Gänsehaut über den Rücken jagt, etwas, das mir sagt, dass er auf eine übernatürliche Weise gefährlich ist. Ich darf ihn nicht über Ort und Zeit meines Angriffs auf ihn bestimmen lassen. Es muss meine eigene Wahl sein.

Ich bin spät dran. Ich muss in etwa fünf Minuten wieder oben im Salon sein.

Ich erreiche einen weiteren der vielen Kontrollpunkte – diesmal an einem Treppenabsatz einer großen Wendeltreppe –, und plötzlich sieht es so aus, als könnte ich es unmöglich schaffen. Allein schon die Warteschlange hier wird mich zehn Minuten aufhalten. Ich werfe einen Blick über meine Schulter, halte nach Lord Repha'im Ausschau. Nichts.

Aber als ich wieder aufschaue, steht da ein Mann, den ich nicht kenne, seitlich neben der Schlange und lässt seinen Blick suchend über sie hinwegwandern. Der Blick, mit dem er mich ansieht, ist von einer seltsamen Eindringlichkeit.

Er trägt das rubinrote Halsband eines Magiers. Eines Blauen. Er ist einer von Großmeister Vitruvius' Leuten.

Der Mann eilt in einen Seitengang davon.

Und dann, dem Mann dicht auf den Fersen, sehe ich, wie Lord Repha'im plötzlich aus der Menge hinter mir auftaucht und dem blauen Magier hinterherläuft.

Vielleicht meint er, das wäre ich.

Ich ziehe den Kopf ein, atme tief durch und versuche, möglichst unauffällig zu bleiben. Ich muss von hier weg sein, bevor einer von ihnen oder gar beide zurückkehren.

»Komm mit«, ertönt eine Stimme neben meinem Ellenbogen.

Es ist Landfrau Melena, der sympathische Magnet der Chantry-Abordnung. Sie ist nun viel edler gekleidet als vorhin, ein schwarzes Kleid mit reichlich Spitzenbesatz, anders geschminkt, ohne Magierhalsband, ein Armband mit vier blauen Juwelen am Handgelenk; eine gebieterische Ausstrahlung geht von ihr aus. Sie zerrt mich aus der Reihe. »So geht das«, sagt sie. Sie zieht mich an der Warteschlange vorbei, führt mich wie eine Frau, die einen neuen Liebhaber zu einem Stelldichein geleitet.

Vi hat gemeint, es sei einfach, die magischen Halsbänder zu entfernen, doch sehr schwierig, sie wieder anzulegen, ohne dass deutlich erkennbar ist, dass sich jemand daran zu schaffen gemacht hat. Aber andererseits dürfte die Lösung schwieriger Probleme eben zu den Aufgaben eines Kommandos für Sonderprobleme gehören.

Hier gibt es Strömungen und Unterströmungen, von denen ich nicht das Geringste weiß. Nicht sehr beruhigend.

Nun erst fällt mir auf, dass sich die Atmosphäre des ganzen Festes gewandelt hat. Wo zuvor alles angespannt war, ist jetzt, nachdem die Feier weit fortgeschritten ist, alles aufs Doppelte übersteigert. Die Leute sind lärmend und fieberhaft ausgelassen, lachen zu laut, trinken viel zu viel, küssen sich in der Warteschlange, zerren sich gegenseitig in lauschige Winkel, um es dort nicht bei Küssen zu belassen. Am hinteren Ende der Schlange bricht eine Schlägerei aus, und die Wachen setzen sich in aller Ruhe in diese Richtung in Bewegung – in dieser Nacht der Nächte ist mit derlei immer wieder zu rechnen.

Melena zieht mich durch den Kontrollpunkt und dann weiter, sodass wir Hand in Hand gehen, sie als mir sozial übergeordnet ein Stückchen voraus.

»Diese Kleidung passt nicht«, erklärt sie. »Ich habe was zum Wechseln für dich dabei. Du hast uns das Leben ganz schön schwer gemacht. Hier rein.«

Sie zerrt mich in einen eichenholzgetäfelten Raum, in dem ein Leierspieler, ein Harfenist und eine Sängerin zwanzig bis dreißig Edelleuten, welche die drei Musiker beharrlich ignorieren, eine schwermütige Geschichte vortragen. Man sitzt einander auf dem Schoß, kichert und prustet oder leckt gar verschiedene Substanzen von Händen oder aus Dekolletés. Melena zieht mich hinter einen Wandschirm, wo ein Pärchen, ähm ... rhythmisch miteinander zugange ist. Die beiden bemerken uns, scheinen sich aber nicht hinreichend an unserer Anwesenheit zu stören, um ihr Tun einzustellen. Sie beugt sich über die beiden hinweg und hebt eine Tasche vom Boden auf, als sei das alles völlig normal.

»Kleidung«, sagt sie, als sei ich ein begriffsstutziges Kind. »Runter damit.«

Dann hilft sie mir, aus meinen Sachen heraus- und in neue hineinzuschlüpfen; ausgerechnet in eine weiße Seidenhose, die an Bein und Waden – vom Po ganz zu schweigen – hauteng anliegt. Dazu kommen noch extravagant geschnürte hohe rote Schuhe. Niemand sollte eine weiße Seidenhose tragen müssen, schon gar nicht eine so enge wie meine. Ein weißes Rüschenhemd – nicht einmal von Rocklänge, sodass es den Hintern bedecken würde, sondern einfach nur ein Hemd! – und ein lederner roter Waffengurt (ohne Waffen oder auch nur Scheiden dafür) vervollständigen meine Aufmachung. Nicht jedoch mein Aussehen. Sie schmiert mir eine klebrige Pampe ins Haar, frisiert es schnell zu Igelstacheln und Locken, trägt dann Kohlstift auf meine Augenbrauen auf, schwärzt sie zu einer durchgehenden schweren Braue im Stil der Modaini, dann schwärzt sie mir auch die Lippen. Danach pudert sie mir das Gesicht mit einem rosa getönten Talkumpuder.

Sie lehnt sich zurück und begutachtet mich kritisch wie ein Künstler sein Werk. »Zu frisch.« Sie sieht sich um. »Wasser ... Wasser ...« Aber keiner der Kelche hier enthält Wasser, da gibt es nur Wein, und sie murmelt irgendetwas davon, dass sie keine roten Flecken riskieren wolle.

»Entschuldigung«, sagt sie schließlich, spuckt in ihre Hände, reibt sie aneinander und verschmiert auf einer Seite den Puder und ein bisschen von meiner Augenbraue. Sie umarmt mich plötzlich so fest, dass sie mich fast zerquetscht und zudem ziemlich erschreckt. Macht rasch einen Schritt zurück, kneift in mein Hemd, wo es nun zerknittert ist, und vertieft die Falten noch. »Halt still«, befiehlt sie.

Sie trägt frisches Rouge auf ihre Lippen auf und küsst mich direkt über dem Kragen am Hals. Ein warmer Schock durchläuft mich.

Dann wischt sie mir das überschüssige Rouge vom Hals – aber nicht auch von meinem Hemd.

»So. Herzlichen Glückwunsch, du bist jetzt ein adliger Schnösel, der heute Abend sichtlich schon ein wenig seinen Spaß gehabt hat. Und jetzt soll Petaria sich dich vornehmen.«

»Wie bitte? Ich fühle mich, als hätte ... als hättest ... als hättest du dir mich bereits nach Strich und Faden vorgenommen«, stottere ich, aber Melena zieht mich schon hinter dem Wandschirm hervor. Zurück bleibt das Pärchen, das zu keinem Moment in seinem Tun innegehalten und uns kaum eines Blickes gewürdigt hat.

Melena tritt auf den Flur hinaus und hält mich im Türrahmen fest, während sie nach rechts und nach links schaut. Dann begeben wir uns in einen anderen Raum, der auf magische Weise vollkommen leer wirkt – ich könnte mir gut vorstellen, dass es das schwierigste Kunststück überhaupt war, das das Sonderkommando hier zu bewerkstelligen hatte.

Noch bevor Melena die Tür hinter mir geschlossen hat, ist Petaria zur Stelle, verflucht mich in einem halben Dutzend Sprachen und steht dabei viel zu dicht vor mir, sodass ich am liebsten vor ihr zurückweichen würde, doch ich kann nirgendwohin. Petaria schnappt sich das kaiserliche Armband so schnell von meinem Handgelenk, dass niemand auch nur auf den Gedanken kommen würde, dass es sich eben noch fest verschlossen dort befunden hat. »Was soll ich denn *damit* anstellen?!«, herrscht sie mich an.

»Äh …«

»Wo ist das Armband mit den zwei roten Edelsteinen, das Jasmine dir gegeben hat?«

»Ich habe nie …«

»Er hat das Zimmer verlassen«, erklärt Melena.

»Der Plan hat für mich den Tausch von … Wie soll ich das jetzt …? Verdammt noch mal, Kylar Stern. Musst du alles so schwierig machen?«

Ohne eine Antwort abzuwarten, zieht mir Petaria grob ein anderes Armband über und behält meines. Sie reckt ihren Hals, und ihr Halsband mit den lila Steinen hat sich inzwischen so eng darum gelegt, dass es in die Haut schneidet. Dann verschwindet sie.

»Was hat es mit dem lila Halsband auf sich?«, frage ich Melena.

»Rot plus Blau?«, schlägt sie vor.

Ich brauche einen Moment, bis bei mir der Groschen gefallen ist. »Edelleute, die gleichzeitig Magier sind? Aber …«

»Hat dir das noch niemand gesagt? Jedes Mal, wenn wir Magie anwenden, wird das Halsband enger. Wenn man nicht aufpasst, kann man davon leicht ohnmächtig werden, und Pet hat heute Abend eine ganze Menge Magie einsetzen müssen – nicht zuletzt deinetwegen. Ich muss los.«

Die Tür geht auf, und Melena geht hinaus, hält die Tür aber offen. Vi streckt den Kopf herein. »Kylar! Komm schon! Jetzt sofort!«

Vi schnappt sich meine Hand und drängt mich den Flur hinunter. Jetzt erst fällt mein Blick auf das Armband an meinem eigenen Handgelenk. Vier blaue Steine. *Vier.*

Das Verschlusssystem dieser Armbänder wird mit zunehmender Seltenheit immer komplizierter. Selbst ein Dieb mit Petarias Fähigkeiten muss ganz besondere magische Mittel in Anwendung bringen, um ein solches Vier-Juwelen-Armband zu stehlen.

»Wir suchen jetzt einen Geheimraum auf«, erklärt Vi. »Da drinnen wird kein Wort gesprochen. Wir warten auf das Zeichen von Schwester Ayayah. Du darfst Logan und die Kaiserin nur auf Schwester Ayayahs Zeichen hin unterbrechen, verstanden? Denn solange ich ihr Signal nicht sehe, gebe ich nicht das vereinbarte Klopfzeichen. Und wenn du ohne mein Klopfzeichen da reingehst, werden dich die kaiserlichen Wachen und die Magi sofort angreifen. Vielleicht sind sogar Leute von der Prätorianergarde da drin, sollte es Jasmine nicht gelungen sein, seine zweite Aufgabe zu erfüllen. Wenn du überhaupt da reingehen musst, wird der Agent, der dich und mich in den Abhörraum bringt, nach Lage der Dinge wahrscheinlich mit seinem Leben dafür bezahlen müssen, dass er dieses Eindringen zugelassen hat. Die Alitaeri sind alles andere als scharf auf Überraschungen. Sieh zu, dass nicht ohne Not sein Blut an unseren Händen klebt.«

»Schwester Ayayah hat vorhin gemeint, du hättest andere, bessere Talente. Womöglich magischer Natur. Hast du vor, von ihnen Gebrauch zu machen? Welcher Art sind die denn?«

»Nein, das habe ich nicht vor, und ich habe momentan auch keine Zeit für Erklärungen.«

»Du gehörst jetzt ganz und gar ihnen, nicht wahr?«, will ich von Vi wissen. »Den Chantry-Leuten, meine ich.«

»Nein, Kylar«, entgegnet sie, und ihr Blick ist abweisend. »Ich gehöre ihnen nicht. Ich *bin* sie.« Sie führt mich in einen schmalen Dienstbotengang und bleibt dann an einer Ecke stehen. »Und jetzt«, verlangt sie, »machst du bitte ein einziges jämmerliches Mal in deinem Leben genau das, was man dir sagt, ja?«

Ich hebe kapitulierend die Hände.

»Du bringst uns alle um, wenn du es nicht tust.« Sie zuckt zusammen, als würde sie eine Nachricht erhalten, die ich nicht hören kann. »Er ist schon da drin. Keine Magie! Folge mir.«

Sie schaut sich noch einmal im Gang um. Eine Hand mit drei ausgestreckten Fingern schießt hinter einer Ecke hervor. Melenas Hand vielleicht? Dann sind es nur noch zwei Finger.

Aha, bei eins ist es so weit. Warum nur habe ich mal wieder das vertraute, plötzliche, durchdringende, krank machende Gefühl, dass ich hier in Ereignisse verwickelt bin, die meinen Verständnishorizont bei Weitem übersteigen?

Eins. Vi legt die Finger gegen einen Stein über ihrem Kopf, die andere Hand erhoben, bereit zuzuschlagen. Und …

Vi drückt voller Wucht gegen den Stein, und eine verborgene Tür öffnet sich, ihre Kanten vom unverkennbaren Schimmer von Magie erleuchtet. Vi duckt sich ins Innere.

Der Knoten in meinem Magen, bereits so fest zusammengezogen, dass mir übel wird, verkrampft sich noch weiter, und ich folge ihr eilig.

Kapitel 45

Eine Kaiserin trifft auf ihresgleichen

Auf der blickdichten anderen Seite des Wandschirms steht Kaiserin Caelestia, die Hände hilflos gespreizt, verzieht zuckend das Gesicht zu wechselnden Grimassen. Im Raum wimmelt es von hohen Beamten und Wachen, und in ihrer Verärgerung gleicht sie einem Vogel, der hektisch darin umherflattert und nach einem ungestörten Ort sucht, wo er sich niederlassen kann. Mit jedem Flügelschlag scheint sich der Vogel zu verwandeln. Erst ist er flink wie ein Kolibri, dann schnell wie ein Sperling, doch sodann formt er sich rasch zum mächtigen kaiserlichen Adler. Niemand möchte, dass sich diese Krallen in ihm vergraben.

»Dieses Treffen«, verkündet die Kaiserin langsam und deutlich, lässt den Blick auf der Suche nach einem Schuldigen durch den Raum wandern, »ist *nicht* von mir angesetzt worden.«

»Ich teile Eure Enttäuschung, Eure Kaiserliche Majestät«, antwortet Logan. Von der Stelle aus, wo Vi und ich eng aneinandergedrückt in der Wand verborgen sind, kann ich sein Gesicht nicht sehen. »Eure Minister hatten mir versprochen, dass wir dieses Treffen schon lange vor heute Abend haben sollten.«

»Ach ja?«, fragt sie gleichgültig. »Caradzi? War für jetzt nicht eine Verabredung mit … Oberlord Rotans von den Lae'knaught angesetzt?«

Ein gedrungener Klotz von einem tief dunkelhäutigen Mann ohne Hals schielt durch ein Monokel auf ein winziges Büchlein in seinen Händen. Er und die anderen Vertreter aus dem inneren Kreis der Kaiserin tragen allesamt Armbänder mit leicht schimmernden Edelsteinen. »Das hatte ich eigentlich auch gedacht, Eure Kaiserliche Majestät, aber … ähm … wann habe ich das nur eingetragen?«

Seinem Gesichtsausdruck nach zu urteilen, muss die Notiz so wirken, als stamme sie von seiner eigenen Hand. Genial! Die Chantry hat sie also so gut gefälscht, dass sie selbst den kaiserlichen Sekretär persönlich zu täuschen vermag?

»Ich kann mich nicht erinnern, den Termin noch ergänzt zu haben …«, fügt er hinzu und wirkt aufrichtig verwirrt.

Die Kaiserin richtet den resoluten Blick ihrer Adleraugen auf ihn. »Caradzi … die meisten der Bestechungsgelder, die Ihr einsteckt, kümmern mich nicht, aber ich denke, es ist an der Zeit, dass wir Euren Eifer bei der Erfüllung unserer kaiserlichen Dienste gegen den Eifer abwägen, den Ihr dabei an den Tag gelegt habt, mich in den Dienst Eurer persönlichen Zwecke zu stellen.«

Der Mann sieht aus, als würde er am liebsten im Erdboden versinken. »Ich werde sofort meine Bücher holen gehen.«

»Nicht Eure Bücher. Eure Buchhalterin. Meister Atu, in Lord Caradzis Gefolge befindet sich eine Frau namens Elsapeth Romari, die seine eigentlichen Bücher entweder direkt bei sich oder in ihrer Nähe haben dürfte. Holt sie her. Sie dürfte daran interessiert sein, einen neuen Arbeitsbereich zu übernehmen. Ja, ich habe gehört, sie sei so begabt, dass sie womöglich als eine Kandidatin für Lord Caradzis eigenen Posten innerhalb des Schatzamtes infrage kommen könnte. Lasst sie wissen, dass sie für diese Stellung in Erwägung gezogen wird. Ich werde mir später zehn Minuten Zeit für sie nehmen, eine halbe Stunde vor Tagesanbruch, im Untergeschoss. Bis dahin hat sie Zeit, mir entweder hieb- und stichfeste Beweise für Lord Caradzis Unschuld an jeder Form von ausschweifender Veruntreuung oder umgekehrt für seine Schuld zu liefern. Eine dritte Möglichkeit kommt nicht in Betracht.« Sie richtet den Blick zu einem ihrer Sekretäre, und der Mann nickt.

»Majestät«, schaltet sich Caradzi ein, »diese Frau ist eine rücksichtslose Karrieristin. Sie kann sagen, was immer sie …«

»Das weiß ich«, schneidet sie ihm das Wort ab, und er verstummt sofort. »Ihr könnt jetzt gehen.«

Er verbeugt sich tief, und plötzlich tropft ihm Schweiß von der Stirn.

Kaiserin Caelestia lässt durch nichts erkennen, ob sie überhaupt bemerkt, dass er noch im Raum ist.

»Also, wo waren wir stehen geblieben, Logan? Ach ja, ich sehe, Ihr seid ein Mann, der sich durchaus zu helfen weiß. Schön und gut, aber Ihr müsst doch geahnt haben, dass ich weiß, dass Ihr diese Sache arrangiert habt.«

Vi wirft mir in der Enge unserer winzigen, nicht für zwei Personen gedachten Zelle einen raschen Blick zu. Sie schneidet eine Grimasse, und ich glaube nicht, dass das daran liegt, dass sie sich hier so dicht an mich kuscheln muss.

»Ich bin froh über die Gelegenheit, mich endlich mit Euch unterhalten zu können, Eure Kaiserliche Majestät. Aber ich habe nichts mit dieser Sache zu tun«, versichert Logan mit ruhiger, fester Stimme.

»Ihr müsst wissen, dass ich Euch einfach auf die *Sturmjäger* verfrachten lassen könnte.«

»Das *könntet* Ihr tatsächlich, aber dann würdet Ihr Euer Wort brechen«, entgegnet Logan. »Das scheint nicht Euer Stil zu sein.«

»Faszinierend.« Sie wendet ihm den Rücken zu, sodass ich raten muss, was sie jetzt wohl für einen Ausdruck auf dem Gesicht hat. Dann sagt sie: »Ihr versucht andere dazu zu bringen, bessere Menschen sein zu wollen, nicht wahr?«

»Ich betrachte das als Teil meines Verantwortungsbereichs als Führungspersönlichkeit. Sind wir uns in diesem Punkt etwa nicht einig?«

Sie stößt die Luft aus, schüttelt den Kopf und dreht sich schließlich wieder zu ihm um. »Ihr seid kühn. So viel muss ich Euch lassen. Vielleicht auch idealistisch …«

»Aber nicht naiv. Das habe ich schon vor längerer Zeit hinter mir gelassen.«

»Ach wirklich? Wann denn?«, fragt sie und tritt neugierig einen Schritt näher.

»An dem Tag, an dem ich zum Kannibalen wurde«, antwortet er, ohne zu zögern. Bei den Göttern, davon hat er mir noch gar nichts erzählt. Seine Zeit im Loch war eine Wunde in seiner Seele, und nachdem ich ihn gerettet hatte, wusste ich, dass ich meine Finger besser nicht durch das Stellen von Fragen in diese Wunde legen sollte.

»Ich habe gerüchteweise davon gehört«, sagt die Kaiserin. »Ich hätte eigentlich erwartet, dass Ihr es leugnet. Es heißt, es sei ein ganz gewöhnlicher Verbrecher gewesen?« Sie meint denjenigen, den Logan *gegessen* hat. Gütige Götter! Ihm derart unter die Nase zu reiben, was er im Moment seiner größten Erniedrigung getan hat, muss eine Methode sein, ihn auf die Probe zu stellen. Oder vielleicht verfügt sie auch nicht über das geringste bisschen Mitgefühl.

»Nun ja, ein richtig feiner Kerl war er jedenfalls nicht«, erwidert Logan. »Letztlich ein allzu roher Geselle, für meinen Geschmack.«

Sie wendet den Kopf in meine Richtung, und ich sehe ein halbes Dutzend Gesichtsausdrücke so schnell über ihre Züge huschen, dass ich sie nicht benennen könnte – Verwirrung? Erstaunen? –, und dann lacht sie unbeabsichtigt.

Aber ich habe den Blick schon auf Logan gerichtet, der sich jetzt ein wenig zu mir gedreht hat. Er versucht, es zu verbergen, aber er macht den Eindruck, als sei er ein wenig von seinem eigenen Witz angewidert. »Entschuldigung«, sagt er. »Das war reichlich abstoßend. Es ist für mich die schlimmste Zeit meines Lebens gewesen. Ich versuche mit den Erinnerungen fertigzuwerden, indem ich sie auf die leichte Schulter nehme.«

»Klingt ganz wie meine erste Ehe«, erwidert sie. »Entschuldigung angenommen.«

»Dann hoffe ich, Ihr vergebt mir eine weitere Aufdringlichkeit. Ich bin in der Hoffnung zu Euch gekommen, ein Bündnis mit Euch zu schmieden. Der Tonfall Eurer Briefe hat in mir den Eindruck erweckt, dass das Ganze eine rasche und einfache Angelegenheit sein dürfte. Und das habe ich auch geglaubt. Man hat mir Garantien gegeben. Leider haben mich die Minister Eurer Kaiserlichen Majestät in einem goldenen Käfig als Geisel gehalten. Sollte ich noch länger fern von meinem Reich sein, bin ich die längste Zeit Herrscher gewesen. Wenn ich nicht noch heute von hier abreise, habe ich allen Grund zu glauben, dass ich bald nur noch ein König auf dem Papier sein werde – bestenfalls.«

Die Kaiserin mustert Logan, und ich mustere wiederum sie. Sie ist schlank, in ein cremefarbenes Kleid von trügerischer Schlichtheit gehüllt, dessen Fäden auf den ersten Blick ganz zufällig perlmuttartig aufschimmern, aber je länger ich sie ansehe, desto mehr scheinen sie auf unauffällige Art so zu schimmern, dass sie den Blick des Betrachters auf eine Weise lenken, wie es für die Kaiserin schmeichelhaft ist. Um ihre schmale Taille geschnürt, trägt sie einen schwarzen Pelz, dem deutlich anzusehen ist, wie weich er ist. Um ihren Kopf herum wirbeln neun Opale, die mehr schweben, als ihr Haupt zu berühren, und sie verströmen ein warmes, blinkendes Feuer, sodass der Eindruck einer Krone entsteht. Auch ihre Augen glitzern wie Opale, um sich dann, noch während ich hinsehe, in Smaragde zu verwandeln – und ein Gleiches gilt für die neun Eckpunkte ihrer schwebenden Krone. Ihr Gesicht ist auf eine Weise streng, die verhindert, dass es sich mit der klassischen Definition von Schönheit fassen lässt, und entweder Schminke oder Magie machen es schwierig, ihr Alter zu schätzen.

»Warum habt Ihr Euch in meine Macht begeben?«, fragt Kaiserin Caelestia und streichelt ihre schwarze Pelzstola, fast als handele es sich dabei um ein lebendes Wesen.

~Ah, und genau das ist es nämlich auch. Das ist ein schwarzer Farix! Ich habe seit Jahrhunderten keinen mehr gesehen! Ein gerissenes, wendiges Biest, schneller als dein Leben, wenn es am Ende vor deinen Augen vorbeiblitzt, und es verfügt über ein Gift, das auf spektakuläre Weise mit Magie zusammenwirkt, wiewohl es auch allein schon tödlich ist. Durzo hat dreimal versucht, einen lebend zu fangen, um an sein Gift heranzukommen. Weißt du, solltest du dich bei ihm entschuldigen wollen, es wäre genau das richtige Geschenk.~

Als ob – und nicht ich bin hier derjenige, der jemandem eine Entschuldigung schuldet!

»Um zu verhindern, dass wir miteinander Krieg führen«, antwortet Logan.

Sie wirft Blicke hin und her, und ich habe den Eindruck, dass sie ihren Thron vermisst. Sie ist keine große Frau, und Logan ist über zwei Meter groß und hat Proportionen wie die muskelbepackten Götter der illyrischen Kunst. Er gehört auch nicht zu der Sorte großer Männer, die den Kopf einziehen, damit sich andere nicht ganz so bedroht fühlen; zumindest nicht mehr, seit das Diadem zum ersten Mal seine Stirn geziert hat.

Er fährt fort: »Um zu zeigen, dass ich willens bin, das Risiko einzugehen, Euch zu vertrauen, in der Hoffnung, dass im Gegenzug Ihr auch mir vertraut. Die Entstehung eines neuen großen Königreichs wie des meinen muss andere Mächte unweigerlich argwöhnisch machen oder Gelüste wecken.«

»Ich möchte wahrlich nicht den Anschein erwecken, dergleichen wäre in irgendeiner Weise bei mir der Fall«, antwortet sie und mustert Logan mit sichtlichem Gefallen von oben bis unten.

»Eure Vorsicht ist völlig verständlich. Deshalb bin ich ja auch hergekommen«, sagt Logan. Ach ja, der liebe Logan. Einst hätte er ihre Andeutung gar nicht verstanden. Jetzt bin ich mir ziemlich sicher, dass er sie einfach übergeht.

»Ihr seid sehr mutig«, erklärt sie. »Davon habe ich schon gehört. Ich habe mir auch sagen lassen, dass Ihr eine beeindruckende Persönlichkeit seid. Aber ich glaube, sie haben Euch eher noch klein gemacht.«

»*Klein* zu sein, ist so ziemlich das Einzige, was man mir gemeinhin nicht nachsagt«, erwidert Logan. Ich wünschte, ich könnte jetzt sein Gesicht sehen. Aus seinem Tonfall kann ich nur bis zu einem gewissen Grad Rückschlüsse ziehen.

Sie lacht, streicht sich übers Haar, doch dann starrt sie ihn direkt an. »Man hat mir nicht gesagt, wie hinreißend Ihr seid.«

»Ich … kann mir mehrere Gründe dafür vorstellen«, erwidert Logan.

»Flirtet sie etwa mit ihm?«, frage ich Vi ganz leise.

Vi wirft mir einen angewiderten Blick zu. »Soll das ein Witz sein? Schau ihn dir doch nur an.«

Ich habe Logan schon oft angeschaut, und im Moment sehe ich nur seinen breiten Rücken. Aber ich verstehe, was sie meint. Logan ist einer der wenigen mir bekannten Männer, für die ich die Beschreibung der Kaiserin ohne jede Einschränkung übernehmen würde. Er ist in der Tat hinreißend. Er ist auch geistreich, freundlich, stark, reich, mächtig und von gebieterischem Auftreten. Und er hat tolles Haar. Also sicher, er ist womöglich der attraktivste Mann, den ich je kennengelernt habe.

Wenn man auf dergleichen Wert legt.

Kaiserin Caelestia tut es offensichtlich. Während meines kurzen Austauschs mit Vi habe ich einen Wortwechsel zwischen der Kaiserin und Logan verpasst, und nun fragt sie Logan unvermittelt: »Was wisst Ihr über meine Könige?«

»Reichlich wenig, aber immer noch zu viel, um Eure Zeit mit müßigen Vermutungen zu verschwenden. Könnt Ihr vielleicht etwas spezifischer sein?«, erwidert Logan.

»Ich wähle heute Abend einen neuen König im Westen. Wir reisen zusammen nach Borami, wo ich die nächsten vier Monate verbringen und mir einen Eindruck davon verschaffen werde, ob mein neuer Prinzgemahl fähig ist, den Westen bis zu meiner Rückkehr für mich zu regieren. Dann trete ich meinen kaiserlichen Festzug zurück nach Skone an. Mein Prinzgemahl regiert so lange den Westen, bis ich nächstes Jahr wieder zurückkomme.«

»Nach allem, was man so hört, ein System, das Ihr Euch auf raffinierte Weise zunutze zu machen wisst«, kommentiert Logan mit einem Nicken.

»Stört Euch die Freizügigkeit meiner Partnerwahl? Ich habe gehört, dass Ihr selbst recht enthaltsam seid.«

»Ich halte das mitnichten für Freizügigkeit und möchte mit allem gebotenen Respekt sowohl die eine als auch die andere Annahme infrage stellen: Ich bin nicht enthaltsam, sondern schlicht und einfach verheiratet.«

»Glücklich?«, fragt sie.

Er zögert. Die einzige Waffe, die Logan in seinem großen Arsenal an Begabungen fehlt, ist eine gespaltene Zunge. Doch seine Pause ist nur von kurzer Dauer. Er antwortet: »Mir wurde in meiner Ehe größere Freude zuteil, als ich je geglaubt hätte, dass das Leben für mich bereithalten würde. Damals habe ich wiedergewonnen, was ich einst verloren hatte, und ich habe vor, diesen Schatz auf ewig zu hegen und zu pflegen.«

Ich weiß nicht, ob die Kaiserin seine Verwendung der Vergangenheitsform bemerkt hat, aber ich kann es unmöglich überhören. *Oh, Logan, mein lieber Freund, es schmerzt, dich so sehr leiden zu sehen.*

»Tatsächlich wäre ich froh, wenn sie jetzt hier sein könnte«, fügt er hinzu, und ich weiß, dass er sich treulos vorkommt, weil er sie nicht überschwänglicher gelobt hat.

»Und ich bin sehr froh, dass sie es nicht ist.«

Logan beschließt, die in diesem Satz versteckten Andeutungen zu ignorieren, und fährt fort: »Sie ist gut in Dingen wie dem hier …«

»Und Ihr nicht?«, unterbricht ihn die Kaiserin.

In diesem Moment wird mir klar, dass der Ausschluss von Jenine aus dieser Begegnung vollauf beabsichtigt war. Die Schwestern haben Logan hierhergebracht. Sie hätten genauso leicht sowohl Logan als auch Jenine herholen können. Warum sie ausschließen?

»Ich neige beim Reden ein wenig zur Unbeholfenheit, fürchte ich«, bekennt Logan. »Spreche, wenn ich lieber schweigen sollte. Halte den Mund, wenn ich lieber sprechen sollte.«

»Ein unbeholfener Redner? Ihr? Sich für seine mangelnden rhetorischen Fähigkeiten zu entschuldigen, ist der älteste rhetorische Trick überhaupt, oder?« Sie wartet Logans Antwort nicht ab. »Wenn Ihr also nicht allzu hart mit mir ins Gericht geht, wie lautet dann Euer Urteil über mich?«, erkundigt sich die Kaiserin und wechselt das Gesprächsthema so schnell, wie ein Meister der Kampfkünste reagiert, der seinen Gegner aus dem Gleichgewicht gebracht sieht und seinen Vorteil gnadenlos zu nutzen weiß.

»Ich bin mir nicht sicher, was das hinsichtlich der Frage zur Sache tut, wie wir ...«

»Übt Nachsicht mit mir«, fordert sie, und ihre Stimme klingt kalt und schroff. Fürwahr eine Kaiserin.

Er neigt den Kopf zur Seite, vielleicht hat es ihm für einen Moment die Sprache verschlagen. Ich wünschte wirklich, ich könnte sein Gesicht sehen. Ich kenne den Menschen Logan sehr gut, aber Logan, der Hochkönig, hat seine Herrschergestalt außerhalb meines Blickfelds angenommen.

»Wir alle zahlen mit der Münze, über die wir verfügen, nicht wahr?«, sagt er und klingt dabei menschlicher und nicht mehr so förmlich. »Mir scheint, dass Ihr durch die Art und Weise, wie Ihr Eure Adligen gelenkt und im Zaum gehalten habt, wahrscheinlich ein halbes Dutzend Aufstände im Keim erstickt habt, von denen jeder einzelne Euer Reich viele Menschenleben hätte kosten können. Ihr habt es Euch zur Aufgabe gemacht, nicht nur diejenigen zu retten, die auf Eurer Seite stehen, sondern auch jene, die gegen Euch sind. Ich finde das in mehrfacher Hinsicht rühmenswert, und vieles davon können die meisten Menschen weder wahrnehmen noch verstehen. Ich kann mir denken, dass ein solches Vorgehen bisweilen eine sehr unangenehme Pflicht ist. Das klingt für mich nach einem echten Opfer. Ich kann mir vorstellen, dass es sogar ein fürchterliches Opfer sein könnte, sollte Euer Herz jemals einen besonderen Liebling gehabt haben, den Ihr aus politischen Rücksichten nicht habt erwählen können.«

Ich sehe, wie sich ihr Brustkorb hebt, als sie tief und heftig einatmet und kurz stockt wie erschüttert. Sie ist offensichtlich keine Frau, die es gewohnt ist, verstanden zu werden.

Aber sie überspielt die Regung schnell, und erneut streichelt sie abwesend das um ihre Taille geschlungene Geschöpf. »Diese Pflicht ist keineswegs immer unangenehm«, betont sie mit einem Lächeln. »Heute sehe ich meiner Wahl mit großer Vorfreude entgegen. Mein System hat mir gute Dienste geleistet. Ich könnte es noch jahrzehntelang beibehalten, wenn ich kein Interesse daran hätte, einen eigenen Erben zu zeugen. Doch das möchte ich. Der eine Gott macht es den Königinnen in diesem Punkt, wie in so vielen Dingen, schwerer als den Königen. Ich bin jetzt achtunddreißig Jahre alt, Logan. Wenn ich mehr als nur ein einziges Kind zur Welt bringen will – was angesichts der Gefahren, die unsere hohen Positionen mit sich bringen, ratsam erscheint –, bleibt mir nicht mehr viel Zeit. Eine Tatsache, die meinen Adligen nicht entgangen ist.«

»Daher also auch die erhöhten Spannungen hier, nehme ich an«, wirft Logan ein. Er scheint das Gespräch in eine andere Richtung lenken zu wollen. »Ausnahmslos jeder will etwas von Euch – sogar ich! Was bedeutet …«

»Es gibt einen Grund, warum ich Euch so lange hingehalten habe«, lässt Caelestia ihn wissen. »Etwas anderes als bloße Launenhaftigkeit, meine ich.«

»Viele Gründe, bin ich mir sicher.«

»Eigentlich nur einen«, betont sie. »Ich habe Zeit gebraucht, um Euch, Euren Charakter, Eure Verbindungen zu durchleuchten. Jeder Mensch, mit dem Ihr seit Eurer Ankunft in Skone gesprochen habt, wurde von mir beauftragt – alles Bestandteile eines einzigen Bestrebens. Ich hatte vor, mich morgen früh mit Euch zu treffen, kurz bevor ich an Bord gehe und nachdem … nachdem über ein paar andere Dinge entschieden worden ist. Aber jetzt seid Ihr hier, und er ist es nicht, und ich habe viel zu tun, also lasst mich ganz offen und direkt sein.«

»Bitte«, sagt Logan verwirrt.

Er? Wer ist der nicht anwesende Mann, von dem sie da spricht?

»Wir könnten heiraten«, eröffnet ihm die Kaiserin und mustert Logans Gesicht.

»Wie bitte?«, entfährt es Logan.

Alle anderen im Raum scheinen genauso perplex, aber die Kaiserin schenkt ihnen keine Beachtung. »Natürlich gäbe es da Schwierigkeiten. Doch die sind überwindbar. Sogar belanglos, verglichen mit den Vorteilen, die eine Vereinigung unserer beiden Reiche voraussichtlich mit sich bringen würde.«

»Ihr … Ihr wisst, dass ich bereits verheiratet bin«, erklärt Logan verwirrt.

»Überwindbare Schwierigkeiten, wie schon gesagt.«

»Nicht für mich«, entgegnet Logan schnell und ohne auch nur eine Sekunde in seiner Treue zu wanken.

Und jetzt stellt sich mir erneut die Frage, warum die Chantry Sorge dafür getroffen hat, dass Jenine nicht mit im Raum ist. Haben sie bereits gewusst, dass dies hier kommen würde?

»Nehmt Euch einen Moment Zeit, Hoheit, und führt Euch vor Augen, wo Ihr steht«, mahnt die Kaiserin bedächtig. »Ich brauche nur ein Wort zu sagen, um Euch Euer Königreich verlieren zu lassen. Heute in einem Jahr, als Gefangener an meinem Hof, ohne Macht und ohne Freunde, nur ab und zu anlässlich eines unserer fürstlichen Bankette als der einstige Hochkönig des Nordens vorgeführt, um verspottet oder, schlimmer noch, bemitleidet zu werden – da wird Euch das, was Ihr jetzt sagt, im Nachhinein womöglich sehr töricht erscheinen.«

Ich sehe, wie sich die Sehnen an Logans Hals anspannen.

Die Kaiserin fährt fort: »Eure Frau hat die Söhne eines anderen geboren.«

»Sie sind jetzt meine Söhne.«

»Vorläufig. Werdet Ihr noch dasselbe empfinden, wenn Jenine Gunder Euch Söhne von Eurem eigenen Geblüt gebiert? Wärt Ihr glücklich, die Nachkommen eines anderen Euren Thron besteigen zu sehen, wenn Ihr nicht mehr dort sitzt – noch vor Euren leiblichen Söhnen? Was, wenn auch in ihnen Dorian Ursuuls Wahnsinn schlummert? Aber nach einer Heirat mit mir wäre Eure Stellung politisch hinreichend sicher, dass Ihr Eure Gemahlin nicht mehr braucht. Ganz zu schweigen von all den anderen Vorteilen. Ich weiß, dass Ihr beide so Eure Schwierigkeiten hattet.«

Logan schweigt für eine geraume Weile. »Eure Kaiserliche Hoheit, Ihr habt recht. Ein solcher Antrag bedarf einer eingehenden Prüfung – die ich in Anbetracht unserer knappen Zeit nun durchgeführt habe. So verlockend er auch ist, die Antwort lautet nein.«

»Wie bitte? Nein? Ihr erteilt mir eine Absage?« Ein Adliger schiebt sich nervös in mein Blickfeld, und ich kann die Kaiserin bei ihren Worten nicht sehen.

»Ja. Das tue ich.«

»Einfach so?«, wundert sie sich, und da ist ergrimmte Leidenschaftlichkeit in ihrer Stimme. »Meint Ihr etwa, ich werfe mich jedem Mann an den Hals, der über meine Türschwelle tritt?«

Vi stupst mich an, und ich blicke zu einer der Hofdamen der Kaiserin. Es ist Schwester Ayayah, die strategische Strippenzieherin der Chantry. Ihre Hände sind verschränkt, aber sie lässt ihre Fingerspitzen leicht nach vorn zucken und gibt mir damit das Signal, in den Raum zu stürmen, um Logan von seinen verschwundenen Kindern zu erzählen und damit hoffentlich hinreichend auf die Tränendrüsen der Kaiserin zu drücken, dass sie ihn gehen lässt.

Vi bewegt die Hand, um unserer Verbindungsperson draußen vor dem Geheimraum, wer auch immer das sein mag, das vereinbarte Klopfzeichen zu geben, aber ich packe ihr Handgelenk. Nicht fest. Ich umfasse es einfach in der Hoffnung, dass sie mir vertraut, nicht willens, meinen Blick von der Kaiserin und Logan abzuwenden.

Ich vertraue Logan. Er kann diese Situation meistern.

Logan schweigt, doch er atmet tief durch und richtet sich auf.

Plötzlich, ohne dass ich irgendein Signal dazu bemerkt hätte, ist er von kaiserlichen Wachen umringt. Meine Zuversicht schwindet dahin. Es sind Dutzende. Waffen in den Händen. Sie verdecken mir die Sicht auf Schwester Ayayah. Aber ich halte ohnehin nicht danach Ausschau, wie sie die Situation beurteilt.

Vi sträubt sich gegen meinen Griff, reißt ihre Hand jedoch nicht los, was sie könnte.

Wenn Logan zu kämpfen versucht, wie viele dieser Männer kann ich dann töten, bis sie ihn erledigen?

»Ihr wollt Euch die Sache nicht noch einmal überlegen?«, fragt die Kaiserin leise.

Mein Griff um Vis Handgelenk wird schwächer, die Muskeln spannen sich an.

»Nein«, bekräftigt Logan im Tonfall eines Mannes, der weiß, dass er sein eigenes Todesurteil unterschreibt.

Ich habe einen klaren Plan, wen ich zuerst ausschalte, wessen Waffen ich mir schnappe – aber es ist alles zu weit weg, viel zu weit weg!

»Dann verzeiht mir bitte«, sagt die Kaiserin. »Ich habe heute Abend viel zu erledigen und keine Zeit zu verlieren. Ihr seid ein Mann, der auch unter schwierigen Umständen treu bleibt. Ihr werdet einen würdigen Verbündeten abgeben. Ich unterschreibe das Abkommen, das zu schließen Ihr hergekommen seid.«

Sie gibt ein Handzeichen, und die kaiserlichen Wachen ziehen sich von Logan zurück.

Mein Herzschlag setzt wieder ein. Ich atme durch. Ich lasse Vis Handgelenk los, und wir blicken einander an.

»Das war eine *Prüfung*?«, sagt Logan mit leiser Stimme. »Ihr stellt meine Ehre zu Eurem eigenen Vergnügen auf die Probe?« Er kämpft sichtlich darum, nicht die Beherrschung zu verlieren.

Nein, nein, nein, Logan. Wir sind gerade aus der schlimmsten Gefahr heraus. Lass es nicht gleich wieder brenzlig werden!

»Es war mehr als nur eine Prüfung. Es war ein ehrlich gemeinter Antrag. Ich würde sehr gerne mein Bett mit Euch teilen. Ziehe es nach wie vor in Erwägung. Würde alles nach Plan laufen, könnten unsere Kinder einen geeinten Kontinent regieren. Es würde allem Krieg in ganz Midcyru ein Ende setzen – wohl nicht während unserer Lebenszeit, aber vielleicht noch in der unserer Kinder. Doch so wie die Dinge nun liegen, werden wir Verbündete sein – kein so starkes Band für unsere Länder, wie es eine Ehe bieten würde, aber dafür vielleicht eines, das mit weniger Belastungen verbunden ist.« Sie tritt einen Schritt von ihm zurück. Ihre Hände zucken, allerdings habe ich keine Ahnung, was das bei ihr zu bedeuten hat. »Was ist? Habe ich schließlich doch noch Eure zarten nordischen Gefühle verletzt?«

Logans Mund bewegt sich einen Moment lang, bis er Worte findet. »Da wir nun ein Bündnis eingehen, möchte ich gerne glauben, dass Eide in Ehren zu halten nicht allein eine nordische Tugend ist.«

»Ich habe Euch also tatsächlich gekränkt.« Sie tippt sich mit ihrem zusammengefalteten Fächer ans Kinn. »Wie kann ich Wiedergutmachung leisten?«

Ich kenne Logan, und obschon ich kaum ein Viertel seines Gesichts zu sehen vermag, kann ich erkennen, dass er innerlich immer noch vor Wut rast. Seine Ehe ist über die letzten Monate hinweg in einem wahrhaft beklagenswerten Zustand gewesen; wenn also jemand es wagt, sein unverbrüchliches Festhalten an dieser Ehe in Zweifel zu ziehen, zieht er damit nicht nur Logans Ehre in Zweifel, sondern es hat zur Folge, dass auch Logan *selbst* Zweifel daran kommen. Daher bin ich beeindruckt, dass er ihr auf der Stelle eine Antwort gibt. »Keine Zölle auf Waren, die Eure Händler in mein Königreich ausführen, und umgekehrt auch keine Zölle auf unsere Einfuhren. Der Handel wird unsere Länder besser aneinanderbinden, als es selbst eine Ehe vermöchte, die notwendigerweise eine Fernbeziehung sein müsste.«

»Für wie lange?«, fragt sie, reckt ihr Kinn und ist sofort wieder ganz nüchtern-sachliche Politikerin.

»Für zwanzig Jahre.«

Angesichts seiner Dreistigkeit wandern ihre Augenbrauen in die Höhe. »Und umgekehrt ist auch Euer Handel mit uns frei von Zöllen, Gebühren und Verbrauchsabgaben?«

»Ihr habt mich beleidigt, nicht ich Euch, Eure Kaiserliche Majestät.«

Ein dünnes Lächeln umspielt ihre Lippen. »Ihr deckelt Eure eigenen Gebühren auf zwei Prozent. Die Laufzeit beträgt zehn Jahre, und Ihr zahlt für die Instandhaltung aller Grenzübergänge auf beiden Seiten.«

»Drei Prozent brutto, und wir überweisen Euch zweimal im Jahr Gebühren in Höhe der Kosten für die Instandhaltung unserer eigenen Grenzen – wir im Norden sind einfache Leute, und die uns an Reichtum überlegenen Bürger des mächtigen Reiches von Alitaera könnten uns an den Bettelstab bringen, wollten wir versuchen, mit dem Luxus Eurer Grenzübergänge Schritt zu halten. Selbstverständlich erhält der von Euch erwählte Beauftragte vollen Zugang zu unseren Geschäftsbüchern, um die Richtigkeit der von uns angegebenen Zahlen zu bestätigen – kein geringes Zugeständnis, wie Ihr mir sicher zustimmen werdet.«

»Hmm.« Sie wirkt belustigt. »Ich habe meine Finanzminister seit Monaten nicht mehr so richtig in den Wahnsinn getrieben. Abgemacht. Wenn Ihr mich jetzt entschuldigen würdet, ich muss heute Abend noch andere Männer zur Weißglut bringen. Aber, Logan?«

»Ja, Eure Kaiserliche Majestät?«

»Unter vier Augen nennt mich bitte Caeli. Und überlegt Euch meinen Vorschlag noch einmal. Die Ehe ist zu kostbar, um nur eine zu haben.«

Logan reißt sich sichtlich zusammen, um sich die Antwort zu verkneifen, die ihm als Erstes in den Sinn kommt. Er sagt: »Ihr seid sehr freundlich. Caeli, es war mir ein … getrübtes Vergnügen. Ich freue mich darauf, noch viele Jahre lang im geistigen Kräftemessen mit Euch stets den Kürzeren zu ziehen.«

Sie lacht mit ungekünsteltem Vergnügen.

Ich sehe, wie einige ihrer Minister erst ihr und dann sich gegenseitig überraschte Blicke zuwerfen.

Auf dem Weg zur Tür, während sich schon alle Männer verbeugen und die Frauen einen tiefen Knicks machen, bleibt sie noch einmal stehen. »Ich erinnere mich noch gut an meine ersten eigenen Jahre auf dem Thron, Logan. Dieses Bündnis ist ein großer Sieg für Euch und Euer Volk, gleichwohl auch ein stiller, geräuschloser Sieg. Zu geräuschlos. Zu langweilig. In dieser Phase

Eurer Herrschaft braucht Ihr nicht nur stille, sich langfristig auswirkende Siege, die Euer Volk auf Jahre hinaus bereichern, sondern auch den äußeren Anschein von Sieg und die Bestätigung, dass Ihr zu Recht das Amt des Königs innehabt. Gute Handelsbedingungen ausgehandelt zu haben, wird nicht von den Dächern hinausposaunt. Unterredet Euch mit meinem Verwalter. Er wird dafür sorgen, dass wir das Abkommen und unsere ewige Freundschaft auf die angemessen prunkvolle Weise verlautbaren. X!zorriss, kümmere dich um die Geschenke. Ebene fünf.«

Die Lider des Haushofmeisters aus Friaku blinzeln in schnellem Tempo. Sein kurzes Stutzen ist alles, was er an Protest vorbringt. Dann sagt er: »Das wird einige Zeit dauern, Eure Kaiserliche Majestät, doch ich werde es so zügig wie möglich durchführen.«

Sie bleibt abwartend an der Tür stehen. Dreht sich nicht um.

»Selbst wenn ich dafür alle mir zur Verfügung stehenden Mittel aufbrauchen muss«, ergänzt X!zorriss eilig.

Sie rührt sich nicht, verströmt nur ihre Enttäuschung.

»Der Tross mit dem Goldschatz wird sich in zwei Wochen in Bewegung setzen«, fügt der Mann schnell hinzu, und sein Adamsapfel hüpft, als würde er versuchen, eine ganze Orange am Stück zu schlucken.

Wortlos rauscht die Kaiserin aus dem Raum und lässt ein Dutzend mächtiger Männer zitternd hinter sich zurück.

Darunter auch Logan.

Und mich.

Es mit einer Frau zu tun zu haben, die nicht nur routinemäßig Leben und Schicksal aller Menschen um sie herum durcheinanderwirft, sondern dabei auch noch vollends mit sich im Reinen ist, hat etwas zutiefst Verunsicherndes.

Niemand sollte so viel Macht und Vermögen haben.

~He, Kylar.~

Was denn?

~Gerade eben hast du noch kurz davor gestanden, die Kaiserin von Alitaera, ihre höchsten Beamten und jeden anderen in diesem Raum, der eine mögliche Bedrohung für deinen Freund darstellen könnte, umzubringen.~

Richtig. Und?

~Nichts. Vergiss es.~

Kapitel 46

Lügen und Loyalitäten

»Komm mit«, sagt Vi und nimmt meine Hand.

Wir sind gerade erst auf den Flur hinausgetreten und haben die Tür zu dem Spionagekämmerchen hinter uns geschlossen. Ich blicke auf die von ihr umfasste Hand hinunter, und sie lässt sie mit einer linkischen Bewegung fallen.

Aber es tut mir umgehend leid, und so schnappe ich mir ihre Hand sofort wieder. Jetzt, da Logan und seine Herrschaft in Sicherheit sind – etwas, was ich feiern würde, wäre ich nicht gerade so angespannt –, sollte mich das Kommando für Sonderprobleme und Spezialtaktiken nicht mehr brauchen. Auf jeden Fall habe *ich* genug von ihnen. Vielleicht würde ich mich jetzt besser fühlen, hätte ich an Logans Sieg in diesem Raum teilgehabt. Wie viel Zeit, Aufwand und Geld hat die Chantry wohl darauf verwendet, um mich dorthin zu bringen? Und am Ende war das Wichtigste, was ich getan habe … nichts. Ich habe nichts getan.

~Du hattest Vertrauen in deinen Freund. Das ist nicht nichts.~

Mein Meister würde mich umbringen, wenn er wüsste, dass ich irgendwo untätig herumsitze und andere über den Gang der Welt entscheiden lasse.

~Auch Durzo hat einst sein ganzes Vertrauen in einen Freund gesetzt.~

Ja, damals, als er noch Acaelus Thorne war – und er hat es später bereut, nicht wahr?

Doch der Ka'kari ist verstummt.

»Wohin willst du?«, frage ich Vi. Ich bin mir nicht sicher, ob ich mit ihr gehen soll. Eine meiner beiden Aufgaben heute Abend hat sich auf wundersame Weise von selbst erledigt. Leider kann ich nicht damit rechnen, dass sich nun auch der Nemesis-Kompass von selbst für mich findet.

»Zur Festhalle im dritten Stock, dem sogenannten Kabinettssaal«, antwortet sie. »Wo die Listen verlesen werden. Die höchsten Adligen erfahren die Neuigkeiten zuerst. Dort gibt es auch die besten Leckereien. Die legendären Honigkuchen.« Es entlockt ihr ein Lächeln; sie ist vernarrt in Honigkuchen. Eine persönliche Vorliebe, die ich ganz vergessen habe.

Ihr unschuldiges verschwörerisches Lächeln stellt etwas Merkwürdiges mit mir an. Ich lächle unwillkürlich zurück und drücke ihre Hand, doch dann legt sich plötzlich frostige Kälte um mein Herz.

»Nein, nein, ich muss gehen«, stammele ich und lasse ihre Hand los. Ich kann kaum noch atmen.

»Um was zu machen?«, fragt sie.

»Nur … ich will nur …« Und ich ergreife die Flucht.

Die Zeit verstreicht. Ich finde mich in einem Nebenraum versteckt wieder, wo ich versuche, das Hämmern meines Herzens in den Griff zu bekommen, tief und keuchend durchatme und heftig schwitze. Elene, ihr Götter seid mir gnädig.

Dann, ich weiß nicht, wie viel Zeit vergangen ist, vernehme ich eine bekannte Stimme.

»Es befindet sich nichts und niemand hier drinnen«, stellt Logan fest. »Jenine hat gemeint, wenn ich ihr immer noch keinen Glauben schenke, soll ich den zweiten Raum links hinter dem Feuerschlucker aufsuchen. Das ist doch dieser Raum, oder?«

»Ihr seid sehr geduldig, Hoheit«, sagt eine Frauenstimme. Es ist Melena. Melena?

Mir rutscht das Herz in die Hose. Ich verstecke mich in dem Zimmer, ohne Magie zu Hilfe zu nehmen, lediglich hinter ein Bücherregal geduckt. Als Logan hinter das Regal tritt, um dort nachzusehen, gehe ich seitlich daran herum – und trete direkt vor Melenas blitzende Augen. Als Logan wieder hinter dem Regal hervorkommt, drücke ich mich erneut in die Schatten.

Was geht hier vor sich?

»Tja, dann war's das wohl«, sagt Logan im Tonfall eines Mannes, der sich tief in sich selbst zurückzieht. »Ich glaube, sie ist für mich wohl wirklich … verloren.« Seine Stimme ist die pure Verzweiflung. Mein Lehnsherr, mein Freund, ist den Tränen nahe. Ich habe ihm den Beweis dafür geliefert, dass die Frau, um die er gekämpft hat, den Verstand verloren hat.

Er legt die Hand auf den Türrahmen, um sich abzustützen.

Es reißt mich aus dem Abgrund, in den ich selbst gefallen bin.

Ich weiß nicht, was ich zu Logan sagen soll. Ich weiß nicht, wie ich mit ihm reden kann, ohne zu lügen oder meine Mission zu gefährden. Aber er ist mein Freund.

Ich trete hinter dem Bücherregal hervor. Logan wendet mir den Rücken zu. Melenas Augen starren direkt in meine. Sie schüttelt den Kopf, blickt mich grimmig an und formt mit den Lippen: *Hau ab! Sofort!*

»Euer Majestät«, beginnt sie mit sanfter, schmeichelnder Stimme, nimmt seinen Arm und dreht ihn von mir weg, »vielleicht könnten wir …«

Alles, was ich tun muss, ist, einfach gar nichts zu tun für ein paar kurze weitere Augenblicke. Aber meine Probleme sind mit mir allein in diesem Raum, und ich weiß nicht, was ich tun könnte, um sie zu lösen. Vielleicht ja gar nichts. Logans Probleme erscheinen mir da so viel einfacher. Vielleicht kann ich ihm bei seinen helfen.

»Ihr habt recht«, sagt er. »Nicht innehalten. Das ist das Beste. Es geht immer weiter. Da ist so viel zu tun …«

»Logan«, sage ich.

Er dreht sich langsam um.

Melena japst nach Luft, als wäre sie verblüfft, mich zu sehen. »Wo kommt Ihr denn plötzlich her?«

Über Logans Gesicht legt sich jenes breite Lächeln, das in sieben Königreichen die Herzen dahinschmelzen lässt.

»Ky…!« Er bricht ab, als er meine Verkleidung und vielleicht auch den Schweiß auf meiner Stirn sieht, und begreift sofort, dass ich in Erfüllung eines Auftrags hier sein muss. »Mein Freund!«, fährt er mit leiser, leidenschaftlicher Stimme fort, und seine Augen leuchten. »Ja, Orlana, er … so etwas ist typisch für ihn.« Er lächelt wieder, als könne er gar nicht anders, als müsse er einfach unaufhörlich lächeln.

Orlana. Das ist also Melenas Deckname?

Doch dann sehe ich genau jenen Blick, den ich schon befürchtet habe, in Logans Augen treten. *Was machst du hier?*

»Mein Lehnsherr«, sage ich und verbeuge mich gebührend. »Wie ich sehe, vertraust du dieser guten Dame. Du kannst mich ruhig mit meinem Namen anreden.«

»Lady Orlana Betissian, das ist mein lieber Freund Kylar. Baronet Kylar Stern … das heißt, es sei denn, du hättest dich entschlossen, mein Angebot mit dem Herzogtum doch noch anzunehmen?« Er spielt weiterhin die Rolle des Edelmanns mit guten Manieren, der die Leute höflich einander vorstellt, aber da ist immer noch so ein Flackern in seinen Augen. Er ist beunruhigt, versucht jedoch, es sich nicht anmerken zu lassen.

»Das wäre wohl leider zu viel Verantwortung für mich«, lasse ich ihn wissen. »Ich mag es eigentlich, so im Stillen reich zu werden, ohne irgendetwas dafür zu tun.«

»Kylar ist mein Freund, seit wir beide Jungen waren, und er hat ein Gespür dafür, in Schwierigkeiten zu geraten, die nicht immer seine eigenen sind. Tatsächlich hat er mir schon so oft das Leben gerettet, dass es mir regelrecht peinlich ist, und mich einmal sogar aus dem Gefängnis herausgehauen.«

»So wie ich es in Erinnerung habe, warst du da bereits geflohen. Ich habe dich lediglich beim Umherirren aufgetrieben und nach Hause gebracht.«

»Mich getragen, so wie ich es in Erinnerung habe«, erklärt Logan. »Heraus aus einer Hölle, aus der es kein Entrinnen gab.«

»Euer Majestät war damals nicht ganz bei sich. Vielleicht hast du das Ganze in deiner Vorstellung dramatischer gemacht, als es in Wirklichkeit war.«

»Tatsächlich?«, erwidert er amüsiert. Er reibt sich den linken Arm, wo das Blut des Monddrachen ein Mal hinterlassen hat, das er immer verdeckt hält.

»Kylar Stern?«, sagt »Lady Orlana« und tut so, als würde sie das eine mit dem anderen verknüpfen. »Ihr seid *der* Kylar Stern? Derjenige, der … oh! Meine Güte! Mylord, es ist mir eine große Ehre, Euch kennenzulernen.«

»Kylar …« Er bricht ab, verkneift sich, was er fragen wollte, und schlägt wieder die höfliche Bahn ein. »Lady Betissian ist stellvertretende Generalkonsulin meiner Botschaft in Skone. Sie hat mich begleitet und ihr Mögliches getan, um die mit meinem … ausgedehnten Aufenthalt bei der Kaiserin verbundenen Probleme beizulegen. Und sie hat ihre Sache ganz großartig gemacht. Wenn sie nicht aufpasst, wird sich Lady Orlana bald als erste Botschafterin wiederfinden!«, berichtet Logan.

Es gibt eine gewisse Kunst des Vorstellens, die darin besteht, beiden Seiten kurz einen umrisshaften Eindruck vom jeweiligen Gegenüber zu geben, wobei man genügend mögliche Gesprächsanregungen einstreut, sodass jeder, wenn er nur aufmerksam zuhört, etwas Interessantes findet, wozu er dann Fragen stellen kann. Obwohl ich mir sicher bin, dass Logan nicht das geringste Interesse daran hat, dass sich »Lady Orlana« und ich in ein Gespräch vertiefen, sind ihm die Künste der höfischen Umgangsformen so gründlich eingebläut worden, dass ihm derlei zur zweiten Natur geworden ist.

»Ein Posten, den ich zutiefst geschmeichelt annehmen werde, Eure Hoheit«, gibt Melena zur Antwort, »sobald meine drei kleinen Kinder älter sind und sich der Gesundheitszustand meines zunehmend betagten Vaters wieder gebessert hat, oder … nun ja. Die Familie ist für mich von vorrangiger Bedeutung, so wie auch für Euch, wie ich weiß.«

»Ihr werdet mich nicht ewig hinhalten können!«, erklärt Logan mit einem Lächeln. »Ich erkenne eine Begabung, wenn ich sie sehe. Aber, wisst Ihr, da wir gerade von Familie sprechen … Lady Orlana, würdet Ihr uns für einen Moment entschuldigen?«

»Natürlich, Euer Majestät«, antwortet sie.

»Aber geht nicht zu weit weg!«, bittet Logan. »Ich möchte unser begonnenes Gespräch zu Ende führen.«

Sie lächelt ihn freundlich an. Für mich wirkt ihr Lächeln eher angestrengt. Und mir wird bewusst, dass sie Logan die Überleitung zum Thema »Familie« mit Absicht an die Hand gegeben hat. Ich komme ihr bei ihrer Arbeit ins Gehege? Sie revanchiert sich bei meiner. Sie geht taktvoll zu uns auf Abstand, bewundert einige im Raum ausgestellte Kunstwerke.

Auf professioneller Ebene bin ich ein weiteres Mal von der Arbeit der Chantry beeindruckt. Melena wurde als *stellvertretende*

Generalkonsulin der Botschaft in Skone eingeschleust? Damit steht sie zwei Stufen unter dem Botschafter, was eine vollumfängliche Sicherheitskontrolle durch Logans Leute unwahrscheinlich macht. Doch der Botschafter kann nicht einfach fortgehen, um Logan zu begleiten, also würde im Normalfall der Generalkonsul mit ihm gehen. Wenn man ihn aus dem Weg räumt und Melena an seine Stelle setzt, hat man ein neues Problem. Wenn Logan ihr vertraut – was ja erwünscht ist –, dürfte der neue König sie wahrscheinlich befördern. Melena aber ist mit ihrer Arbeit für die Chantry voll ausgelastet; sie ist zu wichtig für die Schwestern, um ihr eine echte Vollzeittätigkeit für jemand anderen aufzubürden.

Ihre gegenwärtige Stelle an der Botschaft und ihre Ausreden, um nicht befördert zu werden, versetzen sie in die Lage, sich jederzeit wieder in Logans Leben und Hof eingliedern zu können – falls Logan denn eine Zukunft hat. Oder sie kann heimlich, still und leise verschwinden, und nur wenige werden ihr Verschwinden bemerken.

Logan wartet, bis sie weit genug weg ist, um nicht mithören zu können. Sein freundlicher Gesichtsausdruck verwandelt sich in Besorgnis. »Kylar, was ist los? Warum bist du hier? Ist etwas passiert? Ist mit den Jungen alles in Ordnung?«

Wie soll ich ihm mitteilen, dass ich versagt habe? Ich habe mich ablenken lassen, und jetzt fällt alles auseinander.

»Ich bin hier, um dir zu helfen. So war jedenfalls der Plan. Die Chantry hat mich zu diesem Fest gebracht, um sicherzugehen, dass du der Kaiserin nicht in die Falle gehst.«

»Was? Die Chantry?«

»Ich habe dein Treffen mit der Kaiserin beobachtet. Sie haben das Ganze eingefädelt. Du warst großartig. Ich sollte dazukommen und eine schreckliche Nachricht überbringen, sollte es so aussehen, als würde sie dich nicht gehen lassen.«

Er schließt die Augen, schüttelt den Kopf, versucht, das alles zu verarbeiten. »Die Chantry hat das eingefädelt? Und du warst *dabei*? Warum arbeitest du für die Chantry, Kylar? Und …«

Er reißt ruckartig die Augen auf. »Kylar, was sind das für schreckliche Nachrichten, die du überbringen …«

O nein. Logan hat aus dem Nebel all der unwesentlichen, aber interessanten Fragen, die er mir hätte stellen können, irgendwie genau die richtige herausgefischt. »Ich arbeite nicht *für* sie«, erkläre ich schnell. »Ich helfe ihnen dabei, dir zu helfen. Ich habe bis vor einer Stunde nicht einmal gewusst, dass du hier bist. Ich bin in meiner Arbeit für Momma K hier. Ich arbeite für dich.«

»Kylar. Was sind das für schreckliche Nachrichten? Welche schrecklichen Nachrichten hast du überbringen wollen?«

Ich schaue zu Melena hinüber, die zufällig in genau diesem Moment eine Fingerspitze seitlich an der Achselhöhle ihres trägerlosen Kleides einhakt und es auf ihrer Brust zurechtrückt. Ich weiß nicht, ob sie das macht, weil sie heute schon ähnlich viele Kostümwechsel hinter sich hat wie ich, oder ob es sich einfach nur um eines dieser trägerlosen Kleider handelt, die immer herunterrutschen, ohne dass man etwas machen kann – aber sie rückt es mit mehr Eleganz zurecht, als mir das bei meiner Hose je gelungen ist. Ich wende den Blick rasch wieder ab, in Sorge, sie könnte denken, ich würde auf ihre Brüste starren.

Es sind immer die falschen Details, die mich ablenken.

Warum ist es nur so schwer zu sagen: *Die Jungen sind entführt worden. Wir haben keine Anhaltspunkte, wo sie sind. Ich bin hier auf der Suche nach etwas, das uns helfen wird, sie zu finden.*

Logan hat so viel durchmachen müssen. Er hat seine ganze Familie verloren. Verlor seine Frau, hat sie wiedergefunden und verliert sie jetzt erneut. Ich erinnere mich an die Freude in seinen Augen, als er einen seiner Söhne im Arm gehalten und ihn goldig genannt hat, blind, wie ein Vater es eben sein sollte. Sobald ich es ihm eröffnet habe, wird er auch seine Söhne verloren haben. Und herausfinden, dass ihn sein alter bester Freund im Stich gelassen hat.

Aber das ist doch alles mindestens zur Hälfte eine Lüge, oder? Ich mache mir wirklich Sorgen um Logan, aber noch mehr Sorgen mache ich mir darüber, wie er mich ansehen wird, nicht wahr? Wenn ich ihm seine Söhne zurückbringen kann, wird es so sein, als hätte ich ihn nie enttäuscht, als wären Jenines verdammende Worte über mich falsch gewesen.

»Kylar!«, drängt Logan.

Und was nimmt währenddessen mein ganzes Denken in Anspruch? Ich mache mir Sorgen, dass Melena denken könnte, ich würde ihr auf die Brust starren.

Plötzlich kommt es mir so vor, als hätte ich einen Schlag in die Magengrube erhalten. Was hatte ich auf der Reise hierher noch sarkastisch gedacht? »Brüste. Die Antwort lautet Brüste. Phaena hat welche.«

Lord Repha'im befindet sich hier. In der Kutsche hat Phaena versucht, mir etwas über ihre Arbeit zu beichten.

Phaena hat mit Lord Repha'im gesprochen.

O *nein.*

Ich kann kaum noch atmen. Melena bemerkt meinen Gesichtsausdruck und kommt schnell zu uns herüber. Ich sehe ihr an, dass sie Angst hat, ich könnte gleich etwas vermasseln.

»Ich muss los«, stoße ich hervor und mache einen Schritt zurück.

»Kylar«, blafft Logan. »Wir sind noch nicht fertig.«

»Mein Lehnsherr«, sagt Melena mit sanfter Stimme.

»Nicht jetzt!«, bellt Logan. »Kylar, wo willst du hin? Ich habe Fragen an dich!«

Ich würde nur ein paar Augenblicke brauchen, um ihm mitzuteilen, dass die Jungen entführt worden sind – was aber wird Logan tun, wenn ich es ihm sage?

»Das weiß ich«, antworte ich. »Und ich bin dabei, die Antworten auf diese Fragen zu finden – aber wenn ich sie nicht jetzt finde, bekomme ich sie überhaupt nicht mehr!«

Bevor ich jedoch davonhuschen kann, streckt er einen seiner verdammt langen Arme aus und erwischt mich am Ärmel. Wie habe ich nur vergessen können, wie schnell und lang er ist, nachdem ich doch so viele Trainingskämpfe gegen Logan bestritten habe?

»Kylar, ich lasse dich nicht gehen, bis ich diese schreckliche Nachricht gehört habe.«

»Dann frag diejenige, die dir alle Antworten geben kann, die du brauchst«, sage ich und schaue zu Melena hinüber.

Schock und Entrüstung flammen in ihren Augen auf, und Logan bemerkt es, bevor sie sich wieder fassen kann.

»Warum klärt Ihr ihn nicht auf, Lady Orlana? Oder sollte ich besser sagen, Schwester Melena von der Chantry?«

»Schwester – *was*?!«, begehrt Logan auf. Sein Griff um meinen Ärmel lockert sich, ich reiße den Stoff aus seinem Griff und stürme zur Tür. »Kylar! Du kannst jetzt nicht gehen!«, brüllt er mir nach.

Aber da liegt er falsch. Ich bin bereits weg.

Kapitel 47

Nicht mehr unmöglich

Ich kann nicht verstehen, wie ich so blind sein konnte.

Ich werfe einen raschen Blick über die Schulter den Gang hinunter, aber Logan kommt nicht hinter mir her. Er weiß, wie schnell ich verschwinden kann.

Als ich Phaena mit Lord Repha'im habe sprechen sehen, bin ich im ersten Moment viel zu verblüfft gewesen, um klar denken zu können. Und dann hat er mich erblickt. Bevor sich von da an meine ganze Aufmerksamkeit auf die Flucht gerichtet hat, habe ich nur den plötzlichen Schock der Angst gespürt; Angst, dass Phaena mich verraten, mit ihm zusammenarbeiten könnte.

Eine Glocke ertönt, und alle ringsum auf dem Flur bleiben stehen, holen gleichzeitig tief Luft.

Aber es gibt keinen Grund zu der Annahme, dass Phaena mit Lord Repha'im unter einer Decke steckt.

Andere, ähnliche Glocken erklingen auch in weiter entfernten Sälen und Lichthöfen. Die Adligen schicken sich an, alle die gleiche Richtung einzuschlagen.

Viel wahrscheinlicher ist, dass sie genau das macht, was ihr Momma K aufgetragen hat.

Die Reihen der kaiserlichen Wachen werden verstärkt, und sie beginnen sich zu formieren, was mich aus meinen Gedanken reißt.

Was geht da vor sich?

Ach ja, stimmt. Es ist fast Mitternacht. Um Mitternacht werden die Listen verlesen: wer nach Borami geht und wer bleibt, dazu kommen Dutzende von Ernennungen für alle möglichen Posten.

Die hohe Stimme eines Herolds durchschneidet den Lärm ringsum. Er verkündet: »Alle Besucher bitte sofort auf ihr jeweiliges Stockwerk zurückkehren. Alle, die drei Edelsteine oder mehr an ihrem Armband haben, begeben sich bitte in den Kabinettssaal. Armband zur Kontrolle bereithalten.«

Ich lehne mich an eine Wand und sinke in mich zusammen. Ich muss nachdenken. Die Tatsache, dass der Zeitpunkt zum Verlesen der Listen schon fast gekommen ist, könnte etwas daran ändern, was ich nun als Erstes zu tun habe.

Wo war ich stehen geblieben? Ach ja, viel wahrscheinlicher ist, dass Phaena ihre Arbeit ganz so erledigt, wie es ihr aufgetragen wurde. Phaena und Momma K haben mich angelogen, um zu verschleiern, was sie in Wirklichkeit von mir wollen, und Phaena hat mir die Milch in ihrer Brust verheimlicht, mir dann jene peinliche »wahre« Geschichte erzählt und sich daraufhin deshalb schuldig gefühlt. Aber warum? Das ist jetzt offensichtlich. Weil auch diese Geschichte eine Lüge war.

Eigentlich hätte ich schon längst in der Lage sein sollen, die Einzelteile stimmig zusammenzufügen. Aber der Zeitrahmen des Ganzen hat mich abgelenkt, denn dabei schien etwas nicht zu stimmen.

Lord Repha'im befindet sich hier. Lord Repha'im, der die Prinzen entführt hat.

Von allen Leuten auf diesem Fest hat Phaena ausgerechnet mit ihm gesprochen. Es gibt also eine Verbindung zwischen ihnen. Phaena, die versucht hat, mir zu gestehen, dass sie doch keine Hure ist, die ganz spezielle Vorlieben bedient. All die Irreführungen, die vorgetäuschte Scham und die Lügen beiseitegelassen, bleiben drei Fakten.

Erstens: Phaena kennt Lord Repha'im.

Zweitens: Repha'im – der Mann, der die Prinzen entführt hat – befindet sich hier.

Drittens: Von all ihren möglichen Agenten und Agentinnen hat Momma K niemand anders als Phaena geschickt.

Viertens: Phaena hat Milch in der Brust.

Fünftens: Momma K wählt immer die idealen Werkzeuge für die jeweils anliegende Aufgabe, was bedeutet …

~Ähm. Hast du eben nicht etwas von *drei* Fakten gesagt?~

Bist du jetzt etwa der Abakus der Schatten geworden, oder was? Die zählenden Finger der Finsternis?

~In letzter Zeit wohl eher der Protokollant der Pannen. Ich wollte nur wissen, ob ich dich richtig verstanden habe. Fahr fort.~

Genervt schüttle ich den Kopf und wende mich wieder meinen Gedanken zu. Ich kann vielleicht nicht bis drei zählen, ohne dabei auf fünf zu kommen, aber wenn man mir ein paar Versuche gibt, kann sogar ich eins und eins zusammenzählen. Ich wurde nicht hierhergeschickt, um den Nemesis-Kompass zu stehlen; ich bin nicht eines Raubes wegen hier, sondern ich bin Teil einer Rettungsaktion.

Aber warum hat mir Momma K das nicht gesagt? Ich will die Babys ja retten. Habe die ganze Zeit über nichts anderes gewollt!

Nein … nicht die *ganze* Zeit.

Was nicht ins Bild passt, ist der Zeitrahmen. Momma K wollte bereits, dass ich den Auftrag annehme, noch bevor Logan Elenea verlassen hat. Und das war *vor* der Entführung.

Ein allzu glückliches Zusammentreffen der Umstände, selbst für sie. Von allen Städten auf dem Kontinent soll sie mich genau in die richtige entsenden, genau die richtige Hilfe an meiner Seite, um die Kinder lebend zurückbringen zu können?

Wie konnte sie mich aussenden, um Kinder zu retten, die noch nicht einmal entführt worden waren?

Hatte sie es sich anders überlegt und mich mit einem anderen Auftrag betraut als ursprünglich vorgesehen und den Raub des Nemesis-Kompasses als Tarnung vorgeschoben? Nein. Sie hatte Phaena bereits vor mir in dieser Sache ausgesandt und das *vor* der Entführung.

Heißt das womöglich, sie hängt in der Sache mit drin? Arbeitet Momma K mit Lord Repha'im zusammen? Gibt sie es nur vor, um ihn dann zu hintergehen? Momma K hat mir einmal mitgeteilt, sie habe sich geschworen, sich nie wieder einem Mann auf Gedeih und Verderb auszuliefern. Gilt das auch für Logan Gyre? Wie ehrgeizig ist sie wirklich?

Sie und Durzo haben sich kürzlich über etwas gestritten – und es ist etwas so Ernstes gewesen, dass Durzo das Weite gesucht hat. War es womöglich *das hier*? Durzo hat stets klargemacht, dass es für ihn Grenzen gibt. Es gab immer Aufträge, die anzunehmen er sich geweigert hat. Momma K hat einmal gesagt, dass sie, solange sie die Sa'kagé angeführt hat, andere dafür anheuern musste, wenn sie derartige Aufträge zu erteilen hatte.

Momma K war immer bereit, auch die Dinge zu tun, die selbst Durzo nicht tun wollte.

Aber das hier? Das sieht ihr überhaupt nicht ähnlich. Sie hat schon immer eine besondere Schwäche für Kinder gehabt.

Es ist ein Problem, ein richtig großes, jedoch keines, das ich mit meinem bisherigen Wissen lösen kann.

Worauf es jetzt ankommt, ist: Wenn ich recht habe, befinden sich die Prinzen hier; ich soll sie retten, und Phaena soll als Amme für sie sorgen und sie stillen, bis wir wieder zu Hause sind. Bei den Göttern, es wäre auch wahrlich viel von mir verlangt gewesen, zwei Säuglinge zu rauben und *danach* unverzüglich eine Amme für sie aufzutreiben, die bereit gewesen wäre, über den halben Kontinent zu reisen – und das vermutlich auch noch von Verrätern verfolgt, die bereit wären, jeden zu ermorden, um uns fangen und töten zu können. Ohne eine Amme würde die Rettung der Jungen wahrscheinlich bedeuten, sie zum Hungertod zu verurteilen. Eine Amme ist der Schlüssel zu der ganzen Angelegenheit.

Es muss doch irgendwo auf der Welt eine Form von Magie geben, mit der man Babys füttern kann, oder? Das ist so das typische Ding, das praktische Menschen, die anders ticken als ich, bestimmt längst ausgetüftelt haben. Aber auch hier gilt: Jemanden zu finden, der diese Magie zu wirken versteht und der bereit wäre, mich eigens dafür zu begleiten – und der nicht sofort bei der Chantry Bericht erstatten würde –, das steht auf einem ganz anderen Blatt.

Momma K hat mich also belogen, aber sie hat mir auch das nötige Rüstzeug an die Hand gegeben, das ich brauche, wenn ich Erfolg haben will.

Wenn sie ihre eigenen Pläne dafür hat, was passiert, wenn ich mit den beiden Jungen nach Cenaria zurückkehre, so kann ich mich dann damit befassen.

Ich will den Gedanken überhaupt nicht erst in Betracht ziehen, dass Momma K vielleicht *mich* hintergehen könnte, doch auch das ist ein Problem für später.

Vor allem spüre ich, wie sich ein wachsendes Hochgefühl in mir breitmacht. Nachdem ich all meine Sorgen erst einmal auf einen anderen Tag verschoben habe, bin ich – darf ich es wagen, das zu sagen? – optimistisch. Vor ein paar Minuten lautete meine Aufgabe noch: (1) uraltes Artefakt aufspüren, (2) Artefakt stehlen, (3) hoffen, dass das Artefakt noch funktionstauglich ist, (4) herausfinden, wie man das Artefakt in Gang setzt, (5) seine Magie wirksam machen, (6) hoffen, dass dieser Vorgang wiederholt werden kann, (7) dorthin reisen, wo die Zwillinge festgehalten werden, (8) Verbündete suchen und die notwendige Ausstattung zusammenstellen, (9) die Zwillinge retten, (10) die Zwillinge nach Hause bringen. Jeder dieser Schritte hätte sich als unmöglich erweisen können. Die meisten von ihnen hätten wahrscheinlich Monate gedauert. Jetzt gestaltet sich die Aufgabe so: (1) Zwillinge retten und (2) Zwillinge zu Logan und Jenine zurückbringen, die bereits hier sind und im Begriff stehen, sich mit ihren eigenen Wachen und einer kaiserlichen Eskorte sicher und geschützt auf den Heimweg zu machen.

Ich hatte schon geglaubt, alles sei dem Untergang geweiht, einschließlich meiner Freundschaft mit Logan. Und jetzt? Jetzt scheint alles machbar.

Nicht leicht. Aber nicht mehr unmöglich. Nicht für Kylar Stern.

Eine Welle der Hoffnung durchflutet mich mit hellem Licht. Ich muss unwillkürlich lächeln. Vielleicht kann ich die Kinder sogar retten, ehe Logan und Jenine überhaupt herausfinden, dass sie verschwunden sind.

Die kaiserlichen Wachen schwärmen aus, kontrollieren alle Nebenräume und scheuchen die Gäste hinaus. Zu meiner Linken versucht ein hustender Mann, der nach Derivanblättern riecht, auf einem Fuß hüpfend seinen zweiten Stiefel anzuziehen, seinen

Überrock nur umgelegt. Ihm folgt eine ältere Edelfrau, die wie aus dem Ei gepellt aussieht – wenn man einmal von dem Rouge ihrer Lippen absieht, das über ihre linke Wange verschmiert ist. Außerdem prangt da, so unwahrscheinlich es klingt, ein makelloser Lippenabdruck vom gleichen Rouge auf ihrem Dekolleté.

Unbeeindruckt versucht eine Frau aus dem Kreis der kaiserlichen Wachen, ihr ein großes gelbes Unterkleid in die Hand zu drücken.

»Das ist gar nicht meins«, erklärt die ältere Edelfrau und tut beleidigt. Das Ding passt perfekt zu ihrem Kleid und scheint mit einer Beschriftung in genau dem gleichen Rotton wie der Saum ihres Kleides bestickt zu sein.

»Ich bin über die letzte halbe Stunde hinweg im Raucherraum postiert gewesen«, entgegnet die Wachfrau in gelangweiltem Ton. »Ihr könnt es jetzt mitnehmen, oder ich kann es von einem Diener zu Eurem Anwesen bringen lassen. Ich kann jedoch nicht garantieren, dass dies zu einem Zeitpunkt stattfindet, wenn Euer Mann nicht zu Hause ist.«

Entrüstet schnappt sich die Frau das Unterkleid und stolziert beleidigt davon.

Der kaiserlichen Wache ist nicht entgangen, dass ich die Szene mitverfolgt habe. Schnell grinse ich sie an, und sie lächelt zurück. »Und allein schon die Vorstellung, dass es nur noch wilder wird, sobald die Listen verlesen worden sind«, spricht sie mich an. »Dann mal viel Glück, Mylord.«

Die Verlesung der Listen! Das muss das reinste Chaos werden. Niemand weiß, wohin es ihn gleich verschlagen wird, bis die Listen verlesen sind. Niemand, nicht einmal Lord Repha'im. Vielleicht ist er deshalb unten am Pier gewesen, weil er da etwas herauszufinden gehofft hat. Aber wenn das stimmt, bedeutet das auch, dass die Prinzen noch nicht auf das Schiff verladen worden sind und dass sie an Land bleiben, bis Lord Repha'ims Name verlesen wird – oder auch nicht verlesen wird. Die Sachen der Adligen werden bereits unten an den Docks gelagert, wie ich gesehen habe, doch die Menschen selbst müssen am Ende dann zu Fuß hinübergehen oder hinübergetragen werden.

Was bedeutet, dass ich Hilfe benötige. Ich werde jemanden brauchen, dem ich vertrauen kann, und ich bin mir nicht sicher, ob das Phaena ist, jetzt nicht mehr. Und auch wenn sie klug und einfallsreich ist, so verfügt sie doch über keine besonderen Kräfte, keine Kampffähigkeiten. Es gibt zwei Möglichkeiten, auf die *Sturmjäger* zu gelangen: eine Reihe von Rampen unten an der Wasseroberfläche für die Dienerschaft sowie weiter oben mehrere Fußsteige für die Edelleute und ihre vertrauenswürdigsten Berater. Ich muss beides nach jemandem absuchen, der Babys bei sich trägt.

Vielleicht bekomme ich es hin, alle Rampen unten im Auge zu behalten. Wenn ich die Prinzen entdecke, kann ich etwas unternehmen, um sie zu retten, bevor sie an Bord gelangen. Aber Phaena ist es nicht gestattet, sich hier oben aufzuhalten. Und selbst wenn sie die Jungen sieht, wird sie nichts tun können, um zu verhindern, dass sie auf das Sturmschiff gelangen.

Damit bleibt nur eine Person, bei der ich mich darauf verlassen kann, dass sie alles andere stehen und liegen lässt, um mir zu helfen. Und dieser Mensch befindet sich irgendwo hier oben, wahrscheinlich schon im Kabinettssaal.

Die kaiserliche Wache, die mit mir gesprochen hat, hat gerade Anweisungen an ihren Wachtrupp weitergegeben, da sehe ich, wie sie keine zwanzig Schritt von mir entfernt den Kopf zur Seite neigt, als hätte gerade irgendetwas eine Erinnerung bei ihr wachgerufen. Was, wenn es sich bei diesen Anweisungen um eine Beschreibung von mir handelt, die ihr jemand gegeben hat?

Ihr Kopf schnellt in meine Richtung, um nach mir zu suchen, und ich ducke mich in die Menge.

Sie beginnt, sich zwischen den Edelleuten hindurchzudrängen, und hält weiter Ausschau.

Die Sache wird ja immer besser, oder?

Doch bis sie die Stelle erreicht hat, wo sie mit mir gesprochen hat, bin ich bereits spurlos verschwunden.

Hoffe ich zumindest.

Kapitel 48

Der König im Westen

Kann sein, dass ich dich jetzt jeden Moment brauche, lasse ich den Ka'kari wissen.

Er gibt keine Antwort.

He, bist du wach?

Diesmal könnte ich schwören, dass ich spüre, wie er zuckt, als würde er lächeln, während er zu schlafen vorgibt. Götter, allmählich lerne ich dieses Ding zu durchschauen.

Und jetzt scheint er zu seufzen.

Vor uns befinden sich weitere Warteschlangen. Sie führen alle durch große, leere rahmenartige Gestelle, gewaltige Türöffnungen, über denen jeweils ein großer Kristall hängt. Um Magie festzustellen, nehme ich an. Die Gäste, die mit roten Edelsteinen besetzte Halsketten tragen, werden durch einen seitlichen Türbogen geschleust. Ich sehe Petaria Feu blinzeln, als sie sich dem Rahmengerüst nähert, aber ansonsten lässt sie sich durch nichts anmerken, dass sie nervös ist. Sie tritt hindurch, und der Kristall über ihr erstrahlt in einem sehr blassen Blau.

Eine kaiserliche Magierin sagt mit scharfer Stimme etwas zu ihr. Eine Art Warnung? Doch dann lässt sie sie durch, ohne ihr weitere Schwierigkeiten zu machen.

Ich brauche dich, um mein magisches Talent zu verbergen.

Natürlich antwortet mir der Ka'kari nicht, aber ich bin nicht allzu nervös, als ich mich am Ende einer anderen Schlange anstelle, wo es schneller zu gehen verspricht. Genau das ist der Grund, warum ich mein magisches Talent heute Abend bisher unangetastet gelassen habe: im Bemühen, möglichst keinerlei Rückstände von Magie an mir zu hinterlassen. Allerdings weiß ich nicht genau, wie diese Detektoren arbeiten.

Ich gehe hindurch und starre gen Himmel, so gar nicht nervös. Der Kristall reagiert in keiner Weise, doch während ich nach oben schaue, bemerke ich, dass ein dünner Golddraht, der seitlich am Rahmen hinaufläuft, durchtrennt worden ist. Kein Wunder.

Ich atme tief durch. Ich habe gar nicht bemerkt, dass ich die Luft angehalten habe.

»Geh weiter«, knurrt ein Mann hinter mir. Es ist Jasmine Jakweth, der muskelbepackte Schläger des Sonderkommandos.

Ich lasse meinen Blick über die Schlange hinter mir schweifen und sehe, dass Schwester Ayayah Meganah ebenfalls hier ist.

»Oh, war da etwa jemand unartig?«, erkundige ich mich.

Er starrt mich nur grimmig an. Ich habe den Eindruck, dass er ganz schön viel Zeit damit verbringt, mit finsterer Miene aus der Wäsche zu schauen. Aber ich bin nicht seinetwegen hier. Die Chantry-Leute richten ansonsten kein Wort an mich, also haben sie vielleicht noch nichts davon gehört, dass ich Melenas Tarnung habe auffliegen lassen und Logan über ihre wahre Identität in Kenntnis gesetzt habe. Als ich den Kontrollpunkt passiert habe, Jasmine mir dicht auf den Fersen, halte ich sofort Ausschau nach Viridiana. Sie befindet sich weder in einer der Warteschlangen noch in den Bereichen vor den riesigen Ebenholztüren mit den Einlegearbeiten aus Silber, die in den Kabinettssaal hineinführen.

Also ist sie wahrscheinlich schon drinnen.

Jasmine Jakweth bekundet keinerlei Interesse daran, sein Gespräch mit mir fortzusetzen, was völlig in Ordnung ist; ich spreche die Sprache Grummel nicht fließend.

Ich schiebe mich durch die dicken Samtvorhänge, die hinter den großen Türen herabhängen, um die Geräusche zu dämpfen und die Menschen drinnen von der Meute draußen zu trennen. Ich hasse Vorhänge. Ich kann durch die Dunkelheit hindurchsehen, aber durch Vorhänge? Keine Chance. Ich spiele kurz mit dem Gedanken, mich unsichtbar zu machen, als ich durch sie hindurchtrete – doch in dem Moment, wo ich mein magisches Talent anrühre, wäre meine Verkleidung aufgeflogen und das inmitten Hunderter kaiserlicher Wachen, die auf der Suche nach genau solchen Leuten wie mir sind.

Im Kabinettssaal ist es ruhiger; der Raum ist immer noch von regem Stimmengewirr erfüllt, hier aber nun im Flüsterton. Ich betrete den Audienzraum der Kaiserin und verschaffe mir einen ersten Eindruck vom opulenten Herzen des Palastes; dann bemerke ich, dass sich die Vorhänge zu meiner Linken nicht ganz ungehindert geöffnet haben, als befände sich dort eine Wand – oder ein Mensch.

Nicht jede Überraschung ist gleich eine tödliche. Während einer Festlichkeit unerwartet mit jemandem zusammenzustoßen? Wie oft ist dir das schon passiert? Und in wie vielen Fällen war es jemand, der dich hat töten wollen?

Ich zögere und wäge ab, welche Gefahr wohl die größere ist: die allgemeine Aufmerksamkeit auf mich zu ziehen oder es nicht zu tun.

Eine große Hand schließt sich um meinen Nacken.

Da habe ich wohl die falsche Entscheidung getroffen.

»Kylar Stern! Der Nachtengel höchstpersönlich!«, ertönt jovial eine vertraute Stimme.

Ein Blitzschlag geht durch meinen in seinem Würgegriff steckenden Hals. Lass es bitte nicht ausgerechnet …

»Lord Repha'im. Genau der Mensch, auf den ich zu treffen gehofft habe«, sage ich und starre zu dem großen Mann auf. Mein Herz rutscht mir in den linken kleinen Zeh. Ich bin mir sicher, dass mein Grinsen alles andere als überzeugend ist.

»Ich wusste gar nicht, dass du hier bist! Es ist ja sooo schön, dich wiederzusehen«, begrüßt er mich. »Komm! Komm mit!«

Er verschränkt meinen rechten Arm mit seinem linken, wie das in Modai gute Freunde tun und hier in Alitaera womöglich Liebhaber, legt seine rechte Hand über meine linke und hält mich fest. Nach außen hin wirke ich dadurch entweder wie ein enger Freund, dem sein fürsorglicher Schutz gilt, oder wie der jüngere Partner in einer Beziehung.

Wenn ich bereit bin, eine Szene zu machen, kann ich ihm entkommen.

Na ja, vielleicht. Er hat mich bis jetzt stets auszutricksen vermocht. Warum dann glauben, dass, mich von ihm loszureißen, ein Schritt wäre, mit dem er nicht rechnet?

Ich spanne alle Muskeln an und denke nur noch in einer Flut von Flüchen, als er mich tiefer in den Audienzraum hineinführt, über einen Teppich hinweg, der so dick ist, dass meine Füße bei jedem Schritt darin wie in Schnee einsinken. Der Kabinettssaal ist unglaublich üppig-luxuriös ausgestaltet. Ich wünschte, ich könnte die in die Wände eingelassenen, magisch aufschimmernden Szenen beschreiben, die Motive aus vorzeitlichen Schlachten und berühmten Liebesgeschichten sowie Momente hehrer, selbstloser Aufopferung darstellen. An anderer Stelle dominiert die religiöse Bildersprache mit Gold und Rubinen, Perlen und Perlmutt, und in nur dezent beleuchteten Winkeln, damit sie den Raum nicht beherrschen, finden sich die Köpfe und äußeren Umrisse von Ungeheuern – gegen einige von ihnen habe ich selbst gekämpft.

Ich möchte ja gern den Eindruck erwecken, ich sei ein gefasster, gelassener Mensch, der immer weiß, was zu tun ist. Aber jetzt bin ich wie erstarrt. Eine Blockade im Hirn. Wie eine stumpfsinnige Kuh trotte ich mit ihm mindestens durch den halben Raum, ein Rind, das rätselt, warum wohl der Mensch, der mich da führt, eine Metzgerschürze trägt und wieso er ein großes Messer und eine Blutwanne dabeihat.

Es ist der Anblick von Vi, der mich aus meiner Benommenheit reißt. Sie geht mit einem Teller voller Honigkuchen ein Stück vor uns her, holt genussvoll tief Luft, um den Duft einzuatmen, und schaut dabei nicht einmal in unsere Richtung. Lord Repha'im hat sie definitiv bemerkt.

Was wohl beweist, dass überraschenderweise doch ein Herz in seiner Brust schlägt. Genauso verhält es sich auch bei den meisten Leuten ringsum.

Dass sie sie bemerken, meine ich. Nicht das mit dem Herz in der Brust. Ich meine, das natürlich auch, ja, aber … egal.

Ein anerkennendes leises Knurren dringt tief aus seiner Kehle. »Mmmh. Ich hatte schon immer eine Schwäche für Menschenfrauen.«

»Wie bitte?«, frage ich.

~O nein.~

»Wie gut, dass es umgekehrt genauso ist.«

Jetzt erst bemerke ich, dass er selbst nicht weniger Blicke auf sich gezogen hat als Viridiana. Er lässt meinen Arm los, als sorge er sich nun nicht mehr, dass ich weglaufen könnte.

Mutig von ihm, freilich auch eine zutreffende Einschätzung. Ich kann eigentlich gar nicht weglaufen. Ich befinde mich in der Mitte des Raums. Ich kann nirgendwohin.

»Das Gleiche gilt, bisweilen zumindest, auch für das Essen der Menschen. Aber dieses Gericht hier verstehe ich nicht«, erklärt er und deutet auf etwas auf dem Tisch. »Siebenschläfer, mit Chilis gefüllt? Wenn ich wieder Nagetiere essen wollte, könnte ich gleich zurück in die … aber egal. Die Blutwurst dort hingegen? Ein Gedicht, findest du nicht auch?«

»Ich bevorzuge Blut an den Händen, nicht im Mund«, entgegne ich. Es klingt nicht so sehr nach abgebrühter Bursche, wie ich gehofft hatte, aber ich habe meine Fassung immer noch nicht ganz wiedergefunden.

Er stößt ein bellendes Lachen aus und reicht mir einen Teller. Er greift sich die Wurstscheiben mit der Hand und legt sie mir auf den Teller. »Weißt du, was das Tolle an Macht ist?«, fragt er.

»Ich nehme an, du wirst es mir gleich sagen, nicht wahr?«

»Richtig.« Er saugt sich die Fingerspitzen sauber, einen Finger nach dem anderen. »Die Antwort lautet: alles. Aber mit zum Schönsten gehört, die Augen der Leute zu beobachten, wenn sie sehen, dass du etwas tust, womit sie selbst nicht durchkommen würden. Du erzählst einen Witz, der gar nicht lustig ist, und alle lachen, und dem einen wirklich witzigen Kerl in der Menge tritt ein Ausdruck puren Hasses in die Augen. Ich mag es, in diesem Moment seinen Blick auf mich zu ziehen und ihn anzusehen. Man teilt einen heiligen Moment, denn wir sehen beide die Wahrheit, und beide wissen wir in diesem Augenblick, dass die Wahrheit nicht das Geringste zur Sache tut, weil nämlich ich etwas Besonderes bin und er nicht. Einem Mann dabei zusehen, wie er – wie sagt man noch gleich? – sich vor Neid das Herz zerreißt? Das ist eines der Dinge, die ich an der Macht liebe. Es gibt da noch mehr. Ich erzähl dir ein andermal davon, sollten wir die Gelegenheit dazu haben.«

»Wo sind die beiden Jungen?«

»Kylar, weißt du, wie man einen einfachen Krieger in eine perfekte Waffe verwandelt?«

Ich hätte da die eine oder andere Idee, aber ich habe nicht vor, mich jetzt ablenken zu lassen.

Er sagt: »Man schleift alles ab, was an ihm unnötige und nutzlose Menschlichkeit ist. Du lässt nur so viel an Mensch übrig, dass er dir treu ergeben bleibt. So machst du ihn zu deinem Werkzeug. Der Rest ist unerheblich. Dich hat schon jemand auf diese Weise gebrochen. Das könnte sich als sehr praktisch erweisen, doch ich bin mir bei dir nicht sicher, ob sich das mit der treuen Ergebenheit noch hinkriegen ließe. Besser, eine scharfe Klinge wegwerfen, als sich damit schneiden, findest du nicht auch?«

»Wo sind die beiden Jungen, Repha'im?«

Er seufzt tief. »Und da haben sie mir noch gesagt, du wärst die größte Bedrohung für meine Pläne. Ich sehe nur einen gebrochenen alten Hund. Steckt da noch mehr in dir, etwas, was ich noch nicht zu Gesicht bekommen habe? Gibt es da verborgene Tiefen, Kylar Stern? Eine geheime Quelle der Entschlossenheit, die du noch nicht angezapft hast … auf die du aber sicher noch zurückkommen wirst im letzten Moment?« Sein Lächeln ist nichts als kalte Verachtung. »Kylar, ich habe es nicht auf dich abgesehen. Ich habe nicht vor, dir alles zu nehmen, was du je geliebt, je erhofft hast. Was nicht heißt, dass ich es nicht trotzdem tun werde. Das ist sogar recht wahrscheinlich. Doch das ist dann mehr Zufall, ein Nebeneffekt im Zuge der Verfolgung größerer Pläne. Du bist einfach nicht wichtig genug. Würdest du jetzt gehen, ohne ein Wort durch diese Tür dort hinausschreiten, ich würde dich nicht verfolgen. Den Aufwand bist du nicht wert.« Er stellt seinen Teller ab. »Was ich mich frage: Hat dich die Chantry hergebracht oder jemand anders? Verzeih mir die Unverblümtheit, aber du scheinst mir allein nicht allzu viel zuwege bringen zu können. Hauptsächlich gedungener Schläger, nicht? Ich tippe auf die Chantry. Wirklich bemerkenswert. Obwohl sie argwöhnen, was ich bin, glauben sie noch immer, sie könnten mich übers Ohr hauen. Mich! Und da hat deinesgleichen so viel Respekt vor dem langen Gedächtnis der Chantry. Aber ab und zu ist es einfach an der Zeit, dass man ihnen eine Lektion erteilen muss. Wie bei einem Hund, der dir in die Fersen zwickt – ein rascher Knüppelschlag auf die Augen lehrt mehr als tausend scharfe Worte. Ich werde es ihnen schon bald und ohne Umschweife in aller Deutlichkeit beibringen. Und dir vielleicht auch, wenn du wirklich zu ihnen gehörst. Aber dem ist nicht ganz so, nicht wahr?«

»Wer bist du denn nun, wenn ich solche Angst vor dir haben sollte?«, will ich von ihm wissen.

»War es etwa Glück, was du bisher zuwege gebracht hast? Oder ist es alles das Werk von Durzo Blint gewesen? Durzo, das angreifende Schlachtross, und du, das im Wind hinter ihm hertreibende Blatt? Vielleicht hätte ich Ishael seinen Willen lassen und dich unter dem Vorhang niederstechen lassen sollen. Oder schon zuvor. Du *musst* es doch inzwischen eigentlich erraten haben.« Er mustert mich eindringlich. Rümpft die Nase. Schließlich sagt er: »Nein? Wirklich? Ach. Na dann, viel Spaß auf der Feier. Oder auch nicht. Was für eine Enttäuschung du doch bist, Kylar Stern. Nur ein weiterer Mann, der nicht bereit ist, zu tun, was er tun muss, um ein Mensch von Belang zu sein. Wie alt bist du, Kylar? Ende zwanzig? Sicherlich noch keine dreißig … und schon ein abgehalfterter Mann der Vergangenheit.«

Ich weiß nicht recht, warum mich das trifft, doch das tut es. Noch keine dreißig? Ich bin noch nicht einmal Mitte zwanzig. Lord Repha'im verachtet mich – und ich bin in Wahrheit noch erbärmlicher, als ihm bewusst ist.

»Tragisch«, kommentiert er. Er nimmt sich seinen Teller und geht weg, lässt mich einfach stehen.

Sofort ist er in ein Gespräch mit einem halben Dutzend hoher Beamter vertieft, hat übergangslos den Mittelpunkt ihrer Aufmerksamkeit eingenommen.

Er blickt nicht noch einmal zurück.

Was geht hier vor? Was ist da gerade passiert?

Ich bin schon lange nicht mehr so behandelt worden, als wäre ich völlig belanglos. Warum dann gerade jetzt?

Weil es für mich bereits zu spät ist, um ihn aufzuhalten.

Zumindest glaubt er das.

Aber wirklich wissen kann er es nicht. Er kann noch nicht einmal wissen, ob er an Bord der *Sturmjäger* gehen oder hier zurückbleiben wird. Oder etwa doch?

Dass er mich hat links liegen lassen, erfüllt mich irgendwie mit … Erleichterung. Das Gefühl von Erleichterung weckt in mir das Gefühl von Verlegenheit. Die Verlegenheit lässt mein Blut kochen.

Ich möchte einen Streit mit ihm vom Zaun brechen.

Ich möchte ihm sagen, dass er eines Morgens aufwachen und an seinem eigenen Blut ersticken wird und mein lächelndes Gesicht das Letzte sein wird, was er je sieht.

Spott? Drohungen? Es ist, als hätte ich alles vergessen, was Durzo mir beigebracht hat.

Wie … unprofessionell.

Drohungen sind die Zuflucht des Ohnmächtigen, der einer gleichgültigen Welt zuruft, dass er sie alle in den Arsch ficken wird, während die Welt seinen traurigen, schlaffen Phallus beäugt und sich über ihn lustig macht.

Mit einer Drohung verrätst du deine Absicht, du bindest dich daran und machst es zugleich unwahrscheinlicher, dass sie in die

Tat umgesetzt wird. Man sollte nur dann drohen, wenn man nicht aufgehalten werden kann und man mit der Drohung mehr erreicht, als es der Fall wäre, würde man einfach Rache üben.

»Hallo«, spricht mich eine unbewaffnete Frau an, keine versteckten Waffen erkennbar, und wahrscheinlich ist sie auch nicht in den Kampfkünsten ausgebildet. »Könnte ich vielleicht …«

Wir führen ein angenehmes Gespräch. Irgendwann merke ich, dass sie mit mir flirtet oder vielleicht auch mit meinem Armband mit den vier blauen Steinen – sie hat nur drei, und ich stelle fest, dass vier ziemlich außergewöhnlich sind. Immer wieder versucht sie, mir meinen Namen zu entlocken. Ich breche unser Gespräch ab und gebe mir von nun an Mühe, mein Armband nicht sehen zu lassen. Dann mache ich umsichtig die Runde durch den Raum, unterhalte mich dabei für ein paar Minuten mit so vielen Leuten wie möglich. Denn ich habe endlich Vi entdeckt.

Sie macht ebenfalls die Runde. Führt Gespräche, lacht, wirft den Kopf zurück, sodass ihr Hals sichtbar wird. Sie ist wie ein Magnet, und würde sie sich nicht weiterbewegen, würde sich eine Gruppe von Männern um sie herum bilden. Irgendwie geschieht das auch trotzdem, sie pilgern langsam den geschickt eilenden Schritten hinterher, mit denen sie sich fortbewegt.

Während die Minuten vergehen, gibt sie mir schnelle Handzeichen: »Nein.«

Eine Minute später: »Geh weg.«

Fünf Minuten später: »Bleib stehen.«

Sie versucht es auch mit ein paar längeren Nachrichten, die sie in schnellen, stakkatoartig aufblitzenden Bewegungen übermittelt, wenn niemand anders sie sehen kann, aber leider ist es so, dass ich ihre Signale nicht entziffern kann. Meine Kenntnis der Handzeichen der Sa'kagé umfasst nur die einfachsten Grundlagen. Durzo hat mir lediglich Dinge beigebracht, die sich für ihn sofort als nützlich zu erweisen versprachen, wenn wir zusammenarbeiteten: »Ich nehme den auf der linken Seite«; »Durchlässige Stelle in der Rüstung, dort am Hals«; »Auf mein Kommando rennst du los«. Er konnte sich nicht vorstellen, dass ich auch einmal als Teil einer größeren Gruppe arbeiten könnte, und hat immer gemeint, es gäbe schon zu viele nützliche Fähigkeiten, die er mir in unserer begrenzten Zeit beizubringen habe; auf die weniger nützlichen würde er dann später zurückkommen, sollte ich lange genug leben.

Schließlich gibt sie auf und steuert eine Nische an, wo sie mit Schwester Melena zu plaudern vorgibt. Ich trete hinter Vi und beuge mich herab, um die kompliziert zu bindenden Schnürsenkel meiner hohen roten Schuhe zu richten.

Das Gesicht zu Melena gewandt, raunt Vi mit leiser, verärgerter Stimme: »Hast du nicht gesehen, was ich dir mitgeteilt habe?« Sie lächelt Melena an.

»Oh, das ist wirklich schön!«, sagt Melena. Dann, im Flüsterton: »Du hast eine Tarnidentität auffliegen lassen, die aufzubauen mich ein halbes Jahr gekostet hat, du Sohn einer Hure. Und jetzt bringst du uns alle in Gefahr.«

Vi zieht einen winzigen Spiegel aus der Tasche und tut so, als würde sie ihre Schminke auffrischen. Doch ihre Augen im Spiegel sind starr auf mich gerichtet. Ich weiß, dass ich nur wenige Augenblicke Zeit habe.

Das Hilfreichste, was die Chantry von mir erfahren könnte, ist, dass Lord Repha'im glaubt, die Chantry schmiede ein Komplott gegen ihn, ob er nun über genauere Einzelheiten Bescheid weiß oder nicht, und dass er ihr bald eine Lektion erteilen will. Ich könnte ihnen allerdings auch sagen, dass er sich einbildet, eine Art übermenschliches Wesen zu sein.

Aber ich bin nicht hier, um der Chantry zu helfen. Ich bin hier, um Vis Hilfe zu bekommen.

»Repha'im hat Logans Kinder.«

Ich riskiere es und schaue ihr dabei ins Gesicht. Sie erstarrt, als hätte ich ihr einen so heftigen Schlag verpasst, dass ihr die Luft wegbleibt. Sie wird ganz grün.

Dann lächelt sie es weg, tupft sich einen Mundwinkel ab, wie um sicherzustellen, dass das Rouge am richtigen Platz ist, und steckt den kleinen Spiegel wieder weg.

Was hat Momma K wohl gedacht, wann ich das alles herausfinden würde? Hat die Beschreibung der blauen Truhe nur dazu dienen sollen, mich von der eigentlichen Aufgabe abzulenken? Das scheint mir wenig einleuchtend. Nein, sie hätte mir sicherlich die richtige Beschreibung gegeben, zumindest eine, die nah genug an der Wahrheit war. Auf diese Weise hätte ich die Babys auch dann noch gefunden, wenn ich erst beim Auffinden der Truhe – die vielleicht gar keine Truhe ist, aber der Beschreibung nah genug kommen muss, dass ich das Ding sicherlich überprüfen würde – herausgefunden hätte, dass es sich bei dem Raub in Wirklichkeit um eine Rettungsaktion handelt. Tatsächlich handelt es sich bei der Truhe wahrscheinlich um eine Korbwiege, und Phaena hätte mir irgendwann heute Abend eigentlich die Wahrheit sagen sollen, wenn ich bereits auf der Feier und mit der Erfüllung meines Auftrags beschäftigt war.

Und wenn ich jetzt so darüber nachdenke, hat Phaena wahrscheinlich in der Tat versucht, mir das zu sagen, vielleicht sogar fast ein bisschen zu früh, bevor dann Vi in unsere Kutsche stieg und die ganze Sache an sich riss.

Ich bewege meine Lippen so wenig wie möglich, als ich fortfahre: »Die Kinder werden in einer blauen Truhe oder einer Korbwiege transportiert, vielleicht sind es auch zwei. Goldene Streifen, Hermelinbesatz, mit Raubvögeln verziert, vielleicht begleitet von einer rot-weiß gekleideten dunkelhaarigen Frau. Ich werde den Ladebereich im Auge behalten. Du musst so lange hier oben aufpassen, hörst du?«

»Ich bin gerade ein wenig beschäftigt«, zischt Vi, lächelt Melena an und tätschelt ihr den Arm. Offensichtlich wendet sie sich zum Gehen.

»Wenn ich dir je irgendetwas bedeutet habe, Viridiana … bitte.«

Ich weiß nicht, wie sie es aufnimmt. Ich habe keine anderen Möglichkeiten, keine andere Hoffnung.

Ich richte meine Schnürsenkel und gehe in die andere Richtung davon.

Melena macht eine schroffe Bemerkung, doch ich weiß nicht, ob sie an mich oder an Vi gerichtet ist. Ich drehe mich nicht um.

Ich weiß nicht, ob ich beobachtet werde, aber ich fahre fort, meine Runde durch die Feier zu drehen, plaudere wahllos mit Leuten, stelle mich neben andere und tue so, als würde ich Selbstgespräche führen, täusche dabei sogar eine Gefühlserregung vor, als würde ich in Wirklichkeit heimlich mit ihnen sprechen – was man eben so tun muss, um das Rauschen der falschen Signale zu verstärken und das Durcheinander an möglichen Hinweisen zu vergrößern, denen Spione nachgehen müssen, wenn sie einen beobachten.

Die Atmosphäre hier oben verändert sich, je mehr die Mitternachtsstunde naht, um dann, wie ich der ausgeklügeltsten Wasseruhr entnehme, die ich je gesehen habe, zu verstreichen. Mir fällt auf, dass jetzt kein Alkohol mehr ausgeschenkt wird. Zweifellos hat es da bei früheren Anlässen schon Probleme gegeben. Scheint mir eine gute Idee, den Leuten ein wenig Zeit zum Ausnüchtern zu geben, solange sie auf die aufreibendste Ankündigung ihres Jahres oder gar ihres Lebens warten.

Ich starre auf die Wasseruhr, ein wahres Monstrum aus Messing und Silber mit ihren wirbelnden Zahnrädern, ihren mit

Goldstaub getränkten Wassertropfen und den sich drehenden kleinen Figuren, die Gestalten aus Geschichte und Mythologie von Alitaera abbilden – da sind etwa zwei Speerträger in unterschiedlichen Wüstengewändern, die sich alle fünf Sekunden aufeinander zudrehen und ihre winzigen Speere gegeneinanderklirren lassen, bevor sie sich wieder voneinander lösen.

»Habt Ihr vor, mit dem gesamten Kommando zu sprechen und dadurch allen Mitgliedern den Tod auf den Hals zu hetzen, oder findet Ihr nicht, dass Ihr schon genug angerichtet habt?«, höre ich, wie eine Frau zu mir sagt.

Ich drehe mich nicht zu ihr um, obwohl ihr Gebaren mich dazu reizt.

Schwester Ayayah Meganah steht neben mir, als ich einen Becher mit einem rosa Saft befülle. Ich drehe mich ein wenig von ihr weg und bohre in der Nase, um sie wissen zu lassen, was ich denke. »Ich hatte gehofft, mit dir reden zu können«, sage ich. »Ich weiß nicht, was ihr vorhabt, aber Lord Repha'im weiß, dass ihr alle hier seid. Er spielt mit euch.«

»Wie kommt Ihr darauf, dass unsere Pläne irgendetwas mit ihm zu tun haben könnten? Welchen Grund habt Ihr zu glauben, dass er auch nur das Geringste über uns weiß?«

»Weil er es mir gesagt hat.«

Die große Frau entspannt sich nun doch tatsächlich. Sie glaubt mir nicht. »Unsere Angelegenheit mit Euch ist beendet, Kylar Stern. Verschwindet jetzt, damit wir nicht doch noch zu dem Schluss kommen, dass es die beste Verwendung unserer Zeit wäre, wenn wir uns Euch schnappen. Bei unserer letzten Abstimmung ist es eine knappe Sache gewesen.«

»Und was hat die Abstimmung erbracht? Jedenfalls nicht, zu verhindern, dass sie Logan von hier wegbringen – diese Sache ist erledigt, aber du bist immer noch angespannt, was mir verrät, dass das nicht euer einziges Ziel gewesen ist.«

Sie knirscht mit den Zähnen. »Jeder Moment, den Ihr mit mir im Gespräch seid, bringt mich in Gefahr. Macht mich nicht zu Eurem Feind, ich warne Euch.«

»Sind es die Kinder?«, will ich wissen und riskiere im gleichen Moment einen Blick, um ihre Reaktion zu sehen.

Sie blinzelt und scheint sofort zu merken, dass ihre Reaktion sie verraten hat. »Das Kind«, murmelt sie, und es ist zugleich ein Eingeständnis und eine Entscheidung. »Sie haben sie voneinander getrennt. Wir haben die Spur des einen sofort verloren. Dem solltet Ihr Euch besser an die Fersen heften, Kylar, in Anbetracht der Tatsache, dass …«

Sie bricht ab.

»In Anbetracht der Tatsache, dass was?«, hake ich nach.

»In Anbetracht der Tatsache, dass wir bereits dabei sind, uns das hier befindliche Kind zu sichern.«

»Zu *sichern,* nicht, es zu *retten.* Weil ihr den Kleinen als euer Eigentum betrachtet. Wertvolles Eigentum.« Mein Gesicht ist plötzlich brennend heiß, mein Magen zieht sich fast schmerzhaft zusammen.

»Retten«, versichert sie unverzüglich und ohne die Stimme zu heben, als habe sie sich einfach versprochen, doch ihr Lächeln ist angespannt.

Mir kommt ein Gedanke, und ich atme heftig ein. »Ihr habt gar nicht vor, ihn zurückzugeben.«

»Natürlich geben wir ihn zurück«, widerspricht sie. Aber irgendetwas stimmt nicht an der Art, wie sie es sagt. Sie lügt. Die Chantry gibt nie etwas umsonst. Sie versuchen, es in beschönigende, verhüllende Worte zu kleiden, aber sie wollen die Rückgabe des Kindes zu einer *Verhandlungssache* machen.

»Was habt ihr denn vor, dafür einzufordern? Irgendwelche Zugeständnisse? Es ist ihr Kind!« Ich habe Mühe, meine Stimme leise zu halten. »Habt ihr auch nur die geringste Ahnung, was er tun wird, wenn ihr ein Lösegeld verlangt?«

Sie errötet. »Ich habe Euch nichts mehr zu sagen.«

In ihren Augen lodert der plötzliche Hass eines Menschen, der seine Frustration über die eigenen Fehler an jemand anderem auslassen will.

Ich fahre herum und setze mich in Bewegung, während mir der Kopf von alldem schwirrt, was ich gerade erfahren habe: ein Kind, nicht zwei … in Anbetracht der Tatsache … ohne es zurückzugeben … Es dreht sich alles im Kreis. Es könnte alles auch eine Lüge sein oder falsch, aber ich glaube nicht, dass dem so ist.

Ich bin immer noch am Grübeln und frage mich, ob es nicht vielleicht schon zu spät ist, als ein Vorhang zurückgezogen wird und ein Herold herauskommt, um etwas zu verkünden, von unten vom Rampenlicht angestrahlt. Die anderen Lichter verdunkeln sich. Stille legt sich über den Raum.

Mir dreht sich der Magen um.

Jemand tippt mir auf die Schulter, und ich wende den Kopf und blicke auf. »Es wird dir gefallen«, sagt Lord Repha'im.

Ich habe sein Näherkommen gar nicht bemerkt.

Es gibt nur einen Anlass, bei dem man sich über das Lächeln seines Feindes freuen kann. Das ist dann, wenn man etwas weiß, was er nicht weiß.

Hier und jetzt ist dem nicht so.

Irgendwie weiß Lord Repha'im, was hier passieren wird. Das heißt auch, er weiß, ob er auf das Schiff kommt oder nicht. Oder meint, es zu wissen. Aber ich habe keine Ahnung, welche Möglichkeit für ihn die bessere wäre.

»Bist du schon einmal bei einer dieser Feiern gewesen?«, fragt mich Lord Repha'im im Flüsterton.

»Nein.« Ich ziehe in Erwägung, ihm hier an Ort und Stelle ein Messer in den Leib zu rammen. Wir wurden immer wieder nach Waffen durchsucht, aber es gibt nichts, was den Ka'kari aufhalten kann.

Es sind hier eine Menge kaiserlicher Wachen versammelt. Eine Riesenmenge. Selbst ich käme nicht lebend davon. Wenn ich ihn töte, werde ich dafür sterben. Wenn ich sterbe, würde das bedeuten, dass ich, um ihn aufzuhalten, das Leben eines Unschuldigen opfere, der mich liebt.

Vielleicht ist es das ja wert, aber ich bin nicht bereit, jemand anderen den Preis für meine Wut, mein Versagen, meine Unzulänglichkeit zahlen zu lassen.

Der Herold beendet, was auch immer er da vorgetragen hat – ich habe kein Wort davon verstanden –, und es wird dunkel im Kabinettssaal. Nicht ein bisschen dunkel, sondern ungeheuer dunkel, die Finsternis einer wolkenverhangenen, mondlosen Mitternacht. In einem Schacht unter der Erde.

Dank meiner Fähigkeiten behindert es meine Augen nicht, doch nach einer kurzen Weile macht sich allmählich ein Gefühl der Unruhe in der Menge breit: Diese Adligen sind zusammen mit ihren Freunden hier, aber auch mit ihren Feinden. Sie werden von den kaiserlichen Wachen beschützt, doch wenn diese Wachen nun auch nichts mehr sehen können, wie geschützt sind sie dann?

Letztendlich ist die Dunkelheit kein Argument. Die Macht der Dunkelheit hat etwas Unheimliches. Die Dunkelheit schreitet am Verstand vorbei und spricht eine Sprache, die der Verstand nicht kennt; sie spricht direkt zum Herzen.

Mir wird bewusst, dass es bereits zu spät ist, um etwas zu unternehmen, auch wenn mir in den Sinn kommt, dass ich, wenn ich nur aufgepasst und vorausgeplant hätte, die Dunkelheit wie kein anderer der hier Versammelten hätte nutzen können. Ich werfe einen raschen Blick auf Lord Repha'im.

Er starrt mich direkt an. Seine Augen sind nun nicht mehr blassblau, sondern leuchten in einem unmenschlichen Gifteichengrün, seine Pupillen sind waagrechte Schlitze. Dann drehen sich die Schlitze von der Horizontalen in die Vertikale: von ziegenartig zu katzenhaft, und er lächelt. Ich weiche unwillkürlich einen Schritt zurück, und er blickt mich an und schüttelt den Kopf, als hätte er einen Angriff in der Dunkelheit erwartet und sei nun enttäuscht zu sehen, dass ich mich fürchte.

Ich unterdrücke meine Angst, schäme mich verärgert dafür und schicke mich an, ihm in die Seele zu schauen …

~Nicht!~, blafft der Ka'kari – doch leise, selbst noch im Inneren meines Kopfes, als hätte er Angst, von ihm gehört zu werden.

Und so schaue ich ihn also nicht.

Meine Fäuste ballen sich, mein Kiefer verspannt sich, mein Zorn wächst. Mein Blick verengt sich auf sein spöttisches Gesicht, seine fremdartigen Augen. »Anspannung macht langsam, verspannt sein ist dumm«, höre ich Durzos Stimme in meinem Hinterkopf.

Aber Durzo ist weit, weit weg. Und ich bin gerade dabei, einen Fehler zu machen. Ich weiß es.

~Bei dem hier darfst du keine Fehler machen, Kylar. Nicht bei dem.~

Licht strahlt von der Bühne auf, und ich zucke zusammen.

Ohne einen bewussten Gedanken zu formen, schlage ich zu …

Und finde mein Handgelenk in Lord Repha'ims riesiger Pranke gefangen.

»Wir wollen diesen Moment doch nicht verderben«, flüstert er.

Und er lässt mich los.

Er ist sich dessen so sicher, was ich zu tun oder nicht zu tun im Begriff stehe, dass ich mir wie ein Kind vorkomme, dessen Wutanfälle stets vorhersehbar sind.

Und er hat nicht unrecht.

Auf der Bühne sinkt ein gefiederter Kokon wie an unsichtbaren Fäden von der Decke herab. Blitze zucken umher, pulsende Lichter gleiten über das begeisterte Publikum, und Paukenschläge lassen den Donner grollen. Blaue Linien strahlen auf und umrahmen die Federn, die Umrisse der Schwingen, zu einem Takt wie ein pulsierender Herzschlag. Der Kokon dreht sich und gibt den angelegten Kopf des Adlers frei. Ein Raunen steigt von der Menge empor, und es klingt überrascht.

Adler ist hier das alles beherrschende Motto. Was soll da die Überraschung sein?

Dann entfalten sich die Flügel mit einem Knall und einem grellen Blitz. Unter dem Beifall und dem erstaunten Aufkeuchen der versammelten Edelleute steigt die Kaiserin vom Adler herab, ihre Arme selbst wie Flügel ausgebreitet, die Hände zu irgendeinem religiösen Zeichen des Segens oder dergleichen erhoben. Bei jeder Bewegung schleudert sie mit Goldstaub getränkte Magie von sich, ein glitzerndes Schauspiel der Farben, die bis zum Boden herabrieseln oder über ihre glücklichen Untertanen selbst hinwegströmen.

Die Kaiserin erstrahlt in einem langen weiß-silbernen Abendkleid. Sie leuchtet regelrecht.

Aber bei mir verfliegt jedes Gefühl der Verzauberung, sobald sie zu sprechen beginnt, denn in erster Linie ist sie keine unterhaltende Gastgeberin, sondern ein Staatsoberhaupt, und das effektheischende Spektakel der nutzlos bunten Magie stirbt den Erstickungstod, als sie ihre Rede mit dem Dank an die Organisatoren der Festlichkeiten sowie an die Fürsten beginnt, die ihr über das

Jahr hinweg so treu gedient haben – das übliche langweilige Zeug, mit dem man in einer Bürokratie den Laden zum Laufen bringt.

Ihre Gedanken lassen sich klar und deutlich ablesen: *Alle anderen Namen sind langweilige Posten auf einer Liste, aber* mein *Name ist liebliche Musik, und alle meine Nachbarn und Rivalen haben gehört, dass mich die Kaiserin persönlich zur Kenntnis genommen hat.*

Repha'im flüstert mir zu: »Ich bin fest überzeugt, dass die Kaiserin gerne alle bis ganz ans Ende auf die Hauptankündigung warten lassen würde, aber sobald sie anfinge, die kleinen Unterfürsten am Ende der Reihe zu adressieren, wäre offensichtlich, was sie mit den weiter oben stehenden Fürsten vorhat, denen sie dienen. Deshalb müssen wir, anders als bei den meisten langweiligen Angelegenheiten dieser Art, heute nicht lange auf den wirklich vergnüglichen Teil warten.«

Ich sehe zu ihm auf und frage mich immer noch, was er im Schilde führt.

»Oh! Jetzt kommt mein kleiner Moment«, verkündet er mit einem übermütigen Lächeln. »Ab jetzt nicht mehr blinzeln. Sonst verpasst du mich noch!«

Er bahnt sich im Halbdunkel seinen Weg an der Wand entlang, seltsam unauffällig für einen so großen Menschen.

Mensch?

Vielleicht auch kein Mensch.

Diese Augen könnten Illusionen gewesen sein. So etwas ist mittels Magie nicht sonderlich schwer zu bewerkstelligen.

Aber beim Anblick dieser Augen hat sich mir der Magen umgedreht. Sie sind mir nicht wie Illusionen vorgekommen. Er hat angedeutet, selbst kein Mensch zu sein. Was, wenn das stimmt?

Ich sollte weglaufen. Alles Übrige ist vermutlich eine Falle. Wenn er sich so freut, passiert bestimmt gleich etwas Schlimmes, und was auch immer es ist, ich bin nicht darauf vorbereitet.

Doch als ich mich schließlich zum hinteren Teil des Kabinettssaals begeben und mich vergewissert habe, dass mich niemand am Gehen hindern würde, kann ich den Raum nicht verlassen. Ich sollte von hier verschwinden. Aber ich muss es wissen.

Es hat einige wenige und überraschend kurze Ansprachen von hohen Adligen gegeben, doch bislang hat Lord Repha'im noch nicht die Bühne betreten. Jedenfalls nicht, dass ich es gesehen hätte, nicht bei meinen flüchtigen Blicken, während ich mir verstohlen einen Weg durch die Menge gebahnt habe.

Habe ich ihn verpasst, als ich mich auf den Weg nach hier hinten gemacht habe? War sein Augenblick wirklich so kurz, wie er mich vorgewarnt hat?

Abermals ergreift die Kaiserin das Wort. »Wie ihr alle wisst«, erklärt sie, »ist es eine meiner großen Freuden, von Zeit zu Zeit den neuen König im Westen zu ernennen, dem wir die Hälfte unseres Reiches anvertrauen, zusammen mit ein paar anderen Dingen, die … uns ebenso lieb und teuer sind.«

Das Publikum lacht. Ich habe den Witz nicht verstanden.

~Es ging um Sex.~

Aha.

Warum nur wird um Sex in jeder Kultur auf ihre jeweils eigene Weise so ein Theater gemacht? Hier haben die Edelleute in ungefähr der Hälfte der Nebenräume Sex gehabt. Die Kaiserin nimmt sich oft genug *offiziell* zwei neue Liebhaber pro Jahr … aber eine laut ausgesprochene vage Anspielung darauf ist skandalös genug, um lustig zu sein?

Ich verstehe es nicht.

»Ohne unseren neuen König zu haben, der mir aus der Ferne dient, würde ich mir vor Verzweiflung die Haare raufen, das weiß ich. Aber wenn ich ihn in meiner Nähe habe, bin ich froh, dass da jemand anders ist, der mir die Haare zaust.« Sie zwinkert der Menge verschwörerisch zu, und alles beginnt zu toben.

Sie blickt zu Boden, legt sich die Hand auf die Stirn, um kurz ihr Gesicht zu bedecken, als sei ihr die Sache peinlich – wobei sie freilich sorgfältig darauf achtet, ihre Schminke nicht zu verschmieren, und eine abwiegelnde Geste macht, um die Menge wieder zu beruhigen. »Ich hätte das wirklich nicht sagen sollen. Meine Freunde, ihr müsst mir *versprechen*, es niemandem weiterzusagen.«

~Oh, sie ist gut.~

Ich verstehe, was der Ka'kari meint. Die Adligen kaufen ihr das alles ab. Das ist es, wofür sie ihre Macht haben. Um Teil dieser Exklusivität zu sein. Um mit zum engsten Kreis zu gehören, schmieden sie all ihre Ränke und fallen sich gegenseitig in den Rücken. Die Kaiserin persönlich, wie sie ihnen ihre Geheimnisse anvertraut und zotige Witze reißt?

Die Frau verzichtet inzwischen sogar auf den königlichen Plural und spricht stattdessen von sich im Singular. Ich weiß nicht, ob sie das aus reinem Instinkt oder aus absichtsvollem Ingenium so macht, doch sie weiß, wie sie einen Saal enger an sich zu binden vermag. Selbst nach all den Jahren auf dem Thron sieht sie ihr Volk nicht als etwas Selbstverständliches an. Sie lässt ihre Gäste teuer dafür bezahlen, um in diesen Saal eingeladen zu werden, aber sie weiß es für sie zu einem lohnenswerten Erlebnis zu machen.

Dies ist eine Frau, die weiß, wie man den Tiger namens Macht reitet.

»Wir …« Sie räuspert sich und fächelt sich Luft zu, als sei ihr vor lauter Erröten ganz heiß. Ich bin zu weit hinten, um sehen zu können, ob dem wirklich so ist. Sie strafft die Schultern und kehrt wieder zu ihrer vorherigen Förmlichkeit zurück. »Wir sind daher aufs Höchste erfreut, nun ohne weitere Umschweife den neuen König des Westens zu ernennen …«

Erneut wird es dramatisch dunkel im Raum.

Durch die Schatten hindurch richte ich den Blick an den Bühnenrand. Gehört Repha'im zum Gefolge des neuen Königs? Der Rest des ganzen politischen Krams kümmert mich nicht. Würde es mich stärker interessieren, wüsste ich bereits, wer Repha'ims Herr ist. Denn nach all seinen Andeutungen ist mir jetzt klar, *wie* er hat wissen können, was hier gleich passieren wird: Sein Oberherr wird König im Westen.

Das verheißt nichts Gutes. Überhaupt nicht. Ich kann nicht sagen, wie schlimm es ist, aber es ist schlimm – für mich, für Logan, für die Chantry.

Und dann sehe ich in der Dunkelheit der Bühne einen Edelmann, der sich der Kaiserin nähert. Ein einzelner Adliger, kein Gefolge, das ihn begleitet.

Nein. Nein, nein, nein! Meine Kehle schnürt sich zu. Das kann nicht sein …

Das Licht wird wieder hell.

Atemloses Nach-Luft-Schnappen erfüllt den Kabinettssaal.

»Lord Rabisu Repha'im«, verkündet die Kaiserin und nimmt seine Hand. »Euer neuer König im Westen.«

Ich kann nicht hören, ob es Rufe der Verblüffung gibt, höre nicht den Applaus, der sich anschließt, aber ich sehe, wie die verschwommene Menge im Raum zwischen Repha'im und mir reagiert, wie sie genau die Bewegungen macht, die eigentlich von diesem Geräusch begleitet sein sollten. Doch ich höre nichts als das Tosen meines Pulses, sehe nichts außer ihm, wie am Ende eines langen Tunnels.

In diesem Raum sind mindestens siebenhundert Menschen versammelt. Vielleicht tausend. Ich stehe ganz hinten, nicht mehr dort, wo ich mich befunden habe, als Repha'im von mir weggegangen ist. Es ist unmöglich, dass er mich in dieser Menge ausfindig machen kann, aber, Ehrenwort, ohne erst die Menge absuchen zu müssen, richtet er seinen Blick starr auf mich, als würde er die anderen gar nicht wahrnehmen.

»Mein Prinzgemahl, o Treuer, sieh dein Volk«, verkündet die Kaiserin. »Mein Volk, seht euren König.«

Alle im Raum Anwesenden fallen auf die Knie. Jeder Kopf verneigt sich.

Ich zögere. Nicht lange, aber doch lange genug, dass sich Augen auf mich richten, fragend, empört. Ein Ruck geht durch die kaiserlichen Wachen, aus ihrer ganzen Körperhaltung spricht die Frage, warum ich hier noch stehe: Ein Rivale? Ein Unruhestifter? Ein Verräter?

Auch ich knie mich zu Boden und neige den Kopf, so bitter es auch ist. Sobald es mir irgend möglich scheint, ohne nach Hochverrat auszusehen, blicke ich wieder auf.

Lord Repha'im – jetzt König Repha'im – sonnt sich in der allgemeinen Aufmerksamkeit und macht, was Könige eben so machen. Er erwidert den Jubel ausgewählter Günstlinge im Publikum, indem er ihnen kurz zunickt, würdigt die Huldigungen der hohen Herren und Damen mit freundlichen Worten, lenkt die Aufmerksamkeit wieder auf die Kaiserin zurück und stellt sich an die Spitze des nun ihr geltenden Applauses.

Als die meisten Augen kurz von ihm abgelenkt sind, blickt er in meine Richtung zurück und grinst. Ich bin mir nicht sicher, ob er wirklich mich anstarrt, er scheint hier so viele Freunde zu haben, aber ich spüre trotzdem, dass er mich wissen lassen will, dass er gesehen hat, wie ich das Knie vor ihm beuge. Sein Sieg über mich ist vollkommen, und nach dem kurzen, kaum merklichen Aufflackern jenes triumphierenden Grinsens schweift sein Blick auch schon weiter. Ich bin jetzt nichts mehr für ihn; er sonnt sich weiter in seinem Sieg.

Mir sackt das Herz in die Kniekehlen. Ich kann im Moment noch nicht sagen, was es bedeutet, doch ich weiß ohne den leisesten Schatten eines Zweifels, dass dies hier kein Rückschlag ist; es ist ein Fiasko. Es bedeutet Katastrophe, Tod und wahrscheinlich Krieg.

Ich stecke mittendrin. Hilflos und bis über beide Ohren.

Und ich sehe keinen Ausweg.

Kapitel 49

Mauern, die Magie nicht zu durchdringen vermag

Ich stehe stumm zwischen all den anderen, meine Gefühle in wildem Aufruhr, während sich eine erwartungsvoll-freudige Stille über den Saal legt. Ein Diener reicht König Repha'im ein Schwert. Nein, kein Schwert, einen Metallstab? Die Leute blicken vom König zum rückwärtigen Teil des Saals.

Zu mir? Einen Moment lang stockt mir das Herz. Dann sehe ich, dass die Leute nicht zu mir schauen, sondern auf einen Punkt über mir.

König Repha'im hat den Stab in eine Öffnung im Boden geschoben. Es ist auch kein Stab, sondern ein Hebel. Er gestikuliert, als würde er die Anwesenden fragen, ob er ihn betätigen soll.

Sie brüllen zustimmend.

Es ist sein großer Moment. Er saugt ihn in sich auf und legt dann den Hebel um.

Die Mauer hinter ihm teilt sich an einer unsichtbaren Fuge und öffnet sich für die Nacht da draußen, so weit, dass drei Ochsenkarren nebeneinander passieren würden.

Ich folge den Blicken aller anderen, und von einer verborgenen Galerie im Kabinettssaal über uns taucht eine riesige Gestalt auf – und saust in einem Brausen aus blauen und gelben Federn über mich und dann über die Menge hinweg.

Zusammen mit der Mehrzahl der Leute um mich herum zucke ich zusammen, und fast hätte ich nach meinem magischen Talent gegriffen, um mich für einen Angriff zu wappnen, aber es ist kein Adler, sondern ein Mensch, der an ein Gestell unter zwei breiten, starren Flügeln geschnallt ist. Direkt hinter ihm folgen zwei weitere, kleinere Flugapparate.

Eine junge Frau vor mir umklammert die Frau neben sich und kreischt vor Freude: »Pilotenflügel!«

Der große Adler gleitet quer durch den Saal und hinaus in die Nacht, dicht an König Repha'im vorbei. Während er in die Dunkelheit schwebt, lodern zwei Leuchtsignale an den Beinen des Piloten in Blau und Gelb auf: Repha'ims Farben.

Wenige Augenblicke später höre ich ferne Jubelrufe von unten, sogar über das Geräusch des auffrischenden Windes hinweg. Dann erheben sich auch die anderen Pilotenflügel in die Nacht hinaus, ziehen Bögen nach links und rechts und leuchten ebenfalls blau und gelb auf.

Mit Verspätung wird mir klar, dass sie auf diese Weise allen auf den unteren Ebenen, im Hafenbereich und in der Stadt verkünden, wer der neue König ist.

Plötzlich sind die Türen in meinem Rücken von wimmelnder Bewegung erfüllt: Diener kommen mit Getränken, Servierplatten und Tischen für das Fest herein, das noch den Rest der Nacht andauern wird, bis es für die Edelleute kurz vor Sonnenaufgang an der Zeit ist, sich über die obere Ladebrücke hinüber auf das Sturmschiff zu begeben.

Die Bediensteten an den größeren Docks unten am Wasser werden die verbliebenen Stunden der Nacht durcharbeiten müssen, um stets das Gepäck der richtigen Adligen zu verladen –

zweifellos blättern ihre Aufseher gerade jetzt in ihren Listen für die Eventualfallplanung, um den unwahrscheinlichen Eintrag zu finden, hinter dem Lord Repha'ims Namen steht.

Während die kaiserlichen Bediensteten in den Kabinettssaal strömen, drängen sich bereits Dutzende von Kurieren an den Ausgängen, um die Nachricht von der neuesten Entwicklung in die Welt hinauszutragen.

Die Gesichter um mich herum sind ein stürmisches Meer von Gefühlsregungen, von den gequälten Mienen derer, die ganz vom Gedanken an ihr Unglück erfüllt sind, über leichte Enttäuschung bis hin zu wilder Gier und glückseligem Hochgefühl.

Ich mache mich an den Rückzug, bewege mich in Richtung der nach draußen strebenden Kuriere, doch ich kann meinen Blick nicht von dem Mann abwenden, der die Bühne beherrscht, als wäre er mit einem Mal auch körperlich größer geworden. Er strahlt geballte Präsenz aus. Ich sehe, wie er mit den Fingern an sein Bein schnippt, um unauffällig jemanden herbeizurufen.

Die Kaiserin tritt an das zentrale Podium zurück und schreitet dann die Treppe hinunter und in die Menge hinein. Sie bleibt stehen, wartet auf König Repha'im.

Er flüstert einem drahtigen, gertenschlanken Mann in Schwarz etwas zu, der die blauen und gelben Farben von Repha'im trägt und eine gefiederte Mütze auf dem Kopf hat. Noch während Repha'im ihm Instruktionen erteilt, beginnt der Mann, mit Falkenaugen die Menge zu durchforschen.

Ich weiß auf der Stelle, wer er ist und wonach er sucht.

Das hier muss Ishael sein, derjenige, der mich vorhin unter den Vorhängen niederstechen wollte – und er hält nach mir Ausschau.

Nach mir. Ich möchte ihm unmittelbar den Rücken zuwenden, damit er mein Gesicht nicht sieht, aber stattdessen ziehe ich die

Schultern hoch und drehe mich nur langsam, ganz langsam. Schnelle Bewegungen ziehen Aufmerksamkeit auf sich.

Als ich einen flüchtigen Blick zurück wage, ist Ishael verschwunden, und Repha'im und die Kaiserin haben sich die Hände gereicht. Hand in Hand gehen sie die Treppe hinunter, hinein in ein Meer von Edelleuten, die darauf warten, ihnen zu gratulieren.

Er wird sofort anerkannt und bewundert, ein Mann von überlegenem Selbstbewusstsein, ein Außenseiter, der erfolgreich in den innersten Kreis des Reiches vorgedrungen ist.

Schneidender Hass brodelt in mir, so heftig, dass ich doch tatsächlich eine Stufe übersehe und mit einer jungen Kurierin zusammenstoße. Sie stößt mich verärgert weg und ignoriert meine gemurmelte Entschuldigung.

Logans Kind wird binnen Minuten, wenn nicht gar in ebendiesem Moment, auf das Sturmschiff verladen. Repha'ims Leute haben wie alle anderen erst auf die Leuchtsignale warten müssen. Es ist noch Zeit, aber ich muss runter zu den unteren Docks.

Ich kann nur hoffen, dass Vi hier oben aufpasst.

Manchmal ist der beste Weg der am wenigsten erwartete. Also werfe ich einen Blick zurück, über König Repha'im hinweg und hinaus zur Brücke der Edelleute, die sich durch die Lüfte hinüber zu den oberen Decks des Sturmschiffes erstreckt. Draußen wird in der Nacht ein Feuerwerk gezündet, und es erstrahlt in Blau und Gelb, durchmischt mit dem Lila und Rot der Kaiserin. Ich zähle nicht mehr als zehn kaiserliche Wachen, und dazu kommen noch einmal fünf Riesen von Männern in außergewöhnlichen Rüstungen, die zu ihrer berühmten Prätorianergarde gehören müssen.

Ich gehe davon aus, dass sich noch etwa ein halbes Dutzend kaiserliche Wachen außer Sichtweite auf dem Podium befinden dürften. Wenn ich an allen vorbeigelangen kann, könnte ich es vielleicht direkt auf das Sturmschiff hinüber schaffen – möglicherweise gibt es da auch eine Leiter, die ich bei meinem ersten Erkundigungsgang nicht gesehen habe.

Aber der Nachtwind fegt herein, zerzaust Kleider und Haar, und noch während ich hinschaue, betätigt jemand den Hebel, und die großen Türen, die zur Brücke hinausführen, beginnen sich rumpelnd zu schließen. Ich nehme an, dass sie sich erst kurz vor Morgengrauen wieder öffnen werden, wenn es für etwa die Hälfte der Edelleute hier an der Zeit ist, an Bord zu gehen.

Es ist zu weit weg. Wenn ich jetzt hinüberrenne, fliegt meine Tarnung auf. Wenn ich meine Tarnung auffliegen lasse, während ich auf die Kaiserin zustürme, werde ich von den kaiserlichen Wachen und ihren bulligen Prätorianern und vielleicht sogar von manchen der Edelleute in diesem Saal angegriffen. Das ist Selbstmord.

Ich habe zu lange gezögert. Die Schlinge meiner Möglichkeiten verengt sich, zieht sich zu, immer fester und fester, raubt mir den Atem.

Inmitten der Menge erhasche ich einen flüchtigen Blick auf den gertenschlanken Ishael mit der Federkappe. Auch er bemerkt mich, ein Falke, der seine Beute erspäht.

Ich drehe mich um, fädele mich durch die Menge, drücke mich schnell in jede sich öffnende Lücke, die ich ausmachen kann, und gehe dann langsamen Schrittes weiter, ganz so, wie Durzo mir beigebracht hat, mich durch eine große Menschenmenge zu bewegen und dabei unauffällig zu bleiben. Hier ist es für mich von größtem Vorteil, klein und schlank zu sein.

Sobald ich aus dem Saal heraus bin, schließe ich mich den Kurieren an, die zu jeder Treppe und zu allen Ausgängen strömen. Das eichenholzgetäfelte Musikzimmer, wo mir Melena die

Kleider gegeben hat, die ich gerade trage, ist nicht weit weg, also eile ich dorthin. Auch wenn ich mein mit vier Juwelen besetztes Armband so gut wie möglich verberge, dürfte ich wohl der Bestgekleidete unter den Boten sein, die nun alle die Beine in die Hand nehmen, um ihren Herren die Neuigkeit zu überbringen, doch sie haben alle gerade Wichtigeres zu tun, als die Fremdartigkeit anderer zu begaffen.

Ich finde Melenas Tasche hinter dem Wandschirm, wo sie sie abgestellt hatte, um mir beim Umziehen zu helfen, ziehe mich eilig aus und schlüpfe dann in die weniger auffällige Adelskleidung, in der ich hier eingetroffen bin, froh, mich von der engen weißen Hose verabschieden zu können. Zum Glück hat die Frau eine vollständige Schminkausstattung in der Tasche, sodass ich auch den dick aufgetragenen schwarzen Puder, mit dem sie meine Augenbrauen versehen hat, herunterschrubben kann. Mit meinem weißen Seidenhemd wische ich so viel wie möglich von der öligen Schmiere in meinem Haar weg, löse mein Haar aus seinen starren Locken und Igelspitzen, sodass ich wieder eine unauffälligere Frisur bekomme. Dann räume ich alles weg und eile weiter.

Als ich wieder auf den Gang hinaustrete, herrscht überall eine ausgelassene Feierstimmung, laut und lärmend. In jeder Ecke und oben auf den Galerien über mir spielen Musiker. Die Leute lachen allzu schrill, Männer brüllen, Frauen kreischen. Ein junger Mann weint hemmungslos, untröstlich. Trauben von Menschen, die von heftigen Gefühlen bewegt sind, verstopfen den Gang und erschweren das Vorwärtskommen, ganze Gruppen wirken todunglücklich; unter einer Oberfläche von Heiterkeit, erzwungener Fröhlichkeit und Lärm gärt verärgertes Grummeln.

Ich präsentiere den überfordert dreinblickenden kaiserlichen Wachen an einem Dienstboteneingang mein Armband, und sie stellen mich nicht zur Rede, als ich an ihnen vorbeigehe. Ich glaube noch, einen Schrei zu hören, als ich um eine Ecke verschwinde, aber niemand kommt mir nachgerannt.

Kaum habe ich eine nach Erbrochenem stinkende Kunstgalerie betreten, Dienerschaft bereits mit Lappen auf den Knien am Boden, bricht eine Schlägerei zwischen einem jungen und einem alten Edelmann aus. Die beiden sind einander wie aus dem Gesicht geschnitten: Vater und Sohn? Eine Pfeife schrillt, und ich sehe Kaiserliche mit Menschenfängern herbeieilen. Fast hätten sie sich gar nicht die Mühe zu machen brauchen. Vater und Sohn scheinen beide vorwiegend in der als »Schreien und Schubsen« bekannten Kampfkunst bewandert zu sein, mit nur rudimentären Kenntnissen in »Packen und Prügeln«. Ihr auch an ihren geröteten Gesichtern ablesbarer Enthusiasmus lässt sie aus dem Gleichgewicht geraten und direkt auf das meisterhaft gemalte Stillleben eines Hosenlatzes zutorkeln.

Ein kaiserlicher Magier mit dem mitgenommenen Gesichtsausdruck langen Leidens betätigt einen goldenen Knopf an der Wand, und vor jedem Gemälde im Raum schnappen Stahlplatten auf. Die beiden Männer knallen an eine dieser Platten, aber ich bin schon weg, bevor ich sehen könnte, was mit ihnen als Nächstes passiert.

In den Bereichen der Bediensteten haben alle ein gleichmäßig strammes Tempo angeschlagen. Ohne zu rennen, bewegen sie sich doch rasch, mit dem Auftreten von Menschen, die wissen, dass sie sich noch über die nächsten fünf Stunden hinweg schnell bewegen müssen und ihre Kräfte nicht erschöpfen dürfen.

Niemand achtet sonderlich auf einen Mann, der wie ein huschender Schatten dahingleitet, nie im Weg steht und sein Armband an jeder Tür aufblitzen lässt. Wann immer Fragen aufkommen, lassen die vier blauen Edelsteine an meinem Armband sie schnell wieder verstummen.

Ich erreiche die unteren Docks in wenigen Minuten und trete aus einem Seitenausgang in die warme Nachtluft hinaus. Mein Ausgang befindet sich leicht erhöht über dem Strom der Wagen, der streng in Ein- und Ausfahrtsspuren unterteilt ist. Plötzlich kippt ein Karren auf die Seite, vielleicht ist ein Rad gebrochen. Aber sofort kommen Schauermänner mit Hebeln und Winden und allen möglichen Ersatzteilen wie Bienen angeschwärmt.

Ich dagegen schenke dem Unfall keine Beachtung. Er ist mir gleichgültig. Mein Blick schweift umher, sucht die blauen und gelben Wagen, die ich hoffentlich nicht finden werde …

Ganz dort vorne.

~Das ist … nicht gut.~

Von hier aus kann ich nicht sehen, wie dicht sie davor stehen, verladen zu werden. Ich kann auch nicht genau sagen, wie viele Kaiserliche dort zugegen sind, ehe die Wagen auf das Schiff gelangen. Ich verspüre einen Schmerz tief im Rachen. Obwohl ich irgendwie schon weiß, was ich dort vorfinden werde, stürze ich mich in die Menge.

Es kostet mich allzu viel wertvolle Zeit, mich an die Spitze zu drängeln.

Während ich mir einen Weg nach vorn bahne, suche ich nach Auswegen, anderen Möglichkeiten, neuen Chancen oder neuen Bedrohungen.

Dinge, die bisher nicht wichtig waren, können jetzt lebenswichtig sein, also untersuche ich das Sturmschiff sorgfältig.

Trotz allem anderen, worauf ich nun achten muss, lege ich den Kopf weit in den Nacken, als ich den Blick über das Schiff wandern lasse. Ich vergesse sogar zu blinzeln. Es ist unmöglich, dieses Ungetüm zu betrachten, ohne sich dabei bewusst zu sein, ein wahres Weltwunder vor sich zu haben. Schon seine schiere Größe – Hunderte von Metern lang und so hoch, dass ich das

Gefühl habe, durch eine tiefe Schlucht zu gehen – zeugt von der Arbeit vieler Tausender, den Mitteln und Reichtümern einer längst untergegangenen Welt und unvorstellbaren magischen Künsten, und doch ist dieser Leviathan von einer Einheit und Geschlossenheit, die von der größenwahnsinnigen oder genialen Vision eines Einzelnen kündet.

Ich weiß nicht mehr, wie der Kaiser hieß, der einst den Bau dieses Schiffes in Auftrag gab, aber er war irgendein Schwachkopf, der Mut für das höchste Gut hielt. Also forderte er seine Edelleute heraus, und nur die Mutigsten wagten es, ihn zu begleiten, als er seinen Hof in einer zehn Tage langen aberwitzigen Schiffsreise von einer Hauptstadt zur nächsten verlegte, statt sich, wie zuvor stets seine Vorgänger, auf einen monatelangen Karawanenzug zu begeben.

Irgendwie hat er die Sache überlebt und wurde für seine Tapferkeit berühmt, statt für seine Dummheit verlacht zu werden.

Und so wurde eine idiotische Tradition geboren. Sein Nachfolger konnte nicht darauf hoffen, an der Macht zu bleiben, wenn er nicht so mutig war, dasselbe zu tun, und dann konnte auch seine Nachfolgerin nicht hoffen, an der Macht zu bleiben, wenn sie nicht so mutig war, es ihren beiden Vorgängern gleichzutun, und so weiter bis zum heutigen Tag.

Je nachdem, wem man Glauben schenken möchte, ist die Reise nach Borami nach all den Jahren inzwischen entweder sicherer denn je oder weitaus gefährlicher geworden. Einerseits verfügen Magi und Steuerleute nun über Generationen von Erfahrung, andererseits ist das Sturmschiff damals unter Verwendung von Techniken gebaut worden, die kein heute Lebender auch nur durchschauen, geschweige denn ebenfalls anwenden kann, und das gleiche Problem gilt offensichtlich für gewisse magische Funktionsweisen in bestimmten Schlüsselbereichen, sodass ein katastrophales Versagen entweder äußerst unwahrscheinlich oder umgekehrt längst überfällig ist. Aus Kreisen der kaiserlichen Magi heißt es offenbar, dass es von Jahr zu Jahr schwieriger werde, das Schiff zusammenzuhalten, während die Adligen kontern, dass die Magi das schon seit Generationen sagen und sich dadurch nur zusätzliche Mittel an Land ziehen wollen.

Doch gibt es bei alledem keinerlei Durcheinander an Ideen oder schmückendem Schnickschnack: Die ganze Schönheit des Schiffes besteht darin, dass es seine einzige Funktion tüchtig und effizient erfüllt.

Die *Sturmjäger* ist so spezialisiert, dass ihr eine brutale Schönheit innewohnt, die an die großen weißen Haie denken lässt, die wie schwerfällige Könige durch das umliegende Wasser ziehen. Der Schiffskörper ist unnatürlich glatt, bietet dem Wind kaum Widerstand und verfügt über keinerlei offene Decks. Das einzige Zugeständnis an die entsprechenden Wünsche der Mitreisenden ist das von einer kleinen Beobachtungskugel gekrönte verglaste Aussichtsdeck vorn am Bug, fraglos rundum magisch gehärtet. Wenn man direkt darauf blickt, schimmert das Schiff silbern, doch aus meinem gegenwärtigen Winkel bricht sich der Schein eines verzerrten Mondes in einem Unheil verkündenden Blutrot darin. Der oberhalb der Wasserlinie runde Rumpf schneidet sich tief ins Wasser hinein, um die nötige Stabilität zu gewährleisten, und wie die Rückenflosse eines Hais ragt ein zentraler Turm in die Lüfte, um unbeugsam den kommenden Stürmen zu trotzen.

Zu beiden Seiten des glatten Haifischrumpfs spreizen sich, nicht weit über dem Wasser, möwenartige Flügel. Die Flügelspitzen enden in schlanken Trimaran-Pontons, die wie Delfine den großen weißen Hai des Zentralrumpfs begleiten, jeweils mit ihren eigenen tiefen Kielen darunter und windschnittigen runden Rückenflossen darüber.

Hoch über mir spannt sich die vom Kabinettssaal herüberführende Brücke wie ein gewaltiges Spinnennetz bis zum rückenflossenartigen großen Zentralturm des Schiffes. Alle anderen werden über den Hafenbereich der Docks an Bord gehen, den ich gerade überquere.

Unterhalb der hohen Brücke fallen die Burg Sturmfest und der Berg, in den sie hineingebaut ist, steil zum Meer ab. Die Läden sämtlicher Fenster an der Südseite der Burg sind jetzt verschlossen und zweifellos mittels Magie dicht gemacht worden. Als Schutz vor dem kommenden Sturm – und vor Menschen wie mir.

Selbst wenn ich eines dieser Fenster aufbekommen könnte, ist die Distanz zwischen Burg und Schiff viel zu groß für einen Enterhakenwurf, und woran sollte sich ein Enterhaken da auch verfangen?

Leute in der Menge rempeln zurück, während ich mich zwischen ihnen hindurchdränge, und meine Kehle schnürt sich immer enger und enger zu.

Könnte ich eines der Fenster aufbrechen, hinausklettern und auf der Unterseite der Brücke für die Adligen hinüberklettern?

Dann jedoch sehe ich die nagelartigen Spitzen, die alle sieben, acht Meter in Bündeln unter der Brücke der Adligen herausragen. In ihrer übergroßen Angst vor Attentaten haben sich die Alitaeri von Blutjungen, Pirschern aus Ymmur und von Söldnern und Einbrechern jeder erdenklichen anderen Couleur, die sie auftreiben konnten, beraten lassen. Diese Nadelspitzen dürften nicht nur profaner Natur sein. Sie sind sicher alle auch mit magischen Fallen versehen, und weitere werden sich dazwischen befinden.

Mit dem Ka'kari könnte ich es vielleicht schaffen, wenn ich genug Zeit hätte.

Aber ich muss auf das Schiff gelangen, den Jungen finden und ihn an Land bringen – und das alles vor Sonnenaufgang.

Ach ja, und ganz davon zu schweigen, dass ich dann auch noch von hier wegkommen muss. Irgendwie vergesse ich diesen Aspekt in letzter Zeit andauernd. Ich muss ihnen entkommen. Mit einem Kleinkind im Schlepptau.

Mir entfährt ein lautes Schnauben. Was für eine haarsträubende Angelegenheit! Allein schon der Versuch bedeutet den Tod.

Ich muss mich nicht erst eigens fragen, was Durzo jetzt wohl tun würde. Das mache ich beständig, reflexartig. Wenngleich ich es, was mein Privatleben betrifft, ablehne, seinen Intuitionen, Herangehensweisen und Einsichten zu folgen, ist er in beruflichen Angelegenheiten mein Hohepriester und Hochkönig; er ist das Gesetz und alle Propheten sowie sämtliche Kommentare dazu; er ist ein sarkastischer Drache in einer Welt von schwadronierenden Geckos.

Durzos Hartnäckigkeit war eine geduldige. Er würde jetzt erst einmal einen Rückzieher machen, per Pferd nach Borami reiten, ein vertrauenswürdiges lokales Spionagenetzwerk kontaktieren und den Auftrag dann von dort aus … Nein, in Wirklichkeit würde er das eben nicht tun. Durzo unternahm gar keine derartigen aufwendigen Rettungsaktionen. Eine wichtige Person von seinem Format, die gegen Bezahlung Auftragsmorde durchführt, muss stets irgendwann verfügbar sein. Macht und Einfluss lassen sich nicht ewig aus der Ferne aufrechterhalten. So ein kleiner Säugling? Jeder kann ein Kind verstecken.

Wenn ich reite, komme ich über einen Monat später als König Repha'im in Borami an. In Borami steht ihm sicher ein ganzes Netzwerk an Handlangern zur Verfügung, die das Kind in jede gewünschte Richtung wegbringen können. Er kann dabei über die ganze Macht und alle Verbindungen des Reiches von Alitaera verfügen. Ich würde zu spät dort eintreffen, in einem fremden Land, in einer Großstadt, in der ich noch nie zuvor gewesen bin, wo ich keine Freunde oder auch nur Verbündete habe; und dort würde ich dann versuchen, ein Kind zu finden, das von einem Mann mit allen Verbindungen und Reichtümern der Welt versteckt gehalten wird – ein Kind, das, bis ich dort ankomme, vielleicht gar nicht mehr im Land ist.

Momma K hat gemeint, ich wäre nicht der Geeignete, um in Elenea nach einem Kind zu suchen, einer Stadt, in der wir über alle erdenklichen Vorteile verfügen. Wie viel schlechter wäre ich wohl darin, Borami nach ihm zu durchforsten?

Ich könnte jahrelang suchen und nie auch nur das leiseste Gerücht hören, das mich auf die erhoffte Spur bringen würde. Ich wüsste kaum, wo überhaupt anfangen. Kein Wunder, dass Durzo Aufträge diese Art nie angenommen hat.

Ich würde dir ja gern sagen können, dass ich auf der Stelle einen neuen Plan ausgeheckt habe.

Doch dem ist leider nicht so. Die Verzweiflung raubt mir den Atem. Ich lasse mich mit der Menge vorwärtstreiben, drängele mich nicht mehr durch die Reihen. Vor mir sehe ich, wie der letzte Wagen von Lord Repha'ims Tross auf die große, ansteigende Laderampe gewinkt wird.

Ich komme zu spät. Es sind Dutzende und Aberdutzende von Soldaten, kaiserlichen Wachen und Magi hier. Zudem, den Göttern sei's geklagt, stehen vorn an den Dockmauern überall Taucher, die in der Kälte des Nachtwindes zittern und mit der einen Hand ihre langen Umhänge über ihrer Beinahenacktheit geschlossen halten, während die andere einen langen Dolch hält und ihre Augen das Wasser absuchen. Alle erdenklichen Sicherheitsvorkehrungen sind getroffen worden, und selbst für den Fall, dass jemand auf die Idee kommen sollte, ins Wasser zu springen und zum Sturmschiff hinüberzuschwimmen, stehen Wachleute bereit.

Mit einem immer drückenderen Engegefühl in der Brust lasse ich den Blick in alle Richtungen schweifen, versuche, irgendeine dritte Möglichkeit auszumachen. Aber Minute um Minute vergeht, und mir wird nur immer klarer, wie sehr doch alles noch so viel schlimmer ist, als ich je gedacht hätte. Die Soldaten, Wachen und Magier bilden vor mir eine buchstäbliche Wand aus Menschen. Bei dieser Masse an Körpern hilft es mir nicht, unsichtbar zu werden – mehrere der Magier halten beständig nach Magie Ausschau, und ich bin hier sowieso in der Menge eingekeilt.

Sie sind das allerdings auch, kommt mir unwillkürlich in den Sinn. Vielleicht kann ich mir das zunutze machen?

Aber damit noch nicht genug. Einige der Magier sind in niedrigen Türmen postiert und beobachten die Menge von oben. Andere befinden sich unten auf dem Boden. Sie alle sind in Kampfmagie ausgebildet. Wenn ich versuche, mir mit Gewalt einen Weg auf das Schiff zu bahnen, werde ich es mit mindestens hundert der besten Kämpfer von Alitaera zu tun bekommen, ohne über irgendeinen Bewegungsspielraum zu verfügen. Und diese Kämpfer haben noch jede Menge Verstärkung in der Hinterhand. Nein, das ist kein Fall von *Da hätte ich nur eine hauchdünne Chance.* Das ist glatter Selbstmord.

Auf der Rampe, die in dem großen Schiff verschwindet, sehe ich, wie sich eine Frau in Rot und Weiß umwendet und zurückschaut: Phaena!

Sie hat es an Bord geschafft! Doch bevor ich auch nur daran denken kann, ihr zuzuwinken, dreht sie sich wieder um. Sie hat mich nicht gesehen.

Nicht, dass sie irgendetwas tun könnte, um mir zu helfen. Es ist schon erstaunlich, dass sie selbst es an Bord geschafft hat.

Wieder schnürt es mir die Kehle zu.

Ich bin nun fast am vorderen Ende der Schlange angelangt. Was soll ich machen? Hoffen, dass die Wachen ihre Listen nicht richtig prüfen und mich wundersamerweise an Bord winken?

Selbst wenn ich bisweilen Glück habe, so viel Glück ist es nie.

Ich will gerade kehrtmachen, als ich einen Lichtstrahl sehe, als gleite da etwas Leuchtendes an einer Schnur ganz oben von der Burg zu einem der erhöhten Wachtürme herunter. Ein Stück Pergament? Ein Offizier dort reißt es aus der Luft – eindeutig eine Nachricht.

Er ruft den Wachen unter ihm einen Befehl zu, aber ich kann nur Bruchstücke davon aufschnappen, und er ist in einer Art Fachjargon formuliert.

Doch die Wirkung ist unmittelbar, sofort macht sich eine erhöhte Anspannung breit. Alle Wachen und Magi befinden sich plötzlich in höchster Alarmbereitschaft. »... etwa so groß«, sagt der Offizier und zeigt etwas mit der Hand an. Und dann folgt etwas, was eine Beschreibung sein muss. »Zuletzt mit einem Armband mit vier Saphiren gesehen!«

Ich blicke auf das Armband mit vier Saphiren an meinem Handgelenk.

Ich stoße einen leisen Fluch aus. Ich bin hierhergekommen, um die Sicherheitsvorkehrungen des Todes persönlich auf die Probe zu stellen. Jetzt ist der Tod auf der Suche nach mir. Ich sehe zuerst in meiner Tasche nach, um sicherzustellen, dass ich das gelbe Juwelenarmband noch habe, das ich Rosinenknabe abgenommen habe, und beginne dann, an dem Saphirarmband zu nesteln. Anfangs lässt es sich nicht öffnen, also reiße ich kräftig daran. Etwas knackt so laut, dass sich einige Leute in der Menge auf das Geräusch hin umschauen. Ich verberge mein Handgelenk und schaue nicht nach unten.

Als ich gefahrlos einen Blick darauf werfen kann, sehe ich, dass sich der Verschluss des Armbands geöffnet hat, und die vier blauen Edelsteine sind voller Sprünge und leuchten nicht mehr. Tja, das war's dann wohl. Es ist bei Weitem nicht das Schlimmste, was beim Aufbrechen einer magischen Sicherheitsvorkehrung hätte passieren können.

Wie leichtsinnig von dir, Kylar! Ich lege mein Armband mit den drei gelben Steinen an.

Wie in langen Jahren geübt, verschmelze ich wieder mit der wogenden Menge. Es ist kein leichtes Unterfangen. Jedes Hindernis im Strom einer dicht gedrängten Menschenmenge verursacht Wirbel und Wellen. Ich beginne auszuweichen, gleite von einer Seite zur anderen, lasse jeden, den ich passiere, nur einen Sekundenbruchteil in seinem Vorwärtskommen ins Stocken geraten, halte mich geduckt. Suche die kleinen Zwischenräume.

Eine Familie tritt mir in den Weg – acht Leute alles in allem –, versperrt mir das Vorwärtskommen: Eltern, die krampfhaft die Hände ihrer Kinder umklammert halten, aus Angst, voneinander getrennt zu werden, dabei selbst rechts und links von Wagen eingekeilt. Hier ist bei bestem Willen kein Durchkommen, also schaue ich nach oben, als wäre ich von den über mir kreisenden Pilotenflügeln fasziniert.

Schließlich ist nicht jedes Hindernis in einer dicht gedrängten Menge, um das sich der Strom staut, ein Mensch auf der Flucht. Es gibt hier jede Menge Gaffer, und das Letzte, was ein Meuchelmörder tun würde, wäre, stehen zu bleiben, um wie gebannt die spektakuläre Vorführung anzustarren.

Der Wind hat weiter aufgefrischt, ist jetzt eine kräftige Brise, und das halbe Dutzend Pilotenflügel schießt und wirbelt in verschiedenen Höhen durch die Luft. Um nicht vom Wind mitgerissen zu werden, sind sie wie die Drachen von Kindern über lange Schnüre an der Burg festgebunden.

Alle an einem zentral gelegenen Balkon.

Mit einem Murren lässt der Vater die Hand seiner Tochter los, packt sie aber sofort wieder, sobald sie an mir vorbeigegangen sind.

Durzo hat mir einmal eingeschärft: »Du darfst nicht improvisieren. Improvisiere niemals. Außer du musst es. Dann improvisiere wie Pytharius, als er mit der Frau seines Herrn im Bett erwischt wurde. Wenn du nur schnell genug bist, kannst du auch mit etwas komplett Blödsinnigem durchkommen, solange es deine Gegner derart verblüfft, dass sie zu handeln vergessen.«

Ich bin einer der geschicktesten Menschen, die ich kenne, kaum einer hat seinen Bewegungsablauf so gut im Griff wie ich. Durzo hätte mich nicht als seinen Lehrling angenommen, wenn dem anders wäre. Ich habe eine hervorragende grob- und feinmotorische Kontrolle. Aber ich bin kein Idiot.

~Ähem.~

Nun, *für gewöhnlich* bin ich kein Idiot. Ich weiß, dass ich mir nicht einfach einen dieser Segler schnappen und ihn gleich beim ersten Versuch sicher fliegen kann. Das ist, als würde ich sagen: *Hey, ich habe mein Leben lang von meiner Stimme Gebrauch gemacht. Ich schreie viel. Ergo: Ich könnte Solosänger im Königlichen Repertoirechor von Waeddryn werden.*

Aber vielleicht könnte ich ja …

~Ähm, Kylar. Kylar! Ich habe nicht das gemeint. Du musst dich in Bewegung setzen. Jetzt sofort.~

Ich setze mich in Bewegung. Was zum Teufel ist denn …?

In der Nähe schrillt eine Pfeife.

Alle Augen richten sich auf eine etwa zehn Meter entfernte kaiserliche Wachfrau, als sie nun zwei weitere Alarmpfiffe von sich gibt, und dann richten sich all diese neugierigen Augen auf den Punkt, wohin sie zeigt – auf mich.

Der alitaerische Sicherheitsapparat ist eine Mauer aus menschlichen Absichten, sich überschneidenden Zuständigkeiten und Zielgerichtetheit, die durch ständige Übung fugenlos fest und durch Disziplin stark und undurchdringlich gemacht wird.

Und jetzt stürzt diese ganze Mauer auf einmal auf mich ein.

Kapitel 50

Mann auf der Flucht

Soll ich dir mal was Verrücktes erzählen?

Ich steh auf so was.

Als sich die erste Hand nach mir ausstreckt, um mich aufzuhalten und meiner Flucht ein Ende zu setzen, zieht sich meine Welt zusammen, bis nur noch ein Herzschlag bleibt: Ausdehnen – Beobachtung. Zusammenziehen – Handeln.

Tausendfach geübte und miteinander verkettete Bewegungen werden zu einzelnen Willenseinheiten, schneller als ein Atemholen. Die Hand eines Mannes in Zivil schnappt nach meinem Waffenrock, und mein einziger Gedanke ist: »Loslassen!«, aber mein Körper übersetzt das in die Tat: Meine rechte Hand geht nach oben, packt seine und hält sie an meiner Brust fest, während ich einen Schritt nach vorn mache, mich an ihm vorbeidrücke, ihn vorwärtsreiße, sodass er das Gleichgewicht verliert, ihm das Handgelenk verdrehe, meine linke Handfläche mit Wucht gegen seinen ausgestreckten Arm schlage und ihm den Ellbogen auskugele.

Ich habe ihn schon hinter mir, ehe er überhaupt nur nach Luft schnappen kann, bin drei Schritte weit weg, bis er erschrocken vor Schmerz aufschreit – aber obwohl meine Sinne nun erneut beobachtend hinausgehen, erreicht sein Schrei mein Ohr nur gedämpft; es ist nicht der Kampfschrei eines kommenden Angriffs, also ist es nicht von Belang.

Die Gesichter der Menschen ringsum, von den Wachen abgesehen, sind verschwommen, unbedeutend, unterschiedslos gleich. Ob aus diesen Gesichtern Angst, Verwirrung oder Zorn spricht, ihre Leiber zeigen keine Angriffsbereitschaft, ihr Körperschwerpunkt ist von mir weggerichtet.

Ich ducke mich, mache einen Satz zur Seite, verwische meine Spur. Ein hochgewachsener Kaiserlicher mit einem Menschenfänger in der Hand, der gerade herangeeilt kommt, um mich hinter einem schwer beladenen Karren abzufangen, scheint mich für einen Moment aus dem Blick verloren zu haben.

Eine mir verhasste Aufgabe, die mir Durzo während der Ausbildung gerne auferlegt hat, bestand darin, auf überfüllten Marktplätzen ungeschickt von Händlern zu stehlen. Die meisten Diebe versuchen, so gut zu stehlen, wie sie können. Durzo hat mir erklärt, er wolle, dass ich lerne, wo genau die Grenze zum Versagen liegt. Wie *schlecht* kann man beim Stehlen sein und trotzdem mit seiner Beute davonkommen?

Diese Erklärung war eine Lüge. Es ist kaum auch nur ein Nebenzweck der Aufgabe gewesen, obschon er mich das über Jahre hinweg nicht hat wissen lassen. Er hat mich vielmehr darin geübt, wie man durch gedrängte Menschenmengen flieht, wo die Räume beengt sind, wo sich normale Bürger ins Geschehen einmischen oder vielleicht auch von alledem gar nichts mitbekommen, sich unerwartet oder überhaupt nicht bewegen. Eins habe ich dabei gelernt: Behalte deine Tricks und Kniffe für dich.

Wenn ich meine Verfolger wissen lasse, dass ich über magische Gaben verfüge, ändert sich mit einem Schlag die gesamte Situation. Über Menschenfänger und ähnliche Waffen brauche ich mir dann wahrlich keine Sorgen mehr zu machen. Sobald ich erst einmal nach magisch begabt aussehe, versucht keiner mehr, mich lebend zu fangen. Ein Magieanwender *ist* eine Waffe. Um ihn gefahrlos aufzuhalten, muss er getötet werden.

Das heißt jedoch nicht, dass ich keinerlei Gebrauch von meinem magischen Talent machen kann.

Ich ducke mich vor dem schweren Karren zu Boden, finde ein Stück freiliegende Achse und lasse mich fallen, schwinge mich daran unter den Karren und katapultiere mich mithilfe meines magischen Talents über die gesamte Wagenlänge nach vorn.

Meine Beine fegen dem Kaiserlichen die Füße unter den seinen weg. Er klatscht flach aufs Gesicht. Ich stehe schon wieder, und noch während er mit einem grunzenden Stöhnen die Luft ausstößt, schlage ich ihm mit beiden Händen fest auf seinen gepanzerten Rücken, sodass seiner Lunge auch noch der restliche Atem entweicht.

Aber er hat sich in Begleitung seiner kleineren Partnerin befunden, die ich nicht gesehen habe, und ihr habe ich nun den Rücken zugekehrt. Aufgeschreckt tritt sie in Aktion und stürzt sich mit ihrem Kurzspeer auf mich.

Ich ducke mich weg, springe auf, klemme ihren Speer unter meiner Achselhöhle ein, wo er Stoff durchdringt, vielleicht auch meine Haut. Aber ich wirbele bereits herum, unerbittlich, immer herum und herum, in einer solchen Situation bleibt keine Zeit für etwas anderes als die maximale Aggression. Der Speer zerbricht, und meine linke Hand peitscht nach vorn, unaufhaltsam, erst im letzten Moment öffnet sie sich von einer tödlichen Faust zu einer offenen Hand, die ihr quer über den Kiefer schlägt.

Sie fliegt wie ein schlaffer Sack mitten in die Menge hinein.

Das allgemeine Aufkeuchen und Zurückweichen um mich herum ist, als würde ein riesiger Zeigefinger dorthin deuten, wo ich mich gerade befinde. Ich wollte ohnehin in die Richtung gehen, wo die Wachfrau zu Boden gestürzt ist, also schiebe ich mich schnell in die Bresche, die ihr regloser Körper in die Menge geschlagen hat. Als ich merke, dass ich immer noch den abgebrochenen Schaft ihres Speers in der Hand halte, beuge ich mich über sie und greife nach dem Helm, der ihr vom Kopf gerollt ist.

Ausweichen, rempeln, ausweichen. Ich ducke mich und ziehe mir den Helm über den Kopf. Er reißt mir fast die Ohren ab, so klein ist er. Jetzt, da ich eine Hand frei habe, greife ich mir an die Achselhöhle, während ich zugleich anfange, das Bellen der Kaiserlichen zu imitieren: »Platz da, Platz da! Angelegenheit Ihrer Majestät. Wohin ist er verschwunden?« Ich recke mich und halte das unversehrte Ende des Speers in die Höhe.

Für diejenigen, die über die Köpfe und Schultern der Leute ringsum nur meinen Kopf sehen können, leistet die Illusion ihren Dienst. Sie weichen zurück, bilden für mich eine Gasse.

Ich dränge mich hindurch und komme genauso schnell vorwärts wie meine Verfolger. Die meisten der Zivilisten um mich herum, die mich mit einem kaiserlichen Helm, aber ohne die übrige Uniform vor sich auftauchen sehen, nehmen an, dass ich eine Art Offizier ohne Uniform bin, oder vielleicht denken sie sich auch gar nichts dabei, stehen einfach da und blinzeln wie wiederkäuende Kühe. Für mich reicht es aus, sie für einen Moment erstarren zu lassen, während sie versuchen, sich einen Reim auf meinen Anblick zu machen.

Solange ich in Bewegung bleibe, verschafft mir das Zeit, also dränge ich weiter.

Durch die Menge hindurch erspähe ich einen anderen Soldaten, seine Stirn gerunzelt. Ich rufe ihm etwas zu, zeige nach links, als würde ich ihn auffordern, dort drüben zu suchen, und ducke mich dabei absichtlich ein wenig, damit meine Gesten nicht deutlich zu erkennen sind. Ich weiß nicht, welche Handzeichen die Kaiserlichen verwenden – hätte wohl besser aufpassen sollen, denke ich und verfluche mich.

Einen Moment später sehe ich ihn wieder, er ist ein paar Schritte in die Richtung gegangen, in die ich gezeigt habe, überlegt es sich jetzt aber anders und drängt sich zurück, zwischen missmutigen Menschen hindurch, die es leid sind, ein zweites Mal herumgestoßen zu werden.

Ich bücke mich, als wolle ich meine Schnürsenkel binden, und ziehe mir den Helm vom Kopf, wobei ich mir erneut fast die Ohren abreiße.

Dann fädele ich mich durch die Menge wie eine Ratte, die im Zickzack durchs Gras eilt, während über mir die Falken kreisen.

Vier grelle Pfiffe einer Pfeife ertönen. Ich mache einen Satz, um flach auf dem Boden zu liegen, und um ein Haar wäre ein Hüne von Bauer auf mich getreten, rolle mich dann zur Seite.

Kein Angreifer hat sich auf mich gestürzt, aber wenn du ein Signal hörst, das du nicht einschätzen kannst, drehst du dich nicht um, um nachzusehen, worum es sich handelt, du wartest nicht, um festzustellen, was passiert, du rätst, was es wohl bedeutet, und *verschwindest.* Ich rolle mich unter einen der Wagen und lasse mich eine Zeit lang in die falsche Richtung ziehen. Doch sehe ich nichts als Beine. Es dauert nicht lange, da rollen wir an einem Soldaten vorbei. Vielleicht ist es derselbe wie vorhin, und ich springe hinter ihm wieder auf.

Er steht hoch aufgerichtet da und winkt mit einer Hand, drei Finger ausgestreckt. Er nimmt die Hand wieder herunter. »Ich komme«, murrt er. Dann fängt er an, sich über seinen Vorgesetzten zu beschweren.

Er bemerkt mich nicht, also folge ich ihm in flottem Schritt direkt hintendrein, während er seine Befehle brüllt und uns den Weg frei macht.

Wenn man einer erdrückenden Übermacht gegenübersteht, wird man nur allzu leicht kampfesblind. Wenn es den Tod bedeuten kann, seine Aufmerksamkeit auch nur für eine Sekunde von der unmittelbaren Umgebung abzuwenden, ist es leicht, alles andere zu vergessen. Aber das darf man nicht tun. Wer sich nicht zwischendurch einen Augenblick Zeit nimmt, um sich einen größeren Überblick zu verschaffen, sowohl zurückschaut wie weit voraus, kann schnurstracks in eine Sackgasse rennen.

Ich habe es weiter geschafft, als ich gedacht hätte. Ich bin schon fast von der großen Brücke herunter – doch vor mir und meinem mir gewissermaßen als Speerspitze dienenden Soldaten, der mir den Weg frei macht, sind die Kaiserlichen zu einer neuen Taktik übergegangen. Sie haben die gesamte Brücke abgesperrt, sich zu einer dicht stehenden Reihe formiert und eine Mauer aus ihren eigenen Leibern errichtet.

Hinter ihnen warten Hunderte und Aberhunderte von Menschen darauf, ihr Gepäck zu verladen, und jetzt, da sich die Mauer der Kaiserlichen verfestigt hat, öffnet sich auf ihrer anderen Seite ein freier Raum. Die Menschen vor ihnen, die unterwegs sind, um das Sturmschiff zu beladen, setzen ihren Weg zur Rampe fort, und die Mauer aus Soldaten bleibt stehen, sodass sich ein von Sekunde zu Sekunde größer werdender leerer Zwischenraum vor mir auftut, wie das Maul einer Falle, das immer weiter klafft.

Die Mauer aus Kaiserlichen und Magi ist so breit wie die Brücke und drei Reihen von Soldaten tief. Die erste Reihe steht dicht gedrängt Schulter an Schulter, die Speere gesenkt – wenngleich sich hier und da auch Speere heben, wo sich Soldaten wie der, dem ich folge, eilig zwischen den Soldaten einreihen. Die beiden Reihen dahinter, wo die Magier und Bogenschützen Stellung bezogen haben, stehen nicht so eng. Seitlich und ein wenig hinter ihren Reihen befinden sich die niedrigen Wachtürme, die in regelmäßigen Abständen rechts und links der Brücke errichtet sind und auf denen es von Bogenschützen und Magiern nur so wimmelt.

Hinter alledem sind dicht gedrängte Massen von Zivilisten, eine Schlange, die sich fast vierzig Meter weit bis zu den großen Eingangstoren des Palastes erstreckt, die mittlerweile ebenfalls von Soldaten verstopft und abgeriegelt sind.

Als wir uns dem menschenleeren Bereich nähern, denke ich: *Wie groß, meinst du, ist meine Chance auf Erfolg?*

~Drei zu eins.~

Ja, wirklich? Hätte nicht erwartet, dass du so sehr an mich glaubst. Wärmt mir irgendwie das Herz.

~Nicht *für* dich. Ich meinte *gegen* dich.~

Kurz bevor wir aus der Menge treten, gleitet mir der Ka'kari über die Haut und macht mich für normale Augen unsichtbar. Deshalb hält man sich besser damit zurück, sein magisches Talent zu zeigen.

Es ist momentan meine einzige Chance.

Ich behalte den gemächlichen Trab bei, den mein Soldat angeschlagen hat, und wünschte, er wäre ein Stück größer. Ich weiß, dass ich für jene Magier sichtbar bin, die nach Magie Ausschau halten, aber solange sein Körper im Weg ist, könnten sie mich vielleicht dennoch übersehen. Wenn es den Anschein hat, meine Aura würde um ihn herum glühen, könnten sie einfach glauben, *er* habe eine magische Begabung.

Wir haben den leeren Zwischenraum schon halb überquert.

Sind schon ein Stück weiter.

Jemand in der Reihe ruft meinen Soldaten an und fragt nach der Parole.

Mein Soldat antwortet.

Die Speere gehen hilfsbereit in die Höhe, damit er seinen Platz in der Reihe einnehmen kann, und ich sehe, wie sich da eine Lücke für mich auftut.

Wenn ich einen Augenblick vor ihm hineinschlüpfe, mich auf engstem Raum dazwischenschlängele, könnte jeder Rempler, den die zweite und dritte Reihe von mir abbekommt, einfach als das übliche unbemerkte Geschubse abgetan werden, wie es in einer Gruppe unruhiger und störrischer Soldaten gang und gäbe ist.

Sobald sich die Lücke ganz geöffnet hat, springe ich nach vorn – doch von der Seite erhebt sich ein Schrei.

Ich richte gerade noch rechtzeitig einen magischen Schutzschild um mich auf, um die Wucht einer magischen Attacke abzufangen, die mich dennoch fast umreißt. Ich gerate ins Schlittern, ducke mich zusammen, rolle mich ab und springe wieder auf, doch um meine Unsichtbarkeit ist es geschehen.

Ich kauere vor einer Kampfreihe aus Hunderten von bestausgebildeten kaiserlichen Wachen, die alle nach mir suchen – und jetzt, da ich sichtbar bin, haben sie mich alle gefunden.

Die Angriffe erfolgen augenblicklich.

Ich schleudere ihnen ein Trugbild meiner rennenden Gestalt entgegen, rase mit beängstigender Geschwindigkeit geradeaus, lasse mich auf die Planken der Brücke fallen und werde gleichzeitig unsichtbar, um für jeden, der sich nicht täuschen lässt, das kleinstmögliche Ziel darzustellen. Mein illusionäres Abbild lasse ich eine ungerichtete Salve magischer Gewalt abfeuern. Mit der Folge, dass das Illusionsbild zwar von der nächsten Attacke der Kaiserlichen durchbohrt und zerfetzt wird, die Salve aber in die Mauer der Kaiserlichen hineinkracht.

Auf der Stelle stürzen sie sich auf das, was sie für mich halten, umringen es und versuchen, ihre Kameraden zu retten, die zu Boden gerissen worden sind.

Ich renne schon wieder, unsichtbar, sause in paralleler Linie an der Reihe der kaiserlichen Wachen vorbei.

Mehrere Magi blicken direkt durch mich hindurch, weil sie unabsichtlich wieder zur Normalsicht zurückgekehrt sind. Eine Magierin jedoch, die sich unvermittelt in der vordersten Reihe wiederfindet, da sich die Reihe vor ihr aufgelöst hat, tut das nicht. Sie schreit laut auf …

Doch ausnahmslos alle schreien laut, schreien sich verwirrt gegenseitig an.

Die Magierin hat bereits einen Feuerball in der Hand, holt aus und springt vor, um ihn mit voller Wucht zu schleudern – doch dann hält sie inne und nimmt, ganz wie ein guter Bogenschütze, zur Kenntnis, was da alles hinter mir ist. Wenn sie mich verfehlt, wird sie unweigerlich einen beträchtlichen Teil der panischen Menge niederstrecken, also bricht sie die Sache ab.

Erst als ich es an ihr vorbeigeschafft habe und mich mit unglaublicher Geschwindigkeit zur Seite bewege, springe ich schließlich in die Höhe, um über die Reihen der Kaiserlichen hinwegzusetzen. Meine Aktion schneidet ihr die Feuerlinie ab, aber sie wirft das Feuer trotzdem in den Nachthimmel empor.

Sie kann keinen zweiten Feuerball schleudern, weil ich jetzt zwischen ihr und dem Wachturm vorbeirenne, wo so viele ihrer Mitmagi positioniert sind.

Einer von ihnen, den ich nicht gesehen habe, ist weniger diszipliniert. Er feuert ein blaues Geschoss auf mich ab.

Ich drehe mich katzenartig in der Luft, und das Ding streift nur meinen Fuß – dennoch reicht es aus, um mich mitten in der Luft ins Trudeln zu bringen.

Die Felsen rechts und links vom Brückenende kommen mir entgegen, und auch wenn ich das richtige Fallen tausendmal geübt habe, gibt es keine Möglichkeit, einen Vier-Meter-Sturz angemessen abzufangen, wenn man auf der Seite landet.

Nach dem Aufprall bin ich einen kurzen Moment lang weg …

Allerdings kann es wirklich nur ein kurzer Moment gewesen sein, denn ich bin noch am Leben. Überall noch mehr Geschrei.

Ich erhebe mich taumelnd, stolpere, aber kippe nicht um. Ziehe wieder die Unsichtbarkeit um mich.

Vor Schmerz keuchend versuche ich, wieder in Bewegung zu kommen, mich mit aller Gewalt in das alte Kampftempo zurückzuzwingen. Die Glieder schmerzen, doch sie bewegen sich. Das ist alles, was im Moment zählt. Der rechte Knöchel ist geschwächt, damit kann ich nicht viel anfangen.

Die Reihen der menschlichen Mauer sind durch den danebengegangenen Angriff des jungen Magiers durchbrochen worden. Alle brüllen wütend und verwirrt durcheinander; ein Offizier im Wachturm hat den Missetäter von Blaumagier am Kittel gepackt und schreit ihm ins Gesicht, dass der Speichel fliegt, noch während der junge Magier versucht, in meine Richtung zu zeigen.

Ich blicke auf, überzeugt, dass die kaiserlichen Wachen, die die Tür ins Innere der Burg versperren, ihre Reihen aufgelöst haben und herausströmen, um ihren Freunden und Kameraden in dem ganzen Desaster zu Hilfe zu eilen.

Was sie nicht getan haben.

Ich muss einen zweiten Blick in ihre Richtung werfen. Das haben sie *nicht*?

So unerbittlich ist also ihre Disziplin. Während ihre Kameraden dahingerafft wurden, haben die Soldaten hier offenbar lediglich sichergestellt, dass sich sämtliche Zivilisten, die zwischen ihnen und der Soldatenmauer gefangen sind, flach auf den Bauch gelegt haben.

»Alle Magier nach vorn! Jetzt, jetzt, jetzt!«, brüllt einer der Offiziere in der hinteren Reihe. »Bogenschützen, macht euch bereit!«

Auf keinen Fall komme ich da durch. Ich stelle den Ka'kari so ein, dass er eher Magie als Licht absorbiert. Hier in der schummrigen Dunkelheit bin ich lieber ein kleiner schlanker Mann, der sich allein vor einem hellen, flammenden, chaotischen Hintergrund bewegt, als für einige unsichtbar zu sein, während ich für alle Magier ein loderndes Leuchtfeuer bin.

Die Tür liegt links von der Mauerecke vor mir, doch nach rechts starre ich auf die aufragende, unnatürlich glatte Steinwand des Palastes, und mit glatt meine ich nicht, dass sie glatt ist, weil sie aus Stein ist, sondern dass der Stein dieser Mauer so glatt ist wie Glas.

Er kann nur mittels Magie so glatt poliert worden sein. Was nicht gerade ein Trost ist.

Wenn Magie das hier mit der Wand angestellt hat, welche andere Magie mag hier noch am Werk sein?

Jemand schreit und deutet auf mich, und plötzlich ist das alles ohne Belang.

Ich könnte davonlaufen. Ich könnte einen Satz ins Wasser machen, aufgeben, mir eingestehen, dass dies hier selbst für mich unmöglich gewesen ist.

Aber der Nachtengel gibt nicht auf. Der Nachtengel verliert nicht.

Ich ziehe den Ka'kari an meine Finger, um kleine Krallen zu formen. Noch zehn Schritte, und ich bin an der Wand.

Wie stehen meine Erfolgschancen jetzt?

~Sind kleiner geworden.~

»Bogenschützen!«, bellt der Offizier. »Feuer!«

Kapitel 51

Die Kletterpartie

Wenn acht oder zehn geübte Bogenschützen aus einer Entfernung von zwanzig bis dreißig Schritt Pfeile auf dich abfeuern, ist es allein eine Sache von Irreführung und Glück, wie viele Pfeile dich treffen. Es gibt Momente – sie überkommen mich unaufgefordert und für gewöhnlich nicht dann, wenn ich es mir am meisten wünsche –, in denen ich die Absichten von zehn Gegnern und die Flugbahnen von zehn tödlichen Waffen verfolgen kann; Momente, in denen sich die Magie, die in meiner Haut zu wohnen scheint, mit mir zusammentut, um aus der hässlichsten Kunst das Schönste zu machen.

Hier und jetzt ist es kein solcher Fall. Ich habe Glück. Ich halte abrupt inne, weil ich davon ausgehe, dass die meisten Pfeile in meine vermutliche Laufrichtung zielen, und dann ducke ich mich, hechte vorwärts, rolle mich ab und schaffe es irgendwie unverletzt um die Ecke und zur Burgwand.

Ich habe alles richtig gemacht, aber ich habe gar nicht vor zu lügen, es war wirklich reines Glück.

Moment, habe ich gesagt, unverletzt?

Vergiss es. Ich spüre ein heißes Stechen zwischen den Schulterblättern. Allerdings spüre ich nicht das Gewicht eines dort herausragenden Pfeils, der mich in meinen Bewegungen behindern würde, also ist die Verwundung nicht ernst genug, um mich sofort zu töten.

Als ich die Wand erreiche, wechsle ich zur Unsichtbarkeit. Wenn ich für die Hälfte der Zeit die Hälfte meiner Angreifer verwirren kann, verdopple ich meine Chancen, stimmt's?

Ich mache einen Satz nach oben und bohre die messerscharfen Finger meines Ka'kari in den Mauerstein, um hinaufzuklettern.

Aber meine Finger prallen ab, finden keinen Halt.

Ich stürze zu Boden und lande überrascht auf meinem Hintern.

Ich springe wieder auf und werfe einen Blick auf die Reihe der Bogenschützen, die jetzt auf die Mauerecke zulaufen, um mich in ihrer Sichtlinie zu haben.

Ich klatsche die Hand gegen die aufragende Wand vor mir, krümme meine Finger erneut zu Krallen.

Nichts. Es ist kein einfacher Stein. Er ist auf irgendeine Weise magisch verstärkt.

Aber der Ka'kari geht schimmernd in Sekundenschnelle ein halbes Dutzend Farben durch, als versuche er, eine Art Schloss zu knacken.

~Dürfte nicht gerade perfekt sein – aber versuch es jetzt mal!~

Ich vertraue ihm und springe ein weiteres Mal, so hoch, wie es mein magisches Talent erlaubt. Nun bohren sich meine Finger in den Stein, doch er flammt auf und sprüht Funken, als der Ka'kari sowohl Magie als auch Stein durchlöchert.

Es ist, wie eine Eiswand zu erklimmen. Für jeden Tritt die Füße in die Mauer rammen, um Halt zu finden, die Hände fest hineinschmettern. Und jedes Mal sprühen kleine Eruptionen aus geschmolzenem Stein und sich lösender Magie in die Nacht hinaus.

Ich werde für jedermann sichtbar sein.

Das ist schlecht. Und was ebenfalls schlecht ist: Um die Kraft aufzubringen, die für jeden Tritt und jedes Schlagen der Hand gegen den Stein erforderlich ist, muss ich mich unweigerlich Schwung holend von der Wand wegbewegen. Um nicht in die leere Luft hinauszustürzen, muss ich mich für jeden neuen Griff oder Tritt mit allen drei übrigen Gliedmaßen zugleich *fest* an den Stein klammern.

Ein Pfeil prallt direkt neben meinem Bauch von der Mauerwand ab und verfehlt mich nur knapp. Weitere Pfeile schwirren durch die Luft, aber ich kann ihnen keine Beachtung schenken. Mache ich auch nicht.

Binnen weniger Augenblicke habe ich den Dreh für den richtigen Bewegungsablauf raus, und ich klettere mit hoher Geschwindigkeit nach oben und zur Seite und dann wieder nach oben.

Magische Geschosse setzen die Nacht hinter mir in Flammen.

In der Nähe lodert etwas auf, als es auf die Wand trifft und daran kleben bleibt, und dann beginnt ein magisches *Etwas* – wie ein Wesen aus Teer, das mit Beinen und winzigen Flügeln versehen und in Brand gesetzt wurde – über die Wand auf mich zuzukrabbeln.

Ich strecke das Bein aus und trete das Ding von der Burgmauer.

Es verdreht sich im Fallen wie ein lebendiges Wesen, und im nächsten Moment explodiert es und schleudert mich gegen die Wand. Der Griff meiner einen Hand löst sich, und mein anderer Fuß verliert den Halt, sodass ich für einen Augenblick an einer Hand von der Wand herabbaumle.

Dann finden die übrigen Gliedmaßen wieder Halt, eine nach der anderen. Der brennende Teer des Dings klebt an meinem vom Ka'kari umhüllten Bein, aber während ich weiterklettere, streift der Ka'kari die Masse sofort mit einem magischen Impuls ab. Ich schaffe es zu einem Fenster mit fest geschlossenen

Läden. Der Ka'kari löst die Verriegelung, und ich stemme die Fensterläden auf.

Doch bevor ich auch das Fenster öffnen kann, erhasche ich einen Blick auf einen weiteren Feuerball, der eine gekrümmte Bahn durch die Luft hinter mir beschreibt, mit winzigen Flügeln schlägt und auf mich zugleitet. Ich werfe mich gegen das Glas, und der Ka'kari hüllt mich in flüssiges Metall, als mich die Explosion durch das Fenster hindurch und ins Innere schleudert.

Benommen stehe ich auf und ziehe die Fensterläden wieder zu. Ich habe das Gefühl, taub geworden zu sein.

~Das wäre eigentlich auch der Fall. Wenn ich nicht wäre, wärst du es jetzt~, lässt der Ka'kari mich wissen, während er sich wieder von meinen Ohren löst, die er schützend bedeckt hat.

Ich löse die vornehme Kordel, die die Vorhänge offen hält, und ziehe auch sie zu. Jetzt, da die Vorhänge und die Läden wieder geschlossen sind, lässt sich von unten womöglich nur schwer erkennen, durch welches Fenster ich eingestiegen bin.

Erst als ich mich umdrehe, bemerke ich, dass ich mich in einem luxuriösen Schlafzimmer befinde und dass da auf dem Bett ein Paar beschäftigt ist, das mich, den unverhofften Eindringling, entgeistert anstarrt.

Nein, es ist nicht *diese* Art von Beschäftigung.

Der Mann und die Frau, beide ganz offensichtlich Dienstpersonal, begaffen mich über das offene Gepäck auf dem Bett hinweg mit geweiteten Augen. Zu ihrer Linken reiht sich ein Stapel von Taschen und Truhen mit allen möglichen Farben, Wappen und Abzeichen verschiedener Adelsfamilien. Ein anderer durcheinandergewürfelter Stapel wartet neben der Tür, als wären sie damit schon fertig. Der Mann hat gerade eine neue Tasche auf das Bett gehievt. Die Frau wühlt in einer offenen Tasche.

Auf dem Bett liegt ein kleines Häufchen aus Schmuck und Juwelen.

Diebe.

Ich lasse meinen Blick prüfend über das Gepäck wandern. Mir kommt eine Idee. So viel Glück kann ich doch gar nicht haben, oder?

Ich sehe mich schnell nach blau gestreiftem Gepäck mit Hermelinbesatz um. Wenn ich den Nemesis-Kompass finden kann, ist noch nicht alles verloren! Ich könnte noch immer …

Dann kommt es mir schlagartig wieder in den Sinn. Es gibt gar keinen Kompass. Das war eine Lüge, um mich hierherzubringen. Ich suche jetzt nach einem Kind in einer Korbwiege, das von Ammen betreut wird. Nicht einmal ein Idiot würde einen Säugling in eine Truhe stecken.

»Es ist nicht das, wonach es aussieht«, entfährt es dem Mann.

Keines der Gepäckstücke passt zu den Farben oder Abzeichen der Adligen, die sich auf der *Sturmjäger* einschiffen. Das hier ist das Gepäck der Verlierer, derjenigen, die nicht auf dem Sturmschiff mitfahren dürfen.

Also, nein, ich habe tatsächlich nicht so viel Glück.

»Bitte«, sagt die Frau und steckt mit langsamen Bewegungen eine mit schweren Granaten besetzte Halskette in einen Beutel, als würde ich es nicht bemerken.

Ich schreite zu ihnen und schaue erst in ihren Beutel, dann in seinen. Ich nehme mir einen Umhang, einen Überrock und eine Hose heraus.

»Ihr … Ihr werdet uns nicht melden?«, stammelt sie, als könne sie ihr Glück kaum fassen.

»Ich bin nicht euer Problem. Ihr seid nicht mein Problem«, erkläre ich und ziehe mir den Überrock über den Kopf. Ich greife nach einem herumliegenden Hut.

Falsche Größe. Ich werfe ihn zur Seite. Bemerke eine Ansammlung von Frauenperücken. Suche mir eine mit kurzem blondem Haar aus. Passt nicht perfekt, aber in meiner gegenwärtigen Situation kann ich nicht wählerisch sein.

Ich werfe mir den Umhang um die Schultern und gehe zur Tür hinaus.

Und bleibe dann im Flur stehen. Seufze.

»Kurze Frage«, sage ich, als ich wieder in den Raum trete.

Sie erstarren mitten im Versuch, die Juwelen in ihre kleinen Beutel zu stopfen.

»Wie sieht es aus?«, erkundige ich mich und deute auf meine Perücke.

Die Frau wirkt verblüfft. Langsam, zögerlich zeigt sie an ihre Schläfe.

Der Mann steht neben ihr und ringt die Hände, als wüsste er nicht, was er sonst tun soll.

Ich trete näher, damit sie mir die Perücke richten kann. Sie rückt sie herum und steckt mein Haar an mehreren Stellen darunter. Ich lächle verlegen. »Besser?«

Sie nickt, träge und mit gerunzelter Stirn, als sei die ganze Situation einfach zu unwirklich.

Ich packe ihre beiden Köpfe und schlage sie fest zusammen. Während sie betäubt sind, fessle ich sie mit der vornehmen Vorhangkordel und schütte den Beutel mit den Juwelen über sie aus. Ich schnappe mir das Armband des männlichen Dieners, das mit zwei gelben Edelsteinen versehen ist. Nicht sehr hilfreich, da ich gerade einen Reif mit drei gelben Steinen trage, aber mehr Möglichkeiten sind immer besser als weniger Möglichkeiten. Ich stecke das Ding weg, während ich die beiden gereizt ins Auge fasse.

»Ihr seid nicht mein Problem, aber ich stecke meine Nase ständig in Dinge, die nicht mein Problem sind«, lasse ich sie wissen, während sie stöhnend auf dem Boden liegen. »Ich weiß, ich weiß, es ist ein Schwachpunkt von mir.«

Ich stecke noch eine elegante juwelenbesetzte Augenklappe in die Tasche und gehe. Ich schließe die Tür hinter mir und gehe den Flur hinunter. Ich steuere direkt die erste kaiserliche Wache an, die ich sehe.

»Hallo? Entschuldigung«, sage ich und vergewissere mich, dass er mein eigenes Dienstbotenarmband nicht bemerken kann. »Ich glaube, ich habe gerade gesehen, wie zwei Diener in dem Raum dort drüben Juwelen aus dem Gepäck stibitzt haben.« Ich drehe mich um, als ich auf den Raum deute, um ihm so wenig Zeit wie möglich zu geben, mein Gesicht zu sehen.

»Welches Zimmer?«, will er wissen. »Das zweite oder das dritte?«

»Das zweite, auf alle Fälle das zweite«, antwortete ich, während er losgeht. »Äh, vielleicht auch das dritte?«

Ich schaffe es den ganzen Weg bis zu einer Ecke hinter ihm. Direkt hinter der Ecke, um die ich biegen muss, sehe ich ein halbes Dutzend Kaiserliche, in ein Gespräch über einige schriftliche Anweisungen vertieft, die sie gerade erhalten haben. »Nee, nee, das wäre ungefähr diese Größe«, sagt einer und hält seine Hand hoch, sodass es genau meinen Maßen entspricht. »Schlanke Statur, Anfang zwanzig, enge weiße Hose, Hemd mit rotem Waffengurt und rote Stiefel, dunkles Haar, helle Augen und schwarze Augenbrauen, aber er ist ein Profi, also müssen wir damit rechnen, dass er auf eine Verkleidung zurückgreift ...«

Ich trete ein paar Schritte von der Ecke zurück.

Ein neben mir an der Wand angebrachter Spiegel zeigt einen Mann, der genau die angezeigte Größe aufweist, schlank gebaut, Anfang zwanzig, allerdings mit schwarzer Hose und blondem Haar. Vergiss es. Sie sind zu sechst, und wenn unter dieser schlecht sitzenden blonden Perücke auch nur ein Haar sichtbar ist, das da fehl am Platz scheint …

Und das ist auch der Fall, mein eigenes schwarzes Haar lugt gleich an mehreren Stellen hervor. Meine Aufmachung schreit förmlich »Verkleidung«. Ich trete nah an den Spiegel heran und versuche, die entsprechenden Strähnen schnell wegzustecken.

Dann schreit der Kaiserliche, den ich zu den Dieben geschickt hatte, seinen Alarmruf aus dem dritten Zimmer. »Was?«, höre ich um die Ecke herum. Ich wage es nicht, hinzuspähen. Sie müssen jetzt alle in meine Richtung blicken.

Ich ziehe meine Hand von der Perücke weg; so unvollkommen das Ganze auch ist, wenn ich jetzt weiter daran herumnestele, lasse ich sie nur wissen, dass ich eine Perücke trage. Ich kann ihnen nicht gegenübertreten, nicht mit diesem Aussehen.

Als ich Schritte höre, trete ich näher an den Spiegel heran, öffne den Mund und fange an, in meinen Mund herumzustochern, als hätte ich etwas zwischen den Zähnen.

Alle sechs stürmen direkt an mir vorbei, ohne mich eines eingehenderen Blickes zu würdigen.

Ich schlüpfe um die Ecke und aus ihrem Sichtfeld, atme tief durch und gehe weiter. Stell dir das mal vor. Gerettet, weil ich meine Nase irgendwo reingesteckt habe, wo sie nicht hingehört. Das falsche Richtige zu tun, entpuppt sich manchmal dann doch als das richtige Richtige.

Vielleicht hat sich mein Glück ja jetzt gewendet. Vielleicht läuft von nun an alles reibungslos.

Nachdem ich einige gefährliche Minuten mit immer lauter und lauter in meinen Ohren pochendem Herzen nach einer Dienstbotentür gesucht habe, die zum Balkon der Pilotenflügel hinausführt, wende ich mich an eine Bedienstete. »Entschuldigung, ich bin neu hier«, erkläre ich, runzle die Stirn und lasse mein Armband aufschimmern (vorsichtig, damit sie nicht sieht, wie viele Juwelen sich darauf befinden). »Könntest du mir vielleicht sagen, wo der Balkon der Pilotenflügel ist? Kann irgendwie die richtige Tür nicht finden. Ich hab eine Nachricht zu überbringen. Eigentlich nicht meine Aufgabe, aber heute Abend *ist* es meine Aufgabe, verstehst du?«

»Von so was kann ich ein Lied singen, mein Lieber. Die schlimmste Nacht des Jahres«, antwortet sie. »Da musst du zum Greifensaal. Die großen Türen sind abgesperrt; unsere Tür ist die auf der rechten Seite, schwarz.«

Ich lächle sie dankend an und gehe weiter.

Eine freundliche, hilfsbereite Dienerin, die die Berechtigung meines Ansinnens nicht prüft. Das sind zwei Glücksfälle auf einmal.

Aller guten Dinge sind drei, nicht wahr?

Meine Idee – ich möchte sie nicht als Plan bezeichnen – ist fast zu idiotisch, um sie dich wissen zu lassen. Ich weiß, dass ich unmöglich einen dieser großen Pilotenflügel fliegen kann. Ich würde sofort abstürzen. Mir einen dieser Flügel unter den Nagel zu reißen, wäre also dümmer, als sich in Worte fassen lässt, oder? Richtig. Da sind wir einer Meinung. Also werde ich auch keinen klauen. Ich unternehme vielmehr eine Entführungsaktion. Ich wette, einer der großen kann das Gewicht des Piloten und mein eigenes zugleich tragen – zumindest lange genug, damit ich zum Sturmschiff hinübergleiten kann. Die Sache wird höchstwahrscheinlich nach wie vor mit einem Absturz enden, aber das muss ja dann womöglich kein tödlicher sein.

Logans Kind ist auf dem Schiff. Ich bin so nah an ihm dran. Ich kann jetzt nicht aufgeben.

Ich bahne mir einen Weg in den großen Saal des niederen Adels, der, wie ich vorhin gar nicht bemerkt habe, mit Darstellungen von Greifen geschmückt ist. Überall Greifen. Große Greifen und kleine Greifen. Hunderte von Greifen. Man kann sie gar nicht übersehen – obwohl ich das vorhin irgendwie trotzdem hinbekommen habe.

Bedienstete, die zuvor nirgends zu sehen waren, bedienen ihre Herren und Damen nun aus einem diskreten Abstand. Ich sehe, wie einer herbeieilt und seinen Herrn auffängt, als der alte Mann mitten im Satz plötzlich umkippt. Die anderen Edelleute lachen nur.

Mir ist klar, dass die ganze Sache hier – überwiegend – zu einem Fest der Verlierer verkommen ist. Alle im Raum Befindlichen bleiben dieses Jahr zurück. Für die meisten von ihnen bedeutet das nichts Gutes, und sie nehmen es in etwa so gut auf, wie zu erwarten war.

Aber mehr als einen Blick kann ich für sie nicht erübrigen.

Ich schlängele mich an ein paar Adligen und Dienern vorbei und entdecke meine Ausgangstür, ein kleines Ausfalltor neben den riesigen Doppeltüren des Greifensaals, die dreimal so hoch sind wie ein Mensch. Ein paar Edelleute stehen ein Stück entfernt daneben und unterhalten sich in gedämpftem Tonfall, aber … das kann nicht wahr sein. Ich kann unmöglich so großes Glück haben.

Aber es ist so. Niemand bewacht die Dienstbotentür.

Gut, gut, gut. Wir wollen nicht voreilig sein. Vielleicht muss ich ja das Schloss knacken.

Ich werfe einen raschen Blick zu den Edelleuten. Sie stehen eng beieinander, nüchtern, keine zwei Schritte von der Tür entfernt. Mein jubelndes Herz erstarrt.

Eine der Adligen ist Königin Jenine Gyre. Nein. Das kann nicht sein. Warum ist sie überhaupt hier? Warum ist sie nicht oben beim höheren Adel?

Jetzt dreht sie sich halb zu mir um. Ihre Augen huschen über mein Gesicht …

… und wieder von mir weg. Meine Verkleidung hat ihrem Blick standgehalten.

Ganz beiläufig drücke ich prüfend die Türklinke nach unten, Jenine sorgfältig den Rücken zugewandt, während sich meine Muskeln anspannen.

Verschlossen.

Ich tue so, als würde ich einen schnellen Rhythmus klopfen, während ich den Ka'kari in das Schloss einführe.

Ich brauche vier Sekunden, höchstens fünf. Es sei denn, ich will das Schloss komplett zum Schmelzen bringen, was allerdings wieder für neue Probleme sorgen würde.

Die Verriegelungsbolzen klacken, klacken … klacken. Noch einer …

Ein Finger tippt mir auf die Schulter. »Entschuldigung bitte?«

Klack. Und das waren dann auch schon alle.

»Tut mir leid, gnädige Frau«, murmele ich mit gesenktem Kopf und versuche, meine Stimme zu verstellen. »Ich habe Befehle. Bin sehr in Eile.«

Doch die Frau packt mich am Arm, tritt näher und zerrt mich herum. Ihre adligen Freunde starren sie alarmiert an.

Jenines Augen weiten sich. Dann verengen sie sich abrupt, und ihr Gesicht verzieht sich vor Zorn und Trauer. »Du! Du Mörder!« Sie hält meinen Arm im Klammergriff.

Mir gerinnt das Blut in den Adern, blankes Entsetzen verlangsamt meine Reaktionsgeschwindigkeit. Ich habe dieser Frau nie etwas getan. Ich habe ihr und ihrem Mann immer nur geholfen. Ich habe alles für sie gegeben. Ohne mich hätte sie jetzt kein Königreich. Und trotzdem greift sie ausgerechnet *mich* an?

Im Moment schauen uns alle im Umkreis von dreißig Metern nur neugierig an und fragen sich, ob das Ganze wohl irgendeine Art Scherz ist.

»Jenine, ich schwöre Euch, ich bin nur …«

Aber ein Ausdruck der Abscheu legt sich über ihr Gesicht. »Ich habe das hier gesehen«, raunt sie. »Ich bin nicht verrückt. Das hier ist genau …« Dann schreit sie und deutet auf mich: »Meuchelmörder! Haltet ihn auf! Hilfe! Hilfe!«

Von allen Seiten kommen Wachen angerannt.

Kapitel 52

Zum Fallen geboren

Ich drücke mich durch die Tür hinaus auf den Balkon und stoße mit einer kaiserlichen Wache zusammen, die gerade auf das Geschrei zugeeilt kommt. Ein sehr großer Mann. Er blickt auf mich herab. »Was geht hier vor sich?«, herrscht er mich an.

»Da ist eine Frau, die gerade völlig durch…« Ich schlage ihm mit der Handkante seitlich auf den Hals und versetze ihm einen kräftigen Stoß.

Er fliegt in hohem Bogen zurück und schlittert über den Boden, nicht bewusstlos, aber benommen.

Ich habe nur wenige Sekunden Zeit, meine Entscheidung zu treffen.

Der Balkon über der zum Meer hin abfallenden Felswand, der von der Burg in Richtung der *Sturmjäger* in die Lüfte hinausragt, ist riesig und überwiegend leer. Der Wind hat so stark aufgefrischt, dass er nun unangenehm heftig ist. Was immer an Edelleuten vorhin noch draußen gewesen sein mochte, ist nach drinnen gegangen, sodass nur die Piloten und ihre Mannschaften verblieben sind. Sie arbeiten an der Balkonkante unter riesigen Seilwinden, die die langen Seile, an denen die Pilotenflügel weit über uns fliegen, wie die Schnüre von Kinderdrachen abspulen.

Wenn ich von hier aus die Mauer zum Dach von Burg Sturmfest hinaufklettere, könnte ich mich vielleicht in Sicherheit bringen – aber es wäre zugleich mein sicheres Versagen.

Die Mauer hochzusteigen bedeutet, Logans Kind aufzugeben. Es bedeutet, meine Menschlichkeit, meine Grenzen einzugestehen. Es bedeutet, meine Niederlage einzuräumen.

Ich bin schon auf und davon, bevor ich überhaupt merke, dass ich meine Entscheidung getroffen habe.

Als ich losrenne, winden gerade zwei Männer einen der Piloten und seinen Flügel auf den Balkon zurück. Nachdem er gelandet ist, sichern ihn seine Leute mit einer Geschwindigkeit, die von langer Partnerschaft zeugt, mittels einer Kette. Dann beginnen sie sofort damit, das Flügelgestell zu zerlegen, das ihn in der Luft gehalten hat.

Die anderen Mannschaften mit ihren geflügelten Gerätschaften sind entweder ebenfalls dabei, ihre Gleiter auseinanderzunehmen, oder sie sitzen hinter kleinen Aufbauten, die errichtet wurden, um sie vor dem Wind zu schützen.

Mir ist bereits klar gewesen, dass, einen der Gleiter zu stehlen, noch dümmer wäre, als einen der Piloten zu entführen – unmöglich, dass es mir gelingen könnte, eines dieser Dinger sicher zu steuern –, aber während ich vorwärtseile, sieht es ganz so aus, als seien mir beide Möglichkeiten verwehrt. Alle Gleiter, die vom Himmel herabgeholt worden sind, sind bereits zumindest teilweise zerlegt, und allein kann ich auf keinen Fall wieder einen zusammenbauen, nicht in Sekundenschnelle und schon gar nicht bei diesem Wind. Und wie soll ich einen Trupp von fünf Mann dazu zwingen, es für mich zu tun?

Ich werfe einen Blick zurück, und mir wird bewusst, wie gründlich ich die Sache vermasselt habe. Die Kaiserlichen strömen hinter mir aus dem Inneren der Burg – es sind zu viele, viel zu viele.

Ich erreiche das Geländer am Ende des Balkons und schaue nach unten. Wenn der Balkon überhängt, könnte ich mich dort unten vor Angriffen schützen. Dann habe ich eine Chance.

Doch der Balkon hängt nicht über.

Ich werfe schnelle Blicke nach links und rechts, ohne zurückzuschauen, von wo der Tod wie ein Morgensturm über mir heraufzieht.

Ein einziger Pilotenflügel ist noch oben in der Luft, mit seinem langen Seil wie ein menschlicher Flugdrachen an den Balkon gefesselt. Seinen Abzeichen nach ist der Mann der Anführer der Gruppe. Sein Fluggerät ist das größte von allen, und er führt jetzt noch ein paar letzte Kunststücke vor, um die Menge in der Burg und unten an den Docks zu unterhalten. Soeben hat er eine Fassrolle vollführt, und die Flugfigur hat ihn zu einem Punkt in der Luft etwa auf halbem Weg zwischen dem Burgbalkon und dem Sturmschiff gebracht.

Die Idee, die mir in den Sinn kommt, ist idiotisch.

Ich blicke zu den angreifenden Kaiserlichen zurück. Ein Bogenschütze schießt einen Pfeil ab, doch der Wind fegt ihn aus der Bahn.

Die anderen Flugmannschaften haben mich mittlerweile bemerkt. Sie wirken verwirrt.

Der Bogenschütze hat bereits einen weiteren Pfeil bis an seine Lippen gezogen und korrigiert noch einmal seine Zielrichtung.

Bei mir haben sich keine neuen Ideen mehr eingestellt.

Es kann unmöglich klappen!, denke ich, während ich auf die Mannschaft des letzten Piloten zustürze. Ich komme völlig unerwartet über sie. Ganz auf ihre Aufgabe konzentriert, sind ihre Augen himmelwärts gerichtet. Im nächsten Moment habe ich sie bereits in Richtung der anderen Mannschaften zur Seite geschleudert.

Männer fliegen der Länge nach über den Balkon, hinaus aus dem Horizont meiner Gedanken.

Sie sind jetzt unwichtig, während ich mich der Winde zuwende, die Länge des Seils und die Entfernung zum Sturmschiff abschätze. Sobald das doppelte Gewicht auf dem Gleiter lastet, wird er unweigerlich an Höhe verlieren – aber der Pilot will ja nicht abstürzen, also wird er alles tun, um sein Flugvehikel hochzuziehen, oder? Wenn ich mich also über den Abgrund hinüberschwingen will, muss ich sicherstellen, dass ich über genug Seil verfüge, um das Sturmschiff erreichen zu können. Doch wenn ich es hinüberschaffe, dabei aber siebzig Meter hoch in der Luft bin, hilft mir das auch nicht.

Die Lösung liegt auf der Hand. Ich brauche lose hängendes Seil. Das gibt mir Spielraum.

Ich löse die Bremse von der Winde, was dem Piloten jede Menge loses Seil verschafft.

Dann, während er mit der plötzlichen Veränderung der auf ihn einwirkenden Kräfte kämpft, trete ich um die Winde herum, greife nach dem Seil – *das ist dumm, so dumm!* – und zerre an dem Seil hinter mir, ziehe Rolle um Rolle von der Winde herunter.

Jetzt muss ich es nur noch durchschneiden, damit es nicht mehr fest an der …

Plötzlich wird mir fast der linke Arm ausgekugelt, als sich das Seil, das ich halte, mit unglaublicher Kraft spannt. Darauf war ich nicht vorbereitet. Ich werde in den Himmel hochgerissen, wirbele herum, überschlage mich, der Boden, das Meer und der sich allmählich erhellende Himmel verschwimmen auf eine Weise miteinander, dass mir ganz übel wird.

Ich klammere die andere Hand um das Seil und zappele mit den Beinen, um mit ihnen das Seil ebenfalls zu fassen zu bekommen, verfehle es jedoch. Der Pilot, der irgendwie die Fassung schon wieder zurückgewonnen hat, versetzt das Seil in eine schnelle Drehung, um mich loszuwerden. Ich werde in einem engen Kreis herumgeschleudert und reiße mir die Hände wund, doch ich lasse das Seil nicht los.

Erneut lasse ich meine Beine schwingen, und dieses Mal erwische ich das Seil zwischen den Schenkeln, winde es um mein linkes Bein und verschränke die Füße fest ineinander.

Eine geraume Weile kann ich unmöglich sagen, was da gerade passiert. Ich sehe, wie der Pilot mit gefletschten Zähnen auf mich herabstarrt und seine Augen zum Palast hochschnellen.

Es ist offensichtlich, dass das Einzige, dessen ich mir ganz sicher war, falsch ist: Ich war überzeugt, dass unser vereintes Gewicht den Piloten zum Sinkflug zwingen würde.

Dann sehe ich ein neues Problem vor mir auftauchen. Indem ich das Seil nicht durchtrennt habe, habe ich uns in eine Lage versetzt, in der uns sehr, sehr plötzlich das lose Seil ausgehen wird.

Der Pilot kämpft darum, immer höher und höher zu fliegen. Durch den Zug meines Gewichts auf das Seil ist es so, als würde eine Bogensehne zurückgezogen – und ich bin im Begriff, der Pfeil zu sein.

Ich spüre bereits, wie ich emporgehoben werde, immer weiter emporgehoben.

Wenn ich das Seil mit einer Hand loslasse, um es durchzuschneiden, wo kann ich dann schneiden? Was passiert, wenn das Seil ohne Spielraum straff gespannt ist, bevor ich den Schnitt machen kann?

Ich lasse den Ka'kari zu meinem Fuß hinunterschießen, steche ihn durch meinen Schuh und schneide.

Ich habe Erfolg und schneide das Seil genau in dem Moment durch, als es sich mit einem Ruck strafft – aber all die aufgestauten Kräfte werden nun freigesetzt und gehen durch meinen Körper hindurch, als würde besagte Bogensehne reißen.

Ich werde hoch in die Luft geschleudert, sogar noch über den Piloten hinaus, klammere mich mit aller Kraft an das Seil und weiß nur noch, dass da Kräfte durch mich hindurchwogen, bei denen es mir übel wird. Ich schaue nach oben und stelle fest, dass ich in Wirklichkeit nach *unten* schaue. Das Seil fest zwischen uns gespannt, starre ich den Piloten an, während er darum kämpft, nicht die Kontrolle über sein Fluggerät zu verlieren, und hinter ihm befindet sich nicht der Himmel, sondern der Boden. Wirbelnd und mich drehend, verliere ich endgültig jedes Gefühl dafür, was oben und unten ist, und klammere mich nur noch mit aller Kraft an das Seil.

Dann hört er auf zu wirbeln und fliegt wieder in gerader Linie.

Ich mache einen großen Satz, schwebe plötzlich schlaff in der Luft, mein Seil ohne Spannung, ich falle, und als ich die gesamte Länge des Seils herabgestürzt bin, wird der Pilot erneut aus seiner Flugbahn geworfen.

Aber diesmal hat er sich rasch wieder im Griff.

Und die Gefahr ist vorbei.

Ich versuche, meine Orientierung wiederzufinden.

Alles klar. Gut, ich habe nicht so viel Seil, wie ich gehofft hatte, aber …

Ich schaue nach unten. Wir befinden uns nicht über dem Sturmschiff.

Tatsächlich befinden wir uns auch nicht über dem Palast oder dem Anlegebereich. Wir sind Hunderte von Metern mit dem Wind davongeweht worden und befinden uns über Land. Die Felsen unter uns sehen nicht gerade sanft und freundlich aus.

Aber der Pilot scheint einen Plan zu haben. Auch wenn mein Gewicht dem Pilotenflügel schwer zusetzt und ich bemerke, wie er einen besorgten Blick auf seinen einen Flügel wirft, wo etwas abgerissen scheint, denn die Flügel sind unterschiedlich groß, behält er völlig die Kontrolle über sein Fluggerät, seine Bewegungen sind ruhig und geschmeidig, obwohl die Kräfte, die auf sein Gefährt einwirken, den Gleiter erbeben und auf- und abhüpfen lassen, die Flügel sich biegen und dehnen und kleine Fetzen von der gesplitterten Oberfläche gerissen werden. Dann saust der Pilot, immer schneller werdend, im Sturzflug durch den Wind und steuert wieder den Balkon des Palastes an.

Immerhin. Das ist grob die richtige Richtung. Jedenfalls hätte es schlimmer kommen …

Es kommt schlimmer.

Er rast auf den Balkon zu, blickt zu mir herunter, dann hoch, wieder hinunter zu mir, verringert die Geschwindigkeit, legt erneut einen Zahn zu.

Ich hänge unter und hinter dem Gleiter herab, schwinge wie ein Pendel hinter dem Piloten am Seil, während er beschleunigt. Obwohl das von ihm angesteuerte Ziel offensichtlich ist, weiß ich, dass er nicht vorhat, sich selbst gegen den Balkon zu rammen.

Er hat vor, mich da reinzurammen. Kurz bevor er den Balkon erreicht, will er abrupt nach oben schwenken. Er selbst wird sanft auf dem Balkon landen, und ich werde mit unglaublicher Geschwindigkeit seitlich dagegen geschleudert …

Ich fange an zu klettern, Hand über Hand über Hand, mein magisches Talent verleiht mir Schnelligkeit und Kraft – aber ich habe einen langen Weg vor mir, und ich bin nicht Großmeister Vitruvius, der ein Seil regelrecht hinaufrennt.

Er schaut nach unten, und sein Gesicht wird kreidebleich. Dann passt er seine Geschwindigkeit und sein Ziel an, um die Sache noch knapper zu machen.

Der Mann hat Nerven wie Drahtseile.

Jetzt ist es ein Wettrennen zwischen uns beiden.

Der Balkon ragt wie ein riesiger Hammer auf, und der Pilot macht einen ruckartigen Satz nach oben.

Ich springe ihm hinterher und bekomme ihn gerade noch an den Beinen zu fassen, als er nach oben saust, vielleicht einen Sekundenbruchteil zu spät.

Die Kaiserlichen springen zur Seite und ziehen im letzten Moment die Stangenwaffen weg, die sie für mich vorgesehen hatten, damit sie nicht stattdessen den Piloten aufspießen.

Eine Flügelspitze streift das Geländer, und der Pilotenflügel erzittert. Wir schießen gen Himmel, überschlagen uns aber, rollen herum, schweben immer noch aufwärts und auf die Burg zu, verlieren an Geschwindigkeit …

… und dann schlagen wir auf.

Wir werden nach oben und über etwas Hartes und Glattes hinweg geworfen, und ich werde vom Piloten weggeschleudert, stürze und rolle über Stein.

Ich glaube nicht, dass ich das Bewusstsein verloren habe, aber wahrscheinlich habe ich den Sturz des Piloten abgefedert, denn als ich auf die Knie komme, nestelt er bereits fluchend an seinem Gleiter herum.

Er ist etwa zehn Schritte von mir entfernt, hält seinen Körper tief zu Boden geduckt, und aus einem mir nicht ersichtlichen Grund ist da ein panischer Ausdruck in seinen Augen.

Als er dann den Kopf hebt, um mich bestürzt anzusehen, hebt er versehentlich auch die Vorderkante des Flügelgestells an. Der Wind fährt hinein, reißt das Fluggefährt und den daran festgebundenen Piloten mit sich und lässt beide über das Dach schlittern. Wir müssen seitlich gegen die Burgwand geprallt sein und sind dann auf dem vom Wind rund abgeschliffenen Dach gelandet.

Wenn der Wind ihn noch weiterzerrt, wird er von der Dachkante fallen, wahrscheinlich in den Tod hinein.

Er liegt flach unter dem Gleiter, gefangen. Er zieht das Tragwerk des Flügels so tief wie möglich herunter. »Lass mich in Ruhe!«, schreit er. »Der Flügel ist kaputt. Er kann uns nicht beide tragen!«

Meine spezielle Gabe wird nicht jedes Mal wachgerufen, wenn ich jemandem in die Augen schaue, aber nun wählt sie genau diesen Moment. Was nicht sonderlich hilfreich ist. Ich schaue ihm sofort in die Seele und weiß, dass ich hier einen anständigen Mann vor mir habe.

Ich laufe auf ihn zu und nehme den Flügel in Augenschein. Es sieht nicht aus, als wäre er völlig kaputt. Vielleicht lügt der Pilot.

»Bring mich zum Sturmschiff hinüber, und ich lasse dich gehen«, teile ich ihm mit.

Seine Augen weiten sich, als sei ich verrückt, aber er ist meine letzte Chance.

»Mit dem Ding in diesem Zustand könnte ich es nicht einmal allein hinüberschaffen! Schau nur …« Er zeigt auf die zerknautschte, geborstene Flügelspitze, und obwohl er nur seine eine Hand für einen kurzen Moment von dem Gleiter löst, reicht das aus, dass sich dessen Bug hebt, und der Mann wird noch weiter Richtung Abgrund geschoben.

Ich greife rasch nach dem Kerl und drücke ihn nach unten. Sobald der Gleiter einmal über die Kante kippt, befindet er sich im totalen Windschatten.

Ohne Geschwindigkeit und ohne tragenden Wind wird der Gleiter unweigerlich direkt in die Tiefe stürzen, wenn ich loslasse. Der Flügel kann nicht nur uns beide nicht zugleich tragen – ohne einen Start mit Anlauf in den Wind hinein trägt er nicht einmal einen von uns.

Von meiner auf dem Rücken liegenden Position aus trete ich meine Fersen mit der alles verschlingenden Schneidekraft des Ka'kari in den Stein, sammle mein magisches Talent und – mit einem Brüllen schleudere ich den Piloten, so fest ich kann, hoch und hinein in den Wind.

Er schießt mit erstaunlicher Geschwindigkeit in die Lüfte hinauf.

Für einen winzigen Sekundenbruchteil blitzt das Seil vor mir auf, und ich schnappe nach ihm. Das hier ist meine letzte Chance …

Ich greife daneben.

In der Luft über mir ringt der Pilot um die Kontrolle über sein Fluggerät, schließlich mit Erfolg. Er zieht weite, schwankende Kreise über dem Palast und starrt mich verwundert an.

Dann dreht er nach innen, um auf dem Balkon zu landen.

Ich sitze auf dem kalten Stein der windgepeitschten Felskuppel und blicke zur *Sturmjäger* hinaus. Das Schiff ist unvorstellbar weit weg.

Ich habe versagt. Bis zur Morgendämmerung sind es nur noch Minuten. Die Edelleute strömen schon jetzt in einer langen Reihe auf das Schiff, und sicher machen Gerüchte über den diesjährigen Aufruhr an den Verladedocks die Runde und sorgen für Aufregung.

Ich habe alles in meiner Macht Stehende versucht und bin gescheitert.

Es ist von Anfang an ein dummer Plan gewesen, ein Auftrag, den ich hätte ablehnen sollen, und ich habe es auch gewusst. Kaum eine richtige Planung, kaum eine echte Vorbereitung, kaum Geheiminformationen – und ich habe geglaubt, hier für eine einzige Nacht hereinmarschieren zu können und das Unmögliche zu schaffen?

Durzo würde jetzt sagen, ich habe alles in meiner Macht Stehende getan, *um* zu scheitern.

Was habe ich mir nur dabei gedacht? Dass ich eben einfach so besonders bin, dass ich mir schon einen Weg zusammenimprovisieren kann, wo Dutzende andere, die besser vorbereitet und besser informiert gewesen sind, versagt haben?

Es gibt eigentlich keinen Grund, am Boden zerstört zu sein. Das ist alles nur zu einleuchtend. Vielleicht bin ich ja eben doch nichts so Besonderes.

»Kylar Stern«, übertönt eine laute Stimme hinter mir das Brausen des Windes.

Ich kenne diese Stimme. Großmeister Vitruvius.

»Endlich begegnen wir uns wieder!«, sagt er in aufgeräumtem Tonfall.

Er steht zwischen mir und einer bisher verborgenen windgeschützten Tür. Diese Tür hinter ihm ist der einzige Weg, der von diesem Dach herunterführt, und der Wind wird von Minute zu Minute stärker.

»Ihr schuldet mir noch einen Kampf, junger Mann«, sagt er mit vergnügter Stimme. »Und dieses Mal gibt es kein Entrinnen.«

Kapitel 53

Der größte Hecht im Raubfischteich

Großmeister Vitruvius nähert sich mir wie eine Dschungelkatze, die Bewegungen raubtierartig auf das nötigste Minimum reduziert. Er hat seine Festkleidung gegen die einfachen, locker sitzenden Sachen getauscht, die er auch schon in Tover getragen hat. Außerdem hat er sich eine Art Rucksack auf den Rücken geschnallt – voller Waffen, nehme ich an. Man muss immer vom schlimmsten Fall ausgehen. Aber er hat keine Waffe gezogen, noch nicht.

Warum?

Er erhebt seine Stimme über das unablässige Brausen des einsetzenden Sturms. »Wie wollt Ihr die Sache angehen?«

»Am liebsten gar nicht«, antworte ich und blicke immer noch auf die weite Kluft zwischen mir und der Rettung hinaus. Ich sehe die Edelleute in einer langen Reihe weit unten, wie sie ihre Hochbrücke überqueren, einer nach dem anderen im Gänsemarsch an Hunderten von Kaiserlichen vorbei. Diesen Weg auf das Sturmschiff zu nehmen, ist unmöglich. Selbst für mich. Selbst für Durzo wäre es das.

»Selbst ich könnte diesen Sprung nicht schaffen«, erklärt Großmeister Vitruvius, der nun fast auf gleicher Höhe mit mir angelangt ist, jedoch gut zehn Schritt seitlich von mir. »Aber anderseits bin ich auch zu klug, um es zu versuchen. Ihr seid es womöglich nicht. Nicht, dass ich vorhätte, Euch eine Gelegenheit dazu zu geben.«

»Versucht Ihr etwa, mich vorauszuschauen?« Er scheint gerade weit genug von mir wegzubleiben, um mir den Weg abschneiden zu können, ehe ich die Tür zu erreichen vermag, durch die er auf das Dach herausgekommen ist.

Er lächelt traurig. »Wir benutzen diesen Begriff nicht als Verb, aber nein, ich wende bei Euch keine Vorausschau an. Ich kenne den Grad Eures Könnens nicht, also könnte eine Vorausschau mehr schaden als helfen. Sie könnte fälschlicherweise Dinge als unmöglich ausschließen, die für den begabten Lehrling des legendären Durzo Blint durchaus möglich sind.«

»Schön zu hören, dass es selbst für Euch ein paar Grenzen gibt.«

»Da gibt es viele. Und wie sieht es mit den Grenzen Eurer Möglichkeiten aus?«, fragt der Großmeister.

»Ich bin gerade mit schmerzhafter Wucht an eine dieser Grenzen geraten.« Das Eingeständnis trifft einen Nerv des Selbsthasses, der sich von meiner Magengrube bis tief unten im Kreuz zieht. Versagen. »Woher habt Ihr gewusst, dass ich hier oben bin?«

»Es ist der Ort, wo ich hingegangen wäre. Ich wäre gleich als Erstes hierhergekommen, also ist es eine lange und langweilige Nacht für mich gewesen. Für Euch scheint der Abend einen lebhafteren Verlauf genommen zu haben.«

Gleich als Erstes. Verdammter Hundes… Ich schüttle den Kopf.

»Aber …«, fährt er fort und greift mit der einen Hand langsam in seinen Rucksack, als wolle er mich nicht aufscheuchen.

»Es sieht ganz so aus, als besäßet Ihr keinen von denen hier. Was mich froher stimmt, als ich Euch sagen kann.«

Er zieht etwas hervor, das wie ein Kostüm aussieht.

Ich neige den Kopf zur Seite.

»Nein?«, fragt er. »Ihr habt also nicht gesehen, dass …?« Der Großmeister befindet sich in meinem Windschatten, und als er das einteilige Kleidungsstück am Kragen hochhält, sehe ich, dass es mit einer Art Gurt zwischen den Beinen und auch von den Armen hinunter zu den Hüften versehen ist. Statt über ein vollständiges äußerliches Tragwerk zu verfügen, sind in diesen Anzug knochenartige Stäbe eingearbeitet, sodass das Ganze an Fledermausflügel erinnert. »Ein Flügelanzug«, erklärt er. »Die Himmelstänzer tragen diese Anzüge für die zweite Hälfte ihrer Darbietungen, wenn die Windgeschwindigkeit zunimmt. Gibt es in Cenaria Flughörnchen? Nein? Ihr werdet es bald genug erleben.«

Ich verstehe es immer noch nicht, aber plötzlich erinnere ich mich, dass die Mannschaften auf dem Balkon, in ihren kleinen Unterständen verborgen, draußen geblieben sind, nachdem sie die Pilotenflügel mit dem Traggestell auseinandermontiert hatten – statt sich wieder ins Innere des Palastes zu begeben, was sie sicher getan hätten, wären sie für diese Nacht schon fertig gewesen. Da sollte also noch ein zweiter Akt folgen. An dergleichen hatte ich überhaupt nicht gedacht.

Aber wenn sie Flügelanzüge benutzen können, dann kann ich das vielleicht auch! Vielleicht kann ich mir den da vor mir schnappen und dann …

Der Großmeister wirft seinen Flügelanzug von der Dachkante.

Der Wind reißt das flatternde Kleidungsstück auf der Stelle mit sich fort.

Mir dreht sich der Magen um. Es ist, als wäre mir soeben mein letzter Rettungsanker weggerissen worden.

»Man kann damit nicht stundenlang fliegen wie mit den Flügeln mit Außengestell, aber über einem Hügel vom Aufwind getragen, kann man eine Zeit lang gleiten. Euer Pech ist, dass einige der kaiserlichen Wachen gut darin ausgebildet sind. Auch wenn ich ihnen den Weg dort drüben die Treppe hinauf versperrt habe, steckt Ihr also, wenn nun der Tag anbricht, zwischen mir und ihnen in der Klemme.«

»Es sei denn, ich tue genau das, was Ihr von mir verlangt?«, frage ich aufs Geratewohl.

Er schüttelt den Kopf. »Ich bin nicht hier, um einen Handel mit Euch abzuschließen, Kylar. Ich bin hier, um Euch aufzuhalten. Ich habe die Treppe nicht versperrt, um Euch zu helfen. Ich habe sie versperrt, damit Ihr hier in der Falle sitzt. Aus dem gleichen Grund habe ich soeben meinen Flügelanzug fortgeworfen. Wärt Ihr fähig, mich umzubringen, hättet Ihr ihn Euch vielleicht nehmen können. Würdet ausgerechnet Ihr Euch das magische Utensil unter den Nagel reißen, hinter dem die Chantry heute Nacht her ist, würde die ganze Welt dafür bezahlen. Das werde ich nicht zulassen.«

»Das magische Utensil? Welcher Form von Magie ist die Chantry denn hinterher?« Ich werfe einen Blick auf die Menschenmassen hinunter, die an Bord des Sturmschiffes drängen.

»Stellt Euch nicht dumm, Kylar. Was glaubt Ihr denn, warum meine Männer und ich Euch nicht schon früher das Handwerk gelegt haben? Ihr seid gesehen worden, wie Ihr mit mehreren Mitgliedern des besten Kommandos der Chantry gesprochen habt. Wir wissen, dass sie Euch hier eingeschleust haben. Ich weiß jetzt auch, dass sie alles Mögliche unternommen haben, um mich auf Distanz zu halten.«

Seit hier derart der Teufel los ist, habe ich nach Mitgliedern des Sonderkommandos Ausschau gehalten und mich gefragt, ob sie wohl Anstalten machen würden, mir zu helfen, oder – jetzt, da sie mich in der Sache mit Logan nicht mehr brauchen – versuchen werden, mich gefangen zu nehmen, entweder um mich zur Chantry zu verschleppen oder um sich dadurch bei der Kaiserin lieb Kind zu machen.

Ich weiß nicht, ob sie mir das wirklich antun würden, aber ich weiß genug, um mich vor den Starken und Mächtigen in Acht zu nehmen, und stark und mächtig sind sie alle. Um meine Lage besser einschätzen zu können, suche ich also die Massen unter mir ab, wann immer ich es wage, den Blick vom Großmeister abzuwenden. Und jetzt sehe ich sie: eine Gruppe von Frauen, die die obere Brücke überqueren; es ist das Sonderkommando. Aber sie halten nicht nach mir Ausschau. Sie scheinen sogar genauso munter miteinander zu plaudern wie die anderen Edelleute um sie herum. Sie haben es gleich auf das Schiff geschafft. Alle miteinander.

»Sie haben gemeint, sie bräuchten meine Hilfe, um zu verhindern, dass Logan unter Zwang an Bord gehen muss«, antworte ich. »In diesem Fall wäre er als König erledigt gewesen und sein Reich zusammen mit ihm dem Untergang geweiht. Die Chantry ist der Ansicht, eine stabile, berechenbare, freundliche Macht im Norden würde ihnen nutzen. Das bedeutet, dass sie auf Logan setzen. Aber, ganz ehrlich, mir ist egal, was sie wollen. Ich war einfach froh, meinem Freund helfen zu können. Aber warum wollten sie *Euch* nicht hier haben? Was habt Ihr gegen Logan? Warum wolltet Ihr die Sache vereiteln?«

»Das wollte ich gar nicht!«, erwidert er verwundert. »Ich habe nichts gegen den Hochkönig. Alle Männerschulen haben ihn als uns gegenüber recht wohlgesinnt erlebt. In viel größerem Maß als die vorangegangenen Herrscher. Soweit mir bekannt ist, hat niemand von uns einen Grund, sich ihm entgegenzustellen. Ich würde mich mit Sicherheit nicht auf ein Kräftemessen mit ihm und der Chantry einlassen, es sei denn, ich hätte einen absolut zwingenden Grund dazu. Solche Feinde kann ich mir nicht leisten. Was die Chantry betrifft, so kann es schon sein, dass sie dort froh sind, Hochkönig Gyre im Amt zu haben, vor allem, wenn sie der Ansicht sind, dass er ihnen etwas schuldig ist. Aber sie haben tatsächlich alles Mögliche unternommen, mich auf Distanz zu halten. Ging es ihnen lediglich darum, dafür zu sorgen, dass nicht zu viele Parteien bei der Sache mitmischen, oder waren sie wegen etwas anderem besorgt? Und …« Er bricht konsterniert ab und starrt zum Sturmschiff hinunter. »Und warum gehen sie jetzt an Bord des Sturmschiffes?«

»Vielleicht, damit sie auf dem Weg zu ihrem nächsten Auftrag eine Mitfahrgelegenheit haben?«, werfe ich in den Raum, obwohl ich es besser weiß. »Es ist der schnellste Weg nach Westen.«

Doch der Großmeister wirkt beunruhigt. »Glaubt Ihr, dass es für sie einfach war, sich die Überfahrt auf diesem Schiff zu organisieren? Glaubt Ihr, sie haben einfach gefragt, ob sie mitfahren dürfen? Glaubt Ihr, die Kaiserin sei gewillt, den Frauen von der Chantry einen Gefallen zu tun, nur wenige Monate nachdem sie herausgefunden hat, dass sie dort Kriegsmagierinnen ausgebildet haben?«

Ich öffne den Mund, weiß aber nichts zu sagen, was mich nicht noch dümmer klingen lassen würde.

Er fährt fort: »Ich habe sämtliche Quellen angezapft, mit denen ich in Verbindung treten konnte, und erfahren, dass sich hier ein Gegenstand, ein Artefakt, ein Ding von unglaublicher Macht befindet, das in einer engen Verbindung zu Logan Gyre steht. Die Chantry will dieses Utensil haben. Deshalb wollten sie mich auf Distanz halten. Sie wollen es so unbedingt in ihren Besitz bringen, dass sie dafür riskieren, die Kaiserin der mächtigsten Nation der Welt noch mehr gegen die Chantry aufzubringen, obwohl sie doch bereits in Wallung ist, weil die Schwestern die Alitaerischen Abkommen gebrochen haben. Einen Konflikt mit Alitaera vom Zaun zu brechen, ist nichts, was die Chantry leichtfertig tun würde. Hochkönig Gyre die Herrschaft zu retten, könnte ihnen später irgendwann einmal durchaus helfen, ja, aber die Tatsache, dass sie gleich zwei Kommandos für Sonderprobleme und Spezialtaktiken auf die *Sturmjäger* schleusen, verrät mir, dass sie andere Pläne haben.«

Die Chantry ist hinter einem *Artefakt* her? Nein, das kann nicht stimmen. Vielleicht haben Vitruvius' Leute ein paar derselben Gerüchte wie ich aufgeschnappt und miteinander vermengt. Haben sie sich von den Gerüchten über den Nemesis-Kompass in die Irre führen lassen, so wie ich? Und dann haben sie das damit in Verbindung gebracht, dass die Frauen von der Chantry auf der Jagd nach etwas Wichtigem hierhergekommen sind?

Aber das bedeutet nicht, dass ich alles gegenüber Großmeister Vitruvius ausposaunen muss. »Zwei Kommandos?«, wundere ich mich. Die Schwestern sind inzwischen im Inneren des riesigen Metallungetüms verschwunden.

Aber ich frage mich, inwiefern ich mir überhaupt sicher sein kann, dass es den Nemesis-Kompass gar nicht gibt. Ich bin wirklich völlig durcheinander. Ich hatte gedacht, herausgefunden zu haben, dass sich Momma K die Sache mit dem Kompass nur ausgedacht hat, damit ich hierherkomme. Und wenn dem so ist, könnte sie ihre Leute hier Gerüchte darüber ausstreuen lassen, damit ich auf sie stoße – Gerüchte, die dann auch Vitruvius zu Ohren gekommen sein müssen.

Nun ja. Das ist einigermaßen plausibel. Vielleicht falsch, aber es ist das Beste, was ich im Moment als möglichen Anhaltspunkt habe.

Vitruvius spricht weiter: »Vielleicht hat die Chantry Hochkönig Gyre nur deshalb von Bord ferngehalten, um mögliche Konkurrenten aus dem Spiel zu nehmen. Sieht ganz so aus, als hätten sie auch Euch abgezogen, was? Haben Euch auf der Feier eine Aufgabe von vermeintlich entscheidender Wichtigkeit gegeben, nicht wahr? Etwas, das Euch an Ort und Stelle festgehalten hat, sodass Ihr ihre Pläne nicht durchkreuzen konntet. Und Ihr marschiert mit einem Lächeln im Gesicht davon, im Wissen, Euren Teil zur Rettung Eures Freundes beigetragen zu haben, und glaubt, die Sache sei ein Sieg für alle Seiten gewesen, während Euch die Chantry in Wirklichkeit zum Narren gehalten hat. Ach, nehmt es Euch nicht zu Herzen. In solchen Dingen sind sie die Besten der Welt.«

Er hat recht. Sie haben mich an der Nase herumgeführt. Und jetzt sitze ich in der Klemme.

»Ihr redet aber viel«, entfährt es mir. Ich weiß nicht, warum ich das sage. Ich sollte dafür sorgen, dass er weiterspricht. Aber ich bin zu zornig, zu dumm.

Verärgerung blitzt über sein Gesicht, ist aber so schnell wieder verschwunden, wie sie gekommen ist. »Vielleicht will ich Euch ja ebenfalls an Ort und Stelle festhalten«, gibt er zu bedenken.

»Eine vergebliche Mühe. Ich bin bereits geschlagen.«

»Ihr seid viel zu gefährlich, als dass ich mir vorstellen könnte, dass Euch ein Rückschlag wie dieser hier lange aufhalten könnte.«

»Dann ist meine Vorstellungskraft wohl besser als Eure«, kontere ich. »Ich komm nicht mehr weiter, alle Wege sind versperrt und verstopft. Wenn das noch schlimmer wird, brauche ich ein Abführmittel.«

Er greift an, hat die Meter zwischen uns so schwindelnd schnell hinter sich gebracht, dass ich kaum Verteidigungshaltung annehmen kann.

Sein Tritt wirft mich der Länge nach um, und ich knalle auf den Steinboden.

Er setzt den Angriff nicht fort.

»Das war zu früh, nicht wahr?«, sagt er. »Ihr wart noch nicht vorbereitet. Entschuldigt vielmals.«

Ich erhebe mich und wische mir ein wenig theatralisch den Staub ab. Innerlich fluche ich, äußerlich bleibe ich ruhig. »Ich muss zugeben, ich hatte gehofft, Ihr hättet Euch ein wenig gehen lassen und wärt dick und langsam geworden, Ihr wisst schon, an der Spitze Eures Ordens und so weiter.«

»In der Tat eine von vielen Gefahren in einer Stellung wie meiner«, erwidert er lächelnd. Er nimmt eine Verteidigungshaltung aus einer der mehr auf Tritte spezialisierten Kampfkünste an: Val Knacht. Der Mann ist ohnehin schon größer als ich. Alles, was mich auf Distanz hält, gibt ihm Zeit, meine Fähigkeiten einzuschätzen.

Ich salutiere ihm nicht. Durzo würde mir eine Tracht Prügel versetzen, würde ich diesen Kampf nach Art der Blauen angehen, Respekt, Ritual und Tradition ganz großgeschrieben. Er pflegte zu sagen: »Die einzige Kampftradition, die ich wertschätze, ist meine Tradition, Kämpfe zu gewinnen.«

Bei der Erinnerung legt sich ein Lächeln über mein Gesicht, und es umspielt noch immer meine Lippen, als ich mich auf den Großmeister stürze und seine druckvoll langen, direkten Attacken mit den Kreisen von Chimorru erwidere.

Ein Tritt, um seinen Tritt aufzuhalten, dann ein Halbmondtritt, der von seinem Oberschenkel abgefangen wird, bevor er seine volle Geschwindigkeit erreichen kann, dann rückwärts ausweichen.

Ich komme nicht näher als auf die von ihm bevorzugte Entfernung heran.

»Ihr habt bisher noch nicht mal Euer magisches Talent eingesetzt«, stelle ich fest.

»Ich bin davon ausgegangen, dass Ihr nur darauf gewartet habt.«

»Na ja … schon?«

Beim Kampf unter Einsatz von Magie geht es nicht einfach nur darum, schneller und stärker zu sein. Nehmen wir mal an, ich versetze meinem Gegner einen magisch verstärkten Hieb, sodass er mit der Kraft eines Schmieds erfolgt, der dreimal so schwer ist wie ich. Erstens muss ich sicherstellen, dass ich einen guten Stand habe, sodass ich ihm den Schlag verpassen kann, ohne dass meine Füße unter mir wegrutschen. Zweitens muss ich, wenn ich einen Treffer lande, Sorge tragen, dass meine Knochen und Gelenke verstärkt sind. Ansonsten könnte es sein, dass ich mir die eigene Faust zerschmettere.

Im Kampf gegen Großmeister Vitruvius muss ich mir indessen viel eher Gedanken über Punkt drei machen: Was ist, wenn ich danebenschlage?

In diesem Fall muss ich damit zurechtkommen, dass ich das Dreifache meines eigenen Körpergewichts in einen Schlag hineingelegt habe. Solltest du das noch nie ausprobiert haben: Es ist, als würdest du mit Maximalgeschwindigkeit rennen und dann versuchen, mit nur einem einzigen Schritt anzuhalten. Selbst wenn du nicht flach auf die Nase knallst, brauchst du doch Zeit, um dich wieder zu fangen.

Kampfkünstler lassen dir keine Zeit. Das Ziel von Schnelligkeit ist es, die Möglichkeiten des Gegners zu vereiteln.

Wir stürzen uns erneut aufeinander. Er wechselt nahtlos von einfachen Tritten zu den Hieben und Boxschlägen des Reck'sta. Innerhalb weniger Augenblicke hat er mich fast im Klammergriff und schleudert mich mit einem klassischen Maich-Wan-Wurf über seine Hüfte.

Ich befreie mich mithilfe meines magischen Talents aus seinem Griff, und mein Überrock zerreißt in seinen Händen. Ich rolle mich ab und komme wieder auf die Beine.

Er wirft mir nur einen neugierigen Blick zu und schleudert die Hälfte meines Ärmels weg.

Ich streife den Rest meines Überrocks ab.

»Wir sollten die Überröcke anlassen«, mahnt er. Der Mann hat sein magisches Talent bisher noch immer nicht eingesetzt.

»Zu leicht zu packen«, entgegne ich.

»Es ist besser, wenn der Gegner deine Kleider zu packen bekommt als deine Glieder.«

Und jetzt erinnere ich mich daran, dass mir Durzo einmal genau das Gleiche eingeschärft hat. Eine weitere Lektion, die ich nicht verinnerlicht habe. Ein weiteres Versagen. »Ich habe nicht allzu viel Zeit an derlei Dinge verschwendet«, gebe ich zu.

»Ich könnte mir vorstellen, dass Durzo Blint von Euch erwartet hat, dass Ihr Eure Probleme im Kampf auf Leben und Tod löst, statt Euch mit Kämpfen wie unserem hier abzugeben.«

Es ist nicht das erste Mal, dass er Durzo erwähnt. Was weiß dieser Mann sonst noch alles über mich?

Wieder gehen wir aufeinander los. Ich habe auch so schon genügend Nachteile, ohne dass er mein Hauptproblem bei der ganzen Sache herausfindet.

Er ist schnell und sehr erfahren. Er hat mir gegenüber den Vorteil, dass er täglich im Kampf gegen andere Elitekämpfer trainiert. Das ist mir nicht mehr möglich gewesen, seit Durzo verschwunden ist.

Bald schon muss ich Schläge einstecken. Auf Beine, Hüfte, in den Bauch. Ich trage einen üblen Kratzer am Arm davon, als ich mich mit knapper Not gerade noch aus einem weiteren Klammergriff befreien kann.

Er löst sich von mir, und ich setze nicht nach.

Er lächelt, als würde er den Kampf mit mir genießen. »Ach, Kylar, wenn Ihr auch nur ein Jahr lang bei uns trainieren würdet, könnte ich aus Euch etwas ganz …«

»Ihr könntet aus mir etwas ganz Besonderes machen, ja, da bin ich sicher. Aber ich bin nicht interessiert. Mir gefällt die Vorstellung, schon etwas Besonderes zu sein, danke.«

»Euch gefällt die *Vorstellung*?«, fragt Vitruvius belustigt.

»Tatsächlich weiß ich, dass ich besonders bin.«

»Eine schreckliche Last, fürwahr.«

Ich starre ihn unbeirrt an. »Ich habe schon einen Meister gehabt. Ich brauche keinen weiteren. Ich habe auch genug Rätsel für ein ganzes Leben gehabt.«

~Oder auch für mehr als nur ein einziges ganzes Leben?~

Du bist da nicht hilfreich.

»Keine Rätsel. So etwas ist nicht mein Stil. Ihr trefft irgendwelche Annahmen, Kylar, und Ihr seid in diesem Punkt nicht gut. Ich wollte gerade sagen, dass ich aus Euch etwas ganz Gewöhnliches machen könnte.«

»Wie bitte?«, erwidere ich.

»Ich glaube, wir sind jetzt aufgewärmt. Bereit?«, sagt er.

»Noch nicht ganz. Da ich so schlecht in meinen Annahmen bin, vielleicht hilft es ja, wenn ich …« Ich lasse mein magisches Talent nachahmen, was ich in Tover gesehen habe, und werfe eine Staubwolke aus glühenden Partikeln hoch. Der Wind bläst sie um ihn herum, ehe er ausweichen kann. Die Staubpartikel klammern sich an ihn, schimmern und flackern im heller werdenden Licht des kommenden Morgens.

Eine Wolke von Möglichkeiten erblüht um ihn herum, vor ihm.

Er schaut einen Moment lang erst neugierig und dann anerkennend auf die wechselnden Schemen herab. Dann greift er an.

Mein Kampf ist reine Verteidigung, ich weiche aus, drehe mich im Kreis und verfolge, inwieweit die Bilder der Vorausschau, die ich da um ihn gelegt habe, ihren Dienst erfüllen.

Dann fängt er an, sein magisches Talent anzuzapfen, und seltsamerweise schärft sich meine Vorausschau, die Bilder werden klarer umrissen, hilfreicher.

Doch leider ist, einen Schlag kommen zu sehen, keine so große Hilfe, wie man glauben mag, sofern man nicht schnell genug ist, um ihn abzufangen.

Durzo hat mir einmal gesagt, dass es eine ganze Welt von Fertigkeiten gebe, die mir beizubringen er noch nicht einmal *anfangen* könne, solange ich nicht in der Lage sei, von meinem magischen Talent Gebrauch zu machen. Jetzt erst zeigen sich die wahren Kosten, die ich für die Blockade zahlen muss, unter der ich in meiner Kindheit gelitten habe.

Sein Hieb streift meinen Kiefer. Zurückweichen, Angriff abblocken, abblocken, abblocken, einen Schlag auf das Knie einstecken, den ich nicht ganz abfedern kann. In Abwehrstellung gehen, zu langsam für einen Tritt von der Seite.

Ich verliere den Halt, gehe zu Boden, und er ist auf mir, lässt Schläge auf mich niederprasseln, während ich darum ringe, wieder auf die Beine zu kommen. Meine Nase wird getroffen, und ein Sprühnebel von Blut spritzt auf.

Ein Fuß, den ich nicht erwartet hätte, erwischt mich an der Niere.

Als ich vor Schmerz kurz die Augen zusammenkneife, trifft mich ein Schlag, den ich überhaupt nicht habe kommen sehen, und wirft mich flach auf den Rücken. Ich bleibe keuchend liegen.

Einen Moment später springe ich auf, und er ist zur Stelle und reißt mich erneut von den Beinen und wirft mich zu Boden.

Wieder lande ich flach auf dem Rücken, die Luft pfeift mir aus der Lunge, gellender Schmerz in der Schulter.

Allein einem tief verwurzelten Instinkt gehorchend, komme ich wieder auf die Beine, aber ich kann nichts sehen. Ich blinzle gegen die schwarzen Punkte an, die mir vor den Augen flimmern. Meine Schulter – ach, verdammt. Sie ist ausgekugelt.

Noch während ich blind zurücktaumle, packe ich unter Zuhilfenahme meines magischen Talents den eigenen Ellbogen und drücke ihn von mir weg.

Das widerwärtig-vertraute Knacken eines Gelenks, das wieder an seinen Platz zurückspringt, füllt mir unter dem Heulen des Windes die Ohren. Es schmerzt so sehr, dass ich würgen muss.

Großmeister Vitruvius hat seinen Angriff nicht fortgesetzt. Er starrt mich an.

»Ihr könnt die Vorausschau unmöglich imitiert haben, nachdem Ihr sie nur einmal gesehen habt«, sagt er.

»Genau genommen«, stoße ich hervor, »habe ich sie zweimal gesehen.«

»Ah, wie erleichternd«, erwidert er ausdruckslos. »Welche Parameter habt Ihr dafür verwendet?«

»Hä?«

»Die Möglichkeiten für meine Bewegungen, von denen Ihr ausgegangen seid. Eure Vermutungen sind zwar nicht lächerlich überzogen, aber sie setzen viel bessere Fähigkeiten voraus, als ich sie tatsächlich habe. Ich bin auch zuvor schon überschätzt worden, doch die Art und Weise, *wie* Ihr Euch irrt, lässt vermuten …«

Ich bin gerne bereit, über alles zu reden, worüber er reden will. Ich muss wieder zu Atem kommen. Mich vergewissern, wie viel meine magischen Heilungskräfte zuwege bringen können.

Aber dann trifft es mich wie der Schlag. Da ist eine komplette Leere. Am Schwarzen Hügel bin ich fast getötet worden – und mit dem, was Durzo mir an jenem Tag beigebracht hat, ist es mir gelungen, mich in ungefähr einer Minute zu heilen. Hier habe ich es jetzt mit einer gebrochenen Nase und der stärkenden Kräftigung einer Schulter zu tun, damit sie sich nicht wieder auskugelt. Sollte eine einfache Sache sein.

Ich weiß, dass ich die Magie dazu kenne, aber sie ist nicht da. Es ist eines der Dinge, die die Ereignisse vom Schwarzen Hügel aus meinem Gedächtnis gelöscht haben. Eines der Dinge, die so grundlegend sind, dass ich mir eigentlich sicher gewesen bin, diese Kenntnis wieder zurückzuerlangen.

Doch da kommt nichts zurück.

»Ihr habt die Parameter von *Durzo* für mich verwendet, nicht wahr?«, fragt er verblüfft. Er flucht leise. »Ist er denn so gut?«

Ich übergehe seine Frage. Mit immer noch schmerzverzerrtem Gesicht deute ich auf die Stelle, an der die Wolke der Möglichkeiten, nachdem sie nun die weiteste Entfernung von ihm erreicht hat, zerfasert und sich wie Rauch auflöst. »Das ist der Punkt an der Sache, der meine Neugierde weckt.«

Verlangsamt sich der Blutfluss aus meiner Nase hinein in den Mund und über das Kinn nun allmählich?

Er sieht mich mit seinen grauen Eulenaugen eindringlich an. »Nicht nur Eure. Auch die der Philosophen«, erklärt er.

»Was soll das heißen?«

Meine Nase hört auf zu bluten. Den Göttern sei Dank! Doch ich habe es nicht bewusst getan. Es ist mehr als die natürliche Heilung, aber auch nicht annähernd die wundersame Heilung, die ich mittlerweile gewohnt bin.

Ob mein Körper auch die Prellung in der Muskulatur meines rechten Beins heilt, die mein Tempo verlangsamt? Wird er den Nervenschaden in meiner Schulter beheben können, der durch das Auskugeln entstanden ist?

Wenn ich die Magie nach Wunsch lenken könnte, könnte ich eine Auswahl treffen. Prioritäten setzen und bestimmen, was zuerst geheilt werden soll. Stattdessen muss ich warten. Hoffen.

Der Großmeister erwidert: »Wenn es einen Schöpfer gibt und ich ihm je begegnen sollte, werde ich ihm zwei Fragen stellen: ›Warum Licht?‹ und ›Warum Verwirbelung?‹ Ich glaube, auf die erste Frage dürfte er eine Antwort haben.«

»Verwirbelung? Wie was zum Beispiel? So wie an der Stelle, wo sich ein Wasserfall in einen See ergießt?«, erkundige ich mich.

»Habt Ihr je den Schatten einer Flamme in einem windstillen Raum zucken und flattern sehen? Das ist dasselbe. Es ist das gleiche Phänomen, das das Verschwimmen und Flimmern in den Bildern der Vorausschau verursacht. Deshalb sind sinnvolle, aussagekräftige Prophezeiungen unmöglich.«

»Aber ich habe erlebt, wie Prophezeiungen wahr geworden sind«, erwidere ich.

»Täuschungen, Vermutungen, Spiele zur gesellschaftlichen Unterhaltung und die Täuschungsmanöver der Scharlatane.«

»Für Dorian Ursuul ist der Vorwurf, ein Scharlatan zu sein, eine schwer lastende Bürde auf seinen Schultern.«

Ihm stockt kurz der Atem. »Ihr kennt Dorian also doch. Passt ja bestens in Euren Freundeskreis.«

»Er ist kein Freund«, entgegne ich und denke an unsere letzte Begegnung zurück.

»Aber Ihr leugnet nicht, ihn zu kennen.«

Ich fühle mich, als sei ich in eine Falle getappt, aber ich kann nicht erkennen, warum die Sache mit Dorian wichtig sein sollte. »Kennt denn überhaupt jemand Dorian wirklich?«

»Hat er Euch hergeschickt?«

»Nein.« Ich glaube jedenfalls nicht, dass dem so war. Allerdings haben wir miteinander gesprochen, und hier bin ich nun. »Warum?«

»Weil Dorian Ursuul der gefährlichste Mensch der Welt ist.«

»Das habt Ihr schon einmal gesagt. Und vielleicht ist es auch einmal wahr gewesen. Aber nein, jetzt ist er es nicht mehr«, erkläre ich. »Er ist jetzt ein geläuterter Mann. Ein harmloser, verrückter Prophet.«

»Wahre Prophezeiungen sind unmöglich, das ist es, was ich Euch einschärfen will. Er hat außerordentlich oft recht gehabt, aber das macht ihn nur noch gefährlicher. Es bedeutet nicht, dass er eine echte Prophetengabe hat. Er ist magisch begabt, sehr scharfsichtig und aufmerksam, und er war gerissen genug, um all die Gemetzel um die Nachfolge am Hof von Khalidor zu überleben. Doch wenn jemand das Schicksal der Welt auf Dorians Worte setzt, dann wird unsere Zukunft von einem Mann entschieden, der sich in Wahnvorstellungen verloren hat.«

Mein rechter Arm scheint sich etwas gebessert zu haben, aber mich machen die eulenhaften Augen des Großmeisters nervös. Sie beobachten mich, als bemerke er ganz genau, was ich tue, als würde er noch durch jedes beobachtete Detail mehr über mich in Erfahrung bringen.

»Ich bin ein sehr kluger Mann«, unterstreicht Vitruvius, »und wisst Ihr, was ich gelernt habe?«

»Na ja, wenn Ihr das selbst sagt ...«

»Lasst das. Das ist unter Eurer Würde. Wir haben keine Zeit für falsche Bescheidenheit. Was ich gelernt habe, ist, dass hochintelligente Menschen zu einer Reihe von ganz bestimmten Fehlern neigen. Was das Moralische betrifft, verengt sich ihre Welt oft eher, als dass sie sich erweitert. Sie gewöhnen sich an, Intelligenz höher zu schätzen als alles andere. Irgendwann sind sie völlig eingenommen von ihrer eigenen Intelligenz und fühlen sich von denen, die noch intelligenter sind als sie, entweder bedroht, oder sie verharren eingeschüchtert in ehrfürchtiger Bewunderung. Statt dass es sie befreit, beschränkt diese Gabe, die zu erwerben sie selbst nichts getan haben, sie auf eine einzige Facette ihres Wesens. Das macht sie klein. Sie wertschätzen sich selbst und damit auch andere in erster Linie nach Maßgabe ihrer Intelligenz und werten dadurch die weniger oder anders Begabten unweigerlich ab. Das Gleiche kann mit jeder besonderen Begabung passieren. Genialität und die Konzentration auf ein bestimmtes Ziel sollten in ihrem Wert entsprechend ihrem Nutzen bemessen werden – derlei ist schätzenswert, doch man sollte es auch nicht zu hoch schätzen. Menschen, die in der Verfolgung eines Ideals oder eines Traums ihre Beziehungen, ihre Familie und ihre Gesundheit opfern, sind oft nützlich für eine Gemeinschaft, aber sie sind einseitig. Der Vater, der jede wache Stunde mit seiner Forschung, seiner Kunst oder seiner Herrschaft über ein Reich verbringt, mag ein Segen für die ganze Welt sein, doch mit Sicherheit bringt er unsagbares Elend über seine Frau und seine Kinder – ohne sie jemals zu fragen, ob sie um eines solch hohen Einsatzes willen ihren Vater opfern wollen. Ein solcher Mann ist ein Tyrann, ein auf nur eine einzige Dimension reduzierter Mensch, ja weniger ein Mensch als ein Untier, und doch loben und preisen wir ihn allzu oft für sein Tun. Wir sind so gierig auf das, was Genies uns geben können, so selbstsüchtig um unseren eigenen Nutzen bemüht, dass wir diese Menschen selbstlos nennen. Wir sprechen von den großen Opfern, die sie bringen, nur sie selbst, die jeweilige Person allein. Könnten wir überhaupt noch blinder sein?«

Wenn Elene noch leben würde, was für ein Vater wäre ich dann wohl für unser Kind gewesen?

»Und was hat das alles mit mir zu tun?«, will ich wissen. Ich sollte eigentlich nicht versuchen, die Sache knapp auf den Punkt und damit zum Abschluss zu bringen. Meine Verletzungen sind noch nicht geheilt. Aber es rutscht mir einfach heraus. Ich und mein dummes Mundwerk.

»Was könntet Ihr nicht alles sein, Kylar, wenn Ihr beschließen würdet, zuallererst ein Mensch zu sein? Wenn Ihr Euch entscheiden würdet, mutig dieses Leben als ein Mensch zu wählen? Was könnte wohl aus Euch werden, wenn Ihr den Entschluss fassen würdet, die vielen Aspekte von Euch wertzuschätzen, die ganz gewöhnlich sind, statt nur die wenigen, die so besonders sind?«

»Ich bitte jedenfalls niemanden, sich für mich zu opfern.«

»Nein, Ihr *bittet* nicht, Ihr fordert es. Indem Ihr Euch isoliert, schließt Ihr Euch von jenen ab, für die Eure Gegenwart eine Wohltat und ein Segen wäre.«

Klar, meine Anwesenheit ist ja wahrlich so ein Segen. »Vielleicht ist es Euch noch nicht aufgefallen«, entgegne ich, »aber es gibt auf dieser Welt jede Menge zu tun. Jemand muss die ganze Arbeit machen. Ich habe mich entschieden, meine Last zu tragen.«

»Derart isoliert, wie Ihr seid, wer soll Euch sagen, ob es nicht womöglich die falsche Last ist? Auf wen würdet Ihr hören?«

»Alle, auf die ich gehört habe, waren auf dem Holzweg, und jetzt sind sie verschwunden oder tot«, antworte ich verbittert.

Es ist gerade nicht der richtige Zeitpunkt, um an Elene zu denken, aber die plötzliche Erinnerung an sie ist wie ein Stich. Ich erinnere mich ganz genau an ihr Wesen, doch ihr Bild beginnt zu verschwimmen.

Ich bin dabei, ihr Gesicht zu vergessen.

Ich bin dabei, sie zu vergessen. Und ich kann das nicht auf irgendwelche magischen Ursachen schieben. Das bin nur ich, weit entfernt von ihr auf einem tobenden Ozean ausgesetzt, und der Strom der Zeit zieht sie unaufhaltsam von mir weg.

Das Leben selbst ist der Große Sturm, und mit gebrochenen Flügeln klammere ich mich an diesen Felsen, während der Wind stärker und immer stärker wird, und lange kann ich mich nicht mehr halten. Gebrochen, wie ich bin, kann ich nicht mehr fliegen, nur noch fallen.

Was wird nun aus mir ohne dich, Elene? Was ist da bloß mit mir geschehen?

Mit einem Knall schlug Vi das Buch zu. Sie sprang von ihrem Stuhl auf und atmete schwer.

Sie sollte das alles eigentlich nicht lesen. Es war falsch. Es war ungehörig. Mit flatternden Augenlidern ging sie in der Bibliothek auf und ab. Sie würde nicht weitermachen. Würde sich weigern. Die anderen konnten sie nicht zwingen, ihn in diesem Zustand erleben zu müssen.

Ein dicker Kloß saß in ihrem Hals, machte das Schlucken schwer. Sie rieb sich die Augenwinkel, versuchte vergebens, ihren Zorn festzuhalten, der sich mehr und mehr verflüchtigte und sie mit etwas zurückließ, was eher Gefühle von Schwäche und Hilflosigkeit waren.

Elene war tot. Ihre Freundin war tot, und obwohl Vi gewusst hatte, dass es ihr nicht leichtfallen würde, von Kylars Ende lesen zu müssen, war ihr irgendwie nicht klar gewesen, dass sie auch alle schmerzhaften Erinnerungen an Elenes Tod noch einmal würde durchleben müssen.

Du bist dumm, Vi. Sie war schließlich seine Frau. Natürlich denkt er an sie!

Vis Kummer über den Verlust der einen verschwamm mit dem Kummer über den Verlust des anderen, und ihre Augen wurden heiß vor Tränen.

Sie verfluchte Schwester Ayayah mit laut erhobener Stimme.

Erst dann sah sie auf und bemerkte, dass Schwester Ariel sie über ihre Lesebrille hinweg ansah wie ein aufgeschreckter Präriehund, der am Rande des Eingangs zu seinem Bau steht.

»Gibt es da etwas, worüber du gerne reden möchtest?«, erkundigte sich Schwester Ariel.

»Nein!«, rief Vi und stampfte dabei fest mit dem Fuß auf. »Es ist schon spät. Ich gehe ins Bett.«

»Das dürfte vielleicht auch das Beste sein, wenn du den Eindruck hast, dass deine geistigen Reserven erschöpft sind«, antwortete Schwester Ariel. »Und komm erfrischt zurück, wenn …«

Vi schlug die Tür hinter sich zu und schnitt Schwester Ariel das Wort ab.

Sie schlief weder gut noch lange, und der einzige Traum, an den sie sich beim Aufwachen erinnern konnte, kam ihr so vor, als habe ihr ein rachsüchtiger Gott einen bösen Streich gespielt. Sie hatte von Kylar geträumt, von damals, als er in jener kleinen Schiffskabine in ihren Armen gelegen hatte, während allmählich das Glück seines Höhepunkts aus seinem Gesicht wich und nach und nach durch grenzenlose Zärtlichkeit für sie ersetzt wurde – aber auch durch Trauer und vielleicht sogar Reue. Und allzu schnell hatte er sich von ihr gelöst.

Und es schmerzte. Wie sehr es schmerzte! Wie sehr sie ihn auch hatte halten wollen, er hatte sich immer weiter von ihr zurückgezogen und nie damit aufgehört.

DRITTER TAG

Kapitel 54

Das Dümmste, was ich je gemacht habe

Vi klatschte das Buch auf den Schreibtisch. Ihr Gesicht war kühl und trocken, im grauen Licht vor Tagesanbruch völlig ausdruckslos. Sie fuhr sich mit den Fingern durchs Haar und bereitete geistesabwesend die Strähnen vor, um sie zu festen Zöpfen zu flechten. Dann erinnerte sie sich daran, dass ihr verboten war, solche Zöpfe zu tragen. Sie öffnete den Mund für einen Fluch, besann sich aber und hielt ihn zurück. Auch Flüche waren ihr verboten.

Schwester Ariel saß bereits – oder noch immer – an ihrem Platz an einem Ecktisch mit vielen Büchern. Sie musterte Vi einen Moment lang, dann wandte sie sich wortlos wieder ihrer Arbeit zu.

Vi – *Viridiana,* schärfte sie sich erneut ein – war ihr dafür sehr dankbar. Schwester Ariel war keine dieser Frauen, die dir ständig auf den Zahn fühlen, ihre Nase in deine Angelegenheiten stecken und in deinen Gefühlen wühlen wollen.

Wahrscheinlich war es dabei hilfreich, dass Schwester Ariel selbst keine Gefühle hatte. Die Frau war ganz Verstand, ein Gehirn mit einem unordentlichen grauen Dutt darauf.

Vi unterdrückte einen leisen Seufzer, rückte ihre Lampe und ihr Tintenfass zurecht und legte ihre Federkiele an ihren Platz. Sie positionierte das Buch vor sich auf dem Tisch und schlug die Seite auf, wo sie mit dem Lesen aufgehört hatte. Sie würde das hinkriegen, musste.

Heute war der dritte Tag. Sie hatte noch vierzehn Stunden.

»Ihr seid am Schwarzen Hügel gewesen, am Ende«, sagt Großmeister Vitruvius. »Eine Magie dieses Ausmaßes macht Menschen kaputt. Verändert alles.«

»Es war nicht die Magie, die mich ruiniert hat«, erwidere ich. Meine Stimme klingt plötzlich heiser.

Ich möchte nicht darüber sprechen.

»Ich habe mir schon viele Gedanken darüber gemacht«, erklärt er. »Wir haben jede Menge Geschichten gehört, selbst in Tover. Es tut mir leid, was Ihr da alles verloren habt, mein Sohn.«

Ich blinzle schnell die Tränen weg, der Wind treibt mir eine über die Wange. »Muss das jetzt sein?« Ich bin inzwischen geheilt. Jedenfalls hinreichend. Zu kämpfen ist im Moment weniger schmerzhaft, als zu reden.

»Ihr habt das Pferd zurückgegeben«, sagt Großmeister Vitruvius.

»Und?« Das Pferd? Das kommt wie aus dem Nichts.

»Warum?«

»Keine Ahnung. Wahrscheinlich bin ich eben einfach kein Pferdedieb.«

Seine Miene verzieht sich. Erst verwirrt, dann belustigt. »Ihr tötet Menschen für Geld, aber beim Pferdediebstahl zieht Ihr die Grenze?«

»Vielleicht mag ich ja Pferde mehr als Menschen.«

»Nein, tut Ihr nicht.«

»Nein, tu ich nicht«, räume ich ein. »Aber woher wisst Ihr davon?«

»Die Männer an den Rasthäusern meinten, Ihr wärt nicht gerade der beste Reiter.«

»Tatsächlich? Beleidigungen hinsichtlich meiner Reitkünste?«

»Ihr habt gefragt!« Er lässt entnervt die Hände sinken. »Sagt mir, Kylar, hat es den Anschein, als würde ich meine Kräfte absichtlich im Zaum halten?«

Ich überlege, ob ich sagen soll: *Wenn Sich-im-Zaum-Halten bei Euch so aussieht, dann seid Ihr wahrhaft erschreckend.* Aber was ich sage, ist: »Es sieht nicht danach aus.«

»Ich versohle Euch Euren armseligen, dreckigen Hintern. Wenn ich mich also nicht absichtlich im Zaum halte, warum zum Teufel macht Ihr es dann?«

Ich kann ihm nicht die Wahrheit sagen. Dass er für mich ein Unschuldiger ist und ich keinen Unschuldigen umbringen kann, ohne meine letzten Bande zur Menschheit zu verlieren. Die Sache ist jetzt schon schwer genug. Wenn ich ihm das sage, weiß er, dass er mir gegenüber jeden erdenklichen Vorteil hat.

»Ihr gehört wirklich mit Haut und Haar zu Eurer Bruderschaft, oder?«, hake ich nach.

»Ja.« Die Frage scheint ihn jedoch ein klein wenig aus der Fassung zu bringen.

»Genauso gebe ich Pferde immer an ihre Besitzer zurück.«

»Das verstehe ich, aber …«

»Selbst wenn es nicht das ganze Pferd ist, sondern nur sein Hinterteil.«

Er lacht auf der Stelle.

Tja, Teufel auch.

Ein kleiner Trick, den mir mein Meister beigebracht hat. Wie klug ein Mensch ist, erkennt man nicht daran, worüber er lacht oder wie heftig, sondern daran, wie schnell er lacht. Humor funktioniert durch Überraschung. Für Durzo war dieser Punkt deshalb so wichtig, weil die Geschwindigkeit, mit der jemand im Frieden auf das Unerwartete reagiert, Aufschluss darüber gibt, wie schnell er im Krieg reagieren kann.

Großmeister Vitruvius ist, wie er selbst gesagt hat, tatsächlich ein sehr kluger Mann.

Umso schlimmer für mich.

Ich verbeuge mich vor ihm, scheiß auf Durzo. Ich kann nicht mehr reden. Ich brauche den … wie war noch mal das Wort, das Logan dafür gebraucht hat? Den Zaubertrank. Den Zaubertrank, den dir der Rausch der Schlacht durchs Blut pumpt.

Vitruvius verbeugt sich ebenfalls, und dann, während der Wind heult und die ersten Sonnenstrahlen über den Horizont dringen, kämpfen wir.

Es kommt mir jetzt anders vor. Ich werde völlig eins mit meinem Leib und werfe alles Unwesentliche ab. Vergangenheit und Zukunft. Jeden Gedanken an Misserfolg, Erfolg, Kummer und Verlangen – absolut alle Gedanken. Ich werfe das alles von mir wie eine Schlange, die sich häutet, kurzfristig kleiner werdend, um zu wachsen. Meine Haut selbst ist zu einem Sinnesorgan geworden, und ich fühle nicht nur die Kälte des Windes, sondern auch die zunehmende Helligkeit, schätze die in einen Tritt gelegte Kraft ab, während ich mich seinen Schlägen entgegenstelle, von leicht zu fest, von fest zu leicht. Ausweichen, zuschlagen, zögern, bis er sein Gewicht nach links verlagert, dort meinen nächsten Schlag erwartet, und dann komme ich von rechts, rechts, rechts. Finten, die meine Geschwindigkeit, und Finten, die den Moment meines Zuschlagens betreffen. Gegenangriff, Nachstoß, Nachsetzen mit doppelter Wucht. Attacken mit Gegenschlägen erwidern, erneutes Zurückschlagen und vorgetäuschte Angriffe, um den Gegner in die Falle zu locken.

Er weicht ein Stück zurück. Lächelt.

Ich nehme es kaum wahr.

Sein nächster Tritt hat eine unnatürlich große Reichweite, eine magische Linie der Kraft, die sich peitschenartig von seinem Bein in den Raum hinaus erstreckt.

Mithilfe von Magie erweitere ich meine Parade, ohne überhaupt einen Gedanken darauf verschwenden zu müssen. Es ist nur eine Sache von Aktion und Reaktion. Bewegung, Gegenbewegung – und mein eigener gezielter Tritt nach vorn durchdringt seine Abwehr und trifft ihn in den Unterleib.

Er stolpert, dann aber stürzt er sich mit erneuerter Intensität auf mich: Jetzt ist jede seiner Aktionen, jeder Schlag magisch unterstützt.

Dieser Hurensohn. Er hat sich *doch* mit Absicht im Zaum gehalten.

Ich schätze seinen Angriff falsch ein, als er sich mit einer Art mehrdimensionaler körperlich-magischer Attacke auf mich stürzt, wie ich dergleichen noch nie erlebt habe.

Ich kann seinen Angriff nicht vollends überblicken, und etwas, das ich übersehen habe, trifft mich in der Leistengegend.

Ich taumle zurück, dann zur Seite. Mit der richtigen Schulung lässt sich sogar der Schmerz, wenn dir jemand einen Tritt in die Eier verpasst, unterdrücken, und jetzt habe ich eine Idee. Ich habe mich bisher noch nicht des Windes bedient. Während ich zurückweiche, achte ich darauf, dass ich mich auf der Windseite von Großmeister Vitruvius befinde. Wenn ich meine magische Kraft zu beiden Seiten von mir aufbaue, kann ich den Wind aufhalten, gegen den wir beide kämpfen. Wenn ich das im richtigen Moment mache, gerät er genau in dem Moment ins Taumeln, wenn ich mich auf ihn stürzen kann – und meine Bewegung wird vom Wind verstärkt.

Ich richte mich auf und sage mit nur teilweise vorgetäuschter Schmerzensmiene: »Guter Treffer.«

»Hatte eigentlich gar nicht vor, Euch in die …«

Doch ich höre den Rest seiner Antwort nicht mehr, denn mein Blick geht hinüber zur *Sturmjäger*.

Alles fügt sich mit einem Mal zusammen. Die Tatsache, dass Vi Teil des Kommandos für Sonderprobleme ist. Die Ziele der Chantry. Warum sie Vitruvius haben fernhalten wollen. Der Nemesis-Kompass. Die Entführung. Schwester Ayayah, die sich das Kind »sichern« will, statt es zu retten. Selbst Jenines Wahnsinn.

Ich hatte nicht die richtigen Fragen gestellt, und daher hatte ich auch nicht den Hauch einer Chance, die richtigen Antworten zu finden. Logan würde einen Krieg mit Alitaera in Kauf nehmen, um sein Kind zu retten. Wie auch Jenine. Und Momma K. Und ich auch. Es ist die angemessene Reaktion. Der Kleine ist ein Prinz. Er ist die Zukunft. Die Hoffnung für einen großen Teil von Midcyru. Natürlich wird jeder von uns alles in Kauf nehmen, um ihn zu retten.

Aber das ist nebensächlich. Die richtige Frage ist: Würde die *Chantry* einen Krieg mit Alitaera in Kauf nehmen, um Logans Kind zu retten?

Und die Antwort lautet nein. Die Entführung eines Kindes, selbst eines Königskindes, schert die Chantry einen feuchten Dreck.

Hätte ich diese Frage früher schon gestellt, hätte mich das direkt zur nächsten richtigen Frage geführt: Warum riskiert die Chantry dann einen Krieg, um sich dieses Kind zu »sichern«?

Weißt du, was ich nach einem Tritt in die Eier wirklich unbedingt brauche?

Lehre meines Lebens: »Vielleicht noch einen Tritt in die Eier?«

Mein Versagen, zuvor schon gewaltig, ist mit einem Mal total. »Ich habe gedacht, die Chantry wolle Zugeständnisse herausschinden. Ich habe mich geirrt. Und ich habe mich auch geirrt, als ich geglaubt habe, Eure Leute hätten einfach nur Gerüchte gehört, die Momma K hier gestreut hat. Nein, Eure Leute hatten recht. Es gibt hier tatsächlich ein Artefakt. Aber es ist kein Was«, verkünde ich. Ich greife mir an den Kopf. »Jenine ist zusammen mit uns am Schwarzen Hügel gewesen. War am Ende mittendrin. Sie war schwanger, was bedeutet, dass ihre Söhne auch inmitten all dieser Magie gewesen sind. Und Ihr hattet recht, eine Magie dieses Ausmaßes verändert alles.«

»Was wollt Ihr damit …?« Großmeister Vitruvius hält immer noch die Hände vor sich in die Höhe, kampfbereit und auf der Hut.

»Was sie in ihren Besitz bringen wollen, ist kein Was. Es ist ein Wer!«, rufe ich. »Sie wollen die Kinder von Logan!«

»Was?«

Aber ich bin jetzt außer mir. »Nein, nein, nein. Nicht Logans Kinder – nicht für ihre magischen Zwecke. Die Kinder von Jenine und, und, und Dorian! Das erklärt alles. Meine verrückten Träume, nachdem ich ihn im Arm gehalten habe. Jenines Wahnsinn. Deshalb hat Lord Repha'im ihn entführt. Deshalb will die Chantry ihn haben. Es gibt hier in der Tat ein magisches Artefakt. Es befindet sich hier, aber es ist kein Ding. Es ist das *Kind*.«

»Was sagt Ihr da?«, fragt Vitruvius. Er hat inzwischen einen Schritt auf mich zugemacht, seine verteidigungsbereit erhobenen Hände etwas gesenkt, doch er behält mich immer noch wachsam im Auge, für einen Angriff gerüstet.

»Ich hätte es Euch nicht verraten sollen. Gütige Götter! Aber was tut es jetzt noch zur Sache? Dorian hat in der letzten Schlacht all unsere Magie gelenkt. Jenine war vor Ort, mit seinen Zwillingen schwanger. Die Magie hat uns allen in unterschiedlicher Weise übel zugesetzt und Verwirrung gestiftet, und ich glaube, einer der Jungen hat Dorians prophetische Gabe abbekommen. Nein, nicht ganz auf die gleiche Weise. Seine Mutter ist fast verrückt geworden, und als ich seine Haut berührt habe, fühlte ich … Das Kind zu halten, verleiht einem Träume. Prophetische Träume. Vielleicht auch Visionen, wenn man es nur lange genug hält. Ich habe es nur kurz in den Armen gehalten, und danach … hatte ich diese intensiven Träume. Sie waren apokalyptisch. Ich wäre fast nicht darauf gekommen, aber …« Ich schüttele mich, sehe Vitruvius an. »Ich weiß, Ihr glaubt nicht an Prophezeiungen, Großmeister, aber mal angenommen, dass diese Gabe echt ist … wenn sie auch nur halbwegs echt ist, was würde die Chantry tun, um diese Art von Macht in die Hände zu bekommen?«

»Ein Artefakt, das anderen die Fähigkeit zur Prophezeiung verleiht? Das wäre – ich weiß nicht – zehnmal verlockender, als einfach einen neuen Propheten zu finden. Jeder Zweifler könnte von einem Tag auf den anderen zum Gläubigen gemacht werden. Selbst wenn sich diese Gabe nicht lenken ließe, wie viele Menschen wären wohl bereit, ein Vermögen dafür zu zahlen, ihren eigenen prophetischen Traum zu haben? Sodass einem nicht irgendein Scharlatan sagt, was man hören will, sondern es von einem selbst kommt? Und wenn das Ganze auf irgendeine Art gelenkt werden könnte, wie weit auch immer, entweder mit Blick auf den Inhalt, die Dauer oder die Intensität der Träume … dann würde das in der Tat eine erschreckende Machtfülle bedeuten.« Er lässt seine kampfbereiten Hände nun ganz sinken, während ihm von all den möglichen Implikationen der Kopf schwirrt. »Bei den Göttern, selbst im Wissen, dass jeder Traum, den dieses Kind verleiht, falsch sein muss – und das *muss* er sein –, würde ich alles in unserer Schatzkammer geben, um dieses Kind von den Händen anderer fernzuhalten, einfach nur um die Verheerungen zu verhindern, die es anrichten würde. Stellt Euch das nur mal vor! Jeder handelt in der Gewissheit, dass er die Zukunft kennt, und von der Überzeugung geleitet, dass er entweder vom Schicksal vor dem Scheitern bewahrt wird oder schnell handeln muss, um ein mögliches Scheitern abzuwenden! Kylar, Ihr redet da von einer Gabe, von der ich noch nie gehört habe, aber bei der Menge an magischer Macht, die Dorian zu lenken vermochte, indem er Curoch und Iures gemeinsam benutzt hat … Nein, ich glaube es trotzdem immer noch nicht. Aber andere würden es. Werden es. Und … ja, ein solches Vermögen ist auf alle Fälle etwas, wofür die Chantry einen Krieg mit Alitaera in Kauf nehmen würde. Eine solche Magie könnte das Machtgefüge auf dem ganzen Kontinent und noch darüber hinaus verändern.« Er schüttelt entgeistert den Kopf. »Die Götter mögen uns schützen. Wie alt ist das Kind?«

»Was tut das zur Sache?«, frage ich.

»Eigentlich nichts. Es sei denn, er ist noch keine drei, vier Monate alt.«

Ich zögere. »Es ist noch unter drei Monate. Warum?«

Er reibt sich die Stirn. »Ein magisches Talent, das sich bereits sehr früh zeigt, wandelt sich manchmal, oder es verschwindet wieder. Wenn Ihr Glück habt, löst sich die Sache von selbst. Es kann sein, dass die Gabe wieder ganz verschwindet.« Dann fügt er widerstrebend hinzu: »Oder Ihr dürftet ein Problem haben.«

»Ich habe es bemerkt. Und nicht nur eines. Doch worin besteht jetzt dieses neue?«

»Gemäß den Prinzipien der Chantry … oh!« Er sieht das Gesicht, das ich plötzlich mache, fährt herum und blickt hinter sich.

Beide sehen wir eine menschliche Gestalt in einem Flügelanzug, die an einem Seil, das an ihrer Brust befestigt ist, wie eine Art

Kinderdrachen in den Wind aufsteigt. Der Mann erhebt sich nur langsam, bis er aus dem Windschutz des Palastes herauskommt. Als er unsere Höhe erreicht hat, wird der Himmelstänzer plötzlich von einer kräftigen, anhaltenden Brise gepackt und schießt gen Himmel hinauf. Das Seil löst sich von ihm und fällt herab.

Rote Leuchtsignale flammen an seinen Füßen auf, lassen roten Rauch und einen Funkenregen hinter ihm herziehen. Ein Meer von Gesichtern drängt sich an den Bullaugen und auf den verglasten Aussichtspromenaden der *Sturmjäger*.

»Ihr kennt sie gut, Großmeister, nicht wahr? Diese Schwestern, meine ich.«

»Die meisten nur vom Sehen oder aus den Akten. Schwester Ayayah Meganah ist die einzige, die ich persönlich kennengelernt habe. Sagen wir einmal, ich bin nicht sonderlich beeindruckt.«

»Habt Ihr nicht gesagt, sie seien die Besten der Chantry?«

»Ich bin von ihren Fähigkeiten beeindruckt. Nicht von ihren Moralvorstellungen. Zumindest nicht, was Schwester Ayayah Meganah angeht.«

Ach, ist ja allerliebst. Das flaue Gefühl in meinem Magen breitet sich immer weiter aus. »Großmeister. Wenn die Chantry das Kind nicht selbst rauben kann, was werden sie tun, um zu verhindern, dass es in die falschen Hände gerät?«

»Die falschen Hände?«, höhnt er. »Alle anderen Hände als die ihren sind für sie die falschen Hände.«

»Auch die seiner Eltern?«, will ich wissen.

Seine Züge verhärten sich. Das ist mir Antwort genug.

»Aber sie würden doch nicht … sie würden einem Baby doch nichts antun«, entfährt es mir, von plötzlicher Angst erfüllt. Ich bin unter den Schlimmsten der Schlimmen aufgewachsen.

Ein Anflug von Zweifel huscht über seine Züge, dann jedoch sagt er: »Nein, sicher nicht. Sie nehmen vielleicht den Krieg in

Kauf, riskieren aber nicht das eigene Seelenheil. Die Chantry ist arrogant, doch sie sind nicht *böse*. Ich meine, es sind Menschen. Einige von ihnen haben sich in der Vergangenheit wahre Ungeheuerlichkeiten zuschulden kommen lassen, doch die Schwesternschaft als Ganzes sieht sich gerne als eine Gemeinschaft, die sich für das Wohl aller Nationen, aller Völker einsetzt. Gut, wenn es sich hier um eine existenzielle Bedrohung handeln würde, dann wäre wohl alles möglich. Aber die Gabe der Prophetie? Es wäre eine Waffe, mit Sicherheit. Doch so etwas ginge zu weit. Meine Männer haben mir berichtet, dass Schwester Ayayahs Kommando seine Meuchelmörderin in Elenea verloren hat. Dann allerdings haben sie ihre Unternehmung ohne einen Ersatz für sie fortgesetzt, was bedeutet, dass sie einen Meuchler zwar als nützlich erachten, so jemanden bei diesem Auftrag jedoch nicht als den Schlüssel zu ihrem Erfolg betrachten.«

Mein Magen rutscht mir noch weiter Richtung Kniekehlen. »Ganz ohne Meuchelmörder sind sie womöglich doch nicht.«

»Aber Ihr habt doch gesagt …«

»Ihre neue Frau. Sie ist noch in der Ausbildung. Sie habe andere Begabungen, haben sie gemeint. Aber sie hat eine Vorgeschichte.«

»Eine Vorgeschichte?«

»Im Blutgeschäft.«

»In ihren jungen Jahren? Aha. Nun ja. Wahrscheinlich haben sie sie auf Repha'im angesetzt. Hat sie auch nur einen Funken Gewissen im Leib?«

»Ja«, erkläre ich. »Ohne Frage. Mehr als nur einen Funken.«

»Keine Frau mit einem Gewissen würde einem Baby etwas antun, egal was ihre Prinzipien ihr vorschreiben.«

Ich starre zur *Sturmjäger* hinüber. Acht weitere Himmelstänzer haben sich inzwischen in die Lüfte erhoben, brennen in verschiedenen Farben ihre wunderschönen Spuren über den Horizont. Vi befindet sich an Bord dieses Ungetüms aus Magie und Metall und hat es auf den neuen Gemahl der Kaiserin abgesehen, einen Mann, der auf hunderterlei Weisen geschützt ist, über die sie Bescheid wissen muss, und der über Kräfte verfügt, die sie wohl kaum zu begreifen vermag. Sie hat mich in die Irre geführt, und doch wird mir bei dem Gedanken, dass sie sich in eine so große Gefahr begibt, schon wieder schlecht.

Und wenn Vis Bemühungen entgegen aller Wahrscheinlichkeit von Erfolg gekrönt sind? Dann entführt die Chantry Logans Sohn. Sie wird ihn nicht seinen Eltern zurückgeben. Nicht angesichts all der Kräfte, über die er verfügt.

Wenn Logan das herausfindet, wird er gegen die Chantry in den Krieg ziehen, ohne Rücksicht auf die Folgen. Das wird dann sein Ende sein.

Ich habe versagt, und jetzt muss ich erfahren, dass mein Versagen mich mindestens den einen, wahrscheinlich jedoch meine beiden letzten Freunde auf der Welt kosten wird.

»Ich hätte eigentlich gedacht, die Kaiserlichen wären so dumm, Euch noch eine letzte Chance zu geben«, sagt Großmeister Vitruvius unvermittelt. Er ist noch näher an mich herangetreten, aber ich spüre keine Bedrohung von ihm ausgehen.

Mir ist es egal, ob er mich angreift oder nicht. Ich habe nicht mehr die Absicht zu kämpfen.

Ich sinke auf die Knie, höre ihn kaum mehr.

»Ich hätte gedacht, sie würden Euch bis nach hier oben verfolgen«, fährt Vitruvius fort. »Aber wie es den Anschein hat, sind sie dafür zu schlau.«

»Was zählt das auch schon?« Die Frage ist eigentlich nicht mal an Vitruvius gerichtet, doch er fasst sie so auf.

»Es zählt aus demselben Grund, aus dem ich meinen Flügelanzug weggeworfen habe. Wenn Ihr Flügel hättet, könntet Ihr es theoretisch noch zur *Sturmjäger* schaffen, bevor das Schiff ablegt.«

Ich mustere ihn geringschätzig. »Flügel? Man braucht Jahrhunderte, um diese Art von Körpermagie zu erlernen.« Ich weiß das, weil Durzo mir gesagt hat, ich sei zu dumm, um das hinzubekommen, selbst wenn er bereit gewesen wäre, es mir beizubringen – was nicht der Fall war.

»Ich meinte keine echten Flügel«, antwortet er. »Das ist doch überhaupt nicht möglich, oder? Wollt Ihr etwa sagen, dass …? Egal. Ich meinte, dass Ihr die ganze Zeit Eure Fähigkeiten zurückgehalten habt.«

»Wie bitte?« Ich habe nur den schwarzen Ka'kari zurückgehalten, und was würde es mir auch nützen, Großmeister Vitruvius zusammenzuschlagen?

»Wir haben hier kein Seil, also müsstet Ihr weit genug hinausspringen, um den Aufwind zu erwischen, der von der Rampe auf diesem Hügel dort aufsteigt. Seht Ihr, dort drüben? Die haben sie gebaut, um die Himmelstänzer besser in die Lüfte zu bekommen. Aber es ist zu weit, um zu springen, selbst wenn man magisch begabt ist.«

»Ich weiß nicht, wovon Ihr da redet.«

»Ihr dürftet Hilfe benötigen.«

»Wie bitte?«, frage ich.

Er sieht mich mit einer seltsamen Intensität an. »Es geht das Gerücht, dass Ihr Euch mit einer Art schwarzer Membran überziehen könnt. Einer zweiten Haut. Meine Quellen sagen, dass Ihr sie auch zu Waffen formen könnt, also lässt sie sich offensichtlich auch hart und starr machen. Könnt Ihr einen Flügelanzug daraus fertigen?«

Ich bin ein Volltrottel. Das ist mir noch gar nicht in den Sinn gekommen. Ich habe nicht einmal daran gedacht zu fragen, ob …

~Klar, kann ich.~

Mir setzt förmlich das Herz aus. »Und wie würde ich ins Innere des Schiffes gelangen?«

»Seht Ihr die Lichter neben den Windfängern?«

Bei genauerem Hinsehen erkenne ich zwei hervorgewölbte offene Halbkugeln am Heck des Sturmschiffes, daneben eine Art Schiene, deren untere Hälfte hell aufleuchtet. Das müssen die Windfänger sein. Ich nicke.

»Diese Windfänger speichern die Energie, die es braucht, um das Sturmschiff aus der Bucht heraus- und an den Felsen vorbeizubringen. Wenn sie mit genug Energie versorgt sind, schließen sich diese Fänger, und das Äußere des Schiffes überzieht sich mit einer weiteren fugenlosen Panzerschicht. Ihr müsstet ins Innere gelangen, bevor es so weit ist. Ich würde sagen, Ihr habt … hmmm, vielleicht drei oder vier Minuten?«

Ich habe gar nicht wahrgenommen, dass ich aufgestanden bin, von der plötzlichen Energie neuer Hoffnung erfüllt. Ich beobachte die Himmelstänzer mit prüfendem Blick, versuche herauszubekommen, wie sie ihren Flug steuern. Wenn sie die Flügel ausbreiten, gleiten sie nach oben. Flügel anlegen, dann geht es nach unten. Wenn sie sich nach links lehnen, bewegen sie sich nach links. Je weiter sie die Flügel spreizen, desto mehr Wind bekommen sie, je mehr sie sie einziehen, desto weniger. Scheint eigentlich ganz einfach.

Ha! Na klar.

»Warum solltet Ihr mir helfen?«, will ich von ihm wissen.

»Einmal davon abgesehen, dass ich sehen will, welche magischen Fähigkeiten Ihr bislang zurückgehalten habt, meint Ihr?«

»Genau.« Zwar steht es nicht gerade ganz oben auf der Liste der besten Ideen meines Lebens, diesen Mann den schwarzen Ka'kari sehen zu lassen, aber ich habe im Moment auch keinerlei andere Ideen.

»Ich könnte sagen, weil Ihr an dem Rasthaus unsere Magier nicht getötet habt. Aber vielleicht seid Ihr da auch einfach nur schlau gewesen. Vielleicht seid Ihr ja davon ausgegangen, wir würden von der Jagd nach Euch ablassen, solange Ihr niemanden von uns umbringt. Was wäre dann also die wahre Antwort? Ihr habt das Pferd zurückgegeben.«

»Womit wir wieder beim Pferd angelangt wären. Das ist der ganze Grund?«, frage ich ungläubig.

»Das ist der ganze Grund. Dass Ihr mir keinen Pfeil durch die Brust gejagt habt, um an mein Armband zu kommen, ist allerdings auch ein Pluspunkt für Euch. Wenn auch nur ein kleiner.«

Ich schnaube zweifelnd. Schüttle den Kopf. »Das Ganze könnte eine Falle sein.«

»Und doch sammelt Ihr bereits Eure Magie«, sagt er laut über den auffrischenden Wind hinweg. Sein Gesicht verzieht sich zu einem leisen Lächeln.

»Ich bin noch nie sonderlich helle gewesen.«

»Das hier ist keine Frage der Intelligenz, Kylar.«

»Und was ist es dann? Vielleicht das blinde Vertrauen eines Narren?«

»O nein. Naives Vertrauen ist nichts Lobenswertes. Gereiftes Vertrauen, für das man sich auch im Bewusstsein des möglichen Verrats entscheidet? Reifes Vertrauen ist etwas, das von großem Mut zeugt.«

»In wie starkem Maße zieht Ihr in Erwägung, mich gewaltsam von meinem Kurs abzudrängen, wenn ich losfliege?«, erkundige ich mich.

»Prozentual gesehen?« Er macht eine Pause und verzieht nachdenklich den Mund. »Zu hundert Prozent.«

»Und wie stark ist in Euch die Tendenz, das für eine gute Idee zu halten?«

»Vielleicht zur Hälfte? Nein, ein Hauch *unter* der Hälfte. Das wechselt.«

»Das Risiko gehe ich ein«, erkläre ich. »Ich vertraue jedem Menschen, der von sich glaubt, nur ein klein wenig mehr als halbwegs gut zu sein.«

Er grinst. »Ich fürchte allerdings, dass ich stattdessen etwas weniger als halbwegs klug bin.«

»Solange Ihr mir nicht auch halbwegs einen Schubs verpasst.«

»O nein, Kylar. Zumindest in einer Hinsicht bin ich wie Ihr. Was immer ich tue – auch wenn es etwas Falsches ist –, tue ich mit vollem Einsatz.«

»Ähm. Danke?«

»Haltet den Mund und seht zu, dass Ihr hier wegkommt.«

Ich mache ein paar Schritte rückwärts und lehne mich dabei in den Wind. Ich habe da einen unglaublich langen Sprung vor mir.

Er fuchtelt heftig mit den Händen. »Nein, nein, nein! Ich glaube, wir müssen Euch wirklich noch mal nach Tover kommen lassen. Ihr versteht überhaupt nichts von Bewegung! Wir wollen doch nicht versuchen, Euch den ganzen Weg bis hinüber zum Schiff zu werfen. Ihr würdet nicht mal ein Viertel des Weges schaffen! Wir müssen Euch in diese Richtung werfen – in den Wind hinein. Auf diese Weise gewinnt Ihr zuerst an Höhe, und dann *gleitet* Ihr zum Schiff hinüber.« Er fügt noch etwas Leiseres hinzu, das ich wegen des Windes nicht ganz verstehen kann. Vielleicht etwas in die Richtung von: »Wenn sie Euch nicht vom Himmel holen«?

Ich richte den Blick nach oben und bewege mich zu der von ihm angegebenen Stelle.

»Kylar«, sagt er, »da fällt mir etwas ein.«

»Und das wäre?«

»Nehmen wir mal an, Ihr schafft das. Ihr kommt an ihnen allen vorbei ...« Er zeigt nach oben.

Ach ja, stimmt; da oben sind immer noch die Himmelstänzer. Feinde. Raubvögel, die sich jetzt sehr dafür zu interessieren scheinen, was ich im Schilde führe.

Fantastisch!

»Selbst wenn Ihr es irgendwie unbeschadet auf das Sturmschiff schafft und dann irgendwie ins Innere vordringen könnt, habt Ihr dort doch letztlich keinerlei Aussichten auf Erfolg. Selbst wenn Ihr das Kind an Euch bringen könnt, gibt es für Euch keine Möglichkeit, sicher wieder von dort wegzukommen.«

»Doch, die gibt es«, beteuere ich. »Ich habe sie nur noch nicht gefunden. Seid Ihr bereit?«

Das hier muss das Dümmste sein, was du mich je hast machen sehen, was?

~Oh, es ist auf jeden Fall unter den ersten zehn.~

»Ich bin bereit«, erklärt Vitruvius und schüttelt den Kopf. »Und ich werde Euch in meine Gebete einschließen, junger Mann.«

Der Ka'kari quillt mir aus der Haut und bildet Netze zwischen meinen Beinen und seitlich zwischen Armen und Rippen.

Ich will Großmeister Vitruvius nicht unnötig Zeit geben, den Ka'kari in Augenschein zu nehmen, also renne ich sofort los, direkt in den tosenden Wind hinein, und nur die Kraft meines magischen Talents hält mich auf dem Boden und in Bewegung.

Erst als ich meine volle Geschwindigkeit erreicht habe – die aufgrund der Bremswirkung des Windes nicht einmal so schnell ist wie die eines Läufers ohne magisches Talent –, wird mir bewusst, dass ich direkt und ohne echten Plan auf einen Abgrund zustürme. Hat Großmeister Vitruvius bei unserer letzten Begegnung nicht irgendetwas von einem Abgrund gesagt?

Meine Bauchmuskeln verkrampfen sich, meine Kehle schnürt sich zu, aber ich darf Vitruvius nicht noch mehr von dem schwarzen Ka'kari sehen lassen, darf ihn meine Angst nicht sehen lassen. Es gibt keinen anderen Weg, der von diesem Felsen herunterführt. Wenn ich bleibe, gibt es für mich nur Mord und Tod.

Die Angst schwindet mit einem einzigen Satz meiner Beine. *Ich schaff das unmöglich* wird, wie so oft, zu einem *Ich mach das, verdammt noch mal, und weder Tod noch Sturm können mich davon abhalten.*

Als ich an Großmeister Vitruvius vorbeikomme, schießt eine blaue Wolke aus ihm heraus, erfasst mich von hinten und schleudert mich mit ungeheurer Wucht nach vorn und nach oben.

Schwungvoll strecke ich meine Arme und Beine weit aus, und die schwarzen Ka'kari-Flügel spannen sich klatschend im Wind, strapazieren meine Muskeln in Brust und Schultern – und der nächste Windstoß schleudert mich atemlos hoch in die Lüfte hinauf.

Kapitel 55

Landung gut, alles gut?

Die Gewalt des Aufwinds bricht mir fast die Knochen, als er mich höher und höher katapultiert und meine ausgebreiteten Arme immer weiter nach hinten reißt.

Aber ich höre mich lachen, alle Angst ist unten auf dem Boden zurückgelassen, weit unten, und mit jedem Herzschlag weiter und weiter entfernt. Freudig erweitern sich meine Sinne, während zugleich meine Welt um mich zusammenschrumpft, ein vertrautes Paradox. Alles Denken findet ein Ende, und mit ihm schwindet jedes Hindernis, das den Zielen der Gedanken im Weg steht. Ich spüre mehr, als dass ich darüber nachdenke, wo der Wind an mir zerrt, während er vorbeirauscht, und ohne den Ka'kari anweisen zu müssen, diese Schlingen und Fallstricke unwirksam zu machen, passe ich mich einfach an.

Ich bin zu einem Flügel geworden, ein Flügel nicht in Nachahmung der Himmelstänzer geformt, sondern im Zwiegespräch mit dem Wind, mit dem Ziel, dass wir ideale Partner werden.

In große Höhen hinaufgeschleudert, während der Boden unter mir schwindet, bin ich wieder versucht, zum Mittel des Denkens zu greifen, doch stattdessen klammere ich mich an den Moment, lasse ihn durch mich hindurchfließen. Willst du ein Nachtengel sein, muss die Magie in deiner Haut wohnen, wurde mir einmal gesagt. Es ist etwas Animalisches, eine Art Wissen, das nicht dem Gehirn und auch nicht dem Herzen entspringt, sondern in meinen Adern pulsiert. Und so weiß ich jetzt nicht, wo der schwächer werdende Aufwind aufhört, spüre es nicht einmal, sondern ich habe es einfach im Blut. Und dasselbe instinktive Wissen sagt mir, dass ich, um es zum Sturmschiff zu schaffen, meine eigene Körpergestalt ändern muss.

Aber die Himmelstänzer warten nicht, bis ich meine Orientierung wiedergewonnen habe. Sie greifen an.

Meine Sinne schreien auf – zu spät.

Einer kracht von oben in mich hinein, kommt so schnell herangestürzt, dass auch mein Ausscheren im letzten Moment nicht wirklich hilft, wenngleich er nur meine Beine streift.

Der Aufprall bringt mich ins Trudeln.

Die Angst ist zurück und durchbohrt mich wie ein Hakenspieß mit Rasiermesserklinge.

Der Wind tost mir in den Ohren, meine Augen sind enge Schlitze, die Tränen strömen. Geblendet überschlage ich mich, wirbele, wirbele, wirbele aus dem Aufwind heraus.

Erneut strecke ich Arme und Beine weit aus, doch während sich meine Flügel ausbreiten und meinen Fall verlangsamen, muss ich feststellen, dass ich auf den Rücken gerollt bin und nun eher nach oben als nach unten blicke.

Eine andere Gestalt stürzt herab, zischt an mir vorbei, ein zuschlagender Falke, der nur knapp eine flatternde Taube verpasst.

Ich lege meine Flügel an, rolle herum und breite sie wieder aus, und noch einer saust vorbei, verfehlt mich um Haaresbreite.

Während ich verzweifelt mit Armen und Beinen rudere und herauszufinden versuche, woher wohl der nächste Angriff kommen wird, schlägt ein Körper von der Seite in mich hinein. Es schleudert mich weg, im freien Fall. Aber dieser Angreifer hält sich an mir fest.

Wir stürzen zusammen in die Tiefe, und ich sehe ein Messer aufblitzen. Ich ramme meinen Kopf in seinen, doch er trägt einen Helm. Er lässt das Messer auf mich herabsausen, hält es dabei wie ein Amateur.

Bevor er überhaupt mitbekommt, wie ihm geschieht, habe ich die Attacke abgewehrt, seinen Arm verdreht, ihn entwaffnet, das Messer umgedreht und ihm die Haut aufgeschlitzt. Ich lasse das Messer los, packe seinen Helm und reiße ihn mit einem heftigen Ruck herum, den ich gerade noch ein wenig abbremse, um ihm nicht das Genick zu brechen. Ich will ihn nicht umbringen. Ich versetze ihm seitlich einen Hieb in den Nacken, um ihn zu betäuben, und stoße mich von ihm ab.

Ich breite wieder weit die Arme aus, um meinen Flug abzufangen, und einen Moment später tut er unter mir dasselbe, schwenkt jedoch sofort nach der Seite ab – sein linker Flügel ist von meiner Messerattacke ebenfalls aufgeschnitten und unbrauchbar gemacht.

Zwei weitere Himmelstänzer stürzen an mir vorbei, um ihren fallenden Kameraden zu retten. Ich suche bereits den Himmel nach den anderen ab.

Die Himmelstänzer, die mich bei ihren Angriffen verfehlt haben, bemühen sich nun um neuen Auftrieb und versuchen, wieder in die richtige Flugbahn zu gelangen. Sie müssen dabei sorgfältig abwägen: Wenn sie ihren Flug zu stark abfangen, verlieren sie an Geschwindigkeit, und der Wind hebt sie nicht mehr an; sie fallen einfach. Wenn sie es zu wenig tun, behalten sie ihre Geschwindigkeit bei, verlieren aber trotzdem mir gegenüber an Höhe.

Boden und Meer unter mir sausen mit jedem Atemzug näher heran, und ich habe immer noch zwei Himmelstänzer über mir, die beide mit einem Dolch und – noch viel gefährlicher – mit ihrer jahrelangen Erfahrung ausgerüstet sind.

Das Fliegen sieht doch eigentlich ganz einfach aus, habe ich gedacht und dabei irgendwie die Tatsache vergessen, dass Profis ihr Tun immer einfach aussehen lassen. Die beiden Himmelstänzer erwecken den Anschein, als wollten sie mich gemeinsam angreifen. Schon jetzt lassen sie mir keine freie Bahn mehr, versperren mir den Weg zu dem Sturmschiff unter mir.

Was sie allerdings nicht wissen: Zwar können wir alle unsere Arme und Beine spreizen oder anwinkeln, um dadurch die Form unserer Flügel zu verändern, ich jedoch kann auch die Größe meiner Flügel verändern.

Wie stark bist du?

~Du wirst lange vor mir draufgehen.~ Der Ka'kari wirkt unverschämt glücklich über seine Antwort.

Wir befinden uns direkt am Rand des Aufwinds, doch die beiden Himmelstänzer sind so erfahren, dass sie sich selbst davon nicht aus der Ruhe bringen lassen. Der eine befindet sich noch im Aufwind, der andere außerhalb, aber ihre Gleitflüge sind perfekt aufeinander abgestimmt, und so gehen sie in Position, um mich von oben in die Zange zu nehmen. Ich schere in den Aufwind aus, strecke meine Flügel weit aus und lasse sie plötzlich doppelt so groß wie zuvor werden, lenke mein magisches Talent in meine Arme …

Der Wind wirft mich noch einmal gen Himmel, aber sofort lege ich meine Flügel eng an, werde zu einem Stein, der zwischen den beiden Männern in die Höhe geschleudert wird, die beide nach mir stechen, mich jedoch verfehlen.

Ich schleudere meine Flügel noch einmal weit von mir, strecke sie aus, lasse sie größer werden.

Die Himmelstänzer befinden sich mittlerweile alle unter mir, und ich sehe, wie sie zum Palast hin abdrehen, wo sich nun breite Flugdrachen in die Lüfte erhoben haben.

Der unterste der Himmelstänzer schlägt gegen einen Drachen und befestigt ihn irgendwie an seiner Brust. Ich sehe zu, wie er an dem Drachen in die Sicherheit zurückgekurbelt wird. Aufgrund des Geschwindigkeitsverlustes schwebt er nicht den ganzen Weg zurück, sondern fällt das letzte Stück herab und landet in einem großen Netz, das aufgespannt wurde, um ihn aufzufangen.

Was mir – ich bin nun wieder ganz denkendes Hirn, völlig aus dem schönen instinktiven Fluss herausgerissen, in dem ich zuvor versunken gewesen bin – etwas bewusst macht: Irgendwann muss ich landen.

Ich bin noch nie gelandet. Ich weiß überhaupt nicht, *wie* man landet.

Die *Sturmjäger* befindet sich weit unter und vor mir, doch ich kann die leuchtenden Schienen auf den großen offenen Windfängern erkennen – zweifellos wurden sie dort als Anzeigen angebracht, damit die Zuschauer im Palast sehen können, wann sie mit dem Feiern aufhören müssen, um das Auslaufen des Schiffes zu verfolgen. Die Lichtanzeigen strahlen inzwischen hell fast bis ganz ans obere Ende hinauf.

Fantastisch!

Das heller werdende Licht der Morgendämmerung ist seltsam gedämpft; feine Partikel von Staub und Schmutz, von den ersten Winden des großen Sturms aufgewirbelt, hängen in der Luft, verdunkeln die Szenerie und färben den Himmel tiefrot. Es ist herrlich. Wunderschön. Ich würde am liebsten noch länger in der Luft bleiben und das nicht allein aus dem Grund, weil ich bei der Landung vermutlich sterben werde.

Das Schiff ist nun voll beladen und bereit zum Ablegen, alle Landungsstege sind eingeholt, alle Türen geschlossen und fest gegen den Wind abgedichtet. Auch wenn sich im Inneren an den Fenstern mit Sicherheit Tausende drängen, die einen letzten Blick auf Burg Sturmfest werfen wollen, ist auf dem glatten Rücken des großen Ungetüms keine Menschenseele zu sehen. Niemand ist so dumm, sich im aufkommenden Sturm draußen an Deck ausschließen zu lassen.

Von dem großen Haifischflossenmast einmal abgesehen, ist das Oberdeck des Sturmschiffes abgerundet, doch ist es von einer solchen Größe, dass es praktisch flach und formlos wirkt. Wenigstens bietet es mir eine glatte, ebene Fläche, um darauf herabzustürzen.

Die Windfänger befinden sich am Heck des Schiffes, also steuere ich sie in gerader Linie vom Bug aus an und verliere Höhe und Geschwindigkeit in einer Art mathematischem Beziehungsverhältnis, von dem ich nur eine vage Vorstellung habe, das indes umso wichtiger wird, je mehr ich mich dem Eisendeck nähere.

Wäre heute kein Wind, könnte nicht einmal dem besten Himmelstänzer gelingen, was ich zu versuchen im Begriff stehe.

Die Pilotenflügel mit Traggestell können hoch in die Lüfte aufsteigen, doch die Flügelanzüge der Himmelstänzer erlauben bestenfalls irgendetwas zwischen einem Gleitflug und einem kontrollierten Fall. Um überhaupt ein wenig an Auftrieb beizubehalten, sind die Flügelanzüge auf unglaublich hohe Geschwindigkeiten angewiesen.

Eine sichere Landung wäre völlig unmöglich, wenn der Wind nicht so stark und gleichmäßig wäre. Eine unvermittelte Bö oder ein Luftwirbel würde bedeuten, dass ich in die Höhe schießen oder Dutzende Meter fallen würde. Aber solange der Wind so stark und so gleichmäßig ist wie jetzt? Ich kann in Bezug auf den

Wind mit unglaublicher Geschwindigkeit fliegen, während ich in Bezug auf den Untergrund – und das Deck – recht langsam fliege.

Was ich jetzt versuche, ist also ein Ding der Möglichkeit. Wahrscheinlich.

Das hoffe ich.

Zumindest für jemanden, der weiß, was er tut.

Was bei mir nicht der Fall ist.

Aber wenn man erst einmal von einer Klippe gesprungen ist, ist Nichtfallen keine Option mehr. Ich kann mir nur einen Ort aussuchen, wo ich lande – und bei dieser Geschwindigkeit sieht das von weißen Gischtkronen bedeckte Wasser auch nicht viel weicher aus als das Deck.

Ich richte mich auf mein Ziel hin aus und plane, doch lieber zu versuchen, am Bug des Sturmschiffes zu landen, für den Fall, dass ich …

Ich schieße weit über mein Ziel hinaus.

O verdammt, ich werde das Schiff komplett verfehlen.

Ich gehe in den Sturzflug und fange mich dann wieder ab. Sturzflug, abfangen. Der Haifischflossenmast ragt gewaltig vor mir auf.

Oh! Ich werde frontal gegen den …

Ich streife den Mast, pralle ab, überschlage mich, fange mich ab – und knalle gegen das Schiff, rutsche und schlittere über das Deck. Meine Ka'kari-Haut lässt einen quietschenden Funkenregen vom Deck aufsteigen, aber die glatte Schiffsoberfläche ist allzu glitschig. Sie bremst mich nicht ab. Während ich so über das Deck hüpfe, mich überschlage und übel zugerichtet werde, erblicke ich die großen Höcker der Windfänger am Heck des Schiffes, zuerst weit weg, und dann, allzu schnell, schlittere ich den einen ein gutes Stück hinauf, klatsche von der Seite herab, knalle erneut auf das Deck und rutsche weiter.

Ich spüre, wie sich das Deck immer stärker neigt. Ich steuere auf das Wasser zu.

Ich werfe meine Arme weit ausgebreitet in den Wind, in der Absicht, meine Krallen in das Schiff hineinzugraben, aber meine Flügel füllen sich und werfen mich wieder nach oben, mit einer solchen Wucht, dass mir fast die Arme ausgekugelt werden. Ich versuche mich herabfallen zu lassen, um mich ans Deck zu klammern, überschlage mich jedoch und purzle immer weiter – dem großen, brüllenden, offenen Schlund der riesigen Windfänger entgegen, wo ich blinkende Turbinenblätter wirbeln sehe wie die Flügel einer stählernen Windmühle. Bei so viel Wind drehen sie sich so rasend schnell, dass sie ineinander verschwimmen, und das macht sie rasiermesserscharf.

Mit Händen und Füßen versuche ich verzweifelt, mich am Deck festzuhalten, und lasse meine Ka'kari-Flügel sich gerade in dem Moment auflösen, als ich gegen die Anströmkante des einen Windfängers geblasen werde. Ich verleihe meinen Fingern scharfe Krallen, um mich festzuklammern. Doch die Magie, die den stählernen Rumpf des Schiffes schützt, ist von anderer Art als die, welche die Steinmauern von Burg Sturmfest sichert, und meine Finger rutschen ab.

Das Geräusch im Schlund des großen Windfängers verändert sich jäh, als wechsle etwas seine Position, um sich von einer schweren Last zu befreien, aber die Turbinenblätter drehen sich weiter mit solcher Geschwindigkeit, dass sie nur ein verschwommenes weiß-silbernes Etwas sind.

Meine Krallen bohren sich in eine Fuge, und ich klammere mich mit aller Kraft fest, meine Füße nicht weit von den Turbinenblättern entfernt.

Dann jedoch werden die Blätter langsamer, immer langsamer, und schließlich bleiben sie stehen.

Ich schnappe krampfhaft nach Luft, für einen Moment unfähig, überhaupt etwas zu tun. Irgendetwas verstellt sich mit einem widerhallenden Dröhnen, und die Turbinenblätter drehen sich aus ihrem bisherigen Windfangwinkel heraus, bis sie dem Wind keine Angriffsfläche mehr bieten.

Durch die nun stillstehenden Blätter kann ich Techniker sehen, mit gepanzerter Schutzkleidung und kleinen Brillen gegen den Wind ausgestattet, alle mit Gurten und dicken Seilen gesichert, um nicht weggeblasen zu werden. Ich kann ihre Gesichter hinter den Windhelmen nicht erkennen, aber ich bemerke, dass einige innehalten, sehr darüber verwundert, wie sich jemand dort befinden kann, wo ich mich jetzt befinde.

Ein Rumpeln geht durch das Schiff, und der gesamte Windfänger senkt sich nun langsam, heraus aus dem Wind, ins Innere des Sturmschiffes hinein. Ich stemme mich auf die Knie hoch, und der Wind hinter mir schleudert mich mitten in die Turbinenblätter des Windfängers. Unbeholfen purzele und taumele ich nach innen, rutsche, immer noch auf den Knien, zwischen den großen Blättern hindurch und stürze auf einen schmalen Steg im Inneren.

Zitternd erhebe ich mich auf wackligen Beinen, die Muskeln in meiner schmerzenden Brust und den Armen zucken und krampfen. Die Techniker stehen reglos da und starren mich an.

Dann kommen die Windfänger rumpelnd zum Stillstand, nun vollständig in den Rumpf des Sturmschiffes eingefahren, und mit einem Zischen verschließt sich das Deck über ihnen.

Der Wind ist verstummt.

Ich bin nicht nur am Leben, ich bin *im Schiff*.

Ich lasse den Ka'kari von meinem Gesicht gleiten. Er hatte da einen Helm gebildet – ich kann mich nicht erinnern, das veranlasst zu haben. Vielleicht bin es ja wirklich nicht *ich* gewesen. Immer noch wackelig auf den Beinen, doch schnell wieder zu Kräften kommend, steuere ich ein windgeschütztes Pult an, auf dem ich einen Becher Wein stehen sehe. Ich proste den Technikern zu, die nun vorsichtig ihre eigenen Helme abnehmen und mich mit offenen Mündern anstarren. Sie scheinen ihre anstehenden Arbeiten völlig vergessen zu haben.

Während ich die Schulter rolle, auf die ich bei meinem Sturz gefallen bin, um zu prüfen, ob ich mich womöglich schwerer verletzt habe, lasse ich meinen Blick durch den Raum huschen. Ich lächle, und es ist ein freundliches Lächeln. Da sind keine Waffen zu sehen, keines der verräterischen Anzeichen drohender Gewalt. Das hier sind Techniker, Handwerker, keine Krieger. Ich danke den hundert Göttern sowie auch dem einen Gott. Mein Körper überschüttet mich mit einer Litanei von Klagen, doch da sind, wie es scheint, keine ernsthaften Verletzungen.

»Ganz schön lebhafter Wind da draußen«, sage ich. »Ich würde euch empfehlen, lieber drinnen zu bleiben. Was wir, nehme ich an, allerdings ohnehin tun müssen – scheint hier ja keinen Ausgang zu geben.« Ich trinke den Wein aus dem Becher, den ich mir geschnappt habe, und füge dann hinzu: »Es freut mich, dass wir diesen Moment gemeinsam haben erleben dürfen.«

Vielleicht ist es ja sein Wein gewesen, den ich da getrunken habe, jedenfalls, man mag es kaum glauben, hält es einer der Techniker doch tatsächlich für angebracht, mir meine Freundlichkeit dadurch zu vergelten, dass er einen Alarm auslöst.